O súdito

O súdito
HEINRICH MANN

TRADUÇÃO
Sibele Paulino

*mundaréu

© Editora Mundaréu, 2014
© Kurt Wolff Verlag, Leipzig, 1919
Todos os direitos reservados à S. Fischer Verlag GmbH,
Frankfurt sobre o Meno

TÍTULO ORIGINAL
Der Untertan

COORDENAÇÃO EDITORIAL – COLEÇÃO LINHA DO TEMPO
Silvia Naschenveng

CAPA E PROJETO
Claudia Warrak e Raul Loureiro

DIAGRAMAÇÃO
Priscylla Cabral

REVISÃO DA TRADUÇÃO
Paulo Astor Soethe

REVISÃO
Bianca Galafassi e Isabela Norberto

A tradução desta obra contou com o apoio do Goethe Institut, que é financiado pelo Ministério de Relações Exteriores da Alemanha.

Edição conforme o Acordo Ortográfico da Língua Portuguesa (1990).

Dados Internacionais de Catalogação na Publicação (CIP)
(Câmara Brasileira do Livro, SP, Brasil)

Mann, Heinrich.
    O súdito / Heinrich Mann ; tradução Sibele Paulino.
– São Paulo : Editora Madalena, 2014. – (Coleção linha
do tempo).

    Título original: Der untertan.
    ISBN 978-85-68259-03-3

    1. Ficção alemã I. Título.

14-11196   CDD-833
Índice para catálogo sistemático:
1. Ficção : Literatura alemã 833

2014
Todos os direitos desta edição reservados à
EDITORA MADALENA LTDA.
São Paulo – SP
www.editoramundareu.com.br

SUMÁRIO

APRESENTAÇÃO 7

O súdito / Kurt Tucholsky 11

O SÚDITO

Capítulo I 19

Capítulo II 72

Capítulo III 105

Capítulo IV 158

Capítulo V 236

Capítulo VI 342

Alexej von Jawlensky (Torschok, 1864 - Wiesbaden, 1941), *Bildnis des Tänzers Alexander Sacharoff*, 1909 (original em cores).

APRESENTAÇÃO

Luiz Heinrich Mann (1871-1950) nasceu em Lübeck, Alemanha, filho de um abastado comerciante e senador local e de uma brasileira de Paraty, Júlia da Silva Bruhns (isso explica um alemão chamado Luiz). Era irmão de Thomas Mann, autor de *A montanha mágica* e *Dr. Fausto* e ganhador do prêmio Nobel de Literatura em 1929, e tio de Klaus Mann, autor de *Mefisto*.

Heinrich Mann foi um escritor renomado e bastante lido durante a República de Weimar – governo instaurado após a derrota da Alemanha na Primeira Guerra Mundial. Esse prestígio deu-se em grande parte por *O súdito*. Concluído antes do início da guerra, em 1914, o livro foi censurado e só pôde ser publicado na íntegra em 1919. É uma sátira feroz à sociedade alemã do reinado de Guilherme II e permite ver naquela conjuntura política e social o embrião de diversos acontecimentos e situações da história alemã nas primeiras décadas do século XX.

O livro acompanha a vida de Diederich Hessling na sociedade fortemente influenciada pelo militarismo e autoritarismo dos anos após a unificação alemã (1871), um período de consolidação política e econômica. Acompanhamos, assim, as relações de Diederich com o poder e suas diversas facetas – a draconiana autoridade paterna e a complacência materna; a arrogância precoce ante os funcionários da fábrica da família; a adulação a professores e abuso de colegas na escola; a hierarquia no evitado e idolatrado serviço militar. Acima de todas essas, a relação com o poder imperial.

Diederich ansiava pela vida em grupo – contanto que no grupo dominante, claro. Mimetizar comportamentos e opiniões, mesclar-se a um grupo que pudesse pensar e decidir por ele, era esse seu intuito. Diederich é alguém que, desde a mais tenra infância, submeteu-se alegremente à autoridade e nunca relutou em exercê-la arbitrária e, por vezes, cruelmente sobre os mais fracos – sobre quem pudesse! Sempre em defesa do imperador e de sua própria versão dos "valores alemães" contra o que ele entendia ser a terrível ameaça da socialdemocracia e do liberalismo. Adepto convicto e entusiasta da ordem estabelecida, pois materialização do poder, Diederich não decepciona: adota sempre a postura mais oportunista, egoísta, mesquinha, chauvinista, covarde, calculista, preconceituosa e desconsiderada possível.

Só uma abordagem talentosa e satírica como a de Heinrich Mann é capaz de gerar empatia com tal pulha. Heinrich Mann transforma esse ser desprezível, esse sabujo, em um personagem rico, revelador e – mais surpreendente – carismático.

Em seu comentário a *O súdito* escrito em 1919 (que acompanha a presente edição), o escritor alemão Kurt Tucholsky manifesta seu pasmo em relação à percepção aguda e premonitória do autor. Houvesse Tucholsky escrito esse comentário mais tarde, ainda mais impressionado ficaria, à vista dos desdobramentos da Primeira Guerra na Alemanha dos anos 1920 e 1930. Longe de ser um feiticeiro ou detentor de bola de cristal, Heinrich Mann era apenas um autor dotado de sensibilidade extrema para observar o espírito da época, seu contexto social e o comportamento de seus conterrâneos. E bastante habilidade artística para transformar suas observações em literatura.

Heinrich Mann foi um escritor de grande observação social e de manifesto posicionamento político. Assim, com a ascensão de Hitler e do nazismo ao poder, em janeiro de 1933, foi levado ao exílio. Seus livros foram queimados nas fogueiras promovidas pelos nazistas na Alemanha, e sua primeira mulher foi enviada a um campo de concentração em 1940. Heinrich Mann morreu nos Estados Unidos poucos anos após a Segunda Guerra Mundial, como cidadão da República Tcheca, antes do programado retorno a Berlim Oriental.

O súdito / Kurt Tucholsky[1]

Seria vão dar-lhes conselhos. As gerações devem passar, o tipo humano que vocês representam deve exaurir-se: esse tipo humano, interessante e repulsivo, do súdito imperialista, do chauvinista sem responsabilidade, do idólatra do poder que desaparece na massa, do devoto insano da autoridade e do autoflagelador político. Ele ainda não se exauriu. Depois dos pais, que se esfalfaram e gritaram Hurra, vêm os filhos com braçadeiras e monóculos, uma casta de libertos cheios de formalidades, que vive cúpida na sombra da aristocracia.

Heinrich Mann, 1911

Esse livro de Heinrich Mann, hoje graças a Deus em todas as mãos, é o herbário do homem alemão. Ali está ele todo: em seu vício de comandar e obedecer, em sua brutalidade e religiosidade, em sua adoração pelo êxito e sua covardia civil inominável. Infelizmente este havia sido o homem alemão por excelência; quem fosse diferente não podia dizer nada, chamavam-no traidor da pátria e o imperador dava-lhe ordem para sacudir a poeira do país de suas sandálias.

O mais extraordinário no livro certamente é a nota preliminar que diz "O romance terminou de ser escrito no começo de julho de 1914." Se um artista dessa estatura o diz, então é verdade: fosse outro qualquer, poderíamos pensar em mistificação, tão surpreendente é o dom profético, tão precisa a sentença, confirmada pela história, confirmada por aquilo mesmo que os súditos tomam como único parâmetro: pelo êxito. E, de todo modo, deve-se observar que os velhos deten-

---

[1] Escritor e jornalista alemão (1890-1935), um dos mais importantes críticos sociais e satiristas da República Weimar. Tal como aconteceu com Heinrich Mann, com a ascensão do nazismo ao poder (1933), seus livros foram censurados e ele perdeu a cidadania alemã. Morreu exilado na Suécia. (N. da E.)

tores do poder – ah, fossem eles velhos! – com razão, de seu ponto de vista, proibiram esse livro: pois é um livro perigoso.

Parte da história de vida de um alemão é desenrolada: Diederich Hessling, filho de um pequeno fabricante de papel, cresce, estuda e entra para uma irmandade de estudantes; presta o serviço militar e foge de cumpri-lo até o fim; torna-se doutor; assume a fábrica do pai; contrai um rico casamento e gera filhos. Mas esse não é somente Diederich Hessling ou um tipo humano.

É o imperador, tal qual ele era. É a encarnação da concepção alemã de poder, um dos pequenos imperadores que viviam e vivem às centenas e milhares na Alemanha, leais ao modelo imperial, todos pequenos soberanos e todos súditos.

Tal paralelo com o chefe de Estado é trabalhado com uma precisão surpreendente. Diederich Hessling não só utiliza as mesmas expressões e figuras de linguagem do imperador quando discursa – o mais engraçado é o discurso inaugural aos trabalhadores ("Pessoal! Por serem meus subordinados, quero apenas lhes dizer que doravante o trabalho será árduo." E: "Meu curso é o correto, vou conduzi-los a dias gloriosos.") – como também age com soberba, curva-se para o que está acima, tanto para seu Deus como para seu presidente da circunscrição, e espezinha o que está abaixo.

Pois esses dois atributos de caráter são cultivados, tanto em Hessling como no alemão, da forma mais sutil: sentimento servil de subordinação e apetite servil de dominação. Ele precisa de poderes, poderes aos quais se curva, como o homem primitivo diante da tormenta, poderes que ele mesmo procura conquistar para humilhar os outros. E sabe: eles se humilham tão logo o "cargo" lhe seja concedido e o êxito obtido. Nada é tão respeitado quanto o êxito; em certo momento isso é posto diretamente: "Tratava-a com grande consideração pelo êxito que ela alcançara." E como esse êxito é estimado! Se o fosse com sóbrio senso de realidade, então teríamos o americanismo, e isso não seria bom. Mas ele é estimado de um jeito totalmente insincero:

envergonham-se do velho passado e suplicam aos velhos deuses, que para os verdadeiros poetas e pensadores de outrora ainda significavam algo; citam-nos; temperam o êxito com metafísica e trovejam cheios de convicção: "A história do mundo é o juízo final!" E só não apelam para instâncias superiores porque não conhecem nenhuma.

Toda a essência, bombástica, porém tão pequena, da Alemanha imperial é reconstruída sem piedade nesse livro. Sua mania de colocar diversão prazerosa no lugar de alegria; sua incapacidade de viver no presente sem apontar para as cartilhas do futuro e sua incapacidade de viver de outra maneira que não apenas no presente; seu anseio por ostentação pomposa – a popularidade de Wagner nunca havia sido dissecada como, aqui, em uma apresentação de *Lohengrin*, repleta de referências jocosas à política alemã ("Pois, ali, no texto e na música, pareciam-lhe satisfeitos todos os requisitos nacionais. Ali, revolta era o mesmo que crime; o *statu quo*, o legítimo, era festejado com brilhantismo; dava-se o mais alto valor à aristocracia e ao direito divino, e o povo, um coro eternamente surpreendido pelos acontecimentos, lutava bravamente contra os inimigos de seus senhores.") –, e Heinrich Mann mostra, acima de tudo, para onde o próprio nome do livro conduz: para o servilismo alemão.

A velha ordem, que hoje existe tanto quanto outrora, dava e tomava ao alemão: ela lhe tomava a liberdade pessoal e lhe dava poder sobre os outros. E todos deixavam-se voluntariamente dominar, desde que pudessem dominar! E podiam. O policial podia dominar os transeuntes; os sargentos, os recrutas; o administrador distrital, o povoado; o administrador de fazendas, os lavradores; o funcionário público, pessoas que tinham assuntos a resolver com ele. E cada um estava sempre lutando para conseguir seja um cargo, seja uma posição – uma vez que a tivesse obtido, o resto vinha por si. O resto era: humilhar-se e governar e dominar e ordenar.

A completa incapacidade de pensar de outro modo que não nesse esquema, que era muito mais importante que todo o resto na vida; a estupidez de não ver, entre a má administração dos funcionários públicos e a anarquia, a única terceira organização possível que há para pessoas decentes: tudo isso forma o baixo contínuo do livro. (E tudo isso não se manifesta hoje, novamente, da forma mais esplêndida?) Todos podem apenas estar fazendo seu dever quando humilham e se deixam humilhar; parecem ser inseparáveis formação e escravidão, propriedade e microadministração, vida burguesa e subordinado e superior. Não compreendem que é bem possível haver pessoas que dão instruções objetivas, sem nunca ser superiores; bem possível haver pessoas que por dinheiro cumprem o que outros querem, sem nunca ser subordinados. O país era – era... – um único pátio de caserna.

E nesta obra, que também captou os traços, os pequenos e os diminutos, de faces exageradas com bigode de gato penteado para cima, algo mais ainda me parece ter sido retratado: o enigma da coletividade. O que o jurista Otto Gierke chamou certa vez de verdadeira personalidade coletiva, esse fenômeno em que uma agremiação não é a soma de seus membros, mas, mais que isso, é algo diferente que paira sobre eles: isso é retratado e explicado aqui de forma sucinta. Novos Teutões e soldados e juristas e, finalmente, alemães – são todos coletividades, que libertam os indivíduos de qualquer responsabilidade. Pertencer a elas rende fama e honra, exige respeito, mas não demanda mérito. É isso que se é, e pronto. O soldado raso Lyck, que mata o operário a tiros – figura histórica – e por isso se torna cabo; o cidadão Hessling – não é figura histórica, porém, mais que isso, típica – que vê como selvagens todos aqueles que são diferentes: são escravos da coletividade enigmática, que atraiu sobre este país e esta época desprezo interminável. "O europeu não se sente bem se algo não lhe empurra adiante, como o vento", disse uma vez Meyrink. Se algo lhes impulsiona para frente, então todos eles fazem juramento à bandeira.

As feições pequenas e diminutas divertem; reluzem as luzes intermitentes e malévolas do erotismo; a batalha dos gêneros, vestidos de flanela e em quartos mobiliados, é aqui uma guerrilha; flechas envenenadas são lançadas, e é amargamente cômico como o amor, ao fim, torna-se legítima satisfação sexual. Desfila uma abundância colorida de vida, e tudo é levado até a formulação definitiva, e tudo é típico, tudo é para sempre. A antiga exigência é totalmente satisfeita: "Se o poeta sempre nos apresenta apenas o particular, o individual, então isso que ele compreende, e quer nos levar a compreender, é de fato a ideia, é toda a espécie." Infelizmente: assim é toda a espécie.

A última revelação do estado de alma dos alemães surge de pequenos acontecimentos: no dia vinte e cinco de fevereiro de 1892, desempregados protestaram em frente ao palácio imperial, em Berlim. Isso se transforma, no livro, em uma cena grandiosa com o imperador operístico no centro das atenções; com uma multidão de pessoas entusiasmadas e nelas, entre elas e totalmente com elas: Hessling, o alemão, o claque, o jovem, o amante de tudo que sustenta o Estado, o súdito.

E de todo esse pandemônio, da confusão da cidadezinha pequeno-burguesa, dos processos baseados em mexericos e das tramoias – diz-se: decretos; mas se quer dizer: especulação imobiliária –, dos risíveis códigos de honra e modestas falcatruas, de tudo isso irradia a figura do velho Buck. É preciso poder sentir tanto ódio quanto Mann, para poder sentir tanto amor. O velho Buck é um velho do quarenta e oito[2], um homem daquela época em que as pessoas tiveram os ideais hoje difamados, mas não os concretizaram ou os concretizaram mal, ficaram confusas – tudo isso é certo, porém ainda eram ideais. Que bela cena, quando o velho homem põe nas mãos do jovem Hessling seu velho livro de poesia: "Tome, leve! São meus 'sinos de alarme'! Também se era poeta – naquele tempo." Os de hoje não são mais. São políticos reais, riem do idealista porque ele – aparentemen-

---

[2] 1848, ano em que eclodiram, em território alemão, diferentes revoltas de orientação liberal. (N. da E.)

te – não alcança nada, e não sabem que suas reles conquistas, em meio a pactos descarados, devem-se àqueles que outrora haviam sido verdadeiros e inabaláveis.

E *O súdito* (publicado por Kurt Wolff[3] em Leipzig) mais uma vez nos mostra que estamos no caminho certo e nos confirma que o amor, que pode voltar-se para fora em forma de ódio, é a única maneira de penetrar esse povo e ajudá-lo, e de finalmente desvencilhar das cores preto-branco-vermelho[4], com as quais estava obcecado feito touros, a Alemanha; a Alemanha que amamos e que os melhores de todas as épocas amaram. Não é verdade que as patotas dinásticas e os mentirosos obedientes devem ser vinculados ao nosso país eterna e inseparavelmente. Insultemo-los; louvemos, pois, a outra Alemanha; injuriemo-los, e que nos anime o amor pelos alemães. Entretanto: não por aqueles alemães. Não pelo sujeito que ergue os olhos ao céu subserviente e cheio de respeito, e espezinha abaixo, cheio de soberba, o capacho do bom Deus, uma espécie degenerada do gênero humano.

E porque Heinrich Mann foi o primeiro literato alemão que concedeu ao espírito uma posição ativa e decisiva, para além de toda literatura, então saudemo-lo. E sabemos muito bem que essas poucas linhas não exaurem sua magnitude artística, nem a força de suas representações, nem o estranho enigma de seu sangue mestiço.

É assim que desejamos lutar. Não contra os governantes que sempre hão de existir, nem contra os homens que fazem decretos para os outros, que impõem aos outros sobrecarga e trabalho. Desejamos privá-los *daqueles* sobre cujas costas dançaram; *daqueles*, que com estupidez e satisfação constante causaram a desgraça deste país; *daqueles*, que com prazer veríamos sacudir das sandálias a poeira da pátria: os súditos!

---

3 Editor que revelou e apostou em diversos escritores talentosos nas primeiras décadas de século XX na Alemanha, entre eles, Franz Kafka. Emigrou para os Estados Unidos durante a Segunda Guerra Mundial e, em Nova Iorque, fundou a Pantheon Books. (N. da E.)
4 Cores da bandeira do Império Alemão. (N. da E.)

O súdito

I

Diederich Hessling era uma criança sensível, que adorava sonhar, tinha receio de tudo e sofria de dores no ouvido. No inverno, não gostava de sair da sala quentinha nem, no verão, do jardim estreito que cheirava a farrapos vindos da fábrica de papel e cujos laburnos e lilaseiros eram assombreados pelas velhas casas de enxaimel. Às vezes ele se assustava muito quando erguia os olhos de seu livro de contos de fada, um de seus prediletos. Ao lado dele, sobre o banco, era realmente um sapo que se sentava, e da metade de seu tamanho! Ou lá perto do muro havia um gnomo enterrado até a barriga, que o espiava!

Mais terrível que o gnomo e o sapo era o pai, e ainda era preciso amá-lo. Diederich amava-o. Sempre que mentia ou pegava comida às escondidas, comprimia-se à escrivaninha, mastigando tanto e tão alto, movendo-se timidamente para lá e para cá em volta dela, até que o Sr. Hessling percebesse o que havia e pegasse a vara da parede. Cada travessura que não viesse à tona impunha dúvida à lealdade e confiança de Diederich. Uma vez, quando seu pai caiu da escada com sua perna inválida, o filho aplaudiu tresloucadamente – e saiu correndo dali.

Se ele passava pelas oficinas de trabalho com o rosto inchado, gritando depois de ser castigado, então os operários davam risada. Imediatamente Diederich mostrava-lhes a língua e pisava firme. Ele tinha consciência: "Eu levei uma sova, mas de meu pai. Vocês ficariam contentes se também pudessem levar uma sova dele. Mas nem para isso vocês servem."

Movia-se entre eles como um paxá de humor instável: num momento ameaçava-os de contar ao pai que haviam ido buscar cerveja, em outro deixava-se adular, todo coquete, até contar-lhes a hora em que o Sr. Hessling deveria chegar. Tomavam cuidado com seu chefe: ele os conhecia, tinha sido ele mesmo operário. Produzira papel grosseiro em fábricas artesanais, em que as lâminas eram modeladas à mão; lutara em todas as guerras e, depois da última, quando teve dinheiro, conseguiu comprar uma máquina de papel. Uma holandesa e uma máquina de cortar completaram o equipamento. Ele mesmo controlava a contagem das lâminas. Nada lhe passava despercebido, nem os botões que se soltavam dos farrapos. Seu filho pequeno aceitava das mulheres que lhe enfiassem uns botões nos bolsos, em troca de não denunciá-las quando faziam o mesmo. Um dia, ele havia juntado tantos que lhe ocorreu trocá-los por balas na mercearia. Disso resultou, porém, que de noite Diederich ajoelhou-se à cama enquanto chupava o último açúcar de malte e rogou, tremendo de medo, ao terrível e amado Deus que deixasse o delito encoberto. Mas Ele o trouxe às claras. O pai, que sempre fizera uso metódico da vara – na face castigada de sargento, o dever e a firmeza da honra – dessa vez tinha a mão trêmula, e num dos tufos de sua barba prateada de imperador, correu-lhe uma lágrima, saltitando sobre as rugas. "Meu filho roubou", ele disse sem fôlego e de voz apática, e encarou o filho como a um intruso suspeito. "Você engana e rouba. Só falta agora assassinar alguém."

A Sra. Hessling quis forçar Diederich a atirar-se diante do pai e pedir-lhe perdão, pois o pai havia chorado por causa dele! Mas o instinto de Diederich dizia-lhe que isso apenas deixaria o pai ainda mais nervoso. Hessling de modo algum concordava com o jeito sentimental de sua mulher. Ela corrompera o filho para sempre. A propósito, ele a pegara em flagrante em uma mentira, assim como havia pegado Diedel. Não era de se admirar que ela lia romances! No sábado à noite, o trabalho da semana que fora dado a ela ainda não havia sido feito. Em vez de mexer-se, mexericava com a criada... E Hessling sequer sabia que também sua mulher beliscava comida como o filho. À mesa, ela não arriscava saciar-se e, mais tarde, deslizava até o armário. Tivesse ela se aventurado ao trabalho nas oficinas, também teria roubado botões.

Ela rezava com o filho "com o coração", não por fórmulas prescritas, e com isso ganhava um vermelhão nas faces. Também batia nele, mas sem pensar e desfigurada por um ímpeto de vingança. Com frequência fazia-o sem ter razão. Então, Diederich ameaçava denunciá-la ao pai; fingia ir até o escritório, e alegrava-se em algum lugar atrás do muro por tê-la deixado com medo. Tirava proveito dos momentos de carinho, mas de modo algum sentia qualquer estima por sua mãe. Sua semelhança com ela não o permitia. Afinal não tinha estima nem por si mesmo; ao contrário, levava a vida com um remorso imenso, essa vida que não passaria pelo crivo divino.

Mesmo assim, ambos tinham seus momentos sublimes de extravasamento da alma. Juntos conseguiam arrancar das festas as últimas gotas de animação por meio do canto, piano e a narração de contos de fadas. Quando Diederich começou a duvidar do Papai Noel, deixou-se induzir pela mãe e acreditou nele mais um pouco, sentiu-se aliviado, bem e fiel. Também acreditava obstinadamente em um fantasma lá para cima do burgo, e o pai, que não queria saber de nada disso, parecia-lhe por demais orgulhoso, quase passível de ser castigado. A mãe alimentava-o de contos de fada. Partilhava com ele seu temor diante das ruas novas e agitadas e do bonde de tração animal que passava por elas e conduzia o menino pela muralha até o burgo. Lá desfrutavam aquele pavor agradável.

Chegando à esquina da Meisestrasse[1] era preciso passar por um policial, que podia conduzir quem quisesse até a prisão! O coração de Diederich disparava; tivesse ele feito mais uma lâmina de papel! Só que assim o policial iria perceber sua consciência pesada e capturá-lo. Era tanto mais necessário demonstrar sentir-se limpo e sem culpa – e, com a voz trêmula, Diederich perguntava as horas ao guarda.

Depois de todas essas forças opressoras às quais era subjugado; depois de sapos encantados, do pai, do Deus amado, do fantasma do burgo e da polícia; depois do limpador de chaminés que podia esfregar alguém por dentro da chaminé toda até torná-lo um homem negro; do médico, que podia passar iodo na garganta de alguém e ainda sacudi-lo se gritasse – depois de todas essas forças opressoras, Diederich viu-se ainda sob outra mais aterrorizadora, que devorava o homem inteiro de uma vez: a escola. Entrou nela esperneando, e sequer as respostas que sabia ele conseguiu dar, pois tinha que espernear, e fim. Aos poucos aprendeu a usar o impulso de chorar quando não tinha estudado – pois todo seu medo não o fazia mais aplicado nem menos sonhador –, e assim evitou algumas consequências ruins, até que os professores entenderam seu sistema. Ao primeiro que atinou para isso dedicou toda sua atenção; acalmou-se de repente e o contemplou por sobre os braços retorcidos e mantidos sobre o rosto, cheio de uma devoção acanhada. Mantinha-se sempre resignado e submisso aos professores severos. Aos benevolentes pregava pequenas peças, dificilmente comprováveis, das quais ele não ficava se vangloriando. Sua maior satisfação era falar de um cataclismo nos boletins, do grande julgamento. Relatava à mesa: "Hoje o Sr. Behnke deu uma sova em mais três." E se lhe perguntavam quem eram os tais: "Um deles fui eu."

---

[1] *Strasse* significa, em alemão, rua. (N. da T.)

Afinal, Diederich era de tal temperamento que o alegrava o pertencimento a um todo impessoal, a um organismo inexorável, atroz e mecanicista que era o curso científico no colégio; dava-lhe orgulho o poder, o poder cruel do qual ele mesmo partilhava, mesmo que tropegamente. No aniversário do catedrático, púlpito e lousa foram enfeitados com guirlandas. Até o báculo Diederich decorou com uma fita.

No decorrer dos anos, afetaram-lhe com sacro e doce calafrio duas catástrofes que se lançaram sobre os detentores do poder. Um assistente foi humilhado e exonerado pelo diretor na frente da classe. Um professor regente perdeu a sanidade. Forças opressoras ainda maiores, como o diretor e o manicômio, nesse caso eram terrivelmente implacáveis com os que até então tinham poder tão elevado. De baixo, discreta, mas invisivelmente, era permitido observar os cadáveres e tirar disso um aprendizado que atenuava a própria condição.

Esse poder que o mantinha em sua engrenagem, Diederich exercia-o sobre suas irmãs menores. Tinham que escrever conforme ele ditava e fingir que cometiam mais erros que os que lhes ocorriam espontaneamente, para que ele pudesse devastá-las com a tinta vermelha e distribuir castigos. E os castigos eram cruéis. As pequenas gritavam – e então era Diederich quem se mortificava para não ser denunciado.

Ele sequer precisava de um ser humano para imitar os detentores de poder. Bastavam-lhe os animais, até mesmo as coisas. Ficava à borda da máquina holandesa vendo os tambores sovar os farrapos. "Aquele já era! Subordinai-vos mais uma vez! Tiras infames!", murmurava Diederich, e seus olhos pálidos faiscavam. De repente se agachava, quase caía dentro da tina de cloro. A passada de um operário despertava-lhe de seu prazer vicioso.

Afinal, apenas se sentia de fato medonho e seguro de si quando ele mesmo ganhava uma sova. Resistia ao sofrimento como ninguém. No máximo pedia ao colega: "Nas costas não, é insalubre!"

Não que lhe faltassem senso de justiça e amor por tirar vantagem, mas Diederich levava em conta que a sova que recebia não trazia nem ganhos práticos ao executor, nem perdas reais a si mesmo. Mais sério que esses meros valores ideais era para ele o folheado de *chantilly* que o *maître* do Netziger Hof há tempos lhe havia prometido, e que ele ainda não tinha ganhado. Diederich ensaiou muitas vezes o caminho até o restaurante pela Meisestrasse e a feira, para admoestar aquele seu amigo de fraque. Mas um dia, quando ele não quis mais saber dessa obrigação, Diederich estacou sinceramente indignado e declarou: "Agora já chega! Se o senhor não cumprir a promessa imediatamente, terei de chamar seu superior!" Schorsch riu-se todo com isso e trouxe o folheado.

Isso sim foi um êxito palpável. Lamentavelmente Diederich pôde saboreá-lo somente com pressa e cuidado, pois temia que Wolfgang Buck, que o esperava lá fora, viesse até ele e cobrasse a porção que lhe fora prometida. Nesse ínterim, ele teve tempo de limpar a boca, e irrompeu porta afora xingando Schorsch e esbravejando que ele era um vigarista e não tinha folheado de *chantilly* algum. O senso de justiça de Diederich, que acabara de se expressar tão veementemente a seu favor, não dizia nada ante as reivindicações do outro, as quais sem dúvida não se podiam simplesmente ignorar; a isso a personalidade do pai de Wolfgang dava grande atenção. O velho Sr. Buck não usava colarinhos engomados, mas um lenço de pescoço de seda branca e, sobre ela, uma barba mosqueteiro, branca e enorme. Quão lenta e majestosamente ele conduzia sua bengala ornada com ouro por sobre o pavimento! Trazia sobre a cabeça uma cartola e sob sua sobrecasaca vislumbravam-se com frequência as abas do fraque, e isso em plena luz do dia! Isso porque ele ia a assembleias, era encarregado da cidade toda. Sobre tudo que era público, a piscina, a prisão, tudo mesmo, Diederich pensava: "Isso pertence ao Sr. Buck." Ele devia ser extraordinariamente rico e poderoso. Todos, até o Sr. Hessling, tiravam o chapéu diante dele e assim ficavam por muito tempo. Tirar algo de seu filho à força teria sido um ato de perigo imensurável. Para não ser totalmente esmigalhado pelos poderes supremos que ele tanto reverenciava, Diederich devia proceder com calma e astúcia.

Uma vez apenas, na oitava série, ocorreu de Diederich perder toda a deferência ao agir cegamente e tornar-se o opressor triunfante. Havia debochado do único judeu de sua classe, o que era costumeiro e conveniente, porém ele o fez com uma atitude incomum. Com pedaços de madeira que serviam para desenhar, construiu uma cruz sobre o púlpito e fez o judeu ajoelhar-se diante dela. Fixou-o, apesar de toda resistência; ele era forte! O que fez a força de Diederich foram os aplausos em sua volta, a aglomeração que lhe fornecia braços para ajudar, a maioria avassaladora, dentro e fora. Era toda a comunidade cristã de Netzig que agia por meio dele. Que benfazejo sentir-se parte de uma responsabilidade comum e possuir uma autoconfiança que era coletiva!

Depois da embriaguez, veio uma leve sensação de incerteza, no entanto o primeiro rosto de professor com o qual Diederich deparou-se trouxe-lhe a coragem de volta. Era um rosto de tímida benevolência. Outros expressaram-lhe claramente a aprovação. Diederich devolvia-lhes um breve sorriso de aquiescência humilde. Desde então, tudo ficou mais fácil para ele. A classe não podia deixar de honrar aquele que caíra nas graças do novo professor catedrático. Ele tinha Diederich como o melhor aluno e supervisor secreto. Ao menos a segunda dessas duas posições de honra ele manteve também mais tarde. Tinha amizade com todos, e quando eles revelavam suas traquinagens ria um riso solto, mas cordial, como jovem sério que é tolerante com a imprudência – e então, durante a pausa, quando apresentava ao professor o livro de classe, relatava-lhe tudo. Também denunciava as alcunhas dadas aos professores e os discursos insurgentes conduzidos contra eles. No momento em que os reproduzia, tremia em sua voz algo do horror voluptuoso com o qual ele os escutara por detrás das pálpebras baixas. Afinal, se de algum modo os dominadores se abalavam, ele experimentava uma certa satisfação licenciosa, algo que se movia nas profundezas, quase um ódio que, de modo furtivo e rápido, vinha buscar seu quinhão, às mordiscadas. Ao denunciar os outros, expiava a própria pulsão pecaminosa.

Por outro lado, e na maior parte das vezes, não tinha uma indisposição pessoal contras os colegas cujo progresso colocava sua atividade em questão. Comportava-se como executor consciencioso de uma ação duramente necessária. Depois disso, podia dirigir-se ao culpado e, como que inteiramente isento, lamentar-lhe a situação. Uma vez, um deles foi pego com sua ajuda, pois havia tempo desconfiava-se de que colava nas provas. Com o consentimento do professor, Diederich passou-lhe uma questão de matemática, que de propósito fora falsificada no meio, mas cujo resultado final ainda assim estava correto. De noite, depois da derrocada do defraudador, alguns veteranos do científico estavam sentados diante da entrada de um bar, o que era permitido depois da ginástica, e cantavam. Diederich tinha procurado um lugar ao lado de sua vítima. Em dado momento, quando já tinham bebido tudo, deixou sua mão direita deslizar da caneca para a mão do outro, olhou-o nos olhos com lealdade e sozinho entoou em tons baixos, que se arrastavam pela emoção:

"Eu tinha um camarada,
  Um assim não se acha nã..."

A propósito, nas atividades escolares cada vez mais frequentemente alcançava resultados suficientes em todas as matérias, sem exceder em alguma o grau exigido ou sem saber algo neste mundo que não estivesse no livro didático. A redação era-lhe a menos familiar e quem se distinguia nisso causava nele desconfiança inexplicável.

Depois que passou para o último ano do científico, a conclusão dessa etapa escolar estava assegurada. Seus professores e seu pai entendiam que ele deveria ir para a faculdade. O velho Hessling, que em 1866[2] e 1871[3] atravessara marchando o Portão de Brandemburgo, mandou Diederich para Berlim.

Como não se encorajou a sair das proximidades da Friedrichstrasse, alugou um quarto para cima, na Tieckstrasse. Assim, tinha apenas que descer em linha reta até a universidade sem perder-se no caminho. Frequentava-a porque não tinha mais nada em vista, isso duas vezes ao dia, e nos entremeios era comum que chorasse com saudades de casa. Escrevia uma carta ao pai e à mãe e agradecia-lhes pela infância feliz. Raramente saía se não tinha necessidade. E mal comia, temendo gastar todo o dinheiro antes do fim do mês. E a toda hora tinha de pegar a carteira para ver se ela ainda estava lá.

Sentia-se tão só, que ainda não tinha ido à Blücherstrasse entregar a carta do pai ao Sr. Göppel, fabricante de celulose que era de Netzig e também fazia fornecimentos ao Sr. Hessling. No quarto domingo, venceu a timidez. E mal o senhor corpulento e vermelho, alguém que frequentemente tinha visto junto com o pai em seu escritório, requebrou-se até ele, Diederich admirou-se por já não ter vindo antes. O Sr. Göppel logo perguntara por toda Netzig e, sobretudo, pelo velho Buck. Pois, embora seu cavanhaque já estivesse grisalho, havia reverenciado o velho Buck desde rapaz, assim como Diederich, mas parece que por outras razões. Isso sim era um homem: de tirar o chapéu! Um desses que o povo alemão deveria venerar, muito mais que certas pessoas que sempre quiseram curar tudo com sangue e ferro e para isso impuseram contas enormes à nação. O velho Buck

---

[2] Referência à guerra travada entre a Áustria e a Prússia, considerada parte do processo de unificação da Alemanha. (N. da E.)
[3] Unificação da Alemanha, sob a liderança de Guilherme da Prússia. (N. da E.)

já estava lá em quarenta e oito[4], chegou a ser condenado à morte. "Isso para que pudéssemos estar sentados aqui hoje como homens livres", dizia o Sr. Göppel, "graças a pessoas como o velho Buck." E ele abria mais uma garrafa de cerveja. "E hoje levamos chutes de botas de couraceiro..."

O Sr. Göppel reconhecia-se como oponente liberal de Bismarck[5]. Diederich confirmava tudo que o Sr. Göppel queria. Não tinha opinião alguma sobre o chanceler, a liberdade e o jovem imperador. Então ficou todo desconcertado, pois entrara uma jovem moça que no primeiro momento lhe pareceu assustadora por sua beleza e elegância.

"Minha filha Agnes", disse o Sr. Göppel.

E Diederich lá em pé, com sua sobrecasaca cheia de pregas, como um candidato fraco e todo enrubescido. A jovem moça deu-lhe a mão. Certamente queria ser simpática, mas como travar conversa com ela? Diederich respondeu que sim quando ela perguntou se ele gostava de Berlim, e quando perguntou se ele já tinha ido ao teatro, respondeu que não. Transpirava de tanto nervosismo e estava totalmente convencido de que sua partida era a única coisa com a qual ele poderia causar interesse à jovem moça. Mas como escapar dessa situação? Por sorte, um outro apareceu, um homem robusto chamado Mahlmann, que tinha a voz retumbante e um sotaque de Mecklemburgo, parecia ser estudante de engenharia e devia estar hospedado na casa de Göppel. Lembrava a Srta. Agnes do passeio que haviam combinado. Diederich foi exortado a acompanhá-los. Horrorizado, deu o pretexto de que um conhecido esperava-o lá fora, e logo fugiu dali. "Graças a Deus", pensou com um mal-estar, "ela já tem alguém."

No escuro o Sr. Göppel abriu-lhe a porta do corredor e perguntou-lhe se o amigo também conhecia Berlim. Diederich

---

[4] Em 1848 e 1849 eclodiram revoltas em vários estados alemães, que buscavam a unificação da Alemanha sob uma constituição única. (N. da E.)
[5] Otto von Bismarck (1815-1898), político prussiano conservador, foi figura essencial ao processo de unificação alemã. Foi primeiro-ministro do reino da Prússia e, após a unificação, chanceler do Império Alemão. (N. da E.)

mentiu: seu amigo era berlinense. "Pois se ambos não conhecessem, poderia ser que pegassem o ônibus errado. O senhor certamente já se perdeu alguma vez em Berlim." Quando Diederich assumiu que sim, Sr. Göppel mostrou-se satisfeito. "Aqui não é como Netzig. Aqui se precisa de meio dia só para deslocar-se. O senhor não acha? Imagine vir de sua Tieckstrasse até aqui, até o Hallesches Tor: é o mesmo que subir e descer três vezes toda Netzig... Bem, no próximo domingo venha para almoçar!"

Diederich prometeu. Isso já tinha ido longe demais, e ele preferiria ter recusado. Apenas por medo de seu pai é que compareceu. Dessa vez ao menos teve chance de ficar sozinho com a Srta. Göppel. Fez-se de atarefado, também como se não estivesse com vontade de se ocupar dela. Ela novamente entrou no assunto do teatro, mas ele encurtou o assunto em tom ríspido: não tinha tempo para esse tipo de coisa. Ah, sim, seu pai havia-lhe dito que o Sr. Hessling estudava química.

"Sim. Afinal é a única ciência que tem legitimação", afirmou Diederich sem saber exatamente de onde tirou a ideia. A Srta. Göppel deixou cair sua bolsa, ele se curvou tão desleixadamente, que ela a pegou novamente antes que Diederich o fizesse. Ainda assim agradeceu-lhe, suave e quase envergonhada – o que irritava Diederich. "Mulheres coquetes são abomináveis", pensou. Ela remexia sua bolsa.

"Agora é que eu o perdi mesmo. Meu esparadrapo inglês. É que está sangrando novamente."

Enfaixou o dedo com um lenço de papel. A brancura de neve era tamanha, que ocorreu a Diederich o sangue poder infiltrar-se pela pele.

"Eu tenho um", disse rapidamente.

Agarrou-lhe o dedo, e antes que ela pudesse enxugar o sangue, ele o lambeu.

"O que o senhor está fazendo?"

Até ele se assustou. E falou com as sobrancelhas rigorosamente franzidas: "Oh, como químico experimento outras coisas totalmente diversas."

Ela sorriu: "Ah, sim, o senhor é um tipo de médico... E faz tão bem feito", comentou enquanto via-o colocar o esparadrapo.

"Bem", ele fez, contestando e retraindo-se. Sentia-se sufocado e pensou: "Se ao menos não fosse necessário tocar em sua pele! Ela é sordidamente macia." Agnes olhou-o de soslaio. Depois de uma pausa, ela ainda tentou: "Nós não temos parentes em comum em Netzig?" Impeliu-o a fazer uma revisão familiar, então descobriram que havia primos.

"O senhor ainda tem sua mãe, não? Então pode se alegrar. A minha já morreu há tempos. Eu também não vou viver muito. Tenho cá minha intuição" – sorriu nostálgica e desculpando-se.

Diederich refletiu consigo mesmo que tal sentimentalidade era tola. Ainda uma pausa – e como ambos começaram imediatamente a falar, chegou nesse ínterim o rapaz de Mecklemburgo. Apertou-lhe tão forte a mão que o rosto de Diederich contorceu-se e ao mesmo tempo sorriu-lhe vitorioso, olhando em seus olhos. Sem mais, arrastou uma cadeira até bem perto dos joelhos de Agnes e perguntou-lhe, alegre e com autoridade, sobre todo e qualquer assunto concernente apenas a ambos. Diederich ficou abandonado a si mesmo e descobriu que Agnes, examinando-a com calma, não era assim tão pavorosa. Na verdade não era bonita. Tinha um nariz arrebitado e muito pequeno, cujo dorso, muito delgado, tinha sardas. Seus olhos cor de mel eram muito próximos um do outro e tremelicavam quando viam alguém. Os lábios eram muito delgados, o rosto todo era muito delgado. "Se ela não tivesse tanto cabelo marrom avermelhado sobre a testa e ainda a expressão pálida..." Também causava-lhe satisfação o fato de a unha do dedo que lambera não estar tão limpa.

O Sr. Göppel chegou com suas três irmãs. Uma delas estava com o marido e filhos. O pai e as tias abraçaram e beijaram Agnes. Faziam-no com bastante desvelo e tinham, com isso, um semblante protetor. A jovem era mais magra e alta que todas elas e mirava de cima um pouco distraída para as tias, que dependuravam-se em seus ombros franzinos. Apenas o beijo de seu pai ela retribuía, vagarosa e séria. Diederich olhou com atenção e viu no sol, cobertas pelos cabelos ruivos, as veias azuis-claras da moça cruzarem-lhe as têmporas.

Teve que conduzir uma das tias para a sala de jantar. O mecklemburguense pendurou os braços de Agnes sobre os seus. Os vestidos de seda de domingo farfalhavam em volta da mesa familiar. Dobravam-se as abas da sobrecasaca sobre os joelhos. Pigarreava-se, os homens friccionavam as mãos. E então veio a sopa.

Diederich sentou-se longe de Agnes e não conseguia vê-la sem inclinar-se, o que evitava cuidadosamente. Ao ser deixado em paz por sua vizinha, comeu fartas quantias de assado de vitelo e couve-flor. Ouviu atentamente a discussão sobre a comida e confirmou que ela muito lhe apetecia. Chamou-se a atenção de Agnes para a salada, foi-lhe aconselhado vinho tinto, e ela deveria informar se hoje pela manhã teria usado sapatos de borracha. O Sr. Göppel contou, dirigindo-se a Diederich, que ele e suas irmãs, sabe Deus por que, há pouco tinham se dispersado na Friedrichstrasse e voltado a se encontrar apenas no ônibus. "Esse tipo de coisa também não deve ocorrer-lhe em Netzig", exclamou cheio de orgulho para toda a mesa. Mahlmann e Agnes conversavam sobre um concerto. Ela certamente queria ir e papai permitiria. O Sr. Göppel fazia objeções afetuosas e as tias faziam-lhe coro. Agnes devia ir dormir cedo e logo sair para tomar ar fresco. Tinha se excedido no inverno. Ela contestava. "Vocês nunca me deixam sair de casa. Vocês são terríveis."

Internamente Diederich tomava o partido dela. Tinha um pendor para o heroísmo: teria feito que a ela tudo fosse permitido, que ela fosse feliz e lhe agradecesse... Então, o Sr. Göppel perguntou-lhe se ele queria ir ao concerto. "Não sei", disse com desdém e olhou para Agnes, que se inclinou.

"Que tipo de concerto é esse? Eu só vou a concertos em que eu possa tomar cerveja."

"Muito sensato", disse o cunhado do Sr. Göppel.

Agnes retraíra-se e Diederich arrependeu-se do que tinha dito.

Mas a torta de creme pela qual todos estavam ansiosos tardava a chegar. O Sr. Göppel aconselhou à filha que fosse ver o que havia. Antes que ela tivesse colocado seu prato com a compota sobre a mesa, Diederich saltou – sua cadeira voou para a parede – e com passos firmes apressou-se para a porta. "Marie! A torta!", gritou. Ruborizado e sem olhar ninguém, voltou para seu lugar. Percebeu muito bem que os outros trocavam acenos. Mahlmann suspirava sarcástico. O cunhado declarou com ingenuidade forçada: "Sempre galante! Assim é que se deve ser." O Sr. Göppel sorriu afetuoso para Agnes, que não tirava os olhos de sua compota. Diederich pressionava o joelho contra o tampo da mesa, e ela começou a se erguer. Pensou: "Meu Deus, pudera eu não ter feito isso!"

Na hora de dizer o *Mahlzeit!*[6], deu a mão a todos, esquivou-se apenas de Agnes. Na hora do café, no *Berliner Zimmer*[7], escolheu cuidadosamente um lugar onde as costas largas de Mahlmann o escondessem dela. Uma das tias quis travar diálogo com ele.

"O que o senhor está estudando afinal, jovem rapaz?", perguntou.

"Química."

"Ah, Física?"

"Não, Química."

"Ah."

---

6 *Mahlzeit* significa "refeição" ou "hora da refeição". O costume de cumprimentar com esse dizer ainda existe na Alemanha, sobretudo em ambientes de trabalhos, antes e/ou após a volta da pausa para o almoço ou para outro momento de refeição. (N. da T.)

7 Um cômodo usado, entre outros, para recepcionar convidados, e que, em sua estrutura, interligava duas partes da casa, e geralmente possuía uma janela de canto. (N. da T.)

E por mais que tivesse começado bem, não pôde ir além disso. Para si mesmo Diederich chamou-a de perua tola. Não se adequava àquelas pessoas. Cheio de uma melancolia hostil, ficou olhando até que os últimos parentes tivessem ido embora. Agnes e o pai tinham-nos acompanhado até lá fora. O Sr. Göppel voltou e ficou admirado ao encontrar o jovem rapaz sozinho e ainda na sala. Estava em um silêncio perquiridor, pôs a mão no bolso. Quando Diederich de repente despediu-se, sem ter pedido dinheiro, Göppel mostrou grande cordialidade. "Cumprimentarei minha filha em seu nome", disse, e à porta, depois de refletir um pouco: "Volte no próximo domingo!"

Diederich estava decidido a não entrar mais naquela casa. No dia seguinte, deixou tudo isso para trás e saiu pela cidade perguntando por um estabelecimento em que pudesse comprar o bilhete do concerto para Agnes. Antes tinha de procurar nas informações expostas o nome do virtuose que ela tinha mencionado. Era esse? É assim que soava o nome? Diederich decidiu-se. Quando então percebeu que isso lhe custaria quatro marcos, arregalou os olhos, aterrorizado. Tanto dinheiro para ver alguém que fazia música! Antes tivesse ido embora! Quando pagou e já estava lá fora, indignou-se contra tal embuste. Então pensou que aquilo era para Agnes, e se comoveu consigo mesmo. Adentrou a multidão cada vez mais sensibilizado e feliz. Era a primeira vez que gastava dinheiro em proveito de outra pessoa.

Colocou o bilhete dentro de um envelope, nada mais, e escreveu o endereço com letra bonita para não se trair. Estava de pé ao lado da caixa de correio, quando do nada veio Mahlmann e riu sarcástico. Diederich sentiu-se descoberto, o outro vira a mão que ele tirava da caixa. Porém Mahlmann só manifestou a intenção de ver o quarto de Diederich. Achou que seu interior deveria se parecer com o do aposento de uma velha dama. Até o bule de café Diederich tinha trazido de sua casa! Diederich morreu de vergonha. Quando Mahlmann abriu e fechou os livros de química desdenhosamente, Diederich sentiu vergonha de sua especialidade. O mecklemburguense jogou-se no sofá e perguntou: "O senhor gosta da Göppel? Pequena simpática, não? E não é que ficou vermelho de novo? Pois corteje-a, ora essa! Eu posso me afastar, se o senhor achar que é devido. Tenho em vista umas quinze." Diederich fez um gesto de indiferença. "Vou lhe dizer, dali pode sair alguma coisa, se bem entendo de mulheres. Os cabelos ruivos! E o senhor não reparou quando ela olha alguém e pensa que a pessoa não está notando?"

"Comigo não é assim", disse Diederich ainda mais indiferente. "Não dou a mínima."

"É pena para ela!" Mahlmann riu ruidosamente – e sugeriu darem uma volta. Disso decorreu uma incursão pelos bares. Às primeiras luzes dos lampiões a gás, já se viam bêbados. Pouco mais tarde, na Leipziger Strasse, Diederich levou uma forte bofetada de Mahlmann sem motivo. Ele disse: "Ai! Mas que..." Então recuou diante da palavra "... atrevimento". O mecklemburguense deu-lhe um tapinha nas costas. "Só amizade, garoto! Pura amizade!" – e, não bastasse, tomou os últimos dez marcos de Diederich... Quatro dias depois, encontrou-o fraco de fome e generosamente cedeu-lhe três marcos que pegara emprestado por aí. Domingo, nos Göppel – Diederich talvez não tivesse ido se estivesse com o estômago menos vazio – Mahlmann contou que Hessling torrou todo o dinheiro e que hoje devia comer até se fartar. O Sr. Göppel e seu cunhado riram condescendentes, mas Diederich preferiu nunca ter nascido a ser olhado por Agnes de modo tão triste e inquisidor. Ela o menosprezava! Consolava a si mesmo desesperadamente: "Dá na mesma, ela sempre fez assim!" Então ela perguntou se talvez tivesse sido ele que enviara o bilhete do concerto. Todos olharam para ele.

"Tolice! Como me ocorreria algo assim?", replicou tão pouco amistoso, que ela acreditou nele. Agnes hesitou um pouco antes de desviar o olhar. Mahlmann ofereceu pralinas às damas e dispôs as restantes para Agnes. Diederich não deu atenção a ela. Comeu ainda mais do que a última vez. Até porque todos pensavam que ele estivesse lá por isso! Quando se anunciou que o café seria no Grunewald, Diederich inventou um compromisso. E até mesmo completou: "Com alguém que em hipótese alguma devo deixar esperando." Sr. Göppel pousou-lhe a mão compacta no ombro, acenou-lhe com a cabeça inclinada e disse baixinho: "Não tema, é claro que o senhor é nosso convidado!" Porém Diederich asseverou indignado, que não se tratava disso. "Bem, ao menos volte tão logo o senhor tenha vontade", encerrou Göppel e Agnes concordou. Ela parecia até mesmo querer dizer algo, mas Diederich não esperou. Passou o resto do dia sob uma melancolia complacente, como que depois da consumação de um grande sacrifício. À noite, estava sentado em um bar lotado, de cabeça baixa, e de tempos em tempos olhava para o seu copo solitário, como se entendesse finalmente o destino.

O que se podia fazer contra a forma truculenta com a qual Mahlmann tomava seus empréstimos? No domingo, o mecklemburguense tinha um buquê de flores para Agnes, e Diederich, que viera de mãos vazias, queria poder ter dito: "Na verdade fui eu que o trouxe, senhorita." Em vez disso, ficou em silêncio, com ressentimento ainda maior de Agnes que de Mahlmann. Pois Mahlmann causava admiração quando perseguia um desconhecido de noite para bater em sua cartola – embora Diederich de modo algum desconhecesse a advertência que ele mesmo deveria tirar daquilo.

Ao fim do mês, ganhou de aniversário uma quantia inesperada que sua mãe havia economizado, e apareceu nos Göppel com um buquê, não muito grande, para não se expor demais e também para não desafiar Mahlmann. Ao recebê-lo, a jovem assumiu uma expressão comovida, e Diederich sorriu com certo desdém, e constrangimento também. Esse domingo pareceu-lhe inacreditavelmente festivo. Não surpreendeu que todos quisessem ir ao zoológico.

Partiram depois que Mahlmann os havia contado: onze pessoas. Como as irmãs de Göppel, todas as mulheres que encontraram no caminho estavam vestidas de modo totalmente diferente de como estavam na semana: como se hoje elas pertencessem a uma classe mais alta ou tivessem recebido uma herança. Os homens vestiam sobrecasacas: poucos em conjunto com calça preta, como Diederich, mas muitos com chapéu-panamá. Se viessem por uma travessa, iriam encontrá-la ampla, uniforme e vazia, sem ninguém, sem excrementos de cavalo. Dado momento, um grupo de garotinhas dançou com vestidos brancos, meias pretas e laço, cantando estridentes uma cantiga de roda. Logo em seguida, na rua, matronas suadas correram em disparada para um ônibus, e os funcionários do comércio que lutavam com elas pelos lugares, sem nenhuma complacência, tinham os rostos pálidos como se fossem desmaiar, ainda mais em comparação com os delas, muito corados. Todos seguiam em frente, convergiam para um mesmo destino, onde finalmente a diversão deveria começar. Todas as expressões faciais diziam com ardor: ora essa, nós já trabalhamos o suficiente!

Diederich mostrou-se um berlinense perante as damas. No bonde, conseguiu lugares para elas. Impediu que um senhor prestes a tomar um deles assim o fizesse, admoestando-o com um pisão no pé. O senhor gritou: "Calhorda!" Diederich respondeu-lhe à altura. Porém tudo indicava que o Sr. Göppel o conhecia. Tão logo foram apresentados, Diederich e o outro expressaram modos dos mais cavalheirescos. Nenhum quis sentar-se para não deixar o outro em pé.

À mesa, no jardim zoológico, ocorreu de Diederich ficar ao lado de Agnes – por que hoje tudo corria com tanta ventura? – e quando imediatamente depois do café ela manifestou o desejo de ver os animais, ele a apoiou com ardor. Estava cheio de iniciativa. Diante da passagem estreita entre as jaulas das feras predadoras, as senhoras deram meia-volta. Diederich ofereceu a Agnes sua companhia. "Aqui é melhor que a senhora tenha a mim a seu lado", disse Mahlmann. "Para o caso de uma grade se desprender..."

"Também não seria o senhor que a colocaria de volta", replicou Agnes e entrou, enquanto Mahlmann soltava uma gargalhada. Diederich permaneceu atrás dela. Estava apavorado por causa das feras, que o fitavam, andando para lá e para cá, sem outro som que não o da respiração que lançavam sobre ele – e também por causa da garota, cuja fragrância de flores o atraía. Ela se voltou para trás e disse: "Não gosto de bravatas!"

"Mesmo?", perguntou Diederich cheio de alegria.

"Hoje o senhor está simpático", disse Agnes; e ele: "Na verdade, eu sempre quis ser."

"Mesmo?" Agora era a voz dela que parecia hesitar. Eles se olharam, cada um como se não merecesse tudo aquilo. A jovem lamentou: "Os animais estão cheirando muito mal."

E voltaram.

Mahlmann recebeu-os. "Eu só queria ver se não iriam fugir." Depois chamou Diederich à parte: "E então? O que fez a pequena? O senhor também se deu bem? Eu lhe disse que não há nenhum mistério nisso." E como Diederich permanecia mudo: "Foi com bastante sede ao pote? E sabe o que mais? Ficarei em Berlim só mais um semestre, daí o senhor pode me suceder. Mas até lá o senhor faça o favor de esperar..." – e súbito, sobre o tronco monstruoso, vislumbrou-se sua cabeça pequena e ladina: "... amiguinho!"

E dispensou Diederich, que ficou apavorado e não ousou mais aproximar-se de Agnes. Ela já não ouvia Mahlmann com atenção, virou para trás e gritou: "Papai! Hoje está tudo maravilhoso, estou tão bem hoje."

O Sr. Göppel colocou o braço de Agnes entre suas mãos, como se quisesse segurá-lo firmemente, mas mal o tocou. Seus olhos brilhantes riram e marejaram. Quando toda a família havia se despedido, reuniu a filha e os dois jovens em sua volta e disse-lhes que o dia era propício para comemorar; deveriam seguir pela Unter den Linden[8] e depois comer em algum lugar.

---

8 Avenida famosa de Berlim, cuja tradução literal é "sob as tílias". (N. da T.)

"Papai está ficando volúvel!", gritou Agnes e olhou para trás na direção de Diederich. Mas ele manteve os olhos baixos. No bonde, comportou-se de modo tão inconveniente, que permaneceu distante dos outros. No tumulto da Friedrichstrasse, ficou para trás com o Sr. Göppel. De repente o Sr. Göppel parou, perturbado apalpou em volta do estômago e perguntou: "Onde está meu relógio?"

Tinha sido levado junto com a corrente. Mahlmann disse: "Há quanto tempo o senhor está em Berlim, Sr. Göppel?"

"Pois é!" – e Göppel dirigiu-se a Diederich. "Estou aqui há trinta anos, mas isso nunca tinha me acontecido antes." E orgulhoso, apesar de tudo: "Veja o senhor, isso de modo algum aconteceria em Netzig!"

Em vez de comer, era preciso ir até a polícia e passar por um interrogatório. Agnes tossiu. Göppel teve um sobressalto. "Já estamos cansados demais para isso", murmurou. Com uma jovialidade forçada, despediu-se de Diederich, que ignorou a mão de Agnes e, desajeitado, ergueu o chapéu. De súbito, com uma habilidade surpreendente e antes que Mahlmann percebesse o que se sucedia, saltou rapidamente em um ônibus que passava. Tinha escapado! Agora sim começavam as férias! Estava livre de tudo! Em casa, jogou no chão com estrondo os mais pesados de seus volumes de química. Tinha em mãos até mesmo o bule de café. Mas quando ouviu o ruído de uma porta lá fora, imediatamente começou a juntar tudo de volta. Depois sentou-se na quina do sofá, apoiou a cabeça e chorou. Se tudo não tivesse sido tão bonito antes! Havia caído na armadilha. É o que fazem as garotas: tomam alguém de vez em quando, só para caçoar dele com outro rapazola. Diederich tinha consciência de que não poderia competir com um tipo daquele. Via-se ao lado de Mahlmann e não entenderia caso alguma menina se decidisse por ele mesmo e não pelo outro. "Fui muito presunçoso", pensou. "Alguém que se apaixone por mim tem que ser muito burro." Sofria de tanto medo; o mecklemburguense poderia vir e ameaçá-lo mais furioso ainda. "Não a quero mais. Se eu pudesse desaparecer!" Nos dias que se seguiram, ficou trancado em casa sob uma tensão mortal. Tão logo recebeu dinheiro, partiu.

Sua mãe, cismada e enciumada, perguntou o que ele tinha. Depois de tão pouco tempo e já não era mais criança. "É, as ruas de Berlim!"

Diederich aceitou rapidamente quando ela sugeriu que ele fosse para uma universidade menor e não voltasse mais a Berlim. O pai achava que havia prós e contras. Diederich teve de relatar-lhe muito sobre os Göppel. Se tinha visto a fábrica. E se já tinha estado com os amigos do trabalho. O Sr. Hessling desejava que Diederich usasse as férias para conhecer o processo de fabricação de papel nas suas oficinas. "Já não sou mais tão jovem, e meu estilhaço de granada há tempos que não incomodava tanto."

Tão logo podia, Diederich escapava para passear na floresta de Gäbbelchen ou ao longo do riacho de Nugge, na região de Gohse, e sentir-se integrado à natureza. Agora ele podia. Pela primeira vez, ocorreu-lhe que a colina lá para trás parecia triste ou uma grande nostalgia, e o que vinha do céu, seja sol, seja chuva, era o amor intenso de Diederich e eram suas lágrimas. Pois ele chorava muito. Tentara até escrever poesia.

Uma vez entrou na Löwenapotheke[9] e estava atrás do balcão um colega seu de escola, o Gottlieb Hornung. "É, estou aqui bancando um pouco o farmacêutico durante o verão", explicou. Tinha até mesmo se envenenado por descuido e se contorcido para trás como uma enguia. Toda cidade havia falado nisso! Mas no outono foi para Berlim dar um tratamento científico ao assunto. Havia alguma novidade de Berlim? Radiante pela posse dessa superioridade, Diederich começou a se gabar de suas experiências berlinenses. O farmacêutico anunciou: "Nós dois juntos viramos Berlim de cabeça para baixo."

---

9 *Apotheke* significa farmácia, em alemão. (N. da T.)

E Diederich foi fraco o suficiente para concordar. A ideia da universidade menor foi descartada. Ao fim do verão – Hornung tinha ainda alguns dias de estágio – Diederich voltou para Berlim. Saiu do quarto da Tieckstrasse. Fugiu de Mahlmann e dos Göppel e foi parar em Gesundbrunnen. Lá esperou por Hornung. Mas Hornung, que tinha anunciado sua partida, ainda não estava; e quando finalmente chegou, trazia à cabeça uma boina nas cores verde, amarelo e vermelho. Deixara-se fisgar por um colega e ligou-se a uma irmandade. Diederich também deveria afiliar-se. Eram os Novos Teutões, uma agremiação de primeira linha, disse Hornung; só farmacêuticos havia seis. Diederich escondeu seu horror sob a máscara do desdém, mas isso não ajudou em nada. Não queria fazer má figura para Hornung, que falara dele por lá. Ao menos uma visita tinha de fazer.

"Apenas uma", disse incisivo.

E essa uma demorou tanto que Diederich pôs-se debaixo da mesa e eles o removeram de lá. Depois de haver dormido o bastante, levaram-no à taberna para tomar a cerveja da manhã, como era costume; assim tornou-se companheiro de bebida, ainda que não membro oficial.

E sentiu-se como se esse posto fosse feito para ele. Viu-se deslocado para um grande círculo de pessoas, das quais nenhuma fazia algo por ele ou exigia dele qualquer outra coisa que não beber. Cheio de gratidão e benevolência, ergueu o copo para aquele que o havia estimulado. Beber e não beber, sentar, ficar em pé, falar ou cantar na maioria das vezes não dependia dele mesmo. Para tudo havia um comando, e se fosse seguido à risca, vivia-se em paz consigo mesmo e com o mundo. Na hora da salamandra[10], na pri-

---

[10] *Salamander* é um ritual de um grupo de pessoas, de uma confraria, em que, ao sinal de comando, elas levantam e bebem toda a cerveja, juntos colocam o caneco (com ou sem tampa) na mesa batendo-o ou esfregando-o e, a outro sinal, é colocado de volta à mesa por todos ao mesmo tempo e com uma batida mais forte. O ritual sofre alterações dependendo da região e do contexto. (N. da T.)

meira vez em que Diederich conseguiu bater o caneco com todo mundo, sorriu para todos na roda, quase envergonhado pela própria perfeição!

Mas isso não era nada diante da segurança que tinha para cantar! Diederich tinha sido um dos melhores cantores na escola e já no seu primeiro livro de canto sabia de cor os números das páginas em que se encontrava cada canção. Agora só precisava mover o dedo sobre o livro de canções estudantis, pousado nas pontas de pregos espessos sobre a poça de cerveja, e encontrar no meio de todos o número que se deveria cantar. Muitas vezes, com reverência, aguardava da boca do presidente que talvez viesse o anúncio de sua canção predileta. Então, intrépido esbravejava: "Quem pode saber o que liberdade quer dizer"[11]. Ouvia zunir perto dele o gordo Delitzsch e sentia-se agradavelmente protegido na meia-luz daquele local baixo, ao estilo do alemão antigo, com as boinas na parede, a guirlanda de bocas abertas, todas bebendo a mesma coisa, cantando em meio ao odor da cerveja e dos corpos que voltavam a transpirar o que haviam bebido naquele calor. Já tarde da noite, parecia-lhe que suava com todos eles no mesmo corpo. Mesclou-se àquela irmandade, que pensava e desejava por ele. E era um homem, e porque pertencia a ela, tinha muita honra e devia venerar a si mesmo! Desarraigá-lo, prejudicá-lo enquanto indivíduo: ninguém lograria tal coisa! Que Mahlmann se aventurasse a se aproximar e tentar algo assim: em vez de Diederich, vinte homens teriam se levantado contra ele! Diederich só desejava vê-lo ali, tão destemido que era. Se possível, que viesse com o Göppel, então eles veriam em que Diederich transformara-se, e assim estaria vingado!

Ainda assim, dentre todos quem mais lhe mostrou simpatia foi o mais inofensivo, seu vizinho, o gordo Delitzsch. Algo profundamente apaziguador e confiante habitava aquele monte de gordura liso, branco e cheio de humor, que

---

[11] *Sie wissen den Teufel, was Freiheit heißt*, verso de *Hanne Nüte un de lütte Pudel*, de Fritz Reuter (1810-1874). (N. da T.)

se estufava largamente sobre as bordas da cadeira, crescia em inúmeras protuberâncias até alcançar a mesa, onde ficava apoiado, como se isso fosse o máximo que tivesse conseguido, sem outro movimento que não o de levantar e abaixar o copo de cerveja. Delitzsch ficava em seu lugar como ninguém mais. Quem o via sentado esquecia que alguma vez o tinha visto de pé. Ele definitivamente fora feito para sentar à mesa de cerveja. Suas calças, que de outro modo ficavam profunda e melancolicamente suspensas, encontravam sua verdadeira forma e inflavam com imponência. Era somente à vista da face traseira de Delitzsch que também a face dianteira assumia seu esplendor. A alegria de viver iluminava-o e ele se tornava espirituoso.

O drama começou quando um jovem astuto fez-lhe uma zombaria e tirou-lhe o copo de cerveja. Delitzsch não moveu um membro, mas sua face, que seguia por toda parte o vidro pilhado, ganhou de repente toda a seriedade impetuosa da existência, e chamou com seu grito de tenor suábio: "Ei rapaz, vê se não derruba! Assim você me tira todo o sustento! Que degradação maldosa e cruel da minha existência! Vou lhe acabar metendo um processo por isso!"

Tivesse a brincadeira durado um pouco mais, as bochechas brancas e gordurosas de Delitzsch teriam se abatido, teria pedido e se humilhado. Mas tão logo ganhou a cerveja de volta, qual não foi o sorriso de reconciliação universal, que apoteose! Disse: "Você até que presta. Que viva então, saúde!" Tomou tudo num gole só e bateu com o porta-copo para o garçom: "Ei, garçom!"

Depois de umas horas, ocorreu de o vaso sanitário virar com Delitzsch e ele manter a cabeça suspensa sobre a pia. A água borbulhava, Delitzsch gargarejava asfixiado e então alguns correram para o banheiro por causa do barulho. Um tanto azedo ainda, mas com a bufonaria renovada, Delitzsch voltou para a mesa.

"Agora sim", disse. "E do que tanto vocês falavam quando eu estava ocupado com outras coisas? Só sabem falar de mulher? E eu lá quero saber de mulher?" E mais alto: "Mulher pra mim é maçaroca, não vale meio copo de cerveja choca. Ei, você, garçom!"

Diederich deu-lhe razão. Tinha conhecido as mulheres, já não queria mais saber delas. A cerveja tinha um valor incomparavelmente maior.

A cerveja! O álcool! Podia-se ficar sentado e tê-la cada vez mais; a cerveja não era como as mulheres coquetes, era confiável e aconchegante. Com a cerveja não era necessário agir, não querer nem alcançar nada, como ocorria com as mulheres. Tudo vinha por si mesmo. Bastava engolir e já se tinha alcançado algo, se sentia transportado para o ponto mais alto da vida e se podia ser um homem livre, internamente livre. Estivesse o bar cercado de policiais: a cerveja engolida transformar-se-ia em liberdade interior. E seria na prática como ter sido aprovado no exame. Ficaria "pronto", seria doutor! Poderia ocupar um lugar na vida burguesa, ser rico e importante: chefe de uma fábrica poderosa de cartões-postais ou papel higiênico. O que se conseguia com o trabalho de uma vida depositava-se nas mãos de milhares. Era possível estender-se da mesa do bar para o mundo, perceber as relações todas, fundir-se com o espírito universal. De fato, a cerveja podia elevar alguém tão acima de si mesmo que se chegaria a Deus!

Teria continuado assim por muitos anos no grupo. Mas os Novos Teutões não o permitiram. Quase que desde o primeiro dia, chamaram-lhe a atenção para o valor moral e material de uma afiliação completa. Aos poucos, no entanto, começaram cada vez mais, e sem rodeios, a pressioná-lo. Diederich invocou sem resultados a sua reconhecida posição de companheiro de bebida, na qual tinha se acomodado e com a qual se satisfazia. Refutavam que a intenção da aliança estudantil, especificamente a educação para a valentia e para o idealismo, ainda não tinha sido totalmente correspondida só por causa do bar, por mais que isso também contribuísse. Diederich tremia, sabia muito bem para onde isso iria levá-lo. Deveria participar dos exercícios de esgrima! Sempre vinha-lhe uma brisa funesta quando lhe exibiam os golpes no ar com seus bastões, que queriam ter ensinado uns aos outros. Ou quando um deles tinha uma boina preta sobre a cabeça e cheirava a clorofórmio. Pensava aflito: "Por que eu fiquei aqui e me tornei companheiro de bebida?... Agora chegou minha vez."

E não teve saída. Mas já as primeiras experiências tranquilizaram-no. Recebeu uma proteção tão cuidadosa, um elmo e óculos, de tal modo que seria impossível acontecer-lhe algo. Como não havia motivo para não obedecer aos comandos de forma submissa e rápida, como também fazia no bar, aprendeu esgrima mais rápido que os outros. No primeiro corte de espada, fraquejou: sentiu que algo escorria sobre as bochechas. Quando, porém, recebeu pontos na ferida, a alegria era tanta que poderia sair dançando. Reprovava-se por ter acreditado que essas pessoas bondosas teriam tido intenções perigosas. Justamente quem ele mais temia tomou-o como seu protegido e tornou-se para ele um educador bem-intencionado.

Wiebel era jurista, o que já bastaria para assegurar-lhe a subserviência de Diederich. Não sem certa contrição, observava o tecido inglês com que Wiebel se vestia e as camisas coloridas que ele sempre alternava, até que se precisasse pôr todas para lavar. Mas o mais angustiante eram os modos de Wiebel. Quando ele brindava a Diederich curvando-se leve e elegantemente, Diederich tinha um colapso, o rosto aflito pelo esforço: derrubava meia dose do copo e com a outra se afogava. Wiebel falava com uma voz feudal, baixa e arrogante.

"Pode-se dizer o que queira", adorava observar, "mas formas não são delírios vazios."

Para o "f" de "formas", sua boca fazia como que uma toca pequena e escura de rato e se abria vagarosa e arredondada. Diederich sucumbia cada vez ao terror de tanto refinamento. Tudo em Wiebel parecia-lhe distinto: o fato de sua barba ruiva crescer no alto do lábio e suas unhas longas serem curvadas para baixo e não para cima, como as de Diederich; a forte fragrância masculina que vinha de Wiebel; também suas orelhas afastadas que aumentavam o impacto do corte alinhado do cabelo, e os olhos acomodados nas protuberâncias das têmporas, como um gato. Diederich testemunhava tudo isso sempre sob o sentimento absoluto da própria falta de valor. Desde que Wiebel lhe dirigia a palavra e tinha se tornado até mesmo seu benfeitor, era como se só agora Diederich tivesse o direito de existir. Tinha vontade de acenar com gratidão. Seu coração dilatava-se com admirada felicidade. Se seus desejos tivessem ido tão longe, também ele teria um pescoço vermelho e sempre estaria suando. Que sonho poder assobiar como Wiebel!

E Diederich devia servi-lo, era seu capacho! Estava sempre de prontidão quando Wiebel despertava, organizava as coisas dele – e como Wiebel estava mal com a senhoria por causa da falta de pagamento Diederich providenciava-lhe o café e limpava os sapatos. Em contrapartida, podia acompanhá-lo por todos os lugares. Quando Wiebel tinha alguma tarefa a cumprir, Diederich montava guarda do lado de fora e desejava apenas estar com o seu bastão para poder aprumá-lo sobre o ombro.

Wiebel devia merecer tudo isso. Wiebel representava com maior notabilidade a honra da irmandade, na qual se arraigava também a honra de Diederich e toda sua autoconfiança. Pela Nova Teutônia, batia-se com o que fosse. Aumentava o prestígio da corporação, pois certa vez colocara um vindoborusso em seu devido lugar! Também tinha um parente no segundo regimento de infantaria da guarda do imperador Franz Joseph. Sempre que Wiebel mencionava seu primo von Klappke, toda a Nova Teutônia fazia uma reverência lisonjeira. Diederich tentava imaginar Wiebel em uniforme de guarda; mas uma distinção tamanha estava para além do pensamento. Um dia, então, quando vinha com Gottlieb Hornung da visita diária ao barbeiro, espalhando a fragrância pela rua, eis que Wiebel estava parado na esquina com um tesoureiro. Não havia dúvida: era um tesoureiro – e quando Wiebel percebeu que se aproximavam, virou-lhes as costas. Também viraram e fizeram-se de surdos e mudos, sem trocar olhares e sem qualquer comentário. Cada um pressupôs no outro a constatação da semelhança do tesoureiro com Wiebel. E talvez os demais já há tempos soubessem dos fatos como eram? Mas eram todos suficientemente cônscios da honra da Nova Teutônia para silenciarem, ou seja, para esquecerem o que fora visto. Quando Wiebel disse uma outra vez "meu primo von Klappke", Diederich e Hornung curvaram-se com todos os outros, lisonjeados como sempre.

Diederich já tinha aprendido o autocontrole, a observância das formas, o espírito de grupo e o zelo pelo mais elevado. Apenas com comiseração e contrariedade pensava na existência miserável do selvagem desregrado, como havia sido a sua também. Agora sua vida ganhava ordem e dever. Em horários estritos, aparecia no quarto de Wiebel, na pista de esgrima, no barbeiro e para a bebida matinal, segundo o costume. O passeio da tarde acabava no bar; cada passo ocorria na corporação sob supervisão e observância rígida de formas meticulosas e de deferência mútua, que não excluía certa rudeza espirituosa. Um colega com o qual Diederich até então mantinha relações estritamente formais uma vez chocou-se com ele na frente do banheiro, e embora ambos não pudessem mais se aguentar, nenhum quis entrar primeiro. Assim ficaram um bom tempo trocando gentilezas, até que eles de repente, e ao mesmo tempo, arrebatados pelo ímpeto, como dois javalis que colidem, romperam porta adentro até seus ombros estalarem. Esse foi o começo de uma amizade. Por aproximarem-se em uma situação tão humana, juntaram-se depois também à mesa oficial da cerveja, brindaram à aproximação e passaram a chamar um ao outro de "bicho-preguiça" e "anta".

Não era sempre que a vida em grupo mostrava seu lado mais feliz. Demandava sacrifícios que se praticavam na resistência masculina à dor. Mesmo Delitzsch, fonte de tanta alegria, disseminou luto na Nova Teutônia. Em uma manhã, quando Wiebel e Diederich estavam indo buscá-lo, estava ele em pé diante do lavatório e ainda disse: "Vocês também estão morrendo de sede?" – de repente, antes de se darem conta, Delitzsch caiu junto com a louça. Wiebel conferiu sua pulsação: Delitzsch já não se movia mais.

"Coração", disse Wiebel sucintamente. Andou firme até o telefone. Diederich juntou os cacos e secou o chão. Então levaram Delitzsch para a cama. Ambos, como convinha a membros da irmandade, mantiveram uma compostura honrosa ante a lamentação indecorosa da senhoria. A caminho das demais providências – andavam um ao lado do outro em ritmo cadenciado – Wiebel, com um firme desdém pela morte, disse: "Imagine. Isso pode acontecer a qualquer um de nós. Beber não é brincadeira. Isso todos devem ter bem claro."

E junto com os outros, Diederich sentia-se elevado na esfera da honra por causa do cumprimento do dever no luto por Delitzsch, por causa de sua morte. Seguiam o esquife com orgulho; "Nova Teutônia seja estandarte" estampava-se no rosto de cada um. No cemitério, com os bastões inclinados e envoltos em crepe, todos tinham o rosto absorto do guerreiro que a próxima batalha pode ceifar, como há pouco acontecera ao camarada; e o prócere da aliança estudantil enalteceu o falecido: na escola da virilidade e do idealismo, ele alcançara a mais alta recompensa, e isso comoveu a todos, como se o mesmo também valesse para cada um.

E assim chegou ao fim para Diederich seu período de aprendizagem, pois Wiebel logo saiu para o curso preparatório do exame de carreira pública. A partir daí, cabia a Diederich defender os fundamentos que assimilara e semeá-los nos mais jovens. E o fez com o sentimento mais alto de responsabilidade e rigor. Desgraçado do novato que merecesse a pena de virar o caneco até não poder mais. Mal se passavam cinco minutos e ele tinha de sair tateando pelas paredes. Mais terrível foi quando um deles saiu pela porta antes de Diederich. Sua penitência foram oito dias em abstinência de cerveja. Não eram o orgulho e o amor-próprio que guiavam Diederich: importava somente o alto conceito que se tinha da honra da irmandade. Ele mesmo era uma pessoa apenas, ou seja, nada; todo direito, todo peso e reputação que lhe coubessem vinham da irmandade. Também no que se relacionava ao corpo era grato à irmandade: pela largura de seu rosto branco, por sua barriga, que o tornava respeitável para os novatos, e pelo privilégio de poder aparecer em ocasiões festivas de botas de cano alto, faixa e boina, o prazer do uniforme! Naturalmente ele ainda tinha de ceder lugar a um tenente, pois a entidade a que pertencia um tenente tinha *status* claramente mais alto; mas ao menos podia se relacionar sem medo com um cobrador de bonde, sem o perigo de ser repreendido por ele. Sua virilidade marcava-se com cicatrizes que repartiam o queixo, corriam em fissuras pelas bochechas e cavavam-se no crânio tosado. Elas estavam inscritas em seu rosto de forma ameaçadora – e que satisfação poder mostrá-las à vontade e todos os dias para todo mundo! Uma vez surgiu inesperadamente uma ótima oportunidade. Saíram os três, Diederich, Gottlieb Hornung e a criada de sua senhoria para dançar em Halensee. Havia alguns meses, os amigos dividiam um apartamento em que também trabalhava uma bela criada. Davam-lhe pequenos presentes e saíam juntos com ela aos domingos. Diederich tinha lá suas suposições de que Hornung tinha ido tão longe com a moça quanto ele mesmo. Oficialmente, e em virtude da irmandade, isso lhe era desconhecido.

Rosa não estava malvestida e encontrou pretendentes no baile. Para que Diederich ainda conseguisse dançar mais uma polca com a moça, foi obrigado a lembrá-la de que ele é que lhe tinha comprado os sapatos. Mal tinha feito uma correta mesura, para dar início à dança, quando inesperadamente um outro apressou-se no meio dos dois e saiu dançando a polca com Rosa. Desconcertado, Diederich seguiu-os com os olhos e teve a obscura sensação de que deveria interferir. Antes mesmo que ele se movesse, uma moça precipitou-se por entre o casal que dançava, deu uma bofetada em Rosa e separou-a rispidamente de seu parceiro. Ao ver isso, Diederich decidiu avançar sobre o sequestrador de Rosa.

"Caro senhor", disse olhando-o firmemente nos olhos, "seu comportamento é inaceitável."

O outro revidou: "E daí?"

Surpreso pelo rumo incomum de uma conversa formal, Diederich balbuciou: "Grosseirão."

O outro revidou de pronto: "Bobalhão" – e se riu com isso. Totalmente desconcertado com tanta informalidade, Diederich quis curvar-se e bater em retirada, mas o outro de repente lhe golpeou a barriga – e imediatamente depois rolaram no chão. Rodeados por gritos e aclamações encorajadoras, lutaram até serem apartados. Gottlieb Hornung, que ajudou a procurar o *pince-nez* de Diederich, gritou: "Ele está indo embora" – e foi atrás. Diederich seguiu-o. Viram o outro embarcar acompanhado em um fiacre, e pegaram o seguinte. Hornung achava que a irmandade não podia aceitar isso. "O sujeito surrupia e nem se preocupa mais com a dama."

Diederich declarou: "No que concerne a Rosa, já é assunto encerrado para mim."

"Para mim também."

A viagem foi inquieta. "Será que os alcançamos? Estamos com um cavalo manco." – "E se o peão não for capaz de reagir ao duelo?" Decidiu-se: "Então a coisa não aconteceu oficialmente."

O primeiro carro parou na zona oeste diante de uma casa respeitável. Diederich e Hornung chegaram no momento em que o portão acabava de bater. Postaram-se diante da casa decididos. Estava fresco, andavam de um lado e de outro diante da casa, vinte passos para a esquerda, vinte passos para a direita, tinham sempre a porta à vista e sempre repetiam a mesma conversa séria, de modo que se pudesse ouvi-la longe. Apenas a pistola entrava em questão! Dessa vez cabia pagar caro pela honra da Nova Teutônia! E não passava sequer de um operário!

Finalmente apareceu o porteiro, interrogaram-no. Procuraram descrever-lhe os senhores, mas não encontraram nenhuma característica em especial. Hornung, mais exaltado que Diederich, era a favor de que deviam esperar, e andaram para lá e para cá mais duas horas, então surgiram de dentro da casa dois oficiais. Diederich e Hornung escancararam os olhos, incertos de que não houvesse um equívoco. Os oficiais estacaram. Um pareceu até mesmo empalidecer. Então Diederich decidiu-se. Postou-se na frente do empalidecido. "Caro senhor..."

Sua voz vacilou. O tenente disse constrangido: "O senhor está equivocado."

Diederich ainda pronunciou: "Com certeza não. Eu exijo um duelo. O senhor se..."

"Eu definitivamente não o conheço", balbuciou o tenente. Mas seu colega cochichou-lhe algo. "Assim não pode ser" – pediu ao outro seu cartão, juntou o seu ao dele e entregou-os a Diederich. Diederich deu-lhes o seu, então leu: "Albrecht Conde de Tauern-Bärenheim". Não perdeu tempo em ler o outro e começou a executar reverências curtas e diligentes. Nesse ínterim o segundo oficial dirigiu-se a Gottlieb Hornung.

"Meu amigo naturalmente julgou a pilhéria inofensiva. É evidente que ele estaria pronto para qualquer duelo. Quero apenas assegurar-me de que inexista uma pretensão ofensiva."

O outro, que ele continuava encarando, ergueu os ombros. Diederich balbuciou: "Oh, muito obrigado."

"Com isso está encerrada a questão", disse o amigo; e os dois senhores retiraram-se.

Diederich ainda ficou parado, a testa escorrendo e os sentidos turvos. De repente deu um suspiro profundo e sorriu vagarosamente.

Mais tarde, no bar, só se falava nesse incidente. Diederich

louvava aos colegas o comportamento verdadeiramente cavalheiresco do conde.

"Um verdadeiro aristocrata nunca se renega."

Sua boca ficou pequena como uma toca de rato e, com uma ondulação vagarosa, lançou os seguintes dizeres: "F-Formas não são delírios vazios."

Toda hora evocava Gottlieb Hornung como testemunha de seu grande momento.

"Nada fraco, não é? Oh! Senhores como aqueles não dão a menor importância a pilhérias, mesmo que ousadas. Nisso sim há compostura: im-pe-cá-vel, posso lhes dizer. As elucidações de Sua Alteza Ilustríssima foram tão completamente satisfatórias, que era impossível de minha parte... Ora, vocês entendem, aí não há como ser tão tosco."

Todos entenderam e reconheceram que com Diederich a Nova Teutônia saiu-se completamente honrada dessa história. Os cartões de ambos aristocratas foram passados para os novatos e fixados entre os bastões cruzados na foto do imperador. Naquele dia não houve novo teutão que não se embriagasse.

Com isso terminou o semestre, mas Diederich e Hornung não tinham dinheiro para ir para casa. Há muito que lhes faltava dinheiro para quase tudo. Em vista de suas obrigações na irmandade, a promissória de Diederich tinha aumentado para duzentos e cinquenta marcos e ainda assim não vencia as dívidas. Todas as fontes pareciam estar esgotadas, só se via estender-se a seca diante de si, sufocante – e finalmente foi necessário, embora isso não conviesse ao mundo cavalheiresco, deliberar sobre a reivindicação do que eles mesmos tinham emprestado aos colegas ao longo do tempo. Certamente, nesse ínterim, algum velho amigo teria conseguido um bom dinheiro. Hornung não encontrou nenhum; Diederich pensou em Mahlmann.

"Com esse vai dar certo", explicou. "Não pertenceu a nenhuma irmandade: um grosseirão escabroso. Vou lhe fazer uma visita."

Mas quando Mahlmann o avistou, imediatamente soltou sua risada estridente, que Diederich já tinha esquecido e que tinha um efeito irresistível sobre ele. Mahlmann não tinha modos! Devia ter sentido que ali, no escritório de patentes, estava moralmente presente com Diederich toda a Nova Teutônia e que ele tinha de demonstrar-lhe respeito por causa dela. Diederich teve a impressão de ter sido empurrado subitamente de uma totalidade fortalecedora para estar ali como pessoa isolada, diante de um outro. Uma situação imprevista e desagradável! Oh! Ele não queria nenhum dinheiro de volta, jamais exigiria isso de um camarada! Mahlmann poderia ser gentil, apenas, e afiançar-lhe uma promissória. Mahlmann reclinou-se em sua poltrona e disse curto e grosso: "Não."

Diederich, chocado: "Como assim, não?"

"Afiançar é contra os meus princípios", Mahlmann explicou.

Diederich ficou vermelho de indignação. "Mas eu o afiancei e a conta veio para mim, tive de pagar cem marcos pelo senhor. O senhor se resguardou!"

"Viu só? E se eu quisesse afiançá-lo, o senhor também não pagaria."

Diederich estalou os olhos.

"Não, amiguinho", concluiu Mahlmann, "se eu quiser cometer suicídio, não precisarei do senhor."

Diederich conteve-se e disse, desafiador: "O senhor definitivamente não tem compostura, meu caro."

"Não", replicou Mahlmann e riu desaforadamente. Diederich constatou com extrema veemência: "Então o senhor parece ser mesmo um vigarista. E não é que pelo visto há mesmo patenteadores vigaristas?!"

Mahlmann não riu mais. Os olhos em sua pequena cabeça tornaram-se pérfidos, e ele se levantou. "Agora o senhor deve ir embora", disse sem exaltação. "Entre nós seria uma patacoada, mas aqui ao lado estão sentados meus funcionários, que não podem ouvir esse tipo de coisa."

Pegou Diederich pelos ombros, girou-o e foi empurrando-o para fora. A cada tentativa de tentar se desfazer, Diederich ganhava um forte soco.

"Eu exijo um duelo", gritava. "O senhor deve se bater comigo!"

"Já é o que estou fazendo. O senhor não percebe? Vou então chamar um outro para o senhor." Abriu a porta. "Friedrich!" E veio até Diederich um empacotador que o despachou escada abaixo. Mahlmann ainda lhe disse: "Não me leve a mal, amiguinho. Se o senhor, uma outra hora, tiver algo para compartilhar, seja bem-vindo novamente!"

Diederich recompôs-se e deixou o prédio com uma atitude digna. Tanto pior para Mahlmann ter agido desse jeito! Diederich não tinha do que se culpar. Diante de um tribunal de honra, ele se sairia bem. Havia algo de muito indecente em que um indivíduo se permitisse tanta coisa. Diederich estava ressentido em nome de todas as irmandades. Por outro lado, não se podia negar que Mahlmann tinha lhe trazido de volta a velha autoestima. "Cachorro safado", pensou Diederich. "Mas assim é que se tem que ser..."

Em casa, chegara uma carta registrada.

"Então, podemos ir", disse Hornung.

"Como assim, nós? Preciso do dinheiro para mim mesmo."

"Você só pode estar brincando. Não posso ficar aqui sozinho."

"Então procure companhia, ora essa!"

Diederich soltou uma gargalhada, que fez Hornung julgá-lo louco. Em seguida, partiu.

No caminho, viu que a carta era de sua mãe. Isso era incomum... Desde sua última carta, dizia ela, seu pai estava cada vez pior. Por que Diederich ainda não tinha vindo?

"Devemos estar preparados para o pior. Se você quiser rever nosso querido papai, oh, não demore mais, meu filho."

Diederich sentiu-se desconfortável. Que forma de se expressar! Decidiu-se a não acreditar na mãe, simplesmente.

"Afinal não acredito nas mulheres, e mamãe já não é muito certa."

Apesar disso, o Sr. Hessling deu seu último suspiro com a chegada de Diederich.

Aterrorizado por tal visão, Diederich irrompeu já na soleira da porta em um alarido totalmente descontrolado. Tropeçou até a cama, naquele momento seu rosto estava úmido como se tivesse acabado de lavá-lo; e os braços não faziam nada mais que darem curtas batidas até caírem, impotentes, contra os quadris. De repente se apercebeu da mão direita do pai sobre a coberta, ajoelhou-se e beijou-a. A Sra. Hessling, em silêncio e encolhida, mesmo no último suspiro de seu senhor, fazia o mesmo do outro lado com a mão esquerda. Diederich lembrou-se de como essa unha negra e atrofiada lhe voava até as bochechas quando o pai o esbofeteava; e esperneou em alto e bom som. E o castigo de quando tinha roubado os botões dos farrapos! Essa mão tinha sido terrível; o coração de Diederich convulsionava agora que tinha de perdê-la. Sentia que se passava o mesmo na cabeça de sua mãe, e ela intuiu os pensamentos dele. Os dois caíram um nos braços do outro por sobre a cama.

Durante as visitas de condolências, Diederich já estava restabelecido. Ele representava a Nova Teutônia diante de toda Netzig; firme e cioso das formalidades, via recair sobre si a admiração dos outros e quase esqueceu que estava de luto. Foi até a porta de entrada receber o velho Sr. Buck. A corpulência do importante senhor de Netzig era majestosa em sua sobrecasaca radiante. Cheio de dignidade, carregava sua cartola virada diante de si; e a outra mão, destituída da luva negra e dirigida a Diederich, era surpreendentemente delicada e polpuda. Seus olhos azuis olharam para Diederich calorosamente, e ele disse: "Seu pai foi um bom cidadão. Meu jovem, o senhor também o será! Dedique muita atenção aos direitos dos que o cercam! É o que lhe demanda sua própria dignidade humana. Espero que ainda trabalhemos juntos pelo bem comum em nossa cidade. O senhor já está terminando os estudos?"

Diederich mal podia pronunciar o "sim" de tão abalado pela reverência. O Sr. Buck perguntou-lhe em tom ameno: "Meu filho mais moço já o procurou em Berlim? Não? Oh, ele deve fazê-lo. Também está estudando lá. Certamente logo chegará seu ano de serviço militar. O senhor já o cumpriu?"

"Não" – e Diederich ficou muito vermelho. Balbuciou desculpas. Até então tinha sido muito difícil para ele interromper os estudos. Mas o velho Sr. Buck deu de ombros, como se a questão lhe fosse insignificante.

No testamento, definia-se Diederich, junto com o velho contador Sötbier, como tutor de suas duas irmãs. Sötbier informou-o sobre o fato de que uma quantia de setenta mil marcos deveria servir de dote para as meninas. Nem mesmo nos juros poder-se-ia mexer. O rendimento líquido da fábrica consistia nos últimos anos em uma média de nove mil marcos. "E nada mais?", Diederich perguntou. Sötbier olhou para ele primeiro horrorizado, depois com repreensão. Se o jovem senhor pudesse imaginar o quanto seu falecido pai e Sötbier tinham trabalhado nos negócios para chegar aonde chegaram! É claro que ainda havia o que expandir...

"Está bem", Diederich disse. Viu que havia muito que mudar ali. Tinha de viver com uma quarta parte de nove mil marcos? Esse desaforo do falecido deixou-o escandalizado. Quando sua mãe alegou que o falecido expressou no leito de morte a confiança de que ele continuaria vivendo em seu filho Diederich e que Diederich nunca iria se casar para sempre tomar conta dos seus, Diederich soltou uma gargalhada: "Papai nunca foi um sentimental doentio como você", gritou, "e também não mentiu." A Sra. Hessling pensou ter ouvido o falecido e se retraiu, baixando a cabeça. Isso serviu para Diederich aumentar em cinquenta marcos seus rendimentos mensais.

"Primeiro", disse áspero, "tenho de servir ao exército. Isso custa o que custa. Vocês podem vir mais tarde com suas histórias mesquinhas de dinheiro."

Insistiu por servir em Berlim. A morte do pai deu-lhe sentimentos de liberdade descontrolados. Mas à noite sonhava que o velho saía da firma, com o rosto grisalho que tinha como defunto – e Diederich despertava suado.

Partiu com a bênção da mãe. Não precisava mais de Gottlieb Hornung nem da Rosa que compartilhavam, e se mudou. Anunciou adequadamente aos Novos Teutões que as circunstâncias de sua vida haviam mudado. O esplendor da juventude já havia passado. E então, a cerimônia de despedida no bar! Brindaram-se as "salamandras" pelo luto, em homenagem ao velho de Diederich, mas também ao apogeu da vida do filho. Por pura devoção, colocou-se debaixo da mesa, como na noite de sua recepção como companheiro de bebida; já era um homem.

Irritado por causa da ressaca, lá estava ele, em meio a outros jovens, que como ele encontravam-se totalmente nus, em pé, diante do oficial médico. Esse senhor olhava enojado na direção de toda aquela carne masculina que se submetia a ele. O seu olhar para a barriga de Diederich era sarcástico. Imediatamente todos em volta começaram a rir, não restou outra coisa a Diederich senão inclinar o seu olhar para a barriga; corou... O oficial médico voltou à seriedade. Aquele que não ouvisse com atenção, conforme prescrito, iria passar maus bocados, pois gente dissimulada ali não se cria! Um outro, e ele ainda por cima se chamava Levysohn, que aprendesse a lição: "Se o senhor vier me incomodar de novo, então ao menos tome banho antes!" Para Diederich: "Queremos mandar embora essa gordura. Quatro semanas de serviço, e eu garanto que o senhor terá a aparência de um cristão."

Com isso, foi aceito. Como se estivesse pegando fogo na caserna, os descartados dirigiram-se rapidamente até suas roupas. Os que haviam sido considerados aptos olhavam-se de lado, perquiridores, e se distanciaram hesitantes, como se esperassem que uma mão pesada se colocasse sobre seus ombros. Um ator, com uma expressão de quem achava tudo aquilo indiferente, virou-se, postou-se novamente diante do oficial médico e disse alto, com uma pronúncia acurada: "E ainda quero acrescentar que sou homossexual."

O oficial médico retrocedeu, estava totalmente vermelho. Disse quase inaudível: "Aqui não precisamos de porcos assim."

Diederich mostrou indignação ao futuro colega, por seus modos tão indecorosos. Depois ainda dirigiu-se ao sargento, que antes havia medido a altura do seu corpo na parede, e asseverou que estava muito feliz. Apesar disso, escreveu a seu clínico geral de Netzig, Dr. Heuteufel, que lhe tinha passado iodo na garganta quando menino: o doutor não lhe poderia atestar que havia contraído escrófulas e raquitismo? Não queria se ver arruinado com toda aquela perseguição. Mas a resposta foi: ele só não deveria esmorecer, servir iria lhe fazer muito bem. Então Diederich voltou a entregar seu quarto e foi com a mala de mão para a caserna. Se é necessário morar lá por quatorze dias, então que se economize o aluguel nesse tempo.

Imediatamente começaram os exercícios de barra, saltos e outras coisas de tirar o fôlego. O acampamento ficou todo bem "adestrado" em galerias, denominadas setores. O tenente von Kullerow exibia uma petulância distanciada, nunca olhava os recrutas senão com os olhos crispados. De repente gritava: "Adestrador!" e dava instruções aos sargentos, para então dar-lhes as costas desdenhosamente. Ao cumprir exercícios do pátio da caserna, formar grupos, espalhar-se e trocar de lugar, não havia outra coisa em vista senão acossar os "caras". É isso mesmo, Diederich sentia que tudo ali, o tratamento, as expressões usuais, toda a atividade militar, tinha como objetivo reduzir ao mínimo a dignidade pessoal. Isso o impressionava; provocava nele, tão miserável estava – e justamente por isso –, uma profunda deferência e algo como um fervor suicida. Princípio e ideal eram aparentemente os mesmos dos Novos Teutões, só que ali eram cumpridos de modo mais cruel. Aboliam-se os momentos de tranquilidade, nos quais alguém se permitia lembrar que era um ser humano. De modo abrupto e irreversível, eram todos reduzidos a insetos, peças, matéria-prima a ser moldada por uma vontade incomensurável. Teria sido loucura e motivo de ruína revoltar-se, mesmo que intimamente. O máximo que se podia, contra as próprias convicções, era esmorecer de vez em quando. Diederich caiu durante a corrida, o pé doía-lhe. Não que tivesse de mancar, mas mancava, e como a tropa marchava "em campo" foi-lhe permitido ficar para trás. Para que conseguisse tal coisa, primeiro ele mesmo aproximou-se do capitão. "Senhor capitão, por favor..." Que catástrofe! Em sua ignorância, tinha dirigido a palavra de forma impertinente a um poder do qual só cabia aceitar ordens, silenciosamente e de joelhos! Ao qual só se podia deixar-se "apresentar"! O capitão trovejou de tal modo que os sargentos acorreram, com uma expressão no rosto que designava horror ante uma heresia. O resultado disso foi que Diederich mancou ainda mais fortemente e teve que ficar mais um dia liberado do serviço.

O sargento Vanselow, que ficou como responsável pelo delito de seu recruta, disse a Diederich apenas: "E isso quer ser um homem instruído!" Estava acostumado a que tudo de ruim vinha dos recrutas. Vanselow dormia no quarto do grupo atrás de uma divisória. Depois que a luz se apagava, contavam piadas chulas, até que, indignado, o sargento gritava: "E ainda querem ser gente instruída!" Apesar de sua longa experiência, ainda esperava mais dos recrutas que das outras pessoas inteligência e boa conduta, e sempre se decepcionava. De modo algum via Diederich como o pior. A opinião de Vanselow não se moldava apenas conforme a cerveja que lhe pagavam. No espírito de soldado, Vanselow via muito mais a submissão prazenteira, e isso Diederich tinha. Durante as instruções, era possível tomá-lo como modelo para os outros. Diederich mostrava-se totalmente realizado pelos ideais militares de valentia e de amor à honra. No que se referia a insígnia e hierarquia, parecia que tinha um sentido nato para isso. Vanselow dizia: "Agora eu sou o Senhor General no comando", e imediatamente Diederich comportava-se como se acreditasse nisso. Mas quando se tratava de: "Agora eu sou um membro da família real", o comportamento de Diederich era tal que arrancava do sargento um sorriso megalomaníaco.

Nas conversas pessoais, na cantina, Diederich dizia abertamente aos seus superiores que estava empolgado com a vida de soldado. "Ah, esse diluir-se na grande totalidade!", dizia. Não desejava nada mais do mundo que permanecer ali. E estava sendo sincero – o que não impedia de, à tarde, nos exercícios de "campo", não ter outro desejo senão jogar-se numa vala e deixar de existir. O uniforme, que já tinha o corte estreito em atenção à posição de sentido, tornava-se um instrumento de tortura depois da refeição. Que é que ajudava se o capitão, durante seus comandos, ficava sentado sobre o cavalo com um jeito indescritível de valente e guerreiro, se cada um dos soldados, correndo e ofegando, sentia balançar no estômago a sopa indigesta? A empolgação objetiva para a qual Diederich estava totalmente preparado teve que retroceder ante à miséria pessoal. O pé doía novamente; Diederich perscrutava a dor, na esperança aflita, mesclada à autodepreciação, de que ela piorasse e ficasse tão pior que ele não precisasse mais ir "a campo", que talvez nem precisasse mais treinar no pátio e que fosse necessário liberá-lo!

E chegou o ponto em que quis ver o pai de um companheiro do exército, que era conselheiro de saúde. Precisava pedir o seu auxílio, disse Diederich, vermelho de vergonha. Estava empolgado com o exército, com a grande totalidade que proporcionava e gostaria de permanecer nele. Estar ali era fazer parte de um mecanismo magnífico, era ser uma parte do poder, por assim dizer, e sempre saber o que fazer: um sentimento esplêndido, afinal. Mas o pé não parava de doer. Não se podia chegar a tal ponto que ele se tornasse inútil. "E eu ainda tenho mãe e irmãs para alimentar." O conselheiro examinou-o. "Nova Teutônia seja estandarte", disse. "Por acaso conheço seu coronel médico." Diederich sabia disso por seu colega. Despediu-se cheio de esperança trêmula.

A esperança serviu para que mal comparecesse na manhã seguinte. Apresentou-se doente. "Quem é o senhor, por que vem me importunar?", disse o oficial médico, e o mediu. "O senhor está vendendo saúde, sua barriga também está menor." Mas Diederich permaneceu em posição de sentido e continuava doente. O superior devia dignar-se a realizar um exame. Diante do pé de Diederich, declarou que se não acendesse um charuto passaria mal. Apesar de tudo, não havia nada com o pé. Enojado, o oficial médico empurrou-o da cadeira. "Pronto para o serviço, ponto final, retire-se" – e Diederich estava arruinado. No entanto, no meio do treinamento gritou de repente e tombou. Foi levado ao "posto", onde ficavam os doentes leves; lá cheirava a povo e não havia o que comer. Pois a única refeição que cabia aos recrutas era muito difícil de conseguir, e Diederich não ganhou nada da ração dos outros. Por causa da fome, declarou já estar recuperado. Privado de proteção humana, de todos os direitos morais do mundo burguês, suportou o seu destino cruel – porém, em uma manhã, quando toda a esperança tinha-se ido, buscaram-no do treinamento para a sala do coronel médico. O importante superior desejava examiná-lo. Tinha na voz um tom humano constrangido, mas logo voltou à aspereza militar, que de qualquer modo não causou efeito tranquilizador. Também ele pareceu não ter encontrado nada, mas a conclusão do seu exame soou diferente. Diederich deveria continuar servindo apenas "temporariamente" e ver o que aconteceria depois. "Com *esse* pé..."

Dias depois, um agente de saúde chegou até Diederich e tirou um molde de seu fatídico pé. Era necessário que Diederich esperasse na sala. O oficial médico estava passando por ali e aproveitou a oportunidade de expressar o seu total desdém. "Nem pé chato tem! Isso fede a preguiça!" Então a porta foi empurrada e o coronel médico entrou, com a boina sobre a cabeça. Seus passos estavam mais firmes e decididos que nunca, não olhava para a direita nem para a esquerda; postou-se diante do seu subordinado, com o olhar sombrio e severo cravado em sua boina. O oficial médico estacou, tinha de colocar-se em uma posição que não permitia mais o coleguismo usual. Uma vez que a tinha encontrado, tirou a boina e ficou em posição de sentido. Em seguida, o superior mostrou-lhe o molde, falou baixo e com uma entonação que lhe ordenava ver o que não havia ali. O oficial médico dava piscadelas alternadas para o superior, Diederich e o molde. Depois bateu aprumando as próprias solas dos sapatos: viu o que se havia ordenado ver.

Quando o superior foi embora, o oficial médico aproximou-se de Diederich. Educadamente, com um leve sorriso de quem estava de acordo, disse: "O caso estava claro desde o início. É preciso apenas, por causa das pessoas – o senhor entende, a disciplina..."

Diederich mostrou pela posição de sentido que entendia tudo.

"Mas", o oficial médico reiterou, "eu com certeza sabia da gravidade do seu caso."

Diederich pensou: "Se você não sabia, agora sabe." E disse alto: "Com todo respeito, permita-me perguntar, senhor oficial médico: eu ainda posso continuar servindo?"

"Isso já não lhe posso garantir...", disse o oficial médico e se foi.

A partir dali, Diederich foi liberado do serviço pesado, não viu mais o "campo". Comportou-se tanto mais disposto e alegre na caserna. Quando à noite, na hora da chamada, o capitão vinha do cassino com um charuto na boca e levemente bêbado, para impor-lhes detenção parcial por causa das botas que não estavam lustradas, mas apenas limpas, não encontrou motivo para acusar Diederich. Tanto mais implacável exerceu seu justo rigor sobre um recruta que, como castigo, já em seu terceiro mês teve de dormir no dormitório coletivo, porque certa feita, durante os primeiros quatorze dias, tinha dormido em casa e não ali. Na ocasião havia tido quarenta graus de febre, e se tivesse cumprido o seu dever, talvez tivesse morrido. Pois tivesse morrido, então! Toda vez que o tenente via esse recruta, expressava uma satisfação presunçosa. Atrás dele, Diederich, encolhido e a salvo, pensava: "Viu só? A Nova Teutônia e um conselheiro de saúde tinham mais valor que quarenta graus de febre..." No que dizia respeito a Diederich, um dia as formalidades foram cumpridas a contento, e o sargento Vanselow informou-o de sua baixa. Os olhos de Diederich imediatamente ficaram cheios de água; apertou a mão de Vanselow calorosamente.

"Isso tinha que acontecer justamente comigo, comigo que tive" – soluçou – "tanta alegria."

E então ele estava "fora".

Ficou em casa quatro semanas e estudou bastante. Quando saía para comer, olhava em volta para ver se um conhecido se apercebia dele. Finalmente devia apresentar-se aos Novos Teutões. Ele o fez com uma atitude desafiadora.

"Quem de vocês nunca esteve lá não tem noção. Eu lhes digo, lá se vê o mundo sob outro ponto de vista. Eu teria ficado de qualquer modo, meus superiores me aconselharam, fui muito bem qualificado. Mas... "

Lançou um olhar doloroso no vazio.

"O acidente com o cavalo. Isso acontece quando se é um soldado muito bom. O tenente manda outra pessoa conduzir seu *dogcart* para o cavalo se movimentar um pouco. Foi aí que aconteceu o acidente. Claro que eu não poupei o pé e voltei ao serviço cedo demais. A coisa foi piorando consideravelmente. O oficial médico me permitiu avisar meus parentes para qualquer eventualidade."

Disse isso de modo conciso e másculo.

"Vocês deviam ver o capitão. Diariamente vinha ele mesmo, depois das grandes marchas, com o uniforme empoeirado, do jeito que estava. Algo assim só existe no exército. Nos piores dias, tornamo-nos companheiros de verdade. Esse charuto ainda é o dele. E quando teve que me confessar que o oficial médico queria me mandar embora, eu os asseguro, aí houve um daqueles momentos da vida que não vou esquecer. O capitão e eu: ambos ficamos com os olhos marejados."

Todos estavam emocionados. Diederich olhava com valentia em volta de si.

"É, agora é preciso arranjar-se novamente na vida burguesa. Saúde!"

Continuou estudando arduamente e no sábado ia tomar cerveja com os Novos Teutões. Também Wiebel tinha voltado. Era aspirante da magistratura, a caminho de se tornar promotor, e falava somente de "tendências subversivas", "inimigos da pátria" e também sobre "ideias de cunho social-cristão". Anunciou aos novatos que era tempo de se ocupar com política. Sabia que não era algo muito nobre, mas os adversários forçavam-no a isso. Senhores extremamente elegantes, como seu amigo, o aspirante von Barnim, estavam no movimento. O senhor von Barnim logo concederia a honra de uma visita aos Novos Teutões.

Ele veio e conquistou todos os corações, pois se comportava de igual para igual. Tinha o cabelo escuro e penteado liso, o caráter de um funcionário público zeloso, falava com objetividade – mas, ao fim de sua palestra, todos estavam entusiasmados e ele se despediu rapidamente, com apertos de mão calorosos. Depois de sua visita, os Novos Teutões estavam todos de acordo: o liberalismo judeu era o germe da social-democracia e cabia aos alemães cristãos reunirem-se em torno do capelão da corte, o Stöcker. Como os outros, Diederich não associava à palavra "germe" qualquer sentido evidente e por "social-democracia" entendia apenas uma forma pedante de subdivisão. Mas isso já era o suficiente para ele. O Sr. von Barnim, no entanto, convidou a ter com ele qualquer um que desejasse maiores esclarecimentos, e Diederich não teria se perdoado se desperdiçasse uma oportunidade tão lisonjeira.

Em seu apartamento de rapaz solteiro, frio e antiquado, o Sr. von Barnim dava suas preleções. Seu objetivo político era uma representação popular corporativa, como na ditosa Idade Média: cavaleiros, sacerdotes, negociantes, artesãos. O trabalho manual – e o imperador tinha demandado isso com razão – devia voltar a ter a importância que tinha antes da Guerra dos Trinta Anos. Cabia cultivar nas guildas o temor a Deus e a moralidade. Diederich expressou seu consentimento entusiasmado. Como membro registrado de um grupo, de uma classe profissional, sua tendência era tomar uma atitude na vida não de forma pessoal, mas coletiva. Já se via como representante do ramo papeleiro. O Sr. von Barnim excluiu totalmente os cidadãos judeus do seu ordenamento das coisas, pois eram o princípio da desordem e da dissolução, da confusão, da falta de respeito: enfim, o princípio do mal. Seu rosto piedoso contraía-se de raiva, e Diederich compartilhava o mesmo sentimento.

"Por fim", pensava, "nós temos o poder e podemos lançá-los para fora. O exército alemão..."

"É justamente isso", manifestou o Sr. von Barnim, que andava pelo quarto. "Foi para isso que conduzimos a guerra gloriosa? Para vender minha propriedade paterna a um tal Sr. Frankfurter?

Enquanto Diederich ainda estava em seu silêncio comovido, a campainha soou, e o Sr. von Barnim disse: "É meu barbeiro, também quero exortá-lo."

Percebeu a decepção de Diederich e acrescentou: "Claro que com um homem como esse tenho que falar em outro registro. Mas cada um de nós deve fazer sua parte e deteriorar a social-democracia, trazendo as pessoas simples para o lado de nosso imperador cristão. Faça também a sua parte!"

Com isso, Diederich foi dispensado. Ainda ouviu o barbeiro dizer: "Mais um velho cliente, senhor aspirante, passou para Liebling. Só porque ele colocou mármore no estabelecimento."

Wiebel disse, quando Diederich lhe relatou: "Tudo isso é

muito bom, e eu tenho uma reverência bastante substancial pelas convicções ideais de meu amigo von Barnim, mas a longo prazo elas não nos vão levar a lugar algum. Veja bem, também o Stöcker no Eispalast fez suas malditas experiências com a democracia... não sei bem se cabe chamá-la de cristã. As coisas foram muito longe. Hoje não se vai muito além do bordão: Ao ataque, moços, enquanto o poder ainda é nosso!"

Diederich aquiesceu aliviado. Ficar vagando e apenas angariar cristãos para a causa parecia-lhe um pouco constrangedor.

"Assumo as consequências da social-democracia, disse o imperador." Os olhos de Wiebel denotavam uma ameaça felina. "Ora, o que o senhor quer mais? Os militares estão cientes disso. Pode acontecer de eles terem que atirar em parentes queridos. E então? Posso confidenciar-lhe, meu caro, estamos às vésperas de grandes acontecimentos." Com isso Diederich mostrou-se bastante curioso: "O que descobri por meio de meu primo von Klappke..."

Wiebel fez uma pausa. Diederich bateu as solas dos próprios sapatos uma contra a outra.

"... ainda não pode ser divulgado publicamente. Só quero observar que foi uma advertência séria o que Sua Majestade disse ontem: os incitadores que façam a gentileza de sacudir a poeira alemã de suas sandálias."

"Sério? Você acredita mesmo?", disse Diederich. "Então é mesmo uma desgraça esse meu infortúnio de ter que me separar bem agora do serviço militar de Sua Majestade. Posso dizer que eu teria cumprido totalmente meu dever para lutar contra os inimigos internos. Até onde eu sei, o imperador pode confiar no exército."

Naqueles dias frios e úmidos de fevereiro do ano de 1892, ele saía muito para a rua na expectativa de grandes acontecimentos. A Unter den Linden tinha mudado de alguma maneira, mas não se via o que era. A cavalaria estava parada na embocadura das ruas, à espera. Os transeuntes mostravam uns aos outros a contingência do poder. "Os desempregados!" Muitos ficaram parados para vê-los chegar. Vinham do lado setentrional, em pequenas aglomerações e a passos lentos. Hesitavam entrar na Unter den Linden e, como se estivessem perdidos, entreolharam-se; depois do palácio, desviaram. Lá ficaram, mudos, mãos nos bolsos, e a lama das rodas dos carros respingava sobre eles, impassíveis, e eles erguiam os ombros sob a chuva que caía em seus casacos desbotados. Alguns deles dirigiam seus olhares para os oficiais que passavam, para as damas em seus carros, para os enormes casacos de pele dos senhores que vinham da Burgstrasse, passeando; suas faces nada expressavam, não eram ameaçadoras, tampouco curiosas, não era como se quisessem ver, senão apenas se mostrar. Outros não tiravam os olhos das janelas do palácio. A água corria sobre seus rostos inamovíveis. Um policial montado gritava e os empurrava para o outro lado ou até a próxima esquina – mas eles voltavam para lá, e o mundo parecia afundar entre esses rostos oblongos e cavados, iluminados pela noite pálida, e o muro lá atrás, na escuridão.

"Eu não entendo", disse Diederich, "por que a polícia não avança, enérgica. Eles só são um bando insubordinado."

"Está bem assim", retrucou Wiebel. "Os policiais estão bem instruídos. Os senhores lá de cima têm seus propósitos bem calculados, pode acreditar. Na verdade, não é desejável reprimir já no começo esse tipo de afecção no corpo do Estado. Melhor deixá-la amadurecer, então se faz o trabalho todo de uma vez!"

O processo de amadurecimento que Wiebel tinha em mente avançou sempre mais, e no dia 26 estava todo lá. Os protestos dos desempregados pareciam ter propósitos mais claros. Repelidos para uma das ruas ao norte, irromperam da outra rua contígua novamente fortalecidos, antes que se pudesse impedir-lhes o caminho. Cada vez que eram separadas, suas colunas encontravam-se na Unter den Linden e confluíam novamente; alcançaram o palácio, recuaram, alcançaram-no mais uma vez, mudas e incontidas como água transbordante. O tráfego de carros estacou, os transeuntes estavam atônitos, arrastados para a enchente que afogava a praça, esse mar de pobres, turvo e sem cor, que se arremessava tenazmente, emitia sons abafados e erguia, qual mastros de navios afundados, as hastes com bandeiras: "Pão! Trabalho!" Era um rancor mais nítido irrompendo das profundezas, ora lá, ora aqui: "Pão! Trabalho!" Crescente, rolando sobre a aglomeração, como que vindo de uma nuvem de tempestade: "Pão! Trabalho!" Um ataque repentino da cavalaria, espumas revoltas, novas correntezas, e vozes femininas sob o alvoroço, estridentes, como apitos: "Pão! Trabalho!"

Pisoteiam-se alguns, curiosos são varridos do monumento a Frederico[12]. Mas suas bocas não se calam; de funcionários públicos menores, aos quais se barra o caminho até a repartição, sobe uma poeira, como se batessem suas roupas. Um rosto contorcido, que Diederich não reconhece, grita-lhe: "Vem algo novo! Agora é contra os judeus!" – e submerge antes que ele perceba tratar-se do Sr. von Barnim. Quer segui-lo, mas é lançado por um forte empuxo bem adiante, até a frente da janela de um café; ouve a folha da janela vibrar, um trabalhador que grita: "Não faz muito me botaram para fora daqui por causa de trinta centavos, porque não uso cartola" – e se lança com os outros janela adentro, entre as mesas de pernas para o ar, onde vão ao chão sobre cacos, ferindo os próprios ventres e vociferando alto: "Ninguém mais entra! Já estamos sem ar!" Mas entra cada vez mais gente. "A polícia está empurrando!" E o meio da rua, vazio, saneado como que para uma marcha triunfal. E então alguém diz: "É Guilherme!"

E Diederich, de novo lá fora. Ninguém soube como foi possível marchar de repente, como massa apinhada, por toda a extensão da rua e para os dois lados, até os flancos do cavalo sobre o qual se sentava o imperador: ele mesmo. As pessoas o admiravam e seguiam. Desfizera-se e arrastara-se o novelo

---

12 Frederico II (1712-1786), da dinastia Hohenzollern, rei da Prússia de 1740 a 1786, conhecido como Frederico, o Grande. (N. da E.)

dos que gritavam. Todos o olhavam. Sedimentos obscuros, sem forma nem contornos, despropositados, e do outro lado da rua, radiante, um jovem senhor com o elmo, o imperador. Todos viam: eles o tinham trazido do palácio. Gritaram "Pão! Trabalho!", até que ele veio. Nada mudou a não ser o fato de que ele estava lá – e já estavam marchando, como fossem ao campo de treinamento de Tempelhof.

Na lateral, onde as filas eram mais delgadas, os que estavam vestidos como burgueses entreolhavam-se: "Então, graças a Deus, ele sabe o que quer!"

"O que ele quer afinal?"

"Mostrar ao bando quem tem o poder! Ele tentou amigavelmente. Até foi longe demais com os decretos há dois anos. Ficaram atrevidos!"

"É preciso dizer que medo ele não tem. Crianças, eis um momento histórico!"

Diederich ouviu isso e estremeceu. O velho senhor, que tinha falado, dirigiu-se também a ele. Tinha costeletas brancas e a cruz de ferro.

"Meu jovem", disse, "o que nosso glorioso e jovem imperador faz ali as crianças irão aprender nos livros da escola. Preste atenção!"

Muitos estavam de peito aprumado e feição solene. Os senhores que seguiam o imperador miravam-no com extrema determinação, mas os cavalos impeliam-nos por entre o povo, como se todas as pessoas fossem incumbidas de um papel coadjuvante na performance suprema; e, às vezes, perscrutavam o que se dava ao lado, a impressão que causavam no público. O imperador, por sua vez, via apenas a si mesmo e seu desempenho. Suas feições estavam petrificadas pela profunda seriedade, fazia o olhar reluzir para os milhares que ele fascinava. Comparava-se com eles: o senhor escolhido por Deus com os serviçais revoltosos! Sozinho e desprotegido, atreveu-se a se meter no meio deles, fortalecido apenas pela sua missão. Podiam maltratá-lo, se era assim o plano do Altíssimo; sacrificava-se por sua causa sagrada. Se Deus estava com ele, então tinham que ver! Depois guardariam para sempre a marca do feito imperial e a lembrança de sua própria impotência!

Um rapaz de chapéu de aba larga chegou perto de Diederich e disse: "*Déjà-vu*. Napoleão em Moscou, sozinho no meio do povo."

"Mas isso é magnífico!", afirmou Diederich, e a voz falhou. O outro deu de ombros.

"Teatro, e do malfeito!"

Diederich encarou-o e tentou mirá-lo, com olhar reluzente, como o do imperador.

"O senhor também é um deles."

Não poderia dizer o que isso significava exatamente, sentia apenas que, pela primeira vez na vida, pôde representar o bem contra as críticas inimigas. Apesar do nervosismo, ainda olhou os ombros do outro: não eram largos. O círculo em volta também mostrava desaprovação. Diederich avançou. Prensou o inimigo no muro com a barriga e bateu no chapéu de artista. Os outros o esmurraram juntos. Logo o chapéu foi ao chão, pouco depois o homem também. Ao seguir caminho, Diederich fez a seguinte observação para os outros que brigaram a seu lado: "Ele certamente não serviu! Cicatriz não tem nenhuma!"

O velho senhor das costeletas e da cruz de ferro também estava novamente lá e apertou a mão de Diederich.

"Muito bem, meu jovem, muito bem!"

"E não é de se ficar furioso?", Diederich explicou ainda ofegante. "Quando alguém vem nos estragar o momento histórico?"

"O senhor serviu o exército?", perguntou o velho senhor.

"Eu teria adorado ficar", disse Diederich.

"É, Sedan[13] não acontece todo dia!" – o velho senhor apontou para sua cruz de ferro. "Éramos nós e mais ninguém!"

---

13 Batalha de Sedan (1870), Guerra Franco-Prussiana, vencida pelos alemães. (N. da E.)

Diederich empertigou-se, mostrou o povo subjugado e o imperador.

"Isso é tão bom quanto Sedan!"

"Não sei", disse o velho senhor.

"Permita-me, honrado senhor", alguém chamou e moveu o seu caderno de notas. "Temos de trazer isso à tona. Um retrato da atmosfera, entende? O senhor espancou um camarada?"

"Nada de mais" – Diederich ainda ofegava. "Por mim podíamos atacar agora os inimigos internos. O imperador está conosco."

"Ótimo", disse o repórter enquanto transcrevia: "Na massa que se move selvagem ouvem-se pessoas de todas as classes expressarem o vínculo mais fiel e a crença inabalável na personalidade suprema."

"Hurra!", gritou Diederich, então todos os outros gritaram; em meio a uma leva de homens que gritavam, conseguiu inesperadamente chegar ao Portal de Brandemburgo. O imperador cavalgava a dois passos dele. Diederich pôde ver seu rosto, a seriedade petrificada e o olhar reluzente; mas via tudo embaçado, de tanto que gritava. Uma embriaguez, maior e mais esplêndida que aquela que a cerveja proporcionava, ergueu-o e o carregou pelos ares. Balançava o chapéu para o alto, por sobre todas as cabeças, em uma esfera de extremo frenesi, por entre um céu onde orbitam nossos sentimentos mais extremos. Lá, sobre o cavalo, sob o portão das entradas triunfais e com feições pétreas e olhar reluzente, cavalgava o poder! O poder que passa sobre nós e cujo casco nós beijamos! Que passa por cima da fome, da teimosia e do escárnio! Contra o qual nada podemos, porque nós todos o amamos! Que temos no sangue, porque nele corre nossa submissão! Somos um átomo dele, uma molécula minúscula de algo que ele cuspiu! Cada indivíduo é nada, como massas articuladas é que galgamos a pirâmide enquanto Novos Teutões, enquanto exército, funcionalismo público, igreja e ciência, enquanto organizações econômicas e associações de poder, até lá em cima, onde ele mesmo está, pétreo e de olhar reluzente! Vivam nele, sejam parte dele e inflexíveis contra todos que se distanciarem dele, e triunfantes, mesmo que ele nos estraçalhe: pois assim ele justifica o nosso amor!...

Um dos policiais que em corrente cercavam o portão empurrou o peito de Diederich de tal modo que ele ficou sem ar; mas tinha os olhos tão cheios de um frenesi de vitória que era como se ele mesmo tivesse cavalgado sobre todos esses miseráveis, que, reprimidos, engoliam sua fome. Sigam-no! Sigam o imperador! Todos sentiam do mesmo modo que Diederich. Uma corrente de policiais era muito frágil diante de tanto sentimento; a gente a rompia. Do outro lado, mais outra. Era preciso fazer uma conversão, fazer um desvio para alcançar o Tiergarten, encontrar uma passagem. Poucos a encontraram; Diederich estava sozinho quando se atirou em direção ao trajeto da cavalgada, ao encontro do imperador, que também estava sozinho. Um homem, no estágio mais perigoso do fanatismo, sujo, destroçado, com os olhos de um selvagem: o imperador, descido do cavalo, olhou-o reluzente, sondou-o. Diederich tirou o chapéu, sua boca estava escancarada, mas o grito não veio. E porque se deteve muito de repente, escorregou e caiu sentado com força, de pernas para o ar, em uma poça, e ficou todo respingado de água suja. O imperador riu. O homem era um monarquista, um súdito fiel! O imperador virou-se à procura de seus companheiros, bateu na própria coxa e deu uma risada. Diederich, de sua poça, seguiu-o com os olhos, ainda boquiaberto.

II

Limpou-se brevemente e deu meia-volta. Uma dama estava sentada no banco; Diederich passou por ali de má vontade. Ela ainda por cima o olhou fixamente. "Perua", pensou furioso. Então viu que ela tinha uma expressão profundamente chocada, e reconheceu Agnes Göppel.

"Acabo de encontrar o imperador", ele disse de pronto.

"O imperador?", ela perguntou, como se estivesse em outro planeta.

Com gestos expansivos e inusuais, ele começou a botar para fora o que o sufocava. Nosso glorioso e jovem imperador, totalmente sozinho entre agitadores convulsivos! Eles destruíram um café. E Diederich estava dentro! Na Unter den Linden ele travou lutas sangrentas em prol de seu imperador! Foi necessário atirar com canhões!

"As pessoas estão passando fome", disse Agnes timidamente. "Elas também são seres humanos."

"Humanos?", Diederich virou os olhos. "São os inimigos internos!"

Quando Agnes de novo olhou chocada, ele se acalmou.

"Se lhe diverte que todas as ruas tenham que ficar bloqueadas por causa da chusma..."

Não, isso era muito inconveniente para Agnes. Ela tivera que fazer umas compras, e quando quis voltar para a Blücherstrasse, não havia mais ônibus, não se podia passar em qualquer outro lugar. Ela foi sendo impelida até ali de volta. Estava frio e úmido, seu pai devia estar preocupado; o que ela podia fazer? Diederich assegurou-lhe de que faria algo. Eles seguiram juntos adiante. De repente ele não sabia mais o que dizer e dirigiu o olhar em volta, como se procurasse o caminho. Eles estavam sozinhos entre árvores desnudas e folhas úmidas, há tempos caídas no chão. Onde estavam os mais elevados sentimentos masculinos de antes? Diederich sentia a mesma apreensão do último passeio que tivera com Agnes, quando ele foi alertado por Mahlmann, saltou em um ônibus, escapou e desapareceu. Bem naquele momento, Agnes disse: "Mas o senhor há muito tempo, muito mesmo, que não aparece mais. Papai não lhe escreveu?"

Seu próprio pai tinha morrido, Diederich disse comovido. Agora, Agnes teve primeiro de expressar suas condolências, depois perguntou por que de repente, naquela época, três anos atrás, ele ficou longe.

"Não é mesmo? Já são quase três anos."

Diederich sentiu-se mais seguro. A vida na irmandade ocupava-o totalmente. Lá predominava uma maldita disciplina rigorosa. "E então eu prestei o serviço militar."

"Oh!" – Agnes olhou-o. "Tudo o que o senhor já fez! E agora o senhor certamente já é doutor?"

"Isso vem agora."

"O senhor não mudou quase nada."

Ele olhou para a frente insatisfeito. Suas cicatrizes[14], sua largura considerável, toda sua masculinidade bem adquirida não eram nada para ela? Ela não percebia?

"Mas a senhora", disse ele bruscamente. O rosto pálido

---

14 Na Alemanha do final do século XIX, as cicatrizes decorrentes de duelos eram vistas por muitos como sinal de *status* e bravura. (N. da E.)

da moça, tão delgado, foi tomado por um leve rubor até a passagem para o pequeno nariz sardento.

"Pois é. Às vezes eu não estou bem, mas sempre melhoro depois."

Diederich arrependeu-se.

"Eu pensava naturalmente que a senhora tinha ficado ainda mais bonita" – e ele contemplou o seu cabelo ruivo, que jorrava por debaixo do chapéu, ainda mais basto que antes, porque o rosto tinha se tornado mais fino. Nesse momento, ele se lembrou das humilhações daquela época e como as coisas tinham mudado agora. Ele perguntou, desafiador: "Como está o Sr. Mahlmann?"

Agnes adquiriu uma expressão de desprezo.

"O senhor ainda pensa nele? Se eu o visse novamente, seria-me indiferente."

"É mesmo? Mas ele tem um escritório de patentes e poderia casar-se muito bem."

"E daí?"

"Antes a senhora estava interessada nele."

"De onde o senhor tirou isso?"

"Ele sempre a presenteava com algo."

"Se pudesse, não teria aceitado; mas daí..." ela olhou o caminho, as folhas úmidas do ano anterior, "daí eu não poderia ter aceitado também os seus presentes."

Com isso ela silenciou, assustada. Diederich sentia que algo difícil havia acontecido, e silenciou também.

"Não foram presentes tão importantes", ele soltou finalmente, "algumas flores." E com a mesma indignação de antes: "Mahlmann deu-lhe inclusive um bracelete."

"Que eu nunca usei", disse Agnes. De repente o coração disparou e ele pronunciou: "E se eu tivesse dado?"

Silêncio; ele suspendeu a respiração. Ela respondeu baixinho: "Daí sim."

Com isso eles de repente andaram mais rápido e sem falar. Chegaram até o Portal de Brandemburgo, olharam a Linden ameaçadoramente cheia de policiais, apressaram-se e viraram na Dorotheenstrasse. Ali estava menos cheio, Diederich diminuiu os passos e começou a rir.

"Isso é realmente muito engraçado. Na verdade, o que Mahlmann lhe comprava era pago com o meu dinheiro. Ele acabou com tudo que era meu, eu era ainda um jovem muito imaturo."

Eles estacaram. "Oh!", e ela o olhou, seus olhos cor de mel tremelicavam. "Isso é terrível. O senhor me perdoaria?"

Ele sorriu com ar superior. Isso era coisa do passado, insensatez de juventude.

"Não, não", ela disse incomodada.

O mais importante agora, ele pensava, era como ela chegaria em casa. Por aqui também não se pode seguir. Também não se viam os ônibus. "Sinto muito, mas a senhora terá de aguentar minha companhia por mais tempo. A propósito, eu moro bem aqui. A senhora poderia entrar, lá ao menos está mais seco. Mas isso não é permitido a uma jovem dama, naturalmente."

Ela ainda estava com aquele olhar suplicante.

"O senhor é tão bom", ela disse, respirando mais forte. "O senhor é tão nobre." E já entrando na casa: "Eu posso confiar no senhor?"

"Eu sei o que devo à honra de minha irmandade", Diederich explicou.

Eles tinham de passar pela cozinha, mas não havia ninguém ali. "Tire o casaco enquanto isso", disse Diederich, amável. Ele ficou ali sem olhar para Agnes e, enquanto ela tirava o chapéu, andava, pé ante pé.

"Vou procurar a senhoria, para que ela prepare um chá." Ele se dirigiu à porta, mas recuou: Agnes tomou sua mão e a beijou! "Mas, senhorita Agnes", ele murmurou, terrivelmente chocado e, como se a consolasse, pousou o braço em seus ombros; então ela se inclinou sobre os dele. Ele apertou sua boca em seus cabelos, profundamente, porque se sentia no dever de fazê-lo. O corpo dela estremeceu e flutuou a cada pressão de sua boca, como se ele a tivesse golpeado. Ele sentia a si mesmo na blusa fina, tépido e úmido. Diederich ficou com calor, beijou Agnes no pescoço. De repente o rosto dela veio até ele: com a boca aberta, os olhos semiabertos e uma expressão que ele nunca tinha visto e o fazia desfalecer. "Agnes! Agnes, eu te amo", disse como que profundamente aflito. Ela não respondeu, de sua boca aberta vinham pequenos sopros calorosos, ele a sentiu cair e susteve-a, parecia que ela se dissolvia.

Então, ela se sentou no divã e chorou. "Não me leve a mal, Agnes", Diederich pediu. Ela o mirou com olhos úmidos.

"Eu estou chorando de alegria", ela disse. "Eu o esperei por tanto tempo."

"Por quê?", ela perguntou ao vê-lo fechar-lhe a blusa. "Por que cobrir? Você já não acha bonito?"

Ele negou. "Estou consciente da responsabilidade que assumi."

"Responsabilidade?", disse Agnes. "Quem a tem? Eu te amei por três anos. Você nem sabia. É o destino!"

Com as mãos no bolso, Diederich pensou que era esse o destino das moças levianas. Por outro lado, ele sentiu necessidade de vê-la repetir suas juras. "Então, você me amou de fato, somente a mim?"

"Vejo que não acredita em mim. Foi terrível perceber que você não vinha mais e que tudo estava acabado. Foi muito terrível. Eu queria lhe escrever, eu queria ir até você. Cada vez eu perdia a coragem, porque você não me queria mais. Fiquei tão abatida que papai teve que viajar comigo."

"E para onde?", Diederich perguntou. Mas Agnes não respondeu, ela o puxou novamente para si.

"Seja bom para mim! Eu tenho apenas você!"

Encabulado, Diederich pensou: "Então você não tem muito." Agnes parecia ter diminuído, parecia ter perdido muito seu valor, desde que ele constatou que ela o amava. Ele também conjecturava que não se podia acreditar em tudo vindo de uma moça que fazia tal coisa.

"E Mahlmann?", ele perguntou, sarcástico. "Você deve ter

tido algo com ele." "Ah, deixa isso pra lá", ele disse quando ela se levantou bastante horrorizada. Ele procurou se redimir, também estava bem atordoado com a própria felicidade.

Ela se vestiu vagarosamente. "Mas seu pai não vai saber de jeito nenhum o que está acontecendo", Diederich opinava. Ela apenas ergueu os ombros. Quando ficou pronta e ele já tinha aberto a porta, ela ainda permaneceu e olhou o quarto novamente, com um olhar longo e temeroso.

"Talvez", ela disse como se fosse para si mesma, "eu nunca mais volte aqui. É como se eu tivesse que morrer hoje à noite."

"Como assim?", Diederich disse, tocado e constrangido. Em vez de responder, ela se aninhou novamente nele, tocou sua boca na dele, o peito no dele, e dos quadris até os pés, como que arraigada nele. Diederich esperou paciencioso. Então ela se soltou, abriu os olhos e disse: "Você não precisa achar que vou cobrar-lhe algo. Eu te amei, está quite."

Ele pediu um carro, mas ela queria andar. No caminho, ele perguntou por sua família e por outros conhecidos. Apenas na Belle-Alliance-Platz ele ficou inquieto e disse um tanto rouco: "É claro que não penso em me eximir de minhas obrigações para com você. Apenas temporariamente: você entende, eu ainda não ganho nada, preciso estar pronto e me estabelecer nos negócios lá em casa..."

Agnes revidou pensativa e calma, como se alguém a tivesse feito um elogio. "Seria muito bom se mais tarde eu pudesse me tornar sua mulher."

Ao virar na Blücherstrasse, ele estacou. Pensou, inseguro, se não seria melhor se retornasse agora. Ela disse: "Porque alguém poderia nos ver? Isso não faria diferença alguma, pois preciso contar em casa que o encontrei e que nós esperamos juntos, no café, até que as ruas ficassem novamente livres."

"É, ela sabe mentir", pensou Diederich. Ela acrescentou: "Você está convidado para o almoço no domingo, deve vir de qualquer modo."

Dessa vez foi demais para ele, estava chocado: "Eu devo...? Eu devo ir...?"

Ela sorriu, plácida e astuta. "Não tem como ser diferente. Se nos vissem... Você não quer que eu volte?"

Ah, sim, isso ele queria. Ainda assim ela teve de convencê-lo, até que ele prometesse aparecer. Em frente à sua casa, ele se despediu curvando-se com formalidade, deu meia-volta rapidamente e pensou: "Uma mulher como essa é terrivelmente ladina. Não vou fazer esse jogo por muito tempo." Nisso ele percebeu com indisposição que já era tempo de ir até o bar. Mas algo o fez voltar para casa, ele não sabia o quê. Quando fechou a porta do seu quarto atrás de si, ficou parado diante dela e olhou fixamente para a escuridão. De repente, ergueu os braços, voltou o rosto para cima, respirou fundo e longamente: "Agnes!"

Sentia-se transformado, leve, nas nuvens. "Estou terrivelmente feliz", pensou. "Algo tão belo assim não acontece de novo na vida!" Ele estava seguro de que, até então, até esse minuto, tinha visto e avaliado todas as coisas de maneira errada. Lá atrás, eles estão no bar, gabando-se. Judeus ou desempregados, o que alguém tem a ver com eles, por que é preciso odiá-los? Diederich sentia-se pronto para amar! Tinha ele mesmo, de fato, estado o dia todo em uma multidão de homens que julgava inimigos? Eles eram seres humanos: Agnes tinha razão! Foi ele mesmo que desejou ter batido em alguém por causa de algumas palavras; que ficou se gabando; mentiu; esforçou-se de modo insensato e, finalmente, jogou-se na imundície, destroçado e insano, ante um homem a cavalo, o imperador, que nada fez senão rir dele? Ele reconheceu que, antes de Agnes, tinha levado uma vida desamparada, sem sentido e infeliz. Com pretensões como as de um estranho; sentimentos que o envergonhavam e ninguém que ele amasse – até que veio Agnes! "Agnes! Doce Agnes, você não sabe o quanto eu te quero bem!" Mas ela devia saber. Ele sentia que nunca iria poder dizer isso de novo, como nessa hora, e escreveu uma carta. Escreveu que também ele sempre esperou por ela nestes três anos e que não tinha tido esperança, porque ela era bonita demais para ele, muito fina e boa; que ele apenas encasquetou desse jeito com Mahlmann por covardia e birra; que ela era uma santa e, uma vez que ela descesse até ele, ele ficaria a seus pés. "Eleve-me, Agnes, eu posso ser forte, eu sinto, e eu quero devotar toda minha vida a você!" Ele chorava, comprimia o rosto na almofada do divã, onde ainda sentia o perfume dela, e entre soluços, como uma criança, adormeceu.

De manhã ficou totalmente espantado e surpreso por não estar na cama. Lembrou-se do grande acontecimento, sentiu um doce impulso correr-lhe o sangue até o coração. Mas também suspeitou que cometeu exageros vergonhosos. Leu a carta novamente: tudo era muito bonito e de fato alguém podia ficar desconcertado, se de súbito tivesse uma relação amorosa com uma garota magnífica. Se ela estivesse ali agora, iria querer ser carinhoso! Mas era melhor não mandar a carta. Era um descuido diante de uma relação como aquela. Ao fim o pai Göppel daria um basta nisso... Diederich fechou a carta na escrivaninha. "Ontem nem me lembrei de jantar!" Pediu um café da manhã abundante. "E não quero fumar, para que o cheiro dela não se vá. Bom, isso já é um disparate. Não se pode ser assim." Acendeu um charuto e foi para o laboratório. Ao que tinha em seu coração, resolveu dar vazão na música, em vez de nas palavras – pois palavras tão elevadas não eram másculas nem cômodas. Ele alugou um piano e tentou tocar Schubert e Beethoven com muito mais alegria que nas aulas.

No domingo, quando tocou a campainha dos Göppel, foi a própria Agnes que lhe abriu a porta. "A criada não consegue deixar a cozinha", ela disse; mas o seu olhar dizia o verdadeiro motivo. Perplexo, Diederich baixou os olhos para o bracelete prateado que ela mexeu, como se ele devesse vê-lo.

"Não conhece?", ela sussurrou. Ele ficou vermelho.

"De Mahlmann?"

"De você! Estou usando pela primeira vez."

Ela apertou-lhe a mão, calorosa e rápida, então a porta para o Berliner Zimmer se abriu. O Sr. Göppel virou-se. "Olha só! Aí está nosso fugitivo!" Porém, mal avistou Diederich, sua expressão mudou, ele se arrependeu de tanta familiaridade.

"Eu não o teria reconhecido, Sr. Hessling!"

Diederich olhou para Agnes como se quisesse dizer a ela: viu? Ele percebe que eu não sou mais um jovem tolo.

"O senhor ainda é o mesmo", constatou Diederich e cumprimentou as irmãs e o cunhado de Göppel. Na verdade, ele achou todos notadamente envelhecidos, sobretudo o Sr. Göppel, que se comportava de maneira menos jocosa e tinha uma gordura medonha nas bochechas. As crianças estavam maiores, e de algum modo parecia faltar alguém na sala.

"É...", assim o Sr. Göppel encerrou a conversa que iniciava, "o tempo passa, mas os amigos sempre se encontram."

"Se você soubesse como...", pensou Diederich embaraçado e desdenhoso, enquanto ia para a mesa. Na hora do vitelo assado, finalmente lhe ocorreu quem havia sentado na sua frente, naquela época. Era a tia que tão pomposamente havia lhe perguntado o que, afinal, ele estudava e que não sabia ser química diferente de física. Agnes, que sentava à sua direita, disse-lhe que essa tia havia morrido já havia dois anos. Diederich murmurou suas condolências, mas disse para si mesmo: "Também não tagarela mais." Parecia-lhe que todos ali estavam deprimidos e tinham sido castigados, apenas a ele o destino tinha enaltecido por causa de seus méritos. E olhou de soslaio para Agnes, de cima a baixo, com um olhar de dono.

A sobremesa demorava, exatamente como em outros tempos. Agnes olhou apreensiva para a porta, Diederich olhou seus belos olhos claros escurecerem, como se algo sério tivesse acontecido. De repente, sentiu uma profunda simpatia por ela, um enorme carinho. Ele levantou e gritou da porta: "Marie! A torta!" Quando voltou, o Sr. Göppel ergueu-lhe a taça: "O senhor já fez isso antes. Aqui o senhor se sente em casa. Não é, Agnes?" Agnes agradeceu Diederich com um olhar que mexeu com seu coração. Ele precisou se recompor para não ficar com os olhos marejados. Quão benévolos sorriam-lhe os parentes! O cunhado brindou com ele. Que pessoas boas! E Agnes, a doce Agnes, amava-o! Ele não merecia tanto assim! A consciência pesou e vagamente prometeu a si mesmo ir falar depois com o Sr. Göppel.

Infelizmente, depois da refeição, o Sr. Göppel voltou a falar da rebelião. Bem agora que finalmente nos livrarmos da bota de couraceiro de Bismarck, não era mais necessário provocar os trabalhadores com bravatas. O jovem (era como o Sr. Göppel chamava o imperador!) ainda nos joga na cara a revolução... Em nome da juventude, que, firme e fiel, estava ao lado de seu glorioso e jovem imperador, Diederich viu-se compelido a repudiar essas amolações o mais incisivamente possível. Sua Majestade mesmo dissera: "Os que me querem ser úteis, sejam bem-vindos. Os que querem ficar contra mim eu vou trucidar." Com isso, Diederich tentou fazer o olhar reluzir. Sr. Göppel explicava que esperava para ver.

"Nesses tempos difíceis", Diederich acrescentou, "todos devem ficar ao lado de seu senhor." E ensaiou uma postura opulenta diante de Agnes, que o admirava.

"Como assim, tempos difíceis?", disse o Sr. Göppel. "Eles só são difíceis se nós dificultamos as coisas diante da vida. Eu sempre me dei bem com meus empregados."

Diederich estava decidido a implantar em sua empresa uma cultura totalmente diferente. Os sociais-democratas não seriam mais tolerados e, aos domingos, as pessoas iriam à igreja! "Isso ainda?", pensou o Sr. Göppel. Isso ele não podia exigir das pessoas, quando ele mesmo não ia à missa da sexta-feira santa. "Devo eu enganá-las? Cristianismo é bom, mas ninguém mais acredita em tudo que o pastor fala." Diederich adquiriu um ar de extrema superioridade.

"Meu caro Sr. Göppel, eu só posso lhe dizer: no que os senhores lá de cima consideram correto acreditar, especialmente meu honrado amigo, o aspirante von Barnim, é nisso em que eu acredito – sem hesitar. É tudo que posso lhe dizer."

O cunhado, que era funcionário público, de repente ficou ao lado de Diederich. O Sr. Göppel já estava vermelho. Agnes chegou, nesse ínterim, com o café. "Bem, o senhor gostaria de um charuto?" O Sr. Göppel bateu no joelho de Diederich. "Veja o senhor, nas coisas humanas estamos de acordo."

Diederich pensou: "Isso porque eu pertenço à família, por assim dizer."

Ele cedeu algo de sua postura tensa; ainda havia muito aconchego. O Sr. Göppel quis saber quando Diederich terminaria os estudos e se tornaria doutor. Ele não entendia que um trabalho sobre química precisava de dois anos ou mais. Com expressões que ninguém entendia, Diederich explicou em detalhes sobre as dificuldades de se chegar às conclusões da tese. Ele tinha a impressão de que o Sr. Göppel, por algum motivo, esperava por seu título. A impressão de Agnes parecia ser a mesma, pois interferiu e despistou a conversa. Quando Diederich despediu-se, ela o acompanhou e sussurrou-lhe: "Amanhã, às três horas em sua casa."

De súbita alegria, agarrou-a e beijou-a, entre as portas no vestíbulo, enquanto, imediatamente a seu lado, a criada fazia barulho com a louça. Ela perguntou, triste: "Não lhe ocorre o que pode me acontecer se alguém vier?" Ele ficou consternado e, como sinal de perdão, pediu mais um beijo. Ela o deu.

Diederich costumava voltar do café para o laboratório às três horas. Em vez disso, ele já estava novamente em seu quarto às duas. E ela veio antes das três. "Ambos não podíamos esperar por isso! Como nós nos queremos bem!" Foi mais bonito que da primeira vez, muito mais. Nenhuma lágrima, nem medo; e o sol irradiava dentro do quarto. Diederich espalhou os cabelos de Agnes ao sol e banhou neles seu rosto.

Ela ficou até que fosse quase tarde demais para as compras que tinha ficado de fazer. Teve de correr. Diederich, que corria junto, ficou muito preocupado que algo pudesse acontecer a ela. Mas ela ria, parecia rosada e chamava-o de seu urso. Os dias em que ela vinha sempre acabavam assim. Eles sempre eram felizes. O Sr. Göppel constatou que Agnes estava melhor que nunca, e isso o rejuvenesceu. Assim, também os domingos tornaram-se cada vez mais joviais. Eles duravam até de noite, quando se fazia o ponche. Diederich tinha que tocar Schubert, ou ele e o cunhado cantavam canções estudantis e Agnes acompanhava-os. Às vezes procuravam-se com o olhar, a ambos parecia que todos festejavam sua felicidade.

Então aconteceu de o criado entrar no laboratório e informar Diederich de que lá fora havia uma dama. Ele levantou imediatamente, e sem perder o orgulho enrubesceu diante do olhar compreensivo dos colegas. E então foram passear, ao café, ao Panoptikum; e como Agnes gostasse de ver quadros, Diederich aprendeu que também existiam exposições de arte. Agnes amava postar-se diante de um quadro de que gostava, um quadro de paisagem suave e imóvel, ficar com os olhos semiabertos, e trocar sonhos com Diederich.

"Se olhar direito para lá, então você percebe que não é uma moldura, mas um portão com degraus de ouro, sobre os quais nós descemos pelo caminho, contornamos as espinheiras brancas e embarcamos no bote. Você não sente como ele balança? É porque arrastamos a mão na água, que está tão morna. Do outro lado, na montanha, o pontinho branco, você já sabe, é a nossa casa, é para lá que vamos. Você vê? Você vê?"

"Sim, sim", disse Diederich cheio de entusiasmo. Ele apertou as pálpebras e viu tudo que Agnes queria. Ficou tão afogueado, que pegou nas mãos dela para secá-las. Depois sentaram-se num canto e falaram sobre as viagens que queriam fazer, da alegria despreocupada em um lugar remoto e ensolarado, de amor sem fim. Diederich acreditava no que dizia. No fundo, ele sabia que estava predestinado a trabalhar e levar uma vida prática, sem muito tempo livre para efusividades. Mas o que ele dizia ali era de uma verdade mais elevada que tudo o que ele sabia. O verdadeiro Diederich, aquele que ele deveria ser, falava a verdade. Mas Agnes, tão logo eles levantaram e se foram, ficou pálida e parecia cansada. Seus belos olhos claros tinham um brilho que deixaram Diederich angustiado, e ela perguntou baixinho e trêmula: "E se nosso bote virasse?"

"Então eu te salvaria!", disse Diederich, decidido.

"Mas é longe da margem e a água é terrivelmente funda." E como ele estava indeciso: "Nós iríamos nos afogar. Diga-me, você gostaria de morrer comigo?"

Diederich olhou para ela; então fechou os olhos.

"Sim", disse ele com um suspiro.

Depois ele se arrependeu dessa conversa. Tinha percebido por que Agnes teve que embarcar de repente em um fiacre e ir para casa. Ela ficou com uma vermelhidão convulsiva até a testa, e não o deixava ver como tossia. Durante toda a tarde, Diederich sentiu-se arrependido. Essas coisas não eram saudáveis, não levavam a nada e eram inconvenientes. Seu professor já sabia da visita da moça. O fato de ela o tirar de seu trabalho sempre que sentia vontade não podia durar muito tempo. Ele expôs isso a ela gentilmente. "Você tem razão", ela disse. "Homens ordenados precisam de horários fixos. Mas, e se eu viesse até você às cinco e meia, mas já o tivesse amado mais intensamente às quatro?"

Percebeu que ela zombava, talvez fosse até desdém, e tornou-se grosseiro. Uma amante que quisesse dificultar sua carreira de modo algum lhe servia. Não era assim que ele tinha imaginado as coisas. Ela pediu perdão. Ela queria se tornar menos exigente e esperá-lo em seu quarto. E se ele ainda tivesse mais a fazer, oh!, ele não precisaria ter consideração. Isso desconcertou Diederich, ele empalideceu e, junto com Agnes, abandonou-se aos lamentos por causa de um mundo onde não havia apenas amor. "Precisa ser mesmo assim?", perguntou Agnes. "Você tem um pouco de dinheiro, eu também. Por que fazer carreira e se exaurir tanto? Poderíamos ficar tão bem." Diederich concordou – mais tarde, porém, levou isso a mal. Deixou-a esperando, um pouco de propósito. Até mesmo visitas a reuniões políticas ele julgava um dever que tinha precedência sobre os encontros com Agnes. Uma noite, em maio, como ele tinha chegado atrasado, encontrou um rapaz em frente à porta, com uniforme de recruta e que o olhava com relutância. "Sr. Diederich Hessling?" – "Ah, sim", Diederich balbuciou, "o senhor – você – o senhor é Wolfgang Buck?"

O filho mais novo do importante homem de Netzig finalmente tinha decidido cumprir a ordem de seu pai e foi procurá-lo. Diederich levou-o para cima, não tinha encontrado nenhum pretexto para afastá-lo, Agnes estava sentada lá dentro! No corredor, ele falava alto para que ela ouvisse e se escondesse. Abriu a porta temeroso. Não havia ninguém no quarto; também o chapéu dela não estava sobre a cama; mas Diederich sabia: ela tinha estado ali há pouco. Percebia isso na cadeira que não estava totalmente no lugar; no ar que parecia balançar calmamente por causa da passagem do seu vestido. Ela devia estar no pequeno compartimento sem janela, onde ficava sua pia de toalete. Arrastou uma cadeira até a porta daquele cômodo e, aborrecido pela vergonha, reclamou sobre a senhoria que não tinha arrumado o quarto. Wolfgang Buck achava que tinha vindo em uma hora inoportuna. "Oh, não!", Diederich asseverou. Convidou o hóspede a sentar-se e trouxe conhaque. Buck desculpou-se pela hora inusual; o serviço militar não lhe dava escolhas. "Isso nós sabemos", disse Diederich; e, adiantando-se às perguntas, relatou que seu ano de serviço já terminara. Era um entusiasta do exército, o exército era algo verdadeiro. Bom para quem pudesse ficar lá! Infelizmente as obrigações com a família chamaram-no. Buck sorriu, um sorriso suave e cético, que desagradou Diederich. "Bem, os oficiais: ali ao menos se podia estar com pessoas de boas maneiras."

"O senhor transita bem entre eles?", perguntou Diederich um tanto jocoso. Mas Buck explicou simplesmente que às vezes ele era convidado a sentar-se à mesa com os oficiais. Deu de ombros: "Eu vou até lá porque considero útil observar todos os campos. De outro modo, preferia a companhia dos socialistas." Ele sorriu novamente. "Às vezes até quero me tornar general, às vezes líder dos trabalhadores. Para que lado vou cair, até eu estou curioso para saber." E terminou de beber o segundo copo de conhaque. "Um homem asqueroso", pensou Diederich. E Agnes no quarto escuro! Ele disse: "Com seus recursos, o senhor é livre para ser eleito no Parlamento ou fazer o que mais lhe aprouver. Eu fui designado para o trabalho prático. Os sociais-democratas, a propósito, eu os vejo como meus inimigos, pois eles são inimigos do imperador."

"O senhor tem certeza disso?", Buck perguntou. "Eu creio que o imperador tem um amor secreto pela social-democracia. Ele mesmo teria gostado de ser líder dos trabalhadores. Eles é que não quiseram."

Diederich ficou revoltado. Disse que isso era uma afronta a Sua Majestade. Mas Buck não se deixou abalar. "O senhor não lembra como ele, diante de Bismarck, ameaçou querer tirar a proteção militar das pessoas ricas? Ao menos no começo, ele teve a mesma mágoa contra os ricos que tem os trabalhadores – ainda que por motivos divergentes, claro, porque ele dificilmente se conforma com o fato de que outros também tenham poder." Buck antecipava-se às exclamações que se viam no rosto de Diederich. "Não creia, por favor", disse ele mais incisivamente, "que o que há em mim é antipatia. Ao contrário, é ternura: uma espécie de ternura hostil, se o senhor quiser."

"Não entendo", disse Diederich.

"Enfim: é a ternura que se tem por alguém em quem se reconhece os próprios erros, ou o que o senhor chama de virtudes. De qualquer modo, todos nós, agora, somos jovens como o nosso imperador, queremos aproveitar e viver ao máximo nossa personalidade, por assim dizer, mas sentimos muito bem que só a massa tem futuro. Não haverá mais um Bismarck, tampouco um Lassalle. Talvez sejam os mais talentosos entre nós que ainda hoje queiram desmentir tal coisa. Ele, de qualquer modo, quer desmentir. E se esse montão de poder cai nas mãos de alguém, seria de fato suicídio não se superestimar. Mas, lá no fundo de sua alma, ele certamente tem dúvidas sobre o papel que impôs a si mesmo."

"Papel?", perguntou Diederich. Buck nem percebeu.

"Pois esse papel pode levá-lo longe, já que deve soar desgraçadamente paradoxal no mundo como é hoje. Esse mundo não espera de pessoa alguma mais que de seu vizinho. Importante é o bom nível, não a distinção, e muito menos os homens importantes."

"Permita-me!", Diederich inflamou-se. "E o império alemão? Nós o teríamos sem grandes homens? Os Hohenzollern são grandes homens." Buck novamente torceu o nariz, melancólico e cético. "Então eles devem tomar cuidado. E nós também. Guardadas as proporções, o imperador fica diante da mesma pergunta que eu. Será que devo me tornar general e me preparar toda a vida para uma guerra, que provavelmente nunca mais vai acontecer? Ou, se possível, um líder genial do povo, sendo que o povo mesmo já está tão à frente que pode renunciar aos gênios? As duas coisas seriam romantismo, e romantismo leva à bancarrota, como já se sabe." Buck bebeu dois conhaques, um atrás do outro.

"O que devo me tornar, afinal?"

"Um alcoólatra", pensou Diederich. Ele se perguntava se não era sua obrigação protestar energicamente contra Buck. Mas Buck vestia uniforme! Também o barulho poderia assustar Agnes e fazê-la sair do esconderijo, e imagine tudo que se poderia desdobrar disso. Em todo caso, ele decidiu reparar com veemência as observações de Buck. Era com essas ideias que um homem pensava em fazer carreira? Diederich recordava que, na escola, as redações de alemão de Buck, que eram por demais espirituosas, conferiam a ele uma suspeita inexplicável, mas profunda. "É isso", ele pensou, "ele continua assim. Um beletrista. Toda família é assim." A mulher do velho Buck tinha sido judia e atriz de teatro. E mais tarde Diederich sentiu-se humilhado pela benevolência condescendente do velho Buck, no funeral de seu pai. Também o jovem humilhava-o, constantemente e de todas as formas: com sua eloquência superior, seus modos, seu trânsito entre os oficiais. Era ele um Sr. von Barnim? Ele também era de Netzig, nada mais. "Odeio toda a família!" E, com as pálpebras apertadas, Diederich examinou o rosto carnudo, com o nariz levemente arqueado, e os olhos úmidos e brilhantes, que especulavam. Buck levantou-se. "Bem, nos vemos novamente em casa. No próximo semestre, ou no outro, eu faço os exames, e o que resta senão brincar de advogado em Netzig... E o senhor?", ele perguntou. Diederich disse, com firmeza, que ele não pensava em perder o seu tempo e desejava concluir a tese de doutoramento ainda no verão. Com isso, ele acompanhou Buck até lá fora. "Você é apenas um rapaz estúpido", ele pensou. "Não percebe minimamente que eu tenho uma moça em casa." Ele voltou para dentro, feliz por sua superioridade diante de Buck e também diante de Agnes, que tinha esperado no escuro e não havia se movido ou feito barulho.

Mas quando ele abriu a porta, ela estava jogada em uma cadeira, seu peito arquejava e ela reprimiu um soluço com um lenço. Ela o olhou com os olhos avermelhados. Então viu: ela quase havia sufocado lá dentro, e chorado – enquanto ele, aqui fora, bebia e conversava sobre coisas inúteis. Seu primeiro ímpeto foi de um arrependimento desmedido. Ela o amava! Ficou sentada lá e o amava tanto que suportou tudo! Ele estava prestes a erguer os braços, atirar-se diante dela e, chorando, pedir-lhe perdão. Recompôs-se a tempo, de medo da cena e do estado de ânimo sentimental subsequente, que novamente lhe custaria dias de trabalho e que a deixaria mais soberana. Não ia lhe fazer os gostos! Pois é claro que ela exagerava de propósito. Então, ele a beijou fugazmente sobre a testa e disse: "Você já estava aí? Não a vi chegar." Ela estremeceu, como se fosse revidar, mas silenciou. Com isso, ele explicou que alguém tinha acabado de sair. "Um judeu velhaco pavoneando-se! Simplesmente asqueroso!" Diederich andava pelo quarto. Para não ter que olhar para Agnes, andava cada vez mais rápido e falava com cada vez mais energia. "Estes são os nossos piores inimigos! Que, com a sua assim chamada formação refinada, tocam em tudo o que é sagrado para nós, alemães! Um judeu, velhaco desse jeito, devia ficar feliz que nós o toleremos. Ele devia estudar intensivamente os seus digestos e fechar a matraca. Eu dispenso seus livrinhos ordinários!", ele gritou ainda mais alto, com o propósito de magoar Agnes. Já que ela não respondeu, ele tomou um novo impulso. "E isso porque agora todo mundo me acha em casa. Por sua causa tenho sempre que ficar na toca!"

Agnes disse timidamente: "Nós já não nos vemos há seis dias. Você não veio domingo de novo. Tenho medo de que já não me queira mais." Ele parou diante dela. Olhou-a de cima para baixo: "Criança amada, acho que não preciso mais lhe dar garantias de que a quero muito. Mas outra questão é se eu tenho vontade de ver suas tias todos os domingos e conversar com seu pai sobre política, a respeito da qual ele não entende coisa alguma." Agnes inclinou a cabeça. "Antes era tão bonito. Você estava se dando tão bem com papai." Diederich virou-lhe as costas e olhou da janela. Essa era a questão: ele temia se dar bem com o Sr. Göppel. Ele soube por seu contador, o velho Sötbier, que o negócio de Göppel estava declinando. A celulose dele já não prestava mais, Sötbier não a encomendava mais. Um genro como Diederich viria num momento totalmente oportuno. Diederich sentia-se aliciado por essa gente. Também por Agnes! Suspeitava que Agnes tramava junto com o velho. Indignado, ele virou novamente para ela: "E depois, criança amada, vamos confessar: o que nós dois fazemos é coisa nossa, não é verdade? De preferência vamos deixar seu pai fora disso. Uma relação como a nossa não deve ser misturada com amizade familiar. Meu senso moral pede uma separação ilibada."

Passou-se um momento, então Agnes levantou, como se só agora ela tivesse entendido. Estava toda enrubescida. Andou até a porta. Diederich alcançou-a. "Mas Agnes, eu não quis dizer isso. É apenas porque tenho muito cuidado com você... E eu também posso voltar no próximo domingo." Ela o deixou falar, sem mover o rosto. "Dessa vez será tão bom como antes", ele pediu. "Você ainda nem tirou o chapéu." Ela o fez. Ele pediu a ela que se sentasse no divã, e ela se sentou. Ela também o beijou, como ele queria. Mas enquanto seus lábios sorriam e beijavam, seus olhos continuavam fixos e distantes. De repente ela o puxou para seus braços: ele se assustou, não sabia se era ódio. Mas se sentiu tão intensamente amado como nunca.

"Hoje foi bom mesmo. Não acha, meu doce?", disse Diederich, satisfeito e benevolente.

"Adieu", ela disse, apressando-se com a sombrinha e a bolsa, enquanto ele apenas começava a se vestir.

"Mas você está com pressa." – "Acho que não posso fazer mais nada por você." Ela já estava à porta – de repente encostou-se com os ombros no batente e não se mexeu mais. "O que foi?" Quando chegou mais perto, Diederich viu-a soluçando. Ele a tocou. "O que é que você tem?" Ela chorou mais alto e convulsivamente. Não parava. "Mas Agnes", disse Diederich de tempos em tempos, "o que aconteceu de repente? Nós nos divertimos tanto." E bastante perplexo: "Eu lhe fiz alguma coisa?" Entre as crises e meio sufocada, ela disse: "Não consigo. Desculpe." Ele a carregou até o divã. Quando tudo tinha finalmente passado, Agnes envergonhou-se. "Perdoa! Não posso evitar." – "E eu, que posso fazer?" – "Nada, nada. São os nervos. Perdoa!"

Compadecido e paciente, acompanhou-a até um carro. Mais tarde, porém, o ataque mais lhe pareceu uma comédia e um dos meios para capturá-lo de uma vez por todas. Não o abandonava a sensação de se haver feito uma armadilha contra sua liberdade e seu futuro. Ele se defendia com atitudes ríspidas, a afirmação de sua autonomia masculina e frieza, tão logo os ânimos se amainavam. Aos domingos, na casa dos Göppel, protegia-se como se estivesse em terra de inimigos: correto e inacessível. "Quando o seu trabalho finalmente estaria pronto?", eles perguntavam. Poderia chegar a resultados amanhã ou apenas em dois anos, ele mesmo não sabia. Enfatizava que, também futuramente, ele iria se manter financeiramente dependente de sua mãe. Por muito tempo ainda não teria tempo para mais nada exceto os negócios. Quando o Sr. Göppel refletiu sobre os valores ideais da vida, Diederich repudiou a conversa com aspereza: "Ontem mesmo vendi meu Schiller. Pois não tenho excentricidades e não posso deixar que coisa alguma me desvie do caminho." Quando, depois dessas palavras, sentiu o olhar silencioso e consternado de Agnes, teve a sensação, por um momento, de que não era ele que tinha falado, como se tivesse adentrado uma névoa, falasse de modo errado e agisse contra a vontade. Mas isso passou.

Agnes vinha quando ele pedia, e ia embora quando ele tinha de trabalhar ou ir ao bar. Ela não o seduziu mais a fantasiar diante de quadros, desde que certa vez ele se deteve em uma loja de frios e disse-lhe que aquilo, para ele, era o mais belo deleite artístico. Por fim, até ele percebeu como se viam raramente. Ele a acusou de não insistir em vir com mais frequência. "Você era diferente antes." – "Eu tenho que esperar", ela disse. – "Pelo quê?" – "Que você também volte a ser o que era. Oh! Tenho certeza de que isso vai acontecer."

Ele ficou em silêncio por medo de brigarem. No entanto, aconteceu o que ela disse. Enfim concluiu o trabalho e foi aprovado. Tinha apenas uma prova oral insignificante a cumprir e estava fortemente disposto a uma guinada na vida. Como Agnes veio lhe trazer felicitações, e rosas junto, as lágrimas brotaram e ele disse que sempre iria querê-la bem. Ela contou que o Sr. Göppel tinha acabado de iniciar uma viagem de negócios que duraria vários dias. "E o tempo está tão bonito..." Imediatamente Diederich sugeriu:

"Vamos aproveitar! Ainda não tivemos uma oportunidade como essa!" Decidiram viajar para o campo. Agnes sabia de um lugar chamado Mittelwalde; lá devia ser deserto e romântico como o nome. "Vamos ficar o dia todo juntos!" – "E a noite também", Diederich completou.

Até a estação da qual se partia era remota e o trem bem pequeno e antiquado. Ficaram sozinhos no vagão; aos poucos escurecia, o cobrador acendeu-lhes uma lâmpada opaca; e eles viam, abraçados e silenciosos, com os olhos arregalados, a terra cultivada, plana e monótona. Pudessem sair a pé, para bem longe, e se perder na escuridão benfazeja! Quase desembarcaram em um vilarejo com um punhado de casas. O cobrador trouxe-os de volta jovialmente: não desejariam pernoitar na palha... E então chegaram. A estalagem tinha um pátio grande, um quarto amplo com lamparina a óleo no teto de vigas e um estalajadeiro distinto, que chamou Agnes de "minha senhora", com um olhar eslavo e perspicaz. Eram olhos tímidos e cheios de aquiescência furtiva. Depois da refeição, quiseram subir imediatamente, mas não ousaram fazê-lo e folhearam, obedientes, as revistas que o estalajadeiro lhes trouxe. Tão logo ele virou as costas, trocaram olhares e rapidamente subiram as escadas. Ainda não havia luz no quarto, a porta ainda estava aberta, mas logo caíram nos braços um do outro.

Bem cedo o sol entrou no quarto. No pátio, lá embaixo, as galinhas ciscavam e batiam as asas sobre a mesa em frente à pérgula. "Vamos tomar café ali!" Desceram até lá. Estava um calor esplêndido! Vinha uma fragrância de feno do celeiro. O café e o pão tinham o gosto mais fresco que nunca. O coração estava tão livre, e a vida estava toda pela frente. Queriam sair e andar horas a fio; perguntaram ao estalajadeiro os nomes das ruas e vilarejos. Contentes, elogiaram sua casa e suas camas. Se eles estariam em lua de mel? "Isso mesmo" – e riram cheios de graça.

Os paralelepípedos da rua principal estendiam suas faces para cima e o sol de julho os coloria. As casas eram salientes, inclinadas e tão pequenas, que a rua entre elas se distinguia qual uma lavoura de pedras. O sino da mercearia batia longamente atrás dos estranhos. Alguns poucos, em parte vestidos como pessoas da cidade, arrastavam-se pelas sombras e se viravam para Agnes e Diederich, que tinham a feição cheia de orgulho, pois eram os mais elegantes ali. Agnes descobriu a loja de confecções, que vendia os chapéus das senhoras refinadas. "Não dá para acreditar! Isso se usava em Berlim há três anos!" Depois passaram por um portão, que não parecia muito estável, em direção ao campo. As terras tinham sido ceifadas. O céu estava azul e pesado, as andorinhas pareciam nadar ali como em água inerte. Lá do outro lado, as casas dos camponeses emergiam de tremulações quentes, e havia uma floresta negra, com caminhos azuis. Agnes e Diederich deram as mãos e, sem terem combinado, começaram a cantar: uma canção dos tempos da escola de quando se saía a caminhar pela floresta. Diederich cantou com voz grave para impressionar Agnes. Quando não sabiam mais a letra, ficavam face a face e se beijavam, andando.

"Agora consigo ver bem como você é bonita", disse Diederich e olhava com afeto seu rosto rubro, de cílios claros em volta de olhos também claros adornados de estrelas douradas. "O verão me faz bem" – e Agnes respirou tão livremente que sua blusa inflou. Andava, esbelta, com os quadris estreitos e o véu azul que esvoaçava sobre ela. Diederich sentia muito calor, tirou o casaco, depois também o colete, finalmente admitiu que desejava ficar na sombra. Encontraram-na à borda de uma lavoura ainda sem colher, e sob um arbusto de acácias que ainda exalavam seu perfume. Agnes sentou-se e colocou a cabeça de Diederich em seu regaço. Ainda brincaram um com o outro e fizeram gracejos: de repente ela percebeu que ele tinha adormecido.

Ele despertou, olhou em volta, e quando encontrou o rosto de Agnes deu um sorriso feliz e reluzente. "Querido", ela disse, "como seu semblante é bondoso, e bobo." – "Espere aí! Eu dormi no máximo cinco minutos – não, na verdade, dormi uma hora. Você ficou entediada?" Mas ela estava mais surpresa que ele por ter passado tanto tempo. Aos poucos, foi erguendo a cabeça sob a mão que Agnes pousara em seus cabelos quando ele adormecera.

Voltaram por entre as lavouras. Em uma delas jazia uma massa escura; quando espreitaram entre as hastes das plantas, perceberam tratar-se de um velho com uma capa de pele, casaco vermelho ferrugem e calças de veludo, também avermelhadas. Estava encolhido, a própria barba em volta dos joelhos. Agacharam-se ao máximo para reconhecê-lo. Então perceberam que há muito ele os olhava com os olhos negros e brilhantes. Involuntariamente começaram a andar mais rápido e, nos olhares que trocavam, havia o temor dos contos de fada. Lançaram um olhar em volta: estavam em uma terra longínqua e estranha, a pequena cidade lá para trás dormia estranhamente sob o sol, e mesmo o céu assim lhes parecia, como se tivessem viajado noite e dia.

Como foi aventuroso o almoço na pérgula da estalagem, com o sol, as galinhas, a janela da cozinha aberta, de onde Agnes alcançava os pratos. Onde estava o ordenamento burguês da Blücherstrasse, a tradicional mesa de bar de Diederich? "Não vou embora daqui", Diederich declarou. "Também não vou deixar que você vá." E Agnes: "E haveria por que eu ir? Escrevo ao papai e faço que a carta lhe chegue por meio de uma amiga, que é casada em Küstrin. Ele vai acreditar que estou lá."

Mais tarde eles saíram novamente para a outra direção, onde a água corria e o horizonte era circundado pelas asas de três moinhos de vento. No canal havia um barco; eles o alugaram e saíram à deriva. Um cisne veio ao seu encontro. O cisne e o barco deslizaram lado a lado silenciosamente. O barco atracou por conta sob os arbustos que avançavam sobre a água – e de súbito Agnes perguntou pela mãe e as irmãs de Diederich. Ele disse que elas eram sempre muito boas com ele e que as queria bem. Pediria que mandassem fotos das irmãs, que haviam ficado bonitas; talvez não bonitas, mas decentes e delicadas. Uma, a Emmi, lia poesia como Agnes. Diederich queria tomar conta das duas e casá-las. Mas ele ficaria com a mãe, pois devia a ela tudo de bom que tinha, até Agnes aparecer. Ele contou-lhe dos momentos sublimes, dos contos de fada debaixo da árvore de natal de sua infância, até mesmo das preces feitas com o coração. Agnes ouvia totalmente absorta. Ao final, suspirou. "Quero conhecer sua mãe. Não conheci a minha." Ele a beijou complacente, respeitoso e com uma sensação sombria de consciência pesada. Ele sentia: agora tinha de dar uma palavra que devia consolá-la para sempre. Mas postergou-a, não conseguia. Agnes olhou-o com profundidade: "Eu sei", ela disse devagar, "que você é um homem bom em seu coração. Você só tem que agir diferente às vezes." Com isso ele se assustou. Então ela disse, como que para desculpar-se: "Hoje não tive nem um pouco de medo de você."

"E você costuma ter medo?", ele perguntou, cheio de remorso. Ela disse: "Sempre tive medo quando as pessoas eram muito altivas e bem-humoradas. Com minhas amigas isso era frequente, como se eu não pudesse acompanhá-las, e elas fossem perceber e me desprezar. Mas não percebiam. Já de criança: eu tinha uma boneca com grandes olhos azuis de vidro; quando minha mãe morreu, tive de ficar sentada ao lado da boneca. Ela sempre me olhava fixamente com seus olhos esbugalhados que me diziam: sua mãe está morta, agora todos vão olhá-la como eu. Eu teria preferido deitá-la de costas, para que fechasse os olhos. Mas não ousava fazê-lo. Eu por acaso conseguiria manter as pessoas de costas? Todas tinham aqueles olhos e, às vezes...", ela escondeu o rosto em seus ombros, "às vezes até você os tem."

Ele ficou com a voz embargada, tocou a sua nuca, e sua voz oscilou: "Agnes! Doce Agnes, você não sabe o quanto eu a quero bem... Eu tive medo de você, sim, eu! Três anos senti sua falta, mas você era bonita demais para mim, muito fina, muito boa..." Seu coração derretia-se todo; ele disse tudo o que tinha escrito para ela depois de sua primeira visita, na carta que ainda estava em sua escrivaninha. Ela tinha se endireitado para ouvi-lo, embevecida, com os lábios abertos. Contentava-se baixinho: "Eu sabia, você é assim, você é como eu!"

"Pertencemos um ao outro!", disse Diederich e apertou-a contra o próprio peito; mas ficou assustado com a exclamação dela. "Agora ela está à espera", pensou, "agora devo falar." Ele queria, mas se sentia paralisado. A pressão de seus braços sobre suas costas ficava cada vez menor... Ela se moveu: ele soube que ela já não esperava mais. Desprenderam-se um do outro, sem se olharem. De repente Diederich colocou as mãos sobre o rosto e soluçou. Ela não perguntou o motivo; fez-lhe um carinho nos cabelos. Ficaram assim um longo tempo.

Agnes disse, ao vazio: "Será que acreditei que isso duraria? Só podia acabar mal, porque foi tão bonito."

Ele irrompeu, desesperado. "Mas não está tudo acabado!" Ela perguntou: "Você acredita na felicidade?"

"Se eu tiver que perder você, não mais!"

Ela murmurou: "Você vai seguir com sua vida e me esquecer."

"Prefiro morrer!" – e ele a puxou para si. Ela sussurrou em sua face: "Veja, como a água é extensa aqui, um lago. Nosso barco foi embora por conta própria e nos guiou. Você ainda lembra daquele quadro? E o lago sobre o qual viajamos em nosso sonho? Para onde íamos?" E ainda mais baixo: "Para onde vamos?"

Ele não respondeu mais. Abraçados de vez e os lábios um no outro, curvaram-se cada vez mais para trás, sobre o chão do barco. Ela o pressionava? Ele a puxava? Nunca estiveram tão unidos. Diederich sentia: estava bem assim. Ele não tinha sido nobre o bastante para viver com Agnes, nem confiante, nem corajoso. Mas agora ele a alcançara, e estava bem assim.

De repente uma pancada: apressaram-se em levantar-se. Diederich precisou de tanta força que Agnes se desprendeu dele e caiu no chão. Ele passou a mão na testa. "Que foi isso?" Ainda frio por causa do susto, e como se tivesse ofendido, sequer olhou para ela. "Não se pode ser tão imprudente ao andar de barco." Deixou-a levantar sozinha, logo pegou os remos e fez o caminho de volta com pressa. Agnes manteve o rosto virado para a margem. Ela quis alcançá-lo com seu olhar, mas o dele era tão desconfiado e duro, que ela estremeceu. Voltaram pela estrada, no crepúsculo, cada vez mais rápido. No fim quase corriam. E apenas quando estava escuro o bastante para não enxergarem seus rostos com nitidez, é que voltaram a falar. Talvez amanhã cedo o Sr. Göppel já vá estar de volta. Agnes deveria voltar para casa... Quando chegaram à estalagem, o trem já apitava ao longe. "Não podemos sequer comer!", disse Diederich com uma insatisfação artificial. Pegaram as coisas atropeladamente, pagaram e se foram. O trem partiu tão logo eles embarcaram. Sorte precisarem recobrar o fôlego e poderem falar ao menos das providências apressadas dos últimos minutos antes do embarque. Quando nada mais havia a dizer, cada um permaneceu sentado, sozinho sob a lâmpada opaca, e anestesiado, como depois de um grande fracasso. O campo escuro lá fora os havia atraído e prometido o melhor? Foi ontem mesmo que tudo isso aconteceu? Não tinha mais volta. Pois afinal não chegaram as luzes da cidade para libertar alguém?

Na chegada, eles decidiram que não compensava pegarem o mesmo carro. Diederich tomou um bonde. Mãos e olhos apenas roçaram de leve uns nos outros.

"Ufa!", fez Diederich quando se viu sozinho. "Parece que tudo se resolveu." Disse a si mesmo: "Poderia ter me dado mal." E com indignação: "Que pessoa histérica!" Ela teria se agarrado ao barco. Ele teria que ir para a água sozinho. Toda essa artimanha só porque ela certamente queria casar! "As mulheres são tão astutas e não têm pejo, este aqui é que não vai ser tonto de se deixar levar. Desta vez ela me fez de bobo, sabe Deus, ainda mais que antes, com Mahlmann. É, isso deve me servir de lição para a vida. Agora chega!" E com os passos firmes foi para junto dos Novos Teutões. Dali em diante, passou todas as noites por lá, e de dia estudava bastante para a prova oral, não em casa, mas no laboratório, por precaução. Quando chegava em casa era difícil subir para o outro andar, precisava admitir que o coração disparava. Hesitante, ele abria a porta do quarto: ... nada; e, depois que ele primeiro ficava aliviado, finalmente chegava o momento em que perguntava à senhoria, se alguém tinha estado ali. Ninguém.

Porém, depois de quatorze dias, chegou uma carta. Sem refletir, abriu-a. Depois quis jogar a carta na escrivaninha sem ler... pegou-a de volta e a manteve bem longe do rosto. Apressado, e com os olhos desconfiados, selecionava aqui e ali algumas linhas. "Estou tão infeliz..." – "Já ouvimos isso", respondeu Diederich. "Não ouso ir até você..." – "Melhor para você!" – "É terrível que tenhamos nos tornado estranhos um ao outro..." – "Ao menos você reconhece." – "Perdoe-me pelo que aconteceu, ou não aconteceu nada?..." – "O suficiente!" – "Não posso continuar vivendo..." – "Já começou?" E finalmente lançou a folha na gaveta, para junto da outra, que ele ocultou em uma noite ensandecida, cheia de rompantes seus, e que felizmente não tinha enviado.

Uma semana mais tarde, quando chegou em casa no meio da noite, ouviu passos atrás de si, que soavam de modo peculiar. Ele se virou: um vulto parado, as mãos um pouco elevadas, estendidas à frente, vazias. Ainda enquanto fechava a porta da casa e entrava, viu o vulto parado na penumbra. Não acendeu a luz do quarto. Teve vergonha de iluminar o quarto que havia pertencido a ela, enquanto ela o espiava no escuro. Chovia. Quantas horas ela tinha esperado? Certamente ela continuava lá, com sua última esperança. Não dava para suportar! Ele queria escancarar a janela – recuou. Uma hora, viu-se de repente nas escadas, com a chave da casa na mão. Mas conseguiu dar meia-volta. Por fim, fechou a porta e despiu-se. "Mais compostura, meu caro!" Pois desta vez já não iria ser tão fácil livrar-se da situação. A moça deve estar pesarosa, não há dúvida, mas no fim foi ela quem quis. "Acima de tudo, tenho deveres para comigo mesmo." De manhã, depois de ter dormido muito e não muito bem, ele a levou muito a mal por haver tentado mais uma vez tirá-lo do seu caminho. Bem agora que ela sabia que a prova estava prestes a acontecer! Essa leviandade combinava mesmo com ela. E essa cena noturna, esse papel de pedinte na chuva, fez o seu vulto adquirir, mais tarde, algo de suspeito e sinistro. Ele a via como quem decaíra de vez. "De modo algum, nem mais um pouco que seja!", afirmou a si mesmo, e decidiu mudar-se, ainda que restasse pouco tempo de estada: "Mesmo que isso vá custar certo sacrifício financeiro." Felizmente, um colega estava justamente procurando um quarto; Diederich não perdeu tempo e se mudou imediatamente, e bem longe, para o lado norte. Pouco depois ele foi aprovado em seu exame. A Nova Teutônia festejou-o com uma cervejada matinal, que durou até de noite. Em casa, foi-lhe dito que um senhor o esperava em seu quarto. "Deve ser Wiebel", pensou Diederich, "veio me dar os parabéns." E tomado de esperança: "Talvez seja o aspirante von Barnim?" Abriu a porta e pulou para trás. Lá estava o Sr. Göppel.

Também ele demorou a encontrar as palavras. "Ora essa! De fraque?", ele disse então, e hesitante: "Talvez tenha estado lá em casa?"

"Não", disse Diederich, com novo susto. "Fiz minha prova de doutorado, apenas."

Göppel revidou: "Ah! Parabéns." Então, Diederich conseguiu falar: "Como o senhor encontrou meu novo endereço?" E Göppel respondeu: "A senhoria de antes certamente não o disse. Mas existem outros meios para tanto." Com isso, entreolharam-se. A voz de Göppel estava calma, mas Diederich sentia nela uma ameaça assustadora. Ele sempre protelou a ideia da catástrofe e agora ela estava lá. Teve de sentar-se.

"Na verdade", começou Göppel, "venho porque Agnes não está bem."

"Oh!", fez Diederich com uma dissimulação desesperada. "O que ela tem?" O Sr. Göppel balançou a cabeça com pesar. "O coração não é; com certeza são os nervos... Com certeza", repetiu depois de ter esperado em vão que a palavra se repetisse na boca de Diederich. "Agora ela me parece melancólica, pelo tédio, e quero alegrá-la. Ela não pode sair. Mas venha o senhor até nós, amanhã é domingo."

"A salvo!", sentiu Diederich. "Ele não sabe de nada." Por estar feliz, tornou-se diplomático, coçou a cabeça. "Eu estava decidido a ir, havia planejado, mas terei que ir urgente para casa, nosso velho diretor da empresa adoeceu. Nem mesmo uma visita de despedida aos meus professores poderei fazer, já vou partir amanhã cedo."

Göppel colocou a mão sobre seu joelho. "O senhor deve repensar, Sr. Hessling. Às vezes também se deve algo aos amigos."

Ele falava devagar e tinha um olhar tão veemente, que Diederich teve que desviar o seu. "Se eu pudesse", balbuciou. E Göppel: "O senhor pode. Pode absolutamente tudo que está em questão aqui."

"Como assim?", Diederich congelou por dentro. "O senhor certamente sabe como assim", disse o pai; e depois que arrastou sua cadeira um bocado para trás: "Espero que o senhor não pense que Agnes me enviou aqui. Ao contrário, tive que prometer a ela que eu não faria nada e o deixaria em paz. Mas depois pensei que na verdade seria muita estupidez se ambos quiséssemos nos esconder um do outro por longo tempo, já que nos conhecemos e que eu conheci seu falecido pai, por causa de nossa relação comercial, e assim por diante."

Diederich pensou: "A relação comercial já acabou, meu caro." Ele se armou.

"De modo algum estou me escondendo do senhor, Sr. Göppel."

"Pois, então. Então está tudo em ordem. Eu compreendo: nenhum jovem dá esse salto para o casamento sem antes hesitar, ainda mais hoje em dia. Mas neste caso a situação é tão evidente, não? Os ramos de nossos negócios combinam, e se o senhor quiser expandir o que herdou de seu pai, o dote de Agnes deve lhe ser muito bem-vindo." E, enquanto seus olhos desviavam: "No momento só posso dar doze mil marcos líquidos, mas o senhor ganha quanta celulose quiser."

"Viu só?", pensou Diederich. E seguiu pensando: "E é provável que você ainda precise tomar emprestado os doze mil – se é que ainda consegue empregá-los." Então explicou: "O senhor me entendeu mal, Sr. Göppel. Não estou pensando em casamento. Seria necessário muito dinheiro para isso."

O Sr. Göppel disse com os olhos angustiados e deu uma risada. "Ainda posso fazer algo mais..."

"Deixe isso para lá", disse Diederich, refutando com distinção.

Göppel estava cada vez mais desconcertado.

"Bem, o que o senhor quer então?"

"Eu? Nada. Pensei que o senhor quisesse algo, porque veio me visitar."

Göppel, bruscamente: "Isso não dá, caro Hessling. Depois do que aconteceu. Especialmente porque já dura há tempos."

Diederich mediu o pai, disse com o canto da boca. "O senhor sabe de tudo, então?"

"Não ao certo", Göppel murmurou. E Diederich, de cima: "Eu também teria achado isso estranho."

"Confiei em minha filha."

"Sempre nos enganamos", disse Diederich, determinado a fazer qualquer coisa para se defender. A testa de Göppel começava a ficar vermelha. "Também confiei no senhor."

"Isso quer dizer: o senhor me tomou por ingênuo." Diederich colocou as mãos nos bolsos da calça e reclinou-se para trás.

"Não!", Göppel saltou. "Não tomei o senhor pelo calhorda que o senhor é!"

Diederich pôs-se de pé com uma calma cheia de pompa.

"O senhor quer um duelo?", ele perguntou. Göppel gritou: "Isso o senhor é quem quer! Seduzir a filha e atirar no pai! Então sua honra está completa!"

"O senhor não entende nada disso!" Também Diederich começou a perder a calma. "Não seduzi sua filha. Fiz o que ela queria, e depois já não era possível livrar-me dela. Isso ela tem do senhor." E com indignação: "Quem me diz que o senhor já não combinou tudo com ela desde o começo? Foi uma armadilha!"

Göppel tinha uma expressão de quem iria gritar mais alto. De repente sobressaltou-se, e com a voz de sempre, apenas um pouco trêmula, disse: "Estamos muito inflamados, a questão é importante demais para ficarmos assim. Prometi a Agnes que ficaria calmo."

Diederich deu uma risada sarcástica. "Vê como o senhor trapaceia? Antes disse que Agnes não sabia que o senhor estava aqui."

O pai sorriu, desculpando-se. "Ao fim sempre chegamos a um acordo amigável. Não é verdade, meu caro Hessling?"

Mas Diederich achou perigoso voltar a tornar-se amigável.

"Ao diabo com caro Hessling!", ele gritou. "Chame-me de senhor doutor!"

"É mesmo?", fez Göppel, estático. "Deve ser a primeira vez que alguém precisa chamá-lo de senhor doutor. É, o senhor deve estar bem orgulhoso dessa ocasião."

"O senhor talvez queira colocar em questão a honra de minha classe profissional?" Göppel negou.

"Não quero colocar nada em questão. Apenas me pergunto o que lhe fizemos, minha filha e eu. O senhor acha mesmo que precisa dispor de tanto dinheiro?"

Diederich sentiu que enrubescia. Agiu com tanto mais determinação.

"Se o senhor está mesmo disposto a ouvir: meu senso moral não me permite casar com uma moça que não trará pureza para o casamento."

Era visível que Göppel ainda estava prestes a indignar-se mais uma vez; mas não podia mais, só conseguiu reprimir um soluço.

"Se o senhor tivesse visto o lamento dela hoje à tarde! Ela só me confessou porque já não podia mais segurar. Creio que nem a mim ela ame mais: só ao senhor. O que o senhor quer, se foi o primeiro?"

"Como posso saber? Antes de mim transitava em sua casa um senhor chamado Mahlmann." Com isso o Sr. Göppel recuou, como se lhe tivessem golpeado o peito: "Bem, como se pode saber? Em quem mente uma vez já não se pode acreditar."

Disse ainda: "Ninguém pode exigir de mim que faça de uma dessas a mãe de meus filhos. Para isso eu tenho muita consciência de meu papel social." Então virou-se. Agachou-se e colocou algumas coisas na mala, que estava aberta.

Ouviu atrás de si o pai que de fato soluçava – e Diederich não pôde evitar comover-se: pela atitude moral nobremente masculina que expressara; pela infelicidade de Agnes e de seu pai, que o dever não lhe permitia sanar; pela recordação dolorida de seu amor e por toda aquela tragicidade do destino... Ouviu, com o coração apreensivo, como o Sr. Göppel abriu e fechou a porta, ouviu-o arrastar-se no corredor e o barulho da porta de entrada. Agora estava tudo acabado – Diederich tombou para frente e chorou copiosamente sobre a mala ainda por terminar. De noite tocou Schubert.

Com isso, ânimos acalmados. Era preciso ser forte. Diederich ficou especulando, se Wiebel, por exemplo, já tinha sido tão sentimental algum dia. Até um homem rude e sem regramento como Mahlmann, com atitude enérgica e inclemente, havia dado uma lição a Diederich nesse sentido. Parecia-lhe altamente improvável que também os outros pudessem ter em seu interior certas vulnerabilidades. Apenas ele, e por causa de sua mãe, tinha que carregar esse estigma; e uma moça como Agnes, que era tão maluca quanto a mãe dele, teria feito dele um completo inepto nestes tempos difíceis. Estes tempos difíceis: ao pensar nessas palavras, Diederich via sempre a Linden, com a multidão de desempregados, mulheres, crianças, todos domados pela necessidade, medo, revolta – domados por tudo, até pelos gritos de "hurra!", pelo poder, o poder onipotente, desumano, que no meio de todos como que botava seus cascos sobre as cabeças, pétreo e reluzente.

"Não se pode fazer nada", ele disse para si mesmo, com uma entusiasmada submissão. "Assim é que se tem que ser!" Tanto pior para quem não fosse assim: tinham de ficar debaixo do casco. Os Göppel, pai e filha, exigiam algo dele? Agnes era maior de idade, e ele não lhe fez um filho. Então? "Eu seria um bobo se fizesse algo que me prejudicasse sem ser obrigado a fazê-lo. A mim ninguém dá nada de graça." Diederich sentiu uma alegria cheia de orgulho por ter recebido tão boa formação. A irmandade, o serviço militar e o ar do imperialismo tinham-no educado e o tornado capaz. Prometeu a si mesmo fazer valer, na sua casa em Netzig, os princípios adquiridos e ser um pioneiro para o espírito do seu tempo. E para fazer conhecer esse intuito em sua pessoa, também exteriormente, na manhã seguinte dirigiu-se à Mittelstrasse, ao barbeiro da corte, Haby, e propôs fazer uma mudança, que ele observava cada vez mais frequentemente em oficiais e senhores de alto valor: ela parecia, até então, distinta demais para ser copiada. Mediante uma redinha, foram feitos nas extremidades de seu bigode dois ângulos retos. Quando pronto, ele quase não se reconheceu no espelho. A boca, desfeita dos pelos, ganhava algo felinamente ameaçador, especialmente quando esticava os lábios para baixo, e as pontas do bigode então se projetavam em direção aos olhos, o que suscitava medo até mesmo em Diederich, como se esses olhos reluzissem, vindos da face do poder.

III

Para evitar mais incômodos com a família Göppel, partiu prontamente. O calor tornava insuportável a viagem no vagão. Diederich, que estava sozinho, tirou um após o outro o casaco, o colete e os sapatos. Algumas estações antes de Netzig, alguém embarcou: duas damas, que pareciam estrangeiras, e ofendidas com a visão da camisa de flanela que Diederich usava. De sua parte, ele as achou asquerosamente elegantes. Tentaram dirigir-lhe uma reclamação em uma língua incompreensível, ao que ele deu de ombros e colocou os pés, com meias, em cima do banco. Elas prenderam a respiração e fizeram um sinal, pedindo ajuda. O cobrador apareceu, até mesmo o condutor, mas Diederich mostrou seu bilhete de segunda classe e defendeu seus direitos. Deu a entender ao funcionário que ele pensasse bem no que iria dizer, pois nunca se sabe com quem se está falando. Quando ele alcançou a vitória, e as damas se retiraram e veio outra no lugar delas. Diederich encarou-a com firmeza, mas ela simplesmente tirou uma salsicha de dentro da bolsa, comeu-a com a mão, e sorriu para ele. Com isso ele se desarmou, retribuiu sua simpatia alegremente e falou com ela. Era de

Netzig. Ele disse seu nome, ao que ela se alegrou, eram velhos conhecidos! "Mesmo?" Diederich examinou-a perquiridor: o rosto gorducho e rosado, de boca carnuda e o nariz pequeno e atrevidamente arrebitado; o cabelo esbranquiçado, agradavelmente liso e ordenado; o pescoço jovem e gordo, e os dedos que seguravam a salsicha, de meia-luva, parecendo eles mesmos pequenas salsichas rosadas. "Não", ele concluiu, "não a conheço, mas a senhora é para lá de apetitosa. Como um porquinho limpo e fresco." E tocou-lhe a cintura. Ao que ela lhe deu uma bofetada. "Acertou em cheio", disse esfregando o rosto. "A senhora teria mais desses para oferecer?" – "O suficiente para todos os atrevidinhos." Deu uma risada estrondosa e piscou-lhe, licenciosa, com seus pequenos olhos. "O senhor pode ter uma salsicha, mas nada mais." Sem querer, comparou o jeito como ela se defendia com o desamparo de Agnes, e disse a si mesmo: "Com uma dessas pode-se casar tranquilamente." Ao fim, ela disse seu prenome, e como ele ainda assim não se lembrasse, ela perguntou pelas irmãs dele. De repente ele exclamou: "Guste Daimchen!" E ambos, contentes, deram-se um aperto de mão. "O senhor sempre me presenteava com botões dos farrapos de sua fábrica de papel. Nunca vou esquecer, senhor doutor! Sabe o que eu fazia com os botões? Eu os juntava, e quando minha mãe me dava dinheiro para comprar botões, eu comprava balas."

"A senhora também é prática!" Diederich estava encantado. "E a senhora, quando era uma garotinha pequena, sempre vinha até nós por cima do muro. Geralmente não vestia calcinhas, e quando a saia subia, podia-se ver algo ali atrás."

Ela gritou; um homem refinado não poderia ter memória para esse tipo de coisa. "Agora deve estar ainda mais bonito, lá atrás", Diederich acrescentou. De repente ela ficou séria.

"Agora estou noiva."

Estava noiva de Wolfgang Buck! Diederich ficou mudo, decepcionado. Depois explicou, discretamente, que conhecia Buck. Ela disse com cautela: "O senhor deve achar que ele é meio excêntrico. Mas os Buck também são uma família muito refinada. Eu sei, outras famílias têm mais dinheiro", acrescentou. Atingido por essa fala, Diederich encarou-a. Ela piscou. Ele queria perguntar algo, mas perdeu a coragem.

Pouco antes de Netzig, a Srta. Daimchen perguntou: "E o seu coração, senhor doutor, ainda está livre?"

"Não a ponto de ficar noivo." Fez um sinal de seriedade. "Ah! Isso o senhor tem que me contar!", ela exclamou. Mas chegaram à estação. "Espero nos revermos em breve", finalizou Diederich. "O que posso lhe dizer é que às vezes um jovem cai em situações de grande perigo. Pode-se estragar a vida com um sim ou um não."

Suas duas irmãs esperavam na estação. Ao verem Guste Daimchen, primeiro ficaram estupefatas, mas depois correram até lá e logo ajudaram com a bagagem. Tão logo ficaram sozinhas com Diederich, explicaram a afobação. Guste tinha se tornado herdeira, estava milionária! Por isso, então! Tamanha a deferência, que lhe veio um sobressalto.

As irmãs contaram os detalhes. Um velho parente em Magdeburgo, de quem Guste havia cuidado, deixou-lhe todo o dinheiro. "Ela bem mereceu", observou Emmi, "afinal ele devia ser bem pouco atraente." Magda acrescentou: "E é claro que se pode pensar de tudo, pois Guste ficou um ano inteiro sozinha com ele."

Diederich ficou vermelho na hora. "Uma moça não diz algo assim!", gritou indignado; quando Magda asseverou que também Inge Tietz, Meta Harnisch e todo mundo dizia a mesma coisa: "Então ordeno a vocês que abandonem a conversa prontamente." Ficou um silêncio; então Emmi disse: "Guste já está noiva." – "Eu sei disso", Diederich grunhiu.

Os conhecidos vinham até eles e Diederich ouvia-os chamá-lo de "senhor doutor", engrandecia-se com isso e continuava andando entre Emmi e Magda, que admiravam, de soslaio, sua nova barba. Em casa, a Sra. Hessling recebeu o filho de braços abertos e com um grito que parecia ser de alguém em apuros, que acabara de ser salvo. E algo mais que Diederich não tinha previsto: também ele chorava. Subitamente, percebeu a hora solene de seu destino em que adentrava a sala pela primeira vez como verdadeiro cabeça da família, já "pronto", assinalado pelo título de doutor e determinado a conduzir fábrica e família segundo sua clarividência inigualável. Deu as mãos à mãe e às irmãs, todas ao mesmo tempo, e disse em tom sério: "Sempre estive consciente de que, perante Deus, sou responsável por vocês."

Mas a Sra. Hessling estava apreensiva. "Você está pronto, meu filho?", perguntou. "Nossa gente espera por você." Diederich bebeu sua cerveja toda e desceu à frente dos seus. O pátio estava limpo, a entrada da fábrica ornada com guirlandas e uma faixa escrita "Bem-vindo!" Em frente estava o velho contador Sötbier: "Boa tarde, senhor doutor. Não subi porque ainda tinha algo a fazer."

"Hoje o senhor poderia ter deixado para depois", revidou Diederich e passou ao largo de Sötbier. Lá dentro, no salão de farrapos, encontrou todo mundo. Todos reunidos: os doze trabalhadores que operavam a máquina de papel, a holandesa e a máquina de cortar; os três contínuos e as mulheres, cuja atividade era selecionar os farrapos. Os homens pigarrearam. Veio uma pausa, até que as mulheres trouxeram uma menina que trazia à sua frente um buquê de flores e que, com voz de clarineta, desejou ao senhor doutor boas-vindas e felicidades. Honrado, Diederich tomou o buquê; agora era sua vez de pigarrear. Virou-se para os seus, depois olhou incisivamente nos olhos das pessoas, uma após a outra, também o operador das máquinas com sua barba negra, embora o olhar daquele homem lhe fosse embaraçoso – e começou:

"Pessoal! Por serem meus subordinados, quero apenas lhes dizer que doravante o trabalho será árduo. Estou determinado a trazer mais impulso aos negócios. Nos últimos tempos, quando deixou de haver um senhor por aqui, talvez alguns de vocês tenham pensado que podiam levar o trabalho na flauta. Ledo engano! E digo isso especialmente às pessoas mais antigas, que ainda trabalharam com meu falecido pai."

Com a voz mais elevada, ainda mais arrojado e empertigado, e olhando para o velho Sötbier: "Agora tomei o leme dos negócios. Meu curso é o correto, vou conduzi-los a dias gloriosos. Aos que me querem ser prestativos dou as boas-vindas de coração; mas aqueles que quiserem se opor a mim nessa tarefa, estes eu vou trucidar."

Tentou fazer o olhar reluzir, seu bigode eriçou mais ainda.

"Aqui há um só senhor, e este sou eu. Tenho de prestar contas apenas a Deus e à minha consciência. Sempre procurarei demonstrar minha estima paternal, mas a sanha por revoluções vai fracassar diante de minha vontade intransigente. Se surgir qualquer conexão entre vocês..."

Olhou nos olhos do operador das máquinas, que tinha uma expressão suspeita.

"... e os círculos social-democratas, nossas relações estarão cortadas. Pois, para mim, cada social-democrata é, ao mesmo tempo, inimigo da minha empresa e da pátria... Bem, e agora, de volta ao trabalho e reflitam sobre o que eu lhes disse."

Deu uma meia-volta brusca e saiu ofegante. A vertigem que havia estimulado suas palavras portentosas não permitiu que ele reconhecesse mais rosto algum. Os seus o seguiram, consternados e cerimoniosos, enquanto os trabalhadores se entreolharam por um tempo, emudecidos, antes que pegassem as garrafas de cerveja colocadas ali para a comemoração.

No andar de cima, Diederich apresentou seus planos à mãe e às irmãs. Para aumentar a fábrica, seria necessário comprar a casa vizinha da parte de trás. Era preciso tornar-se competitivo. O lugar ao sol! O velho Klüsing, da fábrica de papel Gausenfeld, por acaso acreditava que iria dominar os negócios para sempre?... Finalmente Magda perguntou de onde ele pensava em tirar o dinheiro; mas a Sra. Hessling interrompeu seu atrevimento. "Seu irmão entende disso melhor que nós." Acrescentou, cuidadosa: "Sorte da moça que conseguir conquistar seu coração", e tampou a boca, preparada para a fúria. Mas Diederich apenas enrubesceu. Então, ousou abraçá-lo. "Para mim seria uma dor horrenda", ela soluçava, "se meu filho, meu querido filho, saísse de casa. Para uma viúva isso é duas vezes mais difícil. A esposa do inspetor-chefe, Sra. Daimchen, sabe bem o que é isso, pois Guste vai se casar com Wolfgang Buck."

"Ou não", disse Emmi, a mais velha. "Pois Wolfgang Buck parece que tem um caso com uma atriz." A Sra. Hessling esqueceu totalmente de chamar a atenção da filha. "Mas quanto dinheiro está em jogo! As pessoas falam em um milhão!"

Diederich disse, com desprezo, que conhecia Buck e que ele não era normal. "É de família. O velho mesmo casou com uma atriz."

"Podem-se ver as consequências", disse Emmi. "Ouve-se de tudo sobre sua filha, a Sra. Lauer."

"Meninas!", pediu a Sra. Hessling, apreensiva. Mas Diederich tranquilizou-a.

"Pode deixar, mãe, chegará o tempo de o rato colocar o guizo no gato. Sou da opinião de que os Buck há muito não merecem sua posição aqui na cidade. São uma família decadente."

"A Sra. von Moritz, esposa do mais velho", disse Magda, "não passa de uma camponesa. Outro dia estavam na cidade, ele também se tornou totalmente caipira." Emmi revoltava-se.

"E o irmão do velho Sr. Buck? Ele sempre elegante, mas as cinco filhas ainda sem casar? Correm notícias de que usam o restaurante de caridade."

"Foi o Sr. Buck quem fundou o restaurante", explicou Diederich. "E também a ajuda para os ex-prisioneiros, e mais sei lá o quê. Gostaria de saber quando ele tem tempo para pensar nos próprios negócios."

"Não ficaria surpresa", disse a Sra. Hessling, "se já não houvesse mais quaisquer negócios. Embora eu naturalmente tenha uma grande estima pelo Sr. Buck, ele é tão distinto."

Diederich riu sarcástico. "Por quê, afinal? Somos educados para venerar o velho Buck. O homem mais importante de Netzig! Sentenciado de morte em quarenta e oito!"

"Mas seu pai sempre disse que isso é uma mérito histórico."

"Mérito?", gritou Diederich. "Já desprezo de saída quem é contra o governo. Como pode haver mérito em uma alta traição?"

E, diante das mulheres atônitas, lançou-se à política. Esses velhos democratas, que ainda conduzem o governo, eram cada vez mais a desonra de Netzig! Débeis, antipatrióticos, divergentes do governo! Uma zombaria para o espírito da época! Pelo fato de Kühlemann, o velho conselheiro do tribunal de primeira instância, estar no Parlamento, um amigo do famigerado Eugen Richter, os negócios aqui andam estagnados e não há quem receba dinheiro. É evidente que para um reduto liberal como este não há conexões ferroviárias, nem exército. Não há fluxo de pessoas, nem empreendimentos! Conhecemos os senhores na administração municipal, são sempre do mesmo punhado de famílias e empurram os cargos uns para os outros; para as outras pessoas não sobra nada. A fábrica Gausenfeld fornece papel para a cidade toda, pois também seu dono, o Klüsing, faz parte do bando do velho Buck!

Magda sabia de mais uma coisa. "Há poucos dias foi cancelada a peça de teatro amador no círculo feminino da cidade, porque a filha do Sr. Buck, a Sra. Lauer, estava doente. Isso é popismo!"

"É nepotismo", disse Diederich severamente. Virou os olhos. "E o Sr. Lauer ainda por cima é socialista. Mas o Sr. Buck que se cuide! Ficaremos de olho nele!"

A Sra. Hessling uniu as mãos, suplicante. "Meu querido filho, se você fizer agora suas visitas pela cidade, prometa-me que também vai visitar o Sr. Buck. Ele é tão influente."

Mas Diederich não prometeu nada. "Outras pessoas também esperam sua vez!", ele gritou.

Apesar disso, teve um sono agitado naquela noite. Às sete desceu para a fábrica e logo chamou a atenção para as garrafas de cerveja do dia anterior que ainda estavam por ali.

"Aqui não é lugar de se embebedar, aqui não é uma taberna. Sr. Sötbier, isso certamente deve constar dos regulamentos." – "Regulamentos?", disse o velho contador. "Não temos regulamento algum." Diederich perdeu a fala; fechou-se no escritório com Sötbier. "Nenhum regulamento? Já não me admiro de mais nada. Que demandas ridículas são essas com as quais o senhor se ocupa", e jogou as cartas pela mesa. "Já é tempo de eu intervir. Os negócios estão afundando nas suas mãos."

"Afundando, jovem senhor?"

"Para o senhor eu sou senhor doutor!" E exigiu que simplesmente se baixassem os preços com relação às outras fábricas.

"Mas não vamos aguentar", disse Sötbier. "De modo algum estamos em condições de executar demandas tão grandes quanto a Gausenfeld."

"E o senhor ainda quer ser um homem de negócios? Então, vamos comprar mais máquinas."

"Isso custa dinheiro", disse Sötbier.

"Então vamos pegar algum! Vou injetar coragem aqui. O senhor vai se surpreender. Se não quer me apoiar, faço sozinho."

Sötbier balançou a cabeça. "Eu sempre estive de acordo com seu pai, jovem senhor. Expandimos juntos os negócios."

"Agora estamos em outros tempos, guarde bem isso. Sou meu próprio gerente."

Sötbier suspirou: "Juventude tempestuosa", enquanto Diederich já batia a porta. Andou pela sala onde o tambor mecânico, que batia estrondosamente, lavava os farrapos no cloro, e quis entrar no compartimento da grande holandesa em que se ferviam os farrapos. Na entrada, ele repentinamente encontrou o operador das máquinas de barba negra e teve um sobressalto, quase dando passagem ao empregado. Nisso, esbarrou no outro com os ombros, antes que o homem pudesse desviar. Bufando, acompanhou com os olhos o trabalho da holandesa, o giro dos rolos, o corte da lâmina que transformava a matéria em fibras e as pessoas que operavam a máquina não lhe sorriam ironicamente, de soslaio, porque ele havia se assustado com o sujeito negro? "Um cachorro atrevido, esse sujeito! Ele tem que ir embora!" Subiu em Diederich um ódio animalesco, o ódio de sua carne branca contra o negro esquálido, esse homem de uma raça diversa, que ele com gosto tomaria por inferior e que lhe parecia medonha. Diederich teve um sobressalto.

"O rolo está mal disposto, as lâminas trabalham mal!" Como as pessoas apenas o olhassem, gritou: "Operador!" E quando o de barba negra entrou: "Veja essa porquice! O rolo está baixo demais sobre as lâminas, elas o estragam. Vou responsabilizá-lo pelo estrago!"

O homem curvou-se sobre a máquina. "Não há estrago ali", ele disse calmamente, mas Diederich novamente não sabia se o homem sorria zombeteiramente sob a barba negra. O olhar do operador de máquinas tinha algo de um sarcasmo sombrio, Diederich não o suportava. Desistiu de fazer o olhar reluzir e apenas gesticulou com os braços. "Vou responsabilizá-lo!"

"O que está acontecendo?", perguntou Sötbier, que tinha ouvido o barulho. Então, ele explicou ao senhor chefe que o tecido de modo algum estava sendo cortado em fibras menores e que sempre tinha sido assim. Os trabalhadores assentiam com a cabeça, o operador de máquinas permanecia impassível. Diederich não se sentia capaz para uma discussão especializada, e ainda gritou: "Então tratem de futuramente fazer de outro modo!", e deu meia-volta de supetão.

Chegou ao salão dos farrapos, recobrou a postura e, com ar de especialista, ficou vigiando as mulheres que escolhiam os trapos sobre a peneira da mesa comprida. Uma pequena de olhos escuros, ao ousar sorrir-lhe de dentro do lenço colorido que trazia no cabelo, chocou-se com uma expressão tão dura, que se assustou e curvou-se. Fibras coloridas rolavam dos sacos, o sussurro das mulheres silenciava diante do olhar do senhor e, no ar morno e abafado, não se ouvia mais nada senão a trepidação baixa das forquilhas, que batiam na mesa para desprender os botões. Mas Diederich, que inspecionava os tubos de calefação, ouviu algo suspeito. Inclinou-se para um monte de sacos – e voltou, ruborizado e com os bigodes trêmulos. "Parem tudo imediatamente!", gritou. "Para fora!" Um trabalhador saiu de mansinho. "A sirigaita também!", gritou Diederich. "Anda logo!" E quando finalmente a moça apareceu, Diederich apoiou as mãos sobre os quadris. A coisa está animada por aqui! Sua fábrica não era uma taberna, muito ao contrário! Ele se queixava tão alto, que todos vieram ver. "Então, Sr. Sötbier, é assim que sempre foi? Parabéns pelo sucesso. Os trabalhadores estão acostumados a usar o tempo de trabalho para se divertir atrás dos sacos. Como esse homem entrou aqui?" Era noivo dela, disse o rapaz. "Sua noiva, então? Aqui não tem noiva alguma, só trabalhadores. Vocês dois me roubam o tempo de trabalho que lhes pago. São porcos e, além do mais, ladrões. Vou botá-los para fora e denunciá-los por fornicação em público!"

Olhou em volta desafiador.

"Exijo disciplina e decência ao estilo alemão. Entendido?" Nisso, encontrou o operador de máquinas. "Vou impô-las aqui, mesmo que o senhor faça essa cara!", gritou.

"Não fiz cara alguma", disse o homem tranquilamente. Mas não se podia conter Diederich por mais tempo. Finalmente podia dar-lhe uma lição!

"Seu comportamento há muito me é suspeito! O senhor não está fazendo o seu serviço, caso contrário eu não teria pegado aqueles dois."

"Não sou vigia", disse o homem com veemência, antes que Diederich terminasse de falar.

"O senhor é um sujeito insubordinado, que acostumou os seus subordinados à indisciplina. O senhor é um subversor! Qual é seu nome, afinal?"

"Napoleão Fischer", disse o homem. Diederich estancou.

"Nap... Ainda por cima isso! O senhor é social-democrata?"

"Isso mesmo."

"Foi o que pensei. O senhor está demitido."

Virou-se para as pessoas: " Reparem nisso!", e deixou a sala abruptamente. Sötbier correu atrás dele no pátio. "Jovem senhor!" Ele estava agitado e não queria dizer nada antes que tivesse a porta do escritório fechada atrás de si. "Jovem senhor!", disse o contador. "Isso não pode ser, o homem é um dos filiados." – "Por isso ele deve sair", revidou Diederich. Sötbier explicou que isso não daria certo, porque então todos iriam paralisar o trabalho. Diederich não queria entender. Então todos eram filiados? Não. Pois então. Acontece, Sötbier esclareceu, que tinham medo dos vermelhos, nem mesmo nos mais velhos se podia confiar mais.

"Vou botá-los para fora!", Diederich exclamou. "Todos de um soco só, e de mala e cuia!"

"Se achássemos quem colocar no lugar...", disse Sötbier, olhando o jovem senhor sob sua pala verde e com um leve sorriso. Diederich esbarrou nos móveis por causa de sua fúria. Gritou: "Sou ou não sou o senhor de minha fábrica? Então quero ver – "

Sötbier deixou-o extravasar, depois disse: "O senhor doutor não precisa dizer nada ao Fischer, ele não vai nos deixar, sabe que teríamos balbúrdia demais por causa disso."

Diederich rebelou-se novamente.

"Ah, sim. Não preciso pedir a ele que nos conceda a graça de ficar? Napoleão, o senhor! E também não preciso convidá-lo para o almoço no domingo? Seria honra demais para mim!"

O rosto dilatou-se, avermelhado, a sala ficou pequena demais para ele, então escancarou a porta. Nesse momento, o operador de máquinas passou por ali. Diederich examinou-o com os olhos, o ódio causou-lhe impressões sensoriais mais evidentes que nunca, percebeu ao mesmo tempo as pernas tortas e magras do homem, os ombros ossudos com os braços projetados para frente – e no operador de máquinas, que conversava com as pessoas, viu funcionar sua mandíbula robusta sob a barba delgada e negra. Como Diederich odiava aquela língua solta e as mãos salientes! Havia muito que passara o sujeito negro, e Diederich ainda sentia seu mau cheiro.

"Veja, Sötbier, as patas dianteiras se arrastam até o chão. Logo ele vai andar de quatro e comer umas nozes. Vamos colocar a perna no caminho para o macaco tropeçar, pode crer! Napoleão! Um nome assim já é uma provocação. Mas é melhor ele se controlar, pois de uma coisa eu tenho certeza: só um de nós...", Diederich revirou os olhos, "é que vai permanecer."

Deixou a fábrica de cabeça erguida. Vestiu o casaco preto para prestar a gentileza de sua visita aos homens mais importantes da cidade. A partir da Meisestrasse, podia pegar facilmente a Wuchererstrasse, que agora se chamava Kaiser-Wilhelm-Strasse, a rua do imperador Guilherme, para chegar à Schweinichenstrasse, onde ficava o prefeito Dr. Scheffelweis. Também era o que ele queria; no entanto, no momento decisivo, como um encontro que ele tivesse mantido em segredo, virou na Fleischhauergrube. Os dois degraus na frente da casa do velho Buck estavam gastos pelos pés de toda cidade e pelos pés da geração anterior. A campainha da porta amarela de vidro retumbou longamente no vazio de dentro. Então, uma porta de trás abriu e a velha serva veio se arrastando pelo vestíbulo. Mas demorou muito a chegar, assim, veio antes de seu escritório o dono da casa e abriu a porta ele mesmo. Fez o visitante entrar, puxando-o pelas mãos e Diederich cumprimentou-o ávido e respeitoso. "Meu caro Hessling! Eu esperava pelo senhor, contaram-me de sua chegada. Bem-vindo a Netzig, meu senhor doutor."

Imediatamente as lágrimas vieram aos olhos de Diederich, que balbuciou: "O senhor é bom, Sr. Buck. É claro que era sobretudo o senhor, Sr. Buck, que eu queria visitar primeiro e garantir-lhe que eu sempre estou totalmente – sempre totalmente – a seu serviço", concluiu, alegre como um bom aluno. O velho Sr. Buck ainda apertava sua mão, que estava quente, mas ainda assim leve e macia.

"Serviço" – ofereceu ele mesmo a poltrona para Diederich – "certamente não é o que o senhor quer prestar a mim, mas a seus concidadãos, que irão ser gratos ao senhor. Acredito que posso lhe prometer que o senhor em breve será eleito membro do Parlamento municipal por seus concidadãos, pois com isso eles premiam uma família merecedora. E depois", o velho Buck fez um gesto de nobre generosidade, "confio no senhor, logo nos possibilitará cumprimentá-lo na câmara de representantes da cidade."

Diederich curvou-se, sorrindo encantado, como se tivesse sido cumprimentado. "Eu não digo que o modo de pensar de nossa cidade", prosseguiu o Sr. Buck, "seja bom em todos os seus aspectos." Afundou sua barba mosqueteiro branca no lenço de seda que trazia no pescoço. "Mas ainda há espaço" – a barba veio à tona novamente –, "e se Deus quiser, por muito tempo, ainda há espaço para homens verdadeiramente liberais."

Diederich asseverou: "É evidente que sou liberal, por completo."

Com isso, o velho Buck mexeu nos papéis sobre sua escrivaninha. "Seu falecido pai costumava sentar-se à minha frente, especialmente na época em que ele construía o moinho de papel. Para minha enorme alegria, pude beneficiar seu pai com isto. Trata-se do córrego que agora cruza sua propriedade."

Diederich disse com uma voz consternada: "Quantas vezes, Sr. Buck, meu pai me contou que ele tinha que agradecer somente ao senhor pelo córrego, sem o qual não poderíamos sequer existir."

"Somente a mim, isso não se pode dizer; mas sim às condições justas de nossa comunidade local, à qual, no entanto...", o velho Buck levantou seu dedo indicador branco, olhou Diederich profundamente, "certas pessoas e um certo partido imporiam mudanças tão logo pudessem." E com mais força e de modo patético: "O inimigo está às portas, precisamos nos manter unidos."

Fez um momento de pausa e disse em tom mais suave, até mesmo com um leve sorriso: "Valoroso senhor doutor, o senhor não está na mesma situação de seu pai naquela época? O senhor não quer expandir? Não tem planos?"

"De fato." Diederich expôs com fervor tudo que deveria acontecer. O velho ouvia-o atentamente, confirmava com a cabeça, tomava pitadas de seu rapé... finalmente disse: "Vejo que a reforma vai lhe custar não só grandes somas, como também, nestas circunstâncias, dificuldades com a inspeção municipal de construção civil, com a qual eu tenho a ver no conselho. Agora veja o senhor mesmo, meu caro Hessling, o que está aqui em minha escrivaninha." Diederich reconheceu uma planta exata de seu terreno, junto com o que ficava atrás. Sua expressão de surpresa fez o velho Buck sorrir de satisfação. "Eu posso cuidar", ele disse, "para que nenhuma circunstância dificulte o intento." E, diante dos agradecimentos de Diederich: "Prestamos um serviço a todos, quando seguimos ajudando cada um de nossos amigos. Pois os amigos de um partido popular são todos, menos o tirano."

Depois dessas palavras, o velho Buck afundou-se na poltrona e cruzou as mãos. Sua expressão facial ficou relaxada, e ele balançou a cabeça como um avô. "Quando o senhor era criança tinha cachos loiros tão bonitos", disse.

Diederich percebeu que a porção oficial da conversa havia terminado. "Ainda lembro", permitiu-se dizer, "quando eu, menino, vinha a esta casa para brincar de soldado com seu filho Wolfgang."

"É. E agora ele voltou a brincar de soldado."

"Oh! Os oficiais gostam muito dele. Ele mesmo me disse isso."

"Desejaria, meu caro Hessling, que ele tivesse mais de sua predisposição prática... Ele vai ficar mais calmo quando eu o casar."

"Creio", disse Diederich, "que seu filho tem algo de genial. De modo que ele não se satisfaz com nada, não sabe se deve se tornar general ou um homem importante."

"Enquanto isso ele faz suas besteiras." O velho olhou pela janela. Diederich não ousou mostrar sua curiosidade.

"Besteiras? Não posso acreditar nisso, pois ele sempre me impressionou justamente por sua inteligência. Já antes, com suas redações. O que ele me disse há poucos dias sobre nosso imperador, que ele gostaria, na verdade, de ser o principal líder dos trabalhadores..."

"Que Deus proteja os trabalhadores."

"Como assim?", Diederich ficou profundamente espantado.

"Porque isso seria ruim para eles. Para nós mesmos já não está sendo bom."

"Mas graças aos Hohenzollern nós temos um império alemão unido."

"Não temos, não", disse o velho Buck e levantou-se espantosamente rápido da poltrona. "Pois, para demonstrarmos nossa união, deveríamos poder seguir nossas próprias vontades; e podemos? Acreditai-vos unidos porque grassa a peste da subserviência! Isso foi Herwegh, um sobrevivente como eu, que gritou na primavera de setenta e um para os embevecidos pela vitória. O que ele diria hoje!"

Diederich apenas balbuciou diante dessa voz vinda de outros tempos: "Ah, sim, o senhor esteve lá em quarenta e oito!"

"Meu caro e jovem amigo, o senhor quer dizer: estou entre esses loucos e derrotados. Sim! Nós fomos derrotados, porque fomos loucos o bastante para acreditar nesse povo. Acreditávamos que ele alcançaria por si mesmo tudo o que agora recebe de seus senhores pelo preço da falta de liberdade. Pensávamos um povo poderoso, rico, cheio de discernimento frente aos próprios problemas e dedicado ao futuro. Não percebemos que sem formação política – e disso este povo é o mais carente – ele estaria determinado a render-se aos poderes do passado, assim que esmorecesse o ímpeto inicial. Mesmo em nosso tempo havia muitos que, descuidados do bem maior, perseguiam seus interesses privados e ficavam satisfeitos se, sob a graça do calor do sol, pudessem satisfazer as necessidades torpes de uma vida de prazeres bastante exigente. Desde então, tornaram-se uma legião, pois abandonou-os qualquer preocupação pelo bem-estar público. Os seus senhores já transformaram vocês em grande potência, e enquanto vocês ganham dinheiro como podem, e o gastam como querem, eles ainda vão construir para vocês – ou melhor, para si mesmos – a frota que nós, naquele tempo, teríamos construído para nós. Naquele tempo, nosso poeta sabia o que vocês deveriam aprender apenas agora: e nos sulcos abertos por Colombo esvai-se o futuro da Alemanha."

"Bismarck de fato fez algo", disse Diederich triunfante, em voz baixa.

"Eis o ponto: foi ele que recebeu a permissão de fazer! E assim sendo, foi de fato ele quem fez tudo, mas do ponto de vista formal, em nome do seu senhor. Nós, os cidadãos de quarenta e oito, éramos mais honestos, isso posso dizer, pois naquele tempo eu mesmo tive de pagar por minha ousadia."

"Já sei, o senhor foi condenado à morte", disse Diederich, novamente intimidado.

"Fui condenado, porque defendi a soberania da Assembleia Nacional contra um poder privado minoritário e conduzi o povo ao levante, aquele povo em situação de legítima defesa. Assim se dava em nosso coração a unidade alemã: ela era um dever moral, uma dívida que cada um queria honrar. Não! Não rendíamos homenagem a um criador da unidade alemã. Quando eu, naquele tempo, derrotado e traído, esperava com meus únicos amigos os soldados do imperador, aqui nesta mesma casa, eu era um ser humano, importante ou não, que tinha mantido um ideal: um entre muitos, mas um ser humano. Onde eles estão hoje?"

O velho parou e seu rosto tinha a expressão de quem ouvia algo com atenção. Diederich sentia-se oprimido, sentia que não podia mais silenciar diante de tudo aquilo. Disse:

"O povo alemão não é mais, graças a Deus, o povo dos pensadores e dos poetas[15], ele persegue objetivos modernos e práticos." O velho voltou de seus pensamentos, apontou para o canto da sala. "Naquele tempo a cidade toda vivia em minha casa. Agora estou só como nunca, o último a ir embora foi Wolfgang. Eu abriria mão de tudo, meu jovem, mas temos que ter respeito pelo nosso passado – mesmo que tenhamos sido derrotados."

"Sem dúvida", disse Diederich. "E ademais o senhor continua o homem mais poderoso da cidade. Como se diz com frequência, a cidade pertence ao Sr. Buck."

"De modo algum quero isso, quero que ela pertença a si mesma." Respirou fundo. "Essa é uma questão bem ampla, o senhor aos poucos irá conhecê-la, quando vir como funciona nossa administração. A cada dia, e cada vez com mais força, somos importunados pelo governo e seus encarregados *Junkers*[16]. Hoje querem nos obrigar a fornecer luz aos proprietários de terra que não nos pagam impostos, amanhã teremos que lhes construir estradas. Por fim, entrará em jogo nossa própria administração. O senhor vai ver, nós vivemos em uma cidade sitiada."

Diederich sorriu com superioridade. "Tão ruim não pode ser, pois nosso imperador é uma personalidade muito moderna."

"Enfim", disse o velho Buck. Levantou-se, balançou a cabeça – e preferiu ficar em silêncio. Estendeu a mão a Diederich.

---

15 A Alemanha é intitulada "terra dos poetas e pensadores" (em alemão, *Dichter und Denker*). O termo é associado a um período áureo da cultura alemã, mas encarado por alguns (como Diederich) de forma negativa, como um período de humanismo, belas-letras e inação, superado pelas conquistas militares de Guilherme I da Alemanha, no século XIX. (N. da E.)
16 Em seu sentido mais comum, o termo refere-se à nobreza proprietária de grandes extensões de terra na Prússia. Os *Junkers* desempenharam papel importante na sustentação da casa reinante da Prússia, os Hohenzollern, sob cujo domínio a Alemanha foi unificada em 1871, assim como no exército, na política e na diplomacia, desde o século XIX até a Segunda Guerra Mundial. O chanceler Otto von Bismarck (1871-1890) e o presidente Paul von Hindenburg (1925-1934) eram *Junkers*. (N. da E.)

"Meu caro doutor, sua amizade terá tanto valor para mim quanto teve a de seu pai. Depois de nossa conversa, tenho a esperança de que nos manteremos unidos em tudo."

Sob o olhar caloroso e os olhos azuis do velho, Diederich bateu no peito. "Sou, por completo, um homem liberal."

"Eu o alerto sobretudo em relação ao presidente da circunscrição, von Wulckow. Ele é o inimigo que nos colocaram aqui na cidade. O Conselho Municipal mantém com o presidente apenas as relações estritamente necessárias. Eu mesmo tenho a honra de não ser cumprimentado por esse senhor."

"Oh!", fez Diederich, sinceramente comovido.

O velho Buck já lhe tinha aberto a porta, mas ainda parecia pensar em algo. "Espere!" Entrou rapidamente em sua biblioteca, agachou-se e surgiu novamente de sua profundezas poeirentas com um livro pequeno e quase quadrado. Deu-o furtivamente, com um brilho clandestino no rosto, a Diederich, que enrubesceu. "Tome, leve! São meus 'sinos de alarme'! Também se era poeta naquele tempo." E conduziu Diederich para fora, delicadamente.

A Fleischhauergrube era bastante íngreme, mas Diederich não ofegava apenas por isso. Depois de apenas certo estarrecimento, no início, aos poucos veio-lhe a sensação de que tinha se deixado surpreender. "Um velho tagarela como esse hoje não passa de mero espantalho, e ainda me impressiona!" Lembrou-se vagamente da infância, quando o velho Buck, que havia sido condenado à morte, infundia nele tanta reverência quanto pavor, igual ao policial da esquina ou o fantasma do burgo. "Vou ser sensível a vida toda? Qualquer outro não teria suportado esse tratamento!" Também poderia haver consequências desastrosas por ele ter silenciado muito diante de conversas tão comprometedoras ou feito objeções muito leves. Para a próxima vez, disporia de respostas enérgicas. "Tudo não passou de uma armadilha! Ele quis me capturar e me tornar inofensivo... Mas ele vai ver!" Diederich cerrou o punho no bolso, enquanto andava

firme pela rua com o nome do monarca, a Kaiser-Wilhelm-
-Strasse. "Por ora tenho de aguentá-lo, mas que tome cuidado quando eu me tornar o mais forte!"

A casa do prefeito tinha sido pintada recentemente, e
os vidros das janelas brilhavam como antes. Uma criada
simpática recebeu-o. Diederich foi conduzido para a sala
de jantar, por uma escada onde um menino de porcelana
de expressão amigável segurava uma lâmpada, e por entre
uma antessala onde diante de cada móvel havia um pequeno tapete. A sala de jantar era de madeira clara, com quadros apetitosos, entre os quais o prefeito e um senhor estavam sentados, tomando a refeição de fim da manhã. Dr.
Scheffelweis estendeu sua mão esbranquiçada a Diederich
e examinou-o com seu *pince-nez*. Ainda assim, nunca se
sabia exatamente se ele via alguém, tão indeterminados
eram os seus olhos, que pareciam incolores como o rosto e
as costeletas delgadas que escapavam para o lado. O prefeito
tentou várias vezes iniciar uma conversa, até que finalmente encontrou o que se pudesse dizer em qualquer ocasião:
"Belas cicatrizes", ele disse; e para o outro senhor: "O senhor
não acha?"

Primeiro Diederich manteve-se reservado diante do outro senhor, pois ele tinha forte aparência de judeu. O prefeito
o apresentou: "Senhor juiz auxiliar Jadassohn, da Procuradoria Pública" – isso fez Diederich cumprimentá-lo de vez.

"Sente-se por favor", disse o prefeito, "acabamos de começar." Serviu a Diederich a cerveja Porter e passou-lhe o
presunto de salmão. "Minha mulher e minha sogra saíram,
as crianças estão na escola, um brinde a essa hora de solteiro, *prost!*"

Naquela hora, o senhor judeu da Procuradoria Pública
tinha olhos apenas para a criada. Enquanto ela fazia algo
na mesa a seu lado, a mão dele desaparecia. Então ela saiu, e
ele quis conversar sobre questões públicas, mas o prefeito
não parava de falar. "As duas não voltam antes do almoço,
pois minha sogra está no dentista. Já sei que com ela isso é

muito custoso. Nesse meio-tempo, a casa é toda nossa." Foi ao aparador, trouxe licor, enalteceu a bebida, certificou sua qualidade para as visitas e prosseguiu louvando o idílio de sua manhã, com a fala monótona, entrecortada pela mastigação. A despeito de sua alegria, a expressão foi ficando cada vez mais preocupada, percebeu que a conversa não poderia seguir daquele modo; e depois de um longo minuto em que todos ficaram em silêncio, ele se decidiu.

"Devo supor, Sr. Dr. Hessling... minha casa não fica tão próximo da sua, e eu acharia portanto bastante compreensível que o senhor já tivesse feito visitas a outros senhores, antes de mim."

Diederich enrubesceu por causa da mentira que sequer tinha contado. "A notícia acabaria correndo...", ele pensou a tempo, e disse: "De fato me permiti tal coisa. – Quer dizer, é evidente que meu percurso era para chegar primeiro ao senhor, senhor prefeito. Foi apenas em memória de meu pai, que tinha grande veneração pelo velho Sr. Buck..."

"Compreensível, totalmente compreensível." O prefeito meneou várias vezes a cabeça. "O Sr. Buck é o mais velho entre os nossos cidadãos ilustres e exerce, com isso, uma influência legítima, sem dúvida."

"Por enquanto!", disse o senhor judeu da procuradoria pública, com uma voz de súbito incisiva, e olhou Diederich desafiadoramente. O prefeito inclinou-se sobre seu queijo, Diederich viu-se desamparado, e pestanejou. O olhar do outro senhor, de qualquer modo, exigia uma tomada de posição, então Diederich deixou sair algo como "respeito arraigado nas entranhas" e recorreu até a recordações de infância, em vista das quais era possível desculpar o fato de ele ter estado primeiro na casa do Sr. Buck. Nisso, contemplou cheio de horror as orelhas afastadas, descomunais e vermelhas do senhor da procuradoria pública. Este fez Diederich balbuciar sua resposta até o fim, como um réu que tropeçasse nas palavras, e por fim concluiu de forma contundente: "Em certos casos, o respeito existe para que se vá abrindo mão dele."

Diederich estacou; então decidiu dar uma risada compreensiva. O prefeito disse, com um sorriso pálido e um gesto de conciliação: "O doutor juiz auxiliar Jadassohn gosta de ser espirituoso – o que eu pessoalmente aprecio muito nele. Em minha posição, é claro que sou obrigado a examinar as coisas de modo objetivo, sem premissas. Assim devo dizer: por um lado..."

"Vamos logo para o outro lado!", exigiu o Juiz Auxiliar Jadassohn. "Para mim, tanto como representante de um órgão estatal, como adepto convencido da ordem estabelecida, esse Sr. Buck e seu camarada, o deputado Kühlemann, são simplesmente uns subversivos por causa de suas convicções e de seu passado, isso já basta. Não tenho papas na língua, não tomo isso como algo alemão. Fundar restaurantes de caridade, isso vá lá; mas o melhor alimento para o povo é a boa consciência. Um manicômio para idiotas também pode ter grande utilidade."

"Mas desde que seja leal ao imperador", complementou Diederich. O prefeito fez sinais apaziguadores. "Meus senhores!", ele implorou. "Meus senhores! Se devemos nos pronunciar, então com certeza é correto que, diante de toda a consideração cívica que se dedica aos mencionados senhores, por outro lado..."

"Por outro lado!", Jadassohn repetiu, severo.

"... fique para trás o lamento por nossas relações infelizmente tão desfavoráveis com os representantes do governo estatal – se também posso ponderar que a aspereza inusual do presidente da circunscrição, o Sr. von Wulckow, diante dos órgãos administrativos da cidade..."

"Diante de corporações mal-intencionadas!", interrompeu Jadassohn. Diederich permitiu-se: "Sou por completo um homem liberal, mas isso eu preciso dizer..."

"Uma cidade", explicou o juiz auxiliar, "que se fecha aos anseios justificados do governo, não pode se surpreender se ele lhe der as costas."

"De Berlim a Netzig", assegurou Diederich, "a viagem poderia ser feita na metade do tempo se nos déssemos melhor com os senhores lá de cima."

"O prefeito deixou terminarem seu dueto, estava pálido e mantinha as pálpebras contraídas atrás do *pince-nez*. De repente, mirou-os com um leve sorriso.

"Meus senhores, para que tanto empenho? Eu sei que há um posicionamento mais adequado aos dias de hoje que aquele manifestado pela administração da cidade. Acreditem, por favor, não ter sido minha culpa se não se enviou à Sua Majestade um telegrama de deferência por ocasião de sua última visita à província, durante as manobras do ano anterior..."

"A recusa do Conselho Municipal foi totalmente antialemã", constatou Jadassohn.

"A bandeira nacional deve ser hasteada", Diederich reclamou. O prefeito ergueu os braços.

"Meus senhores, eu sei disso. Sou apenas o presidente do Conselho Municipal e infelizmente devo executar suas decisões, nada mais. Mudem seus parâmetros! O Sr. Dr. Jadassohn ainda se lembra de nossa briga com o governo por causa do professor social-democrata Rettich. Não pude repreender o homem. O Sr. von Wulckow sabe" – o prefeito piscou um olho –, "que de minha parte eu o teria feito."

Ficaram em silêncio por um instante e examinaram um ao outro. Jadassohn fungou, como se lhe bastasse o que tinha ouvido. Mas Diederich não se conteve por muito tempo. "O terreno para a social-democracia é o liberalismo!", ele exclamou. "Esse tipo de gente, como o Buck, o Kühlemann e o Eugen Richter, tornou atrevidos nossos trabalhadores. Minha empresa me impõe sacrifícios pesados de trabalho e responsabilidade, e ainda por cima tenho conflito com minha gente. E por quê? Porque não estamos em comum acordo com relação ao perigo vermelho, e há certos empregadores que nadam na corrente socialista, como por exemplo o genro do Sr. Buck. Os rendimentos da fábrica do Sr. Lauer, ele os divide com os trabalhadores. Isso é imoral!" Aqui Diederich fez o olhar reluzir. "Pois isso mina a ordem, sou da opinião de que, nestes tempos difíceis, a ordem é mais necessária que nunca, por isso precisamos de um regimento sólido, como o que executa nosso glorioso e jovem imperador. Manifesto minha posição firme ao lado de Sua Majestade em qualquer circunstância..." Neste momento, ambos os senhores fizeram uma reverência, que Diederich aceitou enquanto continuava fazendo o olhar reluzir. Ao contrário da baderna democrática em que a geração moribunda ainda acredita, é o imperador, ele sim, o representante da juventude, a personalidade personalíssima, de impulsividade aprazível, e um pensador altamente original. "Apenas um deve deter o poder! Em todas as áreas!" Diederich revelou a confissão integral de uma convicção incisiva e arrojada e declarou que também em Netzig a velha indolência liberal deveria ser banida por completo.

"É chegado um novo tempo!"

Jadassohn e o prefeito ouviram atentamente até que ele tivesse dito tudo; as orelhas de Jadassohn haviam ficado ainda maiores com aquilo. Então ele falou bem alto: "Também em Netzig existem alemães leais ao imperador!" E Diederich, ainda mais alto: "Mas aqueles que não o são, nós vamos observá-los mais de perto. Ficará patente se a posição que ocupam certas famílias ainda lhes é apropriada. Isso sem falar no velho Buck: quem são, afinal, os seus? Os filhos, esbanjadores ou vadios, um genro que é socialista, e a filha tem que..."

Entreolharam-se. O prefeito riu baixinho e enrubesceu um pouco. Por diversão, falou sem pensar: "E os senhores ainda nem sabem que o irmão do Sr. Buck está falido!"

Todos manifestaram uma satisfação efusiva. Aquele das cinco filhas elegantes! O presidente do Harmonia! Mas Diederich sabia que a comida lhes vinha do restaurante de caridade. A isso o prefeito serviu mais aguardente e distribuiu charutos. De repente ele não tinha mais dúvidas de que uma grande mudança estava para acontecer. "Em um ano e meio acontecem as novas eleições para o Parlamento. Até lá os senhores terão que trabalhar muito."

Diederich aconselhou: "Vamos nos considerar, nós três, desde já o comitê eleitoral mais ajustado!"

Jadassohn manifestou, como primeira necessidade, tomar contato com o presidente da circunscrição, von Wulckow. "De forma estritamente confidencial", acrescentou o prefeito e piscou o olho. Diederich lamentava que o *Jornal de Netzig*, o maior órgão da cidade, movia-se em correntes liberais. "Uma gazeta de judeus!", disse Jadassohn. Ao passo que o jornal distrital, favorável ao governo, quase não exercia influência alguma na cidade. Mas o velho Klüsing, em Gausenfeld, fornecia papel para ambos jornais. Para Diederich, não parecia impossível que ele, que tinha dinheiro investido no *Jornal de Netzig*, pudesse influenciar a postura do periódico. Ele, do contrário, teria que temer a perda do jornal distrital. "Pois existe uma segunda fábrica de papel em Netzig", disse o prefeito e sorriu satisfeito. Com isso, a criada entrou e anunciou que iria colocar a mesa do almoço; a senhora logo estaria de volta – "e também a Sra. esposa do capitão", acrescentou. Ao ouvir esse título, o prefeito levantou de imediato. Enquanto acompanhava os visitantes até a porta de saída, mantinha a cabeça baixa e, apesar de ter desfrutado da aguardente, estava branco como leite. Na escada, pegou Diederich pela manga. Jadassohn ficou para trás, ouviu-se a criada dar um gritinho. Na porta de entrada, já soava a campainha.

"Meu caro senhor doutor", sussurrou o prefeito, "espero que o senhor não tenha me compreendido mal. É claro que, acima de tudo, tenho em mente os interesses da cidade. Está fora de cogitação empreender qualquer coisa que não esteja de acordo com a corporação em cujo topo tenho a honra de estar."

Pestanejava com veemência. Antes que Diederich tivesse se dado conta, as mulheres entraram na casa, o prefeito soltou a manga de Diederich para se achegar a elas. Sua mulher, cheia de rugas e marcas de preocupação, mal teve tempo de cumprimentar os senhores; tinha de separar as crianças que se golpeavam. Sua mãe, no entanto, pouco mais alta e ainda jovem, examinou severamente os rostos avermelhados dos convidados para a refeição matinal. Então, andou como a deusa Juno em direção do prefeito, que parecia encolher... O aspirante Jadassohn já tinha se retirado dali. Diederich prestou reverências formais que não foram correspondidas, depois disso apressou-se em sair. Mas estava angustiado; na rua, olhou inquieto ao seu redor, não ouviu o que Jadassohn disse, repentinamente voltou. Teve que bater à porta várias vezes e com força, pois lá dentro havia muito barulho. Os donos ainda estavam no pé da escada, onde as crianças golpeavam-se aos gritos, e eles discutiam. A mulher do prefeito queria que seu marido falasse com o diretor da escola sobre um professor regente que havia tratado mal seu filho. No entanto, a Sra. esposa do capitão exigiu que seu genro o nomeasse professor catedrático, pois a mulher dele exercia grande influência junto à diretoria da Fundação Belém de Apoio a Meninas em Situação de Risco. O prefeito instava ora a uma ora a outra, com as mãos. Enfim conseguiu dizer algumas palavras.

"Por um lado...", ele disse.

Mas nisso Diederich agarrou-o pela manga. Depois de muito pedir desculpas às senhoras, puxou-o para o lado, e sussurrou com a voz trêmula: "Honrado senhor prefeito, é importante para mim evitar os mal-entendidos. Assim, tenho que repetir: sou, por completo, um homem liberal."

Dr. Scheffelweis assegurou, fugidiamente, estar tão convencido disso quanto de sua própria convicção liberal. Ele logo voltou a ser chamado e Diederich deixou a casa um pouco aliviado. Jadassohn esperava-o com um sorriso irônico nos lábios.

"O senhor ficou com medo? Deixe disso! Com o líder máximo de nossa cidade ninguém compromete sua boa reputação. Como Nosso Senhor, ele está sempre ao lado dos batalhões mais fortes. Hoje eu só queria constatar o quanto ele já está envolvido com o Sr. von Wulckow. Não está nada mal, podemos avançar um pouco mais."

"Não esqueça, por favor", disse Diederich com certa relutância, "que me sinto em casa na municipalidade de Netzig, e é claro que sou liberal."

Jadassohn deu uma olhada de relance. "Nova Teutônia?", perguntou. E quando Diederich voltou-se surpreso: "Como anda meu velho amigo Wiebel?"

"O senhor o conhece? Ele era meu veterano!"

"Conhecer? Não nos desgrudávamos."

Diederich estendeu a mão, Jadassohn tomou-a, e apertaram-nas com firmeza. "Pois bem!" – "Pois então!" E seguiram de braços dados ao Ratskeller, para almoçar.

O lugar estava vazio e penumbroso, acendeu-se o gás para eles. Até que a sopa chegasse, foram descobrindo velhos conhecidos. O gordo Delitzsch! Diederich relatou sua morte trágica com a precisão de uma testemunha ocular. Consagraram, em silêncio, a primeira taça de Rauenthaler à sua memória. Descobriu-se que também Jadassohn tinha participado daquela rebelião em fevereiro e que, na época, também havia aprendido a reverenciar o poder, como Diederich. "Sua Majestade mostrou uma coragem", disse o juiz auxiliar, "capaz de desnortear qualquer um. Muitas vezes, Deus bem sabe, cheguei a acreditar...", parou de súbito, olharam-se nos olhos trêmulos. A fim de espantarem a imagem horrenda, ergueram as taças. "Permita-me", disse Jadassohn. "Faço-lhe coro", revidou Diederich. E Jadassohn: "A todos os que amamos." E Diederich: "Em casa saberei exaltar."

Embora a comida já tivesse esfriado, Jadassohn começou com uma apreciação detalhada do caráter do imperador. Filisteus, importunadores e judeus reclamem dele o quanto queiram: no fim das contas nosso imperador jovem e glorioso é a personalidade personalíssima, de impulsividade agradável e um pensador altamente original. Diederich acreditava já ter constatado isso também e assentiu satisfeito. Disse a si mesmo que a aparência de uma pessoa às vezes engana, e que a consciência alemã não dependia do tamanho das orelhas, necessariamente. Esvaziaram suas taças pelo final feliz da batalha pelo trono e pelo altar, contra a revolução em todas as suas formas e disfarces.

Então voltaram a falar da situação em Netzig. Estavam de acordo: o novo espírito nacional, para o qual cabia conquistar a cidade, não precisava de qualquer outro programa exceto o nome de Sua Majestade. Os partidos políticos eram velhas quinquilharias, como dissera Sua Majestade em pessoa. "Só conheço dois partidos, o que está a meu favor e o que está contra mim", disse ele uma vez, e assim era. Em Netzig infelizmente ainda predominava o partido que era contra ele, mas isso iria mudar, e por meio da Associação dos Ex-Combatentes – para Diederich isso era claro. Jadassohn, que não era seu integrante, mesmo assim comprometeu-se a apresentar Diederich à diretoria. Lá estava sobretudo o pastor Zillich, membro da mesma irmandade de Jadassohn, um exímio alemão! Imediatamente depois dali, iriam visitá-lo. Brindaram em sua homenagem. Diederich também brindou ao seu capitão, o capitão que, da rígida condição de seu superior tornara-se seu melhor amigo. "Em toda minha vida, o ano de serviço militar é o de que mais quero sentir falta." De súbito, e já bastante vermelho, vociferou: "E é dessas recordações elevadas que os democratas nos querem fazer sentir aversão!"

O velho Buck! Diederich de repente não conseguiu se conter de ódio, e balbuciou: "Esse tipo de homem quer nos impedir de estar a serviço, diz que somos subservientes! Só porque participou da revolução..."

"Isso já não é verdade", disse Jadassohn.

"Por isso devemos todos ser condenados à morte? Antes o tivessem decapitado!... Como se os Hohenzollern não nos fizessem bem!"

"A ele com certeza não fez", disse Jadassohn e tomou um gole considerável.

"Mas eu afirmo" – Diederich revirou os olhos –, "que só ouvi suas baboseiras todas para me inteirar sobre que tipo de homem ele é. O senhor é testemunha, senhor juiz auxiliar! Se o velho intrigante em algum momento sugerir que sou seu amigo e que apoiei seus ultrajes a Sua Majestade, tomo o senhor como testemunha quanto a haver protestado hoje mesmo!"

O suor brotou-lhe no rosto, pois pensou na inspeção civil em suas obras e na proteção de que ele poderia desfrutar... Subitamente jogou um livro sobre a mesa, um livro pequeno e quase quadrado, e emitiu uma tremenda risada sarcástica.

"Ele também faz poesia!"

Jadassohn folheou. "Canções de ginastas. Da prisão. Aclamação à república!... e à beira do lago havia um jovem que contemplava, taciturno... De fato, assim eram eles. Sustentar os prisioneiros e sacudir os princípios. Revolução sentimental, convicções suspeitas e atitude frouxa. Graças a Deus, nossa posição é outra."

"Espero", disse Diederich. "Na associação, aprendemos sobre masculinidade e idealismo, isso basta, torna a poesia supérflua."

"Fora com os incensórios de vocês!", declamou Jadassohn. "Isso é algo para o meu amigo Zillich. Agora ele já deve ter tirado sua soneca, podemos ir."

Encontraram o pastor tomando café. Imediatamente pediu à esposa e à filha que se retirassem da sala. Jadassohn deteve a dona de casa amavelmente e tentou beijar a mão da senhorita, mas ela lhe virou as costas. Bastante animado, Diederich logo pediu às damas que ficassem, e se saiu bem. Explicou-lhes que, depois de Berlim, Netzig parecia bem calma. "O universo feminino também é atrasado. E palavra de honra: a senhorita é a primeira aqui que poderia passear tranquilamente pela Unter den Linden sem que ninguém a percebesse como alguém vindo de Netzig." Com isso, ele soube que ela de fato tinha estado em Berlim, até mesmo no Ronacher. Diederich aproveitou o momento e recordou uma copla que tinha ouvido lá e que só podia dizer ao pé do ouvido: "Nossas mulheres, doces e queridas, mostram tudo que lhes deu esta vida..." Como ela olhou atrevida, de canto, ele lhe roçou o pescoço com o bigode. Ela o olhou suplicante, ao que ele assegurou que ela era, acima de tudo, uma "pequena tentadora". Evadiu-se de olhos fechados para o lado da mãe, que tudo vigiava. O pastor travava uma conversa séria com Jadassohn. Reclamava de que as idas à igreja vinham sendo negligenciadas em Netzig, um verdadeiro escândalo.

"No terceiro domingo da Páscoa – e ouça bem: no domingo de *Jubilate*[17] – preguei para o sacristão e três velhas senhoras do grupo de oração. As outras estavam todas com gripe."

Jadassohn disse: "Na postura indiferente, até mesmo hostil, que o partido dominante assume diante das coisas religiosas e da igreja, já é de admirar que as três senhoras compareçam. Por que elas não preferem ir às palestras do livre-pensador Dr. Heuteufel?"

Nisso o pastor levantou depressa da cadeira. Sua barba parecia espumar de tanto que bufou, as pregas de seu fraque esvoaçavam. "Senhor juiz auxiliar!", pronunciou. "Esse homem é meu cunhado, e minha é a vingança!, como diz nosso Senhor. Mas embora esse homem seja meu cunhado e marido de minha irmã de sangue, só posso suplicar ao Senhor, e suplicar de mãos postas, que ele faça uso de sua vingança. Caso contrário, será necessário que Ele um dia faça chover enxofre e piche sobre Netzig toda. Café, entende? Heuteufel dá café de graça às pessoas, para que venham e deixem capturar sua alma. Então ele vem com a história de que o casamento não é um sacramento, mas um contrato – como se a pessoa fosse encomendar um paletó." O pastor riu com amargura.

"Credo", disse Diederich com a voz grave. E enquanto Jadassohn afirmava sua cristandade diante do pastor, Diederich voltou a acercar-se de Käthchen, tocando-a com

---

[17] Na Igreja Católica, é o nome do terceiro domingo após a páscoa. Na Luterana, é o quarto. (N. da T.)

as mãos por detrás da poltrona. "Srta. Käthchen", disse ele, "posso lhe assegurar que, para mim, o matrimônio é de fato um sacramento." Käthchen revidou: "O senhor não tem vergonha, senhor doutor!"

Diederich sentiu subir-lhe um calor: "Não faça esse olhar!" Käthchen suspirou. "O senhor é muito astuto. Acho provável que não seja melhor que o aspirante Jadassohn. Suas irmãs já me contaram como o senhor se comportou em Berlim. Elas são minhas melhores amigas."

Então voltariam a se ver em breve? Sim, no Harmonia. "Mas o senhor não pense que acredito em qualquer coisa que diga. O senhor chegou à estação de trem com Guste Daimchen."

"E isso lá prova o quê?", perguntou Diederich. Ele protestou contra todas as conclusões que se quisesse tirar desse fato totalmente casual. A propósito, a Srta. Daimchen estava noiva. "Ah, essa uma!", fez Käthchen. "Ela não tem vergonha, é uma coquete abominável."

A mulher do pastor corroborou. Ainda hoje tinha visto Guste vestindo sapatos de verniz e meias lilases. Isso não é nada bom. Käthchen contorceu a boca.

"É, e a herança..."

Essa incerteza fez Diederich calar-se, consternado. Neste momento, o pastor admitiu diante do juiz aspirante a necessidade de debater com os senhores a situação da igreja cristã em Netzig, e pediu à sua esposa o casaco e o chapéu. Na escada já estava escuro. Os outros dois já tinham passado à sua frente, assim Diederich pôde atacar mais uma vez o pescoço de Käthchen. Ela disse, desfalecendo: "Ninguém mais em Netzig faz cosquinhas assim com a barba" – ao que Diederich primeiro se sentiu adulado, para logo depois alimentar suposições constrangedoras. Soltou Käthchen e saiu. Jadassohn esperava-o lá embaixo e disse baixinho: "Vá em frente! O velho não percebeu nada, e a mãe fingiu que não." Piscou de um jeito inconveniente.

Passando pela Igreja de Santa Maria, os três cavalheiros quiseram chegar à feira, mas o pastor estacou e, com um movimento da cabeça, apontou para trás de si. "Os senhores por certo saberão como a ruela se chama, à esquerda da igreja, sob o arco? Esse buraco negro metido a ruela, ou antes, certa casa que fica ali?"

"Pequena-Berlim", disse Jadassohn, pois o pastor não continuou.

"Pequena-Berlim", repetiu sorrindo, pesaroso, e mais uma vez, com gestos de fúria sacrossanta, de modo que mais pessoas viraram-se para olhar: "Pequena-Berlim... À sombra de minha igreja! Uma casa como essa! E o conselheiro municipal não quer me ouvir, zomba de mim. Mas também zomba de um Outro" – com isso o pastor voltou a andar –, "que não permite que zombem d'Ele."

Também Jadassohn era da opinião de que ele não permitia zombarias. Mas, enquanto seus acompanhantes se exaltavam, Diederich viu Guste Daimchen aproximar-se, vinda da prefeitura. Com toda formalidade, inclinou o chapéu para ela, que sorriu atrevidinha. Chamou-lhe a atenção que Käthchen Zillich também fosse bem loira, e tivesse esse mesmo nariz pequeno, arrebitado e atrevido. Na verdade tanto fazia, uma como a outra. Sem dúvida, Guste distinguia-se por sua largura fornida. "E ela não deixa por menos, dá logo uma bofetada." Virou-se para Guste: vista de trás ela era extraordinariamente redonda, e rebolava. Nesse momento, Diederich decidiu: ou ela ou ninguém!

Os outros dois só mais tarde deram-se conta da presença da moça. "Essa não era a filhinha da Sra. Daimchen, esposa do inspetor-chefe?", perguntou o pastor; e acrescentou: "Nossa Fundação Belém para Meninas em Situação de Risco ainda espera por doações da Guste. Será que a Srta. Daimchen é uma pessoa de bem? As pessoas dizem que ela herdou um milhão."

Jadassohn apressou-se em explicar que isso era um enorme exagero. Diederich contradisse-o; conhecia a situação; o falecido tio tinha ganhado com a chicória muito mais que se imaginava. Insistiu em afirmar tal coisa até o juiz auxiliar prometer-lhe descobrir a verdade no tribunal de Magdeburgo. Só assim Diederich calou-se, bastante satisfeito.

"A propósito", disse Jadassohn, "o dinheiro todo irá para os Buck, para a revolução, por assim dizer." Mas Diederich queria mostrar-se melhor informado, sobre isso também. "A Srta. Daimchen e eu chegamos aqui juntos", ele tentou. "Não me diga?", fez Jadassohn. "Devo cumprimentá-lo?" Diederich deu de ombros, como se reagisse a uma grosseria. Jadassohn pediu desculpas; imaginava que o jovem Buck...

"Wolfgang?", perguntou Diederich. "Convivi com ele em Berlim. Vive lá com uma atriz."

O pastor pigarreou em sinal de desaprovação. Ao chegarem justamente na Praça do Teatro, lançou à frente um olhar rigoroso. Disse, peremptório: "A Pequena-Berlim fica junto à minha igreja, mas ao menos em um canto escuro. Esse templo da imoralidade se exibe em praça pública, e nossos filhos e filhas" – apontou para a entrada do palco, onde estavam integrantes do teatro – "roçam a manga da blusa nessas meretrizes!"

Com a expressão grave, Diederich considerou tudo aquilo muito deplorável – enquanto Jadassohn se indignou com o *Jornal de Netzig* por haver celebrado a presença de quatro filhos bastardos nas peças da última temporada, e haver considerado tal coisa um progresso!

Nesse meio-tempo, viraram na Kaiser-Wilhelm-Strasse e depararam com vários cavalheiros a ponto de entrar na casa dos maçons. Quando colocaram de volta seus chapéus e já estavam distantes, Jadassohn disse: "Será preciso guardar os nomes de quem participa das baboseiras maçônicas. Sua Majestade as desaprova categoricamente."

"Por causa de meu cunhado Heuteufel nem o sectarismo mais perigoso me espanta mais", comentou o pastor.

"E o Sr. Lauer?", ocorreu a Diederich. "Um homem que não se acanha em repartir os ganhos com os trabalhadores? De alguém assim deve-se esperar tudo!"

"O mais ultrajante", afirmou Jadassohn, "é o conselheiro do tribunal de primeira instância, o Sr. Fritzsche, aparecer na companhia de um judeu: um conselheiro real do tribunal de primeira instância, ombro a ombro com o usurário Cohn. Que quérr dizerr cohen?", fez Jadassohn e enfiou o polegar na axila.

Diederich disse: "É que ele e a Sra. Lauer..." Interrompeu o que dizia e declarou que agora sim ele entendia como essa gente sempre tinha razão no tribunal. "Eles se mantêm unidos e fazem intrigas." O pastor Zillich murmurou algo até mesmo sobre orgias que eles celebravam lá naquela casa e coisas indizíveis que ali aconteciam. Mas Jadassohn sorriu de forma significativa: "Bem, o Sr. von Wulckow os está vendo agora mesmo pela janela." E Diederich acenou afirmativamente na direção do prédio da administração, lá em frente. Bem ao lado dele, defronte ao comando distrital, um sentinela andava de um lado para outro. "É de morrer de alegria, quando se vê brilhar a arma de um sujeito tão corajoso!", exclamou Diederich. "Assim é que mantemos a quadrilha sob controle."

A arma não brilhava, é óbvio, pois estava escuro. Grupos de trabalhadores que voltavam para casa já se moviam na aglomeração noturna. Jadassohn sugeriu uma cerveja de fim de tarde no Klappsch, logo ali na esquina. O lugar era aconchegante, e a essa hora ninguém ia ali. Klappsch também era pessoa de bem, e enquanto sua filha trazia a cerveja ele agradecia ao pastor pelo trabalho abençoado que ele realizava junto aos seus filhos durante o estudo bíblico. É certo que o mais velho roubara açúcar mais uma vez, mas então não conseguiu dormir de noite, e confessou tão alto seu pecado a Deus, que Klappsch ouviu e pôde dar-lhe uma sova. Dali, surgiu a conversa sobre os funcionários públicos do governo, a quem Klappsch provia o café da manhã e sobre os quais podia contar como passavam o tempo no domingo, quando deveriam ir à igreja. Jadassohn anotava tudo e, ao mesmo tempo, passava a mão na Srta. Klappsch.

Diederich discutia com o pastor Zillich a fundação de uma associação de trabalhadores cristãos. E prometeu: "Quem de minha gente não quiser purificar-se, que caia fora!" Essas perspectivas animaram o pastor; depois que a Srta. Klappsch foi trazendo diversas vezes cerveja e conhaque, ele chegou ao mesmo estado confiante de perseverança que seus dois companheiros haviam alcançado ao longo do dia.

"Meu cunhado Heuteufel", exclamou e bateu na mesa, "pode pregar o quanto queira nosso parentesco com os macacos, eu vou tratar de que minha igreja volte a ficar cheia!"

"Não apenas a sua", asseverou Diederich.

"O problema é que existem muitas igrejas em Netzig", confessou o pastor. Com isso, Jadassohn disse incisivo: "Muito poucas, homem de Deus, muito poucas!" E tomou Diederich como testemunha de como as coisas tinham se desenvolvido em Berlim. Lá as igrejas também andavam vazias, até que Sua Majestade em pessoa resolveu intervir. "Tomem providências", ele dissera a uma delegação de órgãos públicos da cidade, "para que sejam construídas igrejas em Berlim." Então elas foram construídas, a religião voltou a ter importância, tudo começou a funcionar. E o pastor, o dono da taberna, Jadassohn e Diederich, todos eles se empolgaram com a natureza devota do monarca. Então ouviu-se um tiro.

"Um estrondo!" Jadassohn foi o primeiro a levantar, todos se entreolharam empalidecidos. Como um clarão, veio à mente de Diederich o rosto ossudo de Napoleão Fischer, seu operador de máquinas, com a barba negra que deixava entrever a pele cinzenta, e balbuciou: "A revolução! Começou!" Lá fora ouviam-se passadas de transeuntes a correr: de súbito todos pegaram seus chapéus e saíram correndo.

As pessoas que se aglomeraram formavam um semicírculo acanhado, da esquina do comando da circunscrição militar até a escada da casa dos maçons. Do outro lado, onde o círculo se abria, estava caído alguém, com o rosto para baixo, no meio da rua. E o soldado, que antes andava para lá e para cá tão alerta, estava imóvel diante de sua guarita. Tinha removido o capacete, via-se que estava pálido, com a boca aberta, e olhava, impassível, a pessoa caída no chão – enquanto segurava sua arma pelo cano e a deixava arrastar no chão. No público, em sua maioria trabalhadores e mulheres do povo, ouvia-se resmungar abafadamente. De repente uma voz masculina disse bem alto: "Ooh!", e com isso fez-se um silêncio profundo. Diederich e Jadassohn trocaram olhares pálidos e entenderam-se quanto à gravidade do momento.

Um policial desceu a rua e, mais rápido que ele, uma moça, cuja saia esvoaçava e que de longe já gritava: "Ali está ele! O soldado atirou!"

Chegou, jogou-se de joelhos, sacudiu o homem. "Vamos! Levante!"

Esperou. Os pés dele pareciam ter se movido; mas ele continuou deitado, braços e pernas estendidos sobre o asfalto. Nisso ela gritou: "Karl!" Soou tão estridente que todos se exaltaram. As mulheres gritaram, e os homens avançaram com os punhos cerrados. A aglomeração aumentou; entre os carros, que tinham de parar, transbordavam os reforços; no meio da multidão ameaçadora, a moça cumpria sua sina sob os cabelos desfeitos e esvoaçantes, com o rosto molhado e desfigurado, de onde vinha um alarido que no entanto não se ouvia, engolido pelo barulho em volta.

O único policial, com braços estendidos, afastava a multidão, mas ela continuava avançando sobre o homem caído. Ele gritava em vão, sapateava pisando-lhe os pés, olhava em volta perdido, à procura de ajuda.

E ela veio. No prédio da administração, uma janela abriu-se, uma barba enorme apareceu e de dentro dela saiu uma voz, uma terrível voz de baixo, que qualquer um, mesmo que não se pudesse compreender o que dizia, ouvia retumbar em meio ao tumulto como um tiro de canhão.

"Wulckow", disse Jadassohn. "Finalmente."

"Parem com isso!", ressoou sobre a multidão. "Quem é

que se permite fazer barulho em frente de minha casa!" E quando tudo se acalmou: "Onde está o guarda?"

Só agora a maioria tinha se dado conta de que o soldado havia se recolhido na guarita: o mais fundo possível, via-se apenas o cano da arma para fora.

"Saia, filho!", ordenou o baixo, lá de cima. "Você fez o seu dever. Ele o provocou. Sua Majestade irá recompensá-lo pela valentia. Entendido?"

Todos haviam entendido e emudeceram, até mesmo a moça. E retumbou mais monstruosamente ainda: "Dispersando, imediatamente, ou mando atirar!"

Um minuto, e alguns já corriam. Grupos de trabalhadores desfizeram-se, hesitaram – e continuaram andando, de cabeça baixa. O presidente da circunscrição ainda gritou para baixo: "Paschke, chame um médico!"

Então, fechou a janela novamente. No entanto, a entrada da administração ainda estava movimentada. De repente vieram homens do comando, um punhado de policiais correu de todos os lados, esmurrando o público que ainda permanecia, e gritavam para ninguém. Diederich e seus companheiros, que tinham se recolhido para trás da esquina, olhavam do outro lado alguns homens que estavam na escada da maçonaria. Agora o Dr. Heuteufel abria lugar entre eles. "Sou médico", disse alto, andou rapidamente pela rua e curvou-se sobre o ferido. Virou-o, abriu seu colete e auscultou o peito. Neste momento, todos ficaram em silêncio, até mesmo os policiais pararam de gritar; mas a moça permanecia ali, inclinando-se para frente, a cabeça encolhida entre os ombros, como se estivesse sob a ameaça de uma pancada, e o punho cerrado sobre o coração, como se fosse este o coração que poderia não estar mais batendo.

Dr. Heuteufel levantou. "O homem está morto", disse. Ao mesmo tempo, observou a moça, que cambaleava. Agarrou-a. Mas ela ficou em pé novamente, olhou para o rosto do morto e disse, apenas: "Karl". Ainda mais baixo: "Karl". Dr. Heuteufel olhou em volta e perguntou: "O que vai acontecer com a moça?"

Nisso chegou Jadassohn. "Juiz Auxiliar Jadassohn, da Promotoria", ele disse. "A moça deve ser presa. Dado o fato de que seu amante provocou o guarda, há suspeita de que ela tenha participado dessa ação punível. Vamos iniciar a investigação."

Dois policiais para quem ele acenou agarraram a moça. Dr. Heuteufel ergueu a voz: "Senhor juiz auxiliar, como médico, declaro que o estado da moça não permite tal detenção." Alguém disse: "Prenda o morto, então!" Mas Jadassohn falou mais alto: "Sr. empresário Lauer, não permito qualquer crítica às minhas medidas oficiais!"

Nesse ínterim, Diederich havia dado sinais de extrema agitação. "Oh!... Ah!... Mas isso é..." Ele estava bastante pálido, e prosseguiu: "Meus senhores... meus senhores, estou a ponto de... Conheço essa gente: por certo, o homem e a moça. Dr. Hessling é meu nome. Até hoje ambos estiveram empregados em minha fábrica. Tive de demiti-los por causa de atos imorais cometidos em público."

"Ahá!", fez Jadassohn. O pastor Zillich comoveu-se. "Em verdade esse é o dedo de Deus", ele disse. Lauer, o dono da fábrica, com seu cavanhaque grisalho, ficou muito vermelho, e sua figura compacta estremecia de fúria.

"Quanto ao dedo de Deus é bem possível discordar. Mais certo me parece, Sr. Dr. Hessling, que o homem apenas deixou-se levar pela revolta, porque a demissão o encorajou a fazê-lo. Ele tinha mulher, talvez filhos."

"Eles nem eram casados", disse Diederich, indignado. "Sei disso por ele mesmo."

"E o que isso muda?", perguntou Lauer. De pronto o pastor ergueu os braços: "Chegamos ao ponto", exclamou, "em que não faz mais diferença seguir ou não a lei moral de Deus?"

Lauer declarou ser impertinente debater sobre leis morais ali na rua e naquele momento, quando alguém havia sido assassinado com aprovação oficial; virou-se para a moça, oferecendo-lhe trabalho em sua fábrica. Nesse ínterim, chegou a ambulância; o morto havia sido retirado do chão. Quando o estavam colocando dentro do carro, a moça saiu de sua letargia, pulou sobre a maca e, antes que alguém se apercebesse, arrancou-a dos homens fazendo-a cair no chão – e, junto com o morto, agarrada a ele e com um grito estridente, rolou sobre o asfalto. Com muito esforço, soltaram-na do cadáver e a colocaram em um fiacre. O médico assistente, que havia acompanhado a ambulância, partiu com ela. Jadassohn aproximou-se ameaçadoramente do fabricante Lauer, que já estava de saída com Heuteufel e os outros maçons. "Um momento, por favor. O senhor disse antes que aqui, com aprovação oficial – tomo esses senhores como testemunhas de que foi essa a expressão utilizada –, bem, que alguém foi assassinado com aprovação oficial. Gostaria de perguntar se isso significa, de sua parte, uma desaprovação dos órgãos oficiais."

"Ah, não me diga!", fez Lauer e o encarou. "O senhor quer me prender também?"

"Ao mesmo tempo", prosseguiu Jadassohn com a voz mais elevada e incisiva, "vou chamar-lhe a atenção para o fato de que há poucos meses, no caso Lück, a propósito, a atitude do guarda que atira em um indivíduo que o incomoda foi caracterizada por autoridades decisivas como correta e corajosa, além de recompensada com condecorações e agraciamentos. Tenha cuidado com suas críticas contra atos supremos!"

"Não pronunciei nenhuma crítica", disse Lauer. "Até agora só pronunciei minha desaprovação daquele senhor, com o bigode perigoso."

"Como?", perguntou Diederich, que continuava olhando as pedras do asfalto, onde o ferido havia tombado e ainda havia um pouco de sangue. Finalmente percebeu que havia sido provocado.

"É o bigode que Sua Majestade usa!", disse ele firmemente. "Trata-se de uma barba genuinamente alemã. Aliás, não aceito discutir com um empregador que estimula revoluções."

Lauer já abria a boca, furioso, embora o irmão do velho Buck, Heuteufel, Cohn e o conselheiro do tribunal de primeira instância, Fritzsche, se empenhassem por tirá-lo dali; ao lado de Diederich, Jadassohn e o pastor Zillich empertigavam-se, prontos para o embate – nisso apareceu, a passos acelerados, uma divisão da infantaria que cercou a rua, já totalmente vazia, e o tenente que a comandava ordenou que os senhores se dispersassem. Todos obedeceram imediatamente; viram ainda como o tenente se apresentou ao guarda e apertou-lhe a mão.

"Bravo!", disse Jadassohn. E o Dr. Heuteufel: "Amanhã vêm o capitão, o major e o coronel para condecorar e fazer donativos ao sujeito."

"Exatamente!", disse Jadassohn.

"Mas...", Heuteufel ficou parado. "Meus senhores, vamos nos entender. Tem sentido tudo isso? Só porque um caipira meio desajeitado não teve senso de humor? Bastaria uma piada, um riso bem-intencionado, e ele teria desarmado o trabalhador que quis provocá-lo, seu camarada, um pobre diabo como ele mesmo. Em vez disso, recebe ordens para atirar. E depois vêm as palavras pomposas."

O conselheiro Fritzsche aprovou e aconselhou a moderação. Então Diederich falou, ainda pálido e com uma voz que estremecia: "O povo deve sentir a força do poder! A vida de um homem não é preço alto demais quando se trata de se fazer sentir o poder imperial!"

"Desde que não seja a sua vida", disse Heuteufel. E Diederich, a mão sobre o peito: "Quem me dera fosse a minha!"

Heuteufel deu de ombros. Enquanto seguiram caminho, Diederich tentou esclarecer suas impressões ao pastor Zillich, com quem ficou um pouco para trás. "Para mim", disse, ofegante por causa da turbulência interior, "a ocorrência tem algo de imediatamente grandioso, majestoso, por assim dizer. Isso porque simplesmente se atirou em alguém que foi atrevido, sem uma sentença judicial, em plena rua! Reflita: em meio ao nosso torpor civil, acontece algo assim – heroico! Aí é que se vê o que significa o poder!"

"Se ele se dá pela graça de Deus", complementou o pastor.

"Naturalmente. E assim é. Senti a coisa toda como uma elevação religiosa. Às vezes, percebe-se que há coisas mais grandiosas. Forças às quais somos subjugados. Por exemplo, naquela rebelião de Berlim em fevereiro passado, quando Sua Majestade aventurou-se por entre o tumulto frenético, com uma frieza tão fenomenal: disse apenas..." Ao ver os demais parados no Ratskeller, Diederich ergueu a voz: "Se, naquela ocasião, o imperador tivesse fechado toda a Unter den Linden com o exército e tivesse alvejado todos nós, simplesmente assim, digo..."

"Vocês teriam gritado 'hurra'", deduziu Dr. Heuteufel.

"O senhor talvez não?", perguntou Diederich e tentou fazer o olhar reluzir. "Só espero que todos tenhamos em nós o senso de nacionalismo!"

Lauer, o fabricante, quis responder sem pensar, mas se conteve. Em vez dele, foi Cohn quem disse: "Também tenho sentimento de nacionalismo. Mas é para esse tipo de piada que pagamos nossas forças armadas?"

Diederich mediu-o.

"Suas forças armadas o senhor diz? O senhor proprietário de uma loja de departamento, Sr. Cohn, tem um exército! Os senhores ouviram?" Riu exaltado. "Até então só conhecia as forças armadas de Sua Majestade, do imperador!"

Dr. Heuteufel quis mencionar algo como direitos populares, mas Diederich frisou, com uma voz de comando sincopada, que ele não desejava sombra de imperador alguma. Um povo que perdesse a disciplina rigorosa ficaria rendido à falta de dignidade... Nesse ínterim, entraram na adega; Lauer e seus amigos já estavam sentados lá. "O senhor não quer se sentar conosco?", Dr. Heuteufel perguntou a Diederich. "No fim, somos todos homens liberais." Diederich constatou: "Liberais, com certeza. Mas luto pela grande questão nacional. Para mim, existem dois partidos, que Sua Majestade mesmo distinguiu: o que é a favor dele e o que é contra ele. E por isso me parece, de fato, que não há lugar para mim à mesa dos senhores."

Executou uma reverência e passou por eles até uma mesa vazia. Jadassohn e o pastor Zillich seguiram-no. Os clientes que sentavam próximo olharam em volta, ocorreu um silêncio geral. Exaltado por conta do que vivenciara há pouco, cresceu em Diederich uma vontade de pedir um champanhe. Do outro lado, ouviam-se sussurros, então alguém moveu sua cadeira, era o conselheiro Fritzsche. Ele se despediu, foi até a mesa de Diederich para apertar a mão dele, de Jadassohn e Zillich, e então foi embora.

"Sobre isso queria tê-lo aconselhado também", observou Jadassohn. "Ele reconheceu a tempo o quanto a sua situação é insustentável." Diederich disse: "Deve-se preferir uma dissolução limpa. Quem tem a consciência limpa quanto à nacionalidade, realmente não precisa temer essa gente." Mas o pastor Zillich parecia perplexo. "O justo deve sofrer muito", disse. "O senhor não sabe como Heuteufel gosta de fazer intrigas. Sabe Deus que tipo de atrocidades ele irá contar amanhã sobre nós." Diederich estremeceu. Dr. Heuteufel sabia de cada ponto obscuro de sua vida, de quando ele desejou sair do exército! Em uma carta sarcástica, havia-lhe negado um atestado de doença! Ele o tinha nas mãos, podia aniquilá-lo! Em seu pavor repentino, Diederich temia até mesmo o desmascaramento de seu tempo de escola, quando Dr. Heuteufel passava iodo em sua garganta e o acusava de covardia quando ele sentia medo. O suor escorria-lhe. Tanto mais alto ele pediu lagosta e champanhe.

Do outro lado, entre os maçons, manifestava-se de novo a indignação sobre a morte violenta do jovem trabalhador. O que o exército e os *Junkers* que o comandam estavam pensando?! Eles se comportaram como se estivessem em um país conquistado! E quando ficaram suficientemente exaltados, os senhores à mesa presumiram poder exigir para a burguesia, que de fato realizava todo o trabalho, também a condução do Estado. O Sr. Lauer desejava saber, o que a casta dominante tinha de verdadeiramente melhor em relação às outras pessoas. "Nem mesmo a raça", afirmou. "Pois todos são infestados de judeus em seu meio, inclusive as famílias dos príncipes." E acrescentou: "Sem querer ofender meu amigo Cohn."

Diederich sentiu que era hora de intervir. Virou rapidamente mais uma taça de champanhe, então levantou, pisou com força até o meio, sob o lustre gótico, e disse com severidade: "Sr. Lauer, proprietário de fábrica, peço licença para perguntar se por famílias de príncipes, que segundo sua opinião pessoal estão infestadas de judeus, o senhor também entende famílias alemãs de príncipes."

Lauer revidou com tranquilidade, quase que amigável: "Seguramente."

"Pois bem", fez Diederich, e respirou fundo para tomar impulso para seu grande golpe. Sob a atenção de todo o local, ele perguntou: "E entre essas famílias alemãs de príncipes, infestadas de judeus, o senhor também inclui uma que eu não preciso dizer qual é?" Diederich disse tudo isso triunfante, totalmente seguro de que seu adversário ficaria confuso, titubeante e que iria deslizar para debaixo da mesa. Mas ele se deparou com um cinismo imprevisto.

"Claro", disse Lauer.

Agora era Diederich que, assombrado, saiu do prumo. Olhou em volta: teria ouvido direito? Os rostos confirmavam. Então, pronunciou em voz alta que ele iria sentir as consequências do que havia dito e retirou-se, novamente aprumado, para o terreno dos aliados. Ao mesmo tempo, Jadassohn voltava, havia estado desaparecido não se sabia onde. "Não presenciei o acontecido", disse ele de pronto. "Manifesto isso de modo expresso, porque pode ter importância para o desdobramento seguinte." Então começou a ouvir o que havia acontecido. Diederich relatou com entusiasmo. Tomou como mérito seu o fato de ter encurtado o caminho do inimigo. "Agora o temos nas mãos!"

"De fato", confirmou Jadassohn, que tomava nota.

Um senhor mais velho, de expressão furiosa e pernas rijas, veio se aproximando da entrada. Cumprimentou ambos lados e estava pronto para topar com os representantes da revolução. Mas Jadassohn adiantou-se: "Sr. major Kunze! Apenas uma palavrinha!" Falou com ele a meia-voz e apontava com os olhos para a esquerda e direita. O major parecia estar em dúvida. "O senhor me dá sua palavra de honra, senhor juiz auxiliar", disse ele, "de que se afirmou isso mesmo?" Enquanto Jadassohn confirmava, o irmão do Sr. Buck juntou-se a eles, longilíneo e elegante, sorriu negligentemente e ofereceu ao major uma explicação pacífica para tudo. Mas o major lamentou; para aquele tipo de afirmação não havia explicação e pronto; e sua expressão tornou-se assustadoramente tenebrosa. Apesar disso, ele olhou contrito para a antiga mesa de seus camaradas, do outro lado. No momento certo, Diederich tirou a garrafa de champanhe do balde. O major reparou nisso e seguiu o seu senso de dever. Jadassohn apresentou-o: "O Sr. Dr. Hessling, proprietário de uma fábrica."

As mãos de Diederich e a do major apertaram-se com toda força. Olharam-se nos olhos com firmeza e retidão. "Senhor doutor", disse o major, "o senhor se mostrou um exímio alemão." Arrastaram os pés, ajeitaram as cadeiras, brindaram, e então beberam. Imediatamente Diederich pediu mais uma garrafa. O major esvaziou sua taça tão logo ela foi enchida, e, entre um gole e outro, assegurou que, em tudo que dizia respeito à lealdade alemã, também ele mostrava sua valentia. "Ainda que meu imperador tenha me dado baixa do serviço ativo..."

"O senhor major", explicou Jadassohn, "recentemente estava alocado na circunscrição militar local."

"... meu coração ainda é o de um soldado" – bateu com os dedos sobre ele – "e sempre lutarei contra tendências não patriotas. Com bala e espada!", gritou e bateu com os punhos sobre a mesa. Nesse exato momento, o proprietário de uma loja de departamentos, o Sr. Cohn, atrás do major, colocou o seu chapéu e se afastou rapidamente. O irmão do Sr. Buck dirigiu-se primeiramente ao banheiro, para não parecer que estava fugindo. "Ahá!", disse Jadassohn tanto mais alto. "Senhor major, o inimigo está debandando." O pastor Zillich estava cada vez mais perturbado.

"Heuteufel ficou. Não confio nele."

Mas Diederich, que pediu a terceira garrafa, olhou em volta, com escárnio, procurando por Lauer e Dr. Heuteufel, que estavam sentados sozinhos e, envergonhados, olhavam fixamente para seus copos de cerveja.

"Nós temos o poder", disse, "e os senhores do lado de lá têm consciência disso. Não fazem mais rebelião porque o guarda atirou. Fazem uma cara de quem tem medo de que sejam os próximos a levarem um tiro. E a vez deles também vai chegar!" Diederich declarou que, por causa das afirmações ditas há pouco, iria denunciar o Sr. Lauer para a promotoria. "E eu vou cuidar", assegurou Jadassohn, "de que se apresente a ação. Vou representá-la pessoalmente no tribunal superior. Os senhores entendem que está fora de questão eu servir como testemunha, já que eu mesmo não presenciei o ocorrido."

"Vamos secar esse pântano", disse Diederich, e começou a falar da Associação dos Ex-Combatentes, que todos os homens deviam apoiar, sobretudo os nacionalistas e de ideais monárquicos. O major assumiu uma expressão oficial. Claro, pois ele era o presidente da associação. Era preciso servir ao imperador, tanto quanto possível. Também estava disposto a propor a admissão de Diederich, para reforçar os elementos nacionalistas. Pois até agora, não se podia negar, mesmo lá o predomínio era dos democratas desagradáveis. Segundo a opinião do major, do lado dos órgãos governamentais havia condescendência demais com a situação de Netzig. Se tivesse sido nomeado presidente da circunscrição militar, ele mesmo teria ficado de olho nos oficiais da reserva durante as eleições, isso ele garantia. "Mas, infelizmente, meu imperador tomou de mim essa possibilidade...", para consolá-lo, Diederich serviu-lhe mais uma taça. Enquanto o major bebia, Jadassohn inclinou-se para Diederich e murmurou: "Não acredite em nem uma palavra que ele diz! Ele é um cachorro mole e rasteja atrás do velho Buck. Devemos impressioná-lo."

Diederich o fez imediatamente. "Já marquei hora justamente com o presidente da circunscrição, von Wulckow." E quando o major arregalou os olhos: "No próximo ano, senhor major, acontecem as eleições do Parlamento. Nós, cidadãos decentes, teremos um trabalho duro pela frente. A luta começa agora."

"Vamos!", disse o major, raivoso. "Saúde!"

"Saúde!", disse Diederich. "Mas, meus senhores, ainda que as tendências subversivas continuem fortes, nós somos mais fortes ainda, pois temos um agitador que os adversários não têm, que é Sua Majestade!"

"Bravo!"

"Sua Majestade exigiu de todas as partes de seu Estado, também de Netzig, que os cidadãos finalmente despertem de seu sono esplêndido! E é o que queremos também!"

Jadassohn, o major e o pastor Zillich manifestaram sua vigilância, batendo na mesa, aplaudindo e brindando juntos. O major gritou: "Sua Majestade disse a nós, os oficiais: eis os senhores nos quais posso confiar!"

"E em nós", gritou o pastor Zillich, "ele disse: quando a igreja necessitar dos principados..."

Abrandaram os ímpetos, pois a adega há muito estava vazia, Lauer e Heuteufel escaparam sem serem vistos, e no canto de trás a lamparina a gás já havia sido apagada.

"Ele também disse...", Diederich inflou as bochechas, a ponta de seu bigode tocava os olhos, mesmo assim ele fazia o olhar reluzir de modo terrível, "que vivemos sob o signo da circulação de mercadorias! E é assim mesmo! Sob sua liderança excelsa, estamos determinados a fazer negócios!"

"E carreira!", Jadassohn falou bem alto. "Sua Majestade disse, que todo aquele que deseja ser útil, é bem-vindo. Há alguém que queira não me incluir?", perguntou Jadassohn, provocador, com as orelhas brilhando, vermelhas como sangue. O major bramiu novamente: "Meu imperador pode confiar totalmente em mim. Ele me mandou embora muito cedo, eu lhe disse isso na cara, como um homem alemão honrado. Ele vai precisar muito de mim quando tudo começar. Não penso em passar o resto de minha vida lançando bala surpresa em bailes de associação. Eu participei da batalha de Sedan!"

"Santo Deus, e eu, então, aah!", ressoou de um grito débil, vindo de profundezas invisíveis, e um pequeno ancião subiu das sombras da parede, com cabelos brancos esvoaçantes. Veio balançando, as lentes dos óculos brilhando, como as bochechas, e gritou: "Senhor major Kunze! Veja só! Meu camarada de guerra, o senhor está exatamente como naquela época, na França. É como sempre digo: viva bem e, melhor ainda, alguns anos mais!" O major apresentou-o: "Sr. Kühnchen, professor do colégio secundário." Animadamente, o velhote expôs suas suposições sobre como acabou ficando esquecido lá atrás, no escuro. Estava junto de um grupo de amigos há pouco. "Devo ter cochilado um pouco, e os malditos companheiros deram o fora." O sono nada levara do fogo atiçado pela bebidas que consumira: Kühnchen lembrou o major, berrando e se vangloriando, das coisas que tinham feito juntos no ano de ferro. "Os franco-atiradores!", gritou, e sua boca enrugada e sem dentes umedecia. "Aquilo era uma cambada! Como os cavalheiros podem ver, meu dedo continua rijo, um franco-atirador me mordeu lá. Só porque eu quis cortar um pouquinho a garganta dele com meu sabre. Sujeito infame!" Mostrou o dedos para todos em volta da mesa e provocou exclamações de admiração. No entanto, as emoções entusiasmadas de Diederich mesclavam-se com as de pavor, ele se imaginava no lugar do franco-atirador: o velhote, cheio de entusiasmo e ajoelhado sobre o peito do outro, com a lâmina sobre sua garganta. Precisou sair rapidamente.

Quando voltou, o major e o professor Kühnchen gritavam de lado a lado o relato de uma luta bárbara. Não se compreendia nem um, nem outro. Mas Kühnchen ficava cada vez mais estridente diante do bramido do outro, até que o fez silenciar e pôde voltar às jactâncias, tranquilamente. "É, meu velho amigo, você tem uma cabeça boa. Quando cai em uma escada, não perde um degrau. Naquela ocasião, Kühnchen botou fogo na casa onde estavam os franco-atiradores. Precisei usar um estratagema, me fingi de morto, e nisso os imbecis não perceberam nada. E como pegava muito fogo, era de se entender que eles não vissem mais graça em defender a pátria, então pularam pra fora, e pá e tibum! Os senhores tinham que nos ter visto, nós, os alemães. Já chegávamos atirando e os púnhamos pra fora quando tentavam engatinhar parede abaixo! Davam pulinhos como coelhotes!"

Kühnchen teve que interromper suas invencionices, dava risadinhas estridentes, enquanto a tertúlia ria, estrondosa.

Kühnchen recuperou o fôlego, prosseguiu. "Esses imbecis impertinentes também foram traiçoeiros conosco! E as mulheres! É, meus senhores, não existem mais mulheres tão malvadas quanto as francesas. Derramavam água quente em nossas cabeças. Eu pergunto aos senhores: uma dama faria isso? Como estava pegando fogo, elas jogaram as crianças da janela e queriam de nós que as segurássemos. Bonito, né, mas estúpido demais da conta! Era com a baioneta que a gente pegava as crianças. E depois as damas!" Kühnchen mantinha o dedo encurvado pela artrose como em torno da coronha da espingarda, e olhava para cima, como se ainda houvesse alguém a perfurar. As lentes de seu óculos brilhavam, continuou mentindo. "No fim, veio uma bem gorda, não conseguiu pular a janela pela frente, e tentou pela parte de trás. Mas não contava com Kühnchen o meu docinho. Não bobeei, subi nos ombros de dois camaradas e fiz cócegas com minha baioneta no seu gordo e francês..."

Não se ouviu o final da frase, os aplausos foram muito altos. O professor ainda disse: "Toda vez que é dia de comemoração de Sedan, conto essa história para a classe com palavras mais nobres. Os meninos devem saber sobre que tipo de heróis os precedeu."

Estavam de comum acordo quanto a isso só poder incitar a consciência nacional da geração jovem, e brindaram com Kühnchen. Por causa da animação e do barulho, ninguém havia percebido que um novo convidado tinha se sentado à mesa. De repente Jadassohn viu o senhor grisalho e modesto, vestido com um casaco longo ao estilo dos Hohenzollern e acenou-lhe condescendente. "É, sempre por aqui, Sr. Nothgroschen!" Exaltado, Diederich dirigiu-se a ele de maneira imperiosa: "Quem é o senhor?"

O estranho disse, subserviente: "Nothgroschen, redator do *Jornal de Netzig*".

"Então, candidato à fome", disse Diederich e fez o olhar reluzir. "Aluno degenerado do secundário, proletário graduado, uma ameaça para nós!"

Todos riram; o redator sorriu humildemente.

"Sua Majestade já o assinalou", disse Diederich. "Sente-se!"

Serviu-lhe até champanhe, e Nothgroschen bebeu com uma atitude de gratidão. Olhou sóbrio e inibido o grupo à volta, cuja autoconfiança havia sido aumentada pelas muitas garrafas vazias espalhadas no chão. Esqueceram-no imediatamente. Esperou, paciente, até que alguém lhe perguntou por que ele entrou ali já no meio da madrugada. "Tinha que terminar a edição de hoje", explicou, grave como um pequeno funcionário público. "Os senhores leiam amanhã cedo no jornal, como foi o acontecimento com o trabalhador que levou o tiro!"

"Sabemos isso melhor que o senhor", gritou Diederich. "O senhor tira isso de suas patas esfomeadas, nada mais!"

O redator sorriu, desculpando-se, e ouviu aquiescente todos lhe apresentarem de modo confuso o acontecido. Quando o barulho baixou, ele começou. "Como o senhor ali..."

"Dr. Hessling", disse Diederich com nitidez.

"Nothgroschen", murmurou o redator. "Como o senhor

mencionou antes o nome do imperador, talvez venha a interessar aos senhores que está para acontecer uma outra manifestação."

"Não permito qualquer perturbação!", determinou Diederich. O redator subjugou-se e colocou a mão sobre o peito. "Trata-se de uma carta do imperador."

"Que provavelmente voou sobre sua mesa por causa de alguma quebra infame de confiança?", perguntou Diederich. Nothgroschen colocou as mãos para frente como em um juramento. "O imperador determinou que se publicasse. Amanhã cedo o senhor lerá no jornal. Aqui está a prova de impressão!"

"Mostre-nos, doutor!", ordenou o major. Diederich exclamou: "Como assim, doutor? O senhor é doutor?" Mas todos estavam interessados apenas na carta, e arrancaram o pedaço de papel da mão do redator. "Bravo!", gritou Jadassohn, que ainda conseguia ler sem dificuldade. "Sua Majestade está convencido do valor do cristianismo." O pastor Zillich regozijou-se tão intensamente que começou a soluçar. "Esta é para o Heuteufel! Finalmente esse cientista atrevido, hic, vai ter o que merece. Eles querem se acercar da questão da revelação. Mal entendo disso, hic, eu, que estudei teologia!" O professor Kühnchen balançou os papéis no ar. "Meus senhores! Se eu não der a carta para a classe ler e ela não for tema de redação, não me chamo Kühnchen!"

Diederich estava profundamente sério. "Hamurabi foi com certeza um instrumento de Deus! Quero ver quem nega isso!" E fez o olhar reluzir para todos em volta. Nothgroschen encurvou os ombros. "Foi sim, e também o imperador Guilherme, o Grande[18]!", prosseguiu Diederich. "É só o que se pode esperar, e com grande energia! Se ele não foi um instrumento de Deus, então Deus mesmo nem sabe o que seja um instrumento!"

"Sou da mesma opinião", assegurou o major. Felizmente não houve ninguém que contradissesse, pois Diederich

---

18 Imperador Guilherme I da Alemanha (1797-1888). (N. da E.)

estava muito determinado. Levantou-se de sua cadeira com as mãos apoiadas na mesa. "Mas e o nosso glorioso e jovem imperador?", perguntou ameaçadoramente. A resposta veio de todos os lados: "Personalidade... Impulsivo... Versátil... Pensador original." Diederich não estava satisfeito.

"Solicito que ele também seja um instrumento!"

Todos aceitaram.

"Solicito, ainda, que nós informemos Sua Majestade por telégrafo sobre nossa decisão."

"Eu apoio o pedido!", berrou o major. Diederich declarou: "Aceite unânime e entusiasmado!", e caiu de volta em sua cadeira. Kühnchen e Jadassohn redigiram juntos o despacho. Tão logo chegaram a algo, leram o texto em voz alta.

"Um grupo, reunido no Ratskeller de Netzig..."

"Assembleia reunida", exigiu Diederich. E prosseguiram: "Assembleia de homens leais à pátria..."

"À pátria, hic, e ao cristianismo", complementou o pastor Zillich.

"Os senhores realmente querem fazer isso?", perguntou Nothgroschen, suplicando baixinho. "Pensei que fosse pilhéria."

Diederich ficou furioso.

"Não fazemos pilhéria com coisas santas! Devo fazê-lo entender com mais veemência, senhor graduado perdedor!

As mãos de Nothgroschen prescindiram da oferta com veemência, então Diederich ficou tranquilo e disse: "Saúde!" Com isso, o major gritou, como se fosse estourar: "Somos aqueles em quem Sua Majestade pode confiar!" Jadassohn pediu calma, e leu:

"A assembleia, reunida no Ratskeller de Netzig, de homens cristãos e leais à pátria, presta a Vossa Majestade sua homenagem unânime e entusiasmada em face do enaltecedor reconhecimento, por Vossa Majestade, de uma religião revelada. Enfatizamos nosso mais profundo repúdio à revolução sob qualquer forma e, no feito corajoso de um guarda, ocorrido hoje em Netzig, vemos a comprovação gratificante de que Vossa Majestade é instrumento de Deus, sem nada dever nesse sentido a Hamurabi ou Guilherme, o Grande." Aplaudiram, e Jadassohn sorriu, sentindo-se adulado.

"Vamos assinar!", disse o major. "Ou algum dos senhores tem algo mais a observar?" Nothgroschen pigarreou. "Apenas uma palavra, com toda a humildade."

"Não se esperaria outra coisa", disse Diederich. O redator tomou coragem, mexeu-se em sua cadeira e deu uma risadinha sem motivo.

"Não quero dizer nada contra o guarda, meus senhores. Sempre pensei que soldados estão aí para atirar."

"E então?"

"Sim, mas sabemos se o imperador também pensa assim?"

"É evidente! O caso Lück!"

"Precedentes – hihi – isso é bom, mas todos sabemos que o imperador é um pensador original e – hihi – impulsivo. Não gosta que se antecipem a ele. Se eu quisesse escrever no jornal que o senhor, Dr. Hessling, devesse se tornar ministro, então – hihi – o senhor não se tornaria."

"Distorções de judeus!", exclamou Jadassohn.

O redator ficou indignado: "Escrevo uma coluna e meia a favor de qualquer grande festividade da igreja. Mas o guarda, ele bem pode ser acusado de assassinato. E nós, então, estaremos em maus lençóis."

Seguiu-se um silêncio. O major, pensativo, deixou cair o lápis da mão. Diederich pegou-o. "Somos ou não somos patriotas?" E assinou com ímpeto.

Todos se empolgaram. Nothgroschen queria ser o segundo a assinar.

"À repartição do telégrafo!"

Diederich ordenou que a conta fosse enviada a ele no dia seguinte, e partiram. Subitamente, Nothgroschen ficou cheio de excessivas esperanças. "Se eu puder levar comigo a resposta do imperador, vou parar no jornal do Scherl!"

O major vociferou: "E vamos ver se ainda organizo umas grandes festas beneficentes!"

Pastor Zillich viu as pessoas espremerem-se em sua igreja e Heuteufel sendo apedrejado pela multidão. Kühnchen empolgava-se com banhos de sangue nas ruas de Netzig. Jadassohn falava alto: "Alguém se permite alguma dúvida sobre a lealdade do imperador?" E Diederich: "O velho Buck que se cuide! Klüsing em Gausenfeld também! Estamos despertando de nossa soneca!"

Os cavalheiros mantinham-se todos juntos, às vezes, e inesperadamente, algum se atirava um passo para frente. Com suas bengalas, tocavam freneticamente as portas de correr, fechadas ainda, e cantavam, cada um a seu ritmo, *A guarda junto ao Reno*[19].

Na esquina do tribunal da primeira instância, havia um policial, mas por sorte ele não se moveu. "Deseja alguma coisa, homenzinho?", chamou Nothgroschen, que estava fora de si. "Vamos telegrafar para o imperador!" O pastor Zillich era o que tinha o estômago mais fraco e, diante do prédio dos correios, foi afetado por um incidente. Enquanto os outros procuravam amenizar sua situação, Diederich tocou a campainha e entregou o telegrama ao funcionário. Quando o funcionário o leu, examinou Diederich hesitante – mas Diederich olhou-o de modo tão terrivelmente penetrante, que o outro se sobressaltou e cumpriu seu dever. Nesse meio-tempo, Diederich continuava petrificado e, sem motivo, lançava seu olhar penetrante e reluzente com a mesma postura do imperador enquanto o ajudante de campo lhe informava sobre o feito do guarda e o chefe do gabinete civil lhe transmitia o despacho com a homenagem. Diederich sentiu a coroa sobre sua cabeça, bateu no sabre em sua lateral e disse: "Sou muito forte!" O telegrafista tomou isso por uma reclamação, e contou o troco mais uma vez. Diederich pegou o dinheiro, foi até uma mesa e traçou algumas linhas sobre o papel. Então, meteu-o no bolso e voltou para os outros cavalheiros.

---

19 *Wacht am Rhein*, hino patriótico alemão popular durante a Guerra Franco-Prussiana. (N. da E.)

Haviam conseguido um táxi para o pastor, que seguiu imediatamente e acenou choroso da janela, como se a partida fosse para sempre. Jadassohn virou uma esquina próxima ao teatro, embora o major dissesse, aos berros, que sua casa ficava na outra direção. De repente, também o major foi embora, e Diederich viu-se sozinho na Lutherstrasse com Nothgroschen. Ao chegarem em frente ao teatro Walhalla, o redator decidiu que não iria mais prosseguir; no meio da noite ele ainda queria ver o "milagre eletrizante", uma dama que cuspia fogo ali. Diederich teve de reprová-lo seriamente, pois aquilo não era hora para tais frivolidades. Afinal Nothgroschen esqueceu o "milagre eletrizante" tão logo avistou o *Jornal de Netzig*. "Parem!", gritou: "Parem as máquinas! É preciso incluir o telegrama dos patriotas!... O senhor mesmo vai querer lê-lo no jornal de amanhã cedo", disse a um vigilante que passava. Nesse instante, Diederich segurou-o pelo braço.

"Não apenas esse telegrama", disse, conciso e baixinho. "Tenho um outro ainda." Tirou um papel do bolso. "O telegrafista noturno é um velho conhecido meu, ele me confiou isto. O senhor vai me prometer extrema discrição sobre a origem dele, caso contrário o homem estaria ameaçado de perder seu posto."

Nothgroschen prometeu tudo de imediato, Diederich disse, então, sem olhar o papel: "É dirigido ao comando do regimento e o coronel mesmo deve repassar ao guarda que atirou no trabalhador hoje. Diz o seguinte: 'Por sua coragem demonstrada no campo de honra, diante do inimigo interno, manifesto-lhe meu reconhecimento imperial e o nomeio cabo'... Veja com seus próprios olhos" – e Diederich estendeu o papel para o redator. Mas Nothgroschen não viu o papel, apenas olhava, embasbacado, para Diederich, para sua postura petrificada, o bigode, que lhe espetava os olhos, e o olhar, que luzia.

"Agora quase acredito...", balbuciou Nothgroschen. "O senhor tem tanta semelhança com... com..."

IV

Nos bons tempos da Nova Teutônia, Diederich teria dormido a ponto de perder a hora do almoço, mas a conta do Ratskeller chegou, e ela foi significativa o suficiente para fazê-lo levantar e dirigir-se ao escritório. Não estava nada bem, e até a família ainda lhe trazia transtornos. As irmãs exigiam dele uma quantia mensal para a toalete, e quando explicou que naquele momento não tinha, elas o compararam a Sötbier, que sempre tinha. Diederich enfrentou com rigor essa tentativa de insurgência. Com voz felina e ríspida, discutiu com as moças e disse que tinham de se acostumar à realidade diversa. Sötbier, naturalmente, sempre lhes dava o dinheiro e a fábrica arruinava-se por causa de sua má administração. "Se eu tivesse que lhes pagar sua parte hoje, ficariam espantadas com o quanto ela é pequena." Enquanto dizia isso, acreditava injustificável o fato de alguma vez ter-se forçado a compartilhar com elas questões de negócio. "Deve haver um jeito de evitar isso", pensava. Elas, por sua vez, provocavam-no ainda mais: "Não podemos pagar a modista, mas o senhor doutor bebe cento e cinquenta marcos em champanhe." Nisso, a aparência de Diederich tornou-se tenebrosa. Suas cartas eram abertas! Estava sendo espionado! Não era o senhor de sua casa, mas um funcionário, um negro que trabalhava duro para que as damas pudessem vadiar o dia todo! Gritava e batia os pés, fazendo os vidros tinirem. A Sra. Hessling suplicava aos choramingos, as irmãs continuavam a se opor somente por medo, mas Diederich mantinha-se firme. "Como ousam, tolas como são? Como podem saber se os cento e cinquenta marcos não são um brilhante investimento de capital? Isso mesmo, investimento de capital! Pensam que eu me embriago de champanhe com os idiotas sem querer nada deles? Vocês em Netzig não sabem nada, é a nova tendência, é algo..." E encontrou a palavra certa. "Algo grandioso! Grandioso!"

E bateu a porta atrás de si. A Sra. Hessling foi atrás dele cautelosamente, e quando ele tombou no sofá da sala de estar, ela tomou sua mão e disse: "Meu querido filho, estou do seu lado." E olhou para ele como se quisesse rezar com o coração. Diederich pediu sardinha em conserva; em seguida, e ainda enfurecido, lamentou a dificuldade de introduzir o novo espírito em Netzig. Que ao menos ali em casa não lhe minassem as forças! "Planejo coisas grandiosas para vocês, mas, por favor, deixem isso para minha inteligência mais desenvolvida. Alguém tem de ser o senhor. Espírito empreendedor e horizonte amplo caminham juntos. Não preciso de Sötbier para isso. Vou deixar o velho tomar fôlego por um tempo, depois ele sai do barco."

A Sra. Hessling disse, afável, estar certa de que seu filho querido sempre saberia exatamente o que era melhor a fazer para o bem de sua mãe. Em seguida, Diederich foi até o escritório e escreveu uma carta para a fábrica de máquinas Büschli & Cia., em Eschweiler, para pedir uma nova máquina holandesa dupla, patenteada, de sistema Maier. Deixou a carta aberta sobre a mesa e saiu. Quando voltou, não havia dúvidas, Sötbier estava diante da mesa e chorava por debaixo de sua pala verde: as lágrimas pingavam sobre a carta. "Mande fazer uma cópia", ordenou Diederich com frieza. Então, Sötbier começou: "Jovem senhor, nossa velha holandesa não é uma máquina patenteada, mas é a mesma do tempo de nosso antigo senhor, ele começou com ela, e com ela cresceu..."

"Bem, e eu nutro desejos de crescer com minha própria holandesa", disse Diederich incisivo. Sötbier lamentou.

"A nossa antiga sempre nos foi suficiente."

"Para mim não."

Sötbier jurou que ela era tão capaz de ter um bom desempenho quanto a mais nova, que se impunha por meio de propagandas enganosas. Diederich manteve-se inflexível, sendo assim, o velho abriu a porta e gritou para fora: "Fischer! Venha cá!" Diederich ficou apreensivo. "O que o senhor quer desse homem. Eu o proíbo de envolvê-lo nisso!" Mas Sötbier chamava como testemunha o operador da máquina, que havia trabalhado em grandes fábricas. "Fischer, diz para o senhor doutor qual a capacidade de desempenho de nossa holandesa!" Diederich não queria ouvir, andava de um lado para o outro, convencido de que o homem usaria a ocasião para aborrecê-lo. Em vez disso, Napoleão Fischer deu início a uma declaração irrestrita de reconhecimento da perícia de Diederich, e depois falou tudo de desfavorável que se podia imaginar sobre a velha holandesa. Quem ouvia Napoleão Fischer tinha a impressão de ele quase ter se demitido, só porque a velha holandesa não o agradava. Diederich bufou: tivera muita sorte de ainda permanecer com a valorosa força de trabalho do Sr. Fischer; mas, sem se deixar envolver pela ironia, o operador de máquinas manifestou todas as vantagens da nova holandesa vistas no folheto, sobretudo o seu manejo bem mais fácil. "O que eu puder fazer para lhe poupar trabalho!", bufou Diederich. "Não há outra coisa que eu possa querer mais que isso. Obrigado, o senhor pode se retirar."

Quando o operador de máquinas saiu, Sötbier e Diederich ficaram um tempo absortos, cada um com suas ocupações. De repente, Sötbier perguntou: "E com que iremos pagá-la?" Diederich explodiu na mesma hora; também ele não parava um segundo de pensar naquilo. "Mas, qual!", gritou. "Pagar! Primeiro eu combino um prazo de entrega bem distante, e depois: o senhor por acaso acha que não sei por que estou pedindo uma holandesa tão cara? Não, não, meu caro, nesse caso preciso ter perspectivas bem definidas para a expansão dos negócios – sobre as quais não quero me manifestar ainda."

Com isso, deixou o escritório empertigado, ainda que cheio de dúvidas. Quando estava saindo, Napoleão Fischer lançou mais um olhar sobre ele, e um olhar de quem habilmente havia enganado o chefe. "É apenas cercado de inimigos", pensou Diederich, e se empertigou com mais firmeza ainda, "que de fato nos tornamos fortes. Vou trucidá-los." Viriam a saber com quem estavam se metendo; veio-lhe daí uma ideia que já lhe havia ocorrido ao acordar: seguiu para a casa do Dr. Heuteufel. O médico acabava de começar uma consulta e o deixou esperando. Em seguida, recebeu-o em sua sala de operações, onde tudo, o cheiro, os objetos, fazia Diederich recordar as visitas vergonhosas de antigamente. Dr. Heuteufel pegou da mesa o jornal, deu uma risada breve e disse: "Ora, o senhor veio aqui para proclamar seu triunfo. Logo dois êxitos de uma vez! O champanhe em sua homenagem está aí – e, sob o seu ponto de vista, o despacho do imperador ao guarda nada deixa a desejar."

"Que despacho?", perguntou Diederich. Dr. Heuteufel mostrou-lhe; Diederich leu: 'Por sua coragem demonstrada no campo de honra diante do inimigo interno, manifesto-lhe meu reconhecimento imperial e o nomeio cabo.' Da forma como estava impresso, parecia até que era perfeitamente autêntico. De imediato, ficou comovido; disse com certa discrição masculina: "Isso cala fundo no coração de todo aquele que tem convicções nacionais." Heuteufel apenas deu de ombros, Diederich tomou fôlego. "Não vim por causa disso, mas para definir nossas relações." "Já estão definidas", retrucou Heuteufel. "Não, ainda não totalmente." Diederich asseverou o desejo de uma paz honrosa. Estava disposto a trabalhar de acordo com um liberalismo sensato, caso fosse respeitada sua convicção rigorosamente nacional e leal ao imperador. Dr. Heuteufel tomou isso como meras palavras: aí Diederich perdeu a compostura. Esse era o homem que o tinha nas mãos; com um simples documento podia expô-lo como covarde! O sorriso sarcástico em seu rosto amarelado de chinês, aquela postura de superioridade aludiam a isso sem trégua. Mas não falava, deixava a espada pairar sobre a cabeça de Diederich. Aquela situação deveria chegar ao fim! "Eu exijo", disse Diederich rouco por causa da excitação, "que o senhor devolva minha carta." Heuteufel ficou espantado. "Que carta?" – "Que eu lhe enviei na época do exército quando tive que servir." O médico refletiu.

"Ah! Porque o senhor queria dar baixa!"

"Pensei que o senhor pudesse expor minhas afirmações descuidadas de uma forma que me fosse ofensiva. Insisto em que o senhor devolva-me essa carta." E Diederich avançou, ameaçador. Heuteufel não recuou.

"Deixe-me em paz. Não tenho mais essa carta."

"Peço sua palavra de honra."

"Não a darei sob ordens."

"Sendo assim, chamo sua atenção para as consequências de sua conduta desleal. Se, em algum momento, o senhor me causar transtornos por causa da carta, então haverá quebra de sigilo profissional. Vou denunciá-lo ao conselho de medicina, abrirei um processo contra o senhor e mobilizarei todas as minhas influências para tornar sua vida impossível!" E no auge da sua excitação, quase sem voz: "O senhor está me vendo determinado ao extremo! Entre nós só resta uma luta sangrenta!"

Dr. Heuteufel olhou-o, curioso, sacudiu a cabeça, ao que seu bigode chinês balançou, e disse: "O senhor está rouco."

Diederich deu um passo para atrás, balbuciou: "E o que isso lhe diz respeito?"

"Nada, nada mesmo", disse Heuteufel. "Desde sempre isso me interessa, porque sempre lhe prognostiquei a mesma coisa."

"Que coisa? Seja mais claro." Mas Heuteufel recusou-se. Diederich fez o olhar reluzir. "Ordeno-lhe terminantemente que cumpra seu dever de médico!"

Não era o médico dele, retrucou Heuteufel. Nisso a expressão majestosa de Diederich caiu por terra, e prosseguiu investigando, lamurioso. "Às vezes tenho dor de garganta. O senhor acredita que pode piorar? Tenho algo a temer?"

"Aconselho procurar um especialista."

"Mas o senhor é o único aqui! Pelo amor de Deus, senhor doutor, o senhor está cometendo um pecado, tenho família para sustentar."

"O senhor deve fumar menos, também beber menos. Ontem foi longe demais."

"Então é isso." Diederich empertigou-se. "O senhor não admite que eu desfrute de um champanhe. E diz isso por causa da carta de homenagem."

"Se o senhor pressupõe que eu tenha motivos suspeitos como esses, então não precisa dirigir-me quaisquer perguntas."

Mas Diederich voltou a suplicar. "Diga-me ao menos se corro o risco de ter um câncer."

Heuteufel manteve-se inflexível. "Bem, o senhor sempre teve escrófula e raquitismo. Deveria ter prestado o serviço militar, assim não teria ficado tão inchado."

Finalmente obteve o consentimento para examiná-lo e passar-lhe um pincel na laringe. Diederich sentia-se asfixiado, virava os olhos apavorado e agarrava os braços do médico. Heuteufel tirou o pincel. "Fica evidente que assim não dá para ir a lugar algum." Sorriu com desdém pelo nariz. "O senhor é o mesmo de antes."

Tão logo Diederich recobrou o ar, viu-se longe daquele quarto de horror. Diante da casa, e ainda com lágrimas nos olhos, deparou-se com o aspirante Jadassohn. "Ué?", disse Jadassohn. "A noitada não lhe fez bem? E o senhor veio justamente até Heuteufel?"

Diederich assegurou que amanhecera muito bem. "Mas estou muito irritado com o homem! Vou lá porque vejo como minha obrigação exigir uma explicação pacífica para as afirmações que esse Sr. Lauer fez ontem. Tratar diretamente com Lauer não é nada sedutor para um homem de princípios como eu."

Jadassohn sugeriu que fossem até a taberna de Klappsch.

"Vou lá", continuou Diederich já dentro da taberna, "com a intenção de resolver toda a história com a desculpa da bebedeira do senhor em questão ou, na pior das hipóteses, com a desculpa de uma desordem mental momentânea, da parte dele. O que o senhor acha que aconteceu, em vez disso? Heuteufel é petulante. Faz-se de superior. Critica cinicamente nossa carta de homenagem e, o senhor não vai acreditar, critica até mesmo o telegrama de Sua Majestade!"

"Mesmo? E que mais?", perguntou Jadassohn, cuja mão se ocupava da Srta. Klappsch.

"Para mim não tem 'e que mais'! Perdi a paciência com esse senhor para sempre!", exclamou Diederich, apesar da consciência pesada por ter de voltar novamente na quarta-feira para o tratamento da laringe. Jadassohn interrompeu incisivo: "Mas eu não." E diante do olhar de Diederich: "Existe até mesmo um órgão, chamado Ministério Público Real, que nutre certo interesse por gente como esses senhores Lauer e Heuteufel, o que não devemos menosprezar." Nisso ele soltou a Srta. Klappsch e deu a entender que ela devia se retirar.

"O que você quer dizer com isso?", perguntou Diederich terrivelmente perturbado.

"Estou pensando em fazer uma acusação por causa da ofensa a Sua Majestade."

"O senhor?"

"Isso mesmo, eu. O promotor Feifer está afastado para tratamento de saúde, e estou no comando. E como havia declarado imediatamente depois do incidente de ontem e diante das testemunhas, não estive presente durante a perpetração do delito, então de modo algum fico impedido de representar o Ministério Público no processo."

"Mas e se ninguém abrir uma queixa?"

Jadassohn deu um sorriso cruel. "Graças a Deus isso não é problema... Aliás, devo lembrá-lo de que, ontem à noite, o senhor mesmo se ofereceu para testemunhar."

"Não sei nada sobre o ocorrido", disse Diederich rapidamente.

Jadassohn bateu-lhe nos ombros. "Espero que o senhor se lembre de tudo quando estiver sob juramento." Diederich ficou indignado. Falou tão alto que Klappsch discretamente espiou o cômodo.

"Senhor juiz auxiliar, fico muito admirado de o senhor, por conta de comentários pessoais feitos por mim... ora, é evidente que o senhor tem a intenção de se tornar rapidamente promotor por meio de um processo político. Mas quero saber o que é que eu tenho a ver com sua carreira."

"Bem, e eu com a sua?", perguntou Jadassohn.

"Então. Somos adversários?"

"Espero que isso não seja preciso." E Jadassohn argumentou que não havia motivo para temer um processo. Todas as testemunhas do ocorrido no Ratskeller teriam que dar o mesmo depoimento que ele: também os amigos de Lauer. Diederich de modo algum precisaria ir muito longe... Já tinha ido, infelizmente, retrucou Diederich, pois ao fim fora ele quem se zangara com Lauer. Mas Jadassohn o tranquilizou. "Quem é que vai perguntar por isso? Trata-se de saber se as palavras incriminadoras vieram do Sr. Lauer. O senhor simplesmente vai dar o depoimento com bastante prudência, como os outros cavalheiros, se o senhor quiser."

"Com toda prudência!", assegurou Diederich. E diante da expressão diabólica de Jadassohn: "Como eu conseguiria colocar na cadeia um homem decente como o Lauer? Isso mesmo, um homem decente! Pois não vejo como desonra ter uma opinião política!"

"Ainda mais da parte do genro do velho Buck, de quem, a propósito, o senhor precisa", concluiu Jadassohn – e Diederich baixou a cabeça. Esse judeu ambicioso não tinha vergonha de se aproveitar dele, e ele não podia fazer nada! E ainda era preciso acreditar em amizade. Mais uma vez refletiu consigo mesmo sobre todos procederem, na vida, de forma mais ardilosa e brutal que ele. A tarefa mais importante era: como ser rigoroso. Sentou-se empertigado e fez o olhar reluzir. Preferiu não ir além disso. Diante de um homem do Ministério Público, quem poderia saber... A propósito, Jadassohn mudou o rumo da conversa.

"O senhor ficou sabendo que, no governo e conosco, no tribunal, há rumores estranhos sobre o telegrama que Sua Majestade enviou para o comandante do regimento? O coronel, aliás, afirma que não recebeu telegrama algum."

Apesar do estremecimento, Diederich manteve a voz firme. "Mas está lá no jornal!" Jadassohn deu um leve sorriso: "No jornal há coisas até demais." E pediu ao Klappsch, que novamente deixou transparecer sua calva à porta, para trazer o *Jornal de Netzig*. "Veja, neste número definitivamente não há nada que não tenha a ver com Sua Majestade. O editorial se ocupa com o reconhecimento supremo da crença na revelação. Depois, vem o telegrama ao coronel, depois o comentário local, sobre o feito heroico do guarda, e variedades, com três anedotas sobre a família imperial."

"São histórias muito comoventes", observou Klappsch e revirou os olhos.

"Sem dúvida!", asseverou Jadassohn, e Diederich: "Até mesmo um jornaleco maledicente e liberal como esse reconhece a importância de Sua Majestade!"

"É possível que, dada a pressa, bastante louvável, a redação eventualmente tenha publicado o número com o despacho supremo cedo demais – antes mesmo do seu envio." – "Em hipótese alguma!", disse Diederich com determinação. "O estilo de Sua Majestade é inconfundível." Também Klappsch o reconheceu. Jadassohn admitiu: "Bem... porque nunca se sabe, e por isso não declaramos o fato como falso, oficialmente. Se o coronel não recebeu nada, o *Jornal de*

Netzig pode tê-lo recebido diretamente de Berlim. Wulckow mandou chamar o redator Nothgroschen, mas o sujeito se nega a depor. O presidente cuspiu de raiva e veio pessoalmente até nós para coagir Nothgroschen a prestar depoimento. Por fim, prescindimos disso e preferimos aguardar o desmentido de Berlim – até porque nunca se sabe."

Como Klappsch foi chamado à cozinha, Jadassohn acrescentou: "Engraçado, não é? A todos a história parece muito suspeita, mas ninguém quer seguir adiante, porque neste caso – neste caso absolutamente especial...", disse Jadassohn com uma entonação pérfida, e toda sua face parecia pérfida, até mesmo as orelhas, "é o improvável que tem mais chance de acontecer."

Diederich estava petrificado: nunca havia imaginado uma traição tão suja. Jadassohn percebeu o assombro dele e ficou perturbado, começou a se debater. "Bem, o homem tem suas fraquezas – cá entre nós."

Diederich retorquiu de forma estranha e ameaçadora: "Ontem o senhor ainda não parecia saber coisa alguma." Jadassohn deu uma desculpa: naturalmente o champanhe torna qualquer um desajuizado. O Sr. Hessling teria levado tão a sério o entusiasmo dos outros cavalheiros? Definitivamente não havia maior importunador que o major Kunze... Diederich retraiu-se em sua cadeira, estava frio como se de repente se encontrasse na toca de criminosos. Disse enérgico: "Espero poder confiar na consciência de nacionalidade dos outros cavalheiros como na minha mesma, contra a qual não tolero de modo algum dúvidas."

Jadassohn tornou sua voz novamente incisiva. "Se isso envolve suposta dúvida quanto a minha pessoa, então a repudio com profunda indignação." E falou bem alto, de modo que Klappsch espiou da porta: "Sou o Juiz Auxiliar Real Dr. Jadassohn e estou ao dispor se assim o desejar."

Diante disso, Diederich murmurou não ter tido a intenção. Depois pagou a conta. A despedida foi fria.

Diederich suspirava a caminho de casa. Não deveria

ter se portado de forma mais cooperativa com Jadassohn, para o caso de Nothgroschen falar? Sem dúvida ele era útil para Jadassohn no processo contra Lauer! Em todo caso, foi bom Diederich ter descoberto o verdadeiro caráter daquele homem! "Suas orelhas logo me pareceram suspeitas! Com orelhas como essas não se pode ter sentimentos de fato nacionais."

Em casa, de pronto examinou o jornal *Berliner-Lokal--Anzeiger*. Lá estavam as anedotas imperiais para a edição de amanhã do *Jornal de Netzig*. Talvez para depois de amanhã somente, não havia espaço para todas. Mesmo assim continuou procurando; suas mãos tremiam... Lá estava! Teve que se sentar. "Tudo bem, meu filho?", perguntou a Sra. Hessling. Diederich olhou fixamente para as letras, como um conto de fadas que se tornava realidade. Lá estava, entre outras coisas indubitáveis, no único jornal que Sua Majestade lia! Dentro de si, no fundo de sua alma, de modo que ele mesmo mal pudesse se ouvir, Diederich murmurou: "Meu telegrama." Ele quase explodia de felicidade, esperara por ela com tamanha aflição. Como era possível? Teria pressentido o que o imperador diria? Seu ouvido tinha todo esse alcance? Seu cérebro trabalhava junto com...? Elos místicos e intensos o arrebatavam... Mas o desmentido ainda poderia vir, ele poderia ser jogado à sua insignificância! Diederich teve uma noite cheia de pavor e, de manhã, correu para o *Lokal-Anzeiger*. As anedotas. O desvelamento dos memoriais. O discurso. "De Netzig". Lá constavam as honrarias concedidas ao cabo Emil Pacholke pela bravura demonstrada diante do inimigo interno. Todos os oficiais, o coronel no topo, apertavam-lhe a mão. Ele recebeu as gratificações. "Como se sabe, já ontem, por telegrama, o imperador promovera a cabo o bravo soldado." Lá estava ele! Não havia desmentido algum: e sim uma comprovação! Fez suas as palavras de Diederich, e executou a ação da forma como Diederich lhe havia indicado!... Diederich estendeu o jornal; via-se ali como em um espelho, e sobre seus ombros, um manto de arminho.

Infelizmente, palavra alguma deveria ser pronunciada sobre essa vitória e a elevação estonteante de Diederich, mas sua essência bastava, e a rigidez da postura e da fala, os olhos de soberano. Família e fábrica emudeciam em sua volta. O próprio Sötbier teve de admitir que os negócios adquiriram uma feição mais autoconfiante. E, quanto mais retesado e luminoso Diederich postava-se, mais Napoleão Fischer arrastava-se diante dele como um macaco, os braços pendurados para frente, de olhar oblíquo e os dentes arreganhados por entre sua barba preta e delgada: como o espírito da revolução oprimida... Esse era o momento de se achegar a Guste Daimchen. Diederich fez uma visita.

A Sra. Daimchen, mulher do inspetor-chefe, primeiro o recebeu sozinha em seu velho sofá de pelúcia, num vestido de seda marrom com grandes laços; espraiava sobre sua barriga as mãos, vermelhas e inchadas como as de uma lavadeira, de modo que o visitante pudesse ter sempre diante dos olhos seus novos anéis. Com embaraço, ele confessou sua admiração por eles, ao que a Sra. Daimchen prontamente deixou escapar que ela e sua Guste tinham tudo de que precisavam, graças a Deus. Apenas não sabiam ainda se iriam decorar a casa ao estilo alemão antigo ou "Louis Quänze"; Diederich aconselhou enfaticamente o estilo alemão antigo, tinha-o visto em Berlim nas casas mais refinadas. Mas a Sra. Daimchen estava incrédula. "Quem sabe se o senhor visitou pessoas tão refinadas como nós? Nem me fale, sei quando as pessoas fingem ter algo quando na verdade nada têm." Depois disso, Diederich, perplexo, ficou em silêncio, e a Sra. Daimchen tamborilava com satisfação sobre a barriga. Por sorte chegou Guste, muito ruidosa. Como um acrobata, Diederich saltou de sua *fauteuil*, disse com voz esganiçada: "*Minha Senhorita!*", e beijou-lhe a mão. Guste riu. "Não vá distender uma perna!" E logo em seguida o consolou. "Vê-se na hora o que é um homem refinado. O senhor tenente von Brietzen faz o mesmo."

"Sim, sim", disse a Sra. Daimchen, "transitam por aqui

todos os senhores oficiais. Ainda ontem disse para Guste: Guste, foi o que eu disse, em cada assento podemos bordar uma coroa da nobreza, pois em todos eles algum nobre já esteve sentado."

Guste torceu o bico. "Mas com relação a famílias e coisas assim, Netzig é muito quadrada. Acredito que vamos nos mudar para Berlim." A Sra. Daimchen não estava de acordo. "Não devemos fazer esse favor às pessoas", pensava. "Ainda hoje a velha Harnisch quase morreu de inveja quando viu meu vestido."

"É assim que a mãe é", disse Guste. "Se pode se gabar, então tudo está bem. Mas eu estou pensando em meu noivo. O senhor sabe que Wolfgang já fez o exame final? O que ele vai fazer aqui em Netzig? Em Berlim ele pode se tornar alguém, com nosso dinheiro." Diederich corroborou: "Ele sempre quis ser ministro ou algo assim." Mais baixo e sarcástico, acrescentou: "Isso vai ser bem fácil."

De imediato Guste assumiu uma postura hostil. "O filho do velho Sr. Buck não é desse tipo", disse, afiada. Mas, com modos de um homem do mundo e superior, Diederich explicou que hoje importavam certas coisas que a influência do velho Buck já não podia outorgar: personalidade, um grandioso espírito empreendedor e, sobretudo, uma consciência nacional bastante firme. A jovem não o interrompeu mais, até mesmo olhou com respeito para as pontas arrojadas de seu bigode. Entretanto, a consciência de tê-la impressionado levou-o longe demais: "Ainda não percebi nada disso no Sr. Wolfgang Buck", disse. "Ele filosofa e resmunga, além disso deve divertir-se muito... pois é", concluiu, "sua mãe também foi atriz." E desviou o olhar, embora sentisse que o de Guste, ameaçador, o procurava.

"O que o senhor quer dizer com isso?", ela perguntou.

Diederich olhou surpreso. "Eu? Nada. Estava pensando em como os jovens ricos vivem em Berlim. Mas os Buck são uma família distinta."

"Assim esperamos", disse Guste bruscamente. A Sra.

Daimchen, que bocejava, lembrou-se da costureira; Guste olhava Diederich ansiosa, não restou a ele outra coisa senão levantar-se e fazer uma reverência. Não iria mais beijar a mão por causa do ambiente pesado. Ainda assim Guste alcançou-o na antessala. "Talvez o senhor queira me dizer agora", perguntou, "o que tinha em mente quando falou da atriz."

Ele abriu a boca, quis dizer algo e a fechou novamente, extremamente enrubescido. Por um fio quase revelou o que suas irmãs lhe haviam contado sobre Wolfgang Buck. Disse com voz piedosa: "Srta. Guste, porque somos velhos conhecidos... Eu só quis dizer que Buck não é para a senhora. Ele é, por assim dizer, atormentado como sua mãe. O velho foi condenado à morte. E o que mais são os Buck? Acredite em mim, não se deve casar com alguém de uma família em declínio. Isso é um pecado contra si mesma", ainda acrescentou. Mas Guste apoiava as mãos nos quadris.

"Declínio? E o senhor está em ascensão? Porque o senhor se embebedou no Ratskeller e depois se zangou com as pessoas? Toda a cidade fala do senhor, e ainda assim quer denegrir uma família extremamente refinada. Declínio! Quem tiver o meu dinheiro definitivamente não estará em declínio. O senhor é um invejoso, pensa que não sei disso?" – ela o mirava com lágrimas nos olhos, de tanta raiva. Ele ficou deveras apreensivo; sentiu vontade de se jogar e ficar de joelhos, beijar primeiro os dedos pequenos e gordinhos, e depois as lágrimas dos olhos – mas teria dado certo? Nesse meio-tempo, ela submeteu todas as dobras rosadas de seu rosto a uma expressão de desprezo, virou-se e fechou a porta. Diederich ainda ficou um tempo parado ali, com o coração aflito, depois foi se afastando devagar, com a sensação de insignificância.

Refletiu e chegou à conclusão de que nada tinha a fazer ali; a coisa toda não era de sua conta; com todo seu dinheiro Guste não passava de uma perua gorda – e isso o tranquilizou. Depois que Jadassohn o informou certa noite sobre o que soube no tribunal de Magdeburgo, Diederich ficou triunfante. Cinquenta mil marcos, isso era tudo! E por causa disso toda aquela encenação de grã-finas? Uma moça com tal conduta trapaceira sem dúvida combinava perfeitamente mais com um Buck pervertido do que com um homem robusto e confiável como Diederich! Então era preferível Käthchen Zillich. Parecia fisicamente com Guste e adornada do mesmo modo com uma atratividade quase tão vigorosa quanto a dela; além disso, era mais recomendável por causa do temperamento e da natureza cooperativa. Frequentemente ia com ela ao café e a cortejava avidamente. Ela o alertou sobre Jadassohn, o que Diederich apenas reconheceu como bastante justificável. Ela também falava com extrema desaprovação da Sra. Lauer, que, com o conselheiro Fritzsche... No que se referia ao processo contra Lauer, Käthchen Zillich era a única que estava totalmente ao lado de Diederich.

Pois, para Diederich, a questão tomou uma feição ameaçadora. Jadassohn havia conseguido que o Ministério Público, por meio de um juiz de instrução, ouvisse as testemunhas da ocorrência naquela noite; e por mais cautelosas que fossem as declarações de Diederich diante do juiz, os outros o responsabilizaram pelo constrangimento que tiveram que passar. Os senhores Cohn e Fritzsche desviavam dele; o irmão do Sr. Buck, um homem tão educado, recusava seu cumprimento; Heuteufel passava iodo em sua garganta com crueldade e evitava qualquer conversa sobre assuntos privados. No dia em que souberam que o tribunal enviara o libelo ao fabricante Lauer, Diederich encontrou sua mesa no Ratskeller vazia. O professor Kühnchen já vestia o casaco, Diederich ainda pôde alcançá-lo pelo colarinho. Mas Kühnchen estava com pressa, tinha que fazer um discurso contra o novo projeto de lei do exército na Associação Liberal dos Eleitores. Escapou; e Diederich lembrou-se, decepcionado, daquela noite vitoriosa quando lá fora escorria o sangue do inimigo interno, ali dentro era o champanhe que escorria, e entre os nacionalistas convictos era Kühnchen o mais fervoroso defensor da guerra. Agora Kühnchen falava contra a expansão de nosso exército glorioso!... Diederich via-se sozinho e abandonado com sua cerveja de fim de tarde; então apareceu o major Kunze.

"Ora, ora, senhor major", disse Diederich com uma vivacidade forçada, "há tempos não ouvia mais falar do senhor."

"Do senhor, ao contrário." O major grunhiu, permaneceu em pé, de chapéu e casaco, e olhou em volta, como em um campo desértico de neve. "Ninguém por aí!"

"Se me permite convidá-lo para uma taça de vinho...", Diederich ousou dizer, mas acabou se saindo mal. "Obrigado, ainda não digeri o seu champanhe." O major pediu uma cerveja e ficou sentado, mudo e com uma expressão assustadora. Apenas para acabar com o silêncio pavoroso, Diederich disse sem pensar: "Então, e a Associação de Ex-Combatentes, senhor major? Sempre acreditei que eu ficaria sabendo de algo sobre minha aceitação por lá."

O major apenas o olhou longamente, como se quisesse devorá-lo. "Ah, sim. O senhor acreditou. O senhor também deve ter acreditado que seria uma honra para mim envolver-me no seu escândalo?"

"Meu?", gaguejou Diederich. O major esbravejou. "Isso mesmo, senhor! Seu! O Sr. Lauer, o fabricante, só falou um pouco demais, isso pode ocorrer até mesmo com ex-soldados que ficaram aleijados por seu imperador. Mas o senhor induziu o Sr. Lauer sub-repticiamente a fazer declarações impensadas. Estou pronto para me manifestar sobre isso diante do juiz de instrução. Conheço o Lauer: estava conosco na França, é membro da nossa associação. E o senhor, quem é o senhor? Como posso saber se o senhor de fato serviu ao exército? Mostre seu documento!"

Diederich pegou-o no bolso de sua camisa. Teria ficado até mesmo em posição de sentido se o major o ordenasse. O major estendeu os braços para poder ver o certificado de reservista. De repente atirou-o sobre a mesa, sorriu desdenhoso e desagradável. "Bem. Reservista por dispensa.

Infantaria armada. Não disse? Provavelmente pé chato." Diederich ficou pálido, tremia com cada palavra do major e estendia a mão diante de si como a prestar um juramento. "Senhor major, dou minha palavra de que servi ao exército. Por causa de um acidente, que à minha honra apenas acresce, tive que dar baixa depois de três meses..."

"Conheço esses acidentes... A conta!"

"Caso contrário teria ficado", Diederich disse ainda, com uma voz trêmula. "Fui soldado de corpo e alma, pergunte aos meus superiores."

"Boa noite." O major já estava de casaco. "Vou lhe dizer mais uma coisa, senhor: quem não serviu, que diabos tem a ver com as ofensas contra Sua Majestade cometidas por outras pessoas? Sua Majestade não dá valor aos homens que não serviram ao exército... Grützmacher", disse ele ao taberneiro, "o senhor deve ficar atento ao seu público. Por causa de um cliente que bebeu demais quase que o Sr. Lauer acabou sendo preso. O baile do Harmonia foi cancelado, estou sem ocupação, e quando venho aqui" – lançou novamente um olhar sobre o campo desértico de neve – "não há ninguém a não ser, claro, o denunciante!", ainda gritou da escada.

"Palavra de honra, senhor major...", Diederich foi atrás, "não fiz denúncia alguma, tudo não passou de um mal-entendido." O major já estava lá fora. Diederich gritou para ele: "Peço discrição, ao menos!"

Enxugou a testa. "Sr. Grützmacher, o senhor precisa entender...", disse, com voz lacrimosa. Quando pediu vinho, o taberneiro entendeu tudo.

Diederich bebia e balançava a cabeça melancolicamente. Não compreendia esse malogro. Suas intenções haviam sido puras, só a maldade de seus inimigos as deturparam... Nisso apareceu o conselheiro Dr. Fritzsche, olhou hesitante ao redor – e quando encontrou Diederich de fato sozinho, foi até ele. "Sr. Dr. Hessling", disse e deu-lhe a mão, "o senhor está com a aparência de quem teve a safra perdida para a geada." "Em grandes negócios", murmurou Diederich, "é certo que sempre haverá incômodos." Mas quando viu a expressão complacente do outro, abrandou por completo. "Ao senhor posso dizer, senhor conselheiro, a questão com o Sr. Lauer me causa um desconforto maldito."

"A ele muito mais", disse Fritzsche não sem rigor. "Se aquela suspeita de fuga não tivesse sido descartada, teríamos que tê-lo prendido ainda hoje." Ao ver Diederich empalidecer, acrescentou: "O que até mesmo para nós, juízes, teria sido constrangedor. Por fim, somos humanos e vivemos entre humanos. Mas é claro..." ajeitou seu *pince-nez* e voltou à sua expressão facial seca. "A lei deve ser seguida. Se Lauer, na noite em questão – eu mesmo já tinha deixado o local – de fato externou ofensas ultrajantes a Sua Majestade conforme afirma a acusação e para as quais o senhor foi declarado a principal testemunha..."

"Eu?", fez Diederich com desespero. "Não ouvi nada! Nem uma palavra!"

"Seu depoimento diante do juiz de instrução o contradiz."

Diederich ficou confuso. "Num primeiro momento não se sabe o que é preciso dizer. Mas quando reconstruo mentalmente o processo em questão, então me parece que todos nós estávamos um tanto alterados. Especialmente eu."

"Especialmente o senhor", repetiu Fritzsche.

"Sim, e fiz ainda perguntas insinuantes ao Sr. Lauer. O que ele me respondeu exatamente já não posso afirmar sob juramento. Tudo não passou de uma pilhéria."

"Ah, sim: uma pilhéria." Fritzsche respirou fundo. "Sim, mas o que o impede de simplesmente dizê-lo ao juiz?" Ergueu o dedo. "Claro, sem que eu queira influenciar minimamente seu depoimento."

Diederich ergueu a voz. "Nunca vou me esquecer dessa trapaça de Jadassohn!" E relatou as maquinações daquele cavalheiro que se retirara premeditadamente durante a cena, para não se tornar testemunha; e que de imediato colheu material para a acusação, fez mau uso do estado de incapacidade momentânea dos presentes e de antemão os definiu como testemunhas por causa de suas declarações. "Sr. Lauer e eu nos tomamos reciprocamente como homens honrados. Como um judeu tem a ousadia de nos instigar um contra o outro?"

Fritzsche explicou com seriedade que não se tratava, ali, da pessoa de Jadassohn, mas dos procedimentos do Ministério Público. Sem dúvida era preciso admitir que talvez Jadassohn houvesse se precipitado. Com a voz abafada, acrescentou: "O senhor veja, esse é o motivo pelo qual não gostamos de trabalhar com judeus. Um homem como esse não se questiona sobre a impressão causada no povo, quando um homem ilustrado, um empregador, se vê condenado por causa de ofensas a Sua Majestade. O seu radicalismo menospreza ponderações objetivas."

"Seu radicalismo judeu", complementou Diederich.

"Sem pensar, ele se coloca em primeiro plano – de modo algum quero negar que com isso ele também acredite observar interesses oficiais e nacionais."

"Como assim?!", exclamou Diederich. "Um ambicioso cruel que especula com os nossos bens mais sagrados!"

"Se o senhor quer se expressar de modo tão afiado..." Fritzsche sorriu com satisfação. Aproximou-se. "Suponhamos que eu fosse o juiz de instrução: há casos em que, de certo modo, haveria motivo suficiente para levar alguém a renunciar a seu cargo."

"O senhor tem relações estreitas com os Lauer", disse Diederich e acenou com a cabeça de modo significativo. Fritzsche adquiriu a feição de um homem do mundo. "Mas o senhor entende que com isso eu acabaria por confirmar certos rumores."

"Isso não dá", disse Diederich. "Seria quebrar o código de honra."

"Não me resta outra coisa senão cumprir meu dever, tranquilo e objetivo."

"Ser objetivo quer dizer ser alemão", disse Diederich.

"Sobretudo porque presumo que as testemunhas não

irão dificultar minha tarefa sem necessidade."

Diederich bateu a mão no peito. "Senhor conselheiro, é possível descontrolar-se quando se trata de uma questão importante. Tenho uma natureza impulsiva. Mas eu me mantenho consciente de que devo prestar contas de tudo a meu Deus." Baixou os olhos. E com a voz máscula: "Também sou passível de me arrepender." Isso pareceu suficiente a Fritzsche; em seguida, pagou a conta. Os cavalheiros apertaram-se as mãos, sérios e compreensivos.

Já no dia seguinte, Diederich foi levado ao juiz de instrução e se colocou diante de Fritzsche. "Graças a Deus", pensou e deu seu depoimento com franca objetividade. Também a única preocupação de Fritzsche parecia ser a verdade. A opinião pública sem dúvida manteve sua parcialidade em favor do acusado. Sem falar no jornal social-democrata *Voz do Povo*, que fazia pressuposições sarcásticas sobre a vida privada de Diederich, para as quais Napoleão Fischer era um bom informante. Mas também o *Jornal de Netzig*, normalmente pacato, reproduziu o discurso do Sr. Lauer aos seus operários, em que o proprietário da fábrica dizia partilhar honestamente todo o ganho de sua firma com aqueles que haviam trabalhado juntos nela, um quarto para os funcionários administrativos, um quarto para os operários. Em oito anos, fora o salário e os vencimentos, coube distribuir entre eles a soma de cento e trinta mil marcos. Isso causou uma boa impressão nos círculos mais amplos. Diederich deparava-se com expressões de desaprovação. Até mesmo o redator Nothgroschen, a quem ele pediu satisfações, permitiu-se um sorriso ofensivo e comentou algo sobre avanços sociais que não se detinham em palavrórios de cunho nacional. Especialmente penosas eram as consequências nos negócios. Pedidos com os quais Diederich contava não aconteceram. O proprietário da loja de departamentos, Cohn, disse-lhe claramente que preferia a fábrica de papel Gausenfeld para seu catálogo de Natal, porque em respeito aos clientes precisava manter-se discreto ante questões políticas. Diederich começou a aparecer bem cedo no escritório para reter tais cartas, mas Sötbier estava lá cada vez mais cedo, e o silêncio recriminador do velho procurador aumentava a sua raiva. "Estou farto disso!", gritou. "O senhor e os outros deviam perceber onde estão. Com meu título de doutor, amanhã mesmo consigo um posto de diretor por quarenta mil marcos! Eu me sacrifico por vocês!", gritou para os operários quando os encontrou bebendo cerveja, contra o regulamento. "Ponho dinheiro a mais para que ninguém fique desempregado."

Ainda assim, próximo ao Natal precisou dispensar um terço do contingente; Sötbier fez os cálculos e mostrou-lhe que os prazos de pagamento não tinham como ser cumpridos, "pois temos que reter dois mil marcos para a entrada da nova holandesa"; e permaneceu ali parado, embora Diederich tentasse pegar o tinteiro. Nas expressões faciais dos que ainda estavam na fábrica, Diederich lia desconfiança e desdém. Sempre que estavam reunidos, acreditava ouvir a palavra "denunciante". As mãos ossudas e cobertas de pelos negros de Napoleão Fischer ficavam cada vez menos dependuradas sobre o chão, e parecia até que ele adquiria cor.

No último domingo do Advento – o tribunal regional de justiça havia acabado de determinar a abertura do processo – o pastor Zillich pregava na Igreja Santa Maria o texto "Amai vossos inimigos". Diederich assustou-se com a primeira palavra. Logo sentiu que a comunidade estava inquieta. "Minha é a vingança, diz o Senhor", o Pastor Zillich o dizia olhando claramente na direção do banco onde estavam os Hessling. Emmi e Magda baixavam a cabeça, a Sra. Hessling soluçava. Diederich respondia com ameaça aos olhares que lhe procuravam. "Mas quem anuncia vingança é que merece ser julgado!" Nisso todos se voltaram para ele e Diederich viu-se totalmente diminuído.

Em casa, as irmãs fizeram-lhe cena. A sociedade tratava-os mal. Nunca mais o jovem professor regente Helferich sentou-se ao lado de Emmi, ele se preocupava apenas com

Meta Harnisch, e Emmi bem sabia por quê. "Porque você é muito velha para ele", disse Diederich. "Não, porque você nos tornou odiadas!" – "As cinco filhas do irmão do Sr. Buck não nos cumprimentam mais!", gritou Magda. E Diederich: "Eu lhes darei então cinco bofetadas!" – "Poupe-nos disso! O processo já é castigo que chega para nós." Nisso ele perdeu a paciência. "Para vocês? O que minhas lutas políticas têm a ver com vocês?"

"Ainda vamos nos tornar velhas donzelas por causa de suas lutas políticas!"

"Vocês não precisam esperar isso acontecer. Já não me são úteis aqui em casa. Eu me esforço por vocês e ainda querem resmungar e denegrir minhas tarefas mais sagradas? Então que sacudam as poeiras de suas sandálias! Por mim vocês podem se tornar babás!" E bateu a porta apesar das mãos suplicantes da Sra. Hessling.

Então chegou triste o Natal. Os irmãos não se falavam; Sra. Hessling deixou fechada a sala onde havia enfeitado a árvore, não sem lágrimas nos olhos. E na noite de Natal, quando reuniu os filhos, cantou "Noite feliz" sozinha e com a voz trêmula. "Diedel comprou esse presente para suas irmãs!", disse e fez uma expressão de súplica para que ele não a desmentisse. Emmi e Magda agradeceram constrangidas e, igualmente constrangido, ele olhou para o presente que supostamente veio delas. Sentiu muito por ter recusado, apesar da insistência de Sötbier, a participar da habitual festa da árvore de Natal dos operários, para castigar a organização insubordinada. Poderia estar com eles naquele momento. Ali, entre os familiares, era tudo artificial, uma vã tentativa de aquecer a antiga atmosfera já gasta. Ela só se tornaria autêntica se outra pessoa estivesse ali: Guste... A Associação de Ex-Combatentes tinha fechado as portas a ele e, no Ratskeller, não havia pessoa alguma, ao menos nenhum amigo. Diederich viu-se a si mesmo negligenciado, incompreendido e perseguido. Como lhe era distante a época ingênua da Nova Teutônia, quando em fileiras longas, inspiradas pela benevolência, cantava-se e bebia-se cerveja! Hoje, na vida áspera que levava, já não havia colegas valentes que, em seus duelos, trocassem cicatrizes sinceras; ao contrário, concorrentes deveras traiçoeiros desejavam apunhalar uns aos outros. "Não combino com esses tempos difíceis", pensou Diederich e comeu o marzipã do seu prato, sonhando sob as luzes da árvore de natal. "Eu certamente sou boa pessoa. Por que me envolvem nessas coisas tão horrendas como esse processo, e me prejudicam também nos negócios, a tal ponto de eu – ah, meu Deus! –, a tal ponto de eu não poder pagar a holandesa que pedi?" Um arrepio gélido perfurou-lhe o corpo, lágrimas escorriam de seus olhos, e para que a mãe, que olhava temerosa para sua expressão preocupada, não as visse, meteu-se na sala contígua e escura. Apoiou os braços no piano e soluçou por entre as mãos que cobriam o rosto. Lá fora, Emmi e Magda brigavam por causa de um par de luvas, e a mãe não ousava decidir quem devia ficar com elas. Diederich soluçava. Tudo havia fracassado: política, negócios e amor. "O que tenho ainda?" Abriu o piano. Tinha calafrios, sentia-se tão horrendamente sozinho que teve medo de fazer barulho. As melodias vinham por si só, suas mãos mal tinham consciência do que faziam. Canções populares, estudantis e de Beethoven misturavam-se na obscuridade que nelas se aquecia com desvelo, de modo que qualquer um sentia a cabeça langorosa e abafada. Chegou a pensar que uma mão afagava o topo de sua cabeça. Foi apenas um sonho? Não, pois de repente havia sobre o piano um copo cheio de cerveja. A boa mãe! Schubert, uma delicada bonomia, o ânimo da pátria... Tudo estava quieto, e ele sequer percebia – até soar o relógio da parede: uma hora se passara! "Esse foi meu Natal", disse Diederich e saiu para encontrar os seus. Sentia-se reconfortado e fortalecido. Ao ver as irmãs ainda se engalfinharem por causa das luvas, declarou aquilo um desalento, tomou as luvas e colocou-as no bolso para trocá-las por outras, para si mesmo.

O período das festas foi obscurecido pela preocupação

com a holandesa. Seis mil marcos para uma nova holandesa dupla, patenteada, de sistema Maier! Dinheiro não havia e, do jeito que as coisas andavam, não seria possível obtê-lo. Era uma desgraça incompreensível, uma resistência obstinada por parte das pessoas e das coisas, que decepcionava Diederich. Quando seu velho contador Sötbier não estava, batia com a tampa da escrivaninha e arremessava a pasta de correspondências pelos quatro cantos da sala. Para o novo senhor que havia tomado as rédeas dos negócios era necessário que acontecessem novos empreendimentos sem dificuldades; o sucesso esperava por ele, bastava os acontecimentos se adequarem à sua personalidade!... Depois da fúria, vinha a falta de forças e autoconfiança; Diederich tomava providências para o caso de uma catástrofe. Estava manso com Sötbier: talvez o velho pudesse ajudá-lo mais uma vez. Também se humilhou diante do pastor Zillich e pediu-lhe que dissesse às pessoas que ele não o havia tomado como alvo em sua pregação, sobre a qual todos comentavam. Visivelmente com remorso, o pastor prometeu-lhe tal coisa, sob o olhar severo da esposa, que reforçava a promessa. Então os pais deixaram Käthchen sozinha com Diederich, e ele se sentiu tão grato em seu estado de abatimento, que esteve prestes a se declarar e pedir sua mão em casamento. O sim de Käthchen, que ele aguardava ver em seus lábios volumosos e cheios de amor, teria sido um êxito, teria lhe dado aliados contra o mundo inimigo. Mas a holandesa impagável! Teria engolido um quarto do dote... Diederich suspirou, tinha que voltar para a fábrica; e Käthchen comprimiu os lábios, sem chegar a dizer o sim.

Era preciso tomar a decisão, pois se aproximava a chegada da holandesa. Diederich disse a Sötbier: "Aconselho que entreguem a máquina em dia e horário exatos, caso contrário eu a devolverei sem piedade." Mas Sötbier lembrou-o do direito consuetudinário que permitia às fábricas alguma margem de prazo. E, apesar da impetuosidade de Diederich, manteve-se convicto. A propósito, a máquina chegou pontualmente. Sem nem mesmo desembrulhá-la, Diederich já esbravejava: "Ela é muito grande! Eles me garantiram que ela seria menor do que a do sistema antigo. Para que a comprei, então, se eu nem posso ganhar mais espaço!" E foi até a holandesa tão logo foi posicionada, com a fita métrica em volta. "É muito grande! Não vou me deixar ludibriar! O senhor é testemunha, Sr. Sötbier, de que ela é muito grande!" Porém, com probidade isenta, Sötbier chamou a atenção para a medição equivocada de Diederich. Suspirando longamente, este se retirou para pensar em um novo plano de ataque. Chamou Napoleão Fischer. "Afinal, onde está o montador? Eles nos mandaram um montador?" E então indignou-se. "Eu o solicitei!", mentiu. "Parece que eles entendem mesmo dos seus negócios. Não me admira se tiver de pagar doze marcos por dia para o sujeito, e sua ausência chamar mais a atenção que ele mesmo. Quem vai me instalar esse desastre?"

O operador de máquina afirmava poder fazê-lo. De repente Diederich mostrou-lhe benevolência. "O senhor imagine: prefiro pagar-lhe as horas extras do que jogar fora meu dinheiro com pessoas estranhas. Por fim, o senhor é um colaborador antigo." Napoleão Fischer ergueu as sobrancelhas, mas não disse nada. Diederich tocou em seus ombros. "O senhor veja, caro amigo", disse a meia-voz, "na verdade fiquei decepcionado com a holandesa. Nas imagens do folheto parecia diferente. A lâmina do rolo deveria ser bem mais larga. Onde está a maior capacidade de desempenho que nos prometeram? O que o senhor acha? Acha a tração boa? Tenho medo de o tecido emperrar." Napoleão Fischer sondava Diederich, mas compreendia tudo. "É preciso testar", hesitava. Diederich evitava o seu olhar, fazia como se estivesse examinando a máquina. Então, encorajou-se: "Muito bem. O senhor monta a máquina, eu lhe pago as horas extras com um adicional de vinte e cinco por cento e, depois, pelo amor de Deus, imediatamente coloque tecidos nela. Vamos ver como é o corte."

"Certamente é um bom corte", disse o operador de máquinas com uma visível complacência. Antes que ele mesmo se desse conta, Diederich pegou no seu braço; Napoleão Fischer era um amigo, um salvador! "Venha comigo, meu caro" – sua voz mostrava comoção. Levou Napoleão Fischer para sua casa, a Sra. Hessling teve que lhe servir uma taça de vinho, e Diederich colocou cinquenta marcos em sua mão sem olhar para ela. "Confio no senhor, Fischer", disse. "Se eu não o tivesse, a fábrica teria me enganado de algum modo. Já enfiei dois mil marcos na goela deles."

"Têm que devolver", disse o operador de máquinas obsequioso. Diederich perguntou com premência: "O senhor também acha isso?"

E já no dia seguinte, depois da pausa para o almoço, que ele usou para fazer uma tentativa com a holandesa, Napoleão Fischer informou seu empregador de que a nova aquisição não prestava. Os tecidos emperraram, foi preciso usar um pedaço de pau para ajudar a mexer como acontecia com a holandesa antiga. "Ou seja, uma fraude descarada!", gritou Diederich. A holandesa também precisava de mais vinte cavalos-vapor. "Isso contraria o contrato! Devemos deixar por isso mesmo, Fischer?"

"Não devemos deixar por isso mesmo", decidiu o operador de máquinas e acariciou o queixo de pelos negros com sua mão ossuda. Pela primeira vez, Diederich olhou-o fixamente.

"Sendo assim, podemos dar evidências de que a holandesa não preenche as condições acordadas no pedido?"

Por entre a barba rala de Napoleão Fischer apareceu um leve sorriso. "Posso", disse ele. Diederich viu o sorriso. Deu meia-volta tanto mais retesado. "Bem, então eles vão me conhecer!" Imediatamente escreveu uma carta enérgica à Büschli & Cia. em Eschweiler. A resposta chegou instantaneamente. Suas reclamações eram incompreensíveis, a nova máquina holandesa dupla, patenteada, de sistema Maier, já havia sido testada e montada por várias fábricas de papel, cujos atestados vinham anexados à máquina dele. A devolução da máquina e dos dois mil marcos adiantados estava fora de questão. Antes, o restante da soma prevista em contrato deveria ser pago imediatamente. Diederich escreveu mais resoluto que da primeira vez e ameaçou mover uma ação judicial. Büschli & Cia. tentou acalmá-lo, aconselharam-no a fazer mais um teste. "Eles têm medo", disse Napoleão Fischer arreganhando os dentes, depois que Diederich lhe mostrou a carta. "Uma ação não é bom para eles, pois sua holandesa ainda não é suficientemente conhecida."

"É verdade", disse Diederich. "Temos os sujeitos nas mãos!" Exacerbado e seguro da vitória, recusou rispidamente qualquer acordo e o abatimento do preço que lhe haviam oferecido. No entanto, não acontecendo nada depois de muitos dias, começou a ficar inquieto. Talvez estivessem aguardando sua ação judicial? Talvez estivessem eles mesmos movendo uma! Várias vezes no dia seu olhar procurava o de Napoleão Fischer, que revidava lá de baixo. Não falavam mais um com o outro. Quando um dia Diederich fazia sua refeição às onze horas, a criada trouxe-lhe um cartão: "Friedrich Kienast, procurador da firma Büschli & Cia., Eschweiler"; e enquanto Diederich ainda andava para lá e para cá, o visitante já entrava no recinto. Permaneceu à porta: "*Pardon*", disse, "deve ter havido um engano. Enviaram-me para esta casa, mas na verdade venho a negócios."

Diederich refletiu um pouco. "Posso imaginar, mas não tem problema, por favor, aproxime-se. Meu nome é Dr. Hessling. Estas são minha mãe e minhas irmãs Emmi e Magda."

O cavalheiro aproximou-se e se curvou diante das damas. "Friedrich Kienast", murmurou. Ele era alto, de cabelos loiros e vestia um paletó marrom de algodão. As três damas sorriram devotadas. "Permita-me trazer louça e talheres para o cavalheiro?", perguntou a Sra. Hessling. E Diederich: "Claro. O Sr. Kienast toma a refeição conosco?"

"Não vou dizer que não", disse o representante da Büschli & Cia., e friccionou as mãos. Magda trouxe-lhe peixe defumado, que ele elogiou ao dar a primeira garfada.

Diederich perguntou-lhe com um riso inofensivo: "O senhor certamente não gosta de fazer negócios sóbrio?" O Sr. Kienast também riu. "Sempre estou sóbrio durante os negócios." Diederich sorriu com malícia. "Então vamos entrar em acordo." – "Depende como" – e as palavras marotas e provocantes de Kienast foram seguidas de um olhar para Magda. Ela corou.

Diederich serviu cerveja ao convidado. "O senhor tem algo mais a fazer em Netzig?" Ao que respondeu Kienast com reservas: "Nunca se sabe."

Diederich fez uma tentativa: "O senhor não terá nada para fazer em Gausenfeld; com o Klüsing, as coisas andam fracas por lá." E por ele ter ficado em silêncio, Diederich pensou: "Eles o enviaram por causa da holandesa, pode ser que não movam uma ação!" Então percebeu que Magda e o representante da Büschli & Cia. bebiam ao mesmo tempo e olhavam-se nos olhos através dos copos. Emmi e a Sra. Hessling mantinham-se sentadas junto deles, rígidas. Diederich debruçou-se sobre seu prato com um longo suspiro – de repente começou a fazer elogios da vida em família. "O senhor está com sorte, caro Sr. Kienast, pois o segundo café da manhã é justamente nosso momento mais bonito do dia. Quando subo até aqui, no meio do trabalho, então volto a perceber que também sou humano, por assim dizer. É, precisamos disto."

Kienast confirmou que precisavam. Respondeu que não à pergunta da Sra. Hessling sobre se era casado e, com isso, olhou para o topo da cabeça de Magda, pois ela a havia abaixado.

Diederich levantou-se e fez posição de sentido. "Sr. Kienast", disse com uma voz esganiçada, "estou a seu dispor."

"O Sr. Kienast aceita um charuto?", perguntou Magda. Ela o acendeu para Kienast, que esperava poder ver as damas mais uma vez – ao que ele deu um sorriso cheio de promessas para Magda. Mas, no pátio, mudou completamente o tom. "Bem, as dependências aqui são antigas e estreitas", observou com frieza e desprezo. "O senhor tem que ver nossas instalações."

"Em um vilarejo como Eschweiler", retrucou Diederich com o mesmo desdém, "não é de se admirar. É só o senhor demolir esse quarteirão de casas!" E então chamou o operador de máquinas com nítido tom de comando, para que colocasse a nova holandesa para funcionar. Como Napoleão Fischer não viesse de imediato, Diederich esbravejou. "Está com algum problema de audição, senhor?" Mas tão logo ele apareceu em sua frente, calou o seu grito; disse em voz baixa e fluida, e olhos extremamente arregalados: "Fischer, andei pensando, estou satisfeito com o senhor, a primeira coisa que farei é aumentar seus salário em cento e dezoito marcos." Com isso, Napoleão Fischer deu um aceno rápido e compreensivo, e se separaram. Logo Diederich começou a gritar novamente. Haviam fumado por ali. Afirmavam que era seu próprio charuto que sentia. Disse para o representante da Büschli & Cia.: "A propósito, estou certo de que é preciso ter disciplina. Uma empresa impecável, entende?"

"Maquinário antiquado", replicou o Sr. Kienast com um olhar insensível sobre as máquinas. Diederich retorquiu com sarcasmo: "Eu sei, meu caro. Certamente tão bom quanto a sua holandesa." Apesar do protesto de Kienast, prosseguiu depreciando a capacidade de desempenho da indústria do país. Esperaria para comprar novas instalações quando de sua viagem à Inglaterra. Estava indo bem. Desde que ele se tornara presidente da empresa, os negócios viviam um forte crescimento. "E estão com capacidade de expansão cada vez maior." Inventou ainda. "Neste momento tenho contrato com vinte jornais. As lojas de departamento de Berlim são as que mais estão me deixando louco..." Kienast interrompeu incisivo: "Então o senhor já fez todas as entregas, pois não vejo produtos prontos em lugar algum." Diederich ficou indignado. "Senhor! O que devo lhe dizer? Ainda ontem enviei uma circular a um grupo de pequenos clientes: até a completa reconstrução não posso fornecer mais nada." O operador de máquinas foi buscar os cavalheiros. A nova holandesa estava cheia até a metade, mas o movimento dos tecidos ainda estava muito devagar, o operário ajudou com um pedaço de pau. Diederich pegou seu relógio. "Bem. O senhor afirma que em sua holandesa o tecido precisa de vinte a trinta segundos para uma rodada: já contei cinquenta... Operador de máquinas, solte o tecido... O que está acontecendo, isso já dura uma eternidade!"

Kienast debruçou-se sobre o casco. Endireitou-se e sorriu com astúcia. "Bem, se as válvulas não estivessem entupidas..." E olhou lancinante nos olhos de Diederich, os quais não cederam: "Assim, rapidamente, não consigo ver o que mais está acontecendo com a holandesa." Diederich indignou-se e de pronto ficou bastante vermelho. "O senhor está insinuando que eu e meu operador de máquinas...?"

"Não disse nada", disse Kienast.

"Caso contrário teria de proibir terminantemente tal insinuação." Diederich fez o olhar reluzir. Parece que isso não impressionou Kienast, que manteve os olhos frios e o sorriso irônico e refinado por entre a barba desordenada sobre seu queixo. Se ele fizesse a barba e o bigode fosse unido e erguido até o canto do olho, seria semelhante a Diederich! Ele tinha poder! Diederich portava-se de forma tanto mais ameaçadora. "Meu operador de máquinas é social-democrata: que ele me preste um favor é risível. A propósito, como oficial da reserva, chamo a atenção para os efeitos de sua aparência!"

Kienast saiu para o pátio: "Deixe disso, senhor doutor", disse friamente. "Sou sóbrio nos negócios, disse-lhe isso já no café da manhã. Agora preciso apenas repetir ao senhor que entregamos a holandesa em estado impecável e que não estamos pensando em devolução." Isso é o que ele ia ver, afirmou Diederich. A Büschli & Cia. não consideraria um processo contra ela como especialmente propício à introdução de seu novo artigo no mercado. "E ainda vou recomendá-lo de maneira muito favorável nos jornais especializados!" Kienast retorquiu que não aceitava chantagens.

E Diederich: não se faz outra coisa a um grosseirão incapaz de duelar, senão colocá-lo para fora. Então, na porta de entrada da casa, do outro lado, Magda apareceu.

Ela vestia seu casaco de peles do Natal, e sorria, toda rosada. "Os senhores ainda não terminaram?", perguntou cheia de graça. "O tempo está tão bonito, é preciso sair um pouco antes do almoço. A propósito", disse espontaneamente, "mamãe pergunta se o Sr. Kienast virá para o jantar." Ao explicar que agradecia o convite, mas que infelizmente tinha de recusar, ela deu um sorriso mais incisivo. "E meu pedido o senhor também recusaria?" Kienast deu uma risada estrondosa. "Não diria 'não', senhorita. Mas como posso saber se o seu irmão...?" Diederich deu um longo suspiro, Magda olhou-o suplicante. "Sr. Kienast", ele ressaltou. "Seria uma alegria. Talvez uma oportunidade para nos entendermos." Kienast ofereceu-se como um *gentleman*, dizendo que esperava poder acompanhar a senhorita em seu passeio. "Se meu irmão não tiver nada contra", disse ela virtuosa e irônica. Diederich também o permitia – e, em seguida, viu atônito como ela se ia com o procurador da Büschli & Cia. Como ela conseguia tudo o que queria de uma só vez!

Quando chegou para o almoço, ouviu lá dentro, na sala de estar, as irmãs conversarem exasperadamente. Emmi acusava Magda de se comportar sem pudicícia. "Não é assim que se faz." – "Não!", gritou Magda. "Será que devo lhe pedir permissão?" – "Isso não faria mal algum. De qualquer modo é a minha vez!" – "Algo mais a preocupa?", e Magda deu uma risada sarcástica. Calou-se imediatamente quando Diederich entrou. Ele revirou os olhos, insatisfeito; mas não teria sido sequer necessário que a Sra. Hessling, atrás das filhas, pusesse as mãos em súplica: não estava à altura dele intervir em briga de mulheres.

Durante a refeição, falou-se do convidado. A Sra. Hessling louvava a impressão sólida que ele causava. Emmi manifestou: e um cobrador como esse não deveria ser bem sólido mesmo? Com uma dama ele não conseguia conversar de jeito algum. Irritada, Magda afirmou o contrário. Diederich emitiu seu juízo, pois todas esperavam por sua decisão. Sem dúvidas o homem parecia não ter lá muita compostura. E a formação acadêmica parecia não substituir essa falta. "Mas eu o conheci como um homem de negócios bastante empenhado." Emmi não se conteve.

"Se Magda quiser se casar com ele, declaro não me relacionar mais com vocês. Ele comeu a compota com a faca!"

"Ela está mentindo!", Magda desatou a soluçar. Diederich sentiu pena; falou a Emmi com firmeza: "Faça o favor de se casar com um duque e deixe-nos em paz."

Nisso Emmi largou os talheres e saiu. À noite, antes do fim do expediente, o Sr. Kienast apareceu no escritório. Vestia fraque e sua aparência estava mais para de um homem da sociedade que de negócios. Em consentimento tácito, ambos foram adiando a conversa até que o velho Sötbier terminou de arrumar suas coisas. Quando ele se retirou com um olhar desconfiado, Diederich disse: "Deixei o velho com um posto de trabalho neutro, a ser cortado no futuro. As questões mais importantes eu resolvo sozinho."

"Bem, e o senhor refletiu sobre a nossa?", perguntou Kienast.

"E o senhor?", revidou Diederich. Kienast piscou os olhos com confiança.

"Na verdade, meu poder de decisão não vai tão longe, mas vou jogar a responsabilidade em minhas costas. E pelo amor de Deus devolva a holandesa. Certamente hão de achar algum defeito."

Diederich compreendeu. E prometeu: "O senhor irá encontrá-lo."

Kienast disse com objetividade: "E como forma de retribuição, o senhor deve pedir apenas a nós todas as suas máquinas conforme a necessidade. Um momento!", ele pediu, já que Diederich quis se pronunciar. "E, além disso, o senhor terá de reembolsar quinhentos marcos que nós retiramos de seu adiantamento para nossas despesas e para minha viagem."

"Escute, isso é usura!", o senso de justiça se aflorou em Diederich. Kienast voltou a elevar a voz também: "senhor doutor!..." Diederich foi obrigado a se recompor, colocou a mão sobre o ombro do procurador: "Vamos subir, as damas estão esperando." – "Estávamos nos entendendo tão bem", disse Kienast, apaziguado. "As pequenas diferenças ainda irão se esclarecer", Diederich prometeu.

Lá em cima o ar estava festivo. A Sra. Hessling brilhava com seu vestido preto de cetim. Transparecia mais brilho da blusa rendada de Magda que normalmente ela costumava oferecer ao círculo familiar. Apenas a expressão e a vestimenta de Emmi estavam cinzentas e corriqueiras. Magda mostrou ao convidado o seu lugar e ficou à sua direita. E quando todos finalmente haviam se sentado e pigarreado, ela disse com olhos febris e animados: "Agora os cavalheiros encerraram seus negócios tolos." Diederich garantiu que haviam terminado de forma esplêndida. Büschli & Cia. eram pessoas condescendentes.

"A despeito de nossa empresa gigantesca", esclareceu o procurador. "Mil e duzentos operários e funcionários, uma cidade inteira com hotel próprio para os clientes." E convidou Diederich. "Ora, ora, conosco o senhor tem hospedagem distinta e gratuita." E como Magda estivesse atenta a cada palavra que ele dizia, Kienast louvou a própria posição, sua autoridade, a metade da mansão que habitava. "Quando me casar, receberei também a outra."

Diederich riu sarcástico: "Então o mais simples a se fazer é o senhor se casar. Saúde!"

Magda baixou os olhos, e o Sr. Kienast mudou de assunto. Perguntou se Diederich sabia por que tinha tão boa vontade com ele. "Logo vi, doutor, que com o senhor ainda podem ser feitas muitas coisas – ainda que aqui as condições sejam um tanto limitadas", acrescentou com benevolência. Diederich quis assegurar a grandiosidade e capacidade de expansão de seu empreendimento, mas Kienast não interrompeu sua linha de raciocínio. Era um especialista em seres humanos. Um bom parceiro de negócios, era sobretudo em casa que se devia observá-lo. "Se tudo fosse tão bem ordenado como aqui..."

Justo nesse momento serviu-se o ganso que recendia deliciosamente, e que a Sra. Hessling furtivamente tinha ido ver várias vezes. Com agilidade, sugeriu com a expressão de seu rosto ser o ganso algo bastante habitual naquela casa. Apesar disso, o Sr. Kienast fez uma pausa para mostrar como estava impressionado. A Sra. Hessling se perguntava se o seu olhar de fato repousava sobre o ganso ou sobre a blusa vazada de Magda por entre a fumaça doce. Então ele pegou sua taça e disparou. "E por isso: à família Hessling, à honrada mãe e dona de casa e a suas filhas florescentes!" Magda arqueou o busto para explicitar sua florescência, Emmi pareceu tanto mais arrasada. Ainda por cima o Sr. Kienast brindou primeiro com Magda.

Diederich revidou o brinde. "Somos uma família alemã. Aquele que acolhemos em nossa casa também acolhemos em nosso coração." Lágrimas brotavam dos seus olhos, enquanto Magda voltava a enrubescer. "E mesmo que a casa seja humilde, o coração é leal." Saudou o convidado, que, por seu turno, assegurou que sempre estivera ao lado da humildade "sobretudo em famílias onde há moças jovens".

A Sra. Hessling interveio: "Não é verdade? Onde mais um jovem deve tomar coragem...? Minhas filhas costuram tudo o que vestimos." Essa foi a palavra-chave para Kienast debruçar-se sobre a blusa de Magda e poder apreciar mais detalhadamente.

Durante a sobremesa, ela lhe descascou uma laranja e bebeu um gole de vinho *tokaji* em sua homenagem. Ao adentrarem a sala de estar, Diederich ficou parado à porta de braços enrodilhados nas irmãs. "Pois bem, Sr. Kienast", disse com uma voz grave "isso é a paz em família, veja, Sr. Kienast!" Magda ajustou-se entre seus ombros com devoção. Emmi ganhou uma cotovelada por tentar se desvencilhar dele. "Entre nós é sempre assim", prosseguiu Diederich. "Trabalho o dia todo por elas, e de noite nos reunimos sob a luz da lamparina. Ocupamo-nos o menos possível das pessoas de fora e das panelinhas de nossa sociedade, nós nos bastamos."

Nesse momento, Emmi conseguiu se desvencilhar; todos ouviram-na bater uma porta lá dentro. Diederich e Magda ofereceram uma imagem tanto mais carinhosa quando se sentaram, brandos, à mesa iluminada. Contemplativo, o Sr. Kienast viu chegar o ponche que a Sra. Hessling, silenciosa e sorridente, trazia em um jarro enorme. Enquanto Magda enchia a taça do convidado, Diederich discorria sobre o fato de que, graças à restrição a uma vida tranquila e caseira, estava em condições de casar bem suas irmãs. "Pois o crescimento dos negócios é favorável às moças, que também são donas da fábrica, fora o dote em dinheiro; bem, e se algum dos meus futuros cunhados ainda quiser injetar dinheiro nos negócios..."

Vendo a preocupação no rosto do Sr. Kienast, Magda despistou. Perguntou-lhe sobre sua família e se era totalmente sozinho. Então os olhos dele mostraram enternecimento, e se aproximou dela. Diederich sentou-se junto deles, bebia e girava os polegares. Mais de uma vez tentou participar da conversa de ambos, que pareciam se sentir totalmente sozinhos. "Bem, então felizmente o senhor prestou o ano completo de serviço militar", disse soberbo e admirou-se com os sinais que a Sra. Hessling lhe fazia por trás de Kienast. Deu-se conta apenas quando ela saiu de fininho pela porta; pegou sua taça de ponche e foi tocar piano na sala escura contígua. Correu os dedos sobre as teclas por um instante, de súbito caiu nas músicas estudantis e acompanhou cantando estrondosamente: "Ninguém pode saber que diabos liberdade quer dizer." Quando terminou, parou para ouvir; lá dentro reinava o silêncio, como se todos tivessem adormecido; e embora quisesse pegar mais um pouco de ponche, voltou a entoar algo por um sentimento de dever:

"Fico aqui sentado neste porão fundo."

Nisso, no meio do verso, uma cadeira caiu, seguiu-se um ruído, cuja origem ele não reconhecia. Em um pulo Diederich já estava na sala de estar. "Ora, ora", disse ele, rigoroso e com ar ingênuo, "o senhor parece ter intenções sérias." O par se desvencilhou. "Não disse que não", explicou o Sr. Kienast. De repente Diederich ficou profundamente comovido. Apertou a mão de Kienast olhando-o nos olhos, enquanto puxava Magda para perto. "Mas isso é uma surpresa! Sr. Kienast, faça minha irmãzinha feliz. Vocês sempre devem ver em mim um bom irmão, tal como fui até agora, permito-me dizer."

Gritou ainda limpando os olhos: "Mãe! Aconteceu algo." A Sra. Hessling já estava atrás da porta; por causa da emoção extrema não pôde mover as pernas de imediato. Entrou cambaleante na sala e apoiada em Diederich, abraçou Kienast fortemente e se desfez em lágrimas. Nesse ínterim, Diederich bateu à porta do quarto de Emmi que estava trancado. "Emmi, saia, aconteceu algo!" Finalmente ela escancarou a porta vermelha de ódio. "Por que atrapalhar meu sono? Posso imaginar o que aconteceu. Façam suas indecências sozinhos!" E teria batido a porta não fosse Diederich colocar os pés na fresta. Disse com severidade que, por causa de seu comportamento desagradável, não merecia ter marido algum. Não lhe permitiu nem mesmo se vestir, puxou-a com força do jeito que estava, com seu robe e os cabelos soltos. No corredor, Emmi soltou-se dele. "Você nos faz parecer risíveis", cochichou e apareceu diante dos noivos antes dele e, com a cabeça erguida, lançou-lhes um olhar irônico. "Tinha que ser tão tarde da noite?", perguntou. "Bem, a felicidade não tem hora." Kienast mirou-a: era maior que Magda, seu rosto, agora corado, parecia mais cheio com os cabelos soltos e era longo e forte. Kienast segurou suas mãos mais tempo que o devido; ela se soltou dele e ele virou-se para Magda, com uma dúvida visível. Emmi deixou escapar um sorriso triunfante para sua irmã, virou-se e desapareceu, bastante empinada – enquanto Magda segurava o braço de Kienast com temor. Porém Diederich chegou, uma taça de ponche na mão, e brindou com seu novo cunhado à intimidade entre ambos.

De manhã, buscou-o no hotel para a cerveja matutina. "Faça o favor de controlar a saudade de mulher até a hora do almoço. Agora devemos ter uma conversa entre homens." Na taberna de Klappsch, ele lhe expôs a situação: vinte e cinco mil em dinheiro no dia do casamento – os comprovantes podiam ser vistos a qualquer momento – e, junto com a Emmi, um quarto da fábrica. – "Então é apenas um oitavo", constatou Kienast; e Diederich: "Então eu devo ralar por vocês de graça? Matar-me de trabalhar?" Fez-se um silêncio de insatisfação.

Diederich refez a atmosfera: "Um brinde a Friedrich!" – "Um brinde a Diederich!", disse Kienast. De repente algo parecia ter ocorrido a Diederich. "Está em suas mãos aumentar sua participação nos negócios, basta injetar dinheiro. Como vão suas economias? Com o salário magnífico que você tem!" Kienast esclareceu que, a princípio, não dizia que não. O contrato com a Büschli & Cia. ainda estava correndo. Também neste ano tinha a expectativa de um aumento salarial considerável, seria um crime contra ele mesmo pedir demissão no momento. "E se eu der meu dinheiro a vocês, preciso participar eu mesmo dos negócios. Mesmo com toda a confiança que deposito em você, caro Diederich..."

Diederich analisou. De sua parte, Kienast deu uma sugestão. "E se você simplesmente estipulasse o dote em cinquenta mil! Então Magda renunciaria à sua parcela nos negócios." Aquilo voltava a esbarrar na objeção resoluta de Diederich. "Seria contra os últimos desejos de meu falecido pai, que me é sagrado. E, da forma generosa como trabalho, em alguns anos a parcela de Magda poderá somar dez vezes mais do que você está pedindo. Jamais me disporei a prejudicar minha pobre irmã." Depois disso o cunhado sorriu com um leve desdém. O senso familiar de Diederich muito o honrava, mas só a generosidade resoluta não bastava. Diederich, com perceptível irritação: graças a Deus, e exceto Deus mesmo, era o único responsável pela condução dos negócios. "Vinte e cinco mil em dinheiro e um oitavo do lucro líquido, muito mais não pode ser." Kienast bateu na mesa. "Não sei se isso basta para eu assumir sua irmã", declarou. "Ainda não darei minha palavra final." Diederich deu de ombros, e terminaram de beber a cerveja. Kienast acompanhou-o para o almoço; Diederich temia que ele fosse debandar. Felizmente Magda havia se vestido ainda mais sedutoramente que no dia anterior "como se ela soubesse que tudo está em jogo", pensou Diederich admirando-a. Durante a sobremesa, deixou Kienast tão inflamado, que ele desejou o casamento para dali a quatro semanas. "Sua última palavra?", perguntou Diederich com astúcia. Kienast respondeu tirando o anel do bolso. Depois da refeição, a Sra. Hessling saiu na ponta dos pés da sala onde os noivos estavam, e também Diederich quis se retirar, mas eles o chamaram para um passeio. "Aonde vocês querem ir, afinal, e onde estão a mãe e a Emmi?" Emmi recusou-se a ir e, por isso, a Sra. Hessling ficaria em casa. "Porque do contrário não pareceria apropriado, você sabe", disse Magda. Diederich concordou com ela. Ele até limpou o pó no casaco de peles de Magda que havia caído quando entraram na fábrica. Tratava-a com grande consideração pelo êxito que ela alcançara.

Saíram em direção à prefeitura. Não havia mal algum se os vissem, não é mesmo? É claro que o primeiro com que se depararam ainda na Meisestrasse foi Napoleão Fischer. Arreganhou os dentes para os noivos e acenou para Diederich com o olhar de quem já sabia de tudo. Diederich ficou extremamente vermelho; teria parado o homem e brigado com ele ali mesmo, em plena rua; mas podia fazer isso? "Fora um erro tremendo permitir-se dar tanta confiança ao proletário ladino! Também teria tido êxito sem ele! Agora ele se arrasta em volta da casa para que eu pense estar em suas mãos. Ainda serei vítima de chantagens." Mas, graças a

Deus, entre ele e o operador de máquinas tudo se dera entre quatro paredes. O que Napoleão Fischer pudesse afirmar sobre ele seria calúnia. Diederich mandaria encarcerá-lo, se fosse o caso. Ainda assim odiava-o por causa do segredo em comum, de tal modo que se sentiu quente e úmido, mesmo sob vinte graus abaixo de zero. Olhou em volta. Será que não teria caído um tijolo na cabeça de Napoleão Fischer?

Magda acreditava que valia a pena uma passada pela Gerichtsstrasse, pois na casa do conselheiro Harnisch, do Tribunal de Primeira Instância, Meta Harnisch e Inge Tietz estariam atrás do vidro da janela, e Magda vira muito bem como haviam ficado apreensivas ao verem Kienast. Infelizmente havia pouca gente na Kaiser-Wilhelm-Strasse, no máximo o major Kunze e o Dr. Heuteufel, que estariam a caminho do Harmonia e ficariam curiosos, de longe. Porém na esquina da Schweinichenstrasse surgiu alguém que Diederich não previra: bem na frente deles caminhava a Sra. Daimchen com Guste. Magda apressou o passo e começou a conversar mais alegremente. Na mesma hora Guste virou-se: "Sra. Daimchen, apresento-lhe meu noivo, o Sr. Kienast." O noivo foi inspecionado e parecia corresponder às expectativas, pois Guste, que logo ficou com Diederich dois passos para trás, perguntou a ele, não sem certa deferência: "Onde é que o senhor o achou, afinal?" Diederich gracejou: "Bem, tão perto quanto a senhora achou o seu as outras não acham. Mas, em compensação, a coisa aqui é mais sólida." – "O senhor vai começar de novo?", Guste gritou, mas sem hostilidade. Até mesmo respondeu ao olhar de Diederich e suspirou de leve. "Deus sabe onde o meu está. Sinto-me uma completa viúva." Olhou pensativa para Magda que se agarrava no braço de Kienast. Diederich fez uma reflexão: "Quem está morto que fique. Ainda há vivos o bastante." Com isso, cercou Guste contra a parede das casas e olhou diretamente para o seu rosto, suplicante; e de fato, o rosto dela, querido e fofo, até pareceu aceder por um momento.

Infelizmente chegaram à Schweinichenstrasse, 77, e se

despediram. Como não havia mais nada para além do Portão da Saxônia, os irmãos deram meia-volta com o Sr. Kienast. Magda, repousada sobre o braço de seu noivo, disse para Diederich animadamente: "E então, o que você acha?" – ele ficou vermelho e suspirou longamente. "O que há para achar?", foi o que conseguiu dizer, e Magda deu uma risada.

Na rua vazia e já bastante escura, algo veio ao encontro deles. "Será que é...?", perguntou Diederich sem estar muito convencido. A figura aproximou-se: gorda, claramente jovem ainda, com um chapéu grande e mole, mas elegante, e os pés virados para dentro. "De fato é Wolfgang Buck!" Pensou decepcionado: "E Guste se portando como se ele estivesse no fim do mundo. Vou ter que tirar dela essa mania de mentir!"

"Aí está o senhor!" – o jovem Buck apertou a mão de Diederich. "Um prazer." – "O prazer é meu", revidou Diederich, apesar de decepcionado com Guste, e apresentou o amigo de escola ao cunhado. Buck felicitou-os, depois foi andar com Diederich, um pouco atrás deles. "O senhor certamente esteve com sua noiva?", observou Diederich. "Ela está em casa. Nós acabamos de acompanhá-la até em casa." – "Ah, é?", fez Buck, e deu de ombros. "Então vou achá-la, com certeza", disse com indolência. "Por ora estou feliz de voltar a encontrá-lo. Nossa conversa em Berlim – a única, não é mesmo? ... foi tão estimulante."

Agora Diederich também achava o mesmo – embora naquela época ela o tivesse irritado. Estava bastante animado por causa do reencontro. "Pois é, fiquei devendo uma visita de retribuição. O senhor sabe quantos empecilhos existem em Berlim. Sem dúvida aqui se tem mais tempo. E é maçante também, não? E pensar que é preciso levar a vida aqui" – e Diederich apontou para a fila de casas desnudas, lá em cima. Wolfgang farejou o ar com seu nariz levemente empinado, parecia degustá-lo com seus lábios carnudos, e lançou um olhar melancólico. "Uma vida em Netzig", disse bem lentamente. "Bem, tudo aponta para isso. Pessoas como nós não estão em condições de viver apenas para ter emoções fortes. A propósito, pode-se encontrar algumas aqui." Sorriu de forma suspeita. "O sentinela andou ocasionando a maior delas."

"Ah..." Diederich projetou sua barriga para frente. "O senhor de novo com suas importunações. Já vou avisando que nesse caso estou totalmente do lado de Sua Majestade."

Buck fez um gesto de recusa. "Deixe disso. Eu o conheço."

"E eu tanto melhor", afirmou Diederich. "Quem o viu, como eu, totalmente sozinho, e ficou olho no olho com ele no Tiergarten em fevereiro passado, depois da grande rebelião, e viu aqueles olhos tornarem-se reluzentes, aqueles olhos tão seus, vou lhe dizer: ele confia em nosso futuro."

"Em nosso futuro – porque um olho luziu." A boca e as bochechas de Buck caíram melancólicas. Diederich soltou ar pelo nariz. "Já sei que o senhor não acredita em personalidade alguma hoje em dia. Caso contrário, teria se tornado Lassalle ou Bismarck."

"Até que eu poderia desempenhar bem esses papéis. Seguramente. Tão bem quanto ele... Ainda que menos favorecido pelas circunstâncias externas."

Seu tom de voz era mais vivaz e convincente. "O que importa para cada um, em nível pessoal, não é o fato de mudarmos muita coisa no mundo, mas alcançarmos uma atitude diante da vida que faz parecer que mudamos. Para tanto basta talento, e isso ele tem."

Diederich estava inquieto, olhou em volta. "Estamos aqui entre nós, os senhores que estão à nossa frente têm coisas importantes a discutir, mas eu não sei..."

"O senhor não deveria achar que sempre tenho algo contra ele. Na verdade, ele não me é mais antipático que eu a mim mesmo. No lugar dele, eu teria levado igualmente a sério o cabo Lück e o nosso sentinela de Netzig. Será que um tal poder deixaria de estar ameaçado? Só saberemos disso se houver uma revolução. O que seria dele se lhe fosse necessário admitir que a social-democracia não o tem como alvo, mas no máximo algo como uma divisão mais prática daquilo que se ganha?"

"Oho!", fez Diederich.

"Não é? Isso deixaria o senhor revoltado. E a ele também. Acompanhar os acontecimentos, não controlar o desenvolvimento, mas se engrenar nele: é possível suportar tal coisa?... Interiormente ilimitado!... e mesmo assim incapaz de despertar nem mesmo ódio, exceto por meio de gestos e palavras. Afinal, a que é que se atêm os subversivos? O que acontece de tão sério assim? Mesmo o caso Lück não passa de um gesto. Tão logo a mão abaixa, tudo volta como era antes: mas ator e público tiveram alguma emoção. E apenas isso, meu caro Hessling, é o que mais importa para todos nós, hoje. Ele mesmo, sobre quem estamos falando, ficaria assombradíssimo, acredite, se a guerra, que ele sempre pinta, ou a revolução, que ele simulou umas cem vezes, de fato estourasse em algum momento."

"O senhor não precisará esperar muito por isso!", gritou Diederich. "Então o senhor verá que todos os que têm convicção nacional ficariam firmes e leais ao lado de seu imperador!"

"Certamente." Buck dava de ombros cada vez com mais frequência. "Essa é a inflexão usual que ele mesmo prescreveu. Vocês se deixam prescrever palavras por ele, e a convicção nunca foi tão bem regrada como agora. Mas ações? Nossa época, meu bom camarada, não está preparada para ações. E para praticar sua capacidade de experimentar, é preciso sobretudo viver, e a ação é tão perigosa para a vida." Diederich retesou-se. "O senhor talvez queira aliar acusação de covardia com...?"

"Não manifestei qualquer julgamento moral. Mencionei um fato de nossa história contemporânea que concerne a todos nós. Aliás, temos uma boa desculpa. Para quem age sobre o palco, toda ação está cumprida porque ele a realizou. O que a realidade ainda quer dele? O senhor por certo já sabe quem a história irá nomear como o tipo representativo desta época?"

"O imperador!", disse Diederich.

"Não", disse Buck. "O ator."

Então Diederich soltou uma gargalhada que fez os noivos lá na frente afastarem-se por um momento e olharem para trás. Mas estavam todos na Praça do Teatro, soprava um vento glacial; eles logo prosseguiram.

"Bem", Diederich pronunciou, "eu bem poderia dizer como o senhor chegou a essas ideias malucas. O senhor tem algo a ver com o teatro." Deu uns tapinhas nas costas de Buck. "No fim, o senhor mesmo também participa, não é?"

Os olhos de Buck ficaram inquietos; com uma inflexão, desviou-se da mão que lhe batia, o que Diederich viu como falta de camaradagem. "Eu? Ah, não", disse Buck; e depois que ambos haviam se mantido em silêncio, insatisfeitos, até a Gerichtsstrasse: "Ah, sim. O senhor ainda não sabe por que estou em Netzig."

"Provavelmente por causa de sua noiva."

"Isso também. Mas sobretudo porque assumi a defesa de meu cunhado Lauer."

"O senhor é...? No processo Lauer...?", Diederich perdeu a respiração, e ficou estático.

"Isso mesmo", disse Buck e deu de ombros. "O senhor está admirado? Há pouco fui admitido no tribunal de primeira instância como advogado. Meu pai não lhe falou sobre isso?"

"Vejo seu pai muito raramente... Saio pouco. Meus deveres de trabalho... Esse noivado..." Diederich perdeu-se em balbucios. "Então o senhor já deve ter... Já deve estar morando em definitivo por aqui?"

"Apenas temporariamente... acredito."

Diederich recompôs-se. "Preciso dizer: muitas vezes não o compreendi bem – mas nunca tão pouco como agora, enquanto o senhor fica andando comigo por meia Netzig."

Buck deu-lhe uma piscadela. "Embora na audiência de amanhã eu seja o advogado de defesa e o senhor a principal testemunha de acusação? Isso é só uma coincidência. Os papéis também poderiam estar invertidos."

"Oras, faça-me o favor!", Diederich ficou indignado. "Cada um no seu lugar. Se o senhor não tem nenhuma consideração por sua profissão..."

"Consideração? O que isso quer dizer? Fico feliz com a defesa, não nego. Estou começando, é preciso vivenciar alguma coisa. Terei que lhe dizer coisas desagradáveis, senhor doutor; espero que não me leve a mal, faz parte do meu ofício."

Diederich ficou apreensivo. "Permita-me, doutor advogado, o senhor conhece meu depoimento? Ele não é nem um pouco desfavorável a Lauer."

"Deixe que eu cuido disso." Irônico, Buck fez uma expressão assustadora.

E com isso chegaram à Meisestrasse. "O processo!", pensou Diederich com um longo suspiro. Na agitação dos últimos dias, tinha se esquecido dele, agora era como se as pernas lhe devessem ser amputadas de hoje para amanhã. Guste, aquela falsa, canalha, de propósito não lhe havia dito nada sobre o noivo; tinha que ficar apavorado no último momento!... Diederich despediu-se de Buck antes de chegarem em casa. Que ao menos Kienast não tenha percebido nada! Buck ainda sugeriu que fossem para algum lugar. "O senhor parece não ter uma atração muito especial por sua noiva?", perguntou Diederich. – "No momento tenho mais vontade de beber um conhaque." Diederich riu com sarcasmo. "O senhor sempre parece ter vontade de beber conhaque." Virou-se mais uma vez com Buck para Kienast não perceber nada. "Veja", começou Buck inesperadamente, "minha noiva: ela também faz parte das questões que lego ao destino." E como Diederich perguntasse "Como assim?": "Se eu de fato sou um advogado de Netzig, então Guste Daimchen está perfeitamente em seu lugar comigo. Mas lá sei disso? Para outros casos, que possam adentrar minha existência tenho lá em Berlim um *affaire* a mais..."

"Ouvi dizer: uma atriz." Diederich enrubesceu por Buck tê-lo admitido tão cinicamente. "Quer dizer", balbuciou, "não disse palavra alguma sobre isso."

"Afinal, o senhor sabe", concluiu Buck. "Agora a questão é que eu estou preso temporariamente por lá e não posso me preocupar tanto com Guste como deveria. O senhor não gostaria de assumir um pouco a boa moça?", perguntou, inofensivo e sereno.

"Eu devo..."

"Como que mexendo um pouco cá e lá a panela onde deixei salsicha e repolho cozinhando – enquanto eu mesmo me mantenho ocupado lá fora. Temos simpatia um pelo outro, não é?"

"Obrigado", disse Diederich friamente. "Porém tão longe minha simpatia não vai. Encarregue outra pessoa. Tenho uma concepção mais séria da vida." E deixou Buck.

Além da imoralidade do homem, ficou indignado com o seu indigno grau de confiança depois que haviam voltado a se mostrar oponentes na maneira de ver as coisas e na prática. Insuportável alguém assim, de quem não se sabe bem o que esperar! "O que ele planeja contra mim para amanhã?"

Em casa extravasou sua raiva. "Liso como um peixe! E de uma arrogância intelectual! Deus proteja nossa casa de uma tal falta de convicção que a tudo devora; isso é claro sinal de decadência em uma família!" Assegurou-se de que Kienast tivesse que partir naquela mesma noite. "Magda não terá nada de alarmante a lhe escrever", disse subitamente e deu uma risada. "Por mim, que haja choro e ranger de dentes, e que rolem as cabeças na cidade: eu ficarei em meu escritório e com a minha família."

Tão logo Kienast foi embora postou-se diante da Sra. Hessling. "E aí? Onde está a intimação que chegou para mim para o fórum de amanhã?" Ela teve de confessar que escondeu a correspondência ameaçadora. "Ela não podia estragar seu espírito festivo, meu filho querido." Mas Diederich não deixou passar paliativo algum. "Que filho querido, o quê?! É por amor a mim que a comida está cada vez pior, exceto quando há estranhos por aqui; e o dinheiro das despesas da casa vão para as suas bobagens. Vocês acham que eu caio na esparrela de que a própria Magda tenha feito sua blusa de rendas? Isso é conversa pra boi dormir!" Magda protestou contra a ofensa a seu noivo, mas isso não a ajudou. "Fique quieta! Seu casaco de peles em parte foi roubado. Vocês se mancomunaram com a criada. Quando eu a enviei para comprar vinho tinto, ela trouxe um mais barato, e vocês ficaram com o resto do dinheiro..."

As três mulheres ficaram horrorizadas pelo fato de Diederich gritar cada vez mais alto. Emmi afirmou que ele estava tão incivilizado porque iria se prestar ao ridículo amanhã diante de toda cidade. Diante disso, ele tratou de arremessar um prato no chão. Magda levantou, foi até a porta e gritou de volta: "Graças a Deus não preciso mais de você!" Imediatamente Diederich foi atrás dela. "Cuidado com o que você diz! Se você finalmente conseguiu um marido, deve isso apenas a mim e aos sacrifícios que faço por você. Não foi nada bonito o jeito como seu noivo regateou o dote. Você é só um adendo!"

Nisso sentiu uma forte bofetada, e antes que recobrasse o fôlego, Magda já estava em seu quarto, trancada. Diederich, subitamente em silêncio, esfregou a bochecha. Depois ainda se mostrou indignado, mas um certo ar de satisfação preponderou. A crise tinha passado.

À noite planejou chegar ao tribunal com um pouco de atraso para tentar mostrar pouco interesse pela história. Mas não se conteve; quando entrou na sala de audiência que lhe havia sido designada ainda estava acontecendo algo totalmente diferente. Jadassohn, que oferecia uma visão deveras ameaçadora com sua beca negra, estava ocupado em exigir dois anos de reformatório para um qualquer do povo que mal tinha se tornado adulto. O tribunal outorgara-lhe apenas um ano, mas o condenado adolescente desatou em tamanho griteiro, que Diederich, apavorado como estava, sentiu-se mal por causa da compaixão que sentia. Saiu dali e entrou no banheiro, embora estivesse escrito na porta:

"Apenas para os senhores presidentes". Imediatamente depois dele apareceu também Jadassohn. Quando viu Diederich, quis voltar, mas Diederich logo perguntou o que era afinal um reformatório e o que um cafetão tinha a fazer lá. Jadassohn disse: "Se ainda tivéssemos que nos preocupar com isso também!", e logo depois já estava lá fora. O interior de Diederich contraiu-se ainda mais pela sensação de abrir-se um precipício atemorizador entre Jadassohn, que ali representava o poder, e ele mesmo, que havia se arriscado a chegar perto de suas engrenagens. Fizera-o com boas intenções, em reverência exacerbada pelo próprio poder: de qualquer modo, agora cabia comportar-se com prudência, para que o poder não o agarrasse nem o triturasse, e submeter-se, diminuir-se por completo para talvez conseguir escapar de suas mãos. Feliz de quem voltasse à sua vida privada! Diederich prometeu a si mesmo que, dali em diante, viveria totalmente em benefício próprio, um benefício notoriamente seu, ainda que insignificante.

Lá fora, no corredor, as pessoas já chegavam: um público de gente menos e mais seleta. As cinco filhas Buck, todas empetecadas como se o processo de seu cunhado Lauer fosse a maior honra para a família, tagarelavam em um grupo com Käthchen Zillich, sua mãe e a mulher do prefeito, a Sra. Scheffelweis. A sogra, por outro lado, não saía de perto do prefeito e, pelo olhar que lançava sobre o irmão do Sr. Buck e seus amigos, Cohn e Heuteufel, deduzia-se que era contra a causa dos Buck. O major Kunze, vestido com seu uniforme, mantinha a expressão sombria e abstinha-se de fazer qualquer declaração. Acabava de aparecer também o pastor Zillich, acompanhado do professor Kühnchen, os quais, ao verem o círculo numeroso de pessoas, permaneceram atrás de uma coluna. O redator Nothgroschen, apagado e desapercebido, ia de uma pessoa a outra. Em vão Diederich procurou alguém com quem pudesse ficar. Agora se arrependia de ter proibido os seus de virem. Permaneceu num lugar escuro, atrás do canto do corredor, e virava a cabeça para trás, com cuidado. Recolheu-a de súbito: Guste Daimchen com sua mãe! Imediatamente foi cercada pelas filhas de Buck, como um valioso fortalecimento de seu partido. No mesmo momento, uma porta abriu-se lá atrás, Wolfgang Buck apareceu de beca e barrete e, lá embaixo, sapatos de verniz, bastante virados para dentro. Sorriu festivo como se estivesse em uma recepção, deu a mão a todos e beijou sua noiva. Será muito bom, prometeu; o promotor estava com boa disposição, ele também. Então dirigiu-se às testemunhas trazidas por ele para cochichar-lhes algo. Neste momento, todos silenciaram, pois na desembocadura da escada apareceu o acusado, o Sr. Lauer, e a mulher ao lado. A esposa do prefeito abraçou-a forte: como ela era valente! "Não há nada de mais", retorquiu, com voz grave e sonante. "Não há nada que nos recrimine, não é Karl?" Lauer disse: "Certamente não, Judith." Neste exato momento, passava por eles o conselheiro Fritzsche. Fez-se um silêncio; enquanto cumprimentava as filhas do velho Buck, houve uma troca de piscadelas, e a sogra do prefeito fez uma observação a meia-voz, mas era possível lê-la em seus olhos.

Diederich foi descoberto por Wolfgang Buck em seu esconderijo. Buck tirou-lhe dali e levou-o até sua irmã. "Querida Judith, não sei se você já conhece nosso valoroso inimigo, o Sr. Dr. Hessling. Hoje ele irá nos aniquilar." Mas a Sra. Lauer não riu, também não retribuiu o cumprimento de Diederich, mirou-o apenas com uma curiosidade desrespeitosa. Era difícil suportar aquele olhar sombrio, ainda mais porque ela era tão bonita. Diederich sentiu o sangue correr pelo rosto, seus olhos desviaram, balbuciou: "O Sr. advogado está fazendo troça. Há um equívoco nessa questão toda..." Então as sobrancelhas contraíram-se naquele rosto branco, o canto da boca baixou de modo expressivo, e Judith Lauer deu as costas a Diederich.

Um bedel de justiça apareceu; na sala de audiência, Wolfgang Buck foi para o lado de seu cunhado Lauer; todos passaram apressadamente pela porta, pois ela não havia sido totalmente aberta, o público seleto venceu o menos seleto. As anáguas das cinco irmãs Buck fizeram um ruído impetuoso durante a luta pela entrada. Diederich foi o último a entrar e teve que se sentar no banco das testemunhas ao lado do major Kunze, que imediatamente se afastou. O presidente do tribunal de primeira instância, Sprezius, com a aparência de um velho abutre verminoso, lá do alto declarou aberta a sessão e chamou as testemunhas para lembrá-las da seriedade do juramento – o que fez Diederich adquirir imediatamente a expressão facial das aulas de religião. O conselheiro Harnisch organizou as atas e procurou pela filha no meio do público. O que mais chamava a atenção era o velho conselheiro Kühlemann, que havia deixado seu leito hospitalar e tomado seu lugar à esquerda do presidente. Tinha uma aparência péssima, a sogra do prefeito queria saber se ele deixaria o seu mandato no Parlamento – e para onde iria todo seu dinheiro quando morresse? Entre as testemunhas, o pastor Zillich dizia ter esperança de o velho deixar os seus milhões para a construção da igreja; mas o professor Kühnchen sussurrou com incisividade que duvidava disso. "Esse não vai dar nada depois da morte, sempre achou que cada um que juntasse o seu e, se possível, do outro também..." Nisso, o presidente dispensou as testemunhas da sala de audiência.

Voltaram ao corredor já que não havia sala disponível para eles. Heuteufel, Cohn e Buck Jr. ocuparam um nicho da janela; Diederich refletia, atormentado, diante do olhar raivoso do major: "Agora o acusado está sendo ouvido. Se eu soubesse o que ele está dizendo! Gostaria de exonerá-lo tanto quanto vocês!" Em vão tentou asseverar ao pastor Zillich a sua disposição indulgente: ficava dizendo que a questão havia tomado proporções exageradas. Zillich desviou, constrangido, e Kühnchen assobiava entre os dentes: "Aguarda, meu docinho, vai ver o que é bom pra tosse!" A desaprovação geral pesou silenciosa sobre Diederich. Enfim apareceu o bedel de justiça. "Sr. Dr. Hessling!"

Diederich resolveu se controlar e passar recomposto pelos espectadores. Olhava para frente, agitado; o olhar da Sra.

Lauer repousava sobre ele! Estava ofegante e cambaleava um pouco. À esquerda, ao lado do juiz adjunto, que examinava suas unhas, estava Jadassohn postado de forma ameaçadora. Por trás, a luz da janela transpassou-lhe as orelhas afastadas, elas fulguraram sanguíneas, e a expressão de seu rosto demandou de Diederich uma submissão tão cadavérica que este desviou o olhar. À direita, diante do acusado e um pouco mais para trás, estava sentado Wolfgang Buck, negligente, com os punhos sobre as coxas gordas das quais caía a beca, e parecia tão sábio e encorajador como se representasse ali o espírito da luz. O presidente do tribunal de primeira instância, Sprezius, ditava o juramento a Diederich, sempre condescendente e com apenas duas palavras de uma vez. Diederich jurou, obediente; depois teve que relatar o desenrolar dos acontecimentos daquela noite, no Ratskeller. Começou: "Estávamos em um círculo animado; do outro lado, à mesa, estavam sentados também os senhores..."

Aí, ele estacou e o público caiu na risada. Sprezius levantou subitamente, grasnou com seu bico de abutre e ameaçou evacuar a sala. "O senhor não sabe mais nada?", perguntou com severidade. Diederich explicou que, por causa das atribulações no trabalho, os acontecimentos teriam-lhe ficado um tanto confusos naquele meio-tempo. "Então vou ler ao senhor seu depoimento diante do juiz de instrução para refrescar sua memória" – e o presidente pediu o protocolo. Para seu espanto e embaraço, Diederich percebeu que havia dado ao juiz de instrução, o conselheiro Fritzsche, um depoimento que fazia recair sobre o acusado uma ofensa pesada sobre Sua Majestade, o imperador. O que ele tinha para dizer sobre isso. "Pode ser", balbuciou; "mas havia muitos senhores lá. Se de fato foi só o acusado que disse isso..." Sprezius curvou-se sobre a mesa de juiz. "Reflita, o senhor está sob juramento. Outras testemunhas irão declarar que o senhor se dirigiu totalmente sozinho ao acusado e que conduziu a conversa em questão." – "Fui eu?", perguntou Diederich, totalmente vermelho. Com isso toda a sala riu em disparada; até mesmo Jadassohn comprimiu o rosto com um sorriso irônico. Sprezius já abria a boca para expulsar a todos, quando Wolfgang Buck se levantou. Com um rápido movimento, seu rosto suave ficou enérgico, e perguntou a Diederich: "O senhor estava totalmente bêbado naquela noite?" Imediatamente o promotor e o presidente caíram-lhe em cima: "Solicito não permitir tal pergunta!", gritou Jadassohn estridente. "Sr. advogado de defesa", Sprezius grasnou, "o senhor deve apenas apresentar-me a pergunta; se eu a dirijo à testemunha é problema meu!" Diederich viu, admirado, que ambos haviam encontrado um oponente pertinaz. Wolfgang Buck permaneceu ali; com a voz sonante de orador, reclamou do comportamento do presidente, que feria os direitos da defesa, e solicitou uma decisão da corte quanto a lhe caber o direito de perguntar diretamente às testemunhas, consoante o código de processo penal. Sprezius grasnou em vão, não lhe restava outra coisa senão retirar-se com os quatro juízes para os fundos, na sala da assessoria. Buck, triunfante, olhou em volta; suas primas moveram as mãos como que para um aplauso; mas nesse ínterim seu pai entrou, e todos viram quando o velho Buck fez um sinal de desaprovação para seu filho. O acusado, por sua vez, com um frenesi enfurecido estampado no rosto apoplético, sacudiu a mão de seu advogado. Diederich, exposto a todos os olhares, empertigou-se e olhou em volta como a procurar alguém. Mas qual, Guste Daimchen desviava o olhar! Apenas o velho Buck acenava benevolente: o depoimento de Diederich havia lhe agradado. Até mesmo esforçou-se por sair da tribuna estreita e dar a Diederich sua mão branca e macia. "Obrigado, caro amigo", disse ele. "O senhor tratou a questão como ela merece." E Diederich, desamparado, ficou com os olhos úmidos diante da bondade daquele grande homem. Apenas depois de o Sr. Buck voltar ao seu lugar, ocorreu a Diederich que ele já tivesse negociado tudo! Também seu filho não era totalmente frouxo como Diederich tinha pensado. Ele conduziu as conversas sobre política, ao que parecia, apenas para usá-las ali contra ele. Lealdade, a verdadeira lealdade alemã, não havia mais no mundo, não se podia mais confiar em ninguém. "Devo permanecer aqui deixando-me aborrecer por todos os lados?"

Felizmente a corte judicial retornou. O velho Kühlemann trocou um olhar consternado com o velho Buck, e Sprezius leu a decisão com um perceptível autocontrole. Se o advogado tinha o direito de dirigir perguntas diretamente à testemunha, isso se manteve sem solução, pois a pergunta mesma – a testemunha tinha ficado bêbado na ocasião? – foi recusada por não ter relevância. Com isso, o presidente perguntou se o senhor promotor ainda tinha alguma pergunta a dirigir à testemunha. "Por ora, não", disse Jadassohn com menosprezo, "mas solicito ainda não dispensar a testemunha." E Diederich pôde se sentar. Jadassohn elevou a voz. "Além disso, solicito a intimação imediata do juiz de instrução Dr. Fritzsche, que deve manifestar-se sobre as atitudes anteriores da testemunha Hessling contra o acusado." Diederich ficou assustado – na sala da audiência, todos se voltaram para Judith Lauer: até mesmo os dois juízes auxiliares sentados à mesa dos magistrados olharam para lá... outorgou-se a Jadassohn o seu pedido.

Em seguida, foi trazido o pastor Zillich, que prestou o juramento e teve que relatar aquela noite crítica com suas palavras. Declarou que, na ocasião, as impressões haviam se precipitado sobre ele, e sua consciência cristã estava abalada, pois justamente naquela noite havia corrido sangue pelas ruas de Netzig, ainda que por motivos patrióticos. "Isso não tem relevância!", decidiu Sprezius – e bem neste momento entrou na sala o presidente da circunscrição, o Sr. von Wulckow, em seu traje de caça, com botas enormes e cheias de excrementos. Todos olharam para lá; o presidente fez uma reverência de seu lugar e o pastor Zillich estremeceu. Presidente e promotor pressionavam-no alternadamente. Jadassohn disse-lhe até mesmo, com uma expressão terrivelmente dissimulada: "Sr. pastor, ao senhor, como sacerdote, não é preciso chamar-lhe a atenção para a santidade do juramento." Então Zillich retrocedeu e confessou que de fato ouvira a declaração do acusado. Este saltou e bateu com o punho sobre o banco. "De modo algum mencionei o nome do imperador! Eu me precavi disso!" Seu advogado tranquilizou-o com um aceno e disse: "Vamos demonstrar que apenas a intenção provocativa da testemunha Hessling induziu o acusado a fazer as declarações que ora se reproduzem aqui de maneira equivocada." Por ora pedia aos senhores presidentes para perguntar ao pastor Zillich se ele não havia feito uma pregação que fora dirigida explicitamente às perseguições da testemunha Hessling. O pastor Zillich balbuciou que de forma genérica havia aconselhado a paz, satisfazendo com isso seu dever de representante religioso. Agora Buck queria saber outra coisa. "Recentemente a testemunha Zillich não teria um interesse em se relacionar bem com a principal testemunha de acusação, porque sua filha em especial..." Jadassohn interveio: protestava contra a pergunta. Sprezius censurou-a por ser ilícita e, na tribuna, formou-se um burburinho de vozes femininas. O presidente da circunscrição curvou-se sobre o banco para o velho Buck e disse nitidamente: "Belas bobagens o seu filho está fazendo!"

Nesse ínterim, a testemunha Kühnchen foi chamada. O pequeno ancião entrou na sala tempestuosamente, as lentes do seu óculos brilhavam; já da porta gritava os seus dados pessoais e proferia o juramento como algo corriqueiro, sem precisar que alguém o dissesse antes. Em seguida, não coube a ele outra coisa senão depor sobre o fato de que a onda de empolgação nacional estava alta naquela noite. Primeiro o ato glorioso do guarda! Depois, a carta gloriosa de Sua Majestade com o reconhecimento do cristianismo positivo! "Como foi a briga com o acusado? Sim, excelentíssimos juízes, sobre isso não sei não. Eu estava lá um pouco sonolento." – "Mas depois começaram a discutir a questão!", cobrou o presidente. "Eu não!", gritou Kühnchen. "Pra mim pouco importavam nossos feitos gloriosos dos anos setenta. Os franco-atiradores! Já disse que eles eram uma cambada! Esse meu dedo rijo, um franco-atirador me mordeu bem aqui, só porque eu quis cortar um pouquinho a garganta dele com meu sabre. Sujeito infame!" E Kühnchen quis mostrar o dedo para os juízes. "Retire-se!", grasnou Sprezius; e voltou a ameaçar a evacuação da sala.

O major Kunze entrou, rígido como se estivesse sobre rodas e prestou o juramento com uma entonação como a emitir ofensas pesadas contra Sprezius. Em seguida declarou sem delongas que não tinha nada a ver com toda aquela balbúrdia, havia chegado mais tarde ao Ratskeller. "Só posso dizer que o comportamento do Sr. Dr. Hessling me cheira a coisa de denunciante."

Mas não demorou muito para que a sala cheirasse a outra coisa. Ninguém sabia de onde vinha; na tribuna um desconfiava do outro e todos trouxeram o lenço ao rosto, discretamente. O presidente farejou o ar, e o velho Kühlemann, há muito com o queixo encostado no peito, mexeu-se enquanto dormia.

Quando Sprezius o repreendeu, dizendo que os senhores que lhe teriam narrado os acontecimentos daquela ocasião seriam homens nacionalistas, o major apenas revidou que isso não lhe importava, nem mesmo conhecia o Sr. Dr. Hessling. Nisso Jadassohn interveio; suas orelhas brilhavam; disse com voz cortante: "Senhor depoente, pergunto se o senhor talvez não conheça o acusado tanto melhor. Queira se manifestar sobre o fato de ele lhe ter emprestado cem marcos há oito dias." Toda a sala ficou em absoluto silêncio por causa do susto, e todos olhavam para o major fardado, que estacou, balbuciando sua resposta. A frieza de Jadassohn impressionou. Imediatamente ele usufruiu de seu êxito e fez Kunze confessar que, de fato, havia ocorrido a indignação dos nacionalistas convictos ante as declarações de Lauer, também a sua própria. Sem dúvida o acusado teria pensado em Sua Majestade. Neste momento Wolfgang Buck não se conteve. "Já que o senhor presidente acha irrelevante admoestar quando o senhor promotor ofende suas próprias testemunhas, então o mesmo deveria valer para nós." Sprezius grasnou de imediato para ele. "Sr. advogado de defesa! O problema é meu se eu admoesto ou não!" – "É justamente o que eu constato", continuou Buck sem se alterar. "Continuamos a afirmar que o acusado de modo algum havia pensado no imperador, como iremos provar mediante às testemunhas." – "Eu me precavi de tal coisa!", gritou o réu nesse ínterim. Buck continuou: "No entanto, caso se tome isso por verdade, então solicito interrogar o editor do Almanaque de Gotha, na condição de especialista, para dizer quais príncipes alemães têm sangue judeu." Voltou a sentar-se, satisfeito com a sensação que percorria a sala. Uma voz grave e retumbante disse: "É ultrajante!" Sprezius quis grasnar, mas viu a tempo quem havia falado: Wulckow! Até mesmo Kühlemann despertou. Os juízes reuniram-se, então o presidente declarou que o pedido do advogado de defesa seria negado, pois não se aplicava aqui uma prova da verdade. A demonstração do desacato já era suficiente para o fato do delito. Buck foi nocauteado; suas bochechas firmes murcharam em uma tristeza infantil. Ouviram-se risadinhas, a sogra do prefeito riu sem pejo. Diederich agradecia a ela de seu banco de testemunhas. Angustiado, escutava e sentia como a opinião pública cedia e, devagarinho, aproximava-se daqueles que eram mais habilidosos e que tinham poder. Trocou olhares com Jadassohn.

Chegou a vez do redator Nothgroschen. Grisalho e discreto, apareceu de súbito e funcionou com precisão, como um exímio especialista em depoimentos. Todos que o conheciam se surpreenderam: nunca o tinham visto tão seguro. Sabia tudo, fez as mais sérias incriminações contra o acusado e falou com fluência, como se estivesse lendo um artigo; no máximo, o presidente da mesa dizia-lhe uma palavra-chave, entre um parágrafo e outro, com grande reconhecimento pelo aluno exemplar. Buck, que havia se recuperado, repreendeu-o por causa da opinião do *Jornal de Netzig* sobre Lauer. O redator retorquiu: "Somos um jornal liberal, ou seja, apartidário. Nós reproduzimos os estados de ânimo. Pelo fato de aqui e agora o estado de ânimo ser desfavorável ao acusado..." Ele devia ter se informado de tudo lá no corredor! A voz de Buck assumiu um registro irônico. "Quero observar que a testemunha manifesta uma concepção peculiar de seu dever assumido em juramento." Mas Nothgroschen não se intimidou. "Sou jornalista", explicou, e ainda complementou: "Peço ao Sr. presidente que me proteja das ofensas do advogado de defesa." Sprezius acedeu de imediato; e dispensou o redator que saiu de lá ileso.

Bateram as doze horas; Jadassohn chamou a atenção do presidente para o fato de que o juiz de instrução, Dr. Fritzsche, estava à disposição do tribunal. Chamaram-no – e mal apareceu à porta, todos os olhos correram para lá e para cá, entre ele e Judith Lauer. Ela ficou ainda mais pálida; o olhar negro que o acompanhara até a mesa dos juízes cresceu ainda mais, ganhou algo de uma premência silenciosa; mas Fritzsche o evitou. Também ele tinha uma péssima aparência, entretanto seus passos eram determinados. Para aquela ocasião, Diederich constatou que ele escolhera a mais seca de suas duas faces.

Durante a análise preliminar, quais suas impressões sobre a testemunha Hessling? A testemunha havia dado seu depoimento com total liberdade e independência, na forma de uma discussão que se dera ainda sob o impacto de acontecimentos recentes. A credibilidade da testemunha, que Fritzsche havia podido verificar com investigações adicionais, estava fora de questão. Que a testemunha não tivesse tido hoje uma lembrança mais exata do acontecido, isso se explicava pela tensão do momento... E o acusado? A audiência parou para escutar. Fritzsche engoliu em seco. Também o acusado havia lhe causado uma impressão pessoal favorável, apesar das muitas circunstâncias prejudiciais.

"A partir dos depoimentos conflituosos das testemunhas, o senhor acha que o acusado foi capaz de cometer o delito de que é acusado?", perguntou Sprezius.

Fritzsche respondeu: "O acusado é um homem instruído, teria se precavido de usar palavras explicitamente ofensivas."

"O próprio acusado disse isso", observou o presidente com rigor. Fritzsche falou mais rápido ainda. Por causa de suas ações civis, o acusado estava acostumado a aliar autoridade com tendências mais avançadas. Colocava-se claramente como mais judicioso e hábil em realizar críticas do que a maioria dos outros homens. Era de se pensar que ele, em estado de exasperação – e ele tinha se exasperado por causa do tiro que o sentinela havia dado no operário – tivesse manifestado sua visão política, o que fazia transparecer sua intenção ofensiva, embora mantivesse aparência irreprochável.

Neste momento, todos viram o presidente e o promotor respirarem aliviados. Os conselheiros Harnisch e Kühlemann lançaram olhares para o público, que se avivou em um burburinho. O juiz auxiliar, à esquerda, voltou a olhar suas unhas; o assessor à direita, um jovem de expressão reflexiva, observou o acusado, que estava diretamente à sua frente. As mãos do acusado estavam convulsivas e agarradas à balaustrada de seu banco; ele dirigiu os olhos castanhos e protuberantes para sua mulher. Mas ela continuava olhando para Fritzsche, a boca entreaberta, como que ausente, com uma expressão de sofrimento, vergonha e fraqueza. A sogra do prefeito manifestou-se com clareza: "E ela ainda tem dois filhos em casa." De repente Lauer pareceu dar-se conta dos bochichos em volta dele, todos aqueles olhares que desviavam quando ele os encontrava. Esmoreceu, seu rosto forte e corado perdeu sangue tão subitamente que o jovem juiz auxiliar, ao vê-lo, teve um sobressalto em sua cadeira.

Diederich sentia-se cada vez melhor e era provável que

fosse o único a ainda acompanhar o diálogo entre o presidente e o juiz de instrução. Esse Fritzsche! Para ninguém, nem mesmo para Diederich, havia tantos bons motivos para a questão ser embaraçosa desde o início. Não teria ele exercido uma influência sobre o testemunho de Diederich contrária ao seu dever? E o resultado protocolar do depoimento de Diederich ainda havia sido bastante prejudicial, e o testemunho do próprio Fritzsche tanto mais. Ele não havia procedido com menos desrespeito que Jadassohn. Sua relação estreita e peculiar com a casa de Lauer não havia sido capaz de aliená-lo da tarefa que lhe competia: a da proteção do poder. Nada humano prevalecia diante do poder. Que aprendizado para Diederich!... Também Wolfgang Buck compreendeu a seu modo. Observava Fritzsche de baixo com a expressão de alguém que fosse vomitar.

Quando o juiz de instrução dirigiu-se à saída com volteios corporais que causavam efeito pouco natural, o burburinho aumentou. Com o *lorgnon* direcionado para a mulher do acusado, a sogra do prefeito disse: "Que belas companhias!" Ninguém a contradisse, começavam a abandonar os Lauer ao seu destino. Guste Daimchen mordia os lábios, Käthchen Zillich lançava um olhar baixo e rápido para Diederich. Dr. Scheffelweis debruçou-se para o cabeça da família Buck, apertou-lhe a mão e disse com doçura: "Caro amigo e benfeitor, espero que tudo acabe bem."

O presidente ordenou ao bedel de justiça: "Faça entrar a testemunha Cohn!" Era a vez das testemunhas da defesa! O presidente farejou o ar. "O cheiro aqui está ruim", observou. "Krecke, abra uma janela aí atrás!" E vasculhou com os olhos o público menos seleto que se sentava espremido lá em cima. No entanto, havia espaço livre entre os bancos de baixo, sobretudo em volta do presidente da circunscrição, von Wulckow, com seu casaco de caça suado... Os jornalistas de fora que estavam acomodados lá atrás resmungaram por causa da janela aberta, pela qual soprava um vento gélido. Mas Sprezius apenas apontou o bico para eles, então eles se encolheram na gola de seus paletós.

Jadassohn olhou para a testemunha seguro de sua vitória. Sprezius deixou que ela falasse por um tempo, em seguida Jadassohn pigarreou, enquanto segurava uma ata em suas mãos. "Testemunha Cohn", começou, "o senhor é proprietário desde 1889 da loja de departamentos que leva o seu nome?" E inesperadamente: "O senhor admite que, exatamente por aqueles dias, um de seus fornecedores, um tal de Lehmann, suicidou-se em sua loja com um tiro?" Com uma satisfação demoníaca olhou para Cohn, pois o efeito de suas palavras foi excepcional. Cohn começou a estrebuchar e a ficar com falta de ar. "A calúnia de sempre!", gritou. "Ele não o fez por minha causa! Tinha um casamento infeliz! Muita gente já me deixou cansado com essa história, e agora esse homem começa tudo de novo!" Também o advogado de defesa protestou. Sprezius grasnou para Cohn. O senhor promotor não era um "esse homem"! E por causa da expressão "calúnia", a testemunha devia pagar cinquenta marcos para o tribunal como sanção disciplinar. Depois disso, Cohn foi dispensado. Interrogaram o irmão do Sr. Buck. Jadassohn perguntou-lhe abertamente: "Testemunha Buck, é notório que seus negócios andam mal; do que o senhor vive?" Aí surgiu um tal burburinho contra o qual Sprezius rapidamente interveio: "Senhor promotor, isso realmente tem a ver com a presente questão?" Mas Jadassohn estava pronto para tudo: "Senhor presidente, o Ministério Público tem interesse em fornecer evidências de que a testemunha encontra-se dependente financeiramente de seus parentes, especialmente de seu cunhado, o acusado. Cabe medir a fidedignidade da testemunha com relação a isso." O Sr. Buck, longilíneo e elegante, permaneceu ali de cabeça inclinada. "É suficiente", declarou Jadassohn; Sprezius dispensou a testemunha. Suas cinco filhas achegaram-se umas às outras como um rebanho de cordeiros durante uma tempestade ante os olhares do público. Os menos seletos das fileiras de cima riam com hostilidade. Benevolente, Sprezius pediu silêncio e fez entrar a testemunha Heuteufel.

Quando Heuteufel ergueu a mão para prestar o juramento, Jadassohn ergueu a sua em direção dele, com um lance dramático.

"Primeiro quero perguntar à testemunha se ela admite, ao concordar com as declarações do acusado que constituem delito de lesa-majestade, tê-las favorecido e as tornado ainda mais ferinas." Heuteufel revidou: "Não admito nada" – ao que Jadassohn objetou, referindo-se ao inquérito preliminar. Elevando a voz: "Solicito decisão judicial de que o juramento dessa testemunha não seja feito, porque há suspeita de sua participação no delito." Ainda mais incisivo: "O posicionamento dele deve ser considerado notório para o tribunal. A testemunha pertence aos moços que Sua Majestade o Imperador, com razão, denomina sujeitos despatrióticos. Além disso, em encontros regulares, denominados de celebração dominical para homens livres, a testemunha se esforça pela disseminação do ateísmo mais crasso, o que sem mais delongas caracteriza de modo claro suas tendências diante de um monarca cristão." E as orelhas de Jadassohn irradiavam fogo, como uma confissão de fé. Wolfgang Buck levantou, sorriu, cético, e pensou que as convicções religiosas do senhor promotor claramente eram de um rigor monástico, não se podia esperar dele que tomasse um não cristão como alguém confiável. O tribunal certamente seria de opinião diferente e recusaria a petição do promotor. Então Jadassohn exasperou-se. Por causa da chacota contra sua pessoa, requereu cem marcos como sanção disciplinar contra o advogado de defesa! Os juízes retiraram-se para deliberação. Na sala, imediatamente rebentou uma exaltada mescla de opiniões. Dr. Heuteufel colocou as mãos no bolso e mediu Jadassohn longamente, que, desprovido da proteção da justiça, ficava tomado de pânico e retrocedia até a parede. Diederich é quem veio a seu socorro, pois tinha a intenção de dizer baixinho uma importante informação ao senhor promotor... Os juízes já retornavam. Primeiro, realizou-se o juramento da testemunha Heuteufel. Depois, por causa da chacota contra o senhor promotor, o advogado de defesa devia pagar oitenta marcos como sanção disciplinar.

No momento seguinte ao interrogatório, o advogado de defesa interveio, querendo saber da testemunha, na condição de amigo íntimo do acusado, como ele avaliava a vida de sua família. Heuteufel fez um movimento, havia murmúrios pela sala: todos entenderam. Se Sprezius permitiria a pergunta? Já tinha aberto a boca para recusar, quando percebeu a tempo que não se podia evitar a sensação – após o que Heuteufel fez muitos elogios às condições exemplares na casa de Lauer. Jadassohn sorvia as palavras da testemunha tremendo de impaciência. Finalmente podia fazer sua pergunta deixando escapar um triunfo inominável na voz: "A testemunha também não quer discorrer sobre o tipo de mulheres de cuja proximidade obtém o conhecimento pessoal sobre vida familiar, e se ele não transita em uma certa casa que na boca miúda se chama Pequena-Berlim?" Ao longo de sua fala, assegurou-se de que as feições das damas do público, e em seguida as dos juízes, fossem ganhando uma expressão de ofensa. A principal testemunha da defesa estava aniquilada! Heuteufel ainda tentou responder: "O senhor promotor sabe. Já nos encontramos lá." Mas isso serviu apenas para que Sprezius lhe pudesse impor uma sanção disciplinar de cinquenta marcos. "A testemunha tem de permanecer na sala", decidiu por fim o presidente. "O tribunal precisa dele para outros esclarecimentos sobre o reconhecimento do estado de coisas." Heuteufel declarou: "De minha parte estou esclarecido do que acontece aqui e preferiria deixar o local." Imediatamente os cinquenta marcos tornaram-se cem.

Wolfgang Buck olhava inquieto à sua volta. Seus lábios pareciam sentir o sabor da atmosfera na sala, eles se comprimiam como se a atmosfera se manifestasse nesse cheiro curioso que, desde que se fechara a janela, voltava a armazenar-se ali. Buck via a simpatia aguda, que aquilatara até então, ir pelos ares, e suas armas serem consumidas inutilmente. Os bocejos que se prolongavam nos rostos famintos e a impaciência dos juízes, que olhavam fixamente para o relógio, não lhe prometiam nada de bom. Levantou num salto, era preciso salvar o que se tinha para salvar! Usou de uma voz enérgica para requerer a citação das próximas testemunhas para a sessão vespertina. "Já que o senhor promotor sistematicamente coloca em dúvida a credibilidade de nossas testemunhas, estamos dispostos a evidenciar a boa reputação do acusado por meio do depoimento de homens proeminentes de Netzig. Nada menos que o senhor prefeito, Dr. Scheffelweis, irá testemunhar o mérito civil do acusado. O presidente da circunscrição, Sr. von Wulckow, não terá outra saída senão comprovar o seu senso de lealdade ao imperador e sua simpatia pelo Estado."

"Essa agora!", disse a voz grave e retumbante lá atrás, no espaço livre. Buck forçou mais a voz.

"Para discorrer sobre as qualidades sociais do acusado, todos os seus trabalhadores virão falar."

E Buck sentou-se, claramente ofegante. Jadassohn fez uma observação com frieza: "O Sr. advogado de defesa está requerendo um plebiscito." Os juízes deliberaram aos sussurros; Sprezius declarou: o tribunal acedia apenas à moção do advogado de defesa referente ao interrogatório do prefeito, Dr. Scheffelweis. Já que o prefeito estava na sala, foi chamado imediatamente.

Ele tentava se desvencilhar do banco em que estava sentado. A mulher e a sogra seguravam-no firmemente de ambos lados e faziam-lhe exigências apressadas, que deviam ter sido contraditórias, pois o prefeito chegou visivelmente transtornado à mesa dos juízes. Qual era a postura empregada pelo acusado diante da opinião pública civil? O Dr. Scheffelweis conseguiu manifestar algo de bom sobre isso. No Conselho Municipal, o acusado havia se empenhado pela restauração da bastante renomada casa paroquial, onde, como já se conhece, preservaram-se os pelos que Dr.

Martinho Lutero havia arrancado do rabo do diabo. Sem dúvida, também havia apoiado o auditório da comunidade religiosa e é inegável que tenha causado com isso muita sensação. Nos negócios, além disso, o acusado desfrutava de respeito geral; as reformas sociais que havia introduzido em sua fábrica ganhavam admiração cada vez com mais frequência – sem dúvida também se objetava que tinham aumentado desmedidamente as exigências dos trabalhadores e talvez por isso tenham servido para fomentar a revolução. "A testemunha tomaria", perguntou o advogado de defesa, "o acusado como capaz de ter cometido o delito do qual é acusado?" – "Por um lado", revidou Scheffelweis, "certamente não." – "Mas por outro?", perguntou o promotor. A testemunha revidou: "Por outro lado, certamente."

Depois dessa resposta, o prefeito pôde se retirar; suas damas receberam-no insatisfeitas, tanto uma como a outra; o presidente dispôs-se a adiar a sessão quando Jadassohn pigarreou. Requereu mais uma vez ouvir o testemunho do Dr. Hessling, que desejava fazer complementos aos seus depoimentos. Sprezius deu piscadas vigorosas de mau humor; o público, que já deslizava dos bancos, resmungava em alto e bom som – mas Diederich já havia avançado com passos firmes e começava a falar com clareza. Depois de uma reflexão mais atenta, ele compreendeu que podia manter todo seu depoimento feito no inquérito preliminar; e repetiu-o, porém mais extensamente e com mais intensidade. Começou com a execução do operário e reproduziu as observações críticas dos senhores Lauer e Heuteufel. A audiência, que havia esquecido a vontade de ir embora, acompanhou a batalha das convicções, passando da Kaiser-Wilhelm-Strasse respingada de sangue até o Ratskeller; viram os grupos inimigos ordenarem-se até a luta decisiva: Diederich avançando sob o lustre gótico, empunhando um florete e desafiando o acusado para uma luta de vida ou morte.

"Pois, excelentíssimos juízes, não vou mais negar que eu o desafiei! Ele será capaz de pronunciar essas palavras que me permitem tê-lo em minhas mãos? Ele as pronunciou e, excelentíssimos juízes, eu o tomei em minhas mãos, e com isso apenas cumpri meu dever e o teria cumprido também hoje, mesmo que tivesse como resultado ainda mais desvantagens nas relações sociais e comerciais que tenho suportado nos últimos tempos! O idealismo desinteressado, meus senhores, é uma prerrogativa do alemão, e o alemão irá empregá-lo sem cessar, mesmo que eventualmente sinta esmorecer sua coragem diante da multidão de inimigos. Quando antes ainda hesitava com meu depoimento, não foi apenas uma confusão da memória, como o senhor juiz de instrução declarou bondosamente: foi, eu confesso, talvez um recuo compreensível diante do peso da luta que tive de tomar para mim. Mas eu a tomo para mim, pois exige-o ninguém menos que Sua Majestade, nosso Imperador excelso..." Diederich continuou falando de maneira fluida e com um tal ímpeto nas frases que perdia o fôlego. Jadassohn achava que a testemunha começava a antecipar os efeitos de seu arrazoado, e olhava inquieto para o presidente. Mas Sprezius evidentemente não pensava em interromper Diederich. Com o bico de abutre paralisado e sem dar as piscadas vigorosas, olhava para a expressão inabalável de Diederich, com a qual ele fazia o olhar reluzir ameaçadoramente. Até mesmo o velho Kühlemann deixou os beiços pendurados e parou para ouvir. Wolfgang Buck, inclinado sobre sua cadeira, olhava para cima na direção de Diederich, com o olhar curioso de especialista, cheio de um deleite hostil. Aquilo era demagogia! Uma performance de efeitos infalíveis! Um êxito! "Que nossos cidadãos finalmente", gritou Diederich, "despertem do sono em que caíram depois de muito embalados, e não deixem simplesmente a critério do Estado e seus órgãos o combate aos elementos transformadores, mas o tomem com suas próprias mãos! Isso é uma ordem de Sua Majestade e, excelentíssimos juízes, devo eu hesitar? A revolta está botando as mangas de fora; uma horda de homens que não merecem a designação de alemães ousam jogar o nome sagrado do monarca na lama..."

Alguém do público menos seleto deu uma risada. Sprezius grasnou e ameaçou impor uma sanção a quem tinha dado a risada. Jadassohn suspirou. Agora não havia dúvida da impossibilidade de Sprezius interromper a testemunha.

Em Netzig, infelizmente o grito de guerra imperial encontrara até o momento muito pouca repercussão! Aqui se fechavam os olhos e os ouvidos diante do perigo; insistia-se nas velhas visões de mundo de uma democracia e humanidade pequeno-burguesas, que preparavam o terreno para os despatrióticos inimigos da ordem mundial divina. Aqui ainda não haviam sido bem compreendidos uma enérgica convicção nacional e um imperialismo magnânimo. "A tarefa dos homens modernos é trazer também para Netzig o novo espírito, no sentido de nosso glorioso e jovem imperador, que convocou cada homem leal, seja ele nobre ou servo, para ser o portador de sua vontade excelsa!" E Diederich concluiu: "Com isso, meus excelentíssimos juízes, sinto-me no direito de me opor ao acusado com toda a determinação quando ele quiser ser importuno. Agi sem rancor pessoal, em nome da causa. Ser objetivo significa ser alemão! E eu, de minha parte" – fez o olhar reluzir para Lauer – "confesso minhas ações, pois elas são emanação de uma conduta moral irreprochável que repousa sobre a honra e não conhece nem mentira, nem imoralidade!"

Houve uma grande comoção na sala. Diederich, arrebatado pela convicção nobre que manifestara, inebriou-se de seus efeitos, continuou fazendo o olhar reluzir para o acusado. Mas retrocedeu: o acusado, trêmulo e oscilante, segurou-se na balaustrada de seu banco; os olhos reviravam e estavam vermelhos de sangue; seu queixo movia-se de um tal modo, que ele parecia ter tido um derrame. "Oh!", fizeram as vozes femininas cheias de calafrio e apreensão. Mas o acusado teve tempo apenas de emitir um som áspero contra Diederich: seu advogado de defesa pegou-o pelo braço e fez-lhe uma objeção. Nesse ínterim, o presidente anunciou que o promotor iria iniciar o seu arrazoado às quatro horas, e desapareceu com seus colegas. Diederich, um pouco anestesiado, viu-se subitamente assediado por Kühnchen, Zillich, Nothgroschen, que o felicitavam. Pessoas estanhas apertavam- lhe a mão: a condenação que Lauer sofreria seria mortal. O major lembrou ao exitoso Diederich que, entre eles, nunca houve diferenças de opinião. No corredor, o velho Buck aproximou-se de Diederich, que naquele momento estava cercado de uma multidão de damas. Vestiu suas luvas negras, depois olhou no olho de Diederich, sem responder à reverência que Diederich fez contra a vontade, mas sempre olhando no olho, com um olhar perquiridor e triste, tão triste que também Diederich, do meio de seu triunfo, olhou de volta com tristeza.

De repente percebeu que as cinco filhas Buck não tiveram receio de lhe fazer elogios. Estavam agitadas, faziam ruído e perguntaram por que ele não trouxe também as irmãs para aquele julgamento emocionante. Então mediu as cinco peruas empetecadas, uma depois da outra, severo e distante; havia coisas mais sérias do que uma apresentação de teatro. Assombradas, abandonaram-no ali. O corredor esvaziou-se; por fim, ainda apareceu Guste Daimchen. Ela fez um movimento em sua direção, mas Wolfgang Buck colocou-se na frente dela, sorrindo, como se nada tivesse acontecido; e, com ele, estavam o acusado e sua esposa. Guste lançou um olhar para Diederich que despertou ternura no rapaz. Comprimiu-se em um pilar e, com o coração palpitando, deixou passar os nocauteados.

Quando quis sair, saía do gabinete o presidente da administração municipal, o Sr. von Wulckow. Com o chapéu na mão, Diederich postou-se no caminho dele; no momento certo fez posição de sentido e Wulckow realmente estacou. "Ora, ora!", disse ele das profundezas de sua barba e bateu nos ombros de Diederich. "O senhor venceu a corrida. Suas convicções são bastante úteis. Conversaremos ainda." E continuou andando com suas botas cheias de excrementos.

Balançava a barriga em sua suada calça de caça, deixando para trás aquele cheiro, mais forte que nunca, de masculinidade truculenta, e que ao longo de todos os acontecimentos havia se armazenado na sala de audiência.

Na saída, lá embaixo, o prefeito ainda se detinha com mulher e sogra, que o pressionavam de ambos lados e cujas exigências ele procurava harmonizar, pálido e sem esperança.

Em casa já sabiam de tudo. As três haviam esperado pelo fim do julgamento no vestíbulo e Meta Harnisch narrou-lhes o que tinha acontecido. A Sra. Hessling abraçou seu filho com lágrimas silenciosas. As irmãs ficaram junto, um tanto embaraçadas, pois ainda no dia anterior haviam depreciado o papel de Diederich no processo e ele ao fim mostrou-se tão brilhante. Abandonado ao bom esquecimento de vencedor, serviram vinho a Diederich durante a comida e ele declarou a elas que aquele dia lhe havia assegurado sua posição social em Netzig para sempre. "As senhoras Buck que tenham cuidado ao vê-las na rua. Elas que fiquem felizes de vocês retribuírem o cumprimento!" A condenação de Lauer, asseverou Diederich, seria mais uma formalidade. Já estava definida e com ela a ascensão inexorável de Diederich! "Sem dúvida" – assentiu com a cabeça taça adentro – "apesar do total cumprimento do dever, isso poderia ter dado errado e, então, minhas caras, vamos confessar, então eu provavelmente iria pelos ares, e o casamento de Magda também!" Com isso Magda empalideceu, ao que ele lhe bateu no braço, "Agora nos saímos bem dessa." E erguendo a taça disse com uma firmeza máscula: "Que reviravolta da providência divina!" Ordenou que ambas se arrumassem e fossem junto. A Sra. Hessling pediu por tolerância, temia muito pela excitação. Dessa vez Diederich podia esperar, as irmãs usariam quanto tempo quisessem para se vestir. Quando chegaram, todos já estavam na sala, mas não eram os mesmos da manhã. Faltavam os Buck, e com eles Guste Daimchen, Heuteufel, Cohn, todo o camarote, a Associação Liberal dos Eleitores. Davam-se por derrotados! A cidade sabia, acotovelavam-se até ali para ver a derrota de todos eles; o público menos seleto avançara até os bancos da frente. Quem da antiga panelinha ainda se encontrava ali, Kühnchen e Kunze, tomava cuidado para que cada um visse em seus rostos as boas convicções. Também era evidente que algumas figuras suspeitas se encontravam no meio: jovens com as faces cansadas, porém expressivas, junto com várias moças chamativas e de cores muito bonitas no rosto; e todos saudavam Wolfgang Buck. O teatro municipal! Buck não teve receio de convidá-los para o arrazoado!

O acusado virava a cabeça abruptamente cada vez que alguém entrava. Esperava por sua mulher! "Se ele acha que ela ainda vem!" Mas ela veio: ainda mais pálida que pela manhã, cumprimentou seu marido com um olhar suplicante; sentou-se em silêncio no fundo de um banco e direcionou os olhos para frente, na direção da mesa dos juízes, calada e orgulhosa, como se olhasse para o próprio destino... Os juízes entraram na sala. O presidente abriu a sessão e passou a palavra para o promotor.

Jadassohn de imediato deu início a ela com extrema veemência; depois de algumas frases não conseguiu ganhar ímpeto e causou pouco efeito; os membros do teatro sorriram uns para os outros com desdém. Jadassohn percebeu e começou a balançar os braços de tal modo que a beca esvoaçou; sua voz ficou estridente, suas orelhas flamejavam. As moças maquiadas caíram na balaustrada de seus bancos tamanha a inquietude com que davam suas risadinhas. "Sprezius não percebe nada?", perguntou a sogra do prefeito. Mas o tribunal dormia. Diederich estava triunfante; vingou-se de Jadassohn! Jadassohn não tinha mais nada para argumentar, já que ele mesmo já havia ganhado a corrida! Já estava ganha, como sabia Wulckow, e também Sprezius que, por causa isso, dormia com os olhos abertos. O próprio Jadassohn sabia bem disso; sua aparência tornava-se cada vez mais insegura quanto mais barulhento ficava. Quando finalmente requereu dois anos de prisão, todos a quem entediara discordaram dele: ao que parecia também os juízes. O velho Kühlemann sobressaltou-se com um ronco. Sprezius deu várias piscadas vigorosas para se reanimar, então disse: "O Sr. advogado de defesa tem a palavra."

Wolfgang Buck ergueu-se lentamente. Seus amigos esquisitos da tribuna davam murmúrios de aprovação, que Buck esperou cessar com paciência, apesar do bico afiado de Sprezius. Então logo esclareceu que terminaria tudo em dois minutos, já que a apresentação de provas resultaria em uma imagem totalmente favorável ao acusado. Sem razão o senhor promotor defendia a opinião de que teria algum valor o depoimento das testemunhas, que não puderam fazer melhor por causa das intervenções ameaçadoras a sua integridade. O depoimento teria valor muito mais pelo fato de comprovar a inocência do acusado de forma até mesmo notável, já que tantos homens conhecidos pela honestidade apenas por meio de chantagem... Evidentemente não pôde prosseguir. Quando o presidente finalmente havia se acalmado, Buck prosseguiu impassível. Se alguém quisesse admitir como evidente que o acusado tivesse de fato dado a declaração de que era acusado, então o termo punibilidade não teria lugar ali; pois a testemunha Hessling admitiu claramente ter provocado o acusado de propósito e com premeditação. É de se perguntar, muito mais, se de fato a testemunha Dr. Hessling, por meio de sua intenção provocativa, não é a verdadeira mentora de uma ação punível, que ele executou com a ajuda involuntária de outra pessoa e com proveito consciente de sua exaltação. O advogado de defesa recomendou ao senhor promotor ocupar-se mais detalhadamente da testemunha Hessling. Neste momento, muitos se voltaram para Diederich, que sentia um calor abafado. Mas a expressão do presidente de quem descartava a ideia voltou a tranquilizá-lo.

A voz de Buck era suave e calorosa. Não, não queria a infelicidade da testemunha Hessling, que ele via como vítima de algo infinitamente maior. "Por que hoje se acumulam acusações de ofensa a Sua Majestade? Alguém poderá dizer: por causa de acontecimentos como a execução do operário. Revido: não, e sim graças aos discursos que acompanham esses acontecimentos." Sprezius moveu a cabeça, já afiava o bico, mas se retraiu. Buck não se deixou abalar; sua voz tornara-se máscula e forte.

"De um lado, ameaças e exigências extravagantes, de outro, recusas. O fundamento de que quem não está do meu lado, está contra mim, cruza a fronteira marcada entre aduladores e ofensores de Sua Majestade."

Com isso Sprezius grasnou. "Sr. advogado de defesa, não posso tolerar que o senhor exerça críticas às palavras do imperador. Se o senhor continuar com isso, o tribunal irá lhe impor uma sanção disciplinar."

"Eu me resigno às ordens do senhor presidente", disse Buck, e as palavras saíam de sua boca mais arredondadas e ponderadas. "Então não falarei de príncipe, mas do súdito a que ele dá forma; não sobre Guilherme II, mas sobre a testemunha Hessling. Os senhores o viram! Um homem mediano, de entendimento vulgar, dependente do entorno e da ocasião, desencorajado tão logo as coisas lhe sejam ruins, e de total autoconfiança quando elas se revertem."

Diederich ofegava em seu lugar. Por que Sprezius não o protegia? Teria sido seu dever! Ele tornava suspeito um homem de convicção nacional em sessão aberta – por parte de quem? Do advogado de defesa, o representante profissional das tendências subversivas! Havia certa indolência do Estado!... Fervilhava quando via Buck. Esse era o inimigo, o antípoda; só havia uma coisa a se fazer: trucidar! Essa humanidade ofensiva no perfil gordo de Buck! Era perceptível o amor insolente que sentia pelas declarações que formulava para caracterizar Diederich!

"Como ele", disse Buck, "a cada momento milhares cumprem seus deveres nos negócios e têm uma opinião política. O que ele tem a acrescentar e que o torna um novo tipo humano é unicamente o gestual: atitudes jactantes; a disposição para a luta de uma suposta personalidade; o desejo de causar efeito a qualquer preço, que contudo caberia ser pago por outro. Os que pensam de modo diferente devem ser considerados inimigos da nação, e eles seriam dois terços da nação. Interesses de classe, pode ser, mas travestidos por uma postura cara ao romantismo. Uma prostração romântica diante de um senhor que deve emprestar ao seu súdito o que é necessário do seu poder, para que os que são ainda menores sejam oprimidos. E, como na realidade e dentro da lei não há nem senhor, nem súdito, a vida pública ganha um toque de má comédia. A convicção moral veste fantasias, discursos caem como que dos cavaleiros das Cruzadas, enquanto se produz metal ou papel; e a espada de papelão é empunhada por um conceito como o de Majestade, que nenhum ser humano mais vivencia seriamente fora dos livros de contos de fadas. Majestade...", repetiu Buck, degustando a palavra, e alguns ouvintes degustaram-na juntos. As pessoas do teatro, as quais claramente dependiam mais das palavras que do sentido, colocavam as mãos nos ouvidos e davam murmúrios de aprovação. Aos outros Buck parecia falar de modo muito seleto, o que causava estranhamento já que não soava a nenhum dialeto conhecido. Sprezius levantou de sua cadeira, gritou com a avidez de um abutre: "Senhor advogado de defesa, pela última vez, ordeno-lhe que não conduza uma discussão sobre a pessoa do monarca." Uma movimentação percorreu o público. Quando Buck começava novamente a abrir a boca, alguém tentou bater palmas, Sprezius grasnou a tempo. Havia sido uma das moças chamativas.

"Apenas o senhor presidente", disse Buck, "mencionou a pessoa do monarca. Mas já que ela foi mencionada, permito-me constatar, sem constranger o tribunal, que, por meio da integridade com que ela expressa e representa no momento de hoje as tendências do país, essa pessoa ganha algo de quase venerável. E, o senhor presidente que não aceite que eu seja interrompido, quero denominar o imperador um grande artista. Posso fazer mais? Nós todos não conhecemos nada mais grandioso... Justamente por isso não devemos permitir que qualquer sujeito mediano o arremede. Que, sob o brilho do trono, queira alguém interpretar sua personalidade indubitavelmente única; queira discursar, sem que esperemos dele mais que discurso; queira fazer o olhar reluzir, cegar, provocar o ódio de rebeldes imaginários e o aplauso de um *parterre*, que não nega assim sua essência burguesa..."

Diederich estremeceu; e todos estavam de boca aberta e olhos estalados, como se Buck se movesse em uma corda entre duas torres. Se ele cairia? O bico de Sprezius palpitava. Mas não havia traço de ironia na expressão facial do advogado de defesa: algo se animava ali, como uma empolgação amarga. De repente deixou cair o canto da boca, parecia que em volta dele tornava-se acinzentado.

"Mas um fabricante de papel de Netzig?", perguntou. Ele não foi derrubado, ele ganhou forças novamente! Então todos olharam para Diederich, até mesmo sorriam. Também Emmi e Magda sorriam. Buck produziu seu efeito, e Diederich teve de admitir para si mesmo que sua conversa do dia anterior, na rua, havia sido o ensaio geral para tudo aquilo. Inclinava-se, humilhado, sob o escárnio escancarado do orador.

"Os fabricantes de papel tendem, hoje, a arrogar-se um papel para o qual eles não foram feitos. Vamos vaiá-los! Eles não têm nenhum talento! O nível estético de nossa vida pública, que experimentou um avanço tão glorioso com a postura de Guilherme II, só tem a perder com forças como as da testemunha Hessling... E com o estético, excelentíssimos juízes, cai ou sobe o moral. Ideais enganosos trazem consigo costumes pouco honrosos, ao embuste político segue o burguês."

A voz de Buck tornou-se mais severa. Pela primeira vez ela havia alcançado o *pathos*.

"Pois, excelentíssimos juízes, não me limito à doutrina mecânica, que é tão cara ao partido dos assim chamados subversivos. O exemplo de um homem produz mais transformação que todas as leis econômicas no mundo. E tomem cuidado se se tratar de um exemplo equivocado! Então pode acontecer de se espalhar pelo país um novo tipo, que não vê em rigor e repressão a passagem para condições mais humanas, mas o sentido mesmo da vida. Fraco e pacífico por natureza, ele tenta parecer de ferro, porque na sua imaginação era Bismarck. E com apelo desautorizado a alguém ainda maior, ele se torna estrondoso e pouco sólido. Sem dúvida: a vitória de sua presunção irá servir-lhe para propósitos comerciais. Primeiro, a comédia da sua convicção leva à prisão um ofensor de Sua Majestade. Mais tarde, encontrar-se-á o que se pode ganhar financeiramente com isso, excelentíssimos juízes!"

Buck estendeu os braços como se sua beca fosse envolver o mundo, adquiria uma expressão de líder. E disparou, impetuoso, tudo o que tinha.

"Os senhores são soberanos; e a sua soberania é a primeira e a mais forte. Em suas mãos está o destino de um indivíduo. Os senhores podem enviá-lo para a vida ou assassiná-lo moralmente – o que nenhum príncipe pode fazer. Mas a forma de comportamento dos indivíduos, que os senhores aprovam ou descartam, forma toda uma geração. E assim os senhores têm poder sobre nosso futuro. Aos senhores cabe a responsabilidade incomensurável de, no futuro, homens como o acusado encherem as prisões e seres como a testemunha Hessling serem a porção dominante da nação. Decidam entre ambos! Decidam entre a sanha ambiciosa e o trabalho corajoso, entre comédia e verdade! Entre alguém que exige sacrifício para exaltar a si mesmo ou alguém que oferece sacrifício para melhorar a vida das pessoas! O acusado fez o que apenas poucos podem fazer: abriu mão de seu senhorio; concedeu direitos iguais, satisfação e o prazer da esperança àqueles que estão abaixo dele. E alguém, que respeita o próximo como a si mesmo, deveria ser capaz de falar da pessoa do imperador com falta de respeito?"

A audiência recobrou fôlego. Via com novos sentimentos o acusado, que deixou cair a testa em sua mão, e a sua mulher, que olhava atônita à sua frente. Muitos soluçavam. Até mesmo o presidente tinha uma expressão envergonhada. Não piscava mais vigorosamente; mirava com olhos arredondados como se Buck o tivesse capturado. Kühlemann acenava com atenção e Jadassohn manifestava espasmos involuntários.

Mas Buck fez mal uso de seu êxito, deixou-se inebriar. "O despertar dos cidadãos!" gritou. "A convicção verdadeiramente nacional! A ação silenciosa de um Lauer faz muito mais que centenas de monólogos cheios de eco de um artista coroado!"

Imediatamente Sprezius voltou a piscar vigorosamente; via-se que havia refletido sobre como as coisas de fato estavam postas, e prometeu a si mesmo não cair na armadilha pela segunda vez. Jadassohn sorriu com desdém. Na sala, a maioria tinha a impressão de que o advogado de defesa havia perdido. Debaixo do tumulto generalizado, o presidente fê-lo encerrar o louvor ao acusado.

Quando Buck se sentou, os atores quiseram aplaudir; Sprezius não grasnou mais, apenas lançou um olhar entediado e perguntou se o promotor desejava fazer uma réplica. Jadassohn disse não com desprezo e os juízes retiraram-se rapidamente. "Logo a sentença será definida", disse Diederich dando de ombros – embora o discurso de Buck ainda lhe oprimisse terrivelmente. "Graças a Deus!", disse a sogra do prefeito. "E pensar que há cinco minutos essas pessoas estivessem no topo!" Ela apontava para Lauer, que enxugava o rosto, e para Buck, a quem os atores felicitavam.

Os juízes voltaram logo e Sprezius pronunciou a sentença: seis meses na prisão – o que para todos parecia a solução mais natural. Adicionalmente, decidiram ainda pela perda dos cargos públicos que o acusado ocupava.

O presidente fundamentou a sentença com o fato de uma intenção ofensiva para o corpo de delito ser indispensável. Assim, a pergunta se uma provocação teria ocorrido era irrelevante. Ao contrário: que o acusado tenha ousado falar assim diante de homens com convicção nacional, isso pesou muito contra ele. A afirmação do acusado de que não tivesse pensado no imperador foi julgada pelo tribunal como inválida. "Os ouvintes do discurso foram obrigados a perceber que a intenção de sua declaração havia se dirigido ao imperador – especialmente por causa do posicionamento partidário deles e por causa da tendência antimonárquica do acusado, que lhes era conhecida. Quando o acusado deu como pretexto ter-se precavido de uma ofensa a Sua Majestade, ele não quis evitar a própria ofensa, e sim suas consequências puníveis."

A todos isso era plausível; achavam o que Lauer havia feito compreensível, porém traiçoeiro. O condenado foi preso imediatamente; quando tiveram de presenciar ainda isso, foram-se dispersando entre observações que não eram favoráveis a ele. Lauer estava acabado, pois o que seria daquele meio ano em que devia se ausentar, e de seus negócios?! Por causa da sentença também não era mais conselheiro municipal. No futuro, não podia nem se beneficiar, nem causar danos! Cabia à panelinha dos Buck, que se aglomerava, tomar aquilo como aprendizado. Procuraram pela mulher do prisioneiro, mas ela havia desaparecido. "Ela nem mesmo lhe deu a mão! Belo relacionamento!"

Nos dias que se seguiram, aconteceram coisas que levaram a julgamentos mais amargos. Judith Lauer arrumou imediatamente suas malas e foi viajar para o sul. Para o sul! – enquanto seu esposo legítimo estava assentado lá em cima naquela prisão feudal, com um sentinela sob as grades de sua janela. E – veja só que coincidência! – o conselheiro Fritzsche de repente iria entrar em férias. Havia chegado de Gênova uma carta sua destinada ao Dr. Heuteufel, que a mostrou a todos em sua volta: talvez para que seu próprio comportamento fosse esquecido. Mal teria sido necessário investigar o criado da casa dos Lauer e as pobres e abandonadas crianças: todos sabiam! O escândalo foi tão grande que o *Jornal de Netzig* interveio com um aviso dirigido aos mais de dez mil moradores, para não irem ao encontro de tendências rebeldes por meio de licenciosidades. Em um segundo artigo, Nothgroschen expôs que é errado glorificar reformas como as que se introduziram na empresa de Lauer. Pois qual era a participação dos operários? Em média, conforme a própria tabela de Lauer, nem oitenta marcos ao ano. Isso poderia ser dado a eles também em forma de um presente de natal! Mas é evidente que depois não houve mais protesto contra a ordem social estabelecida. Depois, também a convicção antimonárquica do fabricante, constatada pelo tribunal, não teve nada a ganhar com isso! E se Lauer havia contado com o agradecimento dos operários, teria agora uma lição, contanto que pudesse ler o jornal social-democrata na prisão, acrescentava Nothgroschen. Pois, por causa de sua ofensa imprudente contra Sua Majestade, a existência de centenas de famílias de operários ficou comprometida.

O *Jornal de Netzig* considerava a nova situação de forma diferente e bastante característica. O seu diretor, Tietz, dirigiu-se à fábrica de Hessling por causa de uma parte do fornecimento de papel. A edição necessitava de mais impressões e Gausenfeld estava sobrecarregada. Diederich percebeu de imediato que o velho Klüsing estava metido naquilo. Tinha participação no jornal, sem ele não acontecia nada ali. Se ele renunciava a uma parte, era evidente que temia perder ainda mais. Os jornais distritais! Os fornecimentos para o governo! Isso era por medo de Wulckow! Embora quase não viesse mais à cidade, o velho certamente soube que Diederich chamou a atenção para si por causa do seu depoimento no processo. A velha aranha do papel, lá atrás em sua rede, que fora estendida sobre a província e até mais para frente, farejava perigo e estava preocupada. "Ele quer que eu me sacie com o *Jornal de Netzig*! Mas não vamos deixar tão barato assim. Nesses tempos difíceis! Ele tem ideia de minha generosidade. Quando tiver Wulckow por atrás de mim: simplesmente vou herdá-lo!", disse Diederich bem alto e batendo na mesa, de tal modo que Sötbier levantou com um sobressalto. "Proteja-se dos alvoroços!", disse Diederich cheio de sarcasmo. "Em seus anos, Sötbier, admito que o senhor desempenhou algo para a firma. Mas a história com a holandesa foi péssima; o senhor me desencorajou, e agora ela teria me sido útil para o *Jornal de Netzig*. O senhor deveria descansar, já não consegue fazer mais nada."

Uma das consequências do processo para Diederich também foi a carta do Major Kunze. Ele desejava esclarecer o lamentável mal-entendido e informava que nada mais impedia a aceitação do Sr. Dr. Hessling na Associação de Ex-Combatentes. Comovido com seu triunfo, Diederich preferia ter apertado as duas mãos do velho soldado. Felizmente, informou-se e soube que a carta fora atribuída ao próprio Sr. von Wulckow! O presidente da circunscrição havia honrado a Associação com sua visita e se admirado por não ter encontrado lá o Dr. Hessling. Então deu-se conta do tanto de poder que tinha. Agiu de forma correspondente. Respondeu à comunicação privada do major com uma carta oficial à Associação e requisitou a visita pessoal de dois membros da presidência, os senhores major Kunze e o professor Kühnchen. Vieram; Diederich recebeu-os em seu escritório entre uma visita comercial e outra que ele marcou de propósito naquele horário, e ditou-lhes a carta de cumprimento, cuja entrega era condição do aceite de sua honrosa solicitação. Nela reiterou que, com notável intrepidez e apesar de toda calúnia, preservou sua convicção alemã e leal ao imperador. Por meio de sua intervenção, os elementos despatrióticos de Netzig haviam sido sensivelmente derrotados. Diederich sobressaiu-se de uma luta conduzida sobre enormes sacrifícios pessoais enquanto caráter forte e genuinamente alemão.

Durante sua cerimônia de aceitação, Kunze leu a carta de cumprimento e Diederich, em voz lacrimosa, disse não merecer tanto louvor. Se a questão nacional fazia avanços em Netzig, então, ao lado de Deus, era graças a alguém mais elevado, cujas diretrizes ilustres ele executava com alegre obediência... Todos, também Kunze e Kühnchen estavam comovidos. Foi uma grande noite. Diederich conclamou a um brinde e proferiu um discurso, no qual aludia às dificuldades que o novo projeto de lei do exército enfrentava no Parlamento. "Somente nossa espada afiada", gritava Diederich, "assegura nossa posição no mundo e mantê-la afiada é o apelo de Sua Majestade, o imperador! Quando o imperador chama, nós a tiramos da bainha! O círculo no Parlamento, que quer fazer suas objeções, que se proteja para não ser o primeiro a encontrá-la! Não se pode brincar com Sua Majestade, meus senhores, é o que posso lhes dizer." Diederich fez o olhar reluzir e acenou de forma significativa, como se soubesse de algo. Nesse mesmo momento, ocorreu-lhe algo. "Recentemente, na assembleia legislativa provincial de Brandemburgo, o imperador deixou claro ao Parlamento o seu ponto de vista. Disse: se os sujeitos não me concedem os meus soldados, vou fazer uma limpa!" A frase provocou grande frenesi e, ao corresponder a todos que lhe brindavam, Diederich não precisou mais ter dito se ela tinha sido dele ou do imperador. Uma onda de poder emanava daquela sentença e o cobria como se tivesse sido genuína... No dia seguinte, ela apareceu no *Jornal de Netzig* e, já de noite, no *Lokal-Anzeiger*. Os jornais marcados pelas más convicções exigiram um desmentido, mas isso não aconteceu.

V

Tais exaltações ainda inflavam o peito de Diederich, quando Emmi e Magda receberam um convite da Sra. presidente von Wulckow para o chá da tarde. Só podia ser por causa da peça que a esposa do presidente da circunscrição iria exibir na próxima festa do Harmonia, Emmi e Magda deveriam ganhar algum papel. Voltaram para casa coradas de tanta alegria: a Sra. von Wulckow havia sido extremamente amável; havia lhes servido torta repetidas vezes e com as próprias mãos. Inge Tietz queria explodir de raiva. Oficiais também iriam atuar! Elas precisavam de toaletes especiais; se talvez Diederich achasse que elas, com cinquenta marcos... mas Diederich deu-lhes crédito ilimitado. Nada que haviam comprado achou bonito o suficiente. A sala de estar estava cheia de fitas e flores artificiais; as moças perdiam a cabeça, pois Diederich só fazia objeções; até que chegou uma visita: Guste Daimchen.

"Ainda não dei as devidas felicitações à noiva sortuda", disse ela e procurou sorrir complacente, embora os olhos corressem apreensivos sobre as fitas e as flores. "Isso tudo é para aquela peça tola?", perguntou. "Wolfgang ouviu falar, diz que ela é bem tola." Magda revidou: "Deve ter-lhe dito isso por saber que você não está no elenco." E Diederich esclareceu: "Com isso ele tenta justificar-se, já que a senhora não foi convidada pelos Wulckow por causa dele." Guste riu com desprezo. "Abrimos mão dos Wulckow, mas vamos ao baile do Harmonia." Diederich perguntou: "Não seria melhor a senhora deixar passar a primeira impressão do processo?" Olhou-a com empatia. "Cara Srta. Guste, somos velhos conhecidos, permito-me adverti-la de que sua ligação com os Buck não lhe traz benefícios." Guste pestanejou, parecia já ter pensado nisso. Magda observou: "Graças a Deus que não é assim com meu Kienast." Ao que Emmi retorquiu: "Mas o Sr. Buck é mais interessante. Recentemente, durante seu discurso, chorei como se estivesse no teatro." – "E não só isso!", gritou Guste, encorajada. "Ainda ontem ele me deu essa bolsa de presente." Ergueu a sacola dourada depois que Emmi e Magda a haviam espiado por algum tempo. Magda disse, cáustica: "Certamente ele ganhou muito com a defesa. Kienast e eu somos mais econômicos." Mas Guste já estava satisfeita. "Bem, não quero incomodá-las muito mais", disse ela.

Diederich acompanhou-a até lá embaixo. "Eu a levarei até sua casa, se a senhora me der esse prazer", disse, "mas antes tenho de dar uma olhada na fábrica. Logo se encerra o expediente." – "Posso ir junto", disse Guste. Para impressioná-la, levou-a diretamente à grande máquina de papel. "A senhora certamente ainda não viu algo assim." E fazendo-se de importante, explicou-lhe o sistema de tanque, rolos e cilindros por onde corria a massa, ao longo de toda extensão da sala: primeiro, na forma líquida, depois cada vez mais ressecada – e, no final da máquina, o papel corria pronto em grandes rolos. Guste sacudia a cabeça. "Não pode ser! E o ruído que ela faz! E o calor aqui dentro!" Ainda não satisfeito com a impressão que causava, Diederich encontrou um motivo para esbravejar contra os operários; quando Napoleão Fischer entrou, era ele o culpado! Ambos gritavam contra o barulho da máquina, Guste não entendia nada; mas o medo recôndito de Diederich via sempre um certo sorriso irônico por entre a barba delgada do operador de máquinas, um sorriso que recordava sua cumplicidade naquele caso da holandesa e que era a recusa patente de qualquer autoridade. Quanto mais Diederich gesticulava com impetuosidade, mais tranquilo o outro ficava. Aquela tranquilidade era insurgência! Suspirando e tremendo, Diederich abriu a porta da sala de embalagem e deixou Guste entrar. "O homem é social-democrata!", explicou. "Um sujeito assim é capaz de colocar fogo aqui. Mas não vou demiti-lo: agora não! Vamos ver quem é o mais forte. Eu assumo as consequências da social-democracia!" E como Guste olhou-o com admiração: "A senhora certamente não imagina as batalhas perigosas a que pessoas como nós estamos sujeitas. Destemido e leal, esse é o meu mote. A senhora veja, aqui eu defendo nossos valores nacionais mais sagrados tão bem quanto nosso imperador os defende. Nisso há mais coragem do que em alguém que faz belos discursos no tribunal."

Guste entendeu e ficou com uma expressão de desconfiada. "Aqui é mais frio", ela observou, "quando se sai do inferno da porta ao lado. Aqui as mulheres podem ficar contentes." – "Elas?", retrucou Diederich. "Como se estivessem no paraíso!" Levou Guste até a mesa: uma das mulheres separava as lâminas, uma segunda conferia e a terceira contava até quinhentos sem cessar. Tudo andava com uma rapidez inexplicável; as lâminas voavam uma após a outra, ininterruptamente, como que por conta própria e sem resistir às mãos trabalhadoras, que por sua vez pareciam imiscuir-se nos papéis que passavam por elas: mãos e braços, a mulher mesma, seus olhos, seu cérebro, seu coração. Tudo estava lá e vivia para que as lâminas voassem... Guste bocejou – enquanto Diederich explicava que essas mulheres, que trabalhavam em plena consonância, eram culpadas de negligências infames. Logo quis intervir, pois voara junto uma lâmina defeituosa. De repente Guste disse com certa obstinação: "A propósito, o senhor não precisa se iludir sobre o quanto Käthchen Zillich tem um especial interesse pelo senhor... Ao menos não é maior que por certas pessoas", acrescentou; e quando ele perguntou o que ela queria dizer, afinal, com seu comentário confuso, ela sorriu insinuante. "Eu lhe rogo", repetiu. Com isso, assumiu sua expressão de complacente. "Digo isso apenas para o seu bem. O senhor não percebe nada? Com o juiz auxiliar Jadassohn, por exemplo? Mas essa Käthchen é mesmo desse tipo." Então Guste soltou uma gargalhada, tão embasbacado Diederich parecia. Ela continuou andando, ele a seguia. "Com Jadassohn?", perquiriu temeroso. Nisso o barulho da máquina parou, o relógio que mostrava o fim do expediente soou, e os operários já se afastavam do pátio. Diederich deu de ombros. "Pouco me importa o que a Srta. Zillich faz", disse. "No máximo sinto muito pelo pastor se ela de fato é uma dessas. A senhora sabe algo exatamente?" Guste desviou o olhar. "Convença-se o senhor mesmo!" Ao que Diederich retribuiu com um riso lisonjeado.

"Deixe o gás esquentando!", gritou para o operador de máquinas que passava por ali. "Eu mesmo o desligo." O salão de farrapos acabava de ser escancarado para os que iam embora. "Oh!", gritou Guste. "Ali dentro é tão romântico!" Ela avistara, lá atrás, no crepúsculo, manchas coloridas sobre montes cinzentos e, do outro lado, um monte de hastes. "Ah", disse ao se aproximar. "Pensei isso, porque aqui é tão escuro... São apenas sacos de farrapos e tubos de calefação." E mudou a expressão de seu rosto. Diederich foi ao encalço das trabalhadoras que, apesar do regulamento da empresa, descansavam sobre os sacos. Tão logo o trabalho terminava, muitas tricotavam, outras comiam. "Vocês não querem mais nada", bufou. "Ganhando calor às minhas custas! Fora!" Levantaram-se vagarosamente, sem uma palavra, sem mostrar resistência; passaram pela estranha, voltando-lhe a cabeça com vaga curiosidade, e saíram, vestidas com seus calçados masculinos, pesadas, como um rebanho, e envoltas na nebulosidade em que viviam. Diederich não tirou o olhar afiado que lançava sobre cada uma até que estivessem lá fora. "Fischer!", gritou de repente. "O que a gorducha tem debaixo da saia?" O operador de máquinas esclareceu com um sorriso irônico e ambíguo: "Isso é porque ela está esperando um bebê." Diederich voltou as costas insatisfeito. Informou Guste: "Acredito ter pegado uma. Ela está roubando farrapos. É isso. Para fazer roupa de bebê." E quando Guste franziu o nariz: "Isso é bom demais para os filhos de proletários!"

Com as pontas de sua luva Guste pegou um farrapo do chão. Subitamente Diederich capturou seu pulso e beijou-o com avidez bem na fenda da luva. Ela olhou em volta assustada. "Ah! Todo mundo já foi." Riu autoconfiante. "Bem imaginei o que o senhor ainda tinha por fazer na fábrica." A feição de Diederich tornou-se provocativa. "E a senhora? Por que foi que a senhora veio aqui hoje? Certamente deve ter percebido que não se pode me subestimar? Seu Wolfgang, porém... ninguém consegue se prestar tanto ao ridículo como ele, como há pouco no tribunal." A isso Guste respondeu de pronto, indignada. "Fique quieto, o senhor nunca será um homem refinado como ele." Mas seus olhos diziam outra coisa. Diederich percebeu; exaltado, soltou uma risada. "Como ele tem pressa com a senhora! Sabe pelo que ele a toma? Por uma panela com salsicha e repolho, e eu é que devo mexê-la!" – "Agora o senhor está mentindo", disse Guste fulminante; mas Diederich estava a todo vapor. "Só que para ele salsicha e repolho não é o suficiente. No começo, é evidente que ele pensou que a senhora teria herdado um milhão. Mas cinquenta mil marcos não bastam para segurar um homem assim tão fino." Então Guste ferveu, Diederich andou para trás, tão perigosa ela pareceu. "Cinquenta mil! O senhor não está passando bem, não é? Por que preciso ouvir tais coisas?! E isso quando tenho trezentos e cinquenta mil no banco, isso para ficar só nos títulos de baixo risco! Cinquenta mil, pois sim! Posso processar quem anda me difamando por aí!" Ela estava com lágrimas nos olhos; Diederich desculpava-se em balbucios. "Vamos deixar isso para lá" – Guste usava seu lenço. "Wolfgang sabe muito bem o que esperar de mim. O senhor é que acreditou nessas mentiras. Por isso é que anda tão petulante!", ela gritou. As dobrinhas rosadas de seu rosto tremiam de raiva, e o pequeno nariz empinado estava totalmente branco. Ele balbuciou: "Isso só mostra que a senhora me agrada mesmo sem dinheiro", alegou. Ela mordeu os lábios. "Quem sabe?", disse ela, olhando de baixo, amuada e insegura. "Para pessoas como o senhor cinquenta mil já é alguma coisa."

Ele julgou apropriado fazerem uma pausa. Ela tirou o pó-de-arroz de sua bolsa dourada e sentou-se. "Estou impressionado com os montantes!" Ela voltou a rir. "O senhor de fato tem mais alguma coisa para me mostrar na sua, digamos, 'fábrica'?" Ele deu um aceno significativo. "A senhora sabe exatamente onde está sentada?" – "Bem, sobre um saco de farrapos." – "Mas em qual saco! Nesse canto, aqui atrás, peguei de surpresa um operário e uma moça fazendo: a senhora entende. É claro que ambos foram imediatamente para a rua; e de noite, sim, naquela mesma noite" – ergueu o indicador, em seus olhos surgiu um comichão de coisas maiores – "o sujeito foi morto a tiros e a moça enlouqueceu." Guste deu um salto. "Foi isso? Meu Deus, foi esse o operário que provocou o sentinela...? Então atrás dos sacos eles...?" Seus olhos correram sobre os sacos como se procurasse sangue ali. Fugiu para perto de Diederich. De repente ambos se olharam nos olhos, neles se moviam os mesmos comichões inescrutáveis, dos vícios ou do sobrenatural. Ouviam nitidamente a respiração um do outro. Guste cerrou as pálpebras por um segundo: e logo ambos estatelaram-se sobre os sacos, rolaram, envolvidos um no outro, para baixo e lá para trás no espaço vago, viravam-se do avesso, ofegavam e bufavam como se estivessem se afogando lá embaixo.

Guste foi quem primeiro alcançou a luz. Com o mesmo pé que ele quis segurar para retê-la ela lhe bateu no rosto, e então saiu de um pulo, sem evitar um estrondo. Quando Diederich seguiu seus passos, todo satisfeito, ficaram ambos em pé e ofegantes. O peito de Guste e a barriga de Diederich estavam em polvorosa. Ela logrou falar antes dele. "O senhor vá fazer isso com outra! Onde é que fui chegar?!" Cada vez mais severa: "Já lhe disse que são trezentos e cinquenta mil!" Diederich moveu a mão de modo a expressar que admitia seu erro. Mas Guste gritou: "E veja só minha aparência agora! Vou ter que andar assim pela cidade?" Ele se assustou mais uma vez e riu desconcertado. Ela sapateava. "O senhor por acaso não tem uma escova?" Ele partiu obediente; Guste gritou-lhe: "Espero que suas irmãs não tenham percebido nada! Senão as pessoas vão falar de mim amanhã!" Ele foi para o escritório. Quando voltou, Guste estava novamente no saco, o rosto nas mãos, e por entre seus dedos, queridos e gordinhos, corriam lágrimas. Diederich estava em pé, ouvindo os seus gemidos, e de repente ele mesmo começou a chorar. Escovou seus cabelos com mãos consoladoras. "Não aconteceu nada", ele repetia. Guste levantou. "Só teria me faltado essa" – e mediu-o com ironia. Então Diederich recobrou a coragem. "Seu noivo não precisa saber", observou. E Guste: "E mais essa ainda!" – ao que ela mordeu os lábios.

Consternado por essas palavras, ele continuou a escovar em silêncio, primeiro ela, depois a si mesmo, enquanto Guste alisava o vestido. "Vamos embora!", disse ela. "Tão logo não volto a ver uma fábrica de papel". Ele espreitou-a por debaixo do chapéu. "Quem sabe", disse ele. "Pois já faz cinco minutos que deixei de acreditar em seu amor por Buck." Guste gritou de imediato: "Claro que o amo!" E perguntou sem pestanejar: "O que significa essa coisa aqui?"

Ele explicou: "Isso é uma peneira, serve para enxaguarmos os farrapos entre os sulcos; ficam para trás botões e outras coisas, como a senhora pode ver. É claro que deixaram de arrumar o lugar como deviam..." Ela espetou o monte com a ponta da sombrinha; ele acrescentou: "Ao longo do ano mantemos guardados mais sobras de sacos!" – "E o que é aquilo ali?", perguntou Guste e rapidamente estendeu a mão para pegar algo que brilhava. Diederich arregalou os olhos. "Um botão de brilhante!" Ela o fazia cintilar. "E é de verdade! Se o senhor encontrar essas coisas com mais frequência seus negócios não ficarão tão mal!" Diederich disse incrédulo: "É claro que terei de devolvê-lo!" Ela riu. "A quem, afinal? Os resíduos lhe pertencem!" Ele também riu. "Bem, mas não os brilhantes. Iremos averiguar quem nos forneceu." Guste examinou-o de baixo. "O senhor é um tolo", disse. Ele revidou enfaticamente: "Não! Sou é um homem honrado!" Então ela simplesmente ergueu os ombros. Tirou vagarosamente a luva da mão esquerda e colocou o brilhante no pequeno dedo. "Pode-se fazer um anel com ele!", exclamou como que iluminada, observava a mão com a cabeça baixa e suspirava. "Bem, outras pessoas irão encontrá-lo!" – e jogou o botão de volta aos farrapos sem pensar. "A senhora está louca?", Diederich agachou-se, não o viu de pronto e ajoelhou-se ofegante. Depressa embolou tudo. "Graças a Deus!" Alcançou-lhe o botão, mas Guste não o pegou. "Melhor cedê-lo ao operário que o vir primeiro amanhã. Ele o colocará no bolso, o senhor pode confiar nisso, ele não seria tolo." – "Eu também não seria", Diederich protestou. "Pois parece mesmo que a pedra deve ter sido jogada fora. Sob tais circunstâncias, não preciso julgar incorreto recolhê-lo." Colocou o brilhante novamente no seu pequeno dedo. "E mesmo que fosse incorreto, ele fica tão bem na senhora." Guste disse surpresa: "Como assim? O senhor quer me dá-lo de presente?" Ele balbuciou: "A senhora é que o encontrou, então tenho que dar." Guste ficou contente. "Será o mais belo anel que terei!" – "Por quê?" perguntou Diederich, cheio de esperança. Guste disse evasiva: "Sobretudo..." E com um olhar fulminante: "Porque ele não custa nada, o senhor sabe." Diederich enrubesceu com isso, e deram piscadelas um para o outro.

"Ah, meu Deus!" Guste gritou de repente. "Deve ser muito tarde. Já são sete? O que vou dizer para minha mãe...? Já sei, vou dizer a ela que descobri o brilhante na barraca de um mascate, que achava não ser de verdade e me pediu meros cinquenta centavos!" Abriu sua bolsa dourada e jogou o botão dentro. "Bem, adeus... Mas veja sua aparência! Ao menos arrume sua gravata." Falava e a arrumava ela mesma. Ele sentiu as mãos mornas sob o seu queixo; seus lábios úmidos e gordinhos moviam-se próximos a ele. Sentiu subir um calor e prendeu a respiração. "Bem", disse Guste e de fato saiu. "Só vou desligar o gás", gritou para ela. "Espere!" – "Já esperei", ela respondeu lá de fora; quando ele saiu para o pátio, ela já tinha ido. Desconcertado, trancou a fábrica enquanto dizia em voz alta para si mesmo: "Alguém me diga, isso é instinto ou cálculo?" Balançou a cabeça, preocupado por causa do eterno enigma da feminilidade que Guste personificava.

Diederich refletia consigo mesmo que, talvez, pudesse ter progressos com Guste, é claro que de forma lenta. Os acontecimentos que se deram em volta do processo provocaram nela certa impressão, mas não o suficiente. Também não ouviu mais nada sobre Wulckow. Depois do passo tão promissor do presidente da municipalidade com relação à Associação de Ex-Combatentes, Diederich esperava algo mais, ainda indeterminado: uma colocação, um cargo de confiança, não sabia como e o quê. O baile do Harmonia poderia trazer algo; por que mais as irmãs teriam recebido um papel para a peça de sua esposa? Ocorre que tudo demorava demais para a sanha de Diederich de fazer algo. Era um período de muita impetuosidade e inquietude. Estava cheio de esperança, perspectivas, planos; para dentro de cada novo dia, queria fazer jorrar tudo de uma vez, e quando o dia passava, tudo ficava vazio. Era tomado de uma pulsão para o movimento. Muitas vezes faltava aos encontros da taberna e saía a passear sem rumo e ao ar livre, o que antes não acontecia. Um dia, deixou para trás o centro da cidade; com passos de um homem sobrecarregado de energia, caminhou pesadamente até o fim da Meisestrasse, que ficava vazia à noite; atravessou a comprida Gäbbelchenstrasse, com suas estalagens de subúrbio, nas quais os carroceiros atrelavam ou desatrelavam seus animais, e passou por debaixo da carceragem. O Sr. Lauer, que não havia sonhado com isso, estava sentado lá em cima, vigiado através das grades da janela por um soldado. "Antes do escorregão, a arrogância", pensou Diederich. "Tu colhes o que plantas." Embora os acontecimentos que levaram o fabricante à carceragem não lhe fossem totalmente alheios, Lauer parecia-lhe agora um ser com a marca de Caim, um sujeito sinistro. Por um momento acreditou ter visto uma forma no pátio da prisão. Já estava muito escuro, mas talvez...? Um arrepio percorreu Diederich e ele saiu depressa.

Atrás do portal da cidade, a estrada conduzia até o morro do burgo de Schweinichen, onde outrora o pequeno Diederich e a Sra. Hessling desfrutavam do horror pelo fantasma do burgo. Tais criancices já estavam longe dele; mais comum, hoje em dia, era ele entrar a cada vez na Gausenfelder Strasse, pouco antes do portal. Não teve qualquer intenção de fazer aquilo e o fez apenas sob certa hesitação, pois não queria que alguém o surpreendesse naquele caminho. Mas não pôde evitar: a grande fábrica de papel atraía-o como a um paraíso proibido, teve que se aproximar dela alguns passos, dar a volta nela, bisbilhotar sobre seu muro... Uma noite, vozes muito próximas na escuridão sobressaltaram Diederich durante essa atividade. Quase não teve tempo de agachar-se no fosso. E enquanto as pessoas, provavelmente funcionárias da fábrica que estavam atrasadas, passaram por seu esconderijo, Diederich manteve os olhos fechados por causa do medo e também porque sentia que o brilho ávido que havia neles poderia denunciar sua presença.

Já estava de volta ao portal, o coração ainda palpitava e ele procurava por um copo de cerveja. Logo no canto do portal ficava o Anjo Verde, uma das estalagens mais chulas da cidade; estava torta de tão velha, suja e de péssima reputação. De repente uma figura feminina desapareceu pela passagem curvada. Diederich, tomado pela sede de aventura, sentiu necessidade de segui-la. Ao passar pela luz avermelhada da lanterna de um estábulo, ela quis cobrir o rosto já velado com o manguito, mas Diederich logo o reconheceu. "Boa noite, Srta. Zillich!" – "Boa noite, senhor doutor!" E ambos ficaram parados ali de boca aberta. Käthchen Zillich foi a primeira a pronunciar algo, e sobre crianças que moravam ali naquela casa e que ela devia levar para a escola dominical de seu pai. Diederich começou a falar, mas ela continuava, cada vez mais apressada. Não, na verdade as crianças não moravam ali, mas seus pais frequentavam a taberna, e não podiam saber nada sobre a escola dominical, pois eram sociais-democratas... Dizia disparates. E Diederich, que primeiro havia pensado em sua própria consciência pesada, constatou que Käthchen se encontrava em uma situação ainda mais suspeita. Eximiu-se de explicar a presença dele no Anjo Verde e simplesmente sugeriu que era possível esperar pelas crianças na taberna. Angustiada, Käthchen recusou-se a consumir qualquer coisa, mas Diederich, por conta própria, pediu cerveja também para ela. "Saúde!", disse ele e sua expressão facial denotava a irônica recordação de que em seu último encontro, na atmosfera tranquila da sala de estar da casa paroquial, eles quase teriam se tornado noivos. Käthchen estava vermelha e pálida por baixo do véu e derrubava sua cerveja. Movia-se constantemente em sua cadeira e queria ir embora; mas Diederich empurrou-a no canto, atrás da mesa, e esparramou-se em sua frente. "As crianças devem chegar logo!", disse ele com benevolência. Em vez delas, chegou Jadassohn: de repente ele estava lá e parecia petrificado. Os outros dois também não se moveram. "Ora essa!", pensou Diederich. Jadassohn parecia pensar o mesmo, nenhum dos cavalheiros disse palavra. Käthchen começou de novo com a história de crianças e escola dominical. Falava suplicante e quase chorava.

Jadassohn a ouviu com desconfiança, até mesmo comentou que certas histórias lhe pareciam confusas demais – e lançou um olhar inquisidor sobre Diederich.

"No fundo", Diederich acrescentou, "é simples. A Srta. Zillich procura por crianças e nós a ajudaremos."

"Se ela vai conseguir uma, não se pode saber", complementou Jadassohn contundente; aí Käthchen disse: "E de quem, também não."

Os cavalheiros pousaram os copos na mesa. Käthchen desistiu de chorar, até ergueu o véu e olhou de um para outro com os olhos peculiarmente claros. Sua voz ganhou algo de franco, direto. "Bem, se ambos estão aqui...", acrescentou enquanto pegava um cigarro da latinha de Jadassohn; depois esvaziou de uma vez o copo de conhaque que estava diante de Diederich. Agora era Diederich quem precisava recompor-se. Jadassohn parecia não estranhar aquela outra face de Käthchen. Ambos continuaram trocando frases ambíguas, até Diederich ficar indignado com Käthchen. "Então hoje a estou conhecendo a fundo!", gritou e bateu na mesa. Käthchen voltou de imediato à sua expressão de dama. "O que o senhor quer dizer, exatamente, senhor doutor?" Jadassohn complementou: "Suponho que o senhor não esteja querendo ofender a honra da dama!" – "Acho apenas", Diederich balbuciou, "que assim a Srta. Zillich me agrada muito mais." Virou os olhos de tamanha perplexidade. "Há pouco, quando quase nos tornamos noivos, ela não me agradou nem a metade." Käthchen riu: uma gargalhada bastante espontânea, como Diederich nunca vira. Ficou afogueado e riu junto, Jadassohn também, todos os três revolveram-se sobre as cadeiras, rindo, e pediram mais conhaque.

"Agora tenho que ir", disse Käthchen, "caso contrário papai chega antes de mim em casa. Ele faz visitas a doentes; nessas ocasiões sempre distribui estas imagens." Tirou duas pequenas imagens coloridas de sua bolsa de couro. "Os senhores também ganharão alguma." Jadassohn ganhou a pecadora Madalena, Diederich, o cordeiro junto do pastor; não ficou satisfeito. "Também quero uma pecadora." Käthchen procurou, mas não encontrou mais nenhuma. "Bem, vai ter que ficar com a ovelha", decidiu, e partiram, Käthchen no meio enganchada no braço deles. Aos solavancos e fazendo curvas bem abertas, os três bambolearam pela Gäbbelchenstrasse mal iluminada, enquanto cantavam uma canção de igreja que Käthchen havia começado a entoar. Em uma dada esquina, informou que deveria se apressar e desapareceu por uma viela lateral. "Adeus, ovelha!", gritou para Diederich que em vão tentava segui-la. Jadassohn segurou-o e de repente assumiu sua voz de autoridade pública, para convencer Diederich de que tudo aquilo fora apenas uma pilhéria acidental. "Quero asseverar que aqui não há qualquer razão para mal-entendidos."

"Longe de mim supor algo assim", disse Diederich.

"E se eu", continuou Jadassohn, "tivesse a preferência da família Zillich em vista de uma relação mais estreita, este incidente de modo algum iria me deter. Estou apenas seguindo um dever de honra ao me manifestar sobre isso."

Diederich retorquiu: "Sei apreciar totalmente seu comportamento correto." Em seguida, bateram empertigados as solas de seus sapatos, apertaram-se as mãos e separaram-se.

Käthchen e Jadassohn trocaram um sinal durante a despedida; Diederich estava convencido de que logo voltariam a se encontrar no Anjo Verde. Abriu o casaco de inverno, tomado de um sentimento altaneiro por haver descoberto um caso pernicioso e saído daquilo com rigorosa compostura. Sentia certo respeito e simpatia por Jadassohn. Também ele teria agido do mesmo modo! Os homens entendiam-se. Mas uma mulher dessas! A outra face de Käthchen. A filha do pastor que inesperadamente revelava no próprio rosto a mulher desprendida, esse ser duplo e pérfido tão alheio à retidão, que Diederich conhecia do fundo de seu coração: um ser que o abalava como a visão do abismo. Fechou novamente o casaco. Havia ainda outros mundos além do mundo burguês, não apenas aquele em que o Sr. Lauer vivia agora.

Sentou-se ofegante para o jantar. Sua disposição parecia tão ameaçadora que as três mulheres mantiveram-se em silêncio. A Sra. Hessling criou coragem. "Não gostou da comida, meu querido filho?" Em vez de responder, Diederich gritou para as irmãs. "Vocês não vão mais se relacionar com Käthchen Zillich!" Enrubesceu quando olharam para ele, e gritou ameaçadoramente: "Ela é uma degenerada!" Mas elas apenas comprimiram a boca; também as insinuações terríveis que ele propagava ruidosamente pareciam não as estremecer. "Você está falando do Jadassohn?" Magda finalmente perguntou, com muita serenidade. Diederich afastou-se. Estavam de segredo e em conspiração: todas as mulheres provavelmente. Também Guste Daimchen! Uma vez ela começou a falar disso. Precisou enxugar a testa. Magda disse: "Se você teve intenções sérias com Käthchen, por que não veio nos perguntar?" Para defender sua reputação, Diederich deu um murro na mesa de modo que todas gritaram de susto. Dizia berrando que proibia tais impertinências. Esperava ainda haver moças decentes. A Sra. Hessling pedia, trêmula: "Você precisa olhar apenas por suas irmãs, meu querido filho." E de fato ele as olhou; pestanejou e pela primeira vez refletiu, não sem preocupação, sobre o que esses dois seres femininos que eram suas irmãs já tinham feito em suas vidas... "Ora essa", decidiu e se empertigou, "basta trazê-las no cabresto. Quando eu tiver uma mulher, ela vai ver!" O sorriso trocado pelas irmãs fê-lo sobressaltar, pois havia pensado em Guste Daimchen. Será que elas também pensavam em Guste, com aquele sorriso? Não se podia confiar em ninguém. Viu Guste diante de si, o cabelo loiro-claro, com o rosto gordinho e rosado. Os lábios carnudos abrindo-se e mostrando-lhe a língua. Era como Käthchen fizera ao gritar "Adeus, ovelha!", e Guste, de tipo bem semelhante ao dela, assumiria a mesma aparência com a língua de fora e em estado de pouca sobriedade.

Magda logo disse a ele: "Käthchen é bem burra; mas é fácil entender quando se espera tanto e não aparece ninguém."

Imediatamente Emmi interveio. "Em quem você está pensando, por favor? Se Käthchen tivesse ficado satisfeita com um Kienast qualquer, ela também não esperaria mais."

Magda, consciente de ter os fatos a seu favor, simplesmente fez inflar a blusa e permaneceu em silêncio. "De qualquer modo!", Emmi jogou o guardanapo e se levantou. "Como você vai logo acreditando no que os homens dizem de Käthchen? Isso é abominável. Por acaso devemos todas ficar vulneráveis aos mexericos deles?" Revoltada, sentou-se no canto e começou a ler. Magda apenas ergueu os ombros – enquanto Diederich, angustiado, em vão procurava uma brecha para perguntar se talvez também Guste Daimchen...? Um noivado tão longo assim...? "Há situações", ele externou, "em que não se trata mais de mexerico." Então Emmi arremessou o livro.

"E daí? Käthchen faz o que ela quiser! Nós, mulheres, temos o mesmo direito de vocês de viver nossa individualidade! Os homens é que fiquem contentes se depois conseguem ficar conosco!"

Diederich levantou. "Não quero ouvir isso em minha casa", disse ele seriamente e fez o olhar reluzir sobre Magda tão longamente que ela não riu mais.

A Sra. Hessling trouxe-lhe um charuto. "Estou certa de que o meu Diedel nunca irá se casar com uma assim" – fazia-lhe carinhos para reconfortá-lo. Ele acrescentou com veemência: "Não posso imaginar, mãe, que um verdadeiro alemão o tenha feito algum dia."

Ela o adulava. "Oh, não são todos tão ideais como meu filho querido. Alguns pensam mais em coisas materiais, e para ter o dinheiro conformam-se com coisas que ele traz, coisas que andam pela boca do povo." E diante de seu olhar de comando, ela continuou tagarelando apavorada. "Daimchen, por exemplo. Meu Deus, agora ele está morto, e isso pode ser-lhe indiferente agora, mas naquele tempo falou-se muito." Agora, os três filhos olhavam-na, exigindo. "Bem", ela explicou timidamente. "Isso da Sra. Daimchen com o Sr. Buck. Guste veio cedo demais."

Depois dessa frase, a Sra. Hessling precisou se retrair atrás do anteparo do fogão, pois todos os três avançavam sobre ela ao mesmo tempo. "Isso é uma grande novidade!", gritaram Emmi e Magda. "Que história essa?" Diederich, esbravejando, pediu que parassem com aquele mexerico de mulheres. "Tivemos que ouvir o seu mexerico de homens!", as irmãs gritaram e tentaram empurrá-lo do anteparo. A mãe olhava para o tumulto com as mãos postas. "Eu não disse nada, crianças! Isso é o que todo mundo dizia naquela época, e o Sr. Buck de fato deu o dote para a Sra. Daimchen."

"Então é por isso!", gritou Magda. "Então são esses os tios ricos na família Daimchen! Por isso as bolsas douradas!"

Diederich defendeu a herança de Guste. "Ela vem de Magdeburgo!"

"E o noivo?", perguntou Emmi. "Ele também vem de Magdeburgo?"

De repente, todos ficaram mudos e se entreolharam como que anestesiados. Em seguida, Emmi voltou totalmente em silêncio para o sofá, abriu o livro novamente. Magda começou a arrumar a mesa. Diederich moveu-se até o anteparo atrás do qual a Sra. Hessling estava agachada. "Viu, mãe, o que acontece quando não se consegue controlar a língua? Você não vai pressupor que Wolfgang Buck se case com a própria irmã." Um gemido veio do fundo: "Não posso fazer nada, meu querido filho. Há muito que já não penso nessas velhas histórias, já não se pode mais ter certeza. Nenhuma pessoa viva sabe de alguma coisa." Emmi pronunciou lá de seu livro: "O velho Sr. Buck certamente sabe onde está buscando dinheiro para o seu filho." E da toalha de mesa que dobrava, Magda disse: "Algo deve acontecer." Diederich ergueu os braços como se tivesse a intenção de invocar os céus. Reprimiu a tempo o pavor que queria se apoderar dele. "Então acabei caindo no meio de ladrões e assassinos?" perguntou com objetividade e andou empertigado até a porta. De lá se voltou para elas. "Naturalmente não posso impedi-las de saírem anunciando seus conhecimentos acurados sobre a cidade. No que concerne a mim, declaro que não tenho nada a ver com vocês. Vou colocar isso no jornal!" E saiu.

Evitou o Ratskeller e sozinho, no Klappsch, refletiu consigo mesmo sobre um mundo em que tais horrores eram levados em consideração. Certamente não era possível se opor a ele com refinamento. Quem quisesse arrebatar dos Buck o seu roubo vergonhoso, não deveria recuar diante de medidas rigorosas. "Com punhos blindados", disse ele olhando seriamente para a sua cerveja; o bater do porta-copos para pedir o quarto caneco soava como zunido de espada... Depois de um tempo, sua postura perdeu em força; pensamentos vieram-lhe à mente. Sua intervenção acabaria por fazer toda a cidade apontar o dedo para Guste Daimchen. Nenhum homem de mínima compostura iria se casar com uma moça como aquela. A intuição mais profunda de Diederich o dizia, sua educação inerente para a masculinidade e para o idealismo. Pena! Pena pelos trezentos e cinquenta mil marcos que ficariam sem dono e sem destinação. A ocasião teria sido favorável para lhes dar uma... Diederich sacudiu os pensamentos com indignação. Apenas cumpria o seu dever! Era preciso evitar um crime. A mulher que achasse seu lugar na luta dos homens. Pois o que é que valia uma criatura dessas, que de sua parte, como bem vivenciara Diederich, seria capaz de qualquer traição? Precisou ainda do quinto copo para finalmente tomar uma decisão.

No café da manhã, mostrou um grande interesse pela toalete das irmãs para o baile do Harmonia. Dois dias apenas e ainda não havia nada pronto! A costureira raramente tinha o que fazer, agora costurava para os Buck, Tietz, Harnisch, todo mundo. Diederich tinha a impressão de que a grande demanda por essa moça se cumpria admiravelmente. Ofereceu-se para ir ele mesmo até ela e, custasse o que custasse, trazê-la à casa. Conseguiu sem muito esforço. Depois, foi tomar em silêncio a refeição de fim da manhã, para não incomodar a conversa na sala ao lado. A costureira estava justamente fazendo alusões a um escândalo que na certa predestinava-se a colocar todo o resto na sombra. As irmãs fizeram-se de desinformadas e, quando finalmente vieram os nomes, mostraram-se horrorizadas e incrédulas. A Sra. Hessling lamentava com estrondo, que a Srta. Gehritz pudesse pensar algo assim. A costureira assegurava que toda a cidade já sabia. Ela vinha direto da casa da mulher do prefeito, cuja sogra exigia terminantemente que seu genro interviesse! Ainda assim, esforçava-se por convencer as damas. Diederich pensou que se comportariam de outro modo. Estava satisfeito com elas. Mas será que as paredes tinham ouvidos? Acreditava que um boato, surgido de um quarto fechado, saísse com a fumaça do forno e corresse por toda cidade.

Apesar de tudo ainda não se sentia tranquilo. Conjecturava consigo mesmo, que a opinião saudável do povo trabalhador talvez pudesse ser um fator a endossar ou até mesmo utilizar. Até a hora do almoço, andava em volta de Napoleão Fischer: o sinal já havia soado, quando se ouviu um grito estridente de onde se encontrava a calandra. Diederich e o operador de máquinas correram para lá ao mesmo tempo e juntos tiraram o braço de uma jovem operária que havia sido pego por um rolo de aço. Estava empapado de sangue negro, imediatamente Diederich telefonou para o hospital do município. Até chegarem, enquanto faziam um curativo de emergência na moça, permaneceu junto dela por mais que a visão do braço ferido lhe causasse mal-estar. Ela assistia, lamuriando baixinho e com olhos brandos, enternecida pelo horror, como um jovem animal atingido. Não entendeu a pergunta filantrópica de Diederich sobre suas condições domésticas. Napoleão Fischer respondeu por ela. Seu pai fora embora de casa, a mãe, acamada pela doença; a moça sustentava a si e a dois pequenos irmãos. Tinha apenas quatorze anos de idade. Não parece, pensou Diederich. A propósito, as operárias haviam sido suficientemente alertadas sobre a máquina. "Ela é responsável pelo acidente, não tenho obrigação com nada. Bem", disse mais brando, "venha comigo, Fischer!"

No escritório, serviu dois copos de conhaque. "Depois do susto podemos precisar disso... Seja sincero, Fischer, o senhor acredita que tenho que pagar algo? O senhor considera suficiente o dispositivo de proteção da máquina, não é?" O operador de máquinas deu de ombros: "O senhor quer dizer que isso pode ocasionar um processo? Não vou fazer assim, pagarei imediatamente."

Napoleão Fischer não compreendia nada e mostrava sua enorme dentadura amarela, Diederich prosseguia: "Sim, assim sou eu. O senhor pensa que assim o faria o Sr. Lauer? No que diz respeito a ele, o senhor foi esclarecido pelo jornal de seu partido sobre sua amabilidade para com os operários. Eu certamente não me deixaria encarcerar por causa de ofensas a Sua Majestade, deixando meus operários desempregados. Escolho meios mais práticos de mostrar minha consciência social." Fez uma pausa solene. "E por isso já me decidi: continuarei pagando o salário da moça durante todo o tempo em que ela ficar no hospital. Quanto é, afinal?", perguntou rapidamente.

"Um marco e cinquenta", disse Napoleão Fischer.

"Bem... Ela deve ficar oito semanas. Deve ficar doze semanas... Claro que não eternamente."

"Ela tem apenas quatorze anos", disse Napoleão Fischer, de baixo. "Pode exigir indenização." Diederich assustou-se e deu um suspiro.

Napoleão Fischer voltara com aquele sorriso irônico indefinível e olhava para o punho de seu empregador, ansiosamente cerrado dentro do bolso. "Vá informar sua gente da minha decisão generosa! Isso não lhe deve cair muito bem, não é? As vilanias dos capitalistas contam mais para vocês. Agora, em suas reuniões, vocês provavelmente devem estar fazendo grandes discursos sobre o Sr. Buck!"

Napoleão Fischer parecia não compreender, Diederich não fez caso disso. "É claro que não acho nada correto", prosseguiu, "quando alguém casa o filho justamente com a moça cuja mãe teve algo com ele mesmo, e justo antes do nascimento dela... Mas..."

Algo começou a se mover no rosto de Napoleão Fischer.

"Mas!", repetiu Diederich severamente. "Não estaria nem um pouco de acordo se minha gente abrisse a boca sobre isso e, se o senhor, Fischer, por ventura instigasse os operários contra as autoridades municipais, porque um membro da municipalidade fez algo que não se pode provar." Bateu o punho no ar com indignação. "Atribuem a mim o fato de eu ter maquinado o processo contra o Lauer. Não quero ser culpado de nada, minha gente deve se manter em silêncio."

Sua voz tornou-se mais amigável, inclinou-se para mais perto do outro. "Bem, e como conheço sua influência, Fischer..."

De repente, sua mão abriu-se e sobre a palma havia três moedas de ouro.

Napoleão Fischer olhou-as e contraiu o rosto como se tivesse vislumbrado o demônio. "Não!", gritou. "E de novo não! Não vou trair minhas convicções! Nem por todas as moedas de ouro do mundo!"

Tinha os olhos vermelhos e gritava. Diederich recuou; nunca tinha visto a face da revolução tão próxima. "A verdade deve vir à tona!", gritava Napoleão Fischer. "Nós os proletários cuidaremos disso: isso o senhor não pode impedir, senhor doutor! As ações infames da classe dos proprietários..."

Diederich rapidamente alcançou-lhe mais um copo de conhaque. "Fischer", disse com veemência, "eu lhe ofereço o dinheiro para que meu nome não seja mencionado nessa questão." Mas Napoleão Fischer repeliu; um orgulho altivo apoderou-se de sua face.

"Não prestamos depoimento sob coação, senhor doutor. Nós não. Quem nos provê de matéria para agitação não tem o que temer."

"Então está tudo em ordem", disse Diederich aliviado. "Já tenho conhecimento de que o senhor é um grande político. E por isso, por causa da moça, agora estou pensando na operária acidentada.... Agora mesmo lhe prestei um favor com minha informação sobre as imundícies dos Buck..."

Sentindo-se lisonjeado, Napoleão Fischer sorriu ironicamente. "Porque o senhor doutor diz que sou um grande político... Não quero falar mais sobre indenização. As intimidades dos círculos superiores são mais importantes para nós que..."

"... que uma moça como essa", completou Diederich. "O senhor sempre pensa como um político."

"Sempre", confirmou Napoleão Fischer. "É hora do almoço, senhor doutor." Retirou-se, enquanto Diederich constatava que a política proletária tinha lá suas preferências. Empurrou as três moedas de volta para o bolso.

Na noite do dia seguinte, todos os espelhos da casa tinham sido levados para a sala de estar. Emmi, Magda e Inge Tietz viraram-se tanto para ele que seus pescoços começaram a doer; depois caíram sentadas e nervosas na borda da cadeira. "Meu Deus, chegou a hora!" Mas Diederich estava firmemente decidido a não chegar tão cedo como no processo do Lauer. Todo o efeito pessoal iria por água abaixo se chegassem muito cedo. Quando finalmente estavam saindo, Inge Tietz desculpou-se mais uma vez com a Sra. Hessling por ter-lhe tirado o lugar no carro. Mais uma vez a Sra. Hessling disse: "Ah, por Deus, é um prazer. É muita coisa para uma mulher velha como eu. Aproveitem, crianças!" E abraçou as filhas com lágrimas nos olhos, elas a repeliram com frieza. Sabiam que a mãe tinha medo porque agora não se falava em outra coisa senão naquele mexerico horrível, do qual ela mesma era culpada.

No carro, Inge voltou ao assunto. "É, Buck e Daimchen! Estou curiosa para saber se hoje eles terão a audácia de ir até lá!" Magda disse calmamente: "Eles têm que estar. Caso contrário iriam confessar a verdade." – "E daí?", disse Emmi. "Acho que é problema deles. Não estou abalada por causa disso." – "Eu também não", acrescentou Diederich. "Na verdade, ouvi falar disso apenas hoje à noite, e da senhorita, Srta. Tietz."

Neste momento, Inge Tietz saiu de si. O escândalo não podia ser tomado de modo tão leviano. Se ele acreditava que ela havia inventado tudo aquilo? "Há muito tempo que os Buck têm a consciência pesada por causa dessa questão: os criados deles é que sabem disso." – "Então é mexerico da criadagem", disse Diederich, enquanto revidava o empurrão que Magda lhe dera no joelho. Assim, havia chegado a hora de desembarcar e descer os degraus que ligavam o novo pedaço da Kaiser-Wilhelm-Strasse com a velha Riekestrasse, que era de um nível mais baixo. Diederich praguejava, pois havia começado a chover e os sapatos de gala ficaram molhados; também em frente ao local da festa havia uns proletários que olhavam embasbacados e hostis. Se todas as ruas da cidade fossem erguidas, também não seria possível derrubar todas essas tralhas? A casa histórica do Harmonia teve que ser mantida – como se a cidade não tivesse meios para construir um edifício moderno e de primeira classe na região central. As câmaras mais antigas de fato cheiravam a mofo! Logo na entrada, as damas davam risadinhas porque havia ali uma estátua da amizade que, embora tivesse uma peruca alta, de resto não vestia nada. "Cuidado", disse Diederich na escada, "senão vamos cair." Pois ambos arcos delgados da escada estavam suspensos no ar, como dois braços que haviam se tornado esquálidos por causa da idade. O rosa castanho da madeira da escada havia desbotado. Lá em cima, onde os arcos se juntavam, sobre o corrimão e do alto de seu rosto polido e marmorizado, o prefeito de tranças continuava sorrindo, ele que havia deixado tudo aquilo para a cidade e que tinha sido um Buck. Diederich passou por ele com um olhar impiedoso.

    Na recôndita galeria de espelhos, estava tudo quieto; somente uma dama havia se detido lá atrás, parecia espiar o salão por uma fresta da porta – de repente as moças ficaram apavoradas: a apresentação já havia começado! Magda correu pela galeria e desatou a chorar. A dama, então, virou-se com o dedo nos lábios. Era a Sra. von Wulckow, a autora. Sorriu, exultante, e sussurrou: "Está indo tudo bem, minha peça está agradando. A senhora chegou no momento certo, Srta. Hessling, vá lá se vestir." Mas é claro! Emmi e Magda tinham a ver apenas com o segundo ato. Diederich também estava em pânico. Enquanto as irmãs e Inge Tietz, que deveria ajudá-las, apressavam-se para o vestuário passando pela sala contígua, ele se apresentou para a esposa do presidente da circunscrição e ficou sem saber o que fazer. "Agora o senhor não pode entrar, vai atrapalhar", ela disse. Diederich balbuciou desculpas e depois virou os olhos, e com isso acabou encontrando sua imagem misteriosamente pálida entre as duas gavinhas pintadas do espelho meio fosco da parede. O verniz de amarelo suave mostrava saltos instáveis e, sobre os painéis, as cores das flores e dos rostos estavam sumindo... A Sra. von Wulckow fechou uma pequena porta pela qual alguém parecia ter entrado, uma pastora com sua vara enfeitada com fitas. Fechou a porta com todo cuidado, para que não atrapalhasse a apresentação, mas uma poeira revolveu um pouco, como se viesse do pó do cabelo da pastora. "Essa casa é tão romântica", sussurrou a Sra. von Wulckow. "O senhor não acha, senhor doutor? Quando olhamos para o espelho, acreditamos estar com um vestido rodado" – após o que Diederich, cada vez mais desnorteado, olhou seu vestido de alças. Os ombros desnudos eram côncavos e curvados para frente; os cabelos de um loiro pálido eslavo e a Sra. von Wulckow usava um *pince-nez*.

"A senhora combina perfeitamente com o lugar, senhora... senhora condessa", corrigiu e foi recompensado com um sorriso pela lisonja arrojada. Não era todo mundo que tão acertadamente lembrava ser a Sra. von Wulckow nascida condessa Züsewitz!

"De fato", ela observou, "mal é possível lembrar que, naquele tempo, a casa não havia sido construída para uma sociedade distinta, e sim apenas para os bons cidadãos de Netzig." Sorriu indulgente.

"Sim, isso é estranho", Diederich confirmou, curvando-se em sinal de reverência. "Mas não há dúvida de que, hoje, somente a senhora condessa pode se sentir totalmente em casa aqui."

"O senhor com certeza tem senso para o que é belo", presumiu a Sra. von Wulckow e, quando Diederich o confirmou, ela disse que, sendo assim, ele não podia perder todo o primeiro ato; devia vê-lo pela fresta da porta. Há muito que ela mesma andava de um lado para outro. Apontou o leque para o palco. "O Sr. major Kunze logo vai sair. Ele não é muito bom, mas o que o senhor quer, ele está na presidência do Harmonia e foi o primeiro que levou as pessoas a compreenderem o significado artístico de minha obra." Enquanto Diederich reconhecia o major sem dificuldade, pois ele não tinha mudado em absolutamente nada, a autora explicava-lhe os acontecimentos da peça com grande fluência. A jovem camponesa, com a qual Kunze conversava, era sua filha natural, ou seja, era filha de conde, motivo também de a peça se chamar *A condessa secreta*. Kunze, ranzinza como sempre, naquele momento elucidava a história toda para ela. Também a informava que iria casá-la com um primo pobre e deixar-lhe metade de suas posses. Quando ele saiu, uma grande alegria tomou conta da moça e de sua mãe adotiva, a valente mulher do arrendatário.

"Quem é aquela personagem terrível?" perguntou Diederich, antes mesmo de ponderar o que iria dizer. A Sra. von Wulckow ficou surpresa.

"É a velha comediante do Teatro Municipal. Não tínhamos ninguém para o papel, mas a minha sobrinha gosta de contracenar com ela."

E Diederich assustou-se, pois como personagem terrível ele havia pensado na sobrinha. "A senhorita sua sobrinha é bastante encantadora", assegurou com rapidez e os olhos pestanejaram, encantados, para o rosto vermelho e gordo, assentado imediatamente sobre os ombros – e eram ombros de um Wulckow! "Ela também tem talento", acrescentou por segurança. A Sra. von Wulckow sussurrou: "Atenção" – e então o aspirante Jadassohn veio dos bastidores. Que surpresa! As pregas das roupas estavam totalmente passadas e, em seu casaco com caudas imponentes, ele vestia um plastrão gigantesco com um brilhante vermelho de tamanho correspondente. Mas, por mais que a pedra brilhasse, as orelhas de Jadassohn eclipsavam-na. Como o cabelo fora recentemente cortado bastante baixo, as orelhas ficavam mais livres e, como duas lâmpadas, iluminavam o seu esplendor festivo. Ele espraiava as mãos vestidas com luvas amarelas, como se fizesse um arrazoado em prol de muitos anos de prisão; de fato dizia coisas das mais agonizantes à sobrinha, que parecia mesmo consternada, e à velha cômica, que esperneava... A Sra. von Wulckow sussurrou: "Ele é um mau caráter."

"E como", disse Diederich convicto.

"O senhor conhece a minha peça?"

"Não, não. Mas logo vejo o que ele quer."

Justamente Jadassohn, que era filho e herdeiro do velho conde Kunze, tinha ouvido tudo e de modo algum pensava em ceder à sobrinha a metade de suas posses, dadas por Deus. Exigiu que ela desistisse de imediato daquilo, caso contrário a mandaria prender como herdeira oportunista e julgaria Kunze um incapaz.

"Isso é uma maldade" observou Diederich. "Ela é sua irmã." A autora explicou-lhe: "É. Mas, por outro lado, ele tem direito de querer retirar um fideicomissário da herança. Ele trabalha para toda uma geração, mesmo que um indivíduo seja prejudicado. É claro que para a condessa secreta é trágico."

"Quando se pensa direito sobre isso...", Diederich estava eufórico. Esse ponto de vista aristocrático também lhe fora conveniente quando não se sentira propenso a fazer Magda tomar parte nos negócios em seu casamento.

"Senhora condessa, sua peça é de primeira linha", disse ele, entusiasmado. Mas, depois disso, a Sra. von Wulckow tomou-lhe o braço com pavor: havia burburinhos no público, arrastavam os pés de um lado a outro, assoavam o nariz e davam risadinhas. "Ele está exagerando", gemia a autora. "Eu o avisei diversas vezes."

De fato Jadassohn atuava de forma ultrajante. A sobrinha, junto com a velha estranha, ele as apertou para atrás da mesa e preencheu o palco todo com as manifestações enfurecidas de sua nobre personalidade. Quanto mais a casa o desaprovava, mais desafiadoramente ele se expandia lá em cima. Agora até assoviavam; sim, muitos se voltavam em direção à porta atrás da qual a Sra. von Wulckow estremecia, e continuavam assoviando. Talvez isso tenha acontecido porque a porta rangeu – mas a autora recuou, perdeu o leque e tateou pelo ar como espécie de pavor indefeso, até que Diederich a trouxe de volta. Tentava consolá-la. "Não há nada a se dizer; Jadassohn, espero, logo irá sair, não?" Ela ouvia por entre a porta fechada. "Sim, graças a Deus", palreava e batia os dentes. "Agora ele acabou, agora minha sobrinha foge com a senhora cômica e, depois, entra o Kunze novamente com o tenente, o senhor sabe."

"Também há um tenente?", perguntou Diederich respeitosamente.

"Sim, quer dizer, ele ainda está no colégio, é filho do diretor do tribunal de primeira instância, o Sr. Sprezius: o pobre parente, o senhor sabe, a quem o velho conde irá entregar sua filha como esposo. Ele promete ao velho que irá procurar a condessa secreta pelo mundo."

"Muito compreensível", disse Diederich. "Trata-se de interesse próprio."

"O senhor verá, ele é um ser humano nobre."

"Mas Jadassohn, se me permite o comentário, senhora condessa, a senhora não devia tê-lo deixado atuar", disse Diederich com reprovação e com uma satisfação secreta. "Até por causa das orelhas."

A Sra. von Wulckow disse aflita: "Não pensei que elas pudessem ter algum efeito no palco. O senhor acredita que será um fracasso?"

"Senhora condessa!" Diederich levou as mãos em direção ao coração. "Uma peça como *A condessa secreta* não fracassa!"

"Não é mesmo? No teatro tudo depende do significado artístico."

"Seguramente. Sem dúvida, um par de orelhas como essa pode influenciar muito" – e a feição de Diederich tornou-se pensativa.

A Sra. von Wulckow gritou suplicante: "O segundo ato é ainda melhor! Passa-se na casa de uma família de fabricantes muito rica e a condessa secreta trabalha para eles como criada. Há ali um professor de piano, não é um homem refinado, ele até já beijou uma das filhas. Então, ele pede a condessa em casamento, ao que ela, naturalmente, recusa. Um professor de piano! Como ela poderia!"

Diederich confirmou que isso estava fora de questão.

"Mas veja o senhor como é trágico: a filha que foi beijada pelo professor de piano torna-se noiva de um tenente durante um baile, e quando ele chega à casa, descobre-se ser o mesmo tenente, que..."

"Oh, meu Deus, senhora condessa!" Diederich estendeu as mãos como que para se proteger, bastante exaltado por tantas complicações. "Como a senhora chegou a tais histórias?"

A autora sorriu apaixonadamente.

"Sim, justamente isso é o que é mais interessante: depois de um tempo não se sabe mais. Passam-se tantas coisas misteriosas na mente! Às vezes eu penso que devo ter herdado isso."

"Então a senhora tem muitos poetas em sua valorosa família?"

"Isso não. Mas se meu maior ancestral não tivesse ganhado a Batalha de Kröchenwerda, quem sabe se eu teria escrito *A condessa secreta*. Tudo depende sempre do sangue!"

Ao ouvir o nome da batalha, Diederich fez uma pequena deferência e não ousou perguntar mais nada.

"Agora a cortina deve cair", disse a Sra. von Wulckow. "O senhor está ouvindo algo?"

Ele não ouvia nada; apenas para a autora não havia porta, nem paredes. "Agora o tenente está jurando fidelidade eterna à condessa distante", sussurrou. "Bem"; e toda cor desapareceu do rosto dela. Imediatamente depois ela voltou com toda força; aplaudiam: não tempestuosamente, mas aplaudiam. A porta foi aberta do lado de dentro. Lá atrás a cortina subia mais uma vez. E quando o jovem Sprezius e a sobrinha Wulckow foram para a frente, os aplausos foram mais vigorosos. De repente, Jadassohn veio correndo dos bastidores, postou-se diante dos dois e fez uma expressão de quem tinha todos os créditos do sucesso – ao que a plateia assoviou com reprovação. A Sra. von Wulckow voltou-se indignada. Esclareceu à sogra do prefeito Scheffelweis e à esposa do conselheiro Harnisch, que lhe davam as congratulações: "Como promotor, o senhor aspirante Jadassohn é impossível. Vou dizer isso ao meu marido."

As damas levaram aquela afirmação para frente e foram exitosas no intento. De repente, a galeria de espelhos estava cheia de grupos que atacavam as orelhas de Jadassohn. "A senhora esposa do presidente da circunscrição fez um trabalho bastante eficaz; só as orelhas de Jadassohn..." Quando souberam que Jadassohn não voltaria ao segundo ato, mesmo assim ficaram decepcionados. Wolfgang Buck foi com Guste Daimchen até Diederich. "O senhor ouviu?", perguntou. "Jadassohn deve sofrer uma ação administrativa e suas orelhas serão confiscadas." Diederich disse com desaprovação: "Não faço piadas quando alguém não está indo bem." E observava de soslaio os olhares que se dirigiam a Buck e sua companheira. Todas as expressões faciais tornavam-se vívidas quando encontravam a ambos. Esqueceram Jadassohn. Da entrada, a voz aguda e débil do professor Kühnchen conseguiu impor-se em meio à balbúrdia, e soou como: "Indecência!" Quando a esposa do pastor Zillich colocou a mão sobre seus braços para apaziguá-lo, ele se virou, e agora era possível entender mais claramente: "Uma completa indecência!"

Guste também virou; seus olhos comprimiram-se. "Vocês também estão falando sobre isso aí", disse ela misteriosamente.

"Sobre o quê?" balbuciou Diederich.

"Nós já sabemos. Também sei quem trouxe isso à tona."

Neste momento, Diederich começou a suar. "O que o senhor tem, afinal?", perguntou Guste. Buck, que olhava fixamente para o bufê pela porta lateral, disse fleumático: "Hessling é um político cuidadoso, não gosta de ouvir que o prefeito por um lado seja um bom marido, mas por outro não consiga recusar nada à sua sogra."

Imediatamente Diederich ficou enrubescido ao extremo.

"Isso é uma maldade! Como pode alguém pensar uma maldade dessa!"

Guste deu uma risadinha estrondosa. Buck permaneceu impassível. "Primeiro, parece que é fato, pois a esposa do prefeito surpreendeu ambos e confiou o assunto a uma amiga. Parece evidente o que viria acontecer depois."

Guste opinou: "Bem, o senhor doutor, por certo nunca chegaria a pensar em algo assim." E dava piscadelas apaixonadas ao noivo. Diederich fez o olhar reluzir. "Ahá!" disse resoluto. "Agora sem dúvida eu sei o suficiente." E deu-lhes as costas. Eles mesmos inventaram a maldade, e ainda sobre o prefeito! Diederich podia manter-se de cabeça erguida. Juntou-se ao grupo de Kühnchen, que se movia para o bufê e deixava para trás um rastro de indignação moral. A sogra do prefeito jurou, explodindo de raiva, que "aquela sociedade" no futuro veria sua casa apenas pelo lado de fora. Muitas damas apoiaram sua resolução, apesar da dissuasão do dono da loja de departamentos, o Sr. Cohn, que, até segunda ordem, duvidava de tudo, porque um tipo de deslize moral como aquele, por parte de um velho liberal estabelecido como o Sr. Buck, parecia-lhe fora de cogitação. O professor Kühnchen era muito mais da opinião de que um radicalismo que ia longe demais também colocava a moral em perigo. Mesmo o Sr. Heuteufel, que promovia as celebrações dominicais para homens livres, observou que nunca havia faltado o senso familiar em Buck, melhor dizendo, o nepotismo. "Exemplos para tanto os senhores têm na ponta da língua. E que, para manter o dinheiro na família, ele esteja preparando um filho ilegítimo para se casar com um legítimo, isso, meus senhores, na condição de médico eu daria o diagnóstico de distúrbio senil de uma tendência natural que antes ainda se podia controlar." Neste momento, as damas foram tomadas pela expressão de horror e a pastora Zillich mandou sua filha Käthchen para o vestuário buscar o seu lenço de nariz.

No caminho, Käthchen passou por Guste Daimchen, mas não cumprimentou a outra e baixou os olhos; Guste ficou visivelmente perplexa. No bufê, alguns comentaram o episódio e manifestaram desaprovação, mesclada à compaixão. Guste precisou vivenciar pela primeira vez o que significava ter que ignorar a moral pública. Que lhe dessem crédito pelo fato de talvez ter sido enganada e mal influenciada: mas a esposa do inspetor-chefe, a Sra. Daimchen, na certa já sabia e tinha sido alertada! A sogra do prefeito contou de sua visita à mãe de Guste e seus vãos esforços para arrancar discretamente uma confissão da velha senhora, que na certa satisfazia o sonho de juventude de uma relação legítima com a casa dos Buck!...

"Bem, e o Sr. advogado Buck!", gritava Kühnchen. Na verdade, a quem ele queria fazer acreditar que já não tinha sido informado do novo escândalo envolvendo sua família? Será que os malfeitos na casa do Lauer lhe eram desconhecidos? E logo o vimos não hesitar em lavar abertamente a roupa suja de sua irmã e de seu cunhado diante do tribunal, apenas para dar o que falar! Dr. Heuteufel, sentindo-se pressionado a melhorar em retrospecto sua própria postura durante o processo, explicou: "Isso não é um advogado de defesa, é um comediante!" E quando Diederich considerou que Buck teria convicções seguras, ainda que contestáveis, no âmbito da política e da moral, logo retorquiram: "senhor doutor, o senhor é amigo dele. Que o senhor o defenda, faça-o por si mesmo, mas não queira nos convencer de nada" – ao que Diederich recuou com expressão aflita, mas não sem dirigir o olhar para o redator Nothgroschen, que mastigava timidamente o seu pão com presunto e a tudo ouvia.

De repente, silêncio, pois lá dentro, próximo ao palco, avistou-se o velho Sr. Buck em um círculo de jovens moças. Parecia que explicava a elas as pinturas nas paredes, a vida de antes, que empalidecia todo o salão e o circundava alegremente, com a órbita da cidade, como ela era, com prados e jardins desaparecidos e com as pessoas todas, antes senhores estrépitos, aqui, nessa casa festiva, e agora banidos para profundezas dissimuladas, ante a geração que ora causava o estrépito... Agora parecia que as moças e o velho imitavam as figuras. Bem em cima deles, estava reproduzido o portal da cidade e um senhor de perucas e medalhão representativo saía dele, o mesmo senhor que estava reproduzido em mármore no topo da escada. No bosque adorável, cheio de flores, onde, naquele tempo, havia mesmo muitas flores em vez da fábrica de papel Gausenfeld, crianças vinham ao seu encontro dançando, atiravam guirlandas sobre ele e queriam dar-lhe voltas com elas. O reflexo das pequenas nuvens rosadas caía sobre seu rosto alegre. Neste momento, também alegrava-se o velho Buck, deixava-se levar pelas moças para lá e para cá e estava entrelaçado por elas como em uma guirlanda viva. Sua despreocupação era incompreensível, era irritante. Será que a sua consciência havia se tornado insensível a tal ponto que sua filha ilegítima – "*Nossas* filhas não são ilegítimas", disse a esposa do dono da loja de departamento, a Sra. Cohn. "Minha Sidonie de braços dados com Guste Daimchen!" Buck e suas jovens amigas não perceberam que se encontravam no fim de uma sala vazia. Na frente, o público inimigo formava um muro; os olhos começaram a fulminar e a raiva aumentou. "A família já ficou tempo demais no topo! Já tem um na prisão, logo virá o segundo!" – "Esse aí é o legítimo flautista do conto de fadas, que encanta os ratos!" resmungavam; e do outro lado: "Não posso continuar vendo isso!" De repente duas damas tentaram se desvencilhar da pressão geral, e de supetão cruzaram a sala. A esposa do conselheiro, a Sra. Harnisch, que rolava para lá com toda a cauda vermelha de seu vestido, chegou ao local no mesmo momento em que a amarelada Sra. Cohn; com o mesmo puxão apoderou-se uma de sua Sidonie, a outra de sua Meta, e que satisfação quando voltaram a se encontrar! "Estava prestes a desmaiar", disse a esposa do pastor, a Sra. Zillich, que graças a Deus também encontrou sua Käthchen.

O bom humor retornou, fizeram pilhérias sobre o velho pecador e o compararam ao conde na peça da esposa do chefe da municipalidade. Sem dúvida, Guste não era nenhuma condessa secreta; na ficção era possível, como um agrado para a esposa do presidente, simpatizar com tais condições. Aliás, ali elas ainda eram suportáveis, pois a condessa tinha de casar apenas com seu primo, enquanto Guste...!

O velho Buck, que já não se via mais rodeado por ninguém senão pela futura nora e por uma de suas sobrinhas, ficou intrigado; sim, ficou visivelmente perplexo diante dos olhares que o examinavam em seu desamparo. Chamavam mutuamente a atenção assim – e Diederich refletia consigo mesmo se as velhas histórias de escândalos da Sra. Hessling eram de fato verdadeiras. Ficou muito assustado, pois via o fantasma que ele mesmo lançara ao mundo assumir um corpo e tatear ao seu redor, cada vez mais ameaçador. Desta vez não se tratava de um Lauer qualquer, mas do velho Sr. Buck, da figura mais respeitável dos dias infantis de Diederich, do homem mais importante da cidade e da personificação do senso civil que se deu nela, daquele que havia sido condenado à morte em quarenta e oito! Diederich sentia o coração eriçar-se por causa de seu empreendimento arriscado. Também isso parecia uma absurdidade, uma travessura que não iria trucidar o velho por muito tempo. Mas se viesse à tona quem havia sido o autor daquilo, então Diederich precisava se preparar para quando todos se voltassem contra ele... No entanto aquilo se manteve uma travessura e ele tinha acertado. Agora não era somente a família que desmoronava e que pesava sobre o velho: o irmão diante da bancarrota, o genro na prisão, a filha em viagem com um amante e, entre os filhos, um em mendicância, o outro de convicções e condutas bastante suspeitas. Agora era ele que, pela primeira vez, cambaleava. Se ele cai, então Diederich sobe! Apesar disso, o medo perpassava o corpo de Diederich. Ele então saiu para as salas contíguas.

Correu, pois já tocava o sinal para o segundo ato: então, acabou colidindo com a sogra do prefeito, que do mesmo modo estava com pressa, porém por outro motivo. Chegou a tempo de evitar que o seu genro, guiado pela esposa, fosse até o velho Buck e o acobertasse com sua autoridade. "Com a sua autoridade de prefeito, um escândalo como esse!" Estava rouca pelo nervosismo. A esposa, no entanto, permanecia ali, com sua voz baixa e estridente, os Buck eram as pessoas mais refinadas do local, e ainda ontem Milli Buck dera-lhe um molde fabuloso. Com cutucões sorrateiros, cada uma puxava-o para o seu lado; ele dava razão a cada uma alternadamente, suas pálidas costeletas fugiam para a esquerda e para a direita, e tinha os olhos de lebre. Os que passavam por ali cutucavam-se e repetiam aos cochichos, como uma piada, o que Diederich soube por meio de Wolfgang Buck. Em vista de acontecimentos tão importantes, esqueceu sua dor no corpo, ficou ali parado e fez-lhe um cumprimento desafiador. O prefeito recompôs-se, deixou as damas, estendeu a mão a Diederich. "Meu caro Dr. Hessling, muito me alegra que estejamos tendo uma festa bem-sucedida, não é?"

Mas Diederich mostrava-se pouco propenso a dar atenção à cordialidade inócua que o Dr. Scheffelweis tanto adorava. Ergueu-se, como que da ruína, e fez reluzir o olhar.

"Senhor prefeito, não me sinto no direito de deixá-lo às escuras sobre certas coisas, que..."

"Quê?" perguntou Dr. Scheffelweis, pálido.

"... que estão acontecendo", disse Diederich não sem firmeza. O prefeito pediu por misericórdia. "Eu já sei. É a fatídica história com o nosso honradíssimo – quero dizer as imundícies do velho Buck", sussurrou em confidência. Diederich mantinha sua frieza.

"É mais que isso. O senhor não pode se iludir mais, senhor prefeito: agora diz respeito ao senhor mesmo."

"Meu jovem, devo lhe pedir..."

"Fico ao seu dispor, senhor prefeito!"

O Dr. Scheffelweis enganou-se ao esperar que fosse mais fácil afastar esse cálice com protestos que com súplicas! Estava nas mãos de Diederich; a galeria de espelhos havia se esvaziado, também as damas haviam desaparecido lá atrás, na aglomeração.

"Buck e seus camaradas estão conduzindo um contragolpe", disse Diederich com objetividade. "Foram desmascarados e agora estão se vingando."

"Em mim?" O prefeito deu um pulo.

"Calúnias, eu repito: calúnias infames estão sendo dirigidas contra o senhor. Ninguém irá acreditar nelas, mas nestes tempos de lutas políticas..."

Não concluiu, ergueu os ombros. Dr. Scheffelweis claramente se diminuíra. Quis olhar Diederich, mas desviou. Então a voz de Diederich tornou-se judiciosa.

"Senhor prefeito! O senhor se recorda de nossa primeira conversa em sua casa com o senhor aspirante Jadassohn. Naquela época eu já o havia preparado para o fato de que um novo espírito iria se instaurar na cidade. A lassa convicção democrática arruinou-se! Hoje é preciso ser vigorosamente nacionalista! O senhor foi alertado!"

Dr. Scheffelweis justificou-se.

"Intimamente sempre estive ao seu lado, caro amigo: tanto mais porque sou um admirador especial de Sua Majestade. Nosso glorioso e jovem imperador é um pensador original... impulsivo... e..."

"A personalidade mais peculiar", completou Diederich com rigor.

O prefeito repetiu: "Personalidade... Mas eu, em minha posição, em que devo olhar para os dois lados, hoje posso lhe repetir apenas isso: realize novos feitos!"

"E o meu processo? Trucidei com esplendor os inimigos de Sua Majestade!"

"Não lhe impus nenhum obstáculo. Até mesmo lhe dei as felicitações."

"Não tomei conhecimento disso."

"Ao menos em silêncio."

"Hoje é preciso decidir-se mais claramente, senhor prefeito. A própria Majestade disse: quem não está do meu lado, está contra mim! Nossos cidadãos devem finalmente despertar do sono esplêndido e tomar com suas próprias mãos o combate aos elementos transformadores!"

Neste momento Dr. Scheffelweis baixou os olhos. Tanto mais autoritário Diederich empederniu-se.

"Mas onde fica então o prefeito?", perguntou. E sua pergunta soou tão longamente no silêncio ameaçador, que o Dr. Scheffelweis decidiu-se por piscar para ele. Não conseguiu dizer nada; a aparição loira de Diederich, com o olhar a reluzir, eriçado e inchado, deixou-o sem fala. Em meio a uma confusão volúvel, pensou: "Por um lado – por outro lado" – e piscava sem cessar para a imagem da nova juventude que sabia o que queria, para o representante dos tempos difíceis que se aproximavam!

Diederich, com os cantos da boca torcidos para cima, aceitou a homenagem. Desfrutou de um dos momentos em que significava mais que apenas a si mesmo e agia sob o espírito de algo mais elevado. O prefeito era mais alto que ele, mas Diederich olhava-o de cima, como se tivesse sido entronizado. "Em breve, teremos eleição para conselheiro municipal: depende totalmente do senhor", disse brando e sucinto. "O processo contra o Lauer causou uma reviravolta na opinião pública. As pessoas têm medo de mim.

Aquele que quiser me ser útil, seja bem-vindo. O que quiser ficar contra mim..."

Dr. Scheffelweis não esperou pelo fim da frase. "Sou totalmente da sua opinião", sussurrou com subserviência, "os amigos do Sr. Buck não podem mais ser eleitos."

"Isso vai ao encontro de seus próprios interesses. Entre os mal-intencionados, a sua boa reputação é minada, senhor prefeito! O senhor poderia sobreviver, hoje, ao fato de que os que têm boas convicções não protestem mais contra as calúnias abomináveis?" Uma pausa em que o Dr. Scheffelweis estremeceu; então, Diederich repetiu, encorajador: "Só depende do senhor." – O prefeito murmurou: "Sua energia e sua convicção decorosa em honras..."

"Minha convicção enormemente decorosa!"

"Sem dúvida... Mas o senhor é uma locomotiva política, meu jovem amigo. A cidade ainda não está preparada para isso. Como o senhor pretende dar conta dela?"

Em vez de responder, Diederich recuou de súbito e curvou-se como sinal de reverência. Wulckow apareceu na entrada.

Foi até eles sob o bamboleio elástico da barriga, colocou sua garra negra sobre o ombro do Dr. Scheffelweis e disse retumbante: "Então, prefeitinho, tão sozinho aqui? Seus conselheiros municipais de certo o lançaram para fora?" Pálido, Dr. Scheffelweis também riu. Mas Diederich olhava bastante preocupado para a porta do salão, que ainda estava aberta. Postou-se diante de Wulckow, de tal modo que o presidente da circunscrição não pudesse ser visto de dentro e sussurrou-lhe algumas palavras, que fizeram o presidente se prevenir e ajeitar a roupa. Então, ele disse a Diederich: "O senhor é realmente muito útil, doutorzinho."

Diederich sorriu, adulado. "O seu reconhecimento, senhor presidente, muito me alegra."

Wulckow expressou-se com amabilidade: "O senhor certamente tem mais coisas para contar. Temos que conversar qualquer hora." Estendeu a cabeça para frente, com suas manchas marrons e seus ossos de eslavo, saltados, e das rugas mongólicas de seus olhos, que eram cheios de uma impetuosidade peralta e de sangue quente, olhou boquiaberto para Diederich: olhou até que Diederich ficasse ofegante. Tal êxito parecia ter satisfeito Wulckow. Escovou a barba diante do espelho, porém imediatamente depois voltou a esmagá-la sobre a camisa, pois mantinha a cabeça como a de um touro, e disse: "Vamos! O teatrinho de meia-tigela já começou?" E se dispôs entre Diederich e o prefeito com o ímpeto de atrapalhar a apresentação quando uma vozinha chegou lá do bufê: "Ah, meu Deus! Otinho!"

"Lá está ela", disse Wulckow com voz estrondosa e foi ao encontro de sua mulher. "Eu bem achei: se tudo dá certo, ela se apavora. Mais destemor, minha cara Frieda!"

"Ah, por Deus, Otinho, tive aquele medo terrível!" Virou-se para os outros cavalheiros e confabulou confiante, embora trêmula: "Eu sei que é preciso ir para a batalha com o coração mais alegre."

"Especialmente", disse Diederich com presença de espírito, "se ela já está ganha de saída." E inclinou-se cavalheirescamente. A Sra. von Wulckow tocou-o com o leque.

"O Sr. Dr. Hessling inclusive me fez companhia aqui fora durante o primeiro ato. Ele tem senso para o belo, até mesmo deu sugestões úteis."

"Percebi", disse Wulckow; e enquanto Diederich curvava-se como sinal de reverência e agradecimento, alternando-se entre ele e sua esposa, a Sra. von Wulckow, acrescentou: "É melhor ficarmos aqui mesmo no bufê."

"Isso também era meu plano de batalha", tagarelava a Sra. von Wulckow. "Tanto mais porque constatei que se pode abrir aqui uma pequena porta para o salão. Assim podemos desfrutar do isolamento de que necessito, incólume aos acontecimentos, e ainda me mantenho confiante."

"Prefeitinho", disse Wulckow e estalou a língua, "o senhor também deveria provar essa salada de lagosta." Achegou-se ao ouvido do Dr. Scheffelweis e acrescentou: "Na questão da agência municipal de emprego, o conselho voltou a fazer um papel lamentável."

O prefeito comeu com obediência e ouviu com obediência – enquanto Diederich, ao lado da Sra. von Wulckow, espiava o palco. Lá, Magda Hessling tinha aulas de piano e o professor, um virtuose de cabelos negros e cacheados, beijava-a ardentemente, o que ela parecia não achar ruim. "Kienast não poderia ver isso", pensou Diederich, mas era ele mesmo que também se ofendia. E externou: "A senhora condessa não acha que o professor de piano está atuando de forma natural demais?"

A autora revidou, surpresa: "Mas isso era mesmo minha intenção."

"Acho apenas", disse Diederich inseguro – e então sobressaltou-se, pois apareceu na porta a Sra. Hessling ou outra dama parecida com ela. Emmi havia chegado e o casal era pego de surpresa, gritavam e choravam. Wulckow falava tanto mais alto: "Não, não, prefeito. Dessa vez o senhor não pode mais dar a desculpa do velho Buck. Naquela época ele fez passar a agência municipal de emprego: a coisa está feita, agora é problema seu."

O Dr. Scheffelweis quis argumentar, mas Magda gritou, ela não pensava em se casar com aquele homem, para isso a criada já era boa o suficiente. A autora observou: "Ela devia tê-lo expressado de modo mais vulgar. São os novos-ricos."

E Diederich sorriu concordando, embora tenha ficado bastante embaraçado por causa das condições de um lar que se comparava ao dele. De todo modo, deu razão a Emmi, que manifestou o dever de se reparar prontamente o escândalo e logo mandou chamar a criada. Mas quando a moça apareceu, maldição, era a condessa secreta! No silêncio de sua entrada, soava a voz grave de Wulckow: "Não me venha com os seus embustes de deveres sociais. Por acaso a ruína da agricultura é algo social?"

Muitas pessoas do público voltaram-se para lá; a autora sussurrou apavorada: "Otinho, pelo amor de Deus!"

"O que que há?" Ele entrou pela porta. "Eles que assobiem!"

Ninguém assobiou. Voltou-se novamente para o prefeito: "Com sua agência de emprego, o senhor com certeza tira os operários de nós, que temos propriedades no leste. E mais ainda: o senhor tem até representantes dos trabalhadores em sua miserável agência de trabalho – e com isso o senhor também se torna intermediário em prol da agricultura. Para onde o senhor está conduzindo as coisas, então? Para a coalizão dos trabalhadores rurais. O senhor vê, prefeitinho?" Sua garra caiu sobre os ombros flexíveis do Dr. Scheffelweis. "Vamos tirar a sua máscara. Isso não será mais tolerado!"

No palco, a sobrinha Wulckow falava para o público, e a família de fabricantes não podia ouvir nada: "Como? Eu, uma filha de conde, casar-me com um professor de piano? Longe de mim. Mesmo se me prometessem uma provisão, outros que se humilhem por dinheiro. Eu sei o que devo ao meu nascimento nobre!"

Neste momento ouviram-se aplausos. A Sra. Harnisch e a Sra. Tietz enxugavam as lágrimas que o senso nobre da condessa fez brotar. Mas as lágrimas voltaram quando a sobrinha disse: "Mas qual! Como é que eu, trabalhando de criada, vou encontrar alguém tão bem-nascido?"

O prefeito devia ter ousado uma réplica, pois Wulckow falou em voz alta: "Se a questão é haver menos desempregados, que não seja às custas de meu próprio sangue. Dinheiro meu é dinheiro meu." Diante disso, Diederich não se segurou mais e curvou-se para ele, em agradecimento. Mas a autora acabou tomando a reverência para si, com razão.

"Eu sei", disse ela, comovida, "acabei conseguindo a colocação."

"Isso é arte que fala ao coração", constatou Diederich. Quando Magda e Emmi fecharam o piano e as portas, ele completou: "E altamente dramática." Em seguida, para o outro lado: "Na próxima semana, dois conselheiros municipais serão eleitos no lugar de Lauer e Buck Júnior. É bom que ele vá por iniciativa própria." Wulckow disse: "Então cuide para que entrem apenas pessoas decentes. O senhor deve manter uma boa relação com o *Jornal de Netzig*."

Diederich abafou a voz reservadamente. "Por ora vou me manter comedido, senhor presidente. Isso é o melhor em prol da questão nacional."

"Veja bem", disse Wulckow; e de fato olhava para Diederich com um olhar pungente. "O senhor quer ser eleito?", perguntou.

"Eu faria o sacrifício. Nosso corpo municipal tem poucos membros que são confiáveis para a questão nacional."

"O que o senhor faria se estivesse dentro?"

"Cuidaria para que a agência de emprego parasse de fazer o que faz."

"Enfim", disse Wulckow, "como um homem nacionalista."

"Como oficial", disse o tenente sobre o palco, "não posso tolerar, minha cara Magda, que essa moça, mesmo que uma pobre criada, seja maltratada desta maneira."

O tenente do primeiro ato, o primo pobre, que deveria se casar com a condessa secreta, era o noivo de Magda! Sentia-se que os espectadores estremeciam diante do suspense. A autora mesma observou. "A invenção também é meu forte", disse para Diederich, que de fato estava surpreso. O Dr. Scheffelweis não teve tempo de mergulhar nas emoções da composição dramática; via-se em perigo.

"Ninguém", asseverava ele, "daria mais alegremente espírito..."

Wulckow o interrompeu. "Já sabemos, prefeitinho. Dar os cumprimentos com alegria o senhor pode, já que não custa nada."

Diederich acrescentou: "Mas demarcar uma linha clara entre os leais ao imperador e a revolução!"

O prefeito ergueu os braços, suplicante. "Meus senhores! Não me julguem mal, estou pronto para tudo. Mas aqui a linha demarcatória não ajuda em nada, pois ela significa simplesmente que quase todos que não votam de modo liberal votam de modo social-democrata."

Wulckow deu um grunhido furioso enquanto alcançava uma salsicha do bufê. Diederich era quem expressava uma confiança inabalável.

"Se as boas eleições não acontecem por si mesmas, então elas precisam ser feitas!"

"Mas como?", disse Wulckow.

A sobrinha Wulckow, por seu turno, gritava para o público: "Ele precisa ver que sou uma condessa que vem da mesma raiz nobre!"

"Oh, senhora condessa!", disse Diederich. "Agora estou realmente curioso se ele o verá."

"Com certeza", retorquiu a autora. "Eles se reconhecem nas boas maneiras."

E foi o que aconteceu: o tenente e a sobrinha trocavam olhares, pois Emmi, Magda e a Sra. Hessling comiam queijo com faca. Diederich ficou boquiaberto. As maneiras incultas da família de fabricantes causou no público o mais alegre estado de ânimo. As filhas Buck, a Sra. Cohn e Guste Daimchen, todas estavam exultantes. Também Wulckow prestou atenção; lambeu a gordura dos dedos e disse: "Frieda, você se saiu bem, eles estão rindo."

A autora estava inacreditavelmente revigorada. Seus olhos atrás do *pince-nez* brilhavam com desvario, ela suspirava, sua blusa inflava, não pôde se manter muito tempo sobre a cadeira. Ousou postar-se metade para fora do bufê; imediatamente muitos se voltaram para ela com expressão curiosa, e a sogra do prefeito fez-lhe um sinal. A Sra. von Wulckow gritou febrilmente por sobre os ombros:

"Meus senhores, a batalha está ganha!"

"Se para nós for tão rápido quanto...", disse seu esposo. "E então, doutor, como o senhor quer colocar rédeas nos habitantes de Netzig?"

"Senhor presidente!" Diederich pousou a mão sobre o peito: "Netzig tornar-se-á leal ao imperador, garanto ao senhor com tudo que sou e tenho!"

"Muito bem", disse Wulckow.

"Afinal", Diederich prosseguiu, "temos um agitador que eu gostaria de caracterizar como de primeira linha: isso mesmo, de primeira linha", repetiu e suas palavras abrangiam tudo que havia de grandioso; "e ele é a própria Majestade!"

Dr. Scheffelweis juntou-se o mais depressa. "A personalidade mais peculiar", pronunciou. "Original. Impulsivo."

"Bem", disse Wulckow. Apoiou os punhos sobre os joelhos e olhou embasbacado para o chão, como um devorador de homens preocupado. De repente, os outros perceberam que ele os olhava de baixo com desconfiança.

"Meus senhores" – novamente brando –, "bem, quero lhes dizer algo. Creio que o Parlamento será dissolvido."

Diederich e o Dr. Scheffelweis estenderam a cabeça para frente, sussurraram: "O senhor presidente sabe de algo?"

"Recentemente o ministro da guerra esteve comigo para caçar na propriedade de meu primo von Quitzin."

Diederich curvou-se como reverência. Balbuciava algo que nem mesmo ele sabia o que era. Havia previsto aquilo! Durante o seu ingresso na Associação de Ex-Combatentes, voltara a fazer um discurso sobre Sua Majestade – e será que de fato era mesmo um discurso que se repetia? Dissera com todas as letras: "Vou fazer uma limpa!" E assim aconteceria, exatamente como ele mesmo o faria. Vieram-lhe calafrios místicos...

Wulckow disse no entremeio: "O senhor Eugen Richter e seus comparsas não nos servem mais. Se eles não engolem o novo projeto de lei do exército, então fim de conversa" – e Wulckow passou o punho sobre a boca como se começasse a devoração.

Diederich recompôs-se. "Isso é... isso é magnânimo! Isso parece mesmo a iniciativa pessoal de Sua Majestade!" Dr. Scheffelweis ficou pálido. "Então haverá novamente eleições para o Parlamento? Estava tão feliz de termos nossos exímios deputados..." Assustou-se ainda mais. "Ou seja, claro que Kühlemann é também amigo do Sr. Richter..."

"Um importunador!", bufou Diederich. "Um sujeito impatriótico!" Virou os olhos. "Senhor presidente! Dessa vez está tudo acabado para essa gente de Netzig. Deixe-me ser conselheiro municipal, senhor prefeito!"

"E o que vem depois?", perguntou Wulckow. Diederich não sabia. Felizmente aconteceu um incidente no salão; cadeiras foram empurradas e alguém abriu a porta principal: era Kühlemann. O velho arrastava com pressa sua massa pesada e doente pela galeria de espelhos. No bufê, comentavam que desde o processo ele havia decaído mais ainda.

"Ele teria absolvido Lauer, seu voto foi vencido pelos outros juízes", disse Diederich. O Dr. Scheffelweis opinou: "Cálculos renais acabam levando à dissolução." Ao que Wulckow retorquiu com humor: "É, e no Parlamento nós somos os seus cálculos."

O prefeito sorriu com simpatia. Mas Diederich esbugalhou os olhos. Achegou-se ao ouvido do presidente e cochichou: "O testamento dele!"

"Que tem?"

"Ele deixou sua herança para a cidade", esclareceu Dr. Scheffelweis com gravidade. "Provavelmente vamos construir um orfanato."

"O senhor vai construir?" Diederich sorriu com ironia e desprezo. "Em uma destinação nacional o senhor definitivamente não consegue pensar?"

"Ah, sim." Wulckow acenou para Diederich com aprovação. "Quantos cobres ele tem afinal?"

"No mínimo meio milhão", disse o prefeito e reafirmou: "Eu ficaria feliz se pudesse ser feito..."

"Pode-se fazer sem problemas", afirmou Diederich.

Então ouviram risadas vindas do salão bem diferentes das anteriores. Eram risadas desenfreadas e na certa expressavam uma satisfação malévola. A autora recuou, como se fugisse para o fundo do bufê, parecia estar pronta para entocar-se. "Meu bom Deus!", lamuriou. "Está tudo perdido."

"Ora essa!?", fez o seu esposo e postou-se à porta de forma ameaçadora. Ainda assim não pôde conter a explosão de risos. Magda disse à condessa: "Apresse-se com o café do senhor tenente, sua provinciana tola." Uma outra voz retificava "chá", Magda repetia "café", a outra não recuava, Magda também não. O público percebia haver um equívoco entre ela e o ponto. Então, por sorte o tenente interveio, bateu as esporas uma na outra e disse: "Gostaria dos dois" – ao que a risada assumiu um caráter mais indulgente. Mas a autora estava indignada. "O público! É uma besta e vai permanecer assim!", disse rangendo os dentes.

"Imprevistos sempre podem acontecer", disse Wulckow – e deu uma piscadela para Diederich.

Diederich retorquiu com o mesmo tom significativo: "Quando há entendimento mútuo, senhor presidente, então não."

Neste momento, pareceu-lhe oportuno dedicar-se totalmente à autora e à sua obra. Quisera o prefeito trair seus amigos nesse meio-tempo e engajar-se em todos os desejos de Wulckow para as eleições!

"Minha irmã é uma tola", disse Diederich. "Mais tarde vou repreendê-la!"

A Sra. von Wulckow sorriu como se não desse importância. "Pobrezinha, ela faz o que pode. Mas, com relação aos outros, são de uma verdadeira arrogância e ingratidão insuportáveis. Há pouco eu estava encantada e os exaltava como ideais!"

Diederich disse em tom incisivo. "Sra. condessa, essa experiência amarga não ocorre somente com a senhora. É assim com toda vida pública." Pensava ali nos sentimentos exaltados daqueles dias depois de seu confronto com os ofensores de Sua Majestade, e nas provações que se seguiram. "Ao final o bem triunfa!", constatou.

"Não é?", disse ela com um sorriso celestial. "O bem, o verdadeiro, o belo."

Estendeu a ele a mão direita, tão pequena. "Acredito, meu amigo, que nós nos entendemos" – e Diederich, consciente daquele momento, comprimiu os lábios, audacioso, e curvou-se com reverência. Colocou as mãos sobre o peito e arrancou do seu âmago: "Acredite, senhora condessa..."

A sobrinha e o jovem Sprezius haviam ficado sozinhos, reconheceram-se como a condessa humilhada e o primo pobre, sabiam apenas que estavam destinados um ao outro, e se rejubilavam com o futuro esplendoroso, quando estariam banhados pelo sol da realeza, sob um teto de ouro, com outras pessoas distintas, humildes e orgulhosos... Nisso Diederich ouviu a autora suspirar.

"Ao senhor posso dizer", suspirava. "Aqui sinto muita falta da corte. Quando alguém, como eu, pertence por nascimento à aristocracia da corte, e agora..."

Por trás do seu leque, Diederich viu duas lágrimas formarem-se. Aquela visão da tragicidade dos grandiosos comoveu-o tanto, que ficou em posição de sentido. "Sra. condessa!", disse ele, contido e entrecortando a fala. "A condessa secreta é então..." Sobressaltou-se e ficou em silêncio.

Ao mesmo tempo, a voz pálida do prefeito revelava ao presidente que Kühlemann não iria se candidatar mais e que os liberais queriam colocar o Dr. Heuteufel. Estava de acordo com Wulckow de que era preciso encontrar medidas contrárias, enquanto ninguém soubesse da dissolução do Parlamento...

Diederich voltou a se atrever, silencioso e com cuidado: "Sra. condessa, mas não é verdade que tudo ficará bem? Eles vão lutar?"

A Sra. von Wulckow, com delicadeza e autodomínio, voltou a controlar a revelação dos sentimentos. Num leve tom amigável, ela explicou: "Meu Deus, caro doutor, o que o senhor quer? A desagradável questão de dinheiro! É absolutamente impossível que esses jovens sejam felizes juntos."

"Eles podem abrir um processo!", gritou Diederich, ferido em seu senso de justiça. Mas a Sra. von Wulckow torceu o nariz. "*Fi donc!* Isso teria como consequência que o jovem conde, ou seja, Jadassohn, considerasse seu pai incapaz. No terceiro ato, que o senhor ainda vai ver, ele ameaça o tenente em uma cena que, a meu ver, é um êxito. O tenente deve assumir isso para si? E o desmantelamento da propriedade da família? Em seu círculo, talvez isso dê certo. Mas entre nós certas coisas não são possíveis."

Diederich inclinou-se. "É certo que, lá em cima, predominem concepções que escapam ao nosso juízo. E certamente também ao tribunal", acrescentou. A autora sorriu brandamente.

"O senhor veja, e assim o tenente renuncia de maneira totalmente correta à condessa secreta e casa-se com a filha de fabricantes."

"Magda?"

"Isso mesmo. E a condessa secreta, com o professor de piano. Assim querem as forças onipotentes, caro senhor doutor, às quais nós" – sua voz ofuscou-se um pouco – "às quais nós temos de ceder."

Diederich tinha uma dúvida ainda, mas não a externou. O tenente deveria ter se casado com a condessa secreta mesmo sem dinheiro, isso teria satisfeito Diederich profundamente em seu coração sensível e idílico. Mas qual! Esses tempos difíceis pensavam de outro modo.

A cortina caiu, aos poucos o público libertava-se de sua comoção, então, dedicaram palmas ainda mais calorosas à criada e ao tenente, que, infelizmente era o que se antevia, teriam de suportar ainda mais tempo o pesado destino de não estarem aptos à vida da corte.

"Isso é realmente uma desgraça!", suspirava a Sra. Harnisch e a Sra. Cohn.

No bufê, Wulckow disse ao fim de seu aconselhamento com o prefeito: "Ainda vamos trazer bom senso ao bando!"

Em seguida, deixou cair pesadamente sua garra sobre o ombro de Diederich. "E então, doutorzinho, minha esposa já o convidou para um chá?"

"Naturalmente, e não demore a vir!" A senhora presidente estendeu a mão para que ele a beijasse, e Diederich afastou-se contente. O próprio Wulckow queria vê-lo! Queria conquistar Netzig junto com Diederich!

Enquanto a presidente ocupava-se da recepção na galeria de espelhos e recebia as felicitações, Diederich ocupava-se de criar um ambiente agradável. Heuteufel, Cohn, Harnisch e outros cavalheiros dificultavam seu intento, pois davam a entender, ainda que cautelosos, que tomavam tudo aquilo como um disparate. Foi preciso que Diederich lhes fizesse observações indiretas sobre o terceiro ato, absolutamente grandioso, para que se calassem. Ditava com precisão ao redator Nothgroschen o que soube pela autora, pois Nothgroschen precisava sair logo, o jornal tinha que ir para a impressão. "Mas se o senhor escrever imbecilidades, seu jornalistazinho de meia-pataca, vou bater em suas orelhas com seu papelote!" – ao que Nothgroschen agradeceu, e saiu à francesa. O professor Kühnchen, por seu turno, que havia ouvido tudo, pegou-o por um botão e gritou: "O senhor, caríssimo! Uma coisa o senhor ainda poderia ter contado ao nosso diretor de mexericos!" O redator, que ouviu chamarem-no, voltou, e Kühnchen prosseguiu: "É que a criação magnífica de nossa venerável presidente já foi antecipada, a saber, não menos que pelo nosso antigo mestre Goethe e sua *Filha ilegítima*. Agora, isso é a maior glória que se pode dar à autora!"

Diederich ponderou sobre a conveniência da descoberta de Kühnchen, mas achou desnecessário compartilhar a informação. O velhote já ansiava por misturar-se à multidão com seus cabelos flutuantes; já se via que escavava o chão diante da Sra. von Wulckow e lhe apresentava os resultados de sua pesquisa comparativa. Sem dúvida, uma rejeição como a que acabou por sofrer nem Diederich teria previsto. A autora disse com frieza: "Sua observação, senhor professor, só pode ser uma confusão. A *Filha ilegítima* é mesmo de Goethe?", perguntou e torceu o nariz, desconfiada. Kühnchen assegurou que sim, mas isso não o ajudou em nada.

"De qualquer modo, o senhor leu na revista *O lar acolhedor*, um romance escrito por mim, e eu o adaptei ao teatro. Minhas criações são todas trabalhos originais. Os senhores"

– examinou o círculo em volta – "façam o favor de contrapor-se a rumores maledicentes que circulam por aí."

Com isso, Kühnchen despediu-se e saiu para tomar um ar fresco. Diederich lembrou-lhe, em tom de misericórdia depreciativa, que Nothgroschen já havia partido com sua informação perigosa. Kühnchen correu atrás dele para se proteger do pior.

Quando Diederich virou o pescoço, a imagem do salão havia mudado: não apenas a presidente, mas também o velho Buck ocupava-se da recepção. Era surpreendente, mas ele estava aprendendo a conhecer as pessoas. Elas não suportaram a ideia de terem há pouco soltado as rédeas de seus instintos. Acercavam-se do velho, um atrás do outro, com a feição de quem asseverava a inocência, queriam mostrar que não tinham feito nada. Tão grande era o poder do estabelecido, do que se reconhecia desde tempos imemoriais, mesmo depois de comoções pesadas! O próprio Diederich achou conveniente ficar atrás da maioria para chamar a atenção. Depois de se assegurar de que Wulckow já tinha ido embora, fez sua visita de cortesia. Acercou-se quando o velho sentava sozinho na poltrona, colocada para ele bem na frente do palco; Buck deixou sua mão curiosamente delicada pendurar-se sobre o braço da poltrona e olhou para Diederich.

"Aí está o senhor, meu caro Hessling. Lamentava que o senhor não viria" – disse muito brando e complacente. Imediatamente Diederich sentiu as lágrimas brotarem. Deu-lhe a mão e alegrava-se pelo Sr. Buck mantê-la longamente na sua e balbuciou algo de negócios, preocupações e "para ser sincero" – pois foi tomado por uma súbita necessidade de sinceridade – por consideração e inibição.

"É bonito de sua parte", disse o velho, "não me deixar adivinhar tal coisa, mas admiti-la o senhor mesmo. O senhor é jovem, age segundo iniciativas que seguem os espíritos de hoje. Não quero me render à intolerância da velhice."

Então, Diederich baixou os olhos. Entendia tudo: esse era o perdão pelo processo que havia custado a honra de seu genro como cidadão; sentiu-se sufocado diante de tanta clemência – e tanto desrespeito. O velho disse, no entanto: "Eu respeito a luta e a conheço bem demais para odiar alguém que lute contra os meus." Diederich, tomado pelo pavor de que isso fosse longe demais, tratava apenas de negar tudo. Ele mesmo não sabia... A gente se envolve em certas coisas... O velho facilitou as coisas para ele. "Eu sei: o senhor procura e ainda não encontra a si mesmo."

Mergulhou sua barba branca mosqueteiro no lenço de seda que usava no pescoço. Quando trouxe-a de volta para fora, Diederich compreendeu que viria algo novo.

"O senhor não comprou a casa atrás da sua", disse o Sr. Buck. "Os seus planos mudaram?" Diederich pensou: "Ele sabe tudo", e viu seus cálculos mais secretos serem revelados.

O velho sorria com esperteza e bondade. "Talvez o senhor queira instalar sua fábrica em outro lugar e só depois ampliá-la? Eu posso imaginar que o senhor talvez deseje vender seu terreno e esteja apenas à espera do momento certo – o que eu também levo em consideração", acrescentou, e lançando um olhar para o outro: "A cidade tem em vista construir um orfanato!"

"Cão velho!", pensou Diederich. "Ele espera ganhar algo com a morte de seu melhor amigo!" Ao mesmo tempo, veio-lhe a inspiração de sobre o que ele sugeriria a Wulckow para conquistarem Netzig!... Ele ofegava.

"Definitivamente não, Sr. Buck. Não darei a propriedade herdada de meu pai!"

Então o velho tomou-lhe novamente a mão. "Não sou nenhum provocador", disse ele. "Seu respeito o dignifica."

"Jumento", pensou Diederich.

"Então procuramos um outro terreno para nós. Sim, talvez o senhor venha a colaborar. Civismo altruísta, caro Hessling, não podemos abrir mão disso – mesmo que se, por um momento, ele pareça andar para a direção errada." Levantou.

"Se o senhor quiser se tornar conselheiro municipal, tem o meu apoio."

Diederich ficou olhando fixamente sem entender. Os olhos do velho eram azuis e profundos, e ofereceu a Diederich justamente o cargo honorário que ele havia defraudado de seu genro. Devia cuspir ou entocar-se? Diederich decidiu por bater aprumado as próprias solas dos sapatos e agradeceu-lhe da forma correta.

"O senhor veja", retorquiu o velho, "o civismo é a ponte entre o jovem e o velho, até para aqueles que não estão mais aqui."

Direcionou a mão em meio círculo para as paredes e para a geração anterior, que saía desbotada e límpida de suas profundezas pictóricas. Sorriu à jovem em crinolina e, ao mesmo tempo, às suas sobrinhas e a Meta Harnisch, que passavam por ali. Quando direcionou o olhar para o velho prefeito, que entre flores e crianças saía do portal da cidade, Diederich percebeu a enorme semelhança entre ambos. O velho Buck apontava para um e outro dentre as pessoas retratadas.

"Ouvi falar muito desse. Ainda conheço essa dama. O clérigo não se parece com o pastor Zillich? Não, entre nós não pode haver nenhum estranhamento tão sério, há muito que temos uma relação de dever mútuo para com a boa vontade e o avanço comum, desde os tempos daqueles que nos deixaram o Harmonia."

"Harmonia, sei", pensou Diederich e olhou em volta para ver como conseguiria se safar dali. Como de costume, o velho passou dos negócios para as chorumelas sentimentais. "Eis que vem o literato", pensou Diederich.

Exatamente naquele momento passavam Guste Daimchen e Inge Tietz. Guste enganchara-se nela e Inge estava se gabando do que havia vivenciado nos bastidores. "Nosso medo quando ela dizia: chá, café, café, chá." Guste afirmou: "Da próxima vez Wolfgang escreve uma peça muito mais bonita e eu vou encenar." Então Inge soltou-se dela com expressão de tímida desaprovação. "Mesmo?" disse; e o rosto gorducho de Guste de repente perdeu seu afã inofensivo. "E por que não?", perguntou com indignação lacrimosa. "O que você tem de mais?"

Diederich, que bem lhe poderia tê-lo dito, voltou-se imediatamente para o velho Buck, continuava com suas chorumelas.

"Os mesmos amigos, de outrora e de hoje, e também os inimigos estão aí. Já bastante apagado, o cavalheiro de ferro, o bicho-papão, lá em seu nicho, no portal. Dom Antonio Manrique, o terrível general de montaria, que saqueou nossa pobre Netzig na Guerra dos Trinta Anos: o que seria se a Riekestrasse não levasse teu nome para onde então se dissiparia o teu último sonido?... Também é alguém que não agrada nosso senso liberal e que pensava em nos destruir."

De repente, o velho agitava-se em uma risadinha silenciosa. Tomou Diederich pela mão. "Ele não parece com nosso Sr. von Wulckow?"

Diederich adquiriu uma feição ainda mais correta diante disso, mas o velho não percebeu, recompôs-se rapidamente, algo mais lhe ocorria. Acenou para Diederich para irem atrás de um grupo de plantas e mostrou-lhe na parede duas figuras, um jovem pastor, que abria os braços com nostalgia, e, do outro lado do riacho, uma pastora que se preparava para pular nele. O velho sussurrava: "O que o senhor acha? Será que ambos irão se encontrar? Muitos não sabem mais sobre isso. Eu ainda sei." Olhou em volta para ver se ninguém prestava atenção e, de repente, abriu uma pequena porta que ninguém teria encontrado. A pastora sobre a porta moveu-se ao encontro daquele que amava. Mais um pouco, e atrás da porta, no escuro, ela certamente devia estar em seus braços... O velho indicou o quarto que havia descoberto. "Chama-se o gabinete do amor." A luz da lâmpada de um pátio qualquer atravessava a janela sem cortina; iluminava o espelho e o canapé delgado. O velho arejou um pouco o ambiente, cujo ar escapava não se sabe depois de quanto tempo, sorriu perdidamente. E então fechou a pequena porta.

Mas Diederich, a quem tudo aquilo interessava muito pouco, viu chegar algo que prometia causar ainda mais sensação. Era o conselheiro Fritzsche: então ele estava lá. Suas férias talvez tivessem chegado ao fim, havia voltado do sul e chegado ainda que um pouco atrasado, e sem Judith Lauer, cujas férias ainda iriam durar enquanto seu esposo estivesse na prisão. Por onde ele passava, girando o corpo com trejeitos que não passavam despercebidos, havia bochichos, e cada um que ele cumprimentava mirava furtivamente para o velho Sr. Buck. Fritzsche via que tinha que fazer algo naquelas circunstâncias; fez um esforço e continuou andando. O velho, ainda sem saber de nada, de repente deparou com ele. Ficou completamente branco; Diederich teve um sobressalto e estendeu os braços. Mas nada aconteceu, o velho recuou. Ficou lá, rijo, costas arqueadas, e olhava frio e estático para o homem que havia raptado sua filha.

"Já voltou, senhor conselheiro?", perguntou em voz alta.

Fritzsche procurava sorrir com jovialidade. "O clima mais belo está lá embaixo, senhor conselheiro municipal. E a arte então!"

"Aqui temos apenas um reflexo disso" – e o velho indicou as paredes sem tirar os olhos do outro. Sua postura impressionava a maioria, que espreitava lá de trás a sua fraqueza. Permanecia impassível e desempenhava seu papel oficial, em uma situação que teria justificado de todo modo alguma falta de autocontrole. Ele representava o velho prestígio, para a família decadente, para o séquito que já estava ausente. Nesse momento, ganhou alguma simpatia em vez de muito perdê-la... Diederich ainda o ouviu falar, cerimonioso e claro: "Consegui impor que a feição moderna de nossas ruas ganhasse outra direção, de modo que se mantivessem essa casa e suas pinturas. Elas têm valor apenas pelo retrato, pode ser. Mas uma imagem que queira conferir permanência ao seu tempo e aos seus valores morais pode contar com o fato de que ela mesma dure." Diederich contraiu-se, envergonhava-se por Fritzsche.

A sogra do prefeito perguntou-lhe qual a opinião do velho sobre *A condessa secreta*. Diederich refletiu e teve que confessar que ele nem mesmo mencionou a peça. Ambos estavam decepcionados.

Enquanto percebia que Käthchen Zillich olhava para eles com ironia, e justamente ela, a quem não cabia se permitir nada. "Então, Srta. Käthchen", disse bem alto. "O que a senhora pensa sobre o Anjo Verde?" Ela revidou ainda mais alto: "O anjo verde? É o senhor?" E riu escancaradamente para ele. "A senhora realmente devia ter mais cuidado", dizia de cenho franzido. "Sinto-me no dever de chamar a atenção de seu pai para isso."

"Papai!" Käthchen gritou de imediato. Diederich sobressaltou-se. Felizmente o pastor Zillich não ouviu.

"É claro que já no dia seguinte eu contei ao meu pai sobre nossa pequena excursão. O que é que tem, era só o senhor mesmo."

Ela foi longe demais. Diederich bufou. "É, e como amante de belas orelhas também Jadassohn estava lá." Quando ele viu que isso a afetara, acrescentou: "Da próxima vez que formos ao Anjo Verde, nós as pintaremos de verde, isso animará o ambiente."

"Se o senhor acha que tem a ver com as orelhas." O olhar de Käthchen expressou um menosprezo tão desmesurado, que Diederich tomou a decisão de intervir com todos os meios que tinha. Encontravam-se no grupo de plantas. "O que a senhora acha?", perguntou. "A pastora irá pular o riacho e fazer o pastor feliz?"

"Ovelha", ela disse. Diederich ignorou, andou até a parede e a tateou. Então encontrou a porta. "Vê? Ela pula." Käthchen chegou mais perto; curiosa, estendeu o pescoço para o quarto secreto. Então, foi empurrada e entrou completamente. Diederich bateu a porta e foi, em silêncio, para cima de Käthchen, ofegando como um selvagem.

"Me deixe sair, olhe que vou arranhá-lo!", gritou e quis gritar mais alto. Mas acabou rindo, indefesa e aproximando-se cada vez mais do sofá. A luta com seus braços e ombros desnudos deixou-o totalmente fora de si. "Isso mesmo", ele ofegava: "Agora você vai ver. Ainda sou uma ovelha? Ah, quando se pensa que uma moça é decente e alguém tem intenções sérias com ela, então esse alguém é uma ovelha." Lançou-a com um último empurrão para o sofá. "Au", ela disse; e sufocada de tanto rir: "O que vou ver agora?"

De repente, começou a defender-se para valer. Ela lutava; o feixe de luz que entrava pela janela desnuda iluminava sua desordem; o rosto dela, prenhe de afobação, dirigiu-se para a porta. Ele virou o pescoço: lá estava Guste Daimchen. Ela olhava de lá perplexa, os olhos de Käthchen quase saltaram das órbitas e Diederich, de joelho no sofá, virou a cabeça até quase quebrar o pescoço... Finalmente Guste empurrou a porta e foi resoluta até Käthchen. "Sua meretriz infame!", disse das profundezas do seu ser.

"E você então!", disse Käthchen, de novo dona de si. Guste tratou apenas de tomar fôlego. Olhou de Käthchen para Diederich, desorientada e tão indignada, que seu olhar se encheu de um brilho úmido. Ele assegurou: "Srta. Guste, trata-se de uma pilhéria"; mas acabou se dando mal, Guste disparou: "Conheço-o bem, e sei o que esperar do senhor."

"Então você o conhece", observou Käthchen sarcástica. Levantou-se enquanto Guste ainda se acercava dela. Diederich, por seu turno, tirou proveito da situação, conferiu dignidade à sua postura e recuou para deixar as damas resolverem-se entre si.

"Tudo que tenho que ver!", gritou Guste; e Käthchen: "Você não viu nada! E por que ficar bisbilhotando, afinal?"

Diederich do mesmo modo começou a achar aquilo curioso, particularmente porque Guste silenciou. Claramente Käthchen estava em vantagem. Atirou o pescoço e disse: "Acho muito esquisito de sua parte. Como pode alguém ter tanta consciência pesada como você!"

De repente Guste mostrou-se profundamente preocupada. "Eu?", perguntou, estendendo a sílaba. "O que é que eu fiz?" Käthchen de repente ficou hesitante – enquanto Diederich foi tomado de sobressalto.

"Você certamente sabe por si mesma. É muito vergonhoso para mim ter que dizer."

"Não sei de absolutamente nada", disse Guste queixosa.

"Ninguém acreditaria mesmo que pudesse existir algo assim", disse Käthchen, e torceu o nariz. Guste perdeu a paciência. "Eu preciso saber! O que vocês têm?"

Diederich sugeriu: "É melhor que deixemos o lugar, agora." Mas Guste bateu os pés.

"Não darei um passo até saber. Percebi a noite toda que ela ficou me olhando como se eu tivesse engolido um peixe morto."

Käthchen virou para o outro lado. "É, por aí se vê. Fique feliz por não ter sido jogada para fora junto com seu meio-irmão Wolfgang."

"Com quem?... Meu meio-irmão... Como assim meio-irmão?"

Guste ofegava com vagar no silêncio sepulcral e os olhos percorriam o quarto sem rumo. Subitamente, compreendeu tudo. "Mas isso é uma infâmia!", gritou horrorizada. Um sorriso de satisfação alastrava o rosto de Käthchen. Diederich, por seu turno, negava com veemência. Guste ergueu o dedo para Käthchen. "Vocês e todas as outras inventaram isso! Estão com inveja do meu dinheiro!"

"Bah!", fez Käthchen. "Não queremos o seu dinheiro, se é que ele existe."

"Não é verdade!", Guste berrou. De repente, caiu para frente sobre o sofá e ficou se lamuriando. "Ah, meu Deus, ah, meu Deus, o que é que nós fizemos."

"Está vendo?", disse Käthchen, sem compaixão. Guste soluçava cada vez mais alto; Diederich tocou seu ombro. "Srta. Guste, a senhora não quer que as pessoas venham." Tentava consolá-la. "Pode ser que ninguém fique sabendo. Vocês nem se parecem um com o outro." Mas o consolo teve efeito de provocação em Guste, que saltou e partiu para o ataque. "Você... você é mesmo uma peça", sussurrou para Käthchen. "Vou dizer o que vi de você!"

"Ninguém vai acreditar em você! Ninguém acredita mais. Todo mundo sabe que sou decente."

"Decente? Arrume pelo menos o vestido!"

"Mas é uma infame..."

"Você mais ainda!"

Nesse momento, ambas sobressaltaram-se, pararam de falar e permaneceram estacadas uma diante da outra, havia ódio e medo em seus rostos gorduchos, que se pareciam tanto; e o tronco para frente, os ombros levantados, os braços apoiados nos quadris, parecia que seus primorosos vestidos de baile iriam se desprender do corpo. Guste empreendeu mais uma tentativa: "Eu vou dizer!"

Então Käthchen soltou o último grilhão. "Fale rápido ou saio antes e conto a todo mundo que não você, mas eu abri a porta e surpreendi vocês."

Depois disso, Guste só conseguia dar piscadas vigorosas; Käthchen acrescentou com súbita sobriedade: "Bem, nesse caso sou eu a culpada. Para você, isso já não tem mais importância."

Mas o olhar de Diederich encontrou o de Guste, entendia-se com o dela e deslizou para baixo, até que encontrou em seu pequeno dedo o brilhante que haviam retirado juntos dos farrapos. Então, Diederich deu um sorriso cavalheiresco e Guste, profundamente enrubescida, aproximou-se tanto que era como se recostasse nele, Käthchen foi de mansinho até a porta. Inclinando-se por sobre o ombro de Guste, Diederich disse baixinho: "Mas o seu noivo a deixa muito tempo sozinha." – "Ah, aquele lá", ela retorquiu. Ele baixou um pouco mais o rosto e o pressionou sobre o ombro dela. Ela se mantinha totalmente em silêncio. "Pena", ele disse e recuou tão repentinamente, que Guste escorregou. De repente percebeu que sua situação havia mudado de forma considerável. Seu dinheiro não era mais um trunfo, havia perdido valor, um homem como Diederich tinha mais valor. Seu olhar tornou-se subitamente canino. Diederich disse, lento e circunspecto: "No lugar de seu noivo eu iria proceder de outro modo."

Käthchen abriu a porta com muito cuidado, voltou, o dedo sobre os lábios.

"Vocês não sabem! A peça começou de novo – há muito, eu acredito."

"Oh, Deus!" disse Guste; e Diederich: "Caímos em uma armadilha."

Tateou as paredes procurando por uma saída; arrastou até mesmo o sofá. Como não encontrou nenhuma, ficou enfurecido.

"Isso é definitivamente uma armadilha. E por amor ao velho barraco, o Sr. Buck cobriu toda a extensão da rua. Ele ainda vai ver que eu o demolirei inteiro! Espere até eu ser conselheiro municipal!"

Käthchen deu uma risadinha: "O que você está bufando tanto? Aqui é bem agradável. Agora podemos fazer o que quisermos." E pulou sobre o sofá. Nisso, Guste deu um impulso e quis pular também. Mas ficou pendurada. Diederich a pegou. Também Käthchen pendurou-se nele. Ele piscou para ambas. "Então, o que vamos fazer?" Käthchen disse: "Isso o senhor deve saber. Nós três já nos conhecemos." – "E não temos mais nada a perder", disse Guste. Então, todos os três caíram na gargalhada.

Mas Käthchen ficou horrorizada. "Crianças! Estou parecendo minha falecida avó, no espelho."

"Ele está totalmente preto."

"E rabiscado."

Aproximaram os rostos dele para lerem sob a luz pálida do lampião a gás as interjeições e os apelidos carinhosos, que, juntos com os anos longínquos, estavam nos contornos dos corações despedaçados, sobre vasos rabiscados, cupidos e até mesmo sobre túmulos. "Sobre a urna aqui embaixo, não pode ser!", disse Käthchen. "'Só agora temos de sofrer'... Por quê? Por que eles estavam aqui dentro? Eram mesmo uns loucos."

"Nós não somos loucos", afirmou Diederich. "Srta. Guste, a senhora tem um brilhante." Ele iluminava três corações, fazia vislumbrar neles três inscrições e deixava as moças decifrarem a obra. Quando se apartaram aos berros, ele disse com orgulho: "Por que acham que aqui se chama gabinete do amor?"

De repente, Guste emitiu um grito de pavor. "Alguém está olhando para cá!"

Detrás do espelho, estendia-se uma cabeça, pálida como a de um fantasma!... Käthchen já estava próxima da porta. "Volte para cá!", gritou Diederich. "É só uma pintura."

O espelho havia desaparecido para um lado da parede. Era possível virá-lo mais um pouco: então surgiu a figura toda.

"É a pastora, que lá fora pula sobre o riacho!"

"Agora ela já o deixou para trás", disse Diederich; pois a pastora sentara-se ali e chorava. No lado de trás do espelho, o pastor se distanciava.

"É possível sair por lá!" Diederich apontou para uma fissura iluminada, tateou, e o papel de parede se abriu.

"Essa é a saída quando se deixa tudo para trás", observou e saiu. Käthchen, sarcástica, disse-lhe indo atrás dele: "Eu não deixei nada para atrás."

E Guste, melancólica: "Eu também não."

Diederich ignorou o que disseram, constatou que se encontravam em um pequeno salão atrás do bufê. Rapidamente alcançou a galeria de espelhos e imisciuiu-se desapercebido na multidão, que bem naquela hora estava brotando para fora do salão. Todos estavam absortos pelo destino trágico da condessa secreta que acabou se casando com o professor de piano. A Sra. Harnisch, Sra. Cohn, a sogra do prefeito, todos tinham os olhos lacrimosos; já sem a maquiagem e pronto para receber os louros, Jadassohn não foi bem recebido pelas damas. "O senhor é o culpado, senhor aspirante, que se tenha chegado a isso! Ao fim ela era sua irmã de sangue." – "*Pardon*, minhas senhoras!" E

Jadassohn defendia seu ponto de vista como herdeiro legítimo das propriedades do conde. Então Meta Harnisch disse: "Mas o senhor precisava ser tão provocador?!"

Imediatamente todos os olhares voltaram-se para suas orelhas; davam-se risadinhas; e Jadassohn, que em vão perguntava aos brados o que é que estava acontecendo, foi tomado pelos braços por Diederich. Com o doce palpitar da vingança no coração, Diederich conduziu-o justamente para lá onde a esposa do presidente despedia-se do major Kunze e reconhecia, animadamente, seu mérito na obra. Porém, mal avistou Jadassohn, ela simplesmente virou as costas. Jadassohn manteve-se pregado ao chão. Diederich também não prosseguiu. "O que foi?" perguntou, dissimulado. "Ah, sim, a presidente. O senhor não agradou. E também não deve se tornar promotor. Suas orelhas são visíveis demais."

Por mais que Diederich estivesse preparado, com uma tal careta monstruosa ele não contava! Onde estava o arrojo soberbo a que Jadassohn devotava sua vida? "Só quero dizer que..." manifestou apenas, bem baixinho; mas parecia terem ouvido um grito horroroso... Em seguida, colocou-se em movimento, bateu os pés de raiva e disse: "O senhor pode rir, meu caro! O senhor não faz ideia do que traz no rosto. Sua cara limpa, nada mais, e em dez anos me torno ministro."

"Bem", disse Diederich, e acrescentou: "Nem precisa ser a cara toda: bastam as orelhas."

"O senhor quer vendê-las para mim?", perguntou Jadassohn e olhou-o de tal modo que Diederich teve um sobressalto. "É possível isso?", perguntou, inseguro. Jadassohn, com uma risada cínica, foi até Heuteufel. "O senhor é especialista em orelhas, senhor doutor..."

Heuteufel explicou-lhe que, de fato, conduziam-se operações que retiravam a metade das orelhas, até então somente em Paris. "Para que tirar toda ela?" disse Heuteufel. "O senhor pode ficar tranquilamente com a metade." Jadassohn se recompôs. "Piada esplêndida! Vou contá-la no tribunal. Gatuno!" E bateu na barriga de Heuteufel.

Nesse ínterim, Diederich dirigiu-se até suas irmãs, que vinham do vestuário já com suas roupas de baile. Cumprimentavam-nas com aplausos de todos os lados e relatavam suas impressões sobre o palco. "Chá – café: por Deus, isso foi emocionante!", dizia Magda. Também Diederich ganhava cumprimentos por ser o irmão. Andava por entre elas, Magda enganchara-se em seus braços, mas o braço de Emmi ele tinha que manter enganchado à força. Ela sussurrava: "Pare com a comédia"; e ele bufava para ela, entre risos e cumprimentos: "Você teve um papel de nada, dê-se por satisfeita de ao menos ter se apresentado. Veja a Magda!" Magda aconchegava-se nele com gosto, parecia pronta a desfilar a felicidade da própria família tanto quanto ele desejasse. "Pequena", disse com uma atenção carinhosa, "você teve êxito. Mas eu lhe asseguro: eu também." Até mesmo a adulava. "Hoje você está parecendo um doce. Quase é uma pena ser noiva de Kienast." Quando a presidente se encaminhava para ir embora, acenou-lhes com graciosidade, depois disso as irmãs encontraram no caminho somente expressões das mais respeitosas. Haviam arrumado o salão; atrás do grupo de palmeiras tocavam uma polonesa. Diederich curvou-se da forma mais correta para Magda e levou-a para dançar, triunfante, imediatamente depois do major Kunze, que conduzia a dança. Assim passaram diante de Guste Daimchen que estava sentada. Guste estava sentada ao lado da aleijada Srta. Kühnchen e seguia-os com os olhos, como se estivesse de castigo. Seu olhar comoveu Diederich de forma quase tão medonha quanto o do Sr. Lauer na prisão.

"Pobre Guste!", disse Magda. Diederich franziu as sobrancelhas. "Sim, sim, isso é o que dá."

"Mas" – e Magda pestanejou lá de baixo, "isso é que dá o quê, afinal?"

"Não importa, meu bem, agora já está feito."

"Diedel, você deveria convidá-la depois para uma valsa."

"Isso não posso. Cada um sabe da culpa que tem."

Em seguida ele saiu imediatamente do salão. Bem nesse momento, o jovem Sprezius, que agora não era mais tenente, mas aluno do científico, tirou a aleijada Srta. Kühnchen da cadeira. De fato tinha consideração por seu pai. Guste Daimchen permaneceu sentada... Diederich passou pela sala ao lado onde senhores mais velhos jogavam cartas, ouviu uma troça de Käthchen Zillich, que ele surpreendeu atrás de uma porta com um ator, e conseguiu chegar até o bufê. Lá estava sentado Wolfgang Buck em uma mesinha e desenhava em seu caderno as mães que esperavam em volta do salão.

"Muito talentoso", disse Diederich. "O senhor também já retratou a senhorita sua noiva?"

"Nesse quesito ela não me interessa", reviduou Buck, tão fleumático, que Diederich teve dúvidas se suas experiências com Guste no gabinete do amor interessariam ao seu noivo.

"Com o senhor nunca se sabe nada", disse ele decepcionado.

"Com o senhor sabe-se sempre", disse Buck. "Naquele dia, no tribunal, queria tê-lo desenhado durante seu grande monólogo."

"O seu discurso me foi o suficiente; foi uma tentativa, ainda que felizmente uma tentativa malsucedida, de levar ao descrédito e ao desdém a minha pessoa e minhas ações diante da esfera pública mais ampla!"

Diederich fez o olhar reluzir, Buck reparou nisso com assombro. "Parece-me que o senhor está ofendido. E eu discursei tão bem." Balançou a cabeça e sorriu, pensativo e animado. "Vamos tomar uma garrafa de champanhe juntos?", perguntou.

Diederich refletia: "Se justamente com o senhor..." mas sucumbiu. "A sentença do tribunal foi uma constatação de que suas alegações não eram dirigidas somente a mim, mas também a todos os homens de convicção nacional. Com isso dou a questão por encerrada."

"Vamos de Heidsieck?" perguntou Buck. Fez Diederich brindar com ele. "O senhor tem que admitir, caro Hessling, nunca alguém havia se ocupado do senhor com tanto detalhe... Agora posso lhe dizer: o seu papel diante do tribunal interessou-me mais do que o meu próprio. Mais tarde, em casa, eu o encenei diante do espelho."

"Meu papel? O senhor quer dizer minha convicção. Sem dúvida que para o senhor o tipo representativo de hoje é o ator."

"Isso eu disse com relação a... um outro. Mas o senhor veja o quanto fiquei bem próximo para observar... Se amanhã eu não tivesse que defender a lavadeira que roubou as ceroulas na casa dos Wulckow, talvez eu encenasse o Hamlet. Saúde!"

"Saúde. Mas para isso o senhor não precisa de convicções!"

"Por Deus, eu tenho alguma. Mas sempre as mesmas?... O senhor me aconselharia o teatro?", perguntou Buck. Diederich já havia aberto a boca para aconselhá-lo, quando Guste chegou, e Diederich enrubesceu, pois havia pensado nela quando da pergunta de Buck. Buck disse, sonhador: "Nesse meio-tempo, minha panela com salsicha e repolho passaria do ponto, e ainda assim é um bom prato." Guste veio por trás com passadas silenciosas, cobriu-lhe os olhos com as mãos e perguntou: "Quem é?" – "É ele", disse Buck e deu-lhe um tapinha.

"Os senhores estão tendo uma boa conversa? Devo sair?", perguntou Guste. Diederich apressou-se para buscar-lhe uma cadeira; embora preferisse ter ficado sozinho com Buck; o brilho febril nos olhos de Guste não prometia nada de bom. Ela falava mais que o normal.

"Vocês combinam maravilhosamente bem um com o outro, especialmente porque são tão formais."

Buck disse: "É o respeito mútuo." Diederich hesitou, depois fez uma observação que deixou ele mesmo perplexo. "Na verdade, tão logo eu me aparto de seu noivo, tenho-lhe uma raiva enorme; na vez seguinte em que nos vemos, no entanto, eu me alegro." Retesou-se. "Se eu já não fosse um homem de convicção nacional, ele teria me feito um."

"E se eu o fosse", disse Buck, com um sorriso brando, "ele teria me desabituado a sê-lo. Esse é o atrativo."

Mas era visível que Guste tinha outras preocupações; estava pálida e se reprimia.

"Agora vou dizer a você uma coisa, Wolfgang. Tem certeza de que não vai cair para trás?"

"Sr. Rose, seu Hennessy!", gritou Buck. Enquanto misturava conhaque com champanhe, Diederich agarrava o braço de Guste, e aproveitando a música alta do baile, sussurrou suplicante: "A senhora não vai fazer nenhuma bobagem?" Ela riu com desdém. "O Dr. Hessling tem medo! Ele acha a história infame demais, eu a acho simplesmente cômica." E mais alto, rindo-se. "O que você diz? Seu pai com minha mãe: você entende. E por consequência nós dois: você entende?"

Buck balançou lentamente a cabeça; e então comprimiu a boca. "E daí?" Guste não riu mais.

"Como assim, e daí?"

"Bem, se os habitantes de Netzig acreditam em algo assim, é porque deve ocorrer-lhes isso todos os dias, então não há nada."

"Frases feitas não movem moinhos", sentenciou Guste. Diederich acreditava que precisava objetar.

"Em todo lugar podem ocorrer deslizes. Mas ninguém sai ileso da opinião de seus semelhantes."

Guste observou: "Ele sempre pensa que é bom demais para esse mundo." E Diederich: "Este é um tempo difícil. Quem não fica na defensiva tem que crer nisso mesmo." Então Guste gritou cheia de um entusiasmo penoso: "O Dr. Hessling não é como você! Ele me defende! A prova disso é Meta Harnisch, que finalmente abriu a boca. Ele foi o único que me defendeu. No seu lugar, ele teria punido as pessoas que tivessem o atrevimento de fazer mexericos sobre mim!"

Diederich confirmava com um aceno. Buck girava sua taça continuamente e se espelhava nela. De repente deixou-a de lado.

"Afinal de contas, quem falou que eu também não teria gostado de punir alguém – escolher um, sem critério especial, porque todos são do mesmo modo relativamente estúpidos e infames?" E comprimia os olhos ao mesmo tempo em que falava. Guste ergueu os ombros desnudos.

"Isso é o que você diz, mas eles não são tão estúpidos, eles sabem o que querem... O mais estúpido é o mais esperto", concluiu desafiadora, e Diederich anuiu com ironia. Então Buck examinou-o com olhos que, subitamente, tornaram-se insanos. Moveu os punhos com tremores espasmódicos em torno do pescoço. "Se eu, no entanto" – de repente ficou totalmente rouco –, "se eu pudesse pegar pelo colarinho o sujeito que eu soubesse que instiga tudo, que sintetizasse em uma pessoa tudo que é feio e ruim: se eu o pegasse pelo colarinho, aquele que é a visão geral de tudo que é inumano, tudo que é sub-humano..." Diederich estava branco como a camisa de seu fraque e de sua cadeira ia-se esquivando de lado para baixo, recuando passo a passo. Guste deu um berro e estatelou contra a parede, em pânico. "É o conhaque!", Diederich gritou para ela... Mas o olhar de Buck, que rolava de um para o outro, prenhe da mais terrível calamidade, empacou abruptamente. Piscou e sua fisionomia resplandeceu com jovialidade.

"Infelizmente estou acostumado à mistura", explicou. "Só para vocês verem como nós também podemos." Diederich voltou a se sentar fazendo barulho. "O senhor é mesmo só um comediante", disse indignado.

"O senhor acha?", perguntou Buck e resplandeceu ainda mais. Guste torceu o nariz. "Bem, continuem se divertindo", ela manifestou e quis sair dali. Mas o conselheiro do tribunal de primeira instância, Fritzsche, estava lá, fez-lhe uma deferência e também para Buck. Perguntou se o advogado permitia que ele dançasse um cotilhão com a senhorita sua noiva. Falava com extrema polidez, até certo ponto apaziguador. Buck não respondeu, franziu as sobrancelhas. Guste, porém, já tomava o braço de Fritzsche.

Buck ficou olhando os dois, uma ruga entre as sobrancelhas, esquecido de seu entorno. "Sim, sim", pensou Diederich, "agradável isso não é, quando se encontra um senhor que fez uma viagem a passeio com a irmã, meu caro, e então ele tira sua noiva da mesa, e você não pode fazer nada, porque senão o escândalo seria anda maior, até porque o noivado mesmo já é um escândalo..."

De repente Buck disse, assustando-o: "O senhor sabe que só agora tenho de fato vontade de me casar com a Srta. Daimchen? Eu tomei a questão por algo – não muito sensacional; mas os moradores de Netzig fizeram disso algo simplesmente estimulante."

Diederich ficou estarrecido com esse efeito. "Se o senhor acha", pronunciou.

"Por que não? O senhor e eu, polos contrários, introduzimos aqui as tendências avançadas de uma época livre da moral. Nós movemos as coisas aqui. Neste lugar o espírito de época anda nas ruas ainda com calçado de feltro."

"Iremos colocar-lhe esporas", Diederich prometeu.

"Saúde!"

"Saúde! Mas às *minhas* esporas" – Diederich fez o olhar reluzir. "Seu ceticismo e sua convicção frouxa não são modernos. Com" – bufou pelo nariz –, "com as coisas do espírito não há o que se fazer hoje. O feito nacional...", bateu o punho sobre a mesa, "guarda o futuro!"

Ao que Buck, com um sorriso clemente: "O futuro? Mas é esse o equívoco. O feito nacional foi arrefecendo ao longo de centenas de anos. O que vivenciamos e ainda devemos vivenciar são suas convulsões e seu cheiro de cadáver. Não será um bom ar."

"Não posso esperar outra coisa do senhor que não jogar o que há de mais sagrado para a sujeira!"

"Sagrado! Intocável! Digamos de outra forma: eterno! Não é? Nunca, nunca se viverá fora do ideal do nacionalismo de vocês. Antes, pode até ser, no período escuro da história que ainda não os conhecera. Mas agora vocês estão aí, e o mundo chegou aonde devia. Escuridão e ódio das nações, esse é o objetivo, para além disso não há nada."

"Vivemos um tempo difícil", Diederich confirmava com seriedade.

"Menos difícil que calcificado... Não estou convencido de que as pessoas que viveram a Guerra dos Trinta Anos tivessem acreditado na irreversibilidade de sua condição, também nem um pouco suave. E estou convencido de que a arbitrariedade rococó foi considerada superável por aqueles que estavam subjugados a ela, caso contrário eles não teriam feito a revolução. Onde está, nos momentos da história que ainda podemos rememorar, esse tempo que, diante da eternidade com sua triste limitação, teria se declarado e se vangloriado como permanente? Que, de forma supersticiosa, teria depreciado todo aquele que não estivesse totalmente embaraçado nele? Não ter o senso nacional provoca em vocês mais espanto que ódio! Mas os sujeitos despatrióticos estão ao seu encalço. Lá no salão, o senhor os vê?"

Diederich derramava sua champanhe de tão rápido que girava a taça. Estaria Napoleão Fischer infiltrado com os camaradas?... Buck ria mudo em seu íntimo. "Não se empenhe, estou pensando apenas naquele povo silencioso sobre as paredes. Por que eles parecem tão joviais? O que lhes dá o direito aos caminhos floridos, ao passo leve e à harmonia? Oh! vós, amigos!" Buck balançava sua taça para os dançarinos que passavam. "Vós, amigos da humanidade e de cada futuro promissor, generoso e insciente do egoísmo sinistro, próprio de uma aliança nacional consanguínea: voltai, oh, *animae mundi*! Mesmo entre nós, alguns ainda esperam por vós!"

Ele bebeu a taça toda, Diederich percebeu, com desdém, que ele chorava. Aliás, imediatamente depois seu rosto adquiriu a feição de espertez. "Mas vós, oh! contemporâneos, certamente não sabeis o que o velho prefeito, que sorri todo rosado, lá atrás, entre pessoas públicas e pastoras, veste como lenço sobre o peito? As cores estão empalidecidas; vós deveis pensar que são as suas? Mas são as três cores francesas. Elas eram novas naquela época e não eram as de um país, mas de toda a aurora. Vesti-las era a melhor convicção; era, como vós dizeis, absolutamente correto. Saúde!"

Mas Diederich arrastou furtivamente sua cadeira e espiou para os lados, a ver se alguém não ouvia. "O senhor está bêbado", murmurou; e para salvar a situação, gritou: "Sr. Rose! Mais uma garrafa!" Em seguida, sentou-se corretamente e com imponência. "O senhor não parece pensar que desde aquela época havia lá um Bismarck!"

"Não apenas um", disse Buck. "A Europa era incitada por todos os lados a esse percurso nacional. Suponhamos que não se pudesse evitá-lo. Depois dele, dias melhores viriam... Vocês teriam seguido o seu Bismarck enquanto ele estivesse do seu lado? Teriam se deixado arrastar, teriam vivido em conflito com ele? Só agora vocês podem passar por cima dele, penduram-se na sua sombra débil! Pois o seu metabolismo nacional está se desmoralizando aos poucos. Até que vocês percebam que se está diante de um grande homem, ele já terá deixado de sê-lo."

"O senhor irá conhecê-lo!", prometeu Diederich. "Sangue e ferro ainda é o tratamento mais efetivo! O poder vem antes do direito!" Sua cabeça ficou vermelha e inflada por causa dessas palavras doutrinárias. Mas Buck irritou-se.

"O poder! O poder não se deixa levar eternamente por baionetas, como uma salsicha no espeto. O único poder real, hoje em dia, é a paz! Encenem a comédia da violência! Esbravejem contra inimigos imaginários de fora e de dentro! Felizmente, não se permitem a vocês os atos!"

"Não se permitem?", Diederich soprou como se fosse soltar fogo. "Sua Majestade disse: é preferível deixar para trás todas as dezoito corporações de nossas forças armadas e quarenta e dois milhões de habitantes..."

"Pois onde está a nobreza alemã..!", gritou Buck com ímpeto repentino; e com mais ferocidade: "Sem resoluções parlamentares! O único pilar é o exército!"

Diederich não cedia em nada. "Vocês são conclamados acima de tudo a me proteger do inimigo externo e interno!"

"Rechaçar um bando da mais alta traição!", gritava Buck. "Uma horda de homens..."

Diederich lembrou-se: "... que não merecem o nome de alemães!"

E ambos unanimemente: "Fuzilar parentes e irmãos!"

O grito chamou a atenção dos dançarinos que se refrescavam no bufê, também trouxeram suas damas para satisfazer-lhes a visão de uma embriaguez heroica. Até mesmo os jogadores de baralho esticaram seus pescoços para lá; e todos observavam, admirados, Diederich e o seu parceiro, que balançavam em suas cadeiras e agarravam-se às suas mesas, com olhos vitrificados e dentição desnuda, e lançavam um ao outro palavras enérgicas.

"Chama-se alguém de inimigo, e eis meu inimigo aí!"

"No império, um só é senhor, outro não tolero!"

"Posso me tornar bem desagradável!"

Suas vozes sobrepunham-se.

"Falsa humanidade!"

"Inimigos impatrióticos da ordem mundial divina!"

"Devem ser varridos até o último grão!"

Uma garrafa voou contra a parede.

"Vou trucidar!"

"Poeira alemã!... Sandálias!... Dias gloriosos!" Neste momento, alguém de olhos vendados deslizou por entre os espectadores: Guste Daimchen, que tinha que procurar um cavalheiro. Apalpou Diederich pelas costas e quis movê-lo a levantar-se. Ele enrijeceu e repetiu ameaçadoramente: "Dias gloriosos!" Ela baixou o pano, olhou-o com olhos fixos de pavor e foi buscar suas irmãs. Também Buck percebeu que era apropriado ir embora. Na saída, apoiou-se discretamente no amigo, mas não pôde evitar que Diederich, autoritário e de cabeça erguida, embora vitrificado e sem fazer o olhar reluzir, se voltasse da porta para a multidão, que dançava e olhava curiosa.

"Vou trucidar!"

Em seguida, foi despachado lá embaixo para o carro.

Quando por volta do meio-dia ele entrou no cômodo privativo da família, com fortes dores de cabeça, ficou admirado com Emmi sair dali indignada. Magda precisou fazer-lhe apenas algumas insinuações cuidadosas para que ele soubesse do que se tratava. "Fiz mesmo isso? Bem, admito, havia damas ali. Há várias maneiras de se mostrar um exímio homem alemão: com as damas há uma outra... É evidente que em um caso como esse, apressamo-nos em resolver a questão da forma mais leal e correta."

Embora estivesse exausto, ficou-lhe claro o que devia acontecer. Enquanto uma charrete de dois cavalos era levada até ele, vestiu o casaco de fraque, a gravata branca e a cartola; então, apresentou ao cocheiro a lista rascunhada por Magda e partiu. Em todo lugar chamava pelas damas; algumas ele surpreendeu na hora do almoço – e sem ter clareza se tinha diante de si a Sra. Harnisch, Sra. Daimchen ou Sra. Tietz, dizia com a voz felina e áspera: "Admito... Como homem alemão, na presença das damas... Da forma mais leal e correta..."

À uma e meia estava de volta e sentou-se para comer, suspirando. "A questão está resolvida."

À tarde, havia uma tarefa mais difícil a se cumprir. Diederich mandou chamar Napoleão Fischer até sua casa.

"Sr. Fischer", ele disse e ofereceu-lhe uma cadeira, "eu o estou recebendo aqui, e não no escritório, porque nossos assuntos não dizem respeito ao Sr. Sötbier. Na verdade, trata-se de política."

Napoleão Fischer assentiu como se já tivesse pensado naquilo. Parecia que agora já se acostumara a tais conversas confidenciais; no primeiro aceno de Diederich, imediatamente pegou na caixa de charutos; até mesmo cruzou as pernas. Diederich estava bem menos à vontade; ofegava – então, sem rodeios decidiu ir direto ao assunto com uma honestidade brutal. Bismarck também havia feito o mesmo.

"Quero me tornar conselheiro municipal", manifestou, "e para isso preciso do senhor."

Lá de baixo, o operador de máquinas lançou-lhe um olhar. "Eu também do senhor", disse ele. "Pois também quero me tornar conselheiro municipal."

"Ora essa, escute bem! Eu até contava com certas coisas..."

"O senhor certamente voltou a ter umas moedas na manga?" – e o proletário arreganhou os dentes amarelados. Já não escondia mais seu sorrisinho sarcástico. Diederich compreendeu que, se o assunto eram eleições, acabaria sendo bem mais difícil lidar com ele do que quando se tratava de uma operária mutilada. "Afinal, senhor doutor", começou Napoleão, "é certo como a morte que meu partido terá uma das cadeiras. A outra, provavelmente, pegam os liberais. Se o senhor quer botá-los para fora, então precisa de nós."

"Entendo", disse Diederich. "Embora tenha o velho Buck a meu favor, sua gente talvez não seja tão crédula a ponto de me eleger se eu me alinhar ao liberalismo. O mais seguro é que eu me entenda com o senhor."

"Eu já tenho uma noção de como o senhor pode fazer isso", disse Napoleão. "Porque, na verdade, há muito que estou de olho no senhor doutor, se não ia entrar na arena política."

Napoleão baforava círculos de tão enlevado!

"O seu processo, senhor doutor, e depois isso com a Associação de Ex-Combatentes e tal, tudo isso é muito bom como anúncio. Mas para um político, o mais importante é: quantos votos eu consigo."

Napoleão partilhava do tesouro de suas experiências! Quando falou em "agitação nacional", Diederich quis protestar; mas Napoleão interrompeu-o rapidamente.

"O que o senhor quer, afinal? Nós, em nosso partido, de certo modo temos plena consideração pela agitação nacional. Com ela é possível fazer negócios bem melhores que com o livre-pensamento. Logo, logo a democracia burguesa vai entrar nesse mesmo barco."

"E também a ela teremos uma sova para dar!", gritou Diederich. Os aliados riram de prazer. Diederich trouxe uma garrafa de cerveja.

"Ma-as", fez o social-democrata; e começou com suas condições: "um prédio para o sindicato, para cuja construção o partido deveria contar com apoio da cidade!... Diederich pulou da cadeira. "E o senhor se atreve a exigir isso de um homem com espírito nacionalista?"

O outro se mantinha calmo e irônico. "Se nós não ajudamos o homem com espírito nacional para que ele seja eleito, onde fica então o homem com espírito nacionalista?" E Diederich quis ficar indignado ou suplicar por clemência; acabou tendo que escrever em uma folha de papel que não só estava, ele mesmo, de acordo com o prédio para o sindicato, mas que também iria tentar convencer disso os conselheiros municipais que lhe eram próximos. Em seguida, bruscamente deu a conversa por encerrada e tomou a garrafa de cerveja da mão do operador de máquinas. Napoleão Fischer deu-lhe umas piscadelas. O senhor doutor devia ficar feliz por negociar com ele e não com o mandachuva do partido, o Rille. Pois Rille, que fazia campanha para sua própria eleição, não poderia ser ganho para esse acordo. E, no partido, as opiniões eram divididas; Diederich teria todos os motivos para fazer algo na imprensa pela candidatura de Fischer, ele tinha proximidade com os jornalistas. "Se pessoas estranhas, por exemplo, o Rille, tivessem que meter o nariz em suas histórias, senhor doutor, aí sim o senhor iria me agradecer. Entre nós é diferente. Nós já enterramos muita sujeira juntos."

Então ele saiu e abandonou Diederich aos seus pensamentos. "Já enterramos muita sujeira juntos!", pensou Diederich, e tremores de pânico perpassaram-lhe o corpo com descargas de ira. O cachorro tinha que lhe dizer isso, seu próprio peão, que ele poderia ter mandado para a rua a qualquer momento! Infelizmente era certo que não dava mais para fazer isso, pois era verdade que ambos haviam enterrado muita sujeira. A holandesa! A operária mutilada! Uma confidencialidade levou a outra: agora Diederich e seu proletário não dependiam um do outro apenas na empresa, mas também na política. Teria sido melhor que Diederich tivesse se aliado ao mandachuva Rille; mas daí havia o temor de que Napoleão Fischer delatasse por vingança tudo que sabia. Diederich viu-se compelido a também ajudá-lo contra Rille. "Mas" – sacudia o punho contra o teto – "vamos voltar a conversar. Ainda que leve dez anos, acertaremos as contas!"

Depois disso, incumbiu-se de fazer uma visita ao velho Sr. Buck e ouvir com resignação sua tagarelice beletrista, impregnada de bonomia burguesa. Por isso ele se tornou candidato do partido liberal... Em um artigo caloroso, o *Jornal de Netzig* recomendava o Sr. Dr. Hessling como ser humano, cidadão e político para as eleições; logo abaixo, em letras menores, objetou-se duramente à nomeação do operário Fischer. Infelizmente, era preciso admitir que o partido social-democrata dispunha de trabalhadores autônomos o suficiente, não precisava exigir dos conselheiros municipais burgueses o intercurso amigável com um operário qualquer. O Sr. Dr. Hessling, justamente ele, deveria confrontar-se com seu próprio operador de máquinas no seio da corporação municipal?

Essa falha do jornal burguês produziu entre os sociais-democratas uma absoluta unanimidade; até mesmo Rille teve que se manifestar a favor de Napoleão – que atingiu seu objetivo brilhantemente. Diederich recebeu do partido que o nomeou apenas a metade dos votos, mas os camaradas salvaram-no. Ambos os eleitos foram apresentados juntos à assembleia. O prefeito Dr. Scheffelweis felicitou-os com a observação de que, por um lado, o cidadão ativo, por outro, o operário ambicioso... E, já na sessão seguinte, Diederich interveio nas negociações.

O debate era sobre a canalização da Gäbbelchenstrasse. Um número considerável das velhas casas do subúrbio encontrava-se ainda hoje, fim do século XIX, na posse pouco digna de fossas sanitárias, cujas emanações de vez em quando inundavam toda região. Durante sua visita ao Anjo Verde, Diederich havia feito essa apreciação. Então, voltou-se com veemência contra as objeções de cunho técnico e financeiro do representante do conselho. Uma exigência imposta pela honra que traz o cultivo da higiene não poderia condescender com considerações mesquinhas. "Germanidade significa cultivo!", Diederich proclamou. "Meus senhores! Quem disse isso não foi nada menos que Sua Majestade, o imperador. E, durante outra ocasião, Sua Majestade disse o seguinte: deve-se colocar um fim à imundície. Onde sempre se age de modo magnânimo, é aí que reluz sobre nós o exemplo excelso de Sua Majestade, e por isso, meus senhores..."

"Hurra!", gritou uma voz à esquerda, e Diederich encontrou o sorriso irônico de Napoleão Fischer. Empertigou-se, fez o olhar reluzir. "Muito bem!", encerrou de forma contundente. "Não posso concluir melhor. Sua Majestade, o imperador, hurra, hurra, hurra!"

Silêncio desconcertado – e porque os sociais-democratas riram, alguém gritou hurra à direita. Nesse entremeio, Dr. Heuteufel perguntou se o contexto curioso no qual o Sr. Dr. Hessling trouxera a pessoa do imperador não apresentava, na verdade, uma ofensa à majestade. Mas o presidente logo tocou a campainha. Na imprensa, contudo, o debate continuava. O jornal *Voz do Povo* afirmava que o Sr. Hessling levava à assembleia dos conselheiros municipais o espírito da adulação mais asquerosa, ao passo que, para o *Jornal de Netzig*, seu discurso indicava o feito estimulante de um patriota imparcial. Mas que de fato se tratava de uma ocorrência de grande importância, isso ficou claro quando ela apareceu no *Berliner Lokal-Anzeiger*. O jornal de Sua Majestade estava cheio de elogios à apresentação corajosa do conselheiro municipal de Netzig, o Dr. Hessling. Constatava-se, com satisfação, que o novo espírito nacional e determinado, pelo qual o imperador lutava, agora fazia avanços no interior. A advertência imperial cumpria-se, o cidadão despertava da sonolência, cumpria-se a separação entre os que eram a seu favor e os que eram contra ele. "Pudessem muitos representantes de nossas cidades seguir o exemplo do Dr. Hessling!"

Havia oito dias que Diederich carregava no peito esse número do *Lokal-Anzeiger*, quando, na hora mais silenciosa da manhã, e evitando a Kaiser-Wilhelm-Strasse, rastejou lá de trás para a taberna de Klappsch, onde encontrou companhia: Napoleão Fischer e o mandachuva Rille. Embora o local estivesse muito vazio, os três retiraram-se para o canto mais escondido; a Srta. Klappsch trouxe a cerveja, para ser dispensada de imediato, logo a seguir; e mesmo Klappsch, que escutava atrás da porta, ouvia apenas cochichos. Tentou fazer uso da portinhola por onde alcançava os copos às visitas mais poderosas; mas Rille, que sabia disso, bateu-a com força diante de seu nariz. Apesar de tudo, o taberneiro conseguiu perceber que o Dr. Hessling levantou-se no pulo e estava a ponto de ir embora. Como homem de espírito nacional, jamais iria prestar-se a isso!... Mais tarde, no entanto, a Srta. Klappsch, que levara a conta, podia jurar ter visto um papel assinado pelos três.

Naquele mesmo dia, à tarde, Emmi e Magda foram convidadas pela Sra. von Wulckow para um chá, e Diederich acompanhou-as. Os irmãos andaram pela Kaiser-Wilhelm-Strasse de cabeça erguida. Diederich tirou a cartola com frieza para cumprimentar os senhores que, dos degraus da casa dos maçons, viram-no, surpresos, entrar no prédio da circunscrição. Ele cumprimentou o sentinela com jovialidade e um movimento suave da mão. Lá em cima, no vestíbulo, depararam-se com oficiais e suas esposas que já eram conhecidos de ambas Srtas. Hessling. Batendo as esporas, o tenente von Brietzen ajudou Emmi a tirar seu casaco e ela o agradeceu por sobre os ombros, como uma condessa. Em seguida, ela deu uma pisadela no pé de Diederich, para que ele percebesse em que chão estava pisando. De fato, quando deram a preferência de entrada no salão para o Sr. von Brietzen, executaram uma reverência entusiasmada para a presidente e foram apresentados a todos: que exercício – tão honroso quanto perigoso – comprimir-se em uma pequena cadeira entre os vestidos das damas; equilibrar a xícara de chá enquanto se passa o prato da torta; com a torta, dar um sorriso de deferência; e, durante a degustação, tecer um comentário afável sobre a apresentação tão exitosa de *A Condessa Secreta*, um comentário viril de reconhecimento ante a atividade administrativa magnânima do presidente, um outro, muito importante, sobre a revolução e a lealdade ao imperador; e, junto de tudo isso, ainda alimentar o cão dos Wulckow, que implorava por comida! Aqui era impensável uma companhia despretensiosa como a do Ratskeller ou da Associação dos Ex-Combatentes; era preciso olhar fixamente, e com um sorriso extenuante, para os olhos claros do capitão von Köckeritz, cuja calva era branca, mas o rosto, do meio da testa para baixo, de um vermelho intenso, a falar sobre o campo de instrução. E quando o suor escorria do rosto de alguém, pela tensão ante a pergunta sobre haver prestado o serviço militar, acontecia de se vivenciar, por mero acaso, que a dama ao lado, que penteava para o alto seus cabelos extremamente loiros e tinha o nariz queimado do sol, começasse de repente a falar sobre cavalos... Dessa vez, Diederich foi salvo por Emmi, pois ela, apoiada pelo Sr. von Brietzen, com quem parecia até unha e carne, interveio de forma versátil na conversa sobre cavalos, usou expressões especializadas, nem mesmo temia fantasiar sobre cavalgadas pelo campo que ela queria ter empreendido na propriedade de uma tia. Quando o tenente se ofereceu para cavalgar com ela, usou como pretexto a pobre Sra. Hessling que não o permitiria. Diederich mal reconheceu Emmi. Magda, que já havia tido êxito ao noivar, era deixada totalmente na sombra pelos talentos inacreditáveis da outra. Não sem apreensão, e tal como depois de voltar do Anjo

Verde, Diederich havia se tornado consciente dos caminhos imprevisíveis que uma moça, quando não era vista... Então percebeu que não prestara atenção a uma pergunta da presidente e todos silenciaram, porque ele tinha que respondê-la. Procurou por ajuda em todos os cantos, deparou-se apenas com a visão implacável de um enorme retrato, pálido e petrificado, em uniforme vermelho de hussardo, uma mão no quadril, o bigode até o canto do olho e que fazia o olhar reluzir friamente por sobre os ombros! Diederich estremeceu, engasgou com o chá, o Sr. von Brietzen bateu-lhe nas costas.

Uma dama, que até então só comia, agora iria cantar. Agruparam-se na sala de música. Diederich, à porta, consultou o relógio furtivamente, a presidente pigarreou atrás dele. "Sei, caro doutor, que o senhor não vai sacrificar o seu tempo para nós e nossa conversa superficial, quer dizer, demasiado superficial, um tempo que pertence a deveres muito mais sérios. Meu esposo o aguarda, venha." Com o dedo sobre os lábios, ela foi adiante, passou por um corredor, por entre uma antessala vazia... Bateu à porta levemente. Como não viesse nenhuma resposta, olhou apreensiva para Diederich, que também não se sentia bem. "Otinho", ela tentou, carinhosamente e aconchegando-se à porta fechada. Depois de um tempo de escuta, ergueu-se lá dentro a terrível voz grave: "Aqui não tem nenhum Otinho! Diga para os palermas que se embebedem de chá sozinhos!" – "Ele está tão ocupado", sussurrou a Sra. von Wulckow, um pouco mais pálida. "Pessoas de má convicção estão minando a saúde dele... Infelizmente tenho que me dedicar aos meus convidados, mas o criado irá anunciá-lo." E afastou-se flutuando sobre o chão.

Em vão, Diederich esperou pelo criado. Então, chegou o cachorro dos Wulckow, passou por Diederich todo imponente e cheio de desconfiança e arranhou a porta. Imediatamente soou lá de dentro: "Schnapps! Entre!" – ao que o dogue abriu a porta. Como se esqueceu de fechá-la novamente,

Diederich permitiu-se deslizar junto com ele para dentro. O Sr. von Wulckow estava sentado à escrivaninha em meio a nuvens de fumaça, virou-lhe suas costas enormes.

"Boa tarde, senhor presidente", disse Diederich, curvando-se como sinal de reverência. "Ora essa, você também com essas tolices, Schnapps?", perguntou Wulckow, sem se virar. Dobrou um documento, vagarosamente acendeu outro charuto... "É agora", pensou Diederich. Mas então Wulckow começou a escrever alguma outra coisa. Apenas o cachorro tinha interesse em Diederich. Ficava claro que ele estranhava o convidado por ali, sua desconfiança foi se tornando hostilidade; com os dentes arreganhados, farejava a calça de Diederich, quase não havia mais o que farejar. Diederich dançava o mais silenciosamente possível, de um pé a outro, e o dogue rosnava ameaçadoramente, mas em silêncio, pois sabia que seu senhor poderia não permitir que aquilo seguisse adiante. Finalmente Diederich conseguiu colocar uma cadeira entre ele e o seu inimigo, agarrou-se nela, dando voltas, ora mais devagar, ora mais rápido, e sempre se protegendo dos saltos laterais de Schnapps. Por um momento viu a cabeça de Wulckow voltar-se um pouco e acreditou tê-lo visto dar um sorrisinho. Então, o cão cansou-se da brincadeira, foi até o seu senhor e ganhou um afago; e, acampado perto da cadeira de Wulckow, mediu Diederich com um olhar audacioso de caçador, enquanto o outro enxugava o suor.

"Sua besta infame!", pensou Diederich – e de repente começou a fervilhar. Uma indignação e a fumaça espessa sufocavam-no, pensava reprimindo o arquejo: "Quem sou eu para tolerar tal coisa? Não tolerei meu último engraxador de máquinas. Sou doutor. Conselheiro municipal! Esse malcriado iletrado precisa mais de mim que eu dele!" Tudo o que havia vivenciado naquela tarde assumiu o sentido mais asqueroso. Haviam-no ridicularizado, o moleque daquele tenente havia lhe batido nas costas! Esses milicos e peruas da nobreza haviam falado o tempo todo sobre seus assuntos tolos e deixaram-no lá sentado, como um bobalhão! "E quem paga pelos esfomeados insolentes? Nós!" Convicções e sentimentos entravam em colapso todos de uma vez no peito de Diederich, e dos escombros subia ferozmente a chama do ódio. "Por Deus! Fanfarrões! Gentalha petulante!... Se pudéssemos acabar de uma vez com todo esse bando...!" Os punhos se contraíam por conta própria; em um ataque repentino de fúria silenciosa, viu a todos subjugados, em debandada: os homens de estado, exército, funcionalismo público, todas as associações de poder, e mesmo o próprio poder! O poder, que passa por cima de nós e cujo casco nós beijamos! Contra o qual nada podemos, porque o amamos, todos nós! Que temos no sangue, porque é aí que está nossa submissão! Somos um átomo dele, uma molécula minúscula de algo que ele cuspiu! Lá de cima na parede, atrás de nuvens azuladas, o rosto pálido do poder olhava cá para baixo, implacável, eriçado, reluzente: Diederich, no entanto, e sob terrível irreflexão, ergueu o punho, esquecido de si mesmo.

Então o cachorro dos Wulckow grunhiu, porém, lá de baixo, onde estava o presidente, veio um ruído trovejante, um estrondo que retumbou longamente – Diederich teve um profundo sobressalto. Não entendia que tipo de ataque era aquele. O edifício da ordem novamente erigido em seu peito estremecia mais silenciosamente. O senhor presidente da circunscrição tinha negócios importantes de estado. Esperou até que se apercebesse de sua presença; depois, mostrou boa disposição e preocupou-se com os bons negócios...

"Ora, doutorzinho!", disse o Sr. von Wulckow e virou sua cadeira. "O que o senhor tem? O senhor é um exímio homem de estado. Sente-se neste lugar de honra."

"Isso me é uma lisonja", balbuciou Diederich. "Consegui algo em prol da questão nacional."

Wulckow soprou-lhe um abundante cone de fumaça no rosto, depois chegou bem perto dele com seus olhos cínicos, sangrentos e com dobras mongóis. "Primeiro, doutorzinho, o senhor conseguiu se tornar conselheiro municipal. Como o senhor conseguiu, nós vamos deixar de lado. Em todo caso, o senhor bem que teve necessidade, pois os seus negócios devem estar andando como uma carreta bem lenta." Wulckow deu uma risada retumbante, pois Diederich estremecera. "Deixe disso, o senhor é um de meus homens. O que o senhor acha que escrevi aqui?" A enorme folha de papel desapareceu sob sua pata. "Aqui eu peço para o ministro um agradinho para um certo Dr. Hessling, como forma de reconhecimento do seu mérito no que se refere às boas convicções em Netzig... O senhor não me tomava por alguém tão simpático?", acrescentou, pois Diederich, com uma expressão de deslumbramento e tomado de inépcia, curvava-se sempre mais em sua cadeira. "Na verdade, não sei", pronunciou. "Meu mérito tão humilde..."

"Todo começo é difícil", disse Wulckow. "É para ser também um encorajamento. Sua atitude no processo contra o Lauer não foi nada mal. O seu viva ao imperador durante o debate sobre a canalização fez a imprensa antimonárquica subir nas tamancas. Por causa disso, em três lugares surgiram queixas contra ofensas à majestade. Por isso devemos mostrar-lhe reconhecimento."

Diederich disse em voz alta: "Minha maior recompensa é o jornal *Lokal-Anzeiger* ter alçado meu singelo nome aos olhos supremos!"

"Bem, tome aqui um charuto", encerrou Wulckow; e Diederich percebeu que agora vinham os negócios. Em meio aos sentimentos exaltados, encheu-se de dúvida quanto à graça concedida por Wulckow não se dever a algum motivo especial. Fez uma tentativa: "A cidade certamente irá aprovar o orçamento para a linha até Ratzenhausen."

Wulckow estendeu a cabeça para frente. "Sorte sua. Além disso, temos um projeto mais barato, que de modo algum afetará Netzig. Portanto, cuide para que as pessoas tomem juízo. Sob essa condição vocês devem fornecer sua luz para o solar de Quitzin."

"A administração municipal não está querendo que seja assim." Diederich pediu clemência com as mãos. "A cidade tem prejuízos com isso, e o Sr. von Quitzin não paga impostos... Mas agora sou conselheiro municipal, e como homem de espírito nacional..."

"Eu o exijo. Do contrário, o Sr. von Quitzin, meu primo, simplesmente constrói uma usina de eletricidade, e isso ele consegue a bom preço. O que o senhor acha? Dois ministros caçam na propriedade dele – e então será ele quem venderá a energia para vocês aqui em Netzig."

Diederich empertigou-se. "Senhor presidente, estou decidido a alçar a bandeira nacional, em Netzig, contra toda animosidade." Em seguida, com a voz abafada: "A propósito, podemos nos livrar de um inimigo: um especialmente malévolo, a propósito, o velho Klüsing em Gausenfeld."

"Ele?" Wulckow sorriu com desdém e menosprezo. "Esse come em minhas mãos. Ele fornece papel para os jornais."

"O senhor sabe se ele não fornece mais ainda para os maus jornais? Sobre isso, com todo respeito senhor presidente, estou bem informado."

"Agora o *Jornal de Netzig* se tornou mais confiável para a questão nacional."

"Quero dizer..." Diederich meneou a cabeça, com ares de importância, "estou bem informado desde o dia em que o velho Klüsing, senhor presidente, mandou que me oferecessem uma parte do fornecimento de papel. Gausenfeld estaria sobrecarregada. É claro que ele teve medo de que eu tivesse parte em um jornal concorrente nacionalista. E talvez também tivesse medo" – fez-se uma pausa significativa –, "de que o senhor presidente preferisse encomendar de uma fábrica nacionalista o papel para os jornais distritais."

"Então... o senhor fornece agora para o *Jornal de Netzig*?"

"Senhor presidente, nunca irei renegar minha convicção nacional a ponto de fornecer papel a um jornal em que se injeta dinheiro liberal."

"Muito bem." Wulckow apoiou os punhos sobre as coxas. "Agora o senhor não precisa dizer mais nada. O senhor quer todo o *Jornal de Netzig*. Também os jornais distritais. Provavelmente também o fornecimento de papel para o governo. Algo mais?"

E Diederich disse, objetivamente: "Senhor presidente, não sou como Klüsing, não faço negócios com a revolução. Se o senhor, senhor presidente, também como presidente da Sociedade Bíblica, quiser apoiar minha empresa, posso dizer que a causa nacional só terá a ganhar."

"Muito bem", repetiu Wulckow, piscando. Diederich aproveitou a deixa.

"Senhor presidente! Com Klüsing, Gausenfeld é um antro da revolta. Dos oitocentos operários não há um que não vote em favor dos sociais-democratas."

"Ora, e com o senhor?"

Diederich bateu no peito. "Deus é testemunha de que prefiro fechar as portas e lançar-me à miséria junto com os meus a tolerar um único homem que eu saiba não ser leal ao imperador."

"Uma convicção bastante útil", disse Wulckow. Diederich mirou-o com seus olhos azuis. "Só pego pessoas que prestaram o serviço militar, quatro dos meus participaram da guerra. Não dou mais ocupação a adolescentes desde a história com o operário que o sentinela abateu no Campo de Honra, como Sua Majestade dignou-se denominá-lo, depois que o sujeito e sua noiva, bem ali atrás dos meus farrapos..."

Wulckow acenou com impaciência. "Isso é problema seu, doutorzinho!"

Diederich não deixou seu plano arruinar. "Não permito que aconteça qualquer revolta em meus farrapos. Com os seus farrapos, penso aqui na política, é diferente. Aí podemos usar a revolta para que os farrapos liberais tornem-se papel branco e leal ao imperador." E fez uma expressão profundamente significativa. Wulckow não parecia surpreso, dava um terrível sorriso de satisfação.

"Doutorzinho, não nasci ontem. Desfaça o que o senhor esquematizou com seu operador de máquinas." Quando viu Diederich titubear, Wulckow prosseguiu: "Esse aí também é um dos veteranos, não, senhor conselheiro municipal?"

Diederich engoliu em seco, viu que já não havia mais nenhum desvio a fazer. "Senhor presidente", disse decidido; em seguida, baixinho e apressado: "O homem quer chegar ao Parlamento e, do ponto de vista nacional, é melhor que Heuteufel. Pois, primeiro, muitos liberais irão se tornar nacionalistas no susto e, segundo, se Napoleão Fischer for eleito, iremos ganhar em Netzig um monumento para o imperador Guilherme. Tenho isso por escrito."

Abriu um documento diante do presidente. Wulckow leu, depois levantou, com o pé lançou a cadeira para longe e andou pela sala, soltando fumaça. "Então, Kühlemann bate as botas e, do seu meio milhão, a cidade não constrói um orfanato, mas um monumento ao imperador Guilherme." Estacou. "Lembre-se disso, meu caro, para o seu próprio interesse! Se Netzig tiver um social-democrata no Parlamento e nenhum Guilherme, o Grande, então, o senhor vai me conhecer. Eu corto o senhor em picadinhos! E em pedaços tão pequenos, que o senhor não encontrará aceitação nem em um orfanato!"

Diederich recuou, junto com sua cadeira, para a parede. "Senhor presidente! Tudo o que sou, todo o meu futuro, eu invisto na importante questão nacional. Também sou humano e algo pode acontecer..."

"Então, Deus o proteja!"

"E se os cálculos renais de Kühlemann desaparecerem?"

"O senhor será o responsável! Também se trata da minha cabeça!" Wulckow deixou-se cair em sua cadeira com estrondo. Fumava com raiva. Quando as nuvens se desfaziam, ele também desanuviava. "O que eu lhe disse na festa do Harmonia está de pé. Esse Parlamento não vai durar muito, faça os preparativos na cidade. Ajude-me contra o Buck, que eu o ajudo contra Klüsing."

"Senhor presidente!", o sorriso de Wulckow causou em Diederich uma esperança exaltada, não conseguia conter-se, "Se o senhor o fizer saber por debaixo dos panos que talvez o senhor lhe tire os contratos! Ele sairá espalhando isso aos quatros cantos do mundo, isso o senhor não precisa temer; mas ele irá ter com o senhor em seu estabelecimento. Talvez ele negocie..."

"Com o sucessor dele", concluiu Wulckow. Então, Diederich deu um salto e agora era ele quem andava pela sala. "Se o senhor soubesse, senhor presidente... Gausenfeld é, por assim dizer, uma máquina com a força de mil cavalos, e ela está lá, enferrujando, porque falta energia, quero dizer, o espírito moderno e magnânimo!"

"Que o senhor parece ter", disse Wulckow.

"A serviço da questão nacional", asseverou Diederich. Voltou. "O comitê do monumento ao imperador Guilherme felizmente muito irá estimar se o senhor for tão bom, senhor presidente, e manifestar o seu estimado interesse pela questão mediante sua anuência à presidência de honra."

"Feito", disse Wulckow.

"O comitê saberá apreciar à altura a atividade dedicada de seu presidente de honra."

"Seja mais claro!" A voz de Wulckow retumbava de forma portentosa, mas Diederich parecia não perceber por causa de sua exaltação.

"A ideia foi levada para debate no âmago do comitê. Deseja-se erigir o monumento em um local mais frequentado e cercar-lhe de um parque, para que com isso o elo indissolúvel entre o soberano e o povo se evidencie. Pensamos em um terreno maior no centro da cidade; seria preciso adquirir os edifícios da vizinhança, na Meisestrasse."

"Humm. Meisestrasse." As sobrancelhas de Wulckow contraíram-se tempestuosamente. Diederich sobressaltou-se, mas não havia mais o que o segurasse.

"Surgiu a ideia de que, ainda antes de a cidade ficar sabendo, devêssemos assegurar o terreno em questão e nos antecipar a especulações desautorizadas. É claro que nosso presidente de honra teria a preferência..."

Depois dessa frase, Diederich retrocedeu, rebentou a tempestade. "Senhor! Pelo que me toma? Por acaso sou o seu agente de negócios? Isso é ultrajante, inaudito! Um bodegueiro pressupõe que o presidente real da circunscrição deva imiscuir-se em negócios escusos!"

Wulckow retumbava de modo sobrenatural; com o calor tremendo de seu corpo e seu odor pessoal, avançava sobre Diederich, que se movimentava para trás. Também o cachorro havia levantado e tomava a ofensiva ladrando. Subitamente, a sala foi tomada pelo horror e pelo alarido.

"O senhor é culpado de uma ofensa pesada a um funcionário público!" Wulckow gritava e Diederich, que tateava atrás de si pela porta, apenas supunha quem lhe pegaria antes pelo pescoço, se o cachorro ou se o presidente. Seus olhos pavorosamente errantes encontraram o rosto pálido, que ameaçava lá da parede e fazia o olhar reluzir. Era ele que o pegaria pelo pescoço, o poder! Foi presunçoso em se relacionar com o poder de modo tão confiante. Isso foi sua ruína, o poder investiu sobre ele como o horror de um armagedom... A porta atrás da escrivaninha abriu-se, alguém vestido com uniforme da polícia entrou. Já não o surpreendia que Diederich estivesse desgrenhado. Ocorreu algo terrível a Wulckow diante da presença de um uniformizado. "Posso mandar prendê-lo neste momento, príncipe das trevas, por tentar corromper um funcionário, pela tentativa de corrupção contra um órgão, o órgão mais alto do distrito! Vou mandá-lo para a prisão, vou arruiná-lo para sempre!"

Esse juízo final parecia causar a mesma impressão tanto no senhor da polícia, quanto em Diederich. Deixou sobre a escrivaninha o documento que havia trazido e desapareceu. A propósito, também Wulckow voltou-se de repente; acendeu novamente o seu charuto. Diederich não estava mais ali para ele. E também Schnapps havia desistido dele, como se ele fosse ar. Então, Diederich ousou cruzar as mãos.

"Senhor presidente", sussurrou titubeante, "Senhor presidente, permita-me, senhor presidente, que eu possa mostrar, que há um, se eu puder mostrar, um mal-entendido profundamente lamentável. Eu nunca, diante de minha tão conhecida convicção nacional.... Como eu poderia!"

Aguardava, mas ninguém se ocupava dele.

"Se eu pensasse apenas em vantagem própria", recomeçou fazendo-se um pouco mais audível, "em vez de ter em vista o interesse nacional, então eu não estaria aqui mas no Sr. Buck. Pois o Sr. Buck, é certo, teve o atrevimento de pedir-me para vender meu terreno para a cidade, para o orfanato liberal. Mas refutei tal pretensão, indignado, e encontrei o caminho reto até o senhor, senhor presidente. Pois é melhor, eu disse, ter o monumento ao imperador Guilherme no coração, que o orfanato no bolso, eu disse e digo aqui também, em voz alta!"

E porque de fato Diederich disse isso em voz alta, Wulckow virou-se para ele. "O senhor ainda está aí?", perguntou. E Diederich voltando a fenecer: "Senhor Presidente..."

"O que o senhor quer ainda? Não o conheço. Nunca negociei com o senhor."

"Senhor presidente, pelo interesse nacional..."

"Não negocio com especuladores de terreno. Venda o seu terreno, e fora; depois conversamos."

Diederich, empalidecido, com a sensação de que havia sido esmagado na parede: "No caso, mantemos nossas condições? A condecoração? O sinal para Klüsing? A presidência de honra?"

Wulckow fez uma careta. "De minha parte. Mas venda imediatamente!"

Diederich respirava com dificuldade. "Faço o sacrifício!", manifestou. "Pois o que deve ficar acima de qualquer suspeita é o bem maior que o homem leal ao imperador tem, minha convicção leal ao imperador."

"Enfim", disse Wulckow, enquanto Diederich retirava-se, orgulhoso de sua retirada, mesmo que oprimido pela impressão de que o presidente preferia não ter de aguentá-

-lo como seu aliado, mais que ele mesmo o seu operador de máquinas.

No salão, encontrou Emmi e Magda totalmente sozinhas folheando um livro de obras-primas. Os convidados haviam ido embora, e também a Sra. von Wulckow as havia deixado ali porque tinha que se trocar para a *soirée* na casa da Sra. von Haffke, esposa do coronel. "Minha conversa com o presidente correu de forma totalmente satisfatória para ambas partes", informou Diederich; e lá fora, na rua: "Assim se vê o que significa quando dois homens leais negociam. Hoje, em um ambiente infestado de judeus, isso já não se conhece mais."

Emmi, igualmente animada, informou que iria tomar aulas de hipismo. "Se eu lhe der o dinheiro", disse Diederich, mas apenas por obrigação, pois estava orgulhoso de Emmi. "O tenente von Brietzen não tem irmãos?", observou. "Você deve se apresentar e conseguir que sejamos convidados para a próxima *soirée* da Sra. coronel." Passava justamente por ali o coronel. Diederich mirou-o longamente. "Bem sei", disse ele, "que não se deve virar-se para olhar; mas isso é o que há de maior, não há como resistir!"

Ainda assim, o acordo com Wulckow apenas havia aumentado suas preocupações. O compromisso concreto de vender sua casa confrontava-se com nada além de esperanças e perspectivas: perspectivas nebulosas, esperanças demasiado audaciosas... Estava frio; no domingo, Diederich foi ao parque, onde já escurecia, e encontrou Wolfgang Buck em um caminho solitário.

"Já me decidi", manifestou Buck. "Vou para os palcos."

"E sua posição civil? Seu casamento?"

"Tentei, mas prefiro o teatro. Lá se encenam menos comédias, o senhor sabe, nesse negócio há mais sinceridade. E também as mulheres são mais bonitas."

"Isso não é um ponto de vista apropriado", revidou Diederich. Mas Buck estava falando sério. "Devo confessar que os rumores sobre mim e Guste me divertiram. Por outro lado: por mais bobos que sejam, estão aí, a moça está sofrendo com isso, não posso continuar comprometendo-a."

Diederich destinou-lhe um olhar enviesado de desdém, pois tinha a impressão de que ele usava os rumores como pretexto para escapar. "O senhor certamente deve saber", disse austero, "o que está provocando. Está claro que ela não vai conseguir um outro tão facilmente, de agora em diante. O caso demandaria uma baita convicção cavalheiresca."

Buck confirmou. "Para um homem realmente moderno e magnânimo", disse de modo significativo, "seria uma satisfação atrair para si uma moça em tais condições e assumi-la. O ato nobre sem dúvida sairia vencedor nesse campo de batalha, ainda mais que há dinheiro também. Pense no tribunal divino de *Lohengrin*[20]."

"Como assim, *Lohengrin*?"

Neste momento, Buck não respondeu mais, haviam chegado ao portal da Saxônia, ficou inquieto. "O senhor vem junto?", perguntou. – "Para onde?" – "Bem, aqui, Schweinichenstrasse, 77. Eu tenho de dizer a ela, talvez o senhor pudesse...." Então, Diederich assoviou por entre os dentes.

"O senhor realmente.... Não disse nada a ela? Antes o senhor sai contando pela cidade? Isso é problema seu, meu caro, deixe-me fora disso, não trato de desmanchar noivados para noivas de outras pessoas."

"Faça uma exceção", pediu Buck. "As encenações da vida me são tão difíceis."

"Tenho princípios", disse Diederich. Buck mudou a estratégia.

"O senhor não precisa dizer nada; o senhor deve me servir apenas como apoio moral em um papel mudo."

"Moral?", perguntou Diederich.

---

20 Ópera de Richard Wagner (1850), em que uma acusação de assassinato é, por fim, deixada ao julgamento divino, por meio de um combate entre cavaleiros. (N. da E.)

"Como representante do rumor funesto, por assim dizer."

"O que o senhor quer dizer com isso?"

"Estou fazendo uma pilhéria. Chegamos, o senhor vem?"

E Diederich, afetado pela última frase de Buck, acompanhou-o sem dizer palavra.

A Sra. Daimchen havia saído, e Guste fê-los esperar um pouco. Buck foi inspecionar o que ela fazia. Então ela veio, finalmente, mas sozinha. "Wolfgang não estava também?", perguntou.

Buck fugira!

"Não entendo", disse Diederich. "Ele tinha algo de urgente para lhe falar."

Neste momento, Guste enrubesceu. Diederich voltou-se para a porta. "Então, vou-me indo também."

"O que ele queria, afinal?", ela o perquiriu. "Não é frequente que ele queira algo. E para que ele o trouxe junto?"

"Também não entendo. Permito-me até mesmo dizer que eu decididamente o desaprovo por levar uma testemunha em ocasião como esta. Não é minha culpa, *adieu*."

Mas quanto mais ele a examinava de modo confuso, mais angustiada ela ficava.

"Tenho que recusar", revelou finalmente, "em dar com a língua nos dentes nos problemas dos outros, ainda mais quando o outro foge e se esquiva de seus deveres mais importantes."

Os olhos esbugalhados de Guste apenas viam as palavras saírem da boca de Diederich. Quando a última saiu, ficou impávida por um momento, e depois jogou as mãos sobre o rosto. Ela soluçava, viam-se suas bochechas transbordarem e as lágrimas correrem pelos dedos. Não tinha nenhum lenço de nariz; Diederich emprestou um a ela, envergonhado diante de sua dor. "Por fim", ele disse, "não há muito o que se perder com ele." Então, Guste ficou indignada. "Isso é o que o senhor diz! Com o senhor é que não se perde nada, e o senhor sempre fez incitações contra ele. Que ele tenha mandado justamente o senhor, isso sim é que me parece estranho."

"Como a senhora pode dizer isso?!", reclamou Diederich. "A senhora deve saber tanto quanto eu, honrada senhorita, o que poderia esperar do senhor em questão. Pois onde as convicções são frouxas, tudo é frouxo."

Como ela o examinava com sarcasmo, disse com ainda mais rigor: "Eu já havia prevenido a senhora."

"Porque isso combina com o senhor", revidou venenosamente. E Diederich, com ironia: "A mim mesmo ele delegou que mexesse a sua panela. E se a panela não tivesse sido embrulhada com trapos marrons, há muito já teria transbordado."

Então, Guste estourou. "O senhor não tem noção! Eis aí o que posso e não posso perdoar-lhe: que *nada* importa para ele, nem meu dinheiro!"

Diederich ficou comovido. "Não se deve envolver-se com alguém assim", foi o que concluiu. "Eles não têm parada e são lisos como sabão." Acenou com a cabeça, com ares de importância. "Quem acha que dinheiro não importa, não entende nada da vida."

Guste sorriu palidamente. "Então o senhor entende disso muito bem!"

"Isso é o que esperamos", disse ele. Guste aproximou-se dele, deu-lhe uma piscadela por entre as últimas lágrimas.

"Razão o senhor tem. O que o senhor acha que devo fazer disso?" Contraiu a boca. "Não o amei nem um pouco. Até esperava pela ocasião em que pudesse me livrar dele. Mas ele foi tão ladino que se foi por si mesmo... Então, vamos fazer isso sem ele", acrescentou, com um olhar sedutor. Mas Diederich apenas tomou o seu lenço de volta, para todo o resto parecia dizer "não, obrigado". Guste percebeu que ele pensava com igual rigor àquela ocasião, no gabinete do amor; e por isso comportou-se mais submissa. "O senhor certamente está aludindo à situação em que me encontro." Ele negou. "Não disse nada." Guste lamentou tranquilamente. "Se as pessoas dizem infâmias sobre mim, nada posso fazer."

"Eu também não."

Guste inclinou a cabeça. "Bem, tenho que reconhecer. Alguém como eu já deixou de merecer que um homem realmente refinado, com perspectivas sérias sobre a vida, que ainda vá querê-la." E, com isso, espiou lá de baixo para ver o efeito.

Diederich suspirava. "Também pode ser...", começou e fez uma pausa. Guste suspendeu a respiração. "Vamos considerar, ao contrário, que", disse ele com uma entonação incisiva, "alguém tenha as perspectivas mais sérias possíveis sobre a vida, veja as coisas da forma mais moderna e magnânima, e – com sentimento pleno de responsabilidade ante a si mesmo, seus futuros filhos, o imperador e a pátria – assuma a proteção de uma mulher vulnerável e resgate-a para si, elevando-a."

A expressão de Guste foi se tornando cada vez mais piedosa. Apoiou as superfícies da mão uma na outra e mirou-o com a cabeça inclinada, suplicando intimamente. Isso ainda não parecia ser o suficiente, era evidente que ele clamava por algo totalmente excepcional: Guste caiu abafadamente de joelhos. Então, Diederich aproximou-se dela com clemência. "Assim é que deve ser", disse, e fez o olhar reluzir.

Neste momento, entrou a Sra. Daimchen. "Ora essa", observou, "o que está acontecendo?" E Guste, com presença de espírito: "Por Deus, mãe, estamos procurando meu anel" – ao que também a Sra. Daimchen se jogou no chão. Diederich não queria ficar para trás. Depois de um tempo de procura, Guste gritou: "Achei!" Levantou decidida.

"Quero que você saiba, mãe, que mudei."

A Sra. Daimchen, ainda sem fôlego, não compreendeu de imediato. Guste e Diederich uniram esforços para esclarecê-la. Finalmente ela confessou que ela mesma, porque as pessoas ficavam comentando, já havia pensado em algo assim. "Wolfgang, de qualquer modo, era ranzinza, exceto quando estava bêbado. Tem a família, mas os Hessling não vão se opor."

Ela podia estar certa, Diederich afirmou; anunciou que nada estaria combinado em definitivo enquanto a questão prática não estivesse resolvida. Deviam-se apresentar as provas do dote de Guste, depois exigiu comunhão de bens – e ninguém deveria interferir no que ele fizesse com o dinheiro depois! Para cada contestação, ele pegava no fecho da porta, e cada vez Guste falava baixo e angustiada para sua mãe: "A senhora está querendo que a cidade toda torça o nariz amanhã, porque me livrei de um, e o outro se foi imediatamente depois?"

Quando tudo ficou acertado, Diederich tornou-se jovial. Jantou com as damas e, sem perguntar muito, logo mandou a criada comprar a champanhe para o noivado. Isso ofendeu a Sra. Daimchen, pois é claro que ela tinha alguma em casa, os senhores oficiais que as visitavam demandavam-na. "O senhor teve mais sorte que juízo, pois Guste também teria conseguido o senhor tenente von Brietzen." Diante disso, Diederich riu-se contente e despreocupado. Tudo andava bem. Para ele, todo o dinheiro, e o tenente von Brietzen para Emmi!... Todos estavam alegres; depois da segunda garrafa, o casal de noivos cambaleava cada vez mais um contra o outro em suas cadeiras, os pés embrenhavam-se um no outro até no joelho, e a mão de Diederich ocupava-se lá embaixo. Do outro lado, a Sra. Daimchen girava os polegares. De repente, Diederich provocou um ruído estrondoso e logo declarou assumir toda a responsabilidade, afinal isso era comum nos círculos aristocráticos, frequentava a casa dos Wulckow.

Qual não foi a surpresa quando Netzig descobriu a reviravolta das coisas! Aos que vinham congratulá-lo e perquirir sobre o que ele faria com o meio milhão de sua mulher, Diederich revidava dizendo que isso era totalmente incerto. Talvez ele se mudasse para Berlim, para empreendimentos maiores, isso era o mais indicado. De toda forma, pensava ocasionalmente em vender sua fábrica. "A indústria de papel está atravessando uma crise; essa espelunca colocada no meio de Netzig não faz mais sentido para mim em minha atual circunstância."

Em casa, era puro brilho de sol que se espraiava. A mesada das irmãs havia aumentado e Diederich permitiu à sua mãe tantas cenas tocantes e abraços como jamais ela poderia ter desejado; de fato, ele recebia com ardor as suas bênçãos. Tão logo Guste chegava, apresentava-se no papel de uma fada, os braços cheio de flores, balas, bolsas prateadas. Ao seu lado, Diederich parecia vagar sobre flores. Os dias transcorriam com uma leveza divinal por entre compras, cafés da manhã regados a champanhe e visitas aos noivos, e um criado distinto que ficava em seu posto na carruagem, enquanto os noivos, lá dentro, se ocupavam um do outro animadamente.

O bom humor que dominava suas existências levou-os, uma noite, a *Lohengrin*. Ambas mães tiveram que entender e ficar em casa; era a firme vontade dos noivos sentarem-se em um camarote do proscênio como desafio ao decoro. O sofá de pelúcia à parede, amplo e vermelho, onde não se podia ser visto, estava marcado e manchado, havia algo de questionável ali, questionável e excitante. Guste queria saber se aquele camarote de fato pertencia aos senhores oficiais e se ali recebiam visitas das atrizes!

"Felizmente estamos bem para além das atrizes", Diederich esclareceu, e deu a entender que ele, no entanto, até há pouco tempo e com uma certa dama do teatro, de quem naturalmente não poderia revelar o nome... As perguntas febris de Guste foram interrompidas a tempo pelas batidas do mestre de capela. Tomaram os seus lugares.

"Hähnisch ficou ainda mais gorducho", observou Guste prontamente, e apontou para o maestro lá embaixo. Ele causou em Diederich a impressão de ser um artista elevado, embora insalubre. Enquanto marcava o compasso com todos os seus membros, as madeixas negras e desordenadas balançavam sobre sua face enorme e cinzenta, cujas bolhas de gordura balançavam junto; fraque e calça embalavam-se no ritmo. Havia grande empenho e agitação na orquestra, mas Diederich deu a entender que não dava valor a *ouvertures*. Ainda mais, disse Guste, para quem tinha visto *Lohengrin* em Berlim! A cortina subiu, e ela já dava suas risadinhas de desprezo. "Por Deus, a Ortrud[21]! Ela está vestindo um roupão e um corpete!" Diederich deteve-se mais no rei embaixo do carvalho, a personalidade mais proeminente, era óbvio. Sua entrada não havia sido muito arrojada; o presidente da circunscrição decididamente teria surtido mais efeito com sua voz grave e sua barba espessa; mas, sob o ponto de vista nacional, fora louvável o que ele manifestara. "Para manter a honra do império, de leste a oeste!" Bravo! Sempre que ele cantava a palavra "alemão", erguia uma das mãos, e a música corroborava-o. Também, da mesma forma, ela acentuava com força o que se devia ouvir. Força: essa era a palavra. Diederich desejou que uma música assim o tivesse acompanhado em seu discurso no debate sobre a canalização. O arauto, ao contrário, causava-lhe tristeza, pois era parecido, dos pés à cabeça, com seu antigo colega, o gordo Delitzsch, com toda sua honestidade regada à cerveja. Por consequência, examinou os rostos masculinos mais de perto e encontrou neles toda a Nova Teutônia. Tinham adquirido barrigas enormes e barba, e se revestido de armadura contra os tempos difíceis. Também nem todos pareciam se encontrar em circunstâncias favoráveis da vida; os nobres pareciam funcionários medianos da Idade Média, trançando as pernas e vestindo máscaras de couro, e os que não eram nobres eram ainda menos brilhantes; mas o trato com eles sem dúvida teria ocorrido de forma impecável. De modo geral, Diederich reconhecia que logo se sentira em casa com essa ópera. Escudo e espada, muitas chapas retumbantes, convicção de lealdade ao imperador, sauda-

---

21 Personagem da ópera *Lohengrin*, que se passa na Idade Média, na região do Ducado de Brabante (Países Baixos), então sob ameaça de invasão húngara. Elsa é acusada pelo conde Telramund, marido de Ortrud, do assassinato do próprio irmão, herdeiro do trono. Um duelo é estabelecido como julgamento divino, para verificar a veracidade da acusação e um misterioso cavaleiro (Lohengrin, filho de Parsifal), trazido por um cisne, propõe-se a defender Elsa, sob a condição de que ela nunca pergunte seu nome ou sua origem. Ele vence o combate, assim confirma a inocência de Elsa, e eles se casam. Mas esse não é o final da história: Elsa tenta descobrir a identidade do cavaleiro. (N. da E.)

ções, o estandarte trazido ao alto e o carvalho alemão: teria gostado de contracenar.

A porção feminina da sociedade brabante certamente deixava muito a desejar. Guste fazia perguntas sarcásticas: quem seria, afinal, aquela com quem ele... "Talvez a cabra com vestido de alça? Ou a vaca gorda com anéis de ouro colocados nos chifres?" E Diederich não estava longe de se decidir pela dama em negro, com o corpete, quando percebeu que ela não estava inteiramente impecável. Seu esposo, Telramund, de início parecia ter uma boa compostura, mas logo ficou claro que um mexerico asqueroso maculava o ambiente. A fidelidade alemã, bem onde oferecia um retrato tão brilhante, infelizmente estava ameaçada pelas maquinações judaicas dessa raça de cabelos escuros.

Na entrada de Elsa, simplesmente ficou evidente em qual lado se supunha haver classe. O respeitável imperador não teria precisado tratar a questão de modo tão objetivo: o tipo pronunciadamente alemão de Elsa, seus cabelos loiros e ondulados, sua conduta de boa raça ofereciam certas garantias *a priori*. Diederich olhou-a nos olhos, ela olhou para cima e sorriu amavelmente. Diante disso, estendeu a mão para pegar o binóculo, mas Guste tirou-o dele. "Então é a Merée?" cochichou; e como ele sorria significativamente: "Você tem um gosto refinado, posso me sentir lisonjeada. A judia macilenta!" – "Judia?" – "A Merée, claro; na verdade se chama Meseritz e tem quarenta anos de idade." Envergonhado, tomou o binóculo que Guste oferecia com sarcasmo, e convenceu-se. Muito bem, o mundo das aparências. Decepcionado, Diederich recostou-se. Ainda assim, não podia evitar que a premonição casta de Elsa sobre os sentimentos femininos de prazer tocava-o tanto quanto o rei e os nobres. O tribunal divino também lhe parecia um recurso excelente e prático, desse modo ninguém se comprometia. Que os nobres não se envolvessem com a questão pútrida certamente era de se prever. Era preciso contar com algo extraordinário; a música fazia a sua parte, ela de fato deixava a pessoa preparada para *tudo*. Diederich estava de boca aberta e olhos tão estupidamente imersos, que Guste secretamente teve um ataque de riso. Agora ele estava preparado, todos estavam preparados, agora Lohengrin podia chegar. Veio, cintilava, mandou embora o cisne mágico, cintilava de modo ainda mais fascinante. Homens, nobres e o imperador estavam sujeitos à mesma perplexidade que Diederich. Não era em vão que poderes maiores existiam... De fato, o poder mais grandioso personificava-se ali, fazendo o olhar reluzir de forma mágica. Elmo de cisne ou de falcão: Elsa certamente sabia porque caiu abafadamente de joelhos diante dele. Diederich, por seu turno, fazia o olhar reluzir para Guste, cujo riso cessou. Também ela sabia como era ver-se dedurada por todos, ter de se livrar do primeiro, não se deixar mais ver em lugar algum e, sobretudo, ter que se afastar: e então vem o herói e salvador e acaba com toda a história e a toma! "Assim é que deve ser!", disse Diederich e anuiu com a cabeça na direção de Elsa, que estava ajoelhada – enquanto Guste, as pálpebras caídas, caiu em seus ombros com uma submissão cheia de remorso.

O que se seguiu era de se esperar. Telramund simplesmente ficou impossível. Não se pode empreender algo contra o poder. Diante de seu representante, Lohengrin, até mesmo o rei comportava-se de forma extrema, como o melhor príncipe da aliança. Cantava junto com seu superior o hino da vitória. O reduto da boa convicção era festejado com vivacidade; que os revoltosos sacudissem as poeiras alemãs de suas sandálias.

O segundo ato – Guste comia pralinas cada vez mais, ainda que suavemente – trouxe primeiro, e de forma acertada, o contraste entre a festa glamorosa daqueles de boa convicção, que corria sem contratempos nas salas do palácio iluminadas com elegância, e os rebeldes obscurecidos e decadentes que estavam sobre o pavimento. Da frase "Eleve-se, companheira de minha desgraça" Diederich acreditou ter feito uso em uma ocasião similar. Ele relacionava

Ortrud a certas recordações pessoais: uma meretriz totalmente cruel, sobre isso não havia o que se dizer; mas algo se movia dentro dele quando ela envolvia o seu sujeito e o mantinha sob seu domínio. Ele sonhava... Elsa, a perua tola, com a qual Ortrud fazia o que queria, era superada pela outra em algo que damas enérgicas e rigorosas têm. Certamente era possível casar-se com Elsa. Seu olhar pousou sobre Guste. "A felicidade existe, aquela sem arrependimento", observou Elsa; e Diederich para Guste: "Isso é o que esperamos."

Em seguida, nobres e homens recém-acordados foram surpreendidos pelo gordo Delitzsch sobre o fato de que eles haviam recebido um novo principado como graça divina. Ontem, eram leais e obedientes a Telramund, hoje eram súditos obedientes e leais a Lohengrin. Não se permitia opinião alguma e engoliam todo projeto de lei. "Vamos levar o Parlamento ao mesmo", preconizava Diederich em pensamento.

Quando Ortrud quis entrar na catedral antes de Elsa, Guste indignou-se. "Ela não precisava ter feito isso, sempre me irrito com essa parte. Bem quando ela já não tem mais nada, e de modo geral." – "Insolência judaica", murmurou Diederich. A propósito, não deixava de achar um descuido, dizendo de forma delicada, que Lohengrin tenha simplesmente deixado nas mãos de Elsa se devia ou não revelar o seu nome e, com isso, colocar em questão toda a empresa. Não se deve esperar tanto das mulheres. E para quê? Não precisava primeiro provar aos homens que ele, apesar do importunador Telramund, tinha a consciência limpa e nenhuma culpa no cartório: sua convicção nacional estava acima de qualquer suspeita.

Guste prometeu-lhe que, no terceiro ato, viria a parte mais bela, mas para isso ela tinha de ganhar mais pralinas. Quando as ganhou, ascendeu a marcha nupcial, e Diederich cantava-a junto. Os homens em traje de festa decididamente perderam muito sem armadura e estandarte, também Lohengrin teria ficado melhor sem o colete. Diederich novamente foi atravessado pelo valor do uniforme quando o viu. Felizmente, as damas tinham-se ido com suas vozes como de quem toma leite azedo. Mas o imperador! Ele não podia se furtar dos noivos, bajulava-os e parecia preferir manter-se ali como espectador. Diederich, para quem o imperador havia sido por demais conciliador naquele tempo difícil, chamava-o agora simplesmente de bobalhão.

Finalmente encontrou a porta; Lohengrin e Elsa, no sofá, conversavam: "Encantos que só Deus concede." Primeiro, enlaçaram-se apenas em cima, mantinham distanciadas as partes inferiores do corpo o quanto fosse possível. Mas quanto mais cantavam, mais deslizavam para perto – embora seus rostos se dirigissem com frequência para Hähnisch. Hähnisch e sua orquestra pareciam inflamá-los: era compreensível, pois também Diederich e Guste suspiravam em silêncio em seu camarote tranquilo e miravam-se com olhos inflamados. Os sentimentos seguiam o caminho dos sons mágicos, que Hähnisch extraía de seus membros balançantes, e as mãos acompanhavam-nos. Diederich deixou as suas escorregarem para baixo, entre a cadeira de Guste e as costas dela, cobriu-a lá embaixo e murmurou, fascinado: "Quando vi isso pela primeira vez, disse imediatamente, essa ou nenhuma!"

Mas foram arrancados de seu encanto por um incidente que certamente parecia ocupar por muito tempo os amigos da arte em Netzig. Lohengrin mostrava sua camisa de caçador! Bem ali começava a entoar: "Não respiras comigo as doces fragrâncias", emergia de trás do colete que se desatava. Até que Elsa, visivelmente agitada, o tivesse abotoado, predominava na casa uma intensa inquietação, então sucumbiram novamente ao encanto. Guste, que havia se engasgado com uma pralina, deparou-se com uma ponderação. "Há quanto tempo ele está usando a camisa? E ainda por cima não tem mais nada consigo, o cisne foi embora com suas malas!" Diederich, incisivo, reprovou tal pensamento: "Você é tão perua quanto Elsa", constatou. Pois Elsa estava prestes a arruinar tudo porque não podia deixar de perguntar ao seu marido a respeito de seus segredos políticos. A revolta foi completamente trucidada, pois o atentado covarde de Telramund falhou graças à providência divina; mas as mulheres, Diederich refletiu consigo mesmo, se não forem trazidas firmemente no cabresto, agem até com mais subversão.

Depois da metamorfose, isso ficou bem evidente. Carvalho, estandarte, todos os acessórios estavam novamente ali; e "ao teuto país, a teuta espada, do império a força é resguardada": bravo! Mas Lohengrin parecia realmente decidido a se retirar da vida pública. "Em toda parte, duvidaram de mim", disse. Na sequência, acusou Elsa, que estava inconsciente, e o falecido Telramund. Como nenhum deles o contrariou, ele bem poderia ter mantido a razão para si; a isso se somava o fato de que ele estava no topo da escala hierárquica. Pois agora ele se revelava. A menção de seu nome provocou um movimento monstruoso em toda a assembleia, que nunca havia ouvido nada sobre ele. Não havia jeito de os homens se acalmarem; pareciam ter esperado por tudo, menos que ele se chamasse Lohengrin. Tanto mais afoitos solicitavam ao monarca querido que, agora sim, desistisse do passo tão sério da abdicação. Mas Lohengrin permanecia silente e inacessível. Aliás, o cisne já o esperava. Uma última impertinência de Ortrud fez quebrar-lhe o pescoço, para a satisfação geral. Infelizmente, logo depois também Elsa cobriu o campo de batalha, que Lohengrin deixou para trás levado por um pombo robusto em vez do cisne encantado. Nisso, o jovem recém-chegado, Gottfried, tornou-se em três dias o terceiro príncipe do território; os nobres e os homens prestaram-lhe homenagens, sempre leais e obedientes.

"Isso é o que dá", observou Diederich, enquanto ajudava Guste com o casaco. Todas aquelas catástrofes, que eram expressões da essência do poder, levaram-no às alturas e o satisfizeram profundamente. "Isso é o que dá o quê, afinal?", dizia Guste, contrariada. "Só porque queriam saber quem ele era? Isso eles podiam exigir, nada mais civilizado." – "Existe um sentido mais elevado", esclareceu Diederich com rigor. "A história com o Graal quer dizer que o senhor mais altaneiro é, exceto ante Deus, responsável apenas ante sua consciência. Bem, e nós, ante ele. Quando se considera o interesse de Sua Majestade, você pode fazer o que quiser, não digo nada, e eventualmente..." Um gesto de sua mão deu a entender que também ele, colocado em um conflito daquela natureza, sacrificaria Guste sem pestanejar. Isso deixou Guste enraivecida. "Mas isso é assassinato! Como posso conceber que devo perder a vida porque Lohengrin é um carneiro castrado sem temperamento. Sequer na noite de núpcias Elsa viu algum sinal dele!" E Guste torceu o nariz, como quando deixou o gabinete do amor, onde também não havia acontecido nada.

No caminho de casa, os noivos reconciliavam-se. "Essa é a arte de que precisamos!", dizia Diederich em voz alta. "Isso é arte alemã!" Pois, ali, no texto e na música, pareciam-lhe satisfeitos todos os requisitos nacionais. Ali, revolta era o mesmo que crime; o *statu quo*, o legítimo, era festejado com brilhantismo; dava-se o mais alto valor à aristocracia e ao direito divino, e o povo, um coro eternamente surpreendido pelos acontecimentos, lutava bravamente contra os inimigos de seus senhores. Preservavam-se tanto o fundamento bélico quanto os apogeus místicos. Também causou um efeito bem conhecido e simpático o fato de que, nessa criação, estava presente a porção mais bela e querida do homem. "Sinto o coração transbordar ao ver o homem afortunado", cantavam também os homens junto do imperador. Assim era a música prenhe de sua porção de êxtase masculino, era heroica, quando exuberante, e leal ao imperador desde o princípio. Quem resistia? Milhares de apresentações de uma ópera como aquela, e não haveria mais ninguém que não fosse nacionalista! Diederich proferia algo sobre isso: "O teatro também é minha arma." Um processo contra ofensa à majestade não poderia sacudir tão a fundo os cidadãos e tirá-los de seu sono esplêndido. "O Lauer à prisão levei, mas quem escreveu *Lohengrin*, o chapéu diante dele tirarei." Sugeriu um telegrama de aprovação a Wagner. Guste teve que explicar-lhe que isso não era mais possível.

Tomado de súbito por voos tão altos de pensamento, Diederich expressava-se sobre a arte em geral. Havia uma ordem de precedência das artes. "A mais alta é a música, por isso ela é a arte alemã. Depois, vem o drama."

"Por quê?", perguntou Guste.

"Porque às vezes pode-se integrá-lo à música, e porque não é preciso lê-lo, e porque é."

"E o que vem depois?"

"A pintura de retrato, naturalmente por causa dos quadros com o imperador. O que resta não é tão importante."

"E o romance?"

"Isso não é arte. Pelo menos, graças a Deus, não é arte alemã: isso o próprio nome diz."

E então chegou o dia do casamento. Pois ambos tinham pressa: Guste, por causa das pessoas, Diederich, por motivos políticos. E para causar mais impressão, decidiu-se que Magda e Kienast deveriam se casar no mesmo dia. Kienast chegou, e Diederich às vezes o contemplava com certa inquietação, porque Kienast havia tirado a barba, trazia o bigode até o canto do olho e também fazia o olhar reluzir. Nas negociações sobre a participação de Magda nos lucros, mostrou um espírito assustador para os negócios. Diederich, apreensivo por causa do desfecho daquilo, embora decidido a cumprir totalmente o seu dever mesmo que a contragosto, agora aprofundava-se com frequência em seus livros-caixa... Mesmo na manhã antes da cerimônia de seu casamento, e já vestido com o fraque, estava sentado no escritório; lá havia chegado um cartão de visita: "Karnauke, primeiro-tenente reformado" – "O que ele pode estar querendo, Sötbier?" O velho contador também não sabia. "Bem, é indiferente. Não posso mandar um tenente embora." E Diederich mesmo foi até a porta.

À porta, surgiu um senhor extraordinariamente aprumado, com casaco de verão esverdeado, pingando, que o homem usava bem fechado até o pescoço. Em seus sapatos pontudos de verniz imediatamente se formou uma poça; chovia de seu quepezinho verde e rural, que ele curiosamente mantinha sobre a cabeça. "Primeiro vamos nos secar, disse o homem, e dirigiu-se até o aquecedor, antes que Diederich concordasse. De lá, disse com a voz esganiçada: "Vender, não é? Em apuros, não é?" Diederich não compreendeu de imediato; então, lançou um olhar inquieto para Sötbier. O velho continuou escrevendo sua carta. "O senhor primeiro-tenente certamente se enganou de casa", observou Diederich gentilmente; mas isso não ajudou em nada. "Besteira. Sabe bem o que é. Sem desculpas. Ordens superiores. Bico calado e venda, do contrário, sabe Deus."

Essa linguagem era muito marcante; Diederich não pôde ignorar por muito tempo que, apesar do passado militar do homem, sua postura firme tão prodigiosa não parecia ser autêntica e que seus olhos eram vitrificados. No momento em que Diederich constatou isso, ele tirou o seu quepezinho rural esverdeado da cabeça e o esvaziou sobre a camisa de Diederich. Isso fez Diederich protestar, mas o homem o levou a mal por isso. "Ao seu dispor", esganiçou. "Estou encarregado de conversar com o senhor em nome dos senhores von Quitzin e von Wulckow." Com isso, acenou-lhe ameaçador – e Diederich, a quem ocorreu uma terrível suspeita, esqueceu sua fúria, pensou apenas em empurrar o primeiro-tenente para fora da porta. "Conversamos lá fora", confidenciou-lhe e, para o outro lado, a Sötbier: "O homem está tão bêbado que perdeu o juízo, tenho que ver como me livrar dele." Mas Sötbier havia comprimido os lábios, enrugado a testa e, dessa vez, não voltou a dedicar-se à sua carta.

O homem saiu direto para a chuva, Diederich seguiu-o. "Nenhuma inimizade por isso, ainda é possível conversarmos." Apenas quando também ele ficou encharcado, ocorreu-lhe levar o homem novamente para dentro. O primeiro-tenente gritou pela sala das máquinas: "Copo de aguardente! Compro tudo, aguardente também!" Embora os operários estivessem em recesso por causa da celebração de seu casamento, Diederich olhou em volta, apavorado; abriu a despensa onde havia os sacos de cloro e conduziu o homem para dentro com um empurrão desesperado. O cheiro era terrível; o homem espirrou várias vezes, ao que dizia: "Karnauke é meu nome, por que o senhor fede assim?"

"Há alguém por trás do senhor?", perguntou Diederich. O homem também levou isso a mal. "O que o senhor quer dizer com isso?... Ora essa, compro o que dá." Seguindo o olhar de Diederich, ele examinava seu casaco de verão que pingava. "Momento de desleixo", esganiçou. "Faço mediação de cavalheiros. Questão de honra."

"O que o seu mandante oferece?"

"Cento e vinte, o negócio todo."

Diederich ficou horrorizado e se indignou: seu terreno valia duzentos mil, o primeiro-tenente estava irredutível: "Cento e vinte, o negócio todo."

"De jeito nenhum" – Diederich executou um movimento descuidado para a saída, ao que o homem avançou sério até ele. Diederich precisou lutar, caiu sobre um saco de cloro e o homem sobre ele. "Levante", Diederich ofegava, "nós vamos descolorir aqui." O primeiro-tenente uivou, como se a roupa o queimasse – e de repente voltou a aprumar-se. Piscou-lhe. "Presidente von Wulckow, bem brabo, quer que o senhor venda, senão não tem negócio com ele. Primo Quitzin está aumentando a propriedade aqui em volta. Está certo de contar com sua colaboração. Cento e vinte o negócio todo." Diederich, mais pálido do que se tivesse deitado no cloro, ainda tentou: "Cento e cinquenta" – mas a voz falhou. Isso ultrapassava o limite da lealdade! Wulckow, revestido da honra de um funcionário público, incorruptível como o juízo final!... Com um olhar desconsolado, passou os olhos mais uma vez pela figura desse Karnauke, primeiro-tenente reformado. Wulckow enviou-o, colocou-o nas mãos dele! Não poderiam, há pouco, ter tratado de negócios, entre quatro paredes, com todo o cuidado necessário e respeito mútuo? Mas esses *Junkers* só sabiam mesmo pular no pescoço das pessoas; ainda não entendiam de negócios. "Vá na frente ao tabelião", confidenciou-lhe. "Já vou lá." Deixou-o sair. No entanto, quando ele mesmo quis sair, estava diante dele o velho Sötbier, ainda com os lábios apertados. "O que o senhor deseja?" Diederich estava exaurido.

"Meu jovem senhor", começou o velho com voz abafada, "não posso mais arcar com a responsabilidade pelo que o senhor está pretendendo agora."

"Ninguém está lhe pedindo isso." Diederich recobrou a postura. "Só eu sei o que estou fazendo." O velho ergueu as mãos, suplicante.

"O senhor não sabe, jovem senhor! Vou defender o trabalho de uma vida, de seu falecido pai e meu! O senhor se tornou importante por causa de uma empresa que estabelecemos com esforço e trabalho sólido. E quando o senhor compra máquinas caras e recusa contratos, isso é um zigue-zague, e com ele o senhor vai afundar a empresa. E agora o senhor vai vender a casa antiga!"

"O senhor ficou ouvindo atrás da porta. O senhor ainda não consegue aceitar que algo aconteça sem que o senhor esteja presente. Só cuide para não se resfriar desse jeito", disse-lhe fazendo troça.

"O senhor não pode vendê-la!", lamentava-se Sötbier. "Não posso ver o filho e sucessor de meu velho senhor minar a fundação sólida da firma e fazer política como um ensandecido."

Diederich mediu-o sentindo comiseração. "Em sua época ainda não haviam inventado a imponência, Sötbier. Hoje é preciso ousar. Ser industrioso é o mais importante. Mais tarde o senhor verá porque foi bom eu ter vendido a casa."

"Sim, o senhor também só verá tudo tarde demais. Talvez quando o senhor estiver falido ou quando o seu cunhado, o Sr. Kienast, o processar. O senhor fez certas manipulações para prejuízo de suas irmãs e de sua mãe! Se eu quisesse dizer certas coisas para o Sr. Kienast: só mesmo porque sou piedoso, do contrário poderia arruiná-lo!"

O velho estava fora de si. Berrava, havia lágrimas de ódio em suas pálpebras vermelhas. Diederich aproximou-se dele, apontou-lhe o punho fechado sob seu nariz. "Experimente! Comprovo facilmente que o senhor roubou a firma, e desde sempre. O senhor acha que não tomei providências?"

Também o velho ergueu o punho trêmulo. Bufavam um para o outro; Sötbier girava o globo ocular sangrento, Diederich fazia o olhar reluzir. Então o velho recuou. "Não, isso não deve acontecer. Sempre fui um servidor fiel ao meu velho senhor. Minha consciência ordena que eu dedique a seu sucessor, quanto puder, a força que resguardei."

"Isso lhe seria adequado", disse Diederich dura e friamente. "Fique feliz por eu não o colocar para fora imediatamente. E vá escrever seu pedido de demissão, que já está aprovado mesmo." E foi embora.

Pediu ao tabelião que colocasse, no contrato de compra, "desconhecido" para o comprador. Karnauke sorriu com desdém. "Desconhecido é bom. Nós bem conhecemos o Sr. von Quitzin." O tabelião sorriu também. "Eu vejo", disse ele, "que o Sr. von Quitzin está ampliando a propriedade. Na Meisestrasse, até agora só a pequena taberna Ao Galo pertencia-lhe. Mas ele já está negociando também os terrenos atrás do seu, senhor doutor. Então os terrenos darão para o parque da cidade, e ele terá espaço para um investimento gigantesco."

Diederich voltou a tremer. Pediu baixinho que o tabelião fosse discreto tanto quanto necessário. Depois se despediu, não tinha mais tempo a perder. "Eu sei", disse o primeiro-tenente agarrando-o. "É dia de festa. Café da manhã no Hotel Reichshof. Vim preparado." Abriu o casaquinho verde e apontou para o seu terno social todo amarrotado.

Diederich olhou-o horrorizado, tentou se defender; mas o tenente novamente ameaçou-o com suas testemunhas.

A noiva já esperava há bastante tempo, as mães enxugavam-lhe as lágrimas diante do sorriso ofensivo das damas presentes. Também esse noivo a passara para trás! Magda e Kienast estavam indignados; e entre a Schweinichenstrasse e a Meisestrasse corriam os boatos... Finalmente! Diederich estava lá, ainda que vestido com seu velho fraque. Sequer deu explicações. No tabelionato e na igreja, causou a impressão de que estava perturbado. De todos os lados notava-se não se derramarem quaisquer bênçãos sobre uma união que acontecia sob essas condições. Também o pastor Zillich mencionou em seu discurso que a propriedade terrena era algo passageiro. Percebia-se nele sua decepção. Käthchen nem aparecera.

Durante o café da manhã de núpcias, Diederich comia em silêncio, visivelmente ocupado com outra coisa. Volta e meia se esquecia da comida e olhava fixamente para o ar. Somente o primeiro-tenente tinha a dádiva de despertar sua atenção. Sem dúvida, o tenente fazia a sua parte; já depois da sopa, propôs um brinde à noiva, fazendo alusões que os presentes ainda não estavam aptos a avaliar, devido às limitações que a apreciação do vinho lhes impunha. O que deixava Diederich mais preocupado eram outras frases de Karnauke, acompanhadas de piscadelas dirigidas a ele e que infelizmente faziam Kienast ficar pensativo. Então chegou o momento que Diederich previa com o coração palpitante: Kienast levantou e pediu-lhe a palavra entre quatro paredes... Mas eis que o primeiro-tenente fez soar sua taça com ímpeto, rapidamente levantou-se com firmeza de seu lugar. A balbúrdia que já avançava na festa foi repentinamente interrompida; via-se nos dedos pontudos de Karnauke uma fita azul pendurada e, embaixo, uma cruz cuja borda tinha um brilho dourado... Ah! e tumulto e felicitações. Diederich estendia as duas mãos, uma bem-aventurança que mal podia aguentar inundava-o do coração à garganta, e falava involuntariamente antes que soubesse o quê. "Sua Majestade... Graça inaudita... Humildes méritos, lealdade inabalável..." Curvou-se quando Karnauke lhe alcançou a cruz, pôs a mão sobre o coração, fechou os olhos e curvou-se: como se um outro estivesse diante dele, o próprio concessor. Diederich sentiu sob a luz divina, eis aqui a salvação e a vitória. Wulckow honrou o pacto. O poder honrou o pacto com Diederich! A comenda da Ordem da Coroa da Prússia, quarta classe, reluzia, e era um acontecimento, o monumento ao imperador Guilherme, o Grande, e Gausenfeld, negócios e fama!

Era hora de partir. Kienast, mesmo inquieto e intimidado, ouviu algumas palavras de conteúdo vago sobre dias gloriosos que deveriam ser conduzidos por ele; sobre coisas importantes que tencionava com ele e com toda a família – e Diederich partiu com Guste.

Embarcaram na primeira classe, pagou três marcos e fechou as cortinas. A sede por fazer algo, e que se intensificava pela felicidade, não podia sofrer qualquer demora; Guste não esperava tanta animação. "Você não é como Lohengrin", observou. Mas quando ela já se deitava e fechava os olhos, Diederich pôs-se de pé mais uma vez. Postou-se diante dela como se fosse de ferro, com a comenda pendurada, rijo e de olhar reluzente. "Antes de chegarmos à coisa mesma", disse ele com a voz estacada, "vamos recordar Sua Majestade, nosso imperador magnânimo. Pois a coisa tem seu motivo mais elevado em honrar Sua Majestade e lhe fornecer soldados valorosos."

"Oh!", fez Guste, arrebatada ao mais alto esplendor pelo brilho no peito de Diederich. "É... você... Diederich?"

VI

O Sr. e a Sra. Hessling olhavam-se em silêncio no elevador do hotel em Zurique que os conduzia até o quarto andar. Esse foi o resultado do olhar que o gerente lançou sobre eles de forma rápida e gentil, apesar do inconveniente. Diederich preencheu com obediência o formulário de registro; apenas depois que o *maître* havia saído, expressou sua indignação pelos serviços e por Zurique, que era externada com ruído cada vez maior e exacerbava a intenção de Diederich de escrever para o Baedeker. Como tal revanche parecesse pouco tangível, voltou-se contra Guste: a culpa era do seu chapéu. Guste voltou a empurrá-la para o casaco de Diederich ao estilo dos Hohenzollern. Assim, desceram para o almoço roxos de ódio. Pararam à porta e suspiraram diante dos olhares dos hóspedes, Diederich de *smoking*; Guste, com chapéu, fitas, plumas e fivela ao mesmo tempo, sem dúvida pertencia ao salão. Seu conhecido, o *maître*, conduziu-os triunfalmente a seus lugares.

À noite fizeram as pazes com Zurique e também com o hotel. Pois, primeiro, o aposento no quarto andar não era honroso, mas barato; e, depois, bem em frente à cama do casal estava pendurado um quadro com uma odalisca quase de tamanho natural; o corpo bronzeado ondulava-se sobre uma almofada exuberante, tinhas as mãos sob a cabeça e uma languidez úmida no sulco dos olhos. Era cortada ao meio pela moldura, o que dava motivo ao casal para fazer pilhérias. No dia seguinte, saíram para passear mortos de cansados, devoraram refeições gigantescas e perguntavam-se como seria se a odalisca não tivesse sido cortada ao meio, se estivesse inteira. Por causa do cansaço, perderam o trem e voltaram à noite, o mais cedo possível, ao quarto barato e desarrumado. Não previam um fim para aquele estilo de vida, quando Diederich, com as pálpebras pesadas, leu no jornal que o imperador estava a caminho de Roma para visitar o imperador da Itália. Um baque, despertou. Moveu-se com elasticidade até a recepção, ao escritório, ao elevador; e Guste lamentava-se que iria marear-se, as malas já estavam prontas. Diederich arrastava-a para fora. "Tem mesmo que ser assim?", reclamava. "A cama está tão boa!" Mas Diederich apenas deixou repousar um olhar sarcástico sobre a odalisca: "Continue se entretendo a valer, minha senhora!"

A excitação era tamanha que não conseguia dormir. Guste roncava sossegada nos ombros de Diederich, enquanto ele, zunindo pela noite, conjecturava como alcançaria o mesmo destino do imperador com outra linha tão rápida quanto. O imperador e Diederich apostavam uma corrida! E como Diederich muitas vezes na vida havia se permitido expressar pensamentos que pareciam coincidir de forma mística com os do Supremo, talvez nessa hora Sua Majestade tivesse conhecimento de Diederich: tivesse conhecimento de que seu súdito mais leal cruzava os Alpes, lado a lado com ele, para deixar claro aos estrangeiros covardes o que significava ser leal ao imperador. Fazia o olhar reluzir para os dorminhocos do outro banco, pequenos negros cujos rostos pareciam vencidos pelo sono. Vocês deveriam conhecer a valentia germânica!

Viajantes desembarcavam cedo em Milão e, na hora do almoço, em Florença, o que Diederich não compreendia. Sem grande êxito, procurou mostrar aos que ficaram o acontecimento que lhes esperava em Roma. Dois americanos mostraram-se receptivos, ao que Diederich falou triunfante: "Bem, os senhores certamente têm inveja de nosso imperador!" Então, os americanos entreolharam-se de forma a expressar uma pergunta silenciosa que se manteve sem resposta.

Antes de chegarem a Roma, a empolgação de Diederich converteu-se em uma compulsão feroz por fazer algo. Correndo os dedos pelo guia linguístico, perseguia os funcionários do trem e procurava descobrir quem chegaria mais cedo, se o imperador ou ele. O fervor de Guste havia se acendido no de seu esposo. "Diedel!", exclamou. "Acho que vou lançar meu véu de viagem pelo caminho para ele passar por cima, e também vou atirar as rosas do meu chapéu!" – "E se ele olhar para você e você lhe causar impressão?", perguntou Diederich e sorriu febrilmente. O peito de Guste começou a produzir ondas, ela baixou as pálpebras. Diederich, ofegante, desvencilhou-se da horrível tensão. "Declaro que minha honra masculina me é sagrada. Mas nesse caso..." E concluiu com um gesto brusco.

Era chegada a hora – mas de forma totalmente diferente do que o casal havia sonhado. Os viajantes foram apressados para fora da estação no maior tumulto até a margem de uma praça ampla e então às ruas de trás, que imediatamente foram bloqueadas. Mas Diederich, cheio de entusiasmo, passou pelas barreiras. Deixou Guste, que estirava os braços apavorada, e sem pestanejar lançou-se para lá. Já se encontrava no meio da praça; dois soldados vestindo quepes de plumas iam ao seu encalço de modo que as abas coloridas de suas sobrecasacas voavam. Então, mais homens desceram a rampa da estação e, em seguida, um carro correu em direção de Diederich. Ele agitava o chapéu, bramia de tal modo que os homens dentro do carro interromperam a conversa. O da direita inclinou-se para frente – e ambos entreolharam-se, Diederich e o seu imperador. O imperador sorriu com frieza, perscrutando com as rugas dos olhos, e as em volta da boca deixou caírem um pouco. Diederich andou um pedaço com ele, de olhos esbugalhados, sempre gritando e agitando o chapéu, e, ao longo de alguns segundos, enquanto uma multidão estrangeira atrás do círculo batia palmas para eles, no meio da praça vazia e sob o céu de um azul brilhante, lá estavam os dois, juntos e totalmente sozinhos, o imperador e o seu súdito.

O carro já havia desaparecido no outro lado; na rua decorada com bandeiras, os gritos de viva já se esmaeciam ao longe, e Diederich, que suspirava e fechava os olhos, colocou novamente o chapéu.

Guste acenava freneticamente de lá, e as pessoas que ainda estavam em volta aplaudiam-no com os rostos cheios de alegre benevolência. Também os soldados, que antes o haviam perseguido, apenas riam. Um deles levou tão a sério sua participação que chamou um cocheiro. Ao partirem, Diederich saudava a multidão. "São como as crianças", explicava para sua esposa. "Bem, e do mesmo modo frouxos", complementou, e confessou: "Em Berlim, não teria sido assim... Na rebelião no Unter den Linden, a empresa foi um pouco mais enérgica." Sentou-se confortavelmente para prosseguirem o caminho até o hotel. Graças à sua atitude, ganharam um quarto no segundo andar.

Já nos primeiros raios de sol da manhã do dia seguinte, Diederich encontrava-se nas ruas. "O imperador levanta cedo", disse para Guste, que apenas grunhiu de seu travesseiro. A propósito, nem precisava dela para sua tarefa. Correndo os dedos pelo mapa da cidade, conseguiu chegar até o Quirinal e se situar. A praça silenciosa estava brilhante como ouro por causa dos raios de sol oblíquos, o palácio fulgurava maciço sob o céu vazio – e sobre o peito inflado de Diederich, que esperava por Sua Majestade, a comenda da Ordem de Quarta Classe. Um rebanho de cabras saltitou pelas escadas para fora da cidade e desapareceu atrás da fonte e do enorme domador de cavalo. Diederich não via nada em volta. Passaram-se duas horas, os transeuntes eram cada vez mais frequentes, um sentinela emergiu de sua guarita, um porteiro moveu-se em um dos portais, e mais pessoas entravam e saíam. Diederich estava inquieto. Aproximou-se da fachada, esbarrava por ali devagarinho, espiando ansiosamente o seu interior. O porteiro apareceu pela terceira vez e levou a mão ao chapéu, um pouco hesitante. Quando Diederich permaneceu parado e respondeu ao cumprimento, ele se tornou mais confiante. "Tudo em ordem", disse ele, escondendo a boca com a mão; e Diederich recebeu a mensagem expressando consentimento. Parecia-lhe natural que alguém o instruísse sobre o bem-estar de seu imperador. Suas perguntas sobre quando o imperador iria partir e para onde foram respondidas sem objeções. O porteiro achou que Diederich precisasse de uma carruagem para acompanhar o imperador, e logo lhe enviou uma. Nesse ínterim, formou-se um grupelho de curiosos, então o porteiro saiu do caminho; atrás do cocheiro, na carruagem aberta, apareceu o cavalheiro nórdico e loiro, sob o reluzir de seu elmo de águia. Diederich balançava o chapéu e gritava em italiano, sem pestanejar: "Viva o imperador!" E o grupelho solícito gritava junto... Diederich saltou para a carruagem de um cavalo já disponível para ele, e partiu atrás do outro; instigava o cocheiro com gritos severos e gorjetas tremulantes. Observava: logo estacou, lá atrás acabava de se aproximar a carruagem suprema. Quando o imperador desembarcou, formou-se novamente um grupelho, e novamente Diederich gritava em italiano... Sentinelas postavam-se diante da casa em que o imperador iria se deter! O peito aprumado para fora e o olhar reluzente para quem se aventurasse a se aproximar! Depois de dez minutos, formou-se outro grupelho, o pórtico abria-se para a carruagem, e Diederich: "Viva o imperador!" – e, por entre o eco do grupelho, ela se apressava desvairadamente de volta para o

Quirinal. Sentinela. O imperador usava barretina. O grupelho. Um novo objetivo, um novo retorno, um novo uniforme, e novamente Diederich, e novamente a recepção regozijante. Assim foi, e nunca Diederich havia imaginado vida mais bela. Seu amigo, o porteiro, dava informações confiáveis sobre aonde ia o imperador. Também ocorreu de um funcionário que prestava continência dar-lhe um comunicado, que ele recebeu com desdém, ou de outro parecer que lhe solicitava uma diretriz, que Diederich dava de forma indefinida, mas imperativa. O sol estava cada vez mais alto; em frente aos blocos ferventes de mármore da fachada, atrás dos quais seu imperador tratava de conversas que abarcavam o mundo todo, Diederich sofria de calor e de sede sem titubear. Sua postura era tão aprumada, que sua barriga quase tombava sob o peso do meio-dia até o asfalto e sua comenda da Ordem de Quarta Classe derretia sobre seu peito... O cocheiro, que entrava cada vez com maior frequência nas tabernas que surgiam, finalmente admirou-se pelo sentimento heroico de dever do alemão e trouxe-lhe vinho. Partiram para a próxima corrida com o fogo renovado nas veias. Pois os cavalos de corrida do imperador eram muito velozes; para ganharem vantagem, tinham que correr rápido pelas travessas, que mais pareciam canais e cujos transeuntes esparsos tinham que se espremer junto aos muros, cheios de pavor; ou era necessário desembarcar e tomar uma escada atabalhoadamente. Ainda assim Diederich estava pontualmente encabeçando o seu grupelho, via o sétimo uniforme desembarcar e gritava. Então o imperador virava o pescoço e sorria. Ele o reconhecia, o seu súdito! Aquele que gritava, aquele que sempre estava lá, como o porco-espinho da fábula. Diederich, sentindo-se enlevado por causa da atenção suprema, fazia o olhar reluzir sobre o povo, em cuja expressão via-se alegre benevolência.

Apenas quando o porteiro assegurou que Sua Majestade tomava o café da manhã, Diederich permitiu-se lembrar-se de Guste. "Olhe como você está!", ela gritou ao vê-lo e retraiu-se até a parede. Pois ele estava vermelho como tomate, totalmente encharcado e seu olhar era luminoso e selvagem como de um combatente germânico na antiguidade, em uma guerra da conquista pela terra dos galeses. "Este é um grande dia para a questão nacional!", disse impetuosamente. "Sua Majestade e eu realizamos a conquista moral!" E a aparência dele! Guste esqueceu o seu pavor e o ressentimento por causa da longa espera; aproximou-se com braços afetuosos, e agarrou-se nele prostrada.

Diederich mal se permitiu uma horinha de refeição. Bem sabia que, depois do almoço, o imperador fazia o seu descanso; então devia ficar de sentinela embaixo de sua janela e não esmorecer. Não esmoreceu; e o êxito confirmou sua atitude correta. Pois mal haviam se passado oitenta minutos que ele ocupava seu posto de frente para o pórtico, quando ocorreu de um indivíduo suspeito infiltrar-se furtivamente devido à breve ausência do porteiro, postar-se atrás de uma coluna e ficar na sombra, à espreita, com seus planos que não poderiam ser outra coisa senão malignos. Mas Diederich estava lá! Viram-no bramir na praça como uma tempestade e um grito de guerra. O povo, alvoroçado, correu de pronto atrás dele, o sentinela apressou-se para lá, a criadagem corria junto no pórtico – e todos admiraram como Diederich atirou-se barbaramente para a luta contra aquele que havia se escondido. Um investia contra o outro na mesma intensidade, que nem mesmo as forças armadas chegaram perto. De repente, viram o oponente de Diederich balançar uma latinha depois de ter conseguido libertar o braço direito. Segundos de tensão – então o povo correu para a saída sob gritos de pânico. Uma bomba! Ele lançava!... Já havia lançado. Na expectativa do estouro, os mais próximos jogaram-se no chão gemendo antecipadamente. Mas Diederich permaneceu lá, o rosto, ombros e peito, tudo branco, e espirrava. Havia um cheiro forte de menta. Os mais audaciosos voltaram e farejaram; um soldado de plumas ondulantes empapou seus dedos com aquilo e experimentou. Diederich compreendeu e, em seguida, informou a multidão, que retribuiu imediatamente com alegre benevolência, pois já há algum tempo não lhe restava dúvida de que o outro havia lhe atirado pasta de dente. A despeito disso, não esqueceu do perigo do qual o imperador talvez tivesse escapado, graças à sua vigilância. O autor do atentado procurou em vão passar por ele e chegar mais longe: o punho de ferro de Diederich entregou-o aos guardas. Constataram que se tratava de um alemão e pediram a Diederich que o interrogasse. Submeteu-se à tarefa com extrema propriedade, apesar da pasta de dente que o cobria. As respostas do homem, que se designava artista, não tinham nenhuma coloração acentuadamente política, mas era evidente que denunciavam tendências rebeldes por conta de sua imoralidade e desrespeito abismais, ao que Diederich recomendou sua prisão imediata. Os guardas levaram-no para a detenção, não sem prestarem continência a Diederich, que apenas teve tempo de ser escovado por seu amigo, o porteiro. O imperador fora anunciado; o serviço pessoal de Diederich começava novamente.

Seu serviço conduziu-o infatigavelmente para todo lado até de noite e, finalmente, para o prédio da embaixada alemã, onde Sua Majestade foi recepcionada. Uma estadia mais demorada do senhor supremo deu ocasião a Diederich para elevar sua disposição em uma taberna mais próxima. Subiu em uma cadeira diante da porta e fez um discurso que se revestia do espírito nacional e explicava claramente ao bando apático as vantagens de um regimento rigoroso e de um imperador que não era nenhuma sombra de imperador... Viam-no escancarar a boca angulosa e persistente sobre sua cadeira, vermelho por causa da luz dos chafarizes abertos, que flamejavam em frente ao palácio do Império Alemão; viam seus olhos reluzentes e petrificados como gelo, era evidente que isso lhes bastava para entendê-lo, pois regozijavam-se, aplaudiam e davam vivas ao imperador sempre que Diederich o dava. Com uma seriedade não pouco ameaçadora, Diederich recebeu a homenagem do estrangeiro pelo seu senhor e pelo terrível poder de seu senhor, em seguida desceu da cadeira e voltou a tomar seu vinho. Mais pessoas, não pouco animadas, brindavam a ele e seguiam-no de modo familiar. Um abriu-lhe um jornal noturno com um retrato enorme do imperador e leu em voz alta a notícia de um incidente provocado por um alemão. Só por causa da presença de espírito de um funcionário do serviço pessoal do imperador, evitou-se algo mais grave; e também o retrato desse funcionário estava publicado. Diederich reconheceu-o. Ainda que a similaridade fosse de natureza geral e o nome estivesse distorcido, a dimensão do rosto e o bigode estavam conformes. Assim Diederich via-se unido a seu imperador no mesmo jornal, o imperador junto de seu súdito exposto para admiração de todo mundo. Era muita coisa. De olhos úmidos, Diederich pôs-se de pé e entoou *A guarda junto ao Reno*. O vinho, tão barato, e a empolgação, sempre revigorada, fizeram Diederich já não mais se encontrarem boa compostura quando lhe foi avisado que o imperador deixava a embaixada. Ainda assim, fez tudo que era capaz para cumprir o seu dever. Disparou capitólio abaixo em zigue-zague; tropeçou e rolou por sobre as escadas. Lá embaixo, na travessa, seus companheiros de bebida acolheram-no, ficou com o rosto voltado para o muro... Brilho de tocha e pisadas de cavalo: o imperador! Os outros cambaleavam atrás, Diederich, porém, sem compostura para ajudar, deslizou onde estava. Dois guardas municipais encontraram-no encostado no muro, sentado sobre uma poça. Reconheceram o funcionário do serviço pessoal do imperador alemão, curvaram-se sobre ele profundamente apreensivos. Mas imediatamente depois entreolharam-se e romperam em uma enorme alegria. Graças a Deus o funcionário pessoal não estava morto, pois roncava; e a poça em que estava não era sangue.

Na noite seguinte, durante a apresentação de gala no teatro, o imperador parecia sério demais. Diederich percebeu e disse para Guste: "Agora sei por que despendemos tanto dinheiro. Atenção, estamos vivendo um momento histórico!", e sua suposição não estava errada. Os jornais da noite propagaram-se no teatro, soube-se que o imperador iria partir ainda naquela noite e que havia dissolvido o seu Parlamento! Diederich, tão sério quanto o imperador, explicou a todos sentados em volta a gravidade do acontecimento. A revolução teve o desplante de recusar o projeto de lei do exército! Os nacionalistas convictos iriam para uma batalha de vida ou morte por seu imperador! Asseverou que ele mesmo pegaria o próximo trem para casa, após o que imediatamente lhe designaram o trem... Quem não estava satisfeita era Guste. "Finalmente vamos para outro lugar, e graças a Deus temos meios para fazê-lo. Como é possível eu ter ficado dois dias entediada no hotel e já voltar para casa só por causa..." O olhar que ela lançou para o camarote imperial foi tão cheio de revolta, que Diederich interveio com extremo rigor. Guste gritava; as pessoas em volta pediam silêncio, e quando Diederich enfrentou os oponentes com seu olhar reluzente, viu-se compelido a partir com Guste antes mesmo do trem. "Essa corja não tem mesmo compostura!", declarou lá fora, ofegando intensamente. "Quero saber mesmo o que é que tem demais aqui. Bom clima, enfim... Ora essa, ao menos veja a velharia em volta!", pediu. Guste, voltando a se controlar, lamentou-se: "Já estou aproveitando." E partiram, com a distância devida, atrás do trem do imperador. Guste, que na pressa esquecera as esponjas e a escova de dente, toda hora queria desembarcar. Para que ela tivesse trinta e seis horas de paciência, Diederich precisou forni-la incansavelmente da questão nacional. Apesar disso, quando finalmente colocaram os pés em Netzig, sua primeira preocupação: as esponjas. Tinham que chegar no domingo?! Por sorte, ao menos a Löwenapotheke estava aberta. Enquanto Diederich esperava pelas malas diante da estação, Guste já ia para lá. Como demorava a voltar, foi atrás dela.

A porta da farmácia estava entreaberta, três rapazes espreitavam lá dentro e se revolviam. Diederich, que olhava por cima deles, estava assombrado – pois, lá dentro, com os braços cruzados e o olhar sombrio, seu velho amigo e colega, Gottlieb Hornung, andava para lá e para cá atrás do balcão. Guste dizia: "Estou curiosa se vou receber logo minha escova de dente", então, Gottlieb Hornung saiu de trás do balcão, os braços sempre cruzados, lançando seu olhar sombrio sobre Guste. "A senhora deve notar em minha expressão", começou com sua voz de orador, "que eu não estou em condições, nem com vontade de lhe vender uma escova de dente." – "Ora essa!" fez Guste, e recuou. "Mas o senhor tem aqui o vidro cheio." Gottlieb Hornung sorriu como Lúcifer. "O tio lá em cima" – atirou a cabeça e apontou o queixo para o teto sobre o qual seu chefe morava –, "oferece à venda o que ele quiser. Não me sinto nem um pouco movido para isso. Não estudei seis semestres e pertenci a uma irmandade seleta, para que me colocasse aqui e vendesse escovas de dente." – "Então, para que o senhor está aí?", perguntou Guste, notadamente intimidada. Hornung revidou com uma dicção majestosa: "Estou aqui pelas receitas médicas!" E Guste sentiu que fora rebatida; virou-se para ir embora. Uma coisa ainda lhe ocorreu. "O mesmo vale para as esponjas?" – "Absolutamente", confirmou Hornung. Era o que Guste esperava para realmente se indignar. Inflou o peito para frente e quis começar; nesse meio-tempo Diederich ainda teve tempo de entrar. Deu razão a seu amigo: a honra da Nova Teutônia devia ser preservada e seu estandarte, elevado. Se alguém ainda assim precisasse de sua esponja, que ele mesmo a pegasse e deixasse o dinheiro – foi o que Diederich fez. Gottlieb Hornung andou de soslaio e assobiou como se estivesse totalmente sozinho. Em seguida, Diederich manifestou seu interesse pelo que o amigo vinha fazendo desde então. Infelizmente, enfrentou muitas adversidades, pois dado o fato de Hornung nunca querer vender esponjas e escovas de dente, ele já havia sido demitido de cinco farmácias. Ainda assim, estava decidido a continuar defendendo sua convicção, sob o risco de isso lhe custar novamente seu posto de trabalho. "Bem se vê que é um exímio membro da Nova Teutônia!", disse Diederich para Guste e ela o examinou.

Diederich, por seu turno, não se conteve e contou o que vivenciara e alcançara. Chamou a atenção para sua comenda, virou Guste para Hornung e mencionou as cifras de sua esposa. O imperador, cujos inimigos e ofensores estavam atrás das grades graças a Diederich, teve uma passagem rápida por Roma e, novamente graças a Diederich, havia escapado de um perigo pessoal. Para evitar pânico na corte e na bolsa de valores, os jornais falavam apenas da travessura de criança de um homem meio louco, "mas cá entre nós, tenho razões para acreditar que isso consiste em um complô de vastas ramificações. Você vai entender, Hornung, que o interesse nacional pede a maior resistência, e por certo você também é um homem de convicções nacionais." É claro que Hornung o era e, assim, Diederich pôde revelar a tarefa de extrema importância que o fizera retornar de repente de sua viagem de lua de mel. Isso servia para que os candidatos nacionalistas fossem aceitos em Netzig! Não se podiam esconder as dificuldades! Netzig era o reduto dos liberais, a revolução abalava os seus fundamentos... Neste momento, Guste ameaçou ir embora para casa com as malas. Diederich teve tempo somente de convidar o amigo às pressas para visitá-lo ainda naquela noite, tinha coisas urgentes para conversar com ele. Quando entrou na carruagem, viu um dos espertalhões que havia esperado lá fora entrar na farmácia e pedir uma escova de dentes. Diederich teve dúvidas se Gottlieb Hornung, mesmo em virtude de sua orientação aristocrática, que era obstruída pela venda de esponjas e escovas de dente, poderia se tornar um aliado valoroso na luta contra a democracia. Mas essa era a menor de suas preocupações imediatas. Permitiu à Sra. Hessling umas lágrimas breves, depois ela teve que subir para o andar mais alto, onde antigamente somente as criadas e as roupas úmidas eram acomodadas e para onde Diederich removera sua mãe e Emmi. Ainda com a fuligem da viagem em sua barba, dirigiu-se furtivamente ao presidente von Wulckow; mandou chamar Napoleão Fischer com igual discrição e já deu os passos seguintes para realizar, sem demora, um encontro com Kunze, Kühnchen e Zillich.

Na tarde do domingo, o intento teve seus agravantes; o major foi arrancado com muita dificuldade de sua partida de boliche; o pastor Zillich foi impedido de realizar uma excursão familiar com Käthchen e o aspirante Jadassohn, e o professor encontrava-se nas mãos de seus dois pensionistas, que o haviam deixado meio embriagado. Por fim, conseguiu movê-los até o local da Associação de Ex-Combatentes e disparou, sem perda de tempo, que era necessário nomear um candidato nacionalista e, como as coisas estavam, só uma pessoa poderia entrar em questão, a saber, o major Kunze. "Hurra!", gritou Kühnchen sem demora, mas a expressão do major comprimiu-se de forma ainda mais tempestuosa. Perguntou rangendo os dentes se eles o tomavam como um ingênuo. Se pensavam que ele ansiava por uma humilhação. "Um candidato nacionalista, não estou nem um pouco curioso sobre o que acontecerá com ele. Se tudo fosse tão certo quanto a diarreia nacional!" Diederich não se deixou levar por isso. "Nós temos a Associação de Ex-Combatentes, queiram os senhores levar isso em conta. A associação é uma base de operações inestimável. A partir daqui abrimos uma brecha direta, se me permitem dizê-lo, até o monumento ao imperador Guilherme, e lá a batalha será ganha." – "Hurra!", gritou Kühnchen novamente, os outros dois desejavam saber ainda o que era aquilo de monumento, e Diederich iniciou-os em sua invenção – ainda que tenha achado melhor deixar de lado o fato de que o monumento seria objeto de um pacto entre ele e Napoleão Fischer. Revelava somente que o orfanato liberal não era popular; uma multidão de eleitores seria convencida da questão nacional se lhe prometessem fazer do legado do velho Kühlemann um monumento ao imperador Guilherme. Primeiro, mais operários estariam ocupados com isso e, depois, viriam os negócios para a cidade; a inauguração de um monumento como aquele alargaria os círculos; Netzig tinha em vista perder sua péssima fama de pântano democrático e mover-se para a graça do sol. Nisso Diederich pensou em seu pacto com Wulckow sobre o qual ele também achou melhor deixar de lado. "Ao homem que tanto alcançou e realizou muitas coisas para nós...", apontou para Kunze com energia, "ao homem a quem um dia nossa cidade também irá erigir um monumento. Ele e o imperador Guilherme, o Grande, irão entreolhar-se..." – "E mostrar a língua", concluiu o major, que persistia em sua descrença. "Se o senhor pensa que os habitantes de Netzig esperam pelo grande homem que os irá conduzir ao som da banda para o acampamento nacional, porque o senhor mesmo não encena o grande homem?" E lançou um olhar fulminante para Diederich. Mas Diederich apenas esbugalhou os olhos de modo ainda mais sincero; colocou a mão no peito. "Sr. major! Meu bem conhecido senso de lealdade ao imperador já me impôs provações mais pesadas que uma candidatura para o Parlamento, e provações que superei, permito-me dizer! Inclusive não tive receio de carregar todo ódio dos mal convictos sobre a minha pessoa como militante da boa questão, e fazer-me passar vexame introduzindo eu mesmo o fruto de meu sacrifício. Os habitantes de Netzig não iriam me eleger, e sim minha questão, e por isso eu recuo, pois ser objetivo significa ser alemão e deixo para o senhor, Sr. major, sem inveja, as honras e as alegrias!" Agitação geral. O bravo de Kühnchen soou úmido de lágrimas, o pastor acenou com a cabeça solenemente, e Kunze tinha o olhar fixo e visivelmente comovido para baixo da mesa. Diederich sentia-se bem e leve, deixou que seu coração falasse, e ele expressou lealdade, senso de sacrifício e idealismo viril. A mão de Diederich, coberta de pelos loiros, espraiava-se sobre a mesa e a de pelos castanhos do major batia nela, hesitante.

Mas depois de deixarem falar o coração, todos os quatro homens concederam a palavra à razão. O major indagou se Diederich estaria preparado para indenizá-lo diante de perdas ideais e materiais das quais estaria sob ameaça, caso ele tomasse partido contra a panelinha dos candidatos liberais e sucumbisse a ela. "Veja bem!" – e apontou o dedo para Diederich, que não encontrou palavras em vista de tal franqueza. "A questão nacional não lhe é assim tão imaculada. E que o senhor me queira ganhar tanto assim para ela, como eu o conheço, senhor doutor, isso deriva de algum estratagema de sua parte sobre o qual não entendo nada enquanto soldado íntegro." Diante disso, Diederich apressou-se em prometer uma comenda ao soldado íntegro e, ao dar entender seu acordo com Wulckow, o candidato nacionalista finalmente foi ganho sem reservas... Nesse ínterim, o pastor Zillich refletiu se sua posição na cidade o permitia assumir a presidência do comitê eleitoral nacionalista. Será que ele deveria levar discórdia à comunidade? Seu cunhado Heuteufel era o candidato dos liberais! Sem dúvida, e se em vez de um monumento fosse construída uma igreja?! "Realmente a casa de Deus é mais necessária que tudo, e minha querida igreja de Santa Maria é tão negligenciada pela cidade que, hoje ou amanhã, irá cair sobre a minha cabeça e a de meus fiéis." Diederich não tardou em garantir todos os reparos desejados. Apenas sob a condição de que o pastor mantivesse longe dos postos de confiança do novo partido todos aqueles elementos que, por meio de certos comportamentos, suscitassem dúvidas procedentes à idoneidade de sua convicção nacional. "Sem querer intervir em relações familiares", acrescentou Diederich e espreitou o pai de Käthchen, que claramente havia compreendido, pois não refutava... Também Kühnchen, que há muito não gritava "hurra!", tomou a palavra. Enquanto os outros falavam, conseguiam mantê-lo preso em sua cadeira somente à força; mal o soltaram, já se apoderava tempestuosamente do debate. Onde era que a convicção nacional mais tinha que se arraigar? Na juventude! Mas isso era possível se o reitor do colégio era um amigo do Sr. Buck? "Posso falar até gastar a garganta sobre nossos feitos gloriosos no ano de 1870..." Era o bastante, Kühnchen queria tornar-se reitor, e Diederich concedeu-o generosamente.

Depois de a postura política ser de tal modo determinada sobre o fundamento salutar dos interesses, podiam entregar-se ao entusiasmo vindo de Deus com a consciência leve, como esclareceu o pastor Zillich, e conceder à mais valorosa questão a mais alta consagração, e dirigiram-se para o Ratskeller.

Bem cedo, pela manhã, quando os quatro cavalheiros voltavam para casa, afixaram, nos muros, entre as convocações eleitorais de Heuteufel de cor branca e as de cor vermelha dos camaradas de Fischer, os cartazes com as margens em preto, branco e vermelho, que recomendavam o senhor major Kunze como candidato do "Partido do Imperador". Diederich colou-os o mais forte possível e leu com a voz arrojada de tenor: "Sujeitos despatrióticos do Parlamento dissolvido ousaram negar ao nosso magnífico imperador os meios de poder dos quais ele necessitava para a magnitude do império... Queiramos nos revelar dignos de nosso grande monarca e trucidar seus inimigos! Agenda única: o imperador! Os que estão comigo e os que estão contra mim: 'Partido do Imperador' e revolução!" Kühnchen, Zillich e Kunze reforçavam com gritos o que ele dizia; e como alguns operários que iam para a fábrica permaneceram ali parados, Diederich voltou-se para eles e esclareceu-lhes o manifesto nacionalista. "Povo!", gritava. "Vocês certamente não sabem quão sortudos são por serem alemães. Pois todo mundo inveja nosso imperador, eu me convenci disso pessoalmente no estrangeiro." Nisso Kühnchen começou a batucar uma fanfarra sobre o painel de anúncios, e os quatro cavalheiros gritavam "hurra!" enquanto os trabalhadores assistiam. "Vocês querem que o seu imperador lhes presenteie com colônias?" perguntou Diederich a eles. "Pois bem.

Então, sejam prestimosos e afiem a espada para ele! Não votem em sujeitos despatrióticos, isso eu não permito, mas unicamente no candidato do imperador, o senhor major Kunze: caso contrário, nunca mais vou assegurar a vocês nosso lugar no mundo, e pode acontecer de vocês irem para casa com vinte marcos a menos no salário a cada quatorze dias!" Neste momento, os operários entreolharam-se em silêncio e em seguida voltaram a se colocar em movimento.

Também os cavalheiros não perderam tempo. O próprio Kunze foi com as pernas travadas cumprir a tarefa de esclarecer o ponto de vista aos membros da Associação de Ex-Combatentes. "Se os sujeitos soubessem", explicou, "que no futuro ainda podem pertencer aos sindicatos livres! Ainda vamos expulsar os liberais de lá! A partir de hoje, toma lugar um tom mais severo!" O pastor Zillich profetizava uma atividade afim nas associações cristãs, enquanto Kühnchen animava-se com o entusiasmo renovado de seus veteranos do científico, que deveriam percorrer apressados a cidade em suas bicicletas e arrastar juntos os eleitores. Mas o sentimento de dever incessante animava mesmo era Diederich. Ele rechaçava toda tranquilidade; quando sua esposa se deitava na cama e o recebia com acusações, ele revidava com o olhar reluzente: "Meu imperador bateu na espada, e quando meu imperador bate na espada, então não existem deveres maritais. Entendido?" Ao que Guste virava bruscamente para o outro lado e puxava a colcha de penas preenchendo-a com seu charmoso traseiro, formando um muro entre ela e o desobrigado. Diederich reprimia o arrependimento que se esgueirava nele de mansinho e sem demora escrevia uma aclamação de alerta contra o orfanato dos liberais. O *Jornal de Netzig* logo a trouxe à tona, ainda que dois dias antes tenha trazido uma recomendação extremamente calorosa do orfanato da pena do Sr. Dr. Heuteufel. Afinal, como o redator Nothgroschen acrescentou, o órgão da burguesia ilustrada devia aos seus assinantes o fato de colocar em cada nova ideia que surgia a pedra de toque de sua consciência cultural acima de tudo. E Diederich fazia-o de uma forma até mesmo aniquiladora. A quem era apropriado um orfanato como aquele? Sobretudo a crianças ilegítimas. O que isso promovia, então? O vício. Isso era mesmo necessário? Nem um pouco, "pois, graças a Deus, não estamos na triste situação dos franceses, que, por causa das consequências de sua licenciosidade democrática, foram colocados como que a caminho do fim. Querem premiar nascimentos ilegítimos, porque, de resto, não querem mais soldados. Mas nós não estamos apodrecendo, alegramo-nos por uma geração inesgotável! Somos o sal da terra!" E Diederich calculava detalhadamente aos assinantes do *Jornal de Netzig* até quando eles e seus cem milhões de iguais iriam contribuir e quanto tempo mais poderia levar até que a Terra se tornasse alemã.

Sendo assim, segundo a opinião do comitê nacionalista, os preparativos para a primeira assembleia do "partido do imperador" estavam acertados. Ela deveria ocorrer no Klappsch, que havia patrioticamente arrumado o seu salão. Cartazes brilhavam nas guirlandas: "A vontade do imperador é o preceito mais alto", "Para vocês só existe um inimigo, e este é o meu inimigo", "Eu assumo as consequências da social-democracia", "Meu curso é o correto", "Cidadãos, despertem de seu sono esplêndido!" Klappsch e a Srta. Klappsch cuidavam do despertar servindo cerveja fresca por toda parte e a todo momento, sem acumular tão vergonhosamente os porta-copos como comumente faziam. Assim, o pastor Zillich, na condição de presidente, apresentou Kunze para a assembleia e ele foi aceito já com bastante disposição. No entanto, Diederich, atrás da fumaça dos charutos em que o comitê estava assentado, fez a observação desagradável de que também Heuteufel, Cohn e alguns de seu círculo de amigos haviam se achegado ao salão. Questionou Gottlieb Hornung, pois ele era o responsável por aquela tarefa. Mas não deixou que lhe dissesse nada, estava irritado pois havia sido bastante cansativo angariar pessoas. A cidade jamais poderia pagar tantos fornecedores quantos já tinha o monumento ao imperador Guilherme graças à sua agitação, e mesmo que o velho Kühlemann morresse três vezes! As mãos de Hornung já estavam inchadas de tanto cumprimentar todos os patriotas recém-convertidos! Haviam feito imposições a ele! A menos grave de todas foi ele ter que se associar a alguém de uma drogaria. Gottlieb Hornung protestava contra aquela falta democrática de distância. Acabava de ser demitido pelo proprietário da Löwenapotheke, e estava mais decidido que nunca a não vender nem esponjas, nem escovas de dente... Nesse ínterim, Kunze tartamudeava seu discurso de candidato. Sua expressão sinistra revelava a Diederich que o major não estava totalmente seguro do que queria dizer e que a batalha eleitoral o inibia mais do que um caso de emergência. Dizia: "Meus senhores, o exército é o único pilar", e se um dos que estavam na área de Heuteufel gritava no meio de seu discurso: "Podre!", Kunze confundia-se de imediato e acrescentava: "Mas quem paga por isso? Os cidadãos." Ao que os que estavam em volta de Heuteufel gritavam bravo. Levado a uma direção errada por conta desse incidente, Kunze explicava: "Por isso somos todos pilares, podemos exigi-lo, e desgraçado do monarca..." – "Muito bem!" respondiam as vozes liberais, e os patriotas ingênuos gritavam junto. O major enxugou o suor; sem querer, sua fala tomou o curso de uma fala da associação liberal. Diederich puxou sua sobrecasaca por trás e implorou que encerrasse, mas Kunze tentou em vão: não encontrou a transição para o bordão eleitoral do "partido do imperador". Ao fim, perdeu a paciência, de repente ficou vermelho e expeliu com uma ferocidade impetuosa: "Extirpar até o último pedaço! Hurra!" A Associação de Ex-Combatentes trovejou em aplausos. Onde havia quem não gritasse junto, ao sinal de Diederich, surgiam apressadamente Klappsch ou a Srta. Klappsch.

Quando a discussão foi aberta ao público, Dr. Heuteufel logo se anunciou, mas Gottlieb Hornung antecipou-se a ele.

Diederich, de sua parte, preferiu permanecer no fundo, atrás da fumaça da presidência. Prometeu dez marcos a Hornung, e Hornung não estava em condições de recusar. Rangendo os dentes, aproximou-se da borda do palco e elucidou a fala do honrado senhor major, dizendo que o exército, ao qual todos estaríamos prontos para o sacrifício, seria nosso baluarte contra a maré de lama da democracia. "A democracia é a concepção de mundo dos mal-ilustrados", observou o farmacêutico. "Ela superou a ciência." – "Muito bem!" alguém gritou; era o profissional da drogaria que quis associar-se a ele. "Sempre haverá senhores e subordinados!" definiu Gottlieb Hornung. "Na natureza também é assim. E essa é a única verdade, pois cada um deve ter alguém acima de si a quem temer, e alguém abaixo de si para temê-lo. Para onde iríamos, então?! Se qualquer um que aparece pela frente imagina que é alguém e que todos são iguais! Desgraçado do povo, cujas formas tradicionais e respeitáveis se dissolvem na baderna democrática e em que o ponto de vista desintegrador da personalidade ganha peso!" Neste momento, Gottlieb Hornung cruzou os braços e jogou a nuca para frente. "Eu", gritou, "que pertenci a uma irmandade de primeira classe e que conheço a alegria de perder o sangue pela honra das cores, agradeço por não precisar vender escovas de dente!"

"E esponjas também não?" alguém perguntou.

"Também não!", decidiu Hornung. "Proíbo terminantemente que alguém venha me pedir algo assim. Cada um tem o que merece. E, neste sentido, vamos dar nosso voto apenas a um candidato que conceda ao imperador tantos soldados quantos ele queira ter. Ou temos um imperador ou não!"

Com isso, Gottlieb Hornung retrocedeu e, com a mandíbula para frente e a sobrancelha curvada, viu-se em um estrondo de aplausos. A Associação de Ex-Combatentes não se absteve de desfilar para ele e para Kunze com os copos de cerveja. Kunze recebeu os apertos de mão, Hornung permaneceu ali, inalterado – e Diederich não teve outra escolha senão perceber amargamente que essas duas personalidades de segunda classe tinham vantagem em uma ocasião que era fruto de sua obra. Teve que deixar para eles a benevolência popular do momento, pois sabia melhor que os dois paspalhos aonde isso levaria. Dado o fato de que o candidato nacionalista, ao fim, servia apenas para recrutar tropas auxiliares para Napoleão Fischer, era bom que não expusesse a si mesmo. Sem dúvida, Heuteufel pretendia provocar Diederich. O presidente, o pastor Zillich, não podia se recusar a dar-lhe a palavra muito tempo; imediatamente ele começou com o assunto do orfanato. O orfanato era uma questão de consciência social e humanidade. Mas o que significava o monumento ao imperador Guilherme? Uma especulação, e a vaidade era o mais civilizado dos instintos sobre o qual se especulava... Os fornecedores ouviam, lá de baixo, em um silêncio prenhe de sentimentos constrangedores, dos quais subia, aqui e ali, uma queixa abafada. Diederich estremeceu: "Há pessoas", afirmava Heuteufel, "para as quais cem milhões para as forças armadas não é uma questão, pois elas sabem muito bem o quanto isso pode lhes render pessoalmente." Nisso, Diederich levantou-se impetuosamente: "Peço a palavra!", e os sentimentos dos fornecedores explodiram em "Bravo! Ho, ho! Retire-se!" Berravam até que Heuteufel saiu e Diederich permaneceu ali.

Diederich esperou até que a tormenta de indignação nacionalista se acalmasse. Depois começou: "Meus senhores!" "Bravo!", gritavam os fornecedores, e Diederich teve que continuar esperando em meio à atmosfera de ânimos concordantes na qual respirava com facilidade. Quando o deixaram falar, expressou a indignação geral de como o orador de antes pôde ter ousado suspeitar da convicção nacional da assembleia. "Inacreditável!", gritavam os fornecedores. "Isso apenas nos mostra", Diederich gritava, "como a fundação do 'partido do imperador' foi apropriada! O próprio imperador exigiu que todos aqueles que queiram livrá-lo da peste da revolução se unam, sejam eles nobres ou subalternos. Isso é o que nós queremos e, para isso, nossa convicção nacional e leal ao imperador está muito acima das suspeitas daqueles que são meramente o embrião da revolução!" Ainda antes dos aplausos irromperem, Heuteufel disse bem claramente: "Esperem! O segundo turno!" E ainda que os fornecedores sufocassem imediatamente o restante no estrépito de seus aplausos, Diederich achou nestas duas expressões tantas alusões perigosas e veladas, que ele rapidamente mudou a direção. O orfanato era só uma área um tanto embaraçosa. Como? Isso deveria ser uma questão de consciência social? Isso era mesmo um fluxo de vícios! "Nós, alemães, deixamos isso a cargo dos franceses, que é um povo moribundo!" Diederich precisava apenas recitar o seu artigo do *Jornal de Netzig*. A Associação da Juventude, dirigida pelo pastor Zillich, bem como os comerciários cristãos aplaudiam a cada palavra. "O germânico é virtuoso!", gritou Diederich, "por isso vencemos no ano de setenta!" Agora era a fila da Associação de Ex-Combatentes que fazia estrondos de entusiasmo. Atrás da mesa da presidência, Kühnchen levantou em um salto, girou o seu charuto e berrou: "Em breve vamos esmagá-los mais uma vez!" Diederich ficou nas pontas dos pés. "Meus senhores!", gritou vigorosamente em meio à onda nacionalista. "O monumento ao imperador Guilherme deve ser uma homenagem ao avô sublime, que nós, permito-me dizer, que nós todos veneramos quase como a um santo, e, ao mesmo tempo, uma promessa ao neto sublime, nosso jovem e magnífico imperador, de modo que permaneçamos assim, como somos, valorosos, amantes da liberdade, verdadeiros, leais e valentes!"

Neste momento, os fornecedores já não puderam mais se conter. Esquecidos de si mesmos, deleitavam-se naquele ideário – e também Diederich não estava mais consciente de suas segundas intenções mundanas, nem de seu pacto com Wulckow e sua conspiração com Napoleão Fischer, nem de seus propósitos obscuros para o segundo turno. O entusiasmo puro raptava sua alma em um voo que a deixava tonta. Depois de um tempo ele conseguiu gritar novamente. "É preciso repelir e represar severamente atrás das barreiras impostas por eles as acusações daqueles que não querem nada mais do que nos acariciar com sua falsa humanidade!" – "Onde está assentada a verdadeira?", a pergunta veio de Heuteufel e isso incitou de tal modo a convicção nacional dos presentes, que Diederich pôde ser ouvido apenas de forma dispersa. Era possível compreender que ele não queria a paz eterna, pois isso era um sonho, e nem sequer um sonho bonito. Entretanto, queria uma disciplina espartana da raça. Caberia impedir a reprodução de tolos e praticantes de crimes contra a moralidade por meio de intervenção cirúrgica. Neste ponto, Heuteufel e os seus deixaram o local. Ainda gritou lá da porta: "O senhor também vai castrar a revolução!" Diederich respondeu: "Vamos, se o senhor continuar subvertendo-a!" – "Vamos!", soava de todos os lados. De repente todos estavam de pé, brindavam, davam gritos de alegria e mesclavam suas exaltações. Diederich, envolto em bramidos de aclamação, oscilando sob o afluxo de mãos leais e alemãs que queriam apertar as suas, e copos nacionalistas de cerveja que brindavam com ele, olhava do palco para além do salão, que parecia mais amplo e mais alto por causa de seu olhar turvado pela embriaguez. Das altas nuvens de tabaco, fulguravam-lhe os mandamentos de seu senhor: "A vontade do imperador!", "Meu inimigo!", "Meu curso!" Queria incuti-las aos brados no povo que aclamava – mas segurou a garganta, nenhum som vinha mais: Diederich estava rouco de emoção. Bastante preocupado, olhou em volta à procura de Heuteufel, que infelizmente já havia ido embora. "Não devia tê-lo irritado tanto. Deus tenha piedade de mim se ele me passar iodo na garganta."

A pior vingança de Heuteufel foi ter impedido Diederich de sair. Lá fora, a batalha ficava cada dia mais feroz, e todos estavam no jornal, porque todos falavam: até mesmo o pastor Zillich e o próprio redator Nothgroschen, sem contar Kühnchen, que falava em todos os lugares ao mesmo tempo. Apenas Diederich gargarejava silenciosamente em seu novo salão, mobiliado ao estilo rústico alemão. Do estrado da janela, viam-no três figuras de bronze com dois terços do tamanho natural: o imperador, a imperatriz e o trompetista de Säkkingen. Haviam sido oferta de ocasião na loja de Cohn; embora Cohn tivesse cancelado o fornecimento do papel de Hessling e ainda não tivesse o senso nacional, Diederich não queria deixá-las faltar em seu mobiliário. Guste culpou as estátuas quando ele achou seu chapéu muito caro.

Nos últimos tempos, Guste começara a se tornar instável, também vinham-lhe enjoos durante os quais deixava-se ficar no quarto aos cuidados da velha Sra. Hessling. Tão logo melhorava, lembrava a velha de que tudo ali na verdade era pago com o seu dinheiro. A Sra. Hessling não deixava de denominar seu casamento com Diedel uma verdadeira bênção para Guste na condição em que se encontrava na época. Ao fim, Guste ficava toda vermelha e ofegava, a Sra. Hessling vertia lágrimas. Diederich tirava proveito disso, pois desse modo ambas eram só amores com ele por causa da intenção de trazê-lo para seu lado, o que ele não suspeitava.

No que concernia a Emmi, ela simplesmente batia a porta como de costume e subia para o seu quarto, que tinha uma parede oblíqua. Guste planejava escorraçá-la também dali. Se chovesse, onde as roupas deviam secar? Se Emmi não encontrasse um marido por não ter nada, ela deveria se casar com um operário honesto mesmo em sua posição! Mas é claro que Emmi achava-se a mais refinada da família, visitava regularmente os Brietzen... O que mais irritava Guste era Emmi ter sido convidada pela Srta. von Brietzen – embora nunca esta tivesse entrado na casa. Seu irmão, o tenente, ao menos teria ficado devendo uma visita a Guste por causa dos jantares na casa de sua mãe, mas apenas o segundo andar da casa dos Hessling seria digno para ele, isso se notava aos poucos... No entanto, há dias que os êxitos sociais não protegiam Emmi de seu espírito bastante indisposto; depois, ela não deixava seu quarto nem para as refeições em família. Uma vez, Guste subiu até ela por compaixão e tédio, mas quando Emmi a viu, fechou os olhos, estava deitada com sua bata doméstica afrouxada, pálida e rija. Guste, que não recebeu nenhuma resposta, tentou falar em confidência sobre Diederich e sua situação. Então, o rosto rijo de Emmi contraiu-se abruptamente, revolveu-se sobre um de seus braços e, com o outro, acenou rispidamente para a porta. Guste não deixou de expressar sua indignação; Emmi saltou de pronto, expressou claramente o seu desejo de ficar sozinha; e, quando a velha Sra. Hessling foi até lá, já estava decidido que, a partir dali, as duas partes da família fariam as refeições separadamente. Diederich, depois de Guste ter chorado para ele, estava constrangedoramente tocado pelas histórias das mulheres. Por sorte, ocorreu-lhe algo aparentemente apropriado e que num primeiro momento traria um pouco de tranquilidade. Já que ele voltava a dispor de um pouco de voz, foi imediatamente até Emmi e informou-lhe de sua decisão de enviá-la para Eschweiler, à casa de Magda, por um tempo. Surpreendentemente ela recusou. Como ele não cedia, ela quis protestar, de súbito ficou aflita, com medo, e começou a pedir, baixinho e implorando, para que pudesse ficar. Diederich, tocado por algo que mal sabia o que era, fez seus olhos correrem desorientados pelo quarto e retirou-se em seguida.

No dia seguinte, Emmi apareceu para o almoço, novamente corada e de bom humor, como se nada tivesse acontecido. Guste, que se mantinha relutante, lançava olhares a Diederich. Acreditava entender; ergueu sua taça para Emmi e disse com gracejos: "Saúde, Sra. von Brietzen." Com isso, Emmi empalideceu. "Não se faça de ridículo!", gritou furiosa, jogou o guardanapo e bateu a porta. "Ora essa", Diederich grunhiu; mas Guste apenas ergueu os ombros. Somente quando a velha Sra. Hessling saiu, Guste olhou curiosa para Diederich e perguntou: "Você acha mesmo?" Deu um sobressalto e tinha uma expressão interrogativa. "Eu acho", explicou Guste, "que o senhor tenente poderia ao menos me cumprimentar na rua. Mas hoje ele fez um desvio." Diederich tomou isso como algo sem sentido. Guste revidou: "Se estou só imaginando, então estou imaginando mais coisa ainda, porque já ouvi várias vezes algo rastejando de noite pela casa, e hoje Minna também disse..." Guste não pôde continuar. "Ahá!", Diederich bufava. "Você está metida com as criadas! Mamãe sempre fez esse tipo de coisa. Mas vou lhe dizer que isso não tolero. Vou vigiar a honra de minha casa sozinho, para isso não preciso nem de você, nem de Minna, e se vocês são de outra opinião, então vão embora as duas pela porta por onde entraram!" Não restou outra coisa a Guste senão humilhar-se diante daquela postura viril, mas lá de baixo ela sorriu quando ele se retirou.

Por seu turno, Diederich estava feliz por encerrar a questão por meio se sua aparência firme. Mais embolada que naquele tempo a vida não poderia ficar. Sua rouquidão, que infelizmente o deixara longe da batalha por três dias, não passou em branco pelos inimigos. De fato, Napoleão Fischer ainda naquela manhã havia o informado de que, para ele, o "Partido do Imperador" tinha se tornado muito forte e que ele ultimamente fazia muitos incitamentos contra a social-democracia. Sob essas circunstâncias, para tranquilizá-lo, Diederich teve que lhe prometer que, ainda naquele dia, iria cumprir os deveres assumidos e exigir dos conselheiros municipais a casa do sindicato social-democrata... Em seguida, dirigiu-se à assembleia, embora ainda não totalmente restabelecido – e, ali, soube que a solicitação relacionada ao sindicato já havia sido feita, e justamente pelo Sr. Cohn e companheiros. Os liberais concordavam que ela iria passar tão facilmente, como se fosse a coisa mais importante que havia. Diederich, que queria denunciar em voz alta a traição nacional de Cohn e companheiros, só conseguiu ladrar: o golpe traiçoeiro mais uma vez roubou-lhe a voz. Mal chegou em casa e mandou que chamassem Napoleão Fischer.

"O senhor está demitido!", latiu Diederich. O operador de máquinas deu um sorriso irônico de quem suspeitava. "Muito bem", disse ele e quis se retirar.

"Pare!" latiu Diederich. "O senhor pensa que vai sair tão fácil? Vá se juntar com os liberais, depois pode confiar que vou dar a conhecer nosso pacto! O senhor vai ver!"

"Política é política", observou Napoleão Fischer dando de ombro. E já que Diederich não conseguia latir mais uma vez sequer diante de tanto cinismo, Napoleão Fischer aproximou-se, quase batendo nos ombros de Diederich. "Senhor doutor", disse de forma simpática, "não faça isso. Nós dois... bem, só vou dizer, nós dois..." E seu sorriso sarcástico foi tão cheio de ameaças, que Diederich estremeceu. Rapidamente ofereceu charuto a Napoleão Fischer. Fischer fumava e dizia: "Se um de nós dois começar a falar, onde o outro vai parar então?! Tenho razão, senhor doutor? Mas não somos nenhuma matraca velha que se agita por aí e para todo mundo sempre do mesmo jeito, como, por exemplo, o Sr. Buck."

"Como assim?", perguntou Diederich sem voz, caindo de um medo para outro. O operador de máquinas se fez de surpreso. "O senhor não sabe disso? O Sr. Buck conta para todo mundo que o senhor não acha tão ruim toda essa balbúrdia nacional. O senhor só quer ficar com a Gausenfeld sem muito custo e pensa que vai consegui-la mais barato se Klüsing tiver medo de certos contratos, porque ele não é nacionalista."

"Ele diz isso?", perguntou Diederich, que estava petrificado.

"Ele diz isso", repetiu Fischer. "E ele diz também que vai lhe fazer esse agrado e falar com Klüsing pelo senhor. Depois o senhor certamente voltará a ficar tranquilo, diz ele."

Com isso, o encanto de Diederich foi-se abrandando. "Fischer!" disse com um latido curto. "Veja o que está por vir. O senhor ainda veja: o velho Buck pedindo esmola, sentado na sarjeta. Claro! Vou cuidar disso, Fischer. *Adieu.*"

Napoleão Fischer já estava lá fora, mas Diederich ainda latia para ele, pisando firme em volta da sala. O velhaco, o falso cidadão íntegro! Atrás de todas as resistências, lá estava metido o velho Buck, Diederich sempre havia suspeitado disso. A solicitação de Cohn e seus companheiros tinha sido de sua autoria – e agora a calúnia infame com Gausenfeld. Todo o interior de Diederich rebelava-se na incorruptibilidade de sua convicção leal ao imperador. "E de onde ele sabe isso?", pensou com espanto furioso. "Será que Wulckow me delatou? Todos acreditam que estou fazendo um jogo duplo?" Hoje Kunze e os outros pareceram-lhe notadamente arrefecidos; aparentemente não tomavam mais como necessário revelar a ele o que se passava? Diederich não pertencia ao comitê, havia dado o sacrifício de sua ambição pessoal para a questão. Por acaso não era ele o verdadeiro fundador do "Partido do Imperador?"... Traição por todos os lados, intrigas, suspeita hostil – e em nenhum lugar esgueirava-se a lealdade alemã.

Como só conseguia latir, na assembleia eleitoral seguinte teve que ficar assistindo desamparado, quando Zillich, estava claro, deixou Jadassohn falar por interesses pessoais e quando Jadassohn colheu aplausos tempestuosos por ter falado mal dos miseráveis e dos sujeitos despatrióticos que iriam eleger Napoleão Fischer. Diederich lastimou esse procedimento pouco apropriado a um homem de estado, sabia que Jadassohn era superior. Por outro lado, não era de se subestimar que Jadassohn, quanto mais se deixava levar por seu êxito, maior era a aprovação por parte de certos ouvintes, que de modo algum pareciam nacionalistas, mas pertenciam visivelmente a Cohn e Heuteufel. Haviam surgido em quantidades suspeitas – Diederich, superexaltado por causa das armadilhas em volta, voltou a ver também na origem dessa manobra o arqui-inimigo, que atirava maldade para todos os lugares, o velho Buck.

O velho Buck tinha olhos azuis, um sorriso generoso e era o cachorro mais traiçoeiro dos que ameaçavam os bons convictos. O pensamento no velho Buck mantinha-se ainda nos sonhos de Diederich. Sob as luzes domésticas da noite seguinte, não respondia aos seus; imaginava golpes contra o velho Buck. O mais decepcionante ainda era o fato de ter tomado o velho por um tagarela desdentado, e agora era ele quem mostrava os dentes. Depois de todos os seus dizeres humanitários, o efeito em Diederich levava ao desafio de simplesmente não se deixar devorar. A indulgência hipócrita que ele havia expressado como se perdoasse Diederich pela ruína do cunhado! Por que ele o protegera e o trouxera para a assembleia de conselheiros municipais? Só assim Diederich ficaria exposto e mais fácil de ser capturado. A pergunta do velho naquela vez, se Diederich queria vender sua propriedade à cidade, revelava-se agora como a armadilha mais perigosa. Diederich sentia-se a descoberto desde sempre; agora era como se naquela conversa secreta com o presidente von Wulckow o velho Buck estivesse presente de forma invisível na fumaça de tabaco; e quando Diederich acercou-se de Gausenfeld em uma noite escura de inverno, agachou-se nas fossas e fechou os olhos, pois talvez eles brilhassem, lá estava o velho Buck passando por ele e o havia espiado de cima... Em pensamentos, Diederich via o velho Buck curvar-se sobre ele e estender-lhe as mãos, brancas e macias, para ajudá-lo a levantar. A bondade em sua feição era puro cinismo, era o que havia de mais insuportável. Pensava tornar Diederich manso e aos poucos, com suas artimanhas, trazê-lo de volta, como um filho pródigo. Mas ele ia ver: quem ri por último ri melhor!

"O que você tem, meu querido filho?", perguntou a Sra. Hessling, pois Diederich gemia pesadamente de ódio ou de medo. Sobressaltou-se; neste momento Emmi entrou na sala, ela já havia entrado várias vezes, assim acreditava Diederich, ia até a janela, esticava a cabeça para fora, suspirava, como se estivesse sozinha, e voltava. O olhar de Guste a acompanhava; quando Emmi passou por Diederich, o olhar irônico de Guste envolveu os dois e Diederich sobressaltou-se com ainda mais profundidade: pois esse era o sorriso da revolução que ele conheceu em Napoleão Fischer. Assim sorria Guste. Enrugou a testa de pavor e gritou, rude: "O que há?!" Rapidamente Guste meteu-se em seus remendos; Emmi, porém, estacou e mirou-o com aqueles olhos estupefatos que agora ela tinha de vez em quando. "O que há com você?", ele perguntou, e como ela continuou em silêncio: "Quem você está procurando na rua?" Ela apenas ergueu os ombros, em seu rosto não sucedia nada. "Então?" ele repetiu mais baixo; pois o seu olhar, sua atitude, que pareciam curiosamente desinteressados e, com isso, superiores, não permitiam que ele gritasse. Finalmente ela decidiu falar.

"Talvez as duas senhoritas von Brietzen ainda viessem."

"Tarde da noite?", perguntou Diederich. Então, Guste disse: "Porque estamos acostumados à honra. E tem mais, elas já viajaram ontem com a mãe. Se elas não querem dizer adeus a uma pessoa, porque não a conhecem, basta passar ao largo de sua casa."

"Como?", fez Emmi.

"Mas é claro!" De expressão radiante, Guste contou tudo com triunfo. "O tenente logo vai atrás. Ele foi transferido." Uma pausa, um olhar. "Ele pediu para ser transferido."

"Você está mentindo", disse Emmi. Havia cambaleado, viram quando se retesou. Virou-se de cabeça erguida e deixou a cortina cair atrás de si. O silêncio reinava na sala. A velha Sra. Hessling dobrava as mãos em seu sofá, Guste seguia Diederich com olhos desafiadores, ele andava em círculos e ofegava. Quando voltou para a porta, tomou fôlego. Pela fresta, avistou Emmi sentada em uma cadeira na sala de jantar ou pendurada, encurvada, como se tivesse sido atada e jogada ali. Sacudiu-se, depois virou para a lâmpada o rosto que antes estava totalmente branco e agora tinha a cor de vermelho vivo, o olhar não via nada – de repente levantou em um salto, retraiu-se como se tivesse sido escaldada, e com passos enfurecidos e inseguros saiu em disparada batendo-se sem sentir dor, como se fosse uma neblina a se espraiar, como uma fumaça... Diederich virou-se para a mulher e para a mãe sentindo um medo cada vez maior.

Como Guste parecia tender a uma atitude desrespeitosa, recompôs-se como era usual e pisou firme atrás de Emmi.

Ainda não havia alcançado a escada e, lá em cima, a porta já era fechada vigorosamente com chave e tranca. Então o coração de Diederich começou a bater tão forte que ele teve que parar. Quando conseguiu chegar lá em cima, restava-lhe apenas uma voz fraca e sem fôlego para pedir que entrasse. Nenhuma resposta, ouviu algo tinir sobre a mesa do toucador – de repente agitou os braços, gritou, bateu contra a porta e gritou sem formalidades. Por causa de seu próprio barulho, não a ouviu abrir a porta, e continuou gritando quando ela já se encontrava diante dele. "O que você quer?", perguntou furiosa, ao que Diederich balbuciou. Lá de baixo, da escada, a Sra. Hessling e Guste espiavam apavoradas e perquiridoras. "Fiquem aí embaixo!", ordenou e empurrou Emmi para o quarto novamente. Ele fechou a porta. "Os outros não precisam sentir o cheiro disso", disse rapidamente, e pegou uma pequena esponja da bacia de lavar o rosto que estava empapada de clorofórmio. Segurava-a com os braços esticados para longe de si e implorava: "Onde você conseguiu isso?" Ela jogou a cabeça para trás e mirou-o sem dizer nada. Quanto mais aquilo demorava, menos importante parecia a ele a pergunta, que a bem da verdade era a primeira. Ao fim, ele simplesmente foi até a janela e jogou a esponja no pátio escuro. Ela chapinhou, caiu no riacho. Diederich suspirou aliviado.

Agora era Emmi quem tinha uma pergunta: "Afinal, o que você está encenando aqui? Deixe-me fazer o que quiser!"

Isso foi inesperado. "Ah, sim – o que você quer, afinal?"

Ela desviou o olhar e disse dando de ombros: "Isso lhe é indiferente."

"Escute bem!" Diederich indignou-se. "Se você não tem mais vergonha de seu juiz celestial, o que eu pessoalmente desaprovo, ao menos um pouco de respeito você poderia ter por todos nós aqui. Ninguém está sozinho no mundo."

A sua indiferença feria-o seriamente. "Não vou permitir um escândalo em minha casa! Serei o primeiro a sofrer com isso."

Ela olhou para ele de súbito. "E eu?"

Ele disse bruscamente: "Minha honra...!" Mas logo interrompeu o que dizia: a feição dela, que ele nunca havia visto tão expressiva, lamentava e fazia troça ao mesmo tempo. Confuso, foi até a porta. Neste momento, ocorreu-lhe o que teria se passado.

"De resto, só vou cumprir o meu dever, naturalmente, como irmão e homem honrado. Esperar que você, nesse ínterim, imponha-se a mais absoluta reserva." Com um olhar sobre a bacia de lavar o rosto, da qual ainda saía o odor: "Sua palavra de honra!"

"Deixe-me em paz", disse Emmi. Então, Diederich voltou.

"Você não parece ter consciência da seriedade da situação. Você tem, se isso que temo for verdade..."

"É verdade", disse Emmi.

"Então, não foi somente a sua própria existência que você colocou em questão, ao menos a existência social, como também cobriu toda sua família de vergonha. E se eu me coloco diante de você, em nome do dever e da honra..."

"Então, também é assim", disse Emmi.

Ele se sobressaltou; preparou-se para expressar sua abominação diante de tanto cinismo, mas no rosto de Emmi era nítido tudo o que ela percebera e deixaria para trás. Diante da superioridade de seu desespero, subiu um calafrio em Diederich. Rebentava-se todo como se tivesse penas artificiais. Suas pernas amoleceram, sentou-se e pronunciou: "Então diz-me, apenas... Eu também quero..." Olhava para a aparência de Emmi, a palavra perdoar ficou presa. "Quero lhe ajudar", disse. Ela disse, cansada: "Como é que você quer fazer isso", e recostou-se na parede, do outro lado.

Ele olhou para baixo, diante de si. "Sem dúvida você deve me dar alguns esclarecimentos: quero dizer, sobre certos detalhes. Presumo que isso venha já desde as aulas de hipismo?..."

Deixou que ele continuasse presumindo, não confirmava, nem contradizia – mas quando Diederich olhou para ela, seus lábios estavam suavemente abertos e seu olhar, estupefato, pendurava-se nele. Ele percebeu que estava estupefata, porque tirava dela o peso de tudo que aguentara sozinha enquanto falava. Um orgulho desconhecido atingiu o seu peito, levantou e disse confidencialmente: "Confie em mim. Amanhã cedo vou até lá."

Ela moveu a cabeça levemente e cheia de pavor.

"Você não sabe. Está acabado."

Então sua voz ficou mais confiante. "Também não somos assim tão vulneráveis! Quero ver com meus próprios olhos!"

Deu-lhe a mão como despedida. Ela o chamou novamente.

"Você irá desafiá-lo?" Os olhos dela ficaram esbugalhados e ela colocou a mão diante da boca.

"Como assim?", fez Diederich, pois não havia pensado nisso naquele momento.

"Prometa que não irá desafiá-lo!"

Ele prometeu. Ao mesmo tempo, enrubesceu, pois queria saber por quem ela temia, se por ele ou pelo outro. Não teria ficado contente se fosse pelo outro. Reprimiu a pergunta, porque a resposta poderia ser constrangedora para ela; e deixou o quarto quase que na ponta dos pés.

Severo, mandou para cama as outras mulheres que ainda esperavam lá embaixo. Deitou-se quando Guste já estava dormindo. Tinha que refletir como se apresentaria no dia seguinte. É claro que devia impressionar! Não permitiria dúvidas sobre a saída daquela questão!... Mas em vez de sua própria figura arrojada, surgia sempre na mente de Diederich um homem franzino, com olhos preocupados e brilhantes, que pedia, encolerizava-se e se prostrava totalmente: o Sr. Göppel, o pai de Agnes Göppel. Diederich compreendia agora, com sua alma temerosa, como o pai havia se sentido naquela época. "Você não sabe", pensava Emmi. Ele sabia – porque havia causado isso.

"Deus proteja!", disse em voz alta e revolveu-se. "Não vou me envolver nessa questão. Emmi blefou com o clorofórmio.

As mulheres são refinadas o suficiente para isso. Vou expulsá-la como tem que ser!" Então Agnes apareceu diante dele na rua chuvosa e olhava fixamente para sua janela lá em cima, o rosto branco por causa da lamparina. Cobriu os olhos com a colcha. "Não posso jogá-la na rua!" Amanheceu e viu, surpreso, o que havia acontecido com ele.

"Um tenente acorda cedo", pensou e saiu antes de Guste despertar. Atrás do Portal Saxão, nos jardins, sentiam-se os perfumes e ouviam-se os pássaros chilrearem para o céu de primavera. Parecia que os casarões, ainda fechados, haviam sido recém-lavados e que dentro deles vários recém-casados tinham sido instalados. "Quem sabe", pensou Diederich e inspirou o bom ar, "talvez não seja assim tão difícil. Há homens decorosos. Também as coisas estão consideravelmente mais favoráveis..." Preferiu que o pensamento não continuasse. Lá atrás uma carruagem estava parada – diante de qual casa, afinal? Ali. O portão estava aberto, também a porta. O soldado ajudante veio ao seu encontro. "Deixe isso para lá", disse Diederich, "vou ver o senhor tenente." von Brietzen justamente arrumava a mala em seu quarto. "Tão cedo?", perguntou e deixou cair a tampa da mala, prendendo os dedos. "Maldição." Diederich pensou, desalentado: "E ele também está arrumando as malas."

"A que devo a honra da..." começou o Sr. von Brietzen, mas Diederich, sem que o quisesse, fez um movimento dando a entender que aquilo era desnecessário. Apesar disso, era evidente que o Sr. von Brietzen mentia. Mentia até mesmo com mais demora que Diederich outrora, e em seu interior Diederich reconhecia tudo aquilo, pois, quando estava em questão a honra de uma moça, de todo modo cabia a um tenente ser alguns degraus mais preciso que um Novo Teutão. Quando finalmente a situação ficou esclarecida, o Sr. von Brietzen colocou-se à disposição do irmão, certamente não se podia esperar outra coisa dele. Mas Diederich, apesar de apavorado, revidou, com a fronte jovial, que ele esperava ser desnecessária uma decisão com armas, especialmente se o Sr. von Brietzen... e o Sr. von Brietzen fez exatamente a mesma expressão facial que Diederich havia previsto, e usou o mesmo pretexto que havia soado na mente de Diederich. Sem ter mais o que dizer, ele disse a frase que Diederich mais temia e que reconhecia não se poder evitar. Uma moça que não tinha mais sua honra não poderia ser mãe de seus filhos! Diederich respondeu o que o Sr. Göppel havia respondido, abatido como o Sr. Göppel. Só conseguiu ficar encolerizado quando chegou à sua maior ameaça, a ameaça que desde ontem lhe prometia êxito.

"Em face de sua recusa nada cavalheiresca, senhor tenente, infelizmente me vejo compelido a informar o seu superior dessa questão."

Parecia que o Sr. von Brietzen de fato ficara constrangido com isso. Perguntou, inseguro: "O que o senhor quer conseguir com isso? Que eu ganhe um sermão? Muito bem. Quanto ao resto..." O Sr. von Brietzen voltou a se aprumar, "sobre o que seja cavalheirismo, o coronel certamente pensa bem diferente de um cavalheiro que se recusa a duelar."

Com isso, Diederich ergueu-se. O Sr. von Brietzen que fizesse o favor de cuidar de sua língua, caso contrário poderia suceder de ele se haver com a Nova Teutônia!, as cicatrizes de Diederich certificavam a alegria de perder o sangue pela honra das cores! Quisera o Sr. tenente desafiar um conde de Tauern-Bärenheim! "Eu o desafiei com facilidade!" E, no mesmo fôlego, afirmava que ele não dava o direito a um *Junker* atrevido de atirar em um cidadão e pai de família dessa maneira. "Seduzir a irmã e atirar no irmão, isso o senhor quer!", gritou fora de si. O Sr. von Brietzen, em estado semelhante, falava em deixar seu soldado ajudante quebrar a cara do bodegueiro; e como o soldado já estava ali de prontidão, Diederich retirou-se, mas não sem um último disparo: "Se o senhor pensa que vamos aprovar o projeto de lei do exército para os seus atrevimentos, o senhor verá o que é revolução!"

Lá fora, na alameda solitária, ele continuava esbravejando, mostrava o punho ao inimigo invisível e lançava ameaças.

"Vocês podem ter uma indigestão! Quando dermos um fim nisso!" De repente, percebeu que, nos jardins, ainda se sentiam os perfumes e ouviam-se os pássaros chilrearem para o céu de primavera, e ficou claro para ele que, mesmo a natureza, se ela adulasse ou mostrasse os dentes, não teria influência sobre o poder, o poder sobre todos nós, que é totalmente inabalável. Podia-se facilmente fazer ameaças de revolução, mas e o monumento ao imperador Guilherme? Wulckow e Gausenfeld? Quem quisesse pisar tinha que se deixar pisar, essa era a lei de ferro do poder. Diederich, depois de seu acesso de indignação, voltou a sentir o arrepio celestial daquele que o poder pisoteia... Uma carruagem vinha lá de trás. Era o Sr. von Brietzen com sua mala. Diederich, antes mesmo de refletir, virou-se de lado, pronto para cumprimentar. Mas o Sr. von Brietzen desviou o olhar. Apesar de tudo, Diederich alegrava-se pelo jovem cavalheiresco recém-tornado oficial. "Entre nós, não há quem se compare a ele", constatou.

No entanto, logo ficou apreensivo ao entrar na Meisestrasse. De longe viu que Emmi o espiava. De repente lhe ocorreu o que se passara com ela na hora em que seu destino se decidia. Pobre Emmi, ele já estava decidido. Sem dúvida o poder era edificante, mas quando atingia a própria irmã... "Nunca imaginei que isso pudesse me acontecer." Acenou para cima, o mais encorajador possível. Havia se tornado mais delgada, por que ninguém via isso?, Ela carregava seus olhos insones debaixo de seus cabelos que fulguravam pálidos, seus lábios tremeram quando ele lhe fez um sinal; também isso ele captou com seu medo perspicaz. Subiu as escadas quase na ponta dos pés. Ela veio do quarto para o primeiro andar e foi atrás dele para o segundo. Lá em cima, ela se virou – e quando viu o rosto dele, entrou sem fazer pergunta, foi até a janela e permaneceu virada. Ele recolheu toda sua compostura e disse em voz alta: "Oh! Ainda não está tudo perdido." Assustou-se com o que disse e fechou os olhos. Ao notar que ele gemia, ela virou e veio lentamente até ele e deitou a cabeça em seus ombros para chorar junto.

Depois disso houve uma cena desagradável com Guste, que logo queria causar intriga. Diederich disse-lhe categoricamente que ela queria tirar proveito da desgraça de Emmi para se vingar das circunstâncias desfavoráveis nas quais ela mesma se casou. "Ao menos Emmi não foi atrás de ninguém." Guste berrava. "Por acaso eu corri atrás de você?" Ele cortou. "De qualquer modo, ela é minha irmã!..." E porque ela vivia sob sua proteção, começava a achá-la interessante e a mostrar-lhe uma atenção inusual. Depois da refeição, beijava-lhe a mão, mesmo diante do sorriso irônico de Guste. Comparava as duas, Guste era tão mais comum! Mesmo Magda, que era sua preferida por causa de seu êxito, não lhe surgia mais na memória por causa da Emmi abandonada. Pois Emmi, por causa de sua desgraça, havia se tornado mais refinada e, de certo modo, intangível. Quando a mão dela se expunha de forma tão pálida e ausente, ela se perdia em si mesma, muda, como que em um abismo desconhecido, Diederich sentia-se tocado pela ideia de um mundo mais profundo. O atributo de decaída concedido a Emmi, irmã de Diederich, misterioso e opróbrio em qualquer outra, dava-lhe um ar de brilho estranho e atração dúbia. Radiante e comovente ao mesmo tempo, assim era Emmi.

O tenente, que havia provocado tudo aquilo, perdia dela consideravelmente – e, com ele, o poder, em cujo nome ele havia triunfado. Diederich percebeu que o poder, às vezes, poderia oferecer um olhar comum e inferior: o poder e tudo o que vinha ao seu encalço, sucesso, honra, convicção. Observava Emmi e tinha que duvidar do valor daquilo que ele havia alcançado ou ainda ambicionava: Guste e o seu dinheiro, o monumento, a graça mais alta, Gausenfeld, a distinção e os cargos. Ele observava Emmi e também pensava em Agnes. Agnes, que havia cultivado nele a suavidade e o amor, ela foi em sua vida o mais verdadeiro, devia ter agarrado isso! Onde ela estava agora? Morta? Às vezes ficava sentado com a cabeça nas mãos. O que é que ele tinha?

O que é que se ganhava pelos serviços prestados ao poder? Mais uma vez tudo fracassava, todos o traíam, tiravam proveito de suas intenções mais puras, e o velho Buck dominava a situação. Agnes, que não tinha nada além do sofrimento, isso lhe atingia como se ela tivesse vencido. Escreveu para Berlim para se informar sobre ela. Estava casada e razoavelmente saudável. Isso o deixou aliviado, mas de algum modo também o decepcionava.

Mas enquanto ele ficava sentado com a cabeça nas mãos, o dia da eleição aproximava-se. Cheio da vaidade das coisas, Diederich não queria mais se aperceber de tudo o que acontecia, inclusive do fato de a expressão de seu operador de máquinas tornar-se cada vez mais hostil. No domingo da eleição, bem cedo, quando Diederich ainda se encontrava na cama, Napoleão Fischer entrou em seu quarto. Sem ao menos se desculpar, começou: "Uma palavrinha séria no último momento, senhor doutor!" Dessa vez era ele quem farejava traição e que recorria ao pacto: "Sua política, senhor doutor, tem duas caras. O senhor nos fez promessas e, como somos leais, não fizemos nenhuma agitação contra o senhor, só contra os liberais."

"Nós também", afirmou Diederich.

"O senhor mesmo não acredita nisso. E se mancomunou com Heuteufel. Ele já lhe aprovou o monumento. Se o senhor, ainda hoje, não o ignorar e passar por ele com bandeiras ondulantes, então o senhor certamente vai para o segundo turno e incitará uma traição infame contra o povo."

Com os braços cruzados, Napoleão Fischer ainda deu um passo largo até a cama. "O senhor precisa saber, senhor doutor, que estamos de olhos bem abertos."

Diederich via-se desprotegido e entregue ao seu adversário político em sua cama. Procurava acalmá-lo. "Eu sei, Fischer, o senhor é um grande político. Deve ir para o Parlamento."

"Concordo." Napoleão fazia o olhar reluzir lá de baixo. "Porque se eu não for para lá, vai disparar greve em Netzig em mais empresas. Uma delas o senhor conhece relativamente bem, senhor doutor." Voltou. Da porta, mais uma vez contemplou Diederich, que havia deslizado de pavor para dentro da colcha de penas. "Por isso, viva a social-democracia internacional!", gritou e saiu.

Diederich gritou debaixo de sua colcha: "Sua Majestade, o imperador, hurra!" Então, não teve outra saída senão enfrentar a situação. Ela parecia ameaçadora o suficiente. Receoso, apressou-se pela rua, para a Associação de Ex-Combatentes, para o Klappsch, e, em todo lugar, teve que reconhecer que, nos dias de seu abatimento, a tática maliciosa do velho Buck conseguiu acumular êxitos mais amplos. O "Partido do Imperador" foi inundado pelo afluxo das fileiras do liberalismo e da distância entre Kunze e Heuteufel pouco considerável em comparação ao abismo entre ele e Napoleão Fischer. O pastor Zillich, que trocava cumprimentos tímidos com seu cunhado Heuteufel, dizia que o "Partido do Imperador" tinha que ficar satisfeito com seu sucesso, pois com certeza ele fortaleceu a consciência nacional do candidato liberal, se fosse o caso de ele vencer. Como o professor Kühnchen se exteriorizou de forma semelhante, era plausível que a suspeita de que as promessas feitas a eles por Diederich e Wulckow ainda não eram suficientes e de que eles tinham mais vantagens pessoais com o velho Buck. Tudo que a corrupção da panelinha democrática era capaz! No que concernia a Kunze, de qualquer modo ele queria ser eleito, se fosse necessário com a ajuda dos liberais. Sua ambição o corrompeu, ela o levou até mesmo a prometer que ele iria interceder pelo orfanato! Diederich indignou-se; Heuteufel era mil vezes pior que qualquer proletário; e fazia alusões sobre as consequências fúnebres diante de uma atitude tão despatriótica. Infelizmente ele não pôde ser mais claro – e com a imagem da greve, das ruínas do monumento ao imperador Guilherme pesando-lhe o coração, de Gausenfeld, de todos os seus sonhos, correu no meio da chuva entre os locais eleitorais e arrastou os de boa convicção consigo, com plena consciência de que a lealdade deles ao imperador não levaria ao caminho certo e ajudaria os piores inimigos do imperador. De noite, no Klappsch, febril e salpicado de excrementos até o pescoço por causa daquele dia longo e tumultuado, por causa do excesso de cerveja e da proximidade da decisão, ouviu o resultado: contra oito mil votos para Heuteufel, seis mil e alguma coisa para Napoleão Fischer, Kunze teve três mil e seiscentos e setenta e dois. Segundo turno entre Heuteufel e Fischer. "Hurra!", gritou Diederich, pois nada estava perdido, e algum tempo havia sido ganho.

Saiu de lá com passos firmes e com a promessa de que, dali para frente, faria o impossível para salvar a questão nacional. Apressou-se, pois o pastor Zillich teria preferido cobrir de imediato todos os muros cobertos de papéis recomendando os partidários do "Partido do Imperador", com outros recomendando Heuteufel no segundo turno. Kunze certamente abandonava-se à esperança vaidosa de que Heuteufel renunciaria a seu favor. Quanta cegueira! Já na manhã seguinte, era possível ler nos cartazes brancos, nos quais o liberal se declarava de forma hipócrita, que nacionalista era ele, a convicção nacional não era privilégio de uma minoria, e por isso – O truque do velho Buck revelava-se por completo; se todo o "Partido do Imperador" não se voltasse para o colo do liberalismo, então era preciso negociar. Tenso por conta do dispêndio de tanta energia, e regressando de suas averiguações, Diederich encontrou, no corredor, Emmi, que usava um véu sobre o rosto e movia-se como se tudo lhe fosse indiferente. "Obrigado", pensava ele, "não é tudo indiferente. Para onde iríamos, então?" E cumprimentou-a furtivamente e com uma espécie de timidez.

Voltou para o seu escritório, do qual o velho Sötbier fora banido e onde Diederich, seu próprio procurador e responsável apenas diante de seu Deus, tomava suas sérias decisões. Deu um telefonema e pediu para falar com Gausenfeld. Então, a porta se abriu, o carteiro deixou-lhe um pacote e

Diederich viu sobre ele: Gausenfeld. Desligou o telefone, contemplou a carta que lhe acenava como se fosse o destino. Estava feito. Sem que lhe dissessem qualquer coisa, o velho compreendeu que ele não poderia mais dar dinheiro aos seus amigos Buck e camaradas e que, se fosse necessário, ele seria pessoalmente responsabilizado. Abriu o envelope com calma – mas depois de duas linhas começou a ler com fervor. Que surpresa! Klüsing queria vender! Estava velho, via em Diederich seu sucessor natural!

O que isso significava? Diederich sentou-se no canto e pensou profundamente. Acima de tudo isso significava que Wulckow já havia intervindo. O velho estava com medo, tremendo por causa dos pedidos da circunscrição, e a ameaça de greve por parte de Napoleão Fischer fez o resto. Onde estava aquele tempo em que ele acreditava não estar mais encrencado se oferecesse uma parte do papel para o *Jornal de Netzig* a Diederich? Agora ele oferecia toda Gausenfeld! "Sou o poder", constatou Diederich – e veio-lhe à tona que a imposição de Klüsing de vender a fábrica no montante que ela valia, do jeito que as coisas estavam, era simplesmente risível. Ao que ele de fato riu... Então, percebeu que, ao fim da carta, depois da assinatura, havia mais alguma coisa, um aditivo, escrito em letras menores do que o resto e eram tão imperceptíveis que Diederich antes teria ignorado. Decifrou – e sua boca abria involuntariamente. De repente deu um pulo. "Então é isso!" gritou exultante em seu escritório deserto. "Com isso nós os pegamos!" Em seguida, fez uma observação muito séria: "Isso é catastrófico. Um abismo." Leu mais uma vez, palavra por palavra, o aditivo sinistro, deixou a carta no cofre e fechou com uma puxada severa. Lá dentro, tirava uma soneca o veneno fornecido pelo amigo de Buck e os seus contra eles mesmos. Klüsing não só não dava mais dinheiro, como também os traía. Mas eles mereceram, era possível dizer; uma tal depravação provavelmente causava náuseas até mesmo em Klüsing. Quem fosse indulgente com aquilo também era culpado. Diederich examinava a questão. "Indulgência seria nada menos que delito. Que cada um preste atenção onde pisa! Aqui, isso quer dizer proceder de forma desrespeitosa. Fazer cair a máscara do abscesso e varrê-la com vassoura de ferro! Assumo isso por interesse do bem-estar público, meu dever como homem nacionalista o prescreve. Este é um tempo difícil!"

Na noite seguinte, houve uma grande assembleia popular e pública convocada pelo comitê eleitoral dos liberais para acontecer no enorme salão do Walhalla. Com a ajuda diligente de Gottlieb Hornung, Diederich havia tomado precauções para que os eleitores de Heuteufel de modo algum ficassem somente entre eles. Ele mesmo achou inútil ouvir o discurso programático do candidato; foi até lá quando a discussão já devia ter começado. Logo na antessala, deparou-se com Kunze, que estava em estado deplorável. "Valentão de meia pataca!", gritou. "Olhe para mim, senhor, e diga-me se pareço um homem que se deixa permitir dizer tal coisa!" Como não pôde continuar por causa do nervosismo, Kühnchen revezou: "Heuteufel devia ter dito isso para mim!", gritou. "Então ele ia conhecer o Kühnchen!" Diederich aconselhou o major a processar seu adversário urgentemente. Mas Kunze não precisava mais de nenhum estímulo, achava que podia jogar Heuteufel facilmente na fogueira com suas críticas. Diederich concordou, e consentiu com vivacidade quando Kunze reconheceu que, sob tais circunstâncias, preferia se aliar à revolução mais terrível que ao liberalismo. Kühnchen e também o pastor Zillich, que se aproximavam, expressaram suas objeções sobre isso. Os inimigos do império – e o "Partido do Imperador"! Covardes corrompidos! dizia o olhar de Diederich – enquanto o major continuava a bufar a vingança. O bando deve chorar lágrimas de sangue! "E ainda hoje à noite", Diederich prometeu com uma determinação tão férrea, que todos ficaram atônitos. Uma pausa, e fez o olhar reluzir para cada um. "O que o senhor diria, Sr. Pastor, se eu evidenciasse certas maquinações de seus amigos do liberalismo..." O pastor Zillich ficou pálido, Diederich passou para Kühnchen. "Manipulações fraudulentas com dinheiro público..." Kühnchen saltou. "É de ficar de queixo caído!", gritou apavorado. Kunze, porém, urrava. "Dê-me aqui um abraço apertado!", e puxou Diederich para si. "Sou um soldado singelo", assegurou. "A casca é grosseira, mas a semente é genuína. Mostre à canalha as suas vilanias, e o major Kunze é seu amigo, como se o senhor estivesse no fogo com ele em Mars-la-Tour!"

O major tinha lágrimas nos olhos, Diederich também. E a atmosfera do salão estava tão exaltada quanto suas almas. O ingressante via braços jogarem-se para o alto em todo lugar, um ar que consistia de uma bruma azul, e aqui e ali saia do peito um "Ugh!", "Muito bem!" ou "Infâmia!" A batalha eleitoral estava no auge, Diederich apressou-se para lá com extrema exasperação, pois, diante do comitê conduzido pelo velho Buck em pessoa, quem estava à borda do palco e falava? Sötbier, o procurador de Diederich demitido! Por vingança, Sötbier proferia um discurso instigador em que ele julgava como algo de mais deplorável a amabilidade de certos senhores pelos operários. Ela não era mais que um truque demagógico, com o qual a burguesia se via dividida e tencionava instigar os eleitores para a revolução em benefício de certas vantagens pessoais. Antes o atingido sempre dizia o contrário: "Quem é subserviente deve permanecer subserviente." – "Ugh!" gritaram os organizadores. Diederich foi às cotoveladas até o palco: "Calúnia infame!", gritou para Sötbier escancaradamente. "Que vergonha, desde a sua demissão o senhor está entre os agitadores!" A Associação de Ex-Combatentes berrava uníssona sob o comando de Kunze: "Infâmia!" e "Ouçam, ouçam!" – enquanto os organizadores assobiavam e Sötbier estendia o punho trêmulo contra Diederich, que ameaçava mandar prendê-lo. Então, o velho Buck levantou-se e tocou o sino.

Quando novamente conseguiu ser ouvido, disse com uma voz suave, que foi crescendo e cativando a audiência: "Concidadãos! Não queiram alimentar a ambição pessoal de um indivíduo levando-o a sério! O que são pessoas? E mesmo classes? Trata-se do povo, todos pertencem a ele, menos os patrões. Devemos nos unir; nós, cidadãos, não podemos cometer o mesmo erro que se cometeu em minha juventude, o de confiar a nossa salvação às baionetas tão logo os operários reivindicaram seus direitos. Pelo fato de nunca desejar conceder os direitos aos trabalhadores, então os patrões tomaram o poder e acabaram também tomando os nossos direitos."

"Isso é verdade!"

"O povo, nós todos, em face do aumento do exército que nos foi exigido, temos talvez a última oportunidade de afirmar nossa liberdade contra senhores que nos armam apenas para que não sejamos livres. Quem é subserviente deve permanecer subserviente, isso não é dito apenas a vocês, os operários: isso quem diz são os senhores para cujo poder devemos pagar cada vez mais caro e o dizem para nós todos!"

"Isso é verdade! Bravo! Nenhum homem e nenhum tostão!" Em meio à aprovação entusiástica, o velho Buck sentou-se. Diederich, próximo da batalha final e com o suor escorrendo já de antemão, ainda lançou um olhar pelo salão e percebeu Gottlieb Hornung, que capitaneava os fornecedores do monumento ao imperador Guilherme. O pastor Zillich movimentava-se entre os jovens cristãos, a Associação de Ex-Combatentes estava reunida em torno de Kunze: então Diederich tirou a arma da bainha. "O inimigo de longa data volta a erguer a cabeça!" gritou como que desafiando à morte. "Um traidor da pátria, quem nega ao nosso glorioso imperador o que ele..."

"Ui!", gritaram os traidores da pátria; mas Diederich, sob a salva de palmas dos bons convictos, continuou gritando, ainda que tivesse de forçar a garganta. "Um general francês exigiu revanche!" Alguém do comitê perguntou: "Quanto ele recebeu de Berlim para isso?" Outro riu – enquanto Diederich erguia os braços para cima como se quisesse subir no ar. "O lampejo das armas! Sangue e ferro! Ideal viril!

Imperialismo forte!" Suas palavras de força esbarravam umas nas outras, retumbantes, e eram alardeadas pela balbúrdia dos bons convictos. "Regimento sólido! Baluarte contra a enxurrada de lama da democracia!"

"Seu baluarte se chama Wulckow!" A voz do comitê gritou novamente. Diederich voltou-se, reconheceu Heuteufel. "O senhor quer dizer, o governo de Sua Majestade...?" – "Também um baluarte!" disse Heuteufel. Diederich apontou o dedo para ele. "O senhor ofendeu o imperador!" gritou extremamente incisivo. Mas alguém atrás dele gritou: "Alcaguete!" Era Napoleão Fischer, e seus camaradas repetiam de suas gargantas grosseiras. Levantaram-se em um pulo, rodearam Diederich de uma forma funesta. "Ele está provocando novamente! Quer levar mais um para o buraco! Fora!" E Diederich foi agarrado. Contorcido pelo medo, virou o pescoço oprimido pelos punhos calejados na direção do presidente e suplicou por ajuda, asfixiado. O velho Buck concedeu-lhe, fez o sino soar persistente, até mesmo mandou alguns jovens para salvarem Diederich de seus inimigos. Mal voltou a se mexer e Diederich já balançava o dedo contra o velho Buck. "A corrupção democrática!" gritou, saltitando por causa do fervor. "Vou provar a ele!" – "Bravo! Deixem-no falar!" – e o acampamento dos homens nacionalistas pôs-se em movimento, correu por cima das mesas e ficou olho no olho com a revolução. Uma peleja parecia estar eminente: lá em cima o tenente da polícia pegou em seu elmo para se cobrir com ele; era um momento crítico – então, ouviu-se do palco um comando: "Silêncio! Ele deve falar!", E quase houve silêncio, percebeu-se que alguém encolerizava mais alto que qualquer um ali. Lá no alto, o velho Buck cresceu atrás de sua cadeira, não era mais um ancião digno, parecia mais delgado por causa da força, ficou branco de ódio, lançou um olhar contra Diederich que o fez parar de respirar.

"Ele deve falar!" repetiu o velho. "Também os traidores têm a palavra antes que sejam julgados. Assim parecem os traidores da nação. Apenas sua aparência mudou desde os tempos em que minha geração lutou, caiu e foi levada à prisão e a praças de execução."

"Haha", fez, naquele momento, Gottlieb Hornung, cheio de escárnio e superioridade. Para seu azar, estava sentado próximo ao braço de um operário robusto que investiu tão terrivelmente contra ele, que Hornung, antes mesmo de o soco alcançá-lo, tombou junto com a sua cadeira.

"Já naquele tempo", gritou o velho, "havia esses que elegiam as vantagens em vez da honra e a quem a dominação não lhes parecia humilhante se ela os enriquecesse. O materialismo escravagista, fruto e meio de toda tirania, era ao que estávamos sujeitos, e também eles, os concidadãos..."

O velho estendeu os braços, esticou-se até o último grito de sua consciência.

"Concidadãos, também vocês correm o risco de serem traídos por ele e de se tornarem suas presas! Esse homem deve falar."

"Não!"

"Ele deve falar. Depois perguntem a ele quanto vale em dinheiro vivo uma convicção que ele tem a pachorra de denominar de nacionalista. Perguntem a ele a quem vendeu sua casa, para qual fim e com qual vantagem!"

"Wulckow!" O grito veio do palco, mas o salão o absorveu. Diederich, os punhos autoritários atrás de si, chegou aos degraus até o palco não por total e livre vontade. Lá, ele olhou em volta à procura de conselho: o velho Buck estava sentado, inerte, as mãos comprimidas sobre os joelhos, e não o tirava de vista; Heuteufel, Cohn, todos os cavalheiros do comitê esperavam sua derrocada com uma avidez fria em seus rostos: "Wulckow!", o salão lhe gritava, "Wulckow!" Balbuciou algo como infâmia, seu coração batia forte, fechou os olhos por um momento na esperança de tombar e se livrar da questão. Mas ele não tombou – e quando não foi mais possível outra coisa, veio-lhe uma coragem tremenda. Sentiu o bolso de sua camisa, conferiu sua arma, e mediu o inimigo com certa alegria pela batalha, aquele velho traiçoeiro que finalmente havia perdido a máscara de protetor e confessado o seu ódio. Diederich fez reluzir o olhar para ele, lançou diante dele os dois punhos em direção ao chão. Então, emergiu vigoroso diante do salão.

"E o senhor, quer ganhar algum dinheiro?", vociferou como um pregador em meio ao tumulto – e houve silêncio como em um passe de mágica. "Qualquer um pode ganhar dinheiro comigo!", vociferou Diederich com a mesma violência. "Àquele que me provar quanto ganhei com a venda de minha casa darei a mesma quantia!"

Ninguém esperava por isso. Primeiro, os fornecedores gritaram "bravo", depois os cristãos também decidiram fazê-lo e os combatentes, mas não muito confiantes, pois os outros voltavam a gritar "Wulckow!", sobretudo depois da cadência dos copos de cerveja batendo sobre a mesa. Diederich reconheceu que isso era um truque preparado que valia não só para ele, como também para poderes maiores. Olhou em volta com apreensão, e realmente o tenente da polícia voltava a tremular o elmo. Diederich fez-lhe um gesto com a mão mostrando que já chegaria lá, e vociferou: "Não Wulckow, pessoas totalmente diferentes! O orfanato liberal! É para isso que eu deveria ter vendido minha casa, isso me foi sugerido, posso jurar. Como homem nacionalista, defendi-me energicamente contra a exigência de enganar a cidade e dividir o roubo com um conselheiro do magistrado inescrupuloso!"

"O senhor está mentindo!" gritou o velho Buck e levantou inflamado. Mas Diederich inflamou ainda mais, em plena consciência de seu direito e de sua missão moral. Pegou no bolso de sua camisa, e diante do dragão de mil cabeças lá embaixo que respingava nele: "Mentiroso! Vigarista!", balançava seu semblante sem medo. "A prova!", vociferou e a balançava tanto que eles ouviram.

"Quem se saiu bem não foi eu, mas Gausenfeld. Sim, concidadãos! Gausenfeld?... Como assim? Já lhes digo. Dois senhores do partido liberal estiveram com o proprietário e exigiram o direito da compra antecipada de um certo terreno, para o caso do orfanato ir para lá."

"Nomes! Nomes!"

Diederich bateu em seu peito, preparado para tudo. Klüsing havia revelado tudo, só não os nomes. Com o olhar reluzente, encarou os senhores da presidência; um pareceu empalidecer. "Quem não arrisca, não petisca", pensou Diederich e vociferou: "Um é o proprietário da loja de departamentos, o Sr. Cohn!"

E retirou-se com a expressão de dever cumprido. Lá embaixo, Kunze recebeu-o e, esquecido de si mesmo, beijou-o no lado esquerdo e direito da face, ao que os nacionalistas convictos aplaudiram. Os outros gritaram: "Prova!" ou "Vigarista!" Mas "Cohn deve falar!" era o que mais se ouvia; foi impossível Cohn eximir-se de tal exigência. O velho Buck olhou-o fixamente, com as bochechas visivelmente trêmulas e, depois, espontaneamente concedeu-lhe a palavra. Cohn, empurrado por Heuteufel, emergiu de trás da mesa do comitê sem estar muito convencido, arrastou os pés e causou um efeito desfavorável antes mesmo de começar. Sorriu desculpando-se. "Meus senhores, o senhores não vão acreditar no que ele disse", disse de forma tão meiga, que quase ninguém entendeu. Ainda assim, Cohn acreditava ter ido longe demais. "Não quero desmenti-lo, mas não foi exatamente assim."

"Aha! Ele admite!" – e irrompeu um alvoroço tão abruptamente, que Cohn, despreparado, deu um pulo para trás. O salão brandia e espumava. Adversários caíam aqui e ali uns sobre os outros. "Hurra!" berrava Kühnchen e corria, aceso, por entre as filas com os cabelos flutuantes, os punhos balançantes, em direção à carnificina... Também o palco era só alvoroço, exceto o tenente da polícia. O velho Buck deixou o lugar da presidência e, de costas para o povo, sobre o qual o último grito de sua consciência foi em vão, ficou afastado e sozinho, voltou os olhos para onde ninguém viasse chorar. Heuteufel, indignado, falou com o tenente da polícia, que não se moveu de sua cadeira, mas foi informado de que o oficial mesmo decidiria se e quando a assembleia seria dissolvida. Não era necessário que isso acontecesse justamente no momento em que o liberalismo estivesse em desvantagem! Em seguida, Heuteufel foi até a mesa e tocou o sino, gritando: "O segundo nome!" E quando todos os senhores gritaram juntos no palco, finalmente Heuteufel pôde ser ouvido e continuar.

"O segundo que esteve em Gausenfeld foi o conselheiro Kühlemann! É isso mesmo. O próprio Kühlemann, de cujo espólio se deverá construir o orfanato. Alguém irá afirmar que Kühlemann roubou seu próprio espólio? Então?" – e Heuteufel deu de ombros, ao que houve risos de aprovação. Não muito; os fervores voltaram a se exaltar. "Provas! Kühlemann deve falar! Ladrão!" O Sr. Kühlemann estava muito doente, explicou Heuteufel. Iriam mandar uma mensagem e telefonar. "Maldição", Kunze confidenciou ao seu amigo Diederich. "Se for Kühlemann, estamos acabados e podemos arrumar as malas." – "Ainda não!", prometeu Diederich, temerário. O pastor Zillich, por seu turno, colocava sua esperança na mão de Deus. Diederich dizia ainda em sua temeridade: "Não precisamos disso!" – e lançou-se sobre um cético com quem ele falava. Incitava os bons convictos a uma opinião mais decidida, de fato, apertava a mão dos democratas para acentuar o ódio deles pela corrupção burguesa – e, em toda parte, segurava a carta de Klüsing diante dos olhos das pessoas. Batia o papel com as costas da mão tão forte, que ninguém conseguia ler, e gritou: "É Kühlemann que está aqui? Aqui está Buck! Enquanto Kühlemann ainda estiver respirando, ele terá que admitir que não foi ele. Foi Buck!"

Desse modo, monitorou o palco onde havia um silêncio peculiar. Os cavalheiros do comitê apressavam-se um para o outro, sussurravam apenas. Não se via mais o velho Buck. "O que está acontecendo?" Também o salão estava mais calmo, não se sabia o porquê. De repente, alguém disse: "Parece que Kühlemann morreu." Diederich sentiu mais que ouviu. Subitamente desistiu de falar e se esforçar. Seu rosto denotava tensão. Se alguém lhe perguntava algo, ele não respondia, ouvia um emaranhado irreal de sons e não lhe era mais claro onde estava. Então, veio Gottlieb Hornung e disse: "Sabe Deus, mas ele está morto. Eu estava lá em cima, eles telefonaram. Havia morrido naquele momento."

"No momento certo", disse Diederich e olhou em volta, assombrado, quando despertou. "A mão de Deus provou mais uma vez", constatou o pastor Zillich, e Diederich ficou consciente de que não se podia desprezar essa mão. Como, se ela indicou um outro curso para o destino?... Os partidos dissiparam-se no salão; a intervenção da morte na política transformou os partidos em pessoas; falavam com a voz abafada e se retiravam. Quando Diederich já estava lá fora, ficou sabendo que o velho Buck havia desmaiado.

O *Jornal de Netzig* noticiou a "assembleia eleitoral que transcorrera de forma trágica" e concluiu com um necrológio honorífico ao digníssimo concidadão Kühlemann. O morto não tinha nenhuma mácula, em caso de haver alguma coisa que necessitasse de esclarecimentos... O mais aconteceu depois que Diederich e Napoleão Fischer tiveram uma conversa entre quatro paredes. Ainda na noite anterior à eleição, realizou-se uma assembleia da qual os adversários não ficaram excluídos. Diederich entrou em cena e fustigou com palavras inflamáveis a corrupção democrática e o seu mentor, cujo nome era dever um homem leal ao imperador mencionar – mas ele preferia não o fazer. "Afinal, meus senhores, o entusiasmo infla meu peito quando desempenho um trabalho para o nosso magnífico imperador, desmascarando seu inimigo mais perigoso e provando aos senhores que ele também só quer desempenhar o seu próprio trabalho." Neste momento, veio-lhe uma ideia ou uma recordação, não sabia ao certo. "Sua Majestade pronunciou a frase ilustre: meu império colonial africano por uma mandado de prisão para Eugen Richter! Mas eu, meus senhores, forneço a Sua Majestade o amigo mais próximo de Richter!" Deixou que o entusiasmo se amainasse; depois, com a voz abafada: "E, por isso, meus senhores, tenho motivos suficientes para presumir o que se espera do 'Partido do Imperador' no alto escalão, bem mais alto." Pegou no bolso de sua camisa como se também dessa vez carregasse ali a decisão; e de repente, a todo pulmão: "Quem agora ainda der o seu voto para o liberal não é um homem leal ao imperador!" Como a assembleia deixou-se convencer, Napoleão Fischer, que estava presente, fez uma tentativa de adverti-la das consequências que sua postura teria. Imediatamente Diederich interveio. Os eleitores nacionalistas cumpririam seu dever contra a própria vontade ao eleger uma desgraça menor. "Mas eu sou o primeiro que de longe rejeita todo pacto com a revolução!" Bateu tão longamente sobre o púlpito, que Napoleão desapareceu no fosso. O fato de a indignação de Diederich ter sido verdadeira foi comprovado pelo social-democrata *Voz do Povo* na manhãzinha do dia do segundo turno; o jornal investiu com sarcasmo contra o próprio Diederich e reproduziu tudo o que ele havia dito sobre o velho Buck, inclusive mencionando nomes. "Hessling está sendo enganado", diziam os eleitores, "pois agora é Buck que o está processando." Mas muitos respondiam: "Buck está sendo enganado, o outro sabe demais." Também os liberais que eram tomados pela razão achavam ser aquele o momento de tomarem cuidado. Se os nacionalistas, com os quais parecia não se poder brincar, simplesmente acreditavam que era preciso votar nos sociais-democratas – e uma vez eleito o social-democrata, então era bom que tivesse sido eleito, caso contrário haveria boicote dos operários... A decisão aconteceu por volta das três da tarde. Na Kaiser-Wilhelm-Strasse ressoava o som do trompete, todos se lançaram à janela e às portas dos estabelecimentos para ver o que estava acontecendo. Era a Associação de Ex-Combatentes toda uniformizada que marchava. Sua bandeira mostrava-lhe o caminho da honra. Kühnchen, que estava no comando, tinha bravamente assentado na nuca o elmo com ponta de metal e balançava seu florete de forma pavorosa. Diederich pisava junto na fila e o alegrava a confiança de que tudo se desenrolasse em fila, por comando e sobre caminhos mecânicos. Era preciso apenas pisar e Buck transformava-se em compota sob as passadas ritmadas do poder!... Na outra ponta da rua, pegaram a nova bandeira e a receberam com um orgulhoso "Hurra!" por entre a música estrondosa. Depois de ver-se prolongado a perder de vista por causa das propagandas do patriotismo, o comboio chegou à taberna de Klappsch. Neste momento, desmembraram-se em seções, Kühnchen deu o comando: "Para as eleições". O comitê eleitoral, com o pastor Zillich à frente, já estava aguardando no *hall* com vestes de cerimônia. Kühnchen dava os comandos com grito de guerra. "Vamos, camaradas, para a eleição! Vamos eleger Fischer!" – ao que a asa direita dirigiu-se para o local de votação debaixo da música estrondosa. Todo o comboio seguiu a Associação de Ex-Combatentes. Klappsch, que não estava preparado para tanto entusiasmo, não tinha mais cerveja. Por fim, quando a questão nacional parecia ter dado todo o lucro de que era capaz, chegou o prefeito Dr. Scheffelweis, que foi recebido com "hurra!". Deixou a cédula vermelha exposta na mão, e durante o seu retorno da urna, via-se que estava comovido e alegre. "Finalmente!", disse e apertou a mão de Diederich. "Hoje vencemos o dragão!" Diederich revidou, inclemente: "O senhor, senhor prefeito? O senhor ainda está enfiado na metade de sua goela. Isso que ele não o levou junto onde está agonizando agora!" Enquanto Dr. Scheffelweis empalidecia, novamente subiu um "hurra!". Wulckow!...

Cinco mil votos e pouco para Fischer! Heuteufel com três mil foi varrido pela vaga nacionalista, e o social-democrata ia para o Parlamento. O *Jornal de Netzig* constatou uma vitória do "Partido do Imperador", pois graças a ele a fortaleza do liberalismo havia caído – com o que Nothgroschen não despertou nem grande entusiasmo, nem forte oposição. Todos acharam o fato natural e indiferente. Depois do estardalhaço do período de eleição, a questão agora era voltar a ganhar dinheiro. O monumento ao imperador Guilherme, há pouco o epicentro de uma guerra civil, já não entusiasmava mais ninguém. O velho Kühlemann havia deixado à cidade seiscentos mil marcos para propósitos de utilidade pública – muito civilizado. Orfanato ou monumento ao imperador Guilherme, era como esponja ou escova de dente para Gottlieb Hornung. Na sessão decisiva dos conselheiros municipais, ficou evidente que os sociais-democratas eram a favor do monumento, muito bem. Alguém sugeriu formar imediatamente um comitê e oferecer ao senhor presidente da circunscrição, Sr. von Wulckow, a presidência de honra. Neste momento, Heuteufel, que havia se irritado a valer com sua derrota, ergueu-se e ponderou se o presidente da circunscrição, que estava envolvido com certas negociações de terreno, não iria se considerar ele mesmo indicado para também definir o terreno sobre o qual o monumento devesse ficar. Houve risadinhas e piscadelas; e Diederich, que sentiu um frio na espinha, esperou para ver se agora o escândalo viria à tona. Esperou em silêncio, com arrepios furtivos, como o poder se sairia se alguém o sacudisse. Não poderia dizer nada do que desejava. Como não aconteceu nada, empertigou-se e protestou, sem afã exagerado, contra a insinuação que ele já havia refutado publicamente. O outro lado, ao contrário, nem ao menos rebateu os abusos que recaíram sobre ele. "Não se preocupe", retorquiu Heuteufel, "logo o senhor vai ver. A queixa já foi prestada."

De todo modo, isso gerou uma comoção. A impressão, no entanto, foi extenuada quando Heuteufel teve que confessar que seu amigo Buck não processou o conselheiro municipal Hessling, mas apenas a *Voz do Povo*. "Hessling sabe demais", alguém repetiu – e, ao lado de Wulckow, a quem cabia a presidência de honra, Diederich foi designado o presidente do comitê para o monumento ao imperador Guilherme. No Conselho Municipal, essas resoluções encontraram no prefeito Dr. Scheffelweis um intercessor caloroso, elas passaram notadamente durante a ausência do velho Buck. Se ele não superestimasse tanto suas próprias questões! Heuteufel disse: "Ele devia ver as imundícies que ele não pode evitar também pessoalmente?" Mas, com isso, Heuteufel prejudicou a si mesmo. Como o velho Buck havia sofrido duas derrotas em tão pouco tempo, previa-se que o processo contra a *Voz do Povo* seria a terceira. Já de antemão, cada um adequaria o depoimento que teria de fazer no tribunal às circunstâncias dadas. Hessling evidentemente fora longe demais, diziam as pessoas mais sensatas. O velho Buck, que todos conheciam de longa data, não era vigarista, nem gatuno. Talvez ele tivesse cometido uma imprudência, ainda mais agora que pagava as dívidas de seu irmão e estava ele mesmo com a água no pescoço. Se ele realmente tinha ido ao Klüsing com o Cohn por causa do terreno? Um bom negócio: – só não poderia vir a público!

E por que Kühlemann tinha que abotoar o paletó no minuto exato em que devia declarar a inocência de seu amigo? Que pesar isso significava. O Sr. Tietz, o diretor comercial do *Jornal de Netzig*, que tinha livre acesso a Gausenfeld, disse expressamente que alguém só cometia um crime contra si mesmo quando defendia pessoas que visivelmente teriam se aproveitado dele. Tietz também chamou a atenção para o fato de que o velho Klüsing, que poderia ter dado fim à toda questão com uma palavra, evitava falar. Ele estava doente, apenas por sua causa a negociação teve que ser adiada por tempo indeterminado.

O que não o impedia de vender sua fábrica. Essa era a maior novidade, eram as "mudanças drásticas em um grande empreendimento de extrema importância para a vida econômica de Netzig", que o *Jornal de Netzig* noticiava de forma obscura. Klüsing havia se aliado a um consórcio em Berlim. Diederich, ao ser perguntado o motivo de não participar, apresentava a carta em que Klüsing havia oferecido a venda a ele antes de qualquer outro. "E sob condições que nunca voltariam", acrescentava. "Infelizmente estou bastante comprometido com meu cunhado em Eschweiler. Não sei sequer se não terei que me mudar de Netzig." E respondeu com perícia à inquirição de Nothgroschen, que publicou sua resposta, muito aquém da verdade. Gausenfeld era com efeito uma mina de ouro; recomendava incisivamente a aquisição das ações que a bolsa permitia. De fato, as ações em Netzig foram fortemente demandadas. O parecer de Diederich havia sido objetivo e sem influência dos interesses pessoais, o que se evidenciou em uma ocasião especial, especificamente quando o velho Buck procurou por dinheiro. Ele havia ido longe demais; sua família e seu civismo felizmente haviam-no levado tão longe, que nem mesmo seus amigos o acompanhavam. Então, Diederich interveio. Deu ao velho a segunda hipoteca de sua casa na Fleischhauergrube. "Ele deve estar desesperado", Diederich observava sempre que narrava esse fato. "Se ele o aceita de mim, seu inimigo político mais resoluto! Quem antes teria pensado isso dele?" E Diederich mirou, pensativo, para o destino... Acrescentou que a casa lhe custaria muito se caísse em suas mãos. Sem dúvida, tinha que sair logo da sua. E isso também mostrava que ele não contava com Gausenfeld... "Mas", Diederich explicava, "a vida do velho não está assim um mar de rosas, quem sabe como o seu processo irá terminar – e justamente porque tenho de combatê-lo politicamente, queria mostrar – o senhor compreende." Era compreensível, e Diederich foi parabenizado pelo seu comportamento correto. Diederich repeliu. "Ele me acusou de ter falta de idealismo, isso eu não poderia deixar passar." Sentia-se estremecer uma emoção viril em sua voz.

O destino tomou o seu curso; e se alguém via alguma dificuldade com terreno, ele podia reconhecer, com mais alegria, que com o próprio andava muito bem. Diederich veio a saber disso bem no dia em que Napoleão Fischer viajou para Berlim para indeferir o projeto de lei do exército. A *Voz do Povo* anunciou um protesto em massa, a estação devia estar ocupada pelos policiais; era dever de um homem nacionalista comparecer. No caminho, Diederich deparou-se com Jadassohn. Cumprimentaram-se formalmente como prescreviam as relações que se tornavam frias. "O senhor também deve querer ver o teatrinho?" perguntou Diederich.

"Vou para minhas férias – para Paris." Com efeito, Jadassohn vestia calças curtas. Acrescentou: "Até para me esquivar das baboseiras políticas que se iniciaram aqui."

Com elegância, Diederich preferiu deixar passar o que ouviu sobre a indignação de um homem que não tivera êxito. "Pensavam, na verdade", disse ele, "que agora o senhor iria se assentar."

"Eu? Como assim?"

"A Srta. Zillich foi para a casa de sua tia, não?"

"A tia está bem" Jadassohn sorriu com desdém. "E pensam que o senhor também?"

"Deixe-me fora disso." Diederich fez uma expressão de absoluta aquiescência. "Mas, como assim a tia está bem? Para onde ela foi afinal?"

"Fugiu", disse Jadassohn. Com isso, Diederich estacou, e suspirava. Käthchen Zillich fugiu! Em que tipo de aventura ela poderia ter se imiscuído!... Jadassohn disse como um homem do mundo: "Bem, para Berlim. Os pais bondosos ainda não têm a menor noção. Não fiquei chateado com ela, o senhor entende, uma hora isso iria acontecer."

"De um modo ou de outro", completou Diederich, já recomposto.

"Melhor desse modo que do outro", disse Jadassohn; ao que Diederich replicou com um tom de voz mais íntimo: "Agora eu posso lhe dizer, sempre tive a impressão de que a moça também não fosse ficar zangada com o senhor."

Mas Jadassohn protestou não sem amor-próprio. "O que o senhor acha, afinal? Eu mesmo dei a ela alguns conselhos. Fique atento, ela vai fazer carreira em Berlim."

"Não tenho dúvidas sobre isso." Diederich deu uma piscadela. "Conheço suas qualidades... De fato, o senhor me tomou como um ingênuo." Não deixou prevalecer os protestos de Jadassohn. "O senhor me tomou como um ingênuo. Ao mesmo tempo fui um maldito tropeço para os seus planos, agora posso dizer." Ao outro, que estava cada vez mais inquieto, relatou sua vivência com Käthchen no gabinete do amor – relatava de forma tão detalhada, que já não correspondia à verdade. Com um sorriso de vingança saciada, olhava Jadassohn, que estava em dúvida sobre se, ali, a honra não devia ganhar espaço. Por fim, decidiu por bater no ombro de Diederich, e o arremate oferecido foi tomado de modo amigável. "É evidente que a questão fica restrita a nós... Uma moça como essa deve ser julgada também de forma imparcial, pois o melhor da vida deve ter suas contrapartidas... O endereço? Mas apenas para o senhor. Uma vez em Berlim, sabe-se bem qual é o fim." – "Teria até mesmo um certo charme", observou Diederich, refletindo consigo mesmo; e quando Jadassohn olhou sua bagagem, despediram-se. "Infelizmente a política nos afastou, mas nas coisas humanas graças a Deus voltamos a nos encontrar. Divirta-se em Paris."

"Diversão não entra em questão." Jadassohn voltou-se com uma expressão de quem estivesse a ponto de pregar uma peça em alguém. Quando viu a feição preocupada de Diederich, retornou: "Em quatro semanas", disse ele curiosamente sério e recomposto, "o senhor mesmo verá. Talvez seja preferível que o senhor prepare a opinião pública desde já." Diederich, impressionado a contragosto, perguntou: "O que o senhor tem em vista?" E Jadassohn respondeu bastante sério, com o sorriso prenhe de uma determinação sacrificial: "Estou prestes a conciliar minha aparência externa com minhas convicções nacionais." Quando Diederich captou o sentido dessas palavras, apenas conseguiu curvar-se com deferência; Jadassohn já havia ido embora. Logo que entrou no pavilhão, suas orelhas mais uma vez flamejavam atrás dele – a última vez! – como dois vitrais de igreja no pôr do sol.

Um grupo de homens aproximava-se da estação, no meio dele tremulava um estandarte. Alguns guardas desceram as escadas, não sem dificuldade, e se postaram diante deles. Imediatamente o grupo entoou a *Internacional*. No entanto, sua manifestação foi repelida com êxito pelos representantes do poder. Mas muitos conseguiram passar e juntaram-se a Napoleão Fischer, que, com os braços compridos que tinha, quase arrastava no chão sua bolsa de viagem bordada. Refrescou-se no balcão de um bar depois do esforço pela revolução naquele sol escaldante de julho. Em seguida, Napoleão Fischer tentou fazer um discurso na plataforma, já que o trem, de qualquer modo, estava atrasado; mas um policial negou isso ao parlamentar. Napoleão tirou a bolsa bordada e arreganhou os dentes. Se Diederich bem o conhecia, ele estava prestes a cometer uma resistência ao poder estatal. Para sua sorte, o trem chegou – e só nesse momento Diederich atentou para um senhor atarracado que virou as costas quando passaram por ele. Trazia consigo um grande buquê de flores e olhava o trem em frente a ele. Diederich conhecia aqueles ombros... Não era possível! Judite Lauer acenava de seu *coupé*, seu esposo ajudou-a a descer, entregou-lhe aquele buquê, e ela o tomou com o sorriso mais franco que tinha. Quando ambos se dirigiram à saída, Diederich saiu do caminho o quanto antes, e ficou ofegante com isso. Era possível sim, o tempo de Lauer já havia passado, estava livre novamente. Não que houvesse algo a temer, de todo modo, era preciso apenas se acostumar com sabê-lo lá fora... E ele a buscou com um buquê! Ele não sabia de nada? Havia tido tempo para refletir. E ela, que voltou para ele depois de ele ter cumprido seu período na prisão! Há relações com as quais não se pode sonhar quando se é um homem decente. A propósito, as coisas concerniam a Diederich tanto quanto aos outros; naquele tempo ele só havia cumprido seu dever. "Todos terão a mesma sensação constrangedora que eu. De todo lado vão lhe fazer entender que é melhor ele permanecer em casa... Todos colhem aquilo que plantam." Käthchen Zillich havia compreendido isso e chegou à conclusão acertada. O que era verdade para ela podia-se aplicar a outras pessoas, não só ao Sr. Lauer.

O próprio Diederich, que andava pela cidade conduzido por cumprimentos cheios de deferência, tomava agora, e da forma mais natural, o lugar que o seu mérito havia lhe preparado. Havia lutado tanto naquele tempo difícil que apenas tinha que colher os frutos. Os outros haviam começado a acreditar nele: logo depois nem mesmo ele tinha mais dúvida... Nos últimos tempos, corriam boatos desfavoráveis sobre Gausenfeld e as ações caíram. De onde sabiam que o governo havia tomado as encomendas da fábrica e as transferido para a empresa de Hessling? Diederich não havia deixado que se anunciasse nada sobre isso, mas alguém sabia ainda antes de virem as demissões dos operários, as quais o *Jornal de Netzig* tanto lamentava. O velho Buck, como presidente do conselho supervisor, infelizmente teve que efetivá-las pessoalmente, o que de forma geral lhe prejudicou. Era provável que o governo procedesse de forma tão severa por causa do velho Buck. Havia sido um erro tê-lo eleito presidente. De qualquer forma, era preferível que ele tivesse pagado suas dívidas com o dinheiro dado por Hessling de maneira tão decorosa, em vez de ter comprado ações da Gausenfeld. O próprio Diederich saía expressando esse ponto de vista por aí. "Quem teria pensado isso dele antes!", observou novamente, e novamente mirou pensativo para o destino. "Bem se vê do que é capaz alguém que perde o chão." Ao que todos tiveram a impressão angustiante de que o velho Buck iria levar todos eles à ruína como acionistas da Gausenfeld. Pois as ações caíam. Uma greve ameaçava-se por causa das demissões: elas caíam ainda mais... Nesse momento, Kienast fez amizades. Chegou a Netzig de supetão, para descansar, como disse. Ninguém gostaria de admitir ao outro que tinha participação em Gausenfeld e que fora enganado. Kienast denunciava a um que o outro já havia vendido. Sua opinião pessoal era a de que já era tempo de fazê-lo. Um corretor, que ele a propósito não conhecia, sentava-se de tempos em tempos no café e comprava. Alguns meses mais tarde, o jornal trouxe um anúncio do banco Sanft & Cia. Quem ainda tinha ações na Gausenfeld, poderia desfazer-se delas ali sem esforço. Realmente, no começo do outono, ninguém mais possuía as letras podres. Entretanto, surgiu o boato de que Hessling e Gausenfeld iriam se fundir. Diederich mostrou-se espantado. "E o velho Sr. Buck?", perguntou. "Como presidente do conselho de administração, certamente ele vai querer intervir. Ou ele mesmo já vendeu?" – "Ele tem mais preocupações", disseram. Afinal, em seu libelo contra o *Voz do Povo*, o julgamento já estava marcado. "Ele certamente será enganado", pensavam; e Diederich, com perfeita objetividade: "Pena para ele. Então esse é o último conselho de administração em que ele se assentou."

Todos foram para o julgamento com o mesmo presságio. As testemunhas que apareciam não se lembravam de nada. Klüsing há muito que havia falado sobre a venda da fábrica às pessoas. Teria ele falado especialmente sobre aquele terreno? E teria ele designado o velho Buck como o proxeneta? Tudo isso ficou em dúvida. Nos círculos dos conselheiros municipais, sabia-se que havia se colocado em questão o uso da propriedade previsto naquela época para o orfanato. Buck fora a favor disso? De qualquer modo, não fora contra. A muitos chamou a atenção o fato de que ele se interessara avidamente pelo lugar. O próprio Klüsing, cada vez mais doente, declarou em seu interrogatório provisório, que seu amigo Buck até pouco tempo antes frequentava sua casa. Se Buck havia lhe falado sobre a preferência de compra do terreno, de modo algum o compreendeu em um sentido que fosse difamatório para Buck... O querelante Buck desejava ver constatado que foi o falecido Kühlemann quem negociou com Klüsing: Kühlemann mesmo, o doador do dinheiro. Mas a constatação falhou, também nisso a declaração de Klüsing era indecisa. Que Cohn o afirmasse, não era essencial, pois Cohn tinha interesse em fazer sua própria visita a Gausenfeld parecer inofensiva. Restava Diederich como testemunha de peso, a quem Klüsing escreveu e com quem imediatamente depois havia tido uma conversa. Haviam aparecido nomes naquela época? Ele declarou: "Não tinha o menor interesse em ficar sabendo de um ou de outro nome. Declaro, o que todas as testemunhas confirmam, que eu nunca mencionei publicamente o nome do Sr. Buck. Meu interesse na questão era unicamente o da cidade, que não deve ser prejudicada por causa de um indivíduo. Eu intervim pela moral política. A última coisa que quero é a hostilidade pessoal, e eu sentiria muito se o Sr. querelante não saísse desse julgamento totalmente livre de acusações."

A suas palavras seguiu-se um burburinho de reconhecimento. Apenas Buck parecia insatisfeito; levantou-se, o rosto estava vermelho... Diederich devia especificar qual seria a sua concepção pessoal da questão. Ele começava a dizer quando Buck deu um passo à frente, empertigado, e seus olhos voltaram a flamejar, como na fatídica e trágica assembleia eleitoral.

"Dispenso a testemunha de fornecer um parecer favorável sobre minha pessoa e minha vida. Ele não é o homem para isso. Seus êxitos foram alcançados por meios diferentes dos meus, e eles têm outro propósito. Minha casa sempre esteve aberta e disponível para todos, também para a testemunha. Há mais de cinquenta anos minha vida pertence não a mim, mas a uma ideia partilhada por outros de meu tempo, que é a da justiça e do bem-estar geral. Eu era rico quando entrei para a vida pública. Quando a deixar, serei pobre. Não preciso de defesa!"

Silenciou, seu rosto ainda tremia – Diederich apenas deu de ombros. A quais êxitos o velho se remeteu? Há tempos que já não tinha algum e invocava palavras ocas com as quais ninguém lhe concederia uma hipoteca. Fazia-se de nobre e estava mergulhado na lama. Era possível que um homem ignorasse tanto sua situação? "Se cabe a um de nós ser condescendente com o outro..." E Diederich fez o olhar reluzir. Fazia o olhar reluzir, de cima para baixo, para o velho que flamejava em vão e pela justiça e o bem-estar geral, e dessa vez em definitivo. Primeiro vinha o próprio bem-estar – e justa era a questão que tivesse êxito!... Sentia claramente que isso era evidente para todos. Também o velho sentia isso, sentou-se, ficou amuado, havia alguma sensação de vergonha em sua feição. Virou-se para os jurados e disse: "Não vou requerer uma posição especial, vou me submeter ao veredicto de meus concidadãos."

Em seguida, como se nada tivesse acontecido, Diederich prosseguiu com seu depoimento. De fato foi bastante favorável e causou a melhor impressão. Desde o processo contra Lauer, todos achavam que ele havia mudado para melhor; havia ganhado em tranquilidade superior, o que sem dúvida não era nenhuma proeza, pois agora estava bem de vida e em uma situação feliz. Logo era meio-dia, no salão espraiava-se em tom abafado a novidade do *Jornal de Netzig*: era fato que Hessling, o maior acionista de Gausenfeld, fora nomeado diretor-geral... Observavam-no com curiosidade e contrastavam-no com o velho Buck, às custas de quem ele havia tido êxito. Pegou de volta os vinte mil que ele havia emprestado recentemente ao velho com cem por cento de juros, e manteve-se altivo. Que o velho tivesse comprado ações com o dinheiro, isso pareceu uma bela piada de Hessling e foi um consolo momentâneo para alguns por causa do próprio prejuízo. Na saída, durante a passagem de Diederich, todos silenciaram. Os cumprimentos expressavam um grau de respeito que chegava ao servilismo. Os arruinados cumprimentavam o êxito.

Agiam displicentes com o velho Buck. Quando o presidente anunciou a sentença, todos aplaudiram. O redator do *Voz do Povo* foi multado em apenas cinquenta marcos! Não foram apresentadas provas suficientes, deu-se crédito à boa-fé. O querelante: aniquilado, disseram os juristas – e quando Buck deixou o prédio do tribunal, também os amigos evitavam-no. Pessoas modestas que haviam perdido suas economias em Gausenfeld sacudiam os punhos atrás dele. E esse entendimento do tribunal trouxe a todos a iluminação de que, na verdade, há muito que tinham opinião formada sobre o velho Buck. Um negócio como esse, do terreno para o orfanato, ao menos devia ter dado certo: a frase era de Hessling, e ela estava conforme. Mas o caso era: durante toda sua vida, nenhum negócio havia dado certo para o velho Buck. Considerava-se um prodígio que, como pai da cidade e presidente de partido, se aposentasse com dívidas. Clientes indecorosos havia cada vez mais! A dubiedade dos negócios correspondia à sua moral, isso se comprovava pelo noivado nunca esclarecido de seu filho, o mesmo que agora estava às voltas com o teatro. E a política de Buck? Uma convicção internacional que sempre exigia vítimas para propósitos demagógicos e era como gato e rato com o governo, o que novamente retroagia para os negócios: essa era a política de um homem que não tinha mais nada a perder e cuja situação financeira era bastante precária. Indignados, todos reconheciam que haviam estado de corpo e alma nas mãos de um aventureiro. Torná-lo inofensivo foi o desejo profundo de todos. Como ele mesmo não tirou as conclusões da sentença aniquiladora, outros tiveram de convencê-lo. O direito administrativo abarcava uma determinação, segundo a qual um funcionário da comunidade tinha que provar dignamente, por meio de sua conduta fora e dentro da repartição, o respeito que ela requeria. Se o velho Buck preenchia tal determinação? Lançar a pergunta significava uma resposta negativa, como o *Jornal de Netzig* constatou, sem mencionar seu nome, evidentemente. Mas isso só chegou ao extremo quando a assembleia dos conselheiros municipais ficou preocupada com o assunto. Quando finalmente, um dia antes do debate, o velho embotado tomou juízo e deixou o cargo de conselheiro municipal. Depois disso, seus amigos políticos não podiam deixá-lo muito tempo encabeçando o partido, sob o risco de perderem os últimos partidários. Ao que parecia ele não lhes facilitava o intento; inúmeras visitas e uma pressão suave foram necessárias antes que sua carta aparecesse no jornal: o bem-estar da democracia era mais importante que o dele mesmo. Quando agora eram ameaçados com prejuízos por causa de seu nome, devido à influência de fervores que desejava julgar efêmeros, ele retrocedeu. "Se é para o benefício de todos, estou pronto para carregar a mácula injusta da vontade popular que, iludida, recaiu sobre mim, na crença da eterna justiça do povo que um dia voltarei a ter."

Isso foi entendido como dissimulação e arrogância; os bem-intencionados deram a desculpa da senilidade. A propósito, tinha alguma relevância algo que ele escrevesse ou não, afinal o que ele era ainda? Pessoas que lhe deviam posição e ganhos de repente o olhavam nos olhos e nem tocavam no chapéu. Alguns riam e faziam observações ruidosas: eram aqueles a quem não coubera a ele dar qualquer ordem e que, ainda assim, haviam tido devoção absoluta enquanto gozava de prestígio geral. Em vez dos velhos amigos, com quem ele se encontrava diariamente para passear, vinham outros estranhos. Eles o encontravam quando voltava para casa e o sol já começava a se pôr, era, por exemplo, um pequeno homem de negócios com olhos abatidos; quase enforcado pela bancarrota, ou um alcoólatra sombrio, ou alguma sombra esgueirando-se pelas casas. Estes viam-no vindo no sentido contrário, com os passos desacelerados, com uma confiança acanhada ou atrevida. Moviam, hesitantes, seus chapéus, em seguida o velho Buck lhes acenava, também as mãos que lhe eram estendidas ele tomava, fossem quais fossem.

Com o tempo, nem mais a aversão geral levava-o em conta. Quem desviava o olhar de propósito, passava por ele com indiferença, às vezes ele retribuía ao cumprimento por puro hábito. Um pai, que estivesse junto com seu filho, adquiria uma expressão reflexiva, e depois de passarem por ele, explicava à criança: "Você viu o velho senhor que se esgueirava tão sozinho e que não vê ninguém? Então, lembre-se por toda sua vida o que a vergonha faz com um homem." E depois disso a criança é atravessada por um horror misterioso diante da visão do velho Buck, da mesma forma que a geração mais velha, quando era mais nova, sentia um orgulho inexplicável diante de tal visão. Sem dúvida havia jovens que não seguiam a opinião dominante. Às vezes, quando o velho saía de casa, a escola tinha acabado de fechar. Os rebanhos de adolescentes saíam de lá correndo, com reverência davam lugar aos seus professores, e Kühnchen, agora nacionalista convicto, ou o pastor Zillich, mais moralista que nunca desde a desgraça de Käthchen, apressavam-se por entre eles, sem olhar para o decaído. Lá estavam aqueles poucos jovens parados no caminho, cada um por si, ao que parecia, por impulso próprio. Suas testas pareciam menos lisas que as da maioria; tinham expressão nos olhos quando davam as costas para Kühnchen e Zillich e tiravam o chapéu para o velho Buck. De pronto ele interrompia o passo e olhava para aqueles rostos prenhes de futuro, mais uma vez cheio da esperança com a qual ele havia visto os rostos de todos os homens durante sua vida.

Nesse ínterim, Diederich realmente não tinha muito tempo de dirigir a atenção para os epifenômenos de sua ascensão. O *Jornal de Netzig*, agora ao total dispor de Diederich, constatava que o próprio Sr. Buck havia sido aquele que, ainda antes de sair da presidência do conselho de administração, devia ter apoiado a nomeação do Sr. Dr. Hessling para a presidência. Alguns sentiam um gosto peculiar neste fato. Contudo, Nothgroschen levava em consideração que o Sr. diretor-geral Dr. Hessling, havia adquirido para si um crédito enorme e inconteste diante da comunidade. Sem ele, que em segredo tomou para si mais da metade das ações, elas certamente teriam caído ainda mais, e algumas famílias deviam apenas ao Sr. Dr. Hessling o fato de elas se manterem preservadas do colapso. Felizmente, dificultou-se a greve por conta da atitude enérgica do novo diretor-geral. Sua convicção nacional e leal ao imperador garantia que, no futuro, o sol do governo não deixasse de nascer sobre Gausenfeld. Em breve, tempos gloriosos atingiriam a vida econômica de Netzig, especialmente a indústria do papel – isso porque o boato de uma fusão da empresa de Hessling com Gausenfeld era verdade, como garantia uma fonte segura. Nothgroschen podia revelar que, somente sob tais condições, o Sr. Dr. Hessling fora compelido a assumir a direção de Gausenfeld.

Com efeito, Diederich não tinha nada de mais urgente que aumentar o capital social. Para o novo capital é que a empresa de Hessling fora adquirida. Diederich fez um excelente negócio. A sua primeira ação como presidente coroou o êxito, ele era senhor da situação com seu conselho de administração de homens submissos, e assim pôde começar a imprimir à organização da empresa seus desejos de dominador. Já no começo, reuniu toda sua massa de trabalhadores e funcionários. "Alguns de vocês", disse ele, "já me conhecem da fábrica Hessling. Bem, os outros vão me conhecer! Aqueles que querem ser-me úteis sejam bem-vindos, mas a revolução não será tolerada! Há menos de dois anos, eu disse isso a uma pequena parcela de vocês, e agora vejam quantos tenho sob o meu comando. Vocês podem se orgulhar de um senhor como eu! Confiem em mim, vou cuidar para que o senso nacional desperte em vocês e para que vocês se tornem partidários leais da ordem estabelecida." E prometeu-lhes casa própria, seguro de saúde, mantimento barato. "Atividades socialistas estão proibidas! Quem, no futuro, votar diferente do que eu desejo, então fora!" Também estava decidido a controlar a descrença, disse ele; todo domingo iria constatar quem esteve na igreja e quem não esteve. "Enquanto o mundo não estiver redimido dos pecados, haverá guerra e ódio, inveja e discórdia. E por isso: alguém tem que ser o senhor!"

Para impor esse fundamento mais elevado, todas as salas da fábrica foram cobertas com inscrições que o proclamavam. Passagem proibida! Buscar a água dos extintores com os baldes estava proibido! Buscar garrafas de cervejas estava proibido mais que tudo, pois Diederich não havia se descuidado e fechou um contrato com uma fábrica de cerveja que lhe assegurava vantagens pelo consumo de sua gente... Comer, dormir, fumar, trazer crianças, "flertar, cortejar, beijos, toda e qualquer luxúria", terminantemente proibido! Antes mesmo de serem construídas, nas casas dos operários estava proibido manter crianças agregadas. Um casal que vivia junto sem estar casado, e que soube se manter em sigilo ao longo de dez anos sob Klüsing, foi solenemente demitido. Esse incidente serviu de ocasião para Diederich utilizar um novo meio de elevação moral do povo. Em lugares apropriados, mandou pendurar um papel produzido na própria Gausenfeld, de cujo uso ninguém podia eximir-se, devendo observar as máximas morais ou cívicas nele impressas. De vez em quando, ouvia os operários gritarem um para o outro uma frase augusta com a qual foram convencidos daquele modo, ou cantarem uma canção patriótica que haviam memorizado nessa mesma ocasião. Encorajado por esse êxito, Diederich colocou sua invenção no mercado. Ela surgiu sob o emblema "Poder do Mundo" e, apoiada pela técnica alemã, de fato carregava com triunfo o espírito alemão mundo afora, como preconizava uma propaganda grandiosa.

Esses papéis educativos não extinguiam todos os pontos de conflito entre o senhor e seus operários. Um dia, Diederich viu-se levado a anunciar que manteria no seguro-saúde apenas o tratamento dentário, mas não dentadura. Um homem mandou fazer uma dentadura inteira para ele! Quando Diederich emitiu sua notificação, ainda que expedida depois do ocorrido, o homem processou-o e até ganhou o caso, milagrosamente. Por causa disso, abalado em sua crença na ordem estabelecida, tornou-se um agitador, declinou-se moralmente e, em outras circunstâncias, teria sido demitido de imediato. Mas Diederich não pôde se decidir por abrir mão da dentadura, que havia saído cara para ele, e acabou por manter também o homem... Não escondia o fato de que o caso todo não havia sido benéfico ao moral dos trabalhadores. A isso se acrescentou a influência de acontecimentos políticos perigosos. Como, no Parlamento recém-inaugurado, diversos deputados social-democratas houvessem permanecido sentados durante a saudação ao imperador, então não havia mais dúvidas da necessidade de um projeto de lei contra a revolução. Diederich trouxe tal opinião a público; preparou seu pessoal para isso em um discurso que foi acatado com silêncio sombrio. A maioria do Parlamento era inescrupulosa o suficiente para recusar o projeto de lei, e o êxito não se deixou esperar, um industrial foi assassinado. Assassinado! Um industrial! O assassino não afirmava ser um social-democrata, mas Diederich sabia disso por meio de seu próprio pessoal; e o assassinado devia ter sido amigável aos operários, mas Diederich sabia disso por ele mesmo. Durante dias e semanas não abria uma porta sem temer uma faca já a postos atrás dela. Seu escritório tinha travas automáticas, e toda noite abaixava-se junto com Guste para procurar por algo em seu quarto. Seus telegramas para o imperador, saíssem eles da assembleia dos conselheiros municipais, da presidência do "Partido do Imperador", da Associação de Empreendedores ou da Associação de Ex-Combatentes: esses telegramas com os quais Diederich amontoava o glorioso senhor clamavam por ajuda contra o movimento revolucionário instigado pelos socialistas, que haviam feito sucumbir outra vítima; por libertação dessa peste; por medidas legais imediatas; por proteção militar da autoridade e da propriedade; por reformatórios para os grevistas, que desencorajavam os outros a trabalhar... O *Jornal de Netzig*, que reproduzia tudo com exatidão, de modo algum esquecia de acrescentar o quanto justamente o Sr. diretor-geral, o Dr. Hessling, prestava serviços notáveis para a paz social e para o bem-estar dos operários. Cada vez que Diederich construía uma casa para um operário, Nothgroschen comunicava-o com uma imagem bastante aduladora e escrevia um artigo laudatório. Mesmo que certos empregadores, cuja influência felizmente não entrava mais em questão em Netzig, quisessem atiçar tendências subversivas em seus funcionários enquanto repartiam os ganhos. Os princípios defendidos pelo Sr. diretor-geral, Dr. Hessling, produziam o melhor relacionamento entre empregador e empregado que se podia imaginar, e como Sua Majestade desejava ver em toda indústria alemã. Uma resistência vigorosa contra reivindicações improcedentes dos operários, bem como uma coalizão dos empregadores, como era sabido, faziam parte igualmente do programa social do imperador, cujo cumprimento era uma questão de honra para o senhor diretor-geral, o Dr. Hessling. E, ao lado, uma foto de Diederich.

Tal reconhecimento incitava uma atividade cada vez mais diligente – apesar dos pecados não redimidos, que expressavam seu efeito devastador não só nos negócios, como também na família. Infelizmente, tratava-se aqui de Kienast, que semeava inveja e discórdia. Afirmava que, sem ele e sua intermediação discreta durante as compras das ações, Diederich de forma alguma teria obtido sua posição brilhante. Ao que Diederich retorquia que Kienast, por um de seus meios, fora indenizado com a posse das ações correspondentes. O cunhado não o admitiu; presumia, em vez disso, ter encontrado um fundamento jurídico para suas exigências impiedosas. Como esposo de Magda, não tinha sido ele coproprietário de um oitavo da antiga empresa Hessling? A fábrica fora vendida, Diederich havia recebido dinheiro vivo e preferência nas ações de Gausenfeld. Kienast exigiu um oitavo da pensão capital e dos dividendos anuais das ações. Diederich revidou energicamente contra tais imposições ultrajantes, dizendo que não devia mais nada nem para o seu cunhado, nem para sua irmã. "Tenho somente a obrigação de pagar-lhes sua parte nos ganhos anuais de minha fábrica. Minha fábrica foi vendida. Gausenfeld não pertence a mim, mas aos acionistas. No que concerne ao capital, isso é meu patrimônio privado. Vocês não têm nada que exigir." Kienast chamou isso de roubo explícito; Diederich, totalmente convencido de seus próprios argumentos, falou de extorsão, e então seguiu-se um processo.

O processo durou três anos. Ele foi conduzido com uma animosidade cada vez mais crescente, sobretudo do lado de Kienast, que abriu mão de sua colocação em Eschweiler e mudou-se com Magda para Netzig, para dedicar-se totalmente a ele. Como testemunha principal, apresentou o velho Sötbier, que, por conta de sua sede de vingança, queria realmente provar que Diederich mesmo antes não pagava aos seus parentes as somas que lhes eram correspondentes. Também ocorreu a Kienast de querer esclarecer alguns pontos do passado de Diederich, com a ajuda do então deputado Napoleão Fischer: o que naturalmente nunca deu certo. Em todo caso, por causa desses acontecimentos, foi necessário a Diederich pagar valores maiores para o caixa do partido social-democrata. E ele se permitia dizer que seu prejuízo pessoal doía menos nele do que o desmantelamento sofrido pela questão nacional... Guste, cuja visão de mundo não ia tão longe, atiçava a briga dos homens por motivos femininos. Seu primogênito era uma menina, e ela não perdoava o fato de o de Magda ser um menino. Magda, que no início havia mostrado um interesse frouxo pelas questões de dinheiro, começou com as hostilidade no dia em que Emmi apareceu com um chapéu escandaloso trazido de Berlim. Magda constatou que Emmi tinha a preferência de Diederich da forma mais indigna. Emmi ocupava em Gausenfeld um apartamento próprio, onde realizava os seus chás. O montante do dinheiro para sua toalete representava uma insolência contra a irmã casada. Magda acabou por observar que a preferência que o seu casamento havia lhe rendido levou-a para uma situação contrária; acusava Diederich de ter se livrado dela perfidamente antes do advento de seus dias gloriosos. Se Emmi ainda não havia encontrado um marido é porque parecia haver boas razões para isso – razões sobre as quais se cochichava por Netzig. Magda não via impedimento algum em dizê-lo em alto e bom som. Inge Tietz levou a história para Gausenfeld; mas Inge levou, ao mesmo tempo, uma arma contra a difamadora, porque ela encontrou a parteira na casa dos Kienast, e o primogênito mal tinha seis meses. Uma insurreição terrível aconteceu depois disso; insultos por telefone de uma casa para outra; ameaças com queixas judiciais para as quais reuniam material contratando a criada de quarto da outra.

Logo depois da cautela masculina de Diederich e Kienast, que dessa vez haviam tomado medidas contra o escândalo extremo da família, mesmo assim ele acabou por eclodir. Guste e Diederich recebiam cartas anônimas, que tinham de esconder de terceiros e até mesmo um do outro, tão desmesurado e escabroso era o seu conteúdo. Elas ainda traziam ilustrações que excediam toda medida permitida de uma arte ainda assim realista. Pontualmente, toda manhã, os terríveis envelopes ficavam inofensivos sobre a mesa do café, e cada um desaparecia com o seu, e cada um fingia não ter percebido o do outro. Um dia, naturalmente, o jogo de esconde-esconde foi encerrado, pois Magda teve a audácia de aparecer em Gausenfeld fornida de um pacote cheio de cartas similares, que ela queria manter consigo. Guste achou que isso fora longe demais. "Você certamente quer saber quem lhe escreveu!" pronunciou, asfixiada e vermelha. Magda disse que ela podia imaginar, e por isso veio até ela. "Se você acha necessário", retorquiu Guste e sussurrou, "que você mesma tenha que escrever tais cartas para criar uma atmosfera, então ao menos não as escreva para outras pessoas que não tenham necessidade disso!" Magda protestou e proferiu acusações, verde de ódio. Guste lançou-se sobre o telefone, ligou para o escritório de Diederich; depois saiu correndo e voltou com um pacote de cartas. Diederich juntou o dele aos delas. Quando as três interessantes compilações foram espalhadas sobre a mesa, e causaram um efeito impactante, os três parentes entreolharam-se assombrados. Então, recompuseram-se e gritaram, ao mesmo tempo, as mesmas acusações. Para não perder o poder, Magda chamou pela testemunha de seu esposo, que do mesmo modo era importunado. Guste afirmava ter visto algo também junto com Emmi. Emmi foi trazida e admitiu sem dificuldade, com seu jeito *blasé*, que o correio também havia trazido a ela tais imundícies. Ela destruiu a maioria. Nem mesmo a velha Sra. Hessling foi poupada! Embora tenha negado aos prantos enquanto podia, foi obrigada a confessar... Como isso só fazia aumentar o problema e não o esclarecia, ambos os lados separaram-se com ameaças, que no íntimo eram inconsistentes, mas de modo algum destituídas de pavor. Para consolidar sua posição, cada um dos partidos procurou por aliados, mas logo de início revelou-se que também Inge Tietz pertencia aos destinatários dos espetáculos inconvenientes. O que se conjecturou depois disso acabou por se confirmar. O escritor misterioso de cartas interferiu na vida privada em toda parte, até mesmo na do pastor Zillich, do prefeito e dos seus. Até onde a vista alcançava, ele criou uma atmosfera da mais crassa obscenidade em volta da casa dos Hessling e de todas as boas famílias. Por semanas, Guste não ousou sair de casa. A suspeita dela e de Diederich era lançada pavorosamente dele para ela. Em toda Netzig, ninguém confiava nem no mais confiável de todos. Chegou o dia e o café da manhã em que a suspeita havia transgredido a última barreira no seio da família Hessling. Um documento, inconfundível como nenhum outro, tremia nas mãos de Guste; por causa de sua singularidade, ele capturava momentos dos quais apenas ela e seu esposo tinham consciência e sobre os quais mantinham silêncio sepulcral. Nenhum terceiro tinha ideia daquilo, caso contrário tudo cessaria. Mas e depois?... Guste lançou um olhar perquiridor para Diederich por sobre a mesa do café: em sua mão tremia o mesmo papel, também o seu olhar perquiria. Rapidamente ambos fecharam os olhos tomados de horror.

O traidor estava em todo lugar. Onde não houvesse mais ninguém, então ele era um outro eu. Por causa dele, colocava-se em questão toda a respeitabilidade dos cidadãos de um forma nunca imaginada. Graças à sua atividade, toda a autoconsciência moral e todo o respeito mútuo teriam sido condenados à ruína, não tivessem todas as partes combinado e encontrado medidas de segurança recíproca que os traziam de volta. Medos diversos afluíam de todos os lados, na busca intensa por uma saída naquele mundo subterrâneo; com a força de medos amalgamados, alcançaram o canal que levava à luz e finalmente conseguiram desaguar sobre um homem. Gottlieb Hornung não sabia como lhe havia ocorrido. Entre quatro paredes, pavoneou-se para Diederich como de costume e vangloriou-se de certas cartas que ele queria ter escrito. Diante da severa recriminação de Diederich, apenas observou que agora todos escreviam tais cartas, era moda, um jogo social – o que Diederich imediatamente rechaçou como se devia. A impressão que teve dessa conversa é que seu velho amigo e colega Gottlieb Hornung, que já havia desempenhado alguns serviços tão úteis, era bastante indicado para também desempenhar outro ali, mesmo que não fosse de livre e espontânea vontade; por isso denunciou-o como era seu dever. E uma vez que Hornung foi mencionado, ficou evidente que há muito, e em todo lugar, ele era suspeito. Durante as eleições, recolheu numerosas impressões; aliás, era de Netzig e não tinha parentes, o que evidentemente havia facilitado a travessura. A isso se acrescentou a sua batalha desesperada pelo direito de não vender nem esponjas, nem escovas de dente; essa batalha amargurava-o a olhos vistos, havia-lhe arrancado certas manifestações sarcásticas sobre senhores, a quem esponjas teriam sido úteis não só para a aparência e os quais sequer haviam encostado em uma escova de dente. Ele foi acusado e, em muitos casos, de pronto admitiu sua autoria. No entanto, negava a maior parte deles com tanto mais afinco, mas para isso havia peritos em escrita. Diante da opinião de uma testemunha como Heuteufel, que falava em uma epidemia e acreditava que um indivíduo não seria o bastante para aquele monte monstruoso de asneiras, havia todos os depoimentos restantes, havia o desejo público. Por sorte foi denunciado por Jadassohn, que desde seu retorno de Paris tinha as orelhas menores e havia subido ao cargo de promotor. O êxito e a consciência de estar ali impecável haviam lhe ensinado a contenção; reconhecia que o respeito pelo todo demandava dar ouvidos às vozes que faziam Hornung se passar por um nervoso superexaltado. O mais determinante nesse sentido foi Diederich, que fez de tudo para ser favorável ao seu infeliz amigo da juventude. Hornung foi mandado ao sanatório e, quando saiu de lá, Diederich abasteceu-o com meios suficientes para protegê-lo durante algum tempo contra esponjas e escovas de dente sob a condição de ele deixar Netzig. Sem dúvida que, no longo prazo, eles eram mais fortes, e mal se podia prever um final feliz para Gottlieb Hornung... É claro que, enquanto ele estava internado no hospital psiquiátrico, as cartas cessaram. Ou ao menos ninguém deixava perceber nada se alguma ainda viesse, o incidente estava resolvido.

Diederich voltou a dizer: "Minha casa é meu castelo." A família, que logo se veria livre de interferências imundas, crescia a todo vapor. Depois de Gretchen, nascida em 1894, e Horst, em 1895, veio Kraft, 1896. Diederich, um pai justo antes mesmo de nascerem, abriu uma conta para cada um dos filhos e os primeiros custos que ele registrou foram dos móveis e da parteira. Sua concepção de matrimônio era a mais rigorosa. Horst não veio ao mundo sem dificuldade. Quando tudo tinha acabado, Diederich explicou à sua esposa que, se tivesse de escolher, ele a teria deixado morrer. "Mesmo que isso me doesse", acrescentou. "Mas a raça é mais importante, e sou responsável por meu filho diante do imperador." As mulheres existiam por causa dos filhos, Diederich negava-lhes frivolidades e impertinências, embora não relutasse em lhes permitir gratificação e descanso. "Mantenha-se nos três grandes erres", dizia a Guste. "Religião, refeição e rebento." Sobre a toalha de mesa vermelha e quadriculada, ornada em seus quadradinhos com a águia imperial e a coroa do imperador, mantinha-se a bíblia ao lado do bule de café, e Guste tinha a obrigação de ler passagens toda manhã. Aos domingos iam à missa. "É desejo vindo de cima", dizia Diederich com seriedade quando Guste relutava. Enquanto Diederich vivia sob o temor de seu senhor, Guste tinha que viver sob o temor do seu. Ao entrarem na sala, era consciente de que o esposo tinha a precedência. As crianças deviam prestar-lhe honras, e todos eram superiores ao *dachshund* Männe. Durante as refeições, cachorro e crianças tinham que se manter em silêncio; a questão de Guste era perceber, pelas rugas da testa do esposo, se era conveniente que o deixassem em paz ou dissipassem suas preocupações com alguma conversa descontraída. Certos pratos eram preparados apenas para o senhor da casa, e Diederich , quando estava em um bom dia, atirava um pedaço dele sobre a mesa para observar, rindo-se com jovialidade, quem ele surpreenderia, se Gretchen, Guste ou Männe. Muitas vezes, sua sesta era dificultada por uma indigestão; assim, o dever de Guste era colocar uma bandagem sobre a barriga. Gemendo e tomado de pavor, Diederich professava a ela que iria fazer seu testamento e nomear um tutor. Guste não poria a mão no dinheiro. "Trabalhei para meus varões, não para que você se divirta depois!" Guste fazia valer o fato de que sua própria fortuna era a base de tudo, mas por isso deparou-se com desaprovação... Sem dúvida, se Guste tivesse uma constipação, ela que não esperasse que Diederich assumisse os seus cuidados. Sempre que possível, cabia a ela ficar longe dele, pois Diederich estava decidido a não tolerar bacilos. Entrava na fábrica somente com pastilhas desinfetantes na boca; uma noite, houve uma enorme balbúrdia, porque a cozinheira estava com gripe e tinha quarenta graus de febre. "Fora de casa com essa imundície!"

ordenou Diederich; e quando ela foi embora, percorreu a casa um bom tempo borrifando líquidos germicidas.

De noite, durante a leitura do *Lokal-Anzeiger*, voltava a explicar à sua esposa que navegar é preciso, viver não era preciso – com o que Guste concordava, porque também não gostava da imperatriz de Frederico que, como era sabido, nos denunciava para a Inglaterra, isso sem nem levar em conta certas condições domésticas no palácio da coroa de Frederico que Guste reprovava categoricamente. Precisaríamos de uma frota bem forte contra a Inglaterra; era imprescindível que ela fosse trucidada, era o pior inimigo do imperador. E por quê? Em Netzig sabia-se exatamente: simplesmente porque Sua Majestade, em um dia de humor inspirado, havia dado uma pancada amigável no príncipe de Gales lá onde parecia ser o mais convidativo. Além disso, vinham da Inglaterra certos tipos refinados de papel, cuja importação seguramente teria sido suspensa por meio de uma guerra vitoriosa. Diederich disse a Guste por sobre o jornal: "Para odiar tanto a Inglaterra como eu, só mesmo Frederico, o Grande, que odiou esse povo de ladrões e negociantes. Isso são palavras de Sua Majestade, e eu assino embaixo." Assinava embaixo de cada palavra, de cada discurso do imperador, sobretudo na sua forma primordial e mais pungente, e não naquela forma atenuada que assumia no dia seguinte. Todas essas palavras nucleares da essência contemporânea e alemã – Diederich as vivia e se tecia nelas, como as emanações de sua própria natureza, sua memória conservava-as como se ele mesmo as tivesse dito. Outras ele mesclava com suas próprias invenções durante ocasiões públicas, e nem ele nem outro diferenciava o que vinha dele e o que vinha de um ente superior... "Que doçura", disse Guste, que lia a coluna de miscelâneas. "Nossos punhos agarram o tridente", afirmava Diederich imperturbável, enquanto Guste contava uma anedota sobre a imperatriz que lhe causava profunda satisfação. Em Hubertusstock, a ilustre senhora quis vestir-se com uma roupa simples, quase burguesa. Um carteiro, a quem ela se deixou revelar quando se encontrava na rua, não acreditou e riu-se dela. Depois disso, ajoelhou-se aniquilado e ganhou um marco. Também Diederich deleitou-se com isso – como tocou o seu coração o fato de o imperador ter saído para a rua na noite do Natal, para alegrar a festa de um pobre berlinense com cinquenta e seis marcos da nova moeda – e como deixou-o estremecido e cheio de pressentimentos o fato de Sua Majestade ter-se tornado bailio de honra na Ordem de Malta. O *Lokal-Anzeiger* abria mundos nunca imaginados e, depois, voltava a trazer para perto das pessoas os domínios gloriosos. Lá na *bay window*, três figuras de bronze com dois terços do tamanho natural pareciam acercar-se sorrindo e ouvia-se o trompetista de Säkkingen que as acompanhava soprando algo agradável. "A casa do imperador deve ser celestial", acreditava Guste, "quando é o dia de lavar roupa. Eles têm cem pessoas para lavar!" Ao passo que Diederich foi tomado do mais profundo encanto por causa dos *dachshund* do imperador que não precisavam ter consideração quando as damas da corte se arrastavam. Amadureceu a ideia de conceder a Männe essa mesma liberdade durante a próxima *soirée*. No entanto, já na coluna seguinte, um telegrama deixou-o bastante preocupado, porque ainda não estava certo se o imperador e o czar iriam se encontrar. "Se isso não vier logo", disse ele gravemente, "devemos nos preparar para o pior. Não se pode brincar com a história mundial." Demorou-se com prazer em catástrofes ameaçadoras, pois "a alma alemã é séria, quase trágica", constatou.

Mas Guste já não o acompanhava, bocejava cada vez mais. Sob o olhar punitivo do esposo, parecia ter-se lembrado de um dever, deixava os olhos oblíquos e desafiadores, pressionava-o até mesmo com os joelhos. Ele ainda quis externar um pensamento nacionalista, ao que Guste disse com uma voz severa e inusual: "Bobagem"; mas Diederich, longe de castigá-la por aquela violação, fez o olhar reluzir, como se tivesse a expectativa de algo mais... Quando ele tentou abraçá-la lá embaixo, ela dissipou totalmente o cansaço, e de repente ele ganhou um tapa bem forte – que ele não revidou, mas levantou e se comprimiu atrás de uma cortina, ofegante. E quando finalmente voltou para a luz, via-se que seus olhos de modo algum estavam reluzentes, mas cheios de medo e demandas obscuras... Isso parecia dar um fim às últimas ponderações de Guste. Ergueu-se; enquanto balançava os quadris com desprendimento, ela começou a fazer o olhar reluzir severamente, e o dedo em forma de salsicha apontava imperiosamente para o chão, sussurrava: "De joelhos, escravo miserável!" E Diederich fez o que ela ordenou! Em uma inversão lunática e inacreditável de todas as leis, permitia que Guste lhe desse ordens: "Você deve idolatrar minha forma magnífica!" – e, então, deitado sobre o chão, deixou que ela pisasse em sua barriga. No entanto, ela interrompeu essa atividade e perguntou de súbito, sem o *pathos* cruel e com rigor objetivo: "Foi o suficiente?" Diederich não se moveu; imediatamente Guste voltou a ser a senhora absoluta. "Eu sou a senhora, você é o súdito!", assegurou enfaticamente. "Levante! Marche!" – e ela o empurrava diante de si, com seus punhos gordinhos, para a alcova conjugal. "Deleite-se" pronunciou-lhe; então, Diederich conseguiu escapar e apagar a luz. No escuro, de coração fracassado, ouvia quando Guste, lá atrás, dava-lhe nomes pouco decentes, embora voltasse a bocejar. Pouco mais tarde, talvez já estivesse deitada e dormia – Diederich, no entanto, à espera de algo extremo, rastejou de quatro até o estrado e escondeu-se atrás do imperador de bronze...

Com certa frequência, depois de tais fantasias noturnas, mandava que se apresentasse a ele o livro de contabilidade doméstica, e ai de Guste se sua conta não estivesse correta. Como que em um tribunal medonho, na presença dos criados, Diederich colocava um fim repentino em sua breve presunção de poder caso ela ainda assim não revelasse algo. Autoridade e convenção voltavam a triunfar. No mais, cuidava para que nas relações conjugais Guste não levasse vantagem excessiva, pois a cada duas, três noites, às vezes com mais frequência, Diederich saía – para a mesa de seus camaradas no Ratskeller, como dizia, mas nem sempre era verdade... O lugar de Diederich na mesa ficava embaixo de um arco gótico, no qual era possível ler: "Quanto melhor a taberna, tanto pior a fêmea, quanto pior a fêmea, tanto melhor a taberna." No outro arco, aforismas antigos e seminais faziam retaliações benéficas a quem, compelido pelos instintos, ocasionalmente fazia concessões à mulher em casa: "Aquele a quem o vinho e o canto não apetecem a vida toda uma mulher merece" ou "Que Deus o livre de dores e feridas, de cachorros vis e mulheres indignas". Entretanto, quem voltasse os olhos para o teto, entre Jadassohn e Heuteufel, lia: "Descanso tranquilo em casa, e na parede a espada afiada. Em taberna alemã o velho costume se faça, venham, bebam, e tudo que perturba passa." Era o que acontecia com todo mundo, sem diferença de crença e partido. Pois, com o passar do tempo, também Cohn e Heuteufel, junto de seus amigos mais próximos e companheiros de ideais, haviam se juntado à mesa, um depois do outro e sem surpresas, porque a longo prazo não era mais possível contestar ou ignorar o êxito, que dava asas à concepção nacional e a levava cada vez mais para o alto. A relação de Heuteufel com seu cunhado Zillich ainda sofria dissensões. Entre as visões de mundo, havia barreiras insuperáveis, e "o alemão não se deixa abalar em suas convicções religiosas", como constatavam ambos lados. Na política, ao contrário, toda ideologia notadamente fazia mal. Naquele tempo, o Parlamento de Frankfurt certamente era constituído por homens muito importantes, que no entanto ainda não haviam sido da *Realpolitik* e, por isso, não haviam feito nada de incoerente, como Diederich observou. No mais, de espírito indulgente por causa de seus êxitos, admitiu que a Alemanha dos poetas e pensadores talvez também tivesse tido sua razão. "Mas foi apenas uma fase preliminar, hoje nossos desempenhos intelectuais residem na área da indústria e da técnica. O êxito está aí para comprovar." Heuteufel foi obrigado a admitir. Suas manifestações sobre o imperador, sobre a eficácia e importância de Sua Majestade, soavam consideravelmente mais reservadas que outrora; a cada nova aparição do orador supremo, empertigava-se, tentava suscitar conspirações e dava a entender que era simplesmente preferível diluir-se na massa. Pouco a pouco reconhecia-se, de maneira geral, que o liberalismo resoluto só poderia prevalecer se ele também se preenchesse da energia da concepção nacional, se ele colaborasse positivamente e, diante da bandeira liberal hasteada teimosamente, gritasse um inexorável *quos ego* para os inimigos que não mereciam que lhes concedêssemos um lugar ao sol. Pois não era somente a França, um inimigo de longa data, que voltava a erguer a cabeça: aproximava-se o acerto de contas com os ingleses descarados! A frota, para cuja ampliação a propaganda genial de nosso imperador, igualmente genial, agia incansavelmente, era-nos tremendamente essencial, e o nosso futuro de fato residia na água, esse reconhecimento ganhava cada vez mais terreno. A ideia da frota crescia em torno da mesa e crescia em chamas, que, alimentadas sempre mais do vinho alemão, reverenciavam seu criador. A frota – esses navios, máquinas surpreendentes da invenção burguesa que eram colocadas para funcionar – produzia poder mundial, exatamente como em Gausenfeld certas máquinas produziam um certo papel chamado de "Poder do Mundo"; ela era o que havia de mais caro a Diederich, e Cohn, tal como Heuteufel, foi convertido para a concepção nacional sobretudo por causa da frota. Um pouso na Inglaterra era o sonho que se enevoava sob os arcos do Ratskeller. Os olhos cintilavam, e o bombardeio contra Londres era negociado. O bombardeio de Paris era um epifenômeno e completava os planos que Deus tinha para nós. Afinal, "os canhões cristãos fazem um bom trabalho", como o pastor Zillich dizia. Apenas o major Kunze tinha dúvidas a respeito, prolongava-se nos prognósticos mais sombrios. Desde que Kunze havia sido derrotado pelo camarada Fischer, considerava toda derrota possível. Mas ele era o único subversor. O mais triunfante era Kühnchen. Os feitos, que o velhote terrível havia realizado algum dia na grande guerra, agora, um quarto de século mais tarde, finalmente encontravam sua verdadeira confirmação na convicção geral. "A semente", disse ele, "que nós plantamos naquela época agora está crescendo. Meus velhos olhos ainda vão poder ver!" – e, então, adormeceu depois de sua terceira garrafa.

De maneira geral, a relação de Diederich com Jadassohn tomava uma forma mais cortês. Amadurecidos, os antigos rivais, cujas existências avançavam para a esfera da satisfação, não se prejudicavam mutuamente nem na política, nem à mesa, e também não naquela mansão discreta que Diederich procurou, sem que Guste soubesse, em uma noite da semana quando não havia se juntado à mesa dos camaradas. A mansão, outrora pertencente aos von Brietzen ficava em frente ao Portal Saxão, e era habitada por uma única dama, que muito raro era vista publicamente, e nunca a pé. Às vezes sentava-se em um camarote do proscênio do Walhalla, com aparência exuberante, era observada por todos com seus binóculos, mas ninguém a cumprimentava; e ela, por seu turno, comportava-se como uma rainha que se mantinha incógnita. É claro que, apesar de sua aparência exuberante, todos sabiam que era Käthchen Zillich, que havia se preparado para sua profissão em Berlim, e que dali em diante a exercia com êxito na mansão Brietzen. Também a ninguém passava despercebido o fato de que isso não elevava o crédito do pastor Zillich. A comunidade carregava o fardo da pesada vexação ao omitir os zombeteiros que se deleitavam. Para evitar uma catástrofe, o pastor requereu à polícia a abolição daquela desgraça, mas deparou-se com uma resistência que só parecia plausível ao se corroborarem certas conexões entre a mansão von Brietzen e os altos cargos da cidade. Desesperançado da justiça terrena, não menos que da divina, o pai prometeu assumir ele mesmo o cargo de juiz, e de fato, em uma tarde, submeteu a filha perdida a um castigo quando ela sequer havia saído da cama. Foi graças à sua mãe, que pressentiu tudo e o havia seguido, que Käthchen escapou de uma punição, como a comunidade afirmava. Diziam que a mãe tinha uma fraqueza reprovável pela vida glamorosa de sua filha. No que concernia ao pastor Zillich, declarava de seu púlpito que Käthchen estava morta e pútrida, e com isso ele se safava da intervenção do consistório. Com o tempo, o julgamento que o acometia fortaleceu sua autoridade... Dos senhores que faziam investimentos no modo de vida de Käthchen, oficialmente Diederich conhecia apenas Jadassohn, embora fosse ele o que fazia os menores investimentos; Diederich supunha até mesmo que não fizesse nenhum. Já de antes que as relações de Jadassohn com Käthchen eram como garantia ao empreendimento. Assim, Diederich não teve nenhum escrúpulo em discutir com Jadassohn as preocupações que o afligiam. Ambos moviam-se juntos à mesa em um nicho que tinha a seguinte inscrição: "O homem come no ponto o prazer que a pequena apaixonada cozinha em fogo baixo,"; e em consideração ao pastor Zillich, que não muito longe dali discursava sobre o canhão cristão, eles discutiam os assuntos da mansão von Brietzen. Diederich lamentava as reivindicações insaciáveis de Käthchen com relação à sua carteira, tinha a expectativa de que Jadassohn tivesse uma influência favorável sobre ela nesta relação. Mas Jadassohn apenas perguntava: "Por que você continua com ela afinal? Deve custar algum dinheiro." Isso era verdade. Depois de sua primeira e breve satisfação por ter adquirido Käthchen dessa forma, Diederich gradualmente a considerava somente mais um item, um item considerável, em sua conta de publicidade. "Minha posição", ele dizia a Jadassohn, "demanda uma representação magnânima. Caso contrário deixaria toda a empresa declinar, para ser sincero; pois, cá entre nós, Käthchen não oferece o suficiente." Diante disso, Jadassohn sorriu com eloquência, mas não disse nada. "De qualquer modo", Diederich prosseguiu, "ela é do mesmo gênero de minha esposa, e minha esposa" – abafou com as mãos – "tem um desempenho mais eficaz. Veja bem, não se pode fazer nada contra o temperamento, depois de cada excursão pela mansão von Brietzen, é como se eu devesse algo à minha esposa. Pode rir, na realidade eu sempre lhe dou algum presente na esperança de que ela não perceba nada!" Jadassohn ria com mais motivo do que pensava Diederich; pois ele havia considerado há tempos, como seu dever moral, elucidar a esposa do diretor-geral sobre essas relações.

Para Diederich e Jadassohn, uma cooperação profícua na política tinha um resultado similar ao das relações com Käthchen; pois juntos esforçavam-se para limpar a cidade da gente de más convicções, sobretudo aqueles que continuavam espalhando a peste das ofensas a Sua Majestade. Diederich detectava-as com suas relações numerosas, Jadassohn mandava-as para a fogueira. Depois do surgimento da "Canção a Aegir", sua atividade tomava uma forma particularmente frutífera. Mesmo na casa de Diederich, a professora de piano que treinava com Guste, denominava a "Canção a Aegir" de...! Ela mesma acabou por ser mandada para aquilo que havia dito... Até mesmo Wolfgang Buck, que recentemente voltara a se assentar em Netzig, declarava ser a condenação absolutamente adequada, pois satisfazia o sentimento monárquico. "O povo não teria compreendido uma absolvição", disse ele à mesa. "Entre os regimes políticos, a monarquia é justamente aquilo que o são, no amor, as damas rigorosas e enérgicas. Quem tem esse pendor, exige que algo aconteça, e não lhe serve a leniência." Neste momento Diederich enrubesceu... Infelizmente Buck expressava tais ideias somente enquanto estava sóbrio. Mais tarde, com seu jeito já bem conhecido e extremado de jogar na lama os bens mais sagrados, oferecia ocasião suficiente para ser excluído de toda companhia decente. Diederich foi quem o salvou desse destino. Defendia o seu amigo. "Os cavalheiros devem levar em conta que ele é marcado por sua hereditariedade, pois a família apresenta indícios de uma degeneração em estágio consideravelmente avançado. Por outro lado, a prova de que há uma semente salutar nele é o fato de que a existência no teatro ainda assim não o satisfez e que ele se reencontrou em sua profissão de advogado." Revidavam que era suspeito o fato de Buck silenciar totalmente sobre sua experiência de quase três anos no teatro. Seria ele capaz de se satisfazer com algo? Diederich não pôde responder a essa pergunta; tratava-se de uma compulsão não fundada em preceitos lógicos, mas profundamente arraigada, que o aproximava cada vez mais do filho do velho Buck. Conversas iniciadas com ansiedade eram invariavelmente interrompidas de forma abrupta depois de haver exposto os antagonismos mais pungentes. Chegou a introduzir Buck em sua casa, o que lhe trouxe algumas surpresas. De início Buck vinha somente por amor a um conhaque especialmente bom, logo tornou-se visível que ele vinha por causa de Emmi. Ambos entendiam-se sem se darem conta de Diederich e de uma forma que ele achava estranho. Conduziam conversas cáusticas e inteligentes, aparentemente sem a disposição ou outros fatores que normalmente colocavam para funcionar o intercurso dos gêneros; e quando baixavam a voz e ficavam mais confidentes, Diederich achava-os deveras sinistros. Tinha duas escolhas: ou entrava no meio e estabelecia as relações mais corretas, ou deixava a sala. Para seu próprio espanto, decidia-se pela última. "Ambos enfrentaram o seu destino, por assim dizer, se é que se pode falar em destino", disse a si mesmo com a superioridade que lhe era própria, sem dar muita atenção para o fato de que, no fundo, tinha orgulho de Emmi, orgulho, porque Emmi, sua própria irmã, parecia refinada o suficiente, peculiar o suficiente, até mesmo questionável o suficiente, para se entender com Wolfgang Buck. "Quem sabe", pensava hesitante, e depois decidiu: "Por que não? Bismarck fez o mesmo com a Áustria. Primeiro a derrota, depois a aliança!"

A partir de tais reflexões obscuras, Diederich voltou a dedicar certo interesse pelo pai de Buck. O velho Buck, acometido por uma doença do coração, raramente aparecia, e depois ficava a maior parte do tempo diante de alguma vitrine, aparentemente entretido com algo exposto, mas na verdade esforçando-se unicamente para esconder que não conseguia respirar. O que ele pensava? Como ele julgava o novo florescimento empresarial de Netzig, o crescimento nacional e os que agora tinham poder? Estava convencido e também intimamente vencido? Sucedeu de o diretor-geral, Dr. Hessling, o mais poderoso dos cidadãos, esgueirar-se até o portão da casa, para depois entrar furtivamente, atrás daquele velho sem influência e já meio esquecido: ele, em sua posição de destaque, misteriosamente preocupado por causa de um moribundo... Dado o fato de que o velho Buck só pagava os juros de sua hipoteca com atraso, Diederich aconselhou o filho a assumir a casa. É claro que o velho teria que continuar ali enquanto vivesse. Diederich também queria comprar as mobílias e pagá-las de imediato. Wolfgang induziu o pai a aceitar.

Nesse ínterim, passava o dia 22 de março de 1897, Guilherme, o Grande, teria completado cem anos de idade, e o seu monumento ainda não havia sido erigido no parque público. As interpelações na assembleia dos conselheiros não tinham fim, várias vezes créditos adicionais foram sancionados após batalhas difíceis e então vetados. O golpe mais pesado atingiu a comunidade quando Sua Majestade negou ao seu falecido avô a posição de pedestre e ordenou que fosse feita uma estátua de cavaleiro. Impaciente, Diederich ia de noite, com frequência, até a Meisestrasse para se convencer do estágio dos trabalhos. Era maio e muito quente ainda durante o crepúsculo, mas, por entre a área vazia do novo parque, perpassava uma corrente de ar. Diederich mais uma vez elucubrava com exasperação sobre o excelente negócio que o proprietário do solar, o Sr. von Quitzin, havia feito ali. Isso lhe havia sido bastante conveniente! Negócios imobiliários não eram nenhum feito quando se tinha um primo presidente da circunscrição. A cidade simplesmente tinha que assumir tudo pelo monumento a Guilherme e pagar o que ele exigisse... Quando viu emergirem duas formas, Diederich percebeu a tempo quem era, e escondeu-se atrás de uma moita.

"Aqui pode-se respirar", disse o velho Buck. O filho respondeu: "Isso se o lugar não tirar a vontade de fazê-lo. Fizeram uma dívida de um milhão e meio para criar esse depósito de lixo." E apontou para as estruturas inacabadas de pedestais de pedra, águias, bancos circulares, leões, templos e figuras. Batendo as asas, as águias punham suas garras nos pedestais ainda vazios, outras faziam seus ninhos sobre aqueles templos que entrecortavam simetricamente os bancos circulares; lá também os leões tomavam impulso para pular para o primeiro plano, onde, de qualquer maneira, prevalecia suficiente alvoroço por causa das bandeiras esvoaçantes e homens em ação impetuosa. Napoleão III, esmagado pela altura de Guilherme e servindo de adorno para a parte traseira do pedestal, como um derrotado atrás da quadriga triunfante, também corria o risco de ser atacado por um leão que, bem atrás dele, sobre a escada do monumento, fazia sua pior corcova – ao passo que Bismarck e os outros paladinos, no meio da jaula, como se estivessem em casa, estendiam as mãos para cima do pé do pedestal, para juntos realizarem o ataque durante os feitos do soberano ainda ausente.

"Quem deveria surgir lá em cima?", perguntou Wolfgang Buck... "O velho foi apenas um precursor. Esse espetáculo místico e heroico logo será isolado de nós com correntes, e teremos que ficar boquiabertos, perguntando-nos qual era o objetivo final de tudo isso. Teatro, e dos piores."

Depois de um tempo, o crepúsculo já havia desaparecido, o pai então disse: "E você, meu filho? Para você, atuar também parecia ser o objetivo final."

"Como toda minha geração. Não podemos mais que isso. Hoje não podemos nos levar muito a sério, é a postura mais certa diante do futuro; e não digo que foi algo para além da vaidade que me fez abandonar os palcos. O cômico, pai, é que eu saí porque uma vez, quando estava atuando, um chefe de polícia havia chorado. Considere se era possível suportar aquilo. Sutilezas de alto nível, discernimento para o coração, moral elevada, modernidade do intelecto e da alma, tudo isso representei para pessoas que achava parecidas comigo porque me acenavam e tinham expressões consternadas. Posteriormente, no entanto, elas denunciavam os revolucionários e atiravam nos grevistas. Pois meu chefe da polícia representa todo mundo."

Neste momento, Buck dirigiu-se justamente para a moita em que Diederich escondia-se.

"Para vocês, arte é arte, e todo o frenesi do espírito nunca toca suas vidas. O dia em que os mestres de sua cultura compreendessem isso como eu compreendo, eles também os deixariam sozinhos, como eu, com seus animais selvagens." E apontou para os leões e para as águias. Também o velho olhou para o monumento; disse: "Eles se tornaram muito poderosos; mas o seu poder não trouxe nem mais inteligência, nem mais bondade. Ou seja, foi tudo em vão. Também nós aparentemente fomos em vão." O velho olhou para o filho. "Ainda assim, vocês não deviam abandonar o campo de batalha."

Wolfgang deu um pesado suspiro. "E esperar o que disso, pai? Eles cuidam para que as coisas não cheguem ao extremo, como todos os privilegiados antes da revolução. Aprenderam com a história a ter moderação. Sua legislação social faz provisões e é corruptível. Ela sacia o povo a ponto de ele já não lutar seriamente nem por pão, que dirá por liberdade. Quem testemunha contra ela?"

Com isso o velho empertigou-se, sua voz mais uma vez fez-se sonora. "O espírito da humanidade", disse ele, e depois de uma pausa, quando o jovem manteve a cabeça baixa: "Você deve acreditar nele, meu filho. Quando vier a catástrofe que eles pensam evitar, esteja certo de que a humanidade não irá chamar aquilo que se sucedeu à primeira revolução de mais vergonhoso e irracional do que as condições que foram as nossas."

Disse baixinho como de um lugar longínquo: "Não terá vivido aquele que só no presente viveu."

De repente, parecia que ele titubeava. O filho correu segurá-lo, e apoiado em seu braço, de cabeça baixa e passos entremeados, o velho desapareceu na escuridão. Diederich, porém, apressou-se por outro caminho, tinha a sensação de ter vindo de um sonho ruim, se não de todo incompreensível, em que os fundamentos haviam sido abalados. E apesar da irrealidade daquilo que ouvira, ali parecia ter-se abalado com mais profundidade, como jamais a revolução que ele conhecera o havia abalado. Para um deles, os dias estavam contados, o outro não tinha muito diante de si, mas Diederich sentia que teria sido melhor que tivessem colocado todos os holofotes sobre si em vez de sussurrarem na escuridão aquelas coisas que tratavam apenas de espírito e futuro.

Sem dúvida o presente oferecia questões mais tangíveis. Junto com o criador do monumento, Diederich esboçava o arranjo artístico para a cerimônia da inauguração – ao que o criador se mostrou mais receptivo do que se podia esperar. Até então só havia mostrado o lado bom de sua profissão, a saber, o gênio e a disposição aristocrática, enquanto de resto mostrava-se absolutamente correto e eficiente. O jovem, um sobrinho do prefeito Dr. Scheffelweis, deu o exemplo de que, a despeito de preconceitos arcaicos, havia em todo lugar decência e que ainda não há motivo para se desesperar quando um jovem é preguiçoso demais para adquirir uma profissão que lhe dará sustento e se torna artista. Quando ele voltou pela primeira vez de Berlim para Netzig, ainda vestia um terno de veludo e só trouxe transtorno à família; mas para sua segunda visita já possuía uma cartola. Logo foi descoberto por Sua Majestade e teve que executar, na Alameda da Vitória, o retrato do marquês Hatto, o Poderoso, junto com os retratos de seus mais importantes contemporâneos, o monge Tassilo, que em um dia conseguiu beber um litro de cerveja, e do cavaleiro Klitzenzitz, que havia ensinado aos berlinenses prestar vassalagem, ainda que o tivessem enforcado depois. Sua Majestade chamou a atenção do prefeito especialmente para o mérito do cavaleiro Klitzenzitz, o que foi mais uma vez favorável à carreira do escultor. Não havia como ser prestativo o suficiente a um homem em quem os raios do sol imperial incidiam diretamente; Diederich colocou a própria casa a seu dispor, além disso, alugou para o artista o cavalo de montaria de que necessitava para se exercitar – e que perspectiva quando o hóspede famoso chamou de promissoras as primeiras tentativas de desenho do pequeno Horst! Diederich de pronto definiu a arte como profissão para Horst, essa carreira tão moderna.

Wulckow, que não tinha menor senso artístico e não sabia fazer frente ao favorito de Sua Majestade, recebeu do comitê do monumento o donativo honroso de dois mil marcos, pelo qual tinha direito como presidente de honra; mas o discurso de homenagem a ser proferido durante a inauguração o comitê delegou ao seu presidente ordinário, o mentor do monumento e fundador do movimento nacional que levou à sua construção, o senhor conselheiro municipal, diretor-geral, Dr. Hessling, bravo! Emocionado e exultante, Diederich via-se às vésperas de novas ascensões. Previa-se a presença do próprio presidente-geral, Diederich deveria falar diante de Sua Excelência, que resultados isso prometia! É claro que Wulckow estava preparado para frustrá-los; irritado por ter sido deixado de lado, resistiu até mesmo em admitir a presença de Guste na tribuna das esposas dos oficiais. Por esse motivo, Diederich teve uma discussão calorosa com ele, o que não levou a lugar nenhum. Voltou para casa bufando e disse à Guste: "Não cedeu, você não é esposa de oficial. Ele verá quem é mais oficial, você ou ele! Ele ainda vai lhe implorar! Graças a Deus não preciso mais dele, talvez seja ele quem precise de mim." E assim foi, pois, no caderno seguinte do *A Semana*, o que apareceu além dos usuais retratos do imperador? Dois retratos, um apresentava o criador do monumento de Netzig ao imperador Guilherme, dando as últimas marteladas em sua obra, e o outro, o presidente do comitê e sua esposa, Diederich e Guste. Nada de Wulckow – o que todo mundo percebeu e foi visto como sinal de que sua posição estava abalada. Ele mesmo deve tê-lo sentido, pois mexeu os pauzinhos para aparecer no *A Semana*. Procurou por Diederich, mas este mandou dizer que não estava. O artista deu suas desculpas. Foi quando Wulckow acabou encontrando Guste na rua. A história do lugar das esposas de oficiais havia sido um mal-entendido... "Ele se comportou tão bem quanto nosso Männe", relatou Guste. "Mas nem tanto!", decidiu Diederich, e não teve o menor pudor de espalhar a história por aí. "E lá faz sentido aguentar desaforo", disse para Wolfgang Buck, "de quem está arruinado? Também o coronel von Haffke já o está descartando." E acrescentava com frieza: "Agora ele está vendo que ainda existem outros poderes. Para sua desgraça, Wulckow não entendeu a tempo como se adequar às modernas condições de vida em um espaço público magnânimo, as quais impõem sua marca aos rumos de hoje em dia." – "Absolutismo, amenizado pela sanha publicitária", completou Buck.

Em face da queda de Wulckow, Diederich achou aquela tão prejudicial negociação do terreno cada vez mais ofensiva. Sua indignação chegou a tal ponto que a visita feita naquele momento a Netzig pelo deputado Fischer foi uma ocasião para a verdadeira libertação de Diederich. Parlamentarismo e imunidade tinham seu lado bom! Napoleão Fischer apresentou-se o mais rápido possível ao Parlamento e fez revelações. Sem a menor possibilidade de que lhe acontecesse algo, revelou as manobras do presidente da circunscrição von Wulckow, em Netzig; seus ganhos estrondosos no terreno do monumento ao imperador Guilherme que, segundo alegou, foram extraídos da cidade mediante pressão, e uma suposta benesse honrosa de cinco mil marcos, que Napoleão Fischer chamou de "propina". Segundo o jornal, o representante do povo assumiu ali uma exaltação monstruosa. Naturalmente que ela não valia para Wulckow, mas para o revelador. Furioso, ele exigiu provas e testemunhas; Diederich estremeceu, na próxima linha podia vir seu nome. Por sorte não veio, Napoleão Fischer manteve-se consciente do dever de seu cargo. Em vez disso, o ministro disse que deixava a cargo da casa julgar esse ataque revoltante, infelizmente cometido sob a proteção da imunidade parlamentar, a uma pessoa ausente que não podia se defender. A casa julgou em favor do senhor ministro ao aplaudi-lo. No Parlamento, o caso foi resolvido, restava ainda que também a imprensa expressasse a sua repulsa e, caso não estivesse convencida sem restrições, desse disso alguns sinais discretos. Muitos jornais social-democratas, que haviam se descuidado, tiveram que entregar seus redatores responsáveis para a justiça, também o *Voz do Povo*. Diederich aproveitou a ocasião para romper relações com aqueles que podiam ter dúvidas sobre o senhor presidente da circunscrição. Guste e ele visitaram os Wulckow. "Sei de primeira mão", disse depois disso, "que o homem está seguro de seu futuro promissor. Recentemente foi caçar junto com Sua Majestade e contou uma piada magnífica." Oito dias mais tarde, o *A Semana* trouxe um retrato de página inteira, calva e barba em uma metade, uma barriga na outra, e junto uma legenda: "Presidente da circunscrição von Wulckow, o mentor do monumento ao imperador Guilherme em Netzig, contra quem recentemente se deu um ataque no Parlamento, que causou indignação geral, e cuja nomeação para presidente regional é iminente..." O retrato do diretor-geral Hessling com a esposa havia ocupado apenas um quarto da página. Diederich convenceu-se de que a distância necessária havia se restaurado. O poder mantinha-se intangível, mesmo ante a publicidade mais grandiosa das condições da vida moderna – o que apesar de tudo o deixava profundamente satisfeito. Nesse sentido, em seu íntimo estava preparado para o discurso de homenagem da melhor forma possível.

Ele se originou em rostos ambiciosos de noites interrompidas pelo sono e na troca ativa de ideias com Wolfgang Buck e especialmente com Käthchen Zillich, que mostrava um entendimento espantosamente claro da dimensão dos acontecimentos que viriam. No dia fatídico, quando Diederich saiu com sua esposa para a praça às dez e meia, com o coração acelerado por causa da escrita de seu discurso, o lugar oferecia uma visão ainda pouco vívida, mas tanto mais ordenada. O mais importante: o cordão militar já estava disposto! Só passava quem mostrasse todas as credenciais; desse modo havia ali uma barreira solene contra o povo não privilegiado, que esticava o pescoço suado no sol, atrás de nossos soldados e ao pé do muro negro corta-fogo. À esquerda e à direita dos panos brancos e compridos, atrás dos quais se supunha Guilherme, o Grande, as tribunas recebiam a sombra de suas tendas, bem como de inúmeras bandeiras. À esquerda, como Diederich constatou, haviam se instalado os senhores oficiais e suas esposas sem que tivessem precisado de ajuda, tão habilitados que eram por sua disciplina herdada pelo sangue; todo o rigor do monitoramento policial foi direcionado para a direita, onde os civis disputavam lugares. Também Guste não se deu por satisfeita com o seu, somente a tenda oficial diante do monumento parecia-lhe digna de acolhê-la, ela era uma dama oficial, Wulckow o havia reconhecido. Diederich teve que acudi-la, já que não era nenhum covarde, mas é evidente que o seu ataque audacioso foi repelido da forma enérgica que ele previra. Por causa disso e para que Guste não duvidasse dele, protestou contra o tom do tenente da polícia e quase foi preso por isso. Sua comenda da Ordem de Quarta Classe, sua faixa de cor preta, branca e vermelha e o discurso que ele mostrava salvaram-no disso, mas de modo algum, nem diante do mundo, nem de si mesmo, podiam ter o mesmo valor do uniforme. Faltava-lhe esta única e verdadeira honraria, e também ali Diederich teve que reconhecer que, sem uniforme, apesar de outras qualidades superiores, passava-se pela vida com má consciência.

Em completo estado de dissolução, o casal Hessling bateu em retirada, o que atraiu a atenção de todos: Guste, inchada e azulada com suas plumas, laços e brilhantes; Diederich, ofegante e avançando para frente sua barriga com faixa o máximo que podia, como se ampliasse as cores nacionais sobre sua derrota. Acabaram por ficar entre a Associação de Ex-Combatentes, que, sob o comando de Kühnchen como tenente da milícia, trazia em volta de suas cartolas a coroa de folhas de carvalho e estava situada embaixo da tribuna dos militares; e as daminhas de honra na frente, com faixas brancas e seus detalhes em preto, branco e vermelho, capitaneadas pelo pastor Zillich com sua veste talar. Tão logo chegaram a seus lugares, quem estava sentada com a postura de rainha na cadeira de Guste? Ficaram atônitos: Käthchen Zillich. Ali, Diederich sentiu-se obrigado a dar uma voz de comando. "A dama se enganou, o lugar não é para a senhora", disse, não para Käthchen Zillich, a quem ele parecia tomar tanto por um estranho quanto por alguém de caráter ambíguo, mas para o supervisor – e mesmo que não lhe tivessem lhe dado razão os sons humanos em volta; Diederich representava ali os poderes silenciosos da ordem, da moral e da lei, e antes cair a tribuna que Käthchen Zillich ficar ali... Ainda assim, o inacreditável aconteceu, o supervisor deu de ombros sob o sorriso irônico de Käthchen; mesmo o policial que Diederich chamou apenas continuou dando uma base militar intangível para a invasão da imoralidade. Diederich, anestesiado pelo mundo cujo funcionamento lhe parecia confuso, foi empurrando Guste para uma fila bem no alto, enquanto ela trocava com Käthchen Zillich algumas palavras que realçavam os contrastes. A troca de opiniões alastrava-se sobre outras pessoas e ameaçava sair de controle, quando a música irrompeu na marcha wagneriana da entrada dos hóspedes no castelo de Wartburg, e de fato moveram-se para a tenda oficial, na frente Wulckow, que estava inconfundível apesar de seu uniforme vermelho de hússar, entre um senhor de fraque e condecorações e um alto general. Isso era possível? Ainda dois altos generais! E seus adjuntos, uniformes de todas as cores, estrelas reluzentes e porte imponente! "Quem é aquele de amarelo, o comprido?" Guste perquiria efusiva. "Esse é um homem bonito!" – "O senhor queira fazer o obséquio de não pisar no meu pé?!" Diederich reclamava, pois também o seu vizinho havia saltado; todos se contorciam, deliravam e se deleitavam. "Veja, Guste! Emmi foi uma tola de não ter vindo junto. Isso é teatro único, de primeira classe; o mais elevado, ali não se pode fazer nada!" – "Mas aquele com os acabamentos amarelos?!" Guste entusiasmava-se. "O magro! Ele deve ser um verdadeiro aristocrata, isso eu vejo." Diederich riu com lascívia. "Não há ninguém ali que não seja aristocrata verdadeiro, pode escrever. Seu eu lhe disser que um ajudante de ordens de Sua Majestade está aqui!" – "O de amarelo!" – "Está aqui pessoalmente!"

Orientavam-se. "O ajudante de ordens! Dois generais da divisão, diabos!" E o garbo gentil dos cumprimentos; até mesmo o prefeito Dr. Scheffelweis saiu de sua obscuridade e manteve-se em posição de sentido diante de seus superiores e em seu uniforme de tenente da reserva. O Sr. von Quitzin, vestido de ulano, inspecionava com seu monóculo a propriedade que havia lhe pertencido temporariamente. Wulckow, o hússar de vermelho, só agora fazia valer a importância absoluta de um presidente de circunscrição, prestando saudações e exibindo o perfil da parte inferior de seu corpo, um perfil descomunal e ladeado de cordas. "Esses são os pilares do poder!" Diederich gritava em meio às entonações maciças da marcha de entrada. "Enquanto tivermos esses homens, seremos o terror de todo mundo!" E prenhe do impulso arrebatador, na crença de que seu momento havia chegado, lançou-se lá para baixo, para o pódio de discurso. Mas o policial que cuidava dali veio ao seu encontro: "Não, não, o senhor ainda não pode ir", disse ele. Coibido bruscamente de seu impulso, Diederich foi até o supervisor, que estava de olho nele: um atendente do Conselho Municipal, o mesmo que antes havia lhe assegurado saber que o lugar da dama de cabelos loiros pertencia ao senhor conselheiro municipal, "mas que a dama o ocupava por ordens superiores." O resto ele revelou com sussurros mais tênues, e Diederich isentou-o com um movimento, e disse: então, de fato. O ajudante de ordens de Sua Majestade! Então, de fato! Diederich refletiu se não seria conveniente virar-se e publicamente prestar sua homenagem a Käthchen Zillich.

Não teve mais tempo de pensar nisso, o coronel von Haffke comandava a guarda à bandeira "Descansar!", e Kühnchen também mandava seus combatentes descansarem; atrás da tenda tocava a música do regimento: *Avançar para entrar*. Isso acontecia tanto do lado das daminhas de honra, como da Associação de Ex-Combatentes. Kühnchen, em seu uniforme histórico da milícia, adornado não só com a cruz de ferro, mas também com um retalho glorioso, pois ali havia passado uma bala francesa, que encontrou o pastor Zillich com sua veste talar; também a guarda à bandeira estava presente, e precedidos por Zillich, deram as honras aos antigos aliados. Na tribuna dos civis, o público era compelido pelos servidores públicos a se levantar; os senhores oficiais faziam-no por conta própria. Além disso, a orquestra entoava *Um castelo forte*[22]. Zillich ainda assim parecia ter a intenção de fazer mais alguma coisa, mas o presidente geral, manifestadamente convencido de que os antigos aliados já tinham feito o suficiente, sentou-se em sua cadeira com seu rosto amarelado; à sua direita, o florescente ajudante de ordens, à sua esquerda, os generais da divisão. Quando toda a assembleia foi agrupada na tenda oficial segundo preceitos que lhe eram interiorizados, alguém deu um aceno ao presidente da circunscrição, von Wulckow e, por conseguinte, um policial pôs-se em movimento. Emitiu algo para seu cole-

---

[22] *Ein' feste Burg*, hino sacro composto por Lutero. Popular na tradição protestante, foi usado por compositores como J. S. Bach e Felix Mendelssohn-Bartholdy em suas obras. (N. da E.)

ga que cuidava do pódio de discurso, que dirigiu a palavra a Diederich: "Bem, já pode ir", disse o policial.

Diederich cuidou para não tropeçar durante sua subida, pois as pernas subitamente ficaram moles, também viu tudo borrado à sua frente. Depois de alguns suspiros, conseguiu diferenciar no entorno vazio uma pequena árvore desfolhada, mas que estava cheia de florações de papel em preto, branco e vermelho. A visão da arvorezinha devolveu-lhe a força e a memória; começou:

"Vossas Excelências! Honrados e altíssimos senhores!

Contam-se cem anos que o grande imperador, cujo monumento aguarda ser descoberto pelos representantes de Sua Majestade, foi-nos presenteado e à nossa pátria; ao mesmo tempo, o momento passa a ter ainda mais significado quando se constata passar-se quase uma década desde que seu neto grandioso ascendeu ao trono! Como poderíamos deixar de lançar um retrospecto cheio de gratidão e orgulho sobre o importante período que nós mesmos vivenciamos?"

Diederich lançou-o. Alternava a celebração do crescimento sem precedentes da economia e da concepção nacional. Demorou-se mais tempo no oceano. "O oceano é indispensável para a dimensão da Alemanha. O oceano nos mostra que sobre ele e para além dele nenhuma decisão pode recair sem a Alemanha e sem o imperador alemão, pois negócios internacionais são hoje o principal negócio!" Mas não cabia denominar o crescimento sem precedentes apenas do ponto de vista dos negócios, e sim muito mais do ponto de vista intelectual e moral. Como eram nossas condições antes? Diederich esboçou um retrato menos adulador da geração mais antiga, conduzida a opiniões dissolutas por meio de uma formação unilateral e humanista, que não havia tido compostura do ponto de vista nacional. Se agora isso se tornou radicalmente diferente; se nós, com a justificada autoestima quanto a sermos o povo mais diligente da Europa e do mundo, a despeito dos agitadores e miseráveis, formamos um único partido nacional, a quem devemos tudo isso? Unicamente a Sua Majestade, respondeu Diederich. "Ele sacudiu os cidadãos do sono esplêndido, seu exemplo excelso fez de nós o que nós somos!" – ao que Diederich bateu no peito. "Sua personalidade, única e incomparável, é forte o suficiente para que todos juntos possamos escalar nele como a hera!" exclamou, embora isso não tivesse em seu esboço. "Exultantes, sejamos nobres ou sejamos servos, queremos mostrar-nos propícios ao que Sua Majestade, o imperador, determina para o bem de seu povo. Do mesmo modo é bem-vindo o homem simples da fábrica!" voltou a acrescentar de improviso, subitamente inspirado pelo cheiro do povo suado atrás do cordão militar, pois o vento que batia o havia trazido.

"Nós, surpreendentemente vigorosos, somos dotados de uma enorme robustez moral para a ação positiva e temos forças armadas tenebrosas, que são o terror de todos os inimigos que se voltam para nós com inveja, nós somos a elite entre as nações. Constituímos, pela primeira vez, um patamar elevado da cultura alemã varonil, que certamente jamais poderá ser ultrapassada por ninguém, seja ele quem for!"

Neste momento, o presidente geral acenou com a cabeça, enquanto o ajudante de ordens movia as mãos uma contra a outra: então, as tribunas rebentaram em aplausos. Entre os civis, lenços ondeavam, Guste deixava o seu flutuar no vento e, apesar da divergência de antes, também Käthchen Zillich. Diederich, de coração leve como os lenços ondulantes, alçou novamente seus altos voos.

"Mas uma floração, outrora nunca existente, não é alcançada por um povo varão com paz frouxa e preguiçosa: não, nossos antigos aliados tomaram por necessário colocar o ouro alemão à prova de fogo. Tivemos que passar pela fornalha de Jena e Tilsit e, por fim, fomos exitosos em soterrar vitoriosamente nossa bandeira em todos os lugares e forjar a coroa do imperador sobre o campo de batalha!"

E recordou a vida cheia de provações de Guilherme, o Grande, a partir da qual nós, como Diederich constatou, reconhecemos que o Criador não tira os olhos de seu povo eleito, que constrói para si o instrumento correspondente. O imperador augusto, por sua vez, nunca se enganou sobre isso, o que ficou patente em especial no grande momento histórico, em que ele, como imperador pela graça de Deus, o cetro em uma mão e a espada imperial em outra, deu glórias somente a Deus e dele recebeu a coroa. Tomado pelo nobre senso de dever, ele havia rejeitado expressamente dar glórias ao povo e de suas mãos receber a coroa, e não recuou diante da terrível e única responsabilidade perante Deus, da qual nenhum ministro, nenhum parlamentar, pôde exonerá-lo! A voz de Diederich estremeceu de emoção. "O povo reconhece isso ao divinizar a personalidade do falecido imperador. Ele foi exitoso; e o êxito aí está em Deus! Na Idade Média, Guilherme, o Grande, teria sido canonizado. Hoje erigimos a ele um monumento de primeira classe!"

O presidente geral voltou a acenar, o que desencadeou a aprovação estrondosa. O sol havia desaparecido, viera um vento mais frio. Como se tivesse sido animado pelo céu assombreado, Diederich lançou uma questão mais profunda.

"Quem atravessou seu caminho, postando-se diante de seu objetivo elevado? Quem foi o inimigo do imperador augusto e de seu povo leal? Napoleão, felizmente trucidado por ele, recebeu a coroa não de Deus, mas do povo, por isso! Isso confere à sentença da história um sentido eterno e arrebatador!" Neste momento, Diederich tentou pintar um retrato do império de Napoleão III contaminado pela democracia, e por isso abandonado por Deus. O materialismo crasso, oculto na religiosidade vazia, havia criado um senso comercial inócuo; o desapreço pelo espírito acabou por se combinar à aliança natural com o afã mais baixo pelo deleite. O nervo da vida pública era a mania de publicidade, e logo havia se tornado mania de perseguição. Externamente, pautava-se no prestígio, internamente na polícia, sem outra crença que não a da violência; não aspirava a outra coisa que não o efeito teatral; exercia a pompa vangloriosa com a época heroica do passado e o único apogeu que de fato alcançou foi o do chauvinismo... "Nós não temos a menor ideia de tudo isso!", gritou Diederich e estirou o braço, apontando para as testemunhas do outro lado. "Por isso, nunca, jamais, conheceremos esse fim terrível que se reservou para o império do nosso inimigo de longa data!"

De repente um relâmpago; entre o cordão militar e o muro corta-fogo, na área onde se presumia estar o povo, um lampejo ofuscante perpassou a nuvem enegrecida, seguindo-se de um trovão enérgico e prolongado. A expressão facial dos senhores da tenda oficial era de desaprovação, e o presidente-geral estremeceu. Na tribuna dos oficiais, é evidente que a postura não se alterava; na civil, por outro lado, percebia-se certa inquietação. Diederich calou a gritaria com seu berro, pois ele mesmo gritava como o trovão: "Nossos antigos aliados são testemunhas! Não somos assim! Somos sérios, leais e verdadeiros! Ser alemão significa fazer pelo seu próprio bem! Quem de nós iria negociar sua convicção? Por acaso onde estariam os funcionários corruptos? A bonomia do homem se une aqui à pureza feminina, pois o feminino nos impulsiona para o alto, não é uma ferramenta de nossos prazeres mais baixos. O retrato radiante do ente genuinamente alemão se ergue sobre o solo cristão, e esse é o único chão correto, pois toda cultura pagã, ainda que seja bela e esplêndida, irá sucumbir nas primeiras catástrofes; e a alma de um ente alemão é a veneração pelo poder, transmitido e abençoado por Deus e contra o qual não se pode fazer nada. Por isso, é preciso continuarmos vendo como nosso dever mais alto o da defesa da pátria; o uniforme do imperador como a mais alta distinção e a produção de armas como o trabalho mais digno!"

De repente o estrondo de um trovão, ainda que tímido, ao que parecia, entremeando a voz cada vez mais imponente de Diederich; entretanto caíam gotas tão pesadas, que era possível ouvi-las em separado.

"Do país do inimigo de longa data", Diederich gritava,

"volta sempre a se alastrar a torrente de lama democrática, e somente a masculinidade e o idealismo alemães podem ser o dique colocado diante dela. Os inimigos despatrióticos da ordem divina mundial, que querem carcomer nossa ordem estatal, devem ser extirpados até o último toco, para que, quando um dia formos convocados para a súplica celeste, cada um de nós possa aparecer diante de seu Deus e de seu antigo imperador com a consciência leve, e se nos for perguntado se cada um de nós colaborou de todo coração para o bem do império, podemos dizer abertamente, batendo no peito: sim!"

E Diederich bateu no peito de modo que lhe faltou ar. A tribuna dos civis aproveitou a pausa forçada para manifestar com inquietação que ele devia encaminhar o discurso para o fim; pois a tempestade ameaçava-se bem sobre as cabeças da assembleia reunida para a celebração, e, por entre a luz amarela como enxofre, as gotas de chuva tão grossas quanto um ovo pingavam mais e mais, separadamente, devagar, como se dessem um aviso... Diederich recobrou o ar.

"No momento em que o pano cair", voltou com um novo impulso, "quando as bandeiras e os estandartes se inclinarem para a reverência, a espada se reclinar e as baionetas reluzirem na continência..." Então, houve um estrondo tão monstruoso no céu, que Diederich encolheu-se e, antes mesmo de notar, agachou-se embaixo do púlpito. Felizmente, levantou-se sem que seu desaparecimento fosse percebido, pois todos fizeram o mesmo. Mal se pôde ouvir quando Diederich pediu a Sua Excelência, o presidente geral, que ele se dignasse a dar a ordem para que o pano caísse. O presidente geral saiu de pronto e postou-se diante da tenda oficial, estava mais amarelo que o usual, o brilho de sua estrela extinguira-se, disse com uma voz débil: "Em nome de Sua Majestade, ordeno que caia o pano" – ao que ele caiu. Também começou a soar *A guarda junto ao Reno*. E a visão de Guilherme, o Grande, como ele cavalgava ao vento, na postura de um pai de família, mas envolto em todas as tenebrosidades do poder, fortalecia os súditos mais uma vez contra as ameaças de cima, o viva ao imperador do presidente geral encontrou eco vigoroso. Sem dúvida, os sons do hino "Honras a vós em louros da vitória" deram a Sua Excelência o sinal de que eles deveriam deslocar-se até o pé do monumento, contemplá-lo e proferir um discurso em homenagem a seu criador, que lá aguardava. Todos perceberam que o importante cavalheiro dirigia o olhar incrédulo para o céu; mas como não havia outra expectativa, venceu o seu senso de dever e venceu com tanto mais brilhantismo, pelo fato de que era o único cavalheiro vestido de fraque em meio a tantos militares valentes. Ousou sair, foi até lá sob os enormes pingos vagarosos, e com ele ulanos, couraceiros, hússares e tropa montada... A inscrição "Guilherme, o Grande" já havia sido examinada; o criador, já saudado, recebeu suas condecorações, e bem quando o mentor, Hessling, devia se apresentar e ser condecorado, o céu estourou. Estourou tanto e tão subitamente, com tamanha veemência, que parecia se tratar de uma erupção demorada. Antes mesmo que os cavalheiros pudessem voltar, já tinha água até no tornozelo; Sua Excelência arregaçou as mangas e a calça. As tribunas desapareceram atrás do aguaceiro; podia-se ver os tetos das tendas que haviam se inclinado por causa da força do aguaceiro torrencial como se estivessem sobre um mar remoto e ondulante; multidões aos gritos revolviam-se para todos os lados por entre emaranhados úmidos. Para combater os elementos, os senhores oficiais fizeram uso de armas brancas para abrir caminho cortando os tecidos ao vento. Os civis correram para baixo como uma serpente cinza e tortuosa a se banhar na área alagada com espasmos selvagens. Diante tais condições, o presidente geral percebeu que a programação do evento tinha que ser encerrada por motivos práticos. Flamejado de relâmpagos e respingando como um chafariz, rapidamente bateu em retirada, depois o ajudante de ordens, os dois generais da divisão, dragões, hússares, ulanos e reservas. No caminho, Sua Excelência lembrou-se da ordem ainda pendurada em sua mão para o mentor, e leal ao seu dever até o fim, mas empenhando-se por evitar qualquer parada, entregou-a, correndo e respingado água, ao presidente von Wulckow. Wulckow, por seu turno, encontrou o policial, que ainda resistia aos acontecimentos, e confiou-lhe a transmissão da ordem suprema, ao que o policial saiu sem rumo, por entre a tormenta e o horror, à procura de Diederich. Finalmente encontrou-o agachado embaixo do púlpito, na água. "Aqui a sua Ordem Guilhermina", disse o policial e a entregou já prosseguindo o seu caminho, pois bem nessa hora caiu um raio tão próximo, como se fosse para impedir a entrega da ordem. Diederich deu apenas um suspiro.

Quando finalmente aventurou espiar a Terra a meio rosto, a revolução ainda era crescente. Do outro lado, o muro corta-fogo, grande e negro, abria-se e estava prestes a cair junto com a casa atrás dele. Os cavalos das carruagens de desfile empinaram-se e saíram em disparada sobre um novelo de criaturas caçadas pela luz fantasmagórica, amarela, como enxofre, e azul. Feliz do povo não privilegiado, que estava lá fora e sobre os montes; os proprietários e ilustrados, por outro lado, encontravam-se em um lugar no qual sentiam voar sobre suas cabeças os escombros da revolução junto com o fogo que vinha de cima. Não era de se admirar que as circunstâncias definissem seu comportamento e certas damas, que voltavam da saída de forma pouco austera, rolavam umas sobre as outras sem hesitar. Confiantes da sua bravura, os senhores oficiais usavam de seus poderes contra todos que se lhe colocassem no caminho – enquanto os panos das bandeiras, arrancadas na tempestade pelos restos das tribunas e das tendas oficiais, zuniam, nas cores preta, branca e vermelha, por entre o vento ao redor das orelhas dos combatentes. Além disso, desesperançada, como todo o resto, a música do regimento continuava tocando o hino nacional, tocava mesmo depois do rompimento do cordão militar e da ordem mundial, tocava como sobre um navio que afunda em direção ao horror e à dissolução. Uma nova rajada do furacão também a arremessava – e Diederich, de olhos apertados e, em sua vertigem, contando com o fim, mergulhou novamente da profundidade fria de seu púlpito, que ele agarrava como se fosse a última coisa sobre a Terra. Porém, seu olhar de despedida abrangeu algo de inconcebível: a cerca coberta de preto, branco e vermelho em volta do parque, que foi quebrada e veio abaixo por causa do peso das pessoas, e depois aquela correria para cima e para baixo, aquele rolar por sobre o outro, aglomerar-se e deslizar, aquela agitação e o bater-se-com-o-outro-de-frente – e aquele ser açoitado pelo chicote que vinha de cima, sob o fogo das correntes elétricas, aquela última dança como a de um mascarado ébrio, última dança de nobre e servo, da vestimenta mais distinta e cidadãos despertos do sono esplêndido, pilares únicos, homens enviados por Deus, bens ideais, hússares, ulanos, dragões e tropa montada!

Mas os cavaleiros do apocalipse continuavam cavalgando; Diederich percebeu que estavam apenas fazendo manobras para o Juízo Final, ainda não era para valer. Deixou seu esconderijo com reservas e constatou que havia apenas uns respingos e que o imperador Guilherme, o Grande, ainda estava lá, com todos os aparatos do poder. O tempo todo Diederich havia tido a sensação de que o monumento havia sido trucidado e levado pela água. O lugar da celebração parecia uma recordação desolada, nenhuma alma estava ali em seus escombros. Estava sim, lá atrás alguma coisa movia-se, até mesmo estava vestida com uniforme ulano: o Sr. von Quitzin, que visitava a casa em ruínas. Tinha sucumbido ao relâmpago e havia fumaça atrás dos restos de seu muro negro corta-fogo; durante a fuga geral, apenas o Sr. Quitzin resistiu, pois uma ideia o havia fortalecido. Diederich lia os seus pensamentos. "A casa", pensava o Sr. von Quitzin, "antes tivéssemos nos livrado dela com aquele bando. Mas não houve o que fazer, por mais que forçássemos, não foi possível. Bem, vou receber o seguro. Deus existe." E depois foi ao encontro dos bombeiros, que por sorte não podiam intervir mais na questão de forma substancial.

Também Diederich, encorajado pelo exemplo, pôs-se a caminho. Havia perdido o seu chapéu, seus sapatos estavam com água e, na parte de trás de sua calça, carregava uma poça d'água. Como parecia não ser possível conseguir um carro, decidiu cruzar a cidade. As esquinas das velhas ruas interceptavam o vento e ele sentiu-se mais aquecido. "Catarro está fora de questão. Guste deve me colocar uma compressa em volta da barriga. Se ela não fizer o favor de trazer a gripe para dentro de casa!" Depois dessa preocupação, lembrou-se de sua ordem: "A Ordem Guilhermina, fundação de Sua Majestade, condecora somente serviços excepcionais para o bem-estar e melhoria do povo... Nós a temos!", disse Diederich em voz alta pela viela vazia. "E que chova dinamite!" A revolução do poder da natureza havia sido uma tentativa com meios insuficientes. Diederich apontou para o céu sua Ordem Guilhermina e mostrou a língua – depois colocou-a junto da Ordem de Quarta Classe.

Na Fleischhauergrube, havia vários veículos: estranho, em frente à casa do velho Buck. Um ainda era do campo. Será que...? Diederich espiou a casa: era extraordinário a porta de vidro encontrar-se aberta, como se estivesse esperando por alguém que raramente a transpusesse. O *hall* estava em um silêncio solene; somente quando deslizou pela cozinha percebeu as lamúrias: a velha criada, com o rosto nos braços. "Então, chegou a hora" – e de repente Diederich arrepiou-se, ficou parado, pronto para bater em retirada. "Não tenho nada a ver com isso... Sim, tenho! Tenho a ver com isso, pois cada pedaço aqui é meu, tenho o dever de me preocupar que depois não os tirem de mim." Mas não era só isso que o impulsionava para frente; algo de difícil e profundo anunciava-se com arquejos e pressão na barriga. Com passos contidos, subia os degraus, planos e velhos, e pensou: "Respeito diante de um inimigo valente quando ele cobre o campo de batalha! Deus o julgou, sim, assim é que é, ninguém pode dizer que um dia... Bem, escute, há, sim, diferenças, ou uma questão é boa ou não é. Em favor da boa causa não se pode omitir nada, nosso velho imperador certamente também deve ter se controlado quando foi até Wilhelmshöhe para encontrar um Napoleão completamente liquidado."

Nisso ele já estava no andar do meio e entrou com cuidado no corredor comprido, em cujo final a porta estava também aberta. Comprimiu-se na parede e lançou um olhar para dentro: uma cama com os pés voltados para ele, sobre ela o velho Buck estava recostado em uma pilha de travesseiros e parecia fora de si. Nenhum som; estava ele sozinho? Foi para o outro lado com cautela – então pôde ver a janela acortinada e, em frente dela, em semicírculo, a família: próximo à cama, Judite Lauer, absolutamente rija, depois Wolfgang com uma expressão facial que ninguém teria esperado; entre as janelas, o rebanho reunido das cinco filhas ao lado do pai falido, que já não era mais elegante; além disso, o filho vindo do campo com sua mulher de olhar apático e, finalmente, Lauer, que havia se sentado. Mantiveram-se todos em silêncio por um bom motivo; naquele momento, haviam perdido a última perspectiva de voltarem a ter voz! Haviam estado no topo e seguros enquanto o velho resistia. Ele caiu, e eles junto; ele desaparecia, e eles junto. Ele havia se mantido apenas sobre montes de areia, pois nunca estivera no poder. Objetivos triviais que o apartaram do poder! Espírito estéril, pois nada deixou atrás de si que não decadência! Ofuscamento de uma ambição que não teve pulsos e nem dinheiro nas mãos!

Mas de onde vinha aquela expressão de Wolfgang? Não parecia do luto, embora caíssem lágrimas de seus olhos, que se voltavam para lá; parecia que tinha inveja, uma inveja cheia de tristeza. O que os outros tinham? A sobrancelha de Judite Lauer contraía-se de forma anuviada, seu esposo suspirava – e até mesmo a esposa do mais velho dobrava as mãos de trabalhadora diante do rosto. Com a postura mais resoluta, Diederich postou-se no meio da passagem da porta. Estava escuro, eles não viam nada mesmo que quisessem; mas o velho? Seu rosto voltava-se exatamente para lá, e para onde ele olhava, pressentia-se mais aparições que houvesse ali e que ninguém poderia distinguir. Com reflexos nos olhos surpresos, abriu os braços vagarosamente sobre o travesseiro, tentou levantá-los, e o fez, moveu-os, acenando e dando boas-vindas – a quem afinal? Quantos acenos e boas-vindas tão longos? Todo um povo, alguém poderia acreditar, e de que natureza, que com sua vinda provocava aquela felicidade fantasmagórica nas feições do velho Buck?

De repente sobressaltou-se, como se um estranho tivesse o encontrado e trazido consigo o horror: sobressaltou-se e lutou por ar. Diederich, diante dele, ficava ainda mais ereto, arqueava o lenço preto, branco e vermelho, expunha à sua frente as comendas e, em todo o caso, fazia o olhar reluzir. O velho deixou a cabeça cair de súbito, caiu para a frente, como que se quebrando. Os seus gritaram. Amortecida pelo pavor, a mulher do mais velho gritou: "Ele viu algo! Viu o demônio!" Judite Lauer levantou-se lentamente e fechou a porta. Diederich já havia se evadido.

tipografia Abril
papel Lux Cream 70 g
impresso por Edições Loyola para Mundaréu
São Paulo, primavera de 2014